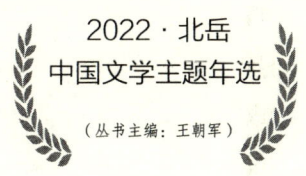

2022·北岳
中国文学主题年选
（丛书主编：王朝军）

幻

2022年中短篇小说选粹

杨庆祥　靳庭月 ◎ 主编

山西出版传媒集团　北岳文艺出版社

·太原·

图书在版编目（CIP）数据

2022年中短篇小说选粹:幻 / 杨庆祥，靳庭月主编.—太原:北岳文艺出版社，2023.5
（2022·北岳·中国文学主题年选 / 王朝军主编）
ISBN 978-7-5378-6714-6

Ⅰ.①2… Ⅱ.①杨… ②靳… Ⅲ.①中篇小说—小说集—中国—当代②短篇小说—小说集—中国—当代 Ⅳ.①I247.7

中国国家版本馆CIP数据核字（2023）第070344号

书　名:	2021年中短篇小说选粹:幻	出 品 人:	郭文礼	责任编辑:	王朝军
主　编:	杨庆祥　靳庭月	策　划:	王朝军	书籍设计:	张永文
				印装监制:	郭　勇

出版发行　山西出版传媒集团·北岳文艺出版社
地　　址　山西省太原市并州南路57号
邮　　编　030012
电　　话　0351-5628696（发行部）
　　　　　0351-5628688（总编室）
传　　真　0351-5628680
经 销 商　新华书店
印刷装订　山西新华印业有限公司

开　　本　787mm×1092mm　1/16
字　　数　361千字
印　　张　22.75
版　　次　2023年5月第1版
印　　次　2023年5月山西第1次印刷
书　　号　ISBN 978-7-5378-6714-6
定　　价　69.80元

本书版权为本社独家所有，未经本社同意不得转载、摘编或复制

序：尔我一幻遇，惊鸿照影来

/靳庭月

在本年度主题"幻"之下，汇聚了13篇小说。在古汉语中，"幻"大体上包括惑乱，虚无、不真实，奇异地变化，变幻的法术等词义。有研究者指出，作为中式美学概念的"幻"诞生于中国古代思想文化的土壤，并与大乘佛教有着深刻联系；"幻"在不同文化观念中的意蕴亦有区别，如道教的怪异幻术、儒家的生生哲学、道家的化生学说。——除了照此进行一番并不陌生的概念梳理，"幻"的主题也容易将（使用现代汉语的）我们引向语言符号的选择与组合：幻灭，幻梦，幻象，幻变，幻觉，幻想……构词法在此已经初步显示出这一主题所涵括的多重所指。而列举的词语之所以被选择而显现，也意味着它们能以错落的组合成为理解作品的关键词。

譬如"幻灭"，这种感受固然出现在漫长文学历史的许多时期，不独属于当下写作者，也并非通常意义上的"现代"产物。不过，自从尼采以"虚无主义"为身处的时代进行了预言性的命名以来，在一个被理性祛魅的世界，在失去作为绝对真理的宗教，又经历了现代进步神话的破灭后，现代人的幻灭感越来越多地打上了虚无主义的印记。诚如列斐伏尔所言，现代性带来了意义深远的幻灭感和意识形态迷醉之后的可怕清醒，然后这些都消失了，留下了难以填充的空缺。面对持续已久的种种意义空缺，近来的阅读经验再次提醒我们"艺术可以实现救赎"的信念所具有的弹性。虽然很难笃定地说，眼下有哪些小说能有效地参与当下精神生活的建构，小说在社会性实践层面的"功效"也显得捉襟见肘，不过仍然能看到一些具有美学追求的作品，尝试"守护某种精神上的深度"。

站在2022年末尾——不确定性所灌注的意义之海中，一个漂浮不定的时间节点——我们不难察觉到小说如何以幻想纾缓失意或痛苦，提供某种疗愈（如《海边魔术师》《拓》）；刻画在幻象中的流连沉溺者，呈现人的脆弱与困境（如《天真的老妇人》《忍者飞飏》）；以幻象折射现实，又因为象征的搭建而难以走向更深的真实（如《鹦鹉大仙》）；同时，文字的幻境依然能以无中生有的力量引发对叙述的探索，印证了小说表现的是对现实的幻觉（如《即兴戏剧》）。在真与幻、正视与逃离的徘徊之地，这些作品显示出两个包含现代矛盾、切近当下生活的主题：

一是现代社会中生命的某种"原子化"和过度的组织化，这种区隔和一体化同时发生在不同的层面。二是在众神退隐、彼岸世界被取消后，人如何面对死亡这一终结的逼视。

就第一个主题来说，周幼安的《谛听》掀开了类似的都市独居青年的生活一角。"他"的成长似乎关联着"小镇做题家""单亲家庭""催婚"，收入可观的生活又不免是996、社交匮乏、"原子化"的。隔壁女主播的呻吟声引起他的好奇和欲望，做出潜入对方房间的失控行为，而他面临的竟是另一种失控和"真相"的冲击……两位人物从事的新兴职业都借助网络实现人与人更密集的联系，但置身于数据和镜头下的个体，却可能越来越孤立。小说对情绪起伏的捕捉放大和对视听感官的关注，也显示出文本内外的"同时代感"——我们所处的世界亦如此，感官注意力被不同信息源所争夺、吸引，同时，疲劳和空虚又在切换、暂停的时刻显现。

《谛听》触及的"技术与人心"的话题，在其他作品中也有回响。科技日新月异，但驱动它的仍是人类基本的情感和欲望的需求。比如在技术支撑其运转的都市，在造梦的影视行业，两篇"北漂故事"《忍者飞飓》和《抠绿大师》，都记录着文化工业时代下灰头土脸的小人物试图追逐的飞扬时刻。前者在横店这个模糊了历史、片场、戏台与生活的"螺蛳壳"里摆道场，又使"我"在不同意义系统中的分身都被现实中的债与责所追逐。后者以影像工业时代的特效抠图、镜头调度，点染年轻人尚未耗尽的艺术热情；在"我"平静坦然又戏谑自嘲的叙述中，捕捉生活的真象和拟象。

无论人物是被理想还是幻想所驱使，虚实相生的写法给予了他们将此身暂存的站台，由此中转到虚构的世界。然而，正如我们尚且无法舍弃身体而让意识去单独遨游，孙睿、舒文治和更多的作者也不忘回转笔锋，敞开那个身体所处的、无法被轻易压缩的社会空间。在王侃瑜的科幻小说《陨时》中，"速时通"能提升行动速度和工作效率，却让竞相加速的现代人越来越"卷"。更糟的是，它改变的"时间流动维度"不仅是主观感受，还加速了使用者身体的衰变。这种副作用隐喻了快节奏的高压生活会加速衰老，诱发疾病和死亡，戳破了人类能偶尔"瞒过"时间的幻想，却也有种以"相对性"对抗时间的悲剧感。

小说关注处在"控制社会"中的身体，意味着通过具体真切的身体记忆来连接当下的生活经验：情欲、疲惫、病痛、衰老、饥饿……而在一些作家那里，如果当下的经验无法用当下的语言来描述，就"只能寻求一种过往经验的变形，唤起你记忆的某个部分，从而来解析、解构当下的整个场域"。在这个意义上，我们会发现蔡骏的《饥饿冰箱》中虚实交错的叙述所牵引的刺痛。十四岁的"我"出于无力把握现实的感受，幻想出了一位填补家人空位的冰箱老人，幻想的素材依然来自现实。现实对"我"而言是父母离婚、外婆病危、爷爷的美食、与邻家女孩的短暂交会……但无法忽视的是，那句"历史并非全部笔直向前，我们时常走上岔路"，不那么像出自少年之口，更像是隐含作者与年少的"我"分离。这时呼之欲出的幻想素材就包含了某种层累的、近乎集体记忆的沉淀，并决定了冰箱老人胃口难填的奇怪面貌——这是历史上的饥饿记忆、饥饿恐惧在当下的回响。极度饥饿意味着生理的煎熬，勾起对死亡的恐惧，甚至产生幻觉——在20世纪的小说里，我们对此实在不陌生：老舍的《我这一辈子》、萧红的《商市街》，莫言的《透明的红萝卜》、阿城的《棋王》、路遥的《在困难的日子里》，阎连科、贾平凹、刘恒……而今饥饿的噩梦竟以突发的方式重现，带有超现实色彩的冰箱老人以一种扭曲变形的方式，跌入那些饥饿者的序列，提醒着我们回望、幸存与记录。

值得注意的是，由"我"来讲述冰箱老人，也使小说对饥饿体验的处理带有旁观性。这让人想到，对于许多中青年作家和年轻读者而言，痛苦难挨的身体体验往往是间接的，还不到亲历的年纪。不过，见证他人（尤其是家人）的衰老和死亡的主人公，已然听到坚固之物解体的声响。班宇《漫长的季节》中，"我"照顾最多只剩三年的母亲，死亡的预判给时间标上了残忍的边界。小说写出了人物在生活湍流中的无力感，困窘的生活和无法把握的爱情，让"我"有逃遁入海的冲动。然而，即将失去家人的哀伤也伴随着对温情的留恋："我"想象年轻时的母亲，幻想前男友打来电话，把海边偶遇的小男孩幻化为熟悉的动画角色。为沉重苦闷的现实体验注入幻想色彩，导向某种逃逸性的超现实时刻——这在当代青年作家那里并不少见，班宇的写作是其中颇具感染力的一例。

孙频的《海边魔术师》同样将家人的临终旅途和逃逸、藏匿身心的方向指向大海。"我"带着时日无多的父亲来到大陆南端的海滨小镇——"我"的哥哥一年前在这里断了音信。哥哥的生活痕迹，掩映在这个兼具蛮荒和隐逸气息的小镇里，它们使"我"记起哥哥在信中赋予小镇的童话色彩。类似的童话连同偷来的礼物，抚慰过幼年丧母的"我"，却也曾将哥哥引向歧途。而今，通过朝向海洋的旅途，北方的家园记忆在南方的映照下显出逼仄、阴冷与温情交织的面相，南方则在"我"的触碰和穿行中显现出繁茂的生机、散逸的灵性和对情感的修复力——它修补了"我"和父亲关于哥哥的记忆，也提供了一种异质而广阔的空间，使我们与不能共时相见的哥哥遥相注视。结尾，父亲的画像随船出海，小说定格在父女俩眺望苍茫的大海，也定格为眺望死亡的姿态，留下奇想、诗意、惘然又难以捉摸的气息。

同样是早慧的少年，在变故和非议中杳无音信。同样是女主人公踏上寻找哥哥的旅程，在郭爽的《拓》中，与哥哥踪迹所至的空间一同打开的，是妹妹片段式的成长回忆。这也仿佛是拓印的过程,使双胞胎兄妹的情感历程在同一时刻显影。类似地,在寻亲之旅接近终点时,尽管哥哥仍然下落不明,但妹妹似乎获得了某种疗愈和对自我的再认识。值得一提的是:主人公(通常是现实社会中"合格""正常"却若有所失的成员)寻找失踪的兄弟(通常与世俗环境脱离或格格不入),当这类设定出现在许多青年作家笔下时,主人公与兄弟往往具有镜像关系,又或者在后者身上寄托了另一种可能的自我。

比起尚在逼近的终点,家人突如其来的死亡,又会引起心灵世界怎样的崩塌?七堇年的《与此同时》和盛可以的《天真的老妇人》都讲述人对于这种痛苦经历的下意识逃避。而在幻想难以维系的清醒时分,又当如何?前者对文字的出色把控和结尾的补叙,使小说显露出一种图穷匕见的寒意,也使先前的叙事基调被改写:妻女因为"我"的坏脾气意外身亡,这样的残酷事实给潦草的旅途覆上自我放逐的色彩。"我"如今的自由只是不稳定的表象,与此同时,愧疚和痛苦却能召唤出通向自毁的死亡幻象。后者以某种悬念和鲜明的主观视角开场。"我"的旅行只是"在这个世界上来回游荡",古怪的房东太太的穷讲究、固执、俗气的天真和孤零处境背后的秘密,都让"我"五味杂陈。而使"我"在这破旧公寓淹留多日的,似乎是丧子之痛找到了一些细微的移情之物和共情之人。尽管三位女性都有丧子经历的设定稍显刻意,不过相似的创痛之上,的确生长出了她们若即若离又尝试靠近的脆弱关系。

在区隔中寻找慰藉,在边界感中维持脆弱的联系,这也意味着寻找能填补信仰的东西。"爱情"是现代人找来的替代品之一,却未必能承担这一功能。一些作品不约而同地关注到:在传统婚姻和亲密关系模式发生变化的当代,由于见到恋人显露的真实面目而引起的失望以致"爱情"幻象的破碎。这在张惠雯的笔下有了见微知著的探照。《黑鸟》中,女主人公瑞秋与交往七年的美国男人格利克选择在一座小岛安家终老。格利克付了房款,户主是他的名字,而她承担翻新和装修费用,其他的公共开支需要分摊。看似公平的"亲伴侣,明算账"在闺蜜的质疑下浮现出尴尬的裂痕,为房屋所属权起争执,伴侣关系破裂,瑞秋像失巢的鸟一样离开。这样的结局一定程度上可以用文化差异下的性格、两性观念差异来解释，也显示了非传统的家庭关系中，"付出—回报"权衡下的摩擦龃龉以及经济理性对浪漫的消耗。

　　也许有些词会因为被过多地谈起而难以保持确切的含义，比如爱。但小说总是要谈论爱与死，也总是要把对存在的思考落实到具体的人事上；或者说小说是一种映射，映射着事物同时具备的"幻有"与"真空"。而"幻"在此既是一种经验，也是一种方法，并且似乎与佛教意义上的"幻"有相通之处：都取消了某种超越现实事物而独立存在的真空。"幻"并不意味着绝对的虚无，小说的力量也不在于形而上的玄思、预设某种"本质"或绝对真理。经历着元叙事的解体，远离揭示"唯一真理"的执迷——在这个意义上，这些作家与读者也是同路人，尽管并不是总能听到彼此，尽管彼此的相遇也充满因缘际会的偶然。

目 录

1 海边魔术师　　/孙频

57 谛听　　/周幼安

68 与此同时　　/文/七堇年

83 黑鸟　　/张惠雯

99 漫长的季节　　/班宇

121 陨时　　/王侃瑜

137 饥饿冰箱　　/蔡骏

154 抠绿大师　　/孙睿

173 拓　　/郭爽

220 忍者飞飐　　/舒文治

277 鹦鹉大仙　　/曹畅洲

294 天真的老妇人　　/盛可以

335 即兴戏剧　　/三三

海边魔术师

/孙频

1

在经过这个小镇的时候，我总担心大海会以某种招摇的方式忽然出场。或是盛大的蓝色从天而降，各种鱼类如星宿罗列其上，或是迎面扑来一个十几米高的巨浪，龇着牙齿，翻起雪白的肚皮四处张望。

在北方人中间，大海是一种虚渺的神话。一个南方人根本无法想象一个北方人对大海的执念。

但大海毫无踪迹，整个小镇安静极了，零零星星的红砖房隐在大团大团的浓荫里，龙眼树上挂着一串串坚硬的鱼干，散发着海腥味。鱼干有大有小，形状各异，那龙眼树看起来简直像一棵鱼树，结满了各种鱼，还有一条大鱼有一人多长，好像是从树上长出的鱼王。

路边的海麻树则长成结结实实的一大块，密不透风，看上去不像树，倒像某种坚硬的金属，刀枪不入。树枝下面横七竖八地挂满吊床，有的吊床里兜着人，像鱼一般，正自得地晃悠着，有的吊床则空荡荡的，羽毛一样悬浮着。有某种神秘的花香飘荡在整个小镇的上空，却看不到开花的植物究竟在哪里，便使这花香有了几分鬼魂的气质。虽寻不到开花的植物，却看到小镇的路边和房前屋后到处是菠萝蜜树，大大小小的菠萝蜜吊在粗大的树干上，个个安静慵懒。还有些大个子的菠萝蜜就长在树的根部，可能因为觉得在那里比较安全，不会掉下去，便放开了长，后来实在是长得太大了，又动弹不得，便干脆躺到了当路上，活脱脱一个懒汉，来往的车辆把喇叭摁破都无用，最后都得为它老人家让路。

刘小飞曾在信中和我说过，菠萝蜜树是树族里最喜欢热闹的，如果有脚，它一定每天叼着烟，趿着夹趾拖鞋，专往人多的地方凑。这种树最是依恋人，断不能野生，一定要长在庭院中或人多处，这样结出的菠萝蜜才又多又甜。若是觉出了自己的孤独凄凉，它便横下心，一个果都不肯结，竟像出家为尼了一般。菠萝蜜的性格还有点人来疯，特别喜欢人家去抚摸它，夸赞它，尤其喜欢与人合影，经常被人抚摸和表扬的菠萝蜜会长得格外香甜。若是有人用脚去踢它，它会变得悲伤抑郁，然后悄悄让自己的果实一颗颗烂掉，像一个一心寻死的人一样。刘小飞在信里还说，对于这个镇上的人来说，菠萝蜜树就如同家人，从生到死都有它的陪伴，小孩子满月时要做树叶饼待客，用的就是菠萝蜜树的叶子，再包上椰丝，树叶饼才能清香扑鼻。老了死了要做口棺材，用的也是菠萝蜜树，已经陪伴了一生，最后它还要陪着主人去往另一个世界。在这个镇上，菠萝蜜早已经不再是树，而是树人，或者人树，它们是这个镇上的古老土著之一，已经脱离了树格，至少拥有一半的人格。

我开着那辆二手房车，拉着我的老父亲，在小镇上最宽的那条路上慢慢驶过。路两旁除了菠萝蜜，还有椰子树、木棉树、龙眼树、杧果树、木瓜树，还有两棵极高大的树，巨型叶子形同小伞，像从巨人国里跑出来的。下车问了个当地人才知道，原来是面包树。简直像走进了童话里。

小时候刘小飞经常给我讲童话，他说很远很远的海岛上有一种面包树，它的树上会长满面包，只要有这样一棵树，全岛上的人都饿不死。我仰面看了半天，并没有见到树上结着面包，倒是树下也挂着吊床，简直是见缝插针。

就这么一路东张西望着，不觉就走到了路的尽头。道路、椰子树、小镇，忽然间齐齐消失了，眼前猛然开阔起来，是那种安安静静不声不响的开阔，却又庞大得令人恐惧。在看到它的第一眼，我疑心前面是一片沙漠或戈壁滩，灰蒙蒙的，辽阔荒凉，寸草不生。但闪着银光的鳞片提醒了我，这就是大海。

这出场真是够低调的。

我们两个北方人激动地站在海边,又不好意思表现得太兴奋,只得勉强按捺着,久久看着眼前这个庞然大物。至此,陆地已经全部消失了,世界被海洋所占领。我想起劳伦斯的那句话:"所有人的血液都来自海洋。"莫非,人与海洋之间真有一种亲缘关系?

一路南行,我和父亲居然真的来到了大陆的最南端,而我们身后的木瓜镇便是离大海最近的一个小镇。也就是说,刘小飞正是从这里消失的。

刘小飞是我的哥哥,大我四岁,从小就比别人蹿得高,所以年纪轻轻就开始驼背,好像不太好意思长那么高。一根细长的脖子,上面还结着一个大大的头,从小到大,"刘大头"这个外号一直不离其左右。刘小飞从小喜欢看书,只要是带字儿的,哪怕是药瓶上的说明书,他都不会放过,晚上经常打着手电筒躲在被窝里看书,所以早早就戴上了眼镜。他不光喜欢看,还喜欢给人讲,他最忠实的听众就是我,我尤其喜欢听他讲那些公主和巫婆的童话。

那年我六岁,正在上幼儿园,刘小飞已经上小学了,我母亲就是在那个冬天去世的。去世前半年她已经没法上班了,就办了病退,终日歪在炕上织毛衣。她不停地给我和刘小飞织毛衣和毛裤,先织了一身厚的,又织了一身薄的,织完薄的又开始织大尺码的,等我们长大些穿。她想提前把我们一生穿的毛衣都织完,给我们存起来。那半年时间里,我家的炕上总是滚动着五颜六色的毛线球,毛茸茸的,大黄猫把炕当成了它的练球场,不时把毛线球抛入空中,再跳起来接住。冬天炕烧得很烫,有时候我半夜被热醒,一睁眼,发现母亲还是那个姿势,石像一般,正端坐在昏暗的灯光里,一针一线地织毛衣。我开始感到恐惧,感到母亲离正常人已经越来越远,她正在渐渐蜕变成另一种物质,类似于石头或植物。

母亲去世后,刘小飞帮我把那些彩色的毛线球保存起来,他对我说,等这些毛线球长成毛衣的时候,母亲就回来了。等到我十七八岁的时候,那些手织的敦实毛衣已经过时了,没有人再穿它们,而毛线球已经被虫蛀了,我便把它们一起放在箱子底,铺上樟脑球。樟脑味使它们变得寒寂阴森,它们像古代那些守墓兽,终年不吃不喝,只是静静沉睡在黑暗的箱底,帮我看守着童年的那点珍贵回忆。

那时候父亲厂里很忙，总是要加班，放学接我的任务就交给了刘小飞。每天黄昏，我都站在幼儿园的门口等他。幼儿园是清朝留下的一处老四合院，鬼气森森的，像住着很多苍老的幽灵，飞檐上长满荒草，一只角上坐着一只小石兽，早已风化不堪。不远处有棵千年古槐，也老得成精了，我每次看着槐树下长出了一个小小的影子，然后那影子越长越大，越长越大，长出一个大大的头，挑在细长的脖子上。转眼之间，那影子已经站在了我面前，替我背起书包，带着我回家。

回家的那段路是最让我快乐的。刘小飞不光会给我讲故事，还会带着我七拐八拐绕些僻静的小路，去一些只有草木和鸟兽才会光顾的地方。有一次他带着我溜进一家废弃的工厂，工厂里一片死寂，长满了一人高的荒草，连道路都被荒草吞没了。靠墙有一座灰色的小二楼，墙皮脱落，大概是原来的办公楼，玻璃齐刷刷都碎了，窗户里面黑洞洞的，像是这灰色小楼长出的一张张嘴巴，这些嘴巴都大张着，却更显出了一种可怖的寂静。只见刘小飞捡起一块石头，使劲扔进了二楼的一扇窗口。接下来，我忽然看到了魔术一样的奇幻场景，一大群雪白的鸽子从那扇黑色的窗口轰然炸出，扑啦啦地飞过我们的头顶，一直向那轮金色的夕阳飞去。它们出现得太过突然，颜色又过于洁净炫目，就好像从那扇黑暗的窗户里忽然吐出了一朵白色的莲花，带着佛教涅槃的空寂和安详，还有几分神秘和诡异。又像是从那扇窗户里忽然绽放的礼花，白色的焰火孤独而快乐，却最终还是熄灭下去了。那些鸽子在夕阳里越飞越小，直至被夕阳融化，与此同时，一架喷气式飞机拖着长长的辉煌的尾巴划过天空，像一只传说中的凤凰。我们俩仰脸看着天空，直至那壮丽的大尾巴化为片片羽毛，直至最后一缕光线也被黑暗淹没，而与此同时，象牙色的月亮已经从天边孵了出来。

还有一次，下了一天的雨，他去接我的时候，雨刚好停了。我们穿着笨重的雨靴往回走，我淡绿色的雨靴上还打了一个红色的橡皮补丁，是从车胎上剪下来的。他带着我走进一片枣林深处，那里有一个用塑料布搭的小棚子，可能是用来晒枣的，怕枣被雨淋了。他兴致勃勃把我拉进那塑料小棚子里，指了指我们头顶。我仰脸一看，因为塑料顶棚是透明的，正好能看到上面蓄着一团雨水，那团雨水像只巨大的玻璃球悬挂在我们头顶。透过这玻璃球，我看到了一个奇妙的世界，树枝、房屋、云彩，都变形了，变得柔软温顺，像花纹一样被封存在这玻璃球里，它看上去神秘而璀璨，就像童话里女巫手中的水晶球。

像这样的时刻实在太多太多了，好像都是被他用魔术变出来的。到后来，他真的能徒手变出一些小东西给我了。他曾送给我一只香瓜灯笼，就是把香瓜里面掏空，在香瓜上挖开几扇窗户，再把一个蜡烛头塞进去点亮，晚上捧着这只灯笼走路就像捧着一颗小小的心脏，温柔极了。有时候他一松开手心，里面正躺着一只草戒指或一串项链，是用黄刺玫的红色果实串起来的。有时候他忽然从书包里掏出一只塑料管编成的菠萝，或一只用松果做的小刺猬。再后来，他开始给我一些需要花钱才能买到的东西，一支自动铅笔，一块彩色橡皮，一面小圆镜子，甚至有一条假珍珠项链。我一边对这些小东西爱不释手，一边已经开始有了隐隐的恐惧感，我有些怀疑它们真正的来路，但又实在无法抵御这点诱惑，所以我情愿相信，他真的会变魔术，这些东西都是被他变出来的。

后来我上小学了，他上初中了，但依然是这样，他隔段时间就变出来一样小礼物送我，有钢笔、电话本、纱巾、泡泡糖、陀螺、发卡、塑料梳子。他变得越来越像个魔术师，每次先是娴熟地向我展示他两手空空，然后拍拍自己的口袋，再把手伸开时，魔法已经生效了，只见他手心里正躺着一样小礼物。

我把他送我的所有礼物都藏在一只纸盒子里，有时候我会躲到一个角落里，悄悄把那只纸盒子打开，就像打开了一个隐秘的山洞，我站在山洞中间，端详着这只属于我的世界。山洞里飞瀑流泉，杂花生树，我流连其中，但与此同时，我却又清醒地知道，它们其实并不是真实的，可能只是一种幻影，只要用手轻轻一拭，它们就会消失不见。

就这样过了几年，我上初中了，刘小飞上了高中，没有时间再带我东游西逛了，却还是时不时会送我一些小礼物，那时候我心里已经有了隐隐的哀求，够了，够了，不要再送我什么了。但表面上我装得什么都不知道，像他的同谋一样，赶紧把他的礼物藏到纸盒子里，永远不让它们再出世。

后来他考上了省城的一所大学，出去上学去了。他不在家后，我还暗暗有点高兴，一来是因为他终于可以不用再送我什么了，二来是因为上了大学，我觉得他已经变成了一个崭新的人。那时候父亲已经从厂里下岗，开了个小杂货店，那杂货店小得就像一只蜗牛壳，因为太小了，反倒把它旁边的那棵大杨树衬得富丽堂皇，好像它根本不是一棵树，而是一座华丽的宫殿。就是推门进了手掌大小的杂货店，一时也找不到父亲究竟在哪里，他把自己和那些洗衣粉、方便面、酱油、罐头、白糖静置于一起，挂在货架上，难分彼此，似乎他也是摆在货架上的一件物品，那是从不长腿的物才会有的安静和顺从。只有柜台上的那只算盘像活物，因为乌黑的算盘珠子悄悄闪着一种光亮，像人在暗处的目光。

那时候我对这种逼仄充满了厌恶，在给刘小飞的信里，我写道："这个世界这么大，很多人却从生到死都只能困在一个最狭窄的角落里，虽然长着两只脚，但哪里都去不了，人为什么要这么可怜？只是因为钱的问题？你看鸟儿也没钱，可是它想飞到哪里就飞到哪里，它们甚至可以飞越整个太平洋。我们都很可怜，等我将来挣了钱，一定带爸爸去看看大海。"

他在给我的回信中写道："这个不难，只要一直往南走，就肯定能看到大海。飞行其实也不难，人虽然没有翅膀，但还是能找到自己飞行的方式，我以后慢慢告诉你。"

想到他已经很久没有送我什么礼物了，我不禁有些暗暗的喜悦。看来，他与过去的那个自己确实一刀两断了。

一直到大三快结束的时候，某一天，他忽然背着大包行李回家了。因为屡次偷同学的东西，他被学校开除了。

在家赋闲一段时间后，实在找不到事做，他开始张罗着在路边摆摊卖水果，红色的苹果、绿色的西瓜、紫色的葡萄、黄色的伊丽莎白甜瓜，像诗一样，但那时候我已经开始对他有了厌恶感，还有些愧疚。毕竟，他最早偷东西就是因为我，而我，早就知道这个秘密，却一直充当着他的同谋。所以我每次宁可绕路，都不从他的水果摊前经过，为了躲他，我后来甚至住了校。只有一次，我俩在路上迎面碰到了，躲都躲不开，我忽然对他居高临下地说了一句，长个教训吧，以后不要再偷了。他一愣，但什么话都没说，脸上挂着一抹奇异的笑，从我身边走了过去。

这样过了半年，他又因为再次行窃被判刑一年。

我无数次想象过那个开头，想象他到底是如何开始的。那个时候，他自己还是个孩子，细脖子上扛着一个大大的头，因为个子高，裤脚常常就吊在半腿上，因为母亲去世了，他开始照顾一个比他更小的小女孩，他想哄她开心，于是慢慢学会了变魔术，想为她变出更多的惊喜来。再到后来，行窃变成了一种瘾，又变成了一种疾病。在持续不断的行窃中，他越跑越快，越来越身轻如燕，最后，他发现自己忽然离地飞了起来，来自地心的引力不能再牵扯住他，他飞翔在了世界之上，人群之外，如同飞鸟。为此他流连忘返。莫非这就是他信中所说的飞行？

他出狱之后，父亲就不许他在家里住，让他搬出去自己住。我知道，父亲一辈子只拥有一个小角落，所以那一点点清白名誉看起来会很显赫。于是他开始在县城里到处流浪。那时候县城里很多废弃的工厂纷纷被拆掉了，开发商开始在工厂废墟上建楼盘，他便靠在建筑工地上打工为生。那时候我已经上大二了，之所以报了中文系，是因为可以看很多小说，代替了刘小飞给我讲故事。寒暑假回家的时候，我没事就骑一辆破自行车，在县城的大街小巷里偷偷寻找他的踪影。

有一次走到县城西边的建筑工地上时，夕阳已经快要落山了。这里本是一大片荒地，长满野草，到秋天的时候会变成金色的原野，在秋阳里猎猎燃烧。看样子这里也要被用来开发楼盘了，荒野上远远近近站着几座高大的塔吊，我闲来无事，便倚着自行车，仰脸看着那座就近的塔吊。我发现塔吊的最上面居然还有个很小的屋子，像筑在大树顶端的鸟巢，再仔细一看，小屋里居然还有一个人，一个很小很小的人。我有些羡慕地仰视着他，地上除了人就是人，拥挤不堪，而他一个人住在半空中，像飞鸟一样，何等逍遥自在。

正想着的时候，那人从小屋里走出来了，开始活动筋骨，在平衡臂上来回散步。因为实在是太高了，他看起来只有巴掌大，却又身轻如燕，毫无肉身的浊重，来回走了几趟，他忽然在平衡臂上跑起步来，而且越跑越快，越跑越轻盈，一直跑到了平衡臂的尽头。我屏住呼吸看着他，我断定他下一秒钟就要飞起来了。我想，难怪他每天能在这么高的塔吊上工作，也不需要上厕所，他根本不是爬上去的，而是飞上去的，他有会飞的魔法。这时候夕阳已经开始落山，玫瑰色的晚霞铺满了半个天空，一轮巨大的血色落日做了他的背景，他站在辉煌的夕阳里，展翅欲飞。我久久仰望着那个小小的影子，再次想起刘小飞信中所说的飞行。也许他就是刘小飞。

我还试图找过他住的地方，我想，起码知道一下他到底住在什么地方。我曾在北关找到了一座奇异的房子，就那么孤零零的一间青砖房，包围在一大片野草野花的中间，看上去如舟行水上，悠游自在。这间房子镶嵌着老式的木格窗户，每个格子都不大，但上面居然没有一块玻璃，而是用五颜六色的破烂衣服把这些窗户格子都堵上了，也许是为了能遮风避雨。红的、绿的、蓝的、白的、黑的、灰的、紫的，像把各种颜色的油画颜料堆了上去，厚厚一层，堆成了一种立体的浮雕，简直像一种行为艺术，又像一场华丽的魔术，你不知道那窗户的后面会忽然走出什么，一个人，一只狐仙，或一个妖怪。

看到那房子的瞬间，我忍不住微笑起来，这是只有刘小飞才会变的魔术。门是锁着的，我知道随便拔掉一件衣服就能看到里面，但我最终也没有，只是盯着那扇奇异的窗户看了很久，然后推着自行车慢慢离去。

我还曾在西街的大榆树底下找到了一只废弃的汽车房子。就是用退役的公交车改装成的房子。这种改装，首先要给那公交车做个手术，把四个轮子卸掉，失去了轮子的公交车不再像一辆汽车，因为汽车天生就是会跑的，它现在像一只巨大的陈旧面包被搁在那里，又像个被截肢后的残疾人，整日阴郁沉闷地坐着，一言不发。这房子的主人像是怕这辆车哪天会忽然跑掉，把它的底座砌在了水泥上，这样一来，它就彻底脱离了汽车的族类，强行挤进了房屋的族群，却又被别的房屋排挤，觉得它到底还是一辆汽车。难怪它要躲到榆树底下来。

其次，要把车里的座位都拆掉，腾出空间来另作他用。我隔着车窗玻璃往里看了看，里面摆着一张旧桌子，桌子上放着一盆绣球花，开得正好，还有两把椅子，桌椅的颜色不一致，看起来是拼凑在一起的。有一只很小的铁皮炉，上面架口钢精锅，一只红色塑料桶大概是蓄水用的。因为空间小没法放床，就在角落里铺了一张破旧的床垫。我又绕到门口一看，门也是锁着的，门口摆着一张捡来的旧沙发，一张用树根雕成的茶几，虽然糙了点，却也颇有几分野趣。俨然车里是卧室，而这里是客厅了，真够宽敞的。门口还挂了一只自制的风铃，是用长短不一的钢管做成的，有风吹过时，只听榆树沙沙作响，而风铃叮咚，汽车房则安详地伏在大树下睡觉，如一只温顺的大型动物。

我躺在门口那只沙发里，浓荫披挂在我身上，树叶间筛下的阳光如一张华美的豹皮。我想，这也有可能是刘小飞住的地方，只有他才有可能把一辆汽车变成一座房子，再把一座房子变成一只大型动物。也许有一天，这座汽车房还会变成鲸鱼游进海里，反正他是个魔术师。

还有南街的那座尼姑庵，废弃多年，早已经没有尼姑在里面修行了，殿内布满蛛网，院中长满荒草，据说倒是有狐仙住在里面，还十分美貌，常有流浪汉寄身其中，狐仙便出来为其做饭。我也去找过了，没有看到美艳的狐仙，也没有找到刘小飞，只看到殿里有几尊破败的泥塑。

还有那些废弃的厂房、早已没有人住的筒子楼、破旧的仓库、枣园里的小木屋，我都一一去过了，奇怪的是，就在这么一个巴掌大的县城里，我却怎么也找不到刘小飞。

我想，原因只有一个，那就是，他根本不想让我找到他。

2

我在木瓜镇的东南角找到了那棵巨大的榕树。之所以这么容易就能找到它，是因为它看起来比整个小镇还要巨大，还要苍老。过于古老的树都带着点妖气，它们不像人类那样老着老着就死了，它们会越老越像神、像巫，像大地上真正的主人。大榕树的树冠遮天蔽日，万千条气根倒垂下来，每一条气根上都挂着一个子孙，它们荡着秋千嬉戏，纠缠拥抱在一起，一棵树就是一片森林，就是一个隆重的家族。大榕树下有座极小的庙，玩具似的，好像伸手就能拎走，不知住的什么神。庙前还守着两只小石狗，没错，是石狗，不是石狮子。

榕树旁边果然有一座三层小洋楼，看起来虽然有些破败了，但仍然算是一个小镇上最讲究的建筑。两根白色欧式柱，窗框旁围绕着灰塑，外飘的弧形阳台，窗户上镶嵌着蓝色和红色的玻璃。这座小楼孤零零地坐落在这里，周围再没有别的房子，只有各种奇形怪状的树木。它被包围在一大片绿色的浓荫里，身上爬满青苔和藤萝，看上去有点阴森森的。

刘小飞刚到这个镇上的时候曾给我写过一封信，他在信中说："我看了看地图，木瓜镇是大陆最南端的一个小镇，紧靠着大海，走到这里，前面就没有陆路可走了。木瓜镇那棵最大的榕树下有一座旅馆，叫旭日升，是一对夫妻开的，女的叫梅姐，男的叫强哥，当地人管它叫公婆店。强哥祖上是华侨，下过南洋的，这楼房就是他祖父当年刚回国时建的，后来被强哥改成了旅馆。旭日升在20世纪90年代是木瓜镇上最繁华最高档的旅馆，可以住，可以吃，还可以K歌，不过现在已经衰落了。强哥喜欢唱歌，经常独自去K歌，一唱一天，瘾很大。唱完粤语歌，还要对着墙壁鞠躬，大声说多晒多晒。可能是在怀念他的90年代吧。强哥自认为是华侨的后代，不大看得起镇上的土著，朋友很少，但真让他搬去马来西亚，他也不愿意。他是泡酒的高手，可以把任何东西泡进酒里，制成一种风味独特的药酒，很像一个隐居在黑暗古堡里的巫师。他有一间神秘的酒窖，专门用来摆放他那些大大小小的瓶瓶罐罐，有蜜蜂酒、蜥蜴酒、春凉（壁虎）酒、木瓜酒、菠萝蜜酒、蛇酒、虎骨酒、鸟酒、穿山甲酒、过山龙酒、龙虾酒、胡子（蚂蚁）酒、胎盘酒。他居然还有一瓶貘酒，用马来西亚的貘泡的酒，据说喝了这种貘酒，人就能把自己最痛苦的那部分记忆删除掉，因为貘是以吃梦为生的动物，兼吃记忆。而记忆和梦是同一科属，所以这种貘酒又像是用梦泡的酒。

"反正，只要是你能想到的，强哥已经比你先想到了，他甚至研制出了五毒酒，就是把五种毒虫泡在一起，他坚信这种毒酒能治好一些奇怪的病，以毒攻毒嘛。他还会泡一种颜色极其美艳的酒，叫血鳝酒，就是把血鳝的尾巴剪掉，让它在酒里游，游着游着，酒就变成了血红色的，而血鳝也痛苦地死掉了，是一种很残忍很美丽的酒，像稀有的红宝石，据说只要喝一小杯，冬天的晚上睡觉都可以不盖被子。

"梅姐是专门负责给客人们做饭的，她每天都起得很早，半夜就起来了，好像和其他人有时差。她几乎认识海里的每一种鱼，不管多么凶悍多么丑陋的鱼，她都能一眼认出，似乎整个大海都是她家开的鱼塘。他们早饭就得吃鱼，午饭还得吃，晚饭还要吃，可以不吃蔬菜不吃米饭，但必须有鱼，鱼不是用来下饭的，而是，鱼本身就是饭。而且，他们吃鱼极其专业，左嘴角把鱼肉轻巧地吸掉，右嘴角吐出的鱼骨雪白而完美无瑕，像把精致的梳子。和他们坐在一起吃饭的时候，总感觉不是和人类在一起，而是和一群猫坐在一起，我自己不过是误闯进了猫的王国。巧的是，当地方言中'我'的发音就是'猫'的发音。不过他们之间也有阶层差异，他们会把他们中间最喜欢吃鱼的那部分人尊称为'猫',这些'猫'对鱼的鉴赏力都已经到达了大师级别,他们对我们北方人会吃淡水鱼甚至死鱼感到震惊,而这些'猫'又最怕去北方,因为北方没有海鱼,如果必须去北方,他们一定要背上足够的鱼干再出发。但即使是鉴赏力最高的'猫',对美味的描述也同样匮乏,他们描述一条鱼如何美味的时候,只会用一个字,那就是'甜'。对他们来说,这就是美味的最高级别。

"梅姐一家老老少少和很多植物动物生活在一起,他们家后院里有很多树,椰子、菠萝蜜、龙眼、黄皮、鸡蛋果、释迦、杨桃、降香、秋枫、含笑。他们家所有的树都认识他们,树上的椰子从来不砸他们,因为那椰子上长着眼睛。他们家的菠萝蜜又大又甜,吃起来像蜜一样,因为他们每天都要和菠萝蜜说会儿话。镇上的人吃菠萝蜜的时候都说,杀苞萝,他们却从不对它用这个'杀'字。每个月都有一种果树捧出自己的果实敬献给他们,荔枝、龙眼、黄皮、菠萝、杧果、木瓜、百香果。他们家养了很多只猫,猫像渔夫一样会去海边帮他们捉鱼,每天把各种鱼摆在桌子上供他们挑选,其中还有金色的大黄花鱼,一斤能卖到一千块钱呢,有的鱼实在太大了,就七八只猫一起把它抬回来。这些猫还会捉虾捡生蚝,简直比真的渔夫还能干,我叫它们猫渔夫。所以他们从来不用自己去买鱼或捕鱼。这些植物和动物都是他们的家人,他们从没有离开过小镇,这个小镇就是他们的全部世界。"

给我们开门的是一个大眼睛大鼻孔小个子的女人,这应该就是梅姐了。她身后还站着一个同样小个子的男人,应该是强哥了,他的眼珠偏黄色,异常明亮,有点像玻璃球,却也长着和女人一样的巨大鼻孔。这么猛一看,俩人倒有点像兄妹,都是大鼻孔,都是又黑又瘦,似乎身上的水分已经被热带的太阳烤干了。梅姐听我说想住店,又探头看了看停在门口的房车,捉住嘴巴打了个呵欠,指了指不远处的两座高层楼,懒懒地说,鲁(你)系北佬仔哦,北佬仔现在都住在星磊湾喽,那星磊湾就系专门为北佬开发的劳(楼)盘,骗北佬说海景房好住,抬起头壳就看海。被人叫北佬,我心中有些不悦,父亲悄悄把我拉到一边说,在人家的地盘上,要好好说话,咱们不是背地里也叫人家南蛮嘛,算是扯平了,就说咱们不买房,住几天就走。

说好先住两个晚上。进去一看，一楼客厅里是光滑的水磨石地面，上面镶嵌着彩色玻璃，头顶挂着一盏繁复夸张的枝形大吊灯，样式是多年前的了，很复古。窗户不大，所以光线昏暗，空气里还弥漫着一种怪异的寂静，真像走进了一座古堡里。空旷的客厅里摆着一张很大的圆桌，还有十几把散落的椅子，像是轻轻栖息在地面上的。靠墙有一条长长的吧台，吧台上摆满了大大小小的玻璃酒瓶，瓶子里泡着各种安静呆滞的尸体，蜜蜂的，蜥蜴的，穿山甲的，木瓜的，蛇的，还有一只完整的鸟也泡在里面，翅膀都在，仍是振翅欲飞的样子。我心惊胆战地看了一遍，没见到什么更可怕的尸骸，才暗暗松了口气。这些泡出的药酒颜色各异，但都散发着一种毒艳的邪气，像巫师秘密炼制的丹药，五光十色且带有魔力。只是，它们不是都藏在酒窖里的吗？

　　二楼有几间客房，都空着，门窗都已有些腐朽，久不修缮的样子。但每间客房都有自己的名字，且风格迥异，"西部牛仔""白桦林""月光曲"。据说三楼没有客房，只有一间巨大的K歌房，我感觉像有一只快乐的鲸鱼正栖息在我们头顶，一只会唱歌的鲸鱼。上去偷偷一看，鲸鱼也是有名字的，名字还挺温柔，"迷人的秋天"。

　　我把父亲安顿在"月光曲"里。一路颠簸，他早已疲惫不堪，躺在简陋的床上，盖着窗户里漏进来的几缕阳光，片刻工夫就睡着了，睡着后的他看起来平静极了，几乎连呼吸声都听不到。我坐在椅子里静静看着他，看了很久很久，只见他头发已经花白稀疏，手指甲长了很长也不去剪。这两年我回家回得少了，他就一个人待在他的角落里，独自慢慢走向了衰老。我忽然想到，如果有一天父亲真的死了，大概就是眼前这个样子吧，绝对安静，不会再和我说一句话。这种预演的死亡把我震慑在了椅子上，久久无法动弹。我想起六岁那年，母亲死了，刘小飞对我说，等那些毛线球长成毛衣的时候，母亲就回来了。一别就是二十多年。

　　半个月前，父亲查出了癌症，已经是晚期，医生说他还有三个月到半年的时间，做手术意义也不大了，不如满足他人生最后的愿望。我没有告诉他病情，过了几天才装作不经意地问他，爸，我带你去旅游吧，你最想去哪儿？其实这个问题我已经问过他很多次了，每次都被他拒绝，他说在电视上哪儿都能看到，到了后来，我也懒得再问了。况且，我和他其实并没有多大的区别，他守着一台小电视，我守着一堆小说。我们都守在只属于自己的角落里。

父亲脸上是他一贯木讷迟钝的表情，看不出在想什么，也看不出痛苦。他想了好久才说，那就去看看大海吧，一辈子都没有见过海，也不知道海到底有多大。他居然同意出门了，这让我有些惊讶，心里又分外难过，他是不是已经意识到什么了？我毫不犹豫地说，我们一直往南走，就能看到大海。我知道，他想去海边还有一个原因，就是为了能找到刘小飞。一年前，刘小飞忽然从遥远的海边消失了，从此再无音信。

那时候我在报社已经工作几年了，有一天忽然收到了刘小飞写来的一封信。不知道他是怎么找到我的地址的，我们已经很久没有联系也没有再见过面了。他一开始在县城的建筑工地上打工，后来听别人讲，他离开县城去省城找工作去了，后来又听说他已经不在省城了，好像去外面找工作去了，至于到底去了哪里就没有人知道了。我甚至不知道他用不用手机，因为他从未给我打过一个电话。

他在信中说："我正在体验当代游牧民的生活方式，四海为家，自由自在。我走过了很多地方，一路上都没有坐过火车和汽车，甚至也不骑自行车。我养了一匹马，纯黑色的，像个王子，漂亮极了。我骑着马儿慢慢从北到南，白天走路，晚上就随便搭个帐篷，在河边，在森林里，在草原上，在某个村庄。无论走到哪里，白天都能看到太阳，晚上，在我的头顶都有月光和满天星斗。几亿年前的月光和现在的月光是没有任何差别的，这些古老简单的法则照耀着所有活着的人，还有那些已经死去的人，所以，你所说的偏僻的角落其实是不存在的，就连坟墓，都自有它们的生机与律令。我走过很多城市，很多村庄，每个村庄的人都说着不同的方言，甚至最近的两个村庄都不讲同样的方言，走过这些村庄的时候就像穿过了语言的丛林。而每个城市都有一条养育它的河流，城市是有母亲的，它也曾有过幼年和少年，这让我看到了城市的脆弱。没钱的时候我会停下来找份工作，挣点钱，储备好足够的粮食，接着再上路。每走到一个地方都能看到不同的风景，这就是做游牧民的好处，一路上我还交到了不少朋友，有农民、伐木工、流浪汉、牧民、骗子、巫医、马戏团演员、旅行家、朝圣者、推销员、通缉犯、大学生等等等等。大家都在大地上行走，大地让人分不出尊卑贵贱，直至与万物平等。就这样骑着马儿慢慢地往南走，也不必着急，因为马儿本身就是一种很优雅的动物，代表着一种没落的尊贵，要让自己像个骑士才能配得上它。就这么一直走下去，不管几年，一定可以走到大陆的尽头，在那里我就可以看到大海了。"

他没留地址，只能看到邮戳是河南的某个县城。在后来的几年里我又陆陆续续收到他的来信，邮戳每次都不同，安徽、江苏、江西、湖北、湖南、广东。直到有一天，他的信从一个叫木瓜镇的海边小镇上寄了过来。

他在那封信里说："我终于见到大海了。我骑着马儿就那样一直往南走，也不知到底走了多久，走着走着就来到了大陆的尽头，在陆地消失的地方，海洋出现了。人类的祖先来自海洋，这就是人为什么会本能地向往大海。而海洋与陆地的交界处是如此的恢宏壮丽，每到日出和日落时分，整个海面都会变成金色，而在有月亮的晚上，整个海面又会变得银光闪闪，一轮明月便可以把整个大海照亮。有月亮的晚上，站在海边能看到，整个世界被劈成了两半，一半明的，一半暗的，像咬合在一起的阴阳鱼。木瓜镇就在这明暗交界处。这里是雷州半岛的最边缘，人们说雷话，唱雷剧，庙里供着雷神。因为这里太过偏远，自古就远离经济文化中心，什么潮流都传不过来，连儒家文化都传不到这里来。当年汤显祖被贬到此地，从南京过来走了整整半年，待了四个月便被召回去了，回去又用了整整半年。

"这里至今都有一种蛮荒的气质，一边是动辄拔刀砍人，血溅五尺，一边是信奉万物有灵。每个村都有每个村自己的神灵，每个神灵的生日都不一样，神灵过生日这天便是全村人的盛大节日，统称年例，要在戏台上给神唱雷剧，要给神供奉美酒，要准备鲜嫩的白切鸡，要放一整天的鞭炮，要舞狮，要有极其隆重的游神仪式，而神只是端坐在自己的庙里，静静看着人们为它祝寿。这里的每个小孩出生都要认契，就是认干爸干妈，以树叶饼作为契礼，但为了省钱省事，往往就认树或石头做干爸干妈，父母带上孩子在石前树下焚上一炷香，磕三个头，这小孩从此就有干爸干妈了。所以这里很多小孩的小名都叫树生、石生，好像他们都是大树和石头生出来的孩子，和人类倒没有多少关系。"

此后又陆续收到他几封信，都是从木瓜镇寄来的，他在那里待的时间最长，大概有两年之久。直到一年前，他的信戛然而止，再没写来一个字。

他一直在不停地迁徙当中，又从来不留地址，我无法知道他到底住在哪里，所以和他从此就失去了联系。在他失去音信的这一年时间里，我几次梦到了他，每次都是梦见他小时候的样子，头大大的，脖子细细的，裤角吊在半腿上，不知他又偷了别人什么东西，正被人追打，他满脸是血地跑到我面前，双手捧着送给我的礼物，让我赶紧藏起来，我在梦里惊恐地大喊着，不要，我不要。事实上，在这几年时间里，我每次看到他信封上的邮戳又变了，心里都会咯噔一声。他的信越是写得像童话，我心里便越是感到害怕。

他从不给父亲写信，所以他的每封信我都保存起来，等回老家的时候，就拿出来给父亲看。父亲把每封信都默默看好几遍，但从来不说一句话。在他消失后的那一年时间里，父亲也只问过我一次，小飞最近没来信？好像大部分时间里，他根本都想不起这个叫刘小飞的人。

我从没有开过如此庞大的车，简直像拖着一座房子在大地上到处走动，房子里有床有桌子，我还带了一只小铁皮炉、一只电饭锅，甚至还有一台小洗衣机。拖着一座可以移动的房子，真有一种童话里的感觉。从我们上路的那一刻开始，我们就从时空里被切割出来了，我和父亲像乘着飞船进入了太空，摆脱了来自地心的引力，从此可以为自己创造出一条轨道。

为了买这辆二手房车，我把准备买小房子的首付全拿出来，又问朋友借了点钱。朋友说，你买个房车干吗，以后就打算住在车里了？我笑道，省得买房了，随便住哪都可以。然后，我辞了职，再然后，便带着父亲上路了。

在此之前，我的生活只有两部分，一部分用来工作，攒钱准备买个小房子，总不能一辈子租房住，另一部分用来看小说。我已经不再认为人必须离开自己的小角落，也不再认为角落与阔大世界是矛盾的，相反，我甚至开始认为，角落就是世界。书帮我搭起一个宏大的世界，却又无迹可寻，如佛教中的五色坛城，只在一念间。偶尔想起自己当年说的那些话，这个世界这么大，很多人却从生到死都只能困在一个最狭窄的角落里，心里便多了几分对过去自己的怜悯，又觉得自己和父亲近年来变得越来越相似了，简直像一对兄弟，这反倒让我觉得安心，所以近两年回家次数也少了。

父亲一路上就坐在我身后。临出门前他特意换了身压箱底的衣服，一路上安安静静地坐在车窗前，像一个跟着父母去春游的小孩子。我头一次发现他竟是这般瘦小羸弱。我知道，若不是因为刘小飞，父亲到死都不会出这趟门的。而若不是为了父亲，也许我也不会出这趟门的。

都是因为刘小飞。在海边，我们三个人也许真的可以最后相聚一次。

3

梅姐果然起得很早，半夜就骑着摩托车出门了，天亮前又回来了。早饭已经摆在了桌子上，我一看，早饭是树叶饼和鱼汤，还有煎鱼干。我说，梅姐，一大早就吃鱼啊？梅姐的大鼻孔正对着我，眉飞色舞地说，早候去海边买的喽，最新鲜的鱼，就系要多食鱼啦，一日三对（顿）饭都要食鱼的。我心想，原来她家也是要买鱼的，根本不是渔夫猫帮他们捉回来的。

只听梅姐又说，这系马友鱼哦，甜得很。鲁去问问，我们镇上的贵生仔，一对饭就可以食十五斤鱼哪，食鱼机器喽，鱼肉自动进去，鱼刺自动出来。不过北佬都唔懂食鱼啦，北佬的早饭唔营养，喝粥食包，包一个有头壳大，都吓洗（死）人了。喏，食鱼的席（时）候就讶（这样），要从鱼陶（头）开始，鱼刺系往下长的，讶样唔伤嘴。

这时候父亲也下楼了，她便冲着门口的强哥喊了一声，加免啦。是吃饭的意思。只见强哥正坐在门口，抱着一只大竹筒抽水烟，看起来像只正吃竹子的大熊猫。抽罢几口，他起身进屋，从泡着蜥蜴的大酒瓶里倒出一壶酒，先倒了一杯敬土地公，原来榕树下的小庙里住的是土地公。然后又倒了一杯敬祖先，祖先住在墙上的神龛里，这神龛是他们的家心。祖先面前摆着两只金黄的大柚子，倒像哄小孩的玩具。之后他又要给我们倒酒，我看着蜥蜴的尸体，连说不会喝酒，父亲也吓得直摇头，他便坐下来开始自斟自饮。梅姐坐下来之后先喝了一杯酒，然后开始吃饭，边吃边问我，鲁唔买星磊湾的劳房，那鲁系来旅游的？

我点点头，她又给自己倒了一杯酒，然后有些不好意思地说，我们讶（这）系小地方，没什么好玩的喽，不过讶些年北佬仔来得还挺多，都系来过冬的。我们的冬天有很大的太阳，过年几（只）穿一件短袖衫，空气又可（好），北佬仔都在星磊湾买劳（楼）房，冬天过来，等春天就回去了，和鸟一哥（个）样，伊（他们）都系开着房车来。鲁去星磊湾看看，好惊

（吓人），里面全系北佬。

　　鱼汤里什么都没放，连盐都没有，喝到第二碗的时候，我开始能体会到他们所说的"甜"是什么意思了。我说，你们去北方旅游过吗？梅姐立刻瞪大眼睛，双手抱住肩膀，摇着头说，北方好领（冷），会把人冻洗（死）的。强哥不满地咳嗽一声，可能觉得梅姐显得没见过世面，他给父亲夹了一块煎鱼，朗声说，加壶。是吃鱼的意思。父亲不说话，也不吃鱼，只是憨笑。他怕别人听不懂他的方言，又怕说的话会被人笑话。我鼻子发酸，说，快吃啊，凉了就不好吃了。强哥点点头，也给我夹了一块，我停下筷子，连说谢谢，又觉得自己显得太文明礼貌了，简直近于卖弄。

　　梅姐一仰脖子，又喝下去一杯酒，我说，梅姐好酒量啊。她奇怪地看着我说，两杯小酒，也系酒量？然后她忽然有些羞涩地问我道，鲁那里会下雪吗，雪到底系软的还系硬的啊？

　　我明白了，对于这些南方人来说，雪是他们的一个神话，就如同大海之于北方人，只存活在遥远的传说里。我怀着同情与骄傲解释道，雪刚落到地上的时候是软的，像砂糖，像盐，一碰就化了，厚厚的一层雪看着像棉被，是松软的，但化不掉的雪就会结成冰，最后变得很硬。

　　这时梅姐忽然站起来，跑到吧台后面抱出一块白色泡沫，站到我面前开始撕那块泡沫，撕下的碎屑飘到地上，还真有几分像雪。她极其认真地问我道，娘仔，下雪系不系呀样？我的乍步仔（儿子）从前老系问我，妈，雪系咪个？我就讲给伊，雪和泡沫一样，伯（白）的，软的，轻的。

　　她脸上的神情把我吓了一跳，又听她说到她的儿子，我忽然想起刘小飞曾在信中说过，他们一家老老少少生活在一起，十分热闹。但这两天我只看到他们两口子，并不见别人。这时候强哥站起来，把她摁回椅子里，把泡沫放回去，然后这个矮个子男人努力把话题岔开。他对着我和父亲举了举酒杯，一口喝下去，抿了抿嘴唇，然后很有见识地说，其实北佬仔来我们木瓜镇也不系第一宅（次）喽，我尼公（爷爷）系华侨，伊讲给我的，第一宅系在五六十年代，我才刚刚生下来，那席（时）候这里还都系原洗（始）森林，有毒蛇有老虎，国家建起可多农场垦荒，像什么海鸥、勇系（士）、南华，都系那席候建的农场，不少北佬仔就系那席候从北方过来的，鸡援（支援）粤西垦荒喽，把原洗森林烧掉，种上橡胶林。第二宅系在80

年代末，鲁听过十万人才下海南吧，除非坐飞机，要想从大陆到海南，就必须要经过我们木瓜镇，得从这里坐船，走琼州海峡去海南。鲁唔鸡（知道）那个席候的木瓜镇火到什么地步，我家门前这条街名唤小香港，鸡（知）道这名字怎么来得？就系那个席候来的，比省城还火。我们俩公婆就在那席候开了旅馆喽，生意火到要爆，住满了北佬仔，唔（没）床了就在地板上打地铺，还有的席在（实在）住不进旅馆，就直接睡马路，那席候的木瓜镇，暗某（天黑）后马路两边都睡满北佬仔。兴担（现在）生意唔好喽，唔火喽。第三宅就系这两年，又来不少北佬，都系有了年岁的，伊想在这里买个海景房过冬，我们这里系（四）季如春嘛。和鲁讲真话，这镇上的劳房全系卖给北佬的，本地人谁去住劳房？住在劳房里连菠萝蜜都唔种。

  说完他又很满意地补充了一句，我的普通话在木瓜镇就算系最好的喽。我说，确实不错。他便又赏了自己一杯蜥蜴酒。犹豫一番之后，我终于从钱包里摸出刘小飞一张照片，照片里的他刚上大学，站在校门口，大头，细脖子，笑得露出一嘴白牙，石榴似的。我试探着说，我倒是不买房，不过我想找个人，你们有没有见过这个人？也是个北方人。梅姐瞪圆眼睛端详半晌，还没来得及开口，强哥就抢着说，唔见过，镇上的北佬可多，哪能把伊面孔都记下来？又转脸对梅姐说，饭箸掉了。我一看，果然，不知什么时候，她的筷子掉地上了。

  那天我陪着父亲在海边坐了很久，我们就那么呆呆看着浪花一层一层涌过来，再哗得退回去，再涌上来，周而复始。我想，这时候如果一个巨浪扑过来，那我们两个人都无处可逃，渺小得连粒沙子都不如，这或许就是人们向往大海的原因。忽然又想起大学时候读过一本《残酷戏剧》，大意是说，无法改变的必然性才是真正的残酷，生者必死，聚者必散，立者必倒，高者必堕。这么一想，又觉得我和父亲之间终究是平等的，他会死，有一天我也会死，我们其实更像是战友。

  在海边坐了半天，我们又回到镇上，沿着那条叫小香港的街道慢慢往前走。这个海边小镇实在是太小了，只有馒头大，十分钟便可穿过全镇。镇上有古老的红砖房，也有新建的小洋楼，有几家脏兮兮的小饭店，榕树下面挂着两只脖子很长的烧鹅，还有两家小卖部，然后就是各种张牙舞爪的热带植物，大白天就有老鼠大摇大摆地在路上走，个头极大，也不怕人，好像是来走亲戚的。

父亲一路上都没有提刘小飞，这时候却忽然说了一句，文文你说，小飞真来过这里？还在这地方住了两年？听他终于提到刘小飞，我心里有些高兴，也听出他的疑惑，其实我也觉得疑惑，在这样一个小镇上他居然住了两年？我说，他信里写着，是大陆最南端的一个小镇，地图上就是这里了，没错。父亲躲开一只大老鼠，手搭凉棚，环视着周围说，你说他还能在这儿不？我想了想，说，他信里没说他去了别的地方，要是他还在镇上的话，在这么小的镇上，我们很容易就能碰到他，也说不来他坐船去了海南岛，但我觉得这种可能性不大，因为他来这里是为了看海，都看到海了，那海南岛对他也没有什么意义。

还有一种可能性我没有说出来，父亲也许也想到了，他也不愿说出来。那就是，刘小飞有可能已经不在这个世界上了。

虽是春天，但阳光已近于肆虐，是一种浓度极高的金色，毫不吝惜地泼洒在整个小镇上，使小镇上空弥漫着一种刚猛的气息。只见家家户户的门口都种着菠萝蜜，有的还种着番石榴、龙眼和人参果。大大小小的菠萝蜜挂在树枝上，大个儿的菠萝蜜直接就长在老树干上，再大个儿的就长在树根上。因为刘小飞曾在信中说过，菠萝蜜十分依恋人，最喜欢有人抚摸和夸赞它们，我便走过去，抚摸着那颗最大的菠萝蜜说，你长得真漂亮。话音刚落，一个扎着两条小辫子光着脚的老太太不知从哪儿跳了出来，指着菠萝蜜对我嚷道，唔要毛吓苞萝。我想，难道是怕我把她的菠萝蜜吓着了？

在每家的墙角屋后还种着很多香蕉树和木瓜树，青色的木瓜熙熙攘攘挤在一起，有黄色的熟木瓜抽身出来，跳向地面，发出沉闷的响声。火龙果像绿色的蛇爬上墙头，忽然掏出一只鲜艳无比的果实，太耀眼了，简直像有毒。还有的墙头爬满百香果，烟萝一般，一只只绿灯笼一样的百香果从叶缝间垂下来。仙人掌长得比房子还高大粗壮，在光秃秃的头顶上戴着几朵妖娆的大红花。很多人家的门口都摆着石狗，那些石狗有大有小，形态各异，都憨憨地笑着，充当着门神，看来当地人不是一般地喜欢狗。只要有树的地方就有吊床，到处都是吊床，好像这个镇上的人根本就不需要椅子凳子和木床之类的家具，他们就喜欢像鱼一样兜在软软的吊床里。几个老太太骑在吊床上聊天，小孩躺在吊床里玩手机，还有更小的小孩在旁边帮他摇吊床。有几个女人正坐在家门口补渔网，那渔网一大团铺开，如烟似雾，补渔网的女人好似正轻盈地坐在云端。

这个小镇上所有的人只穿一种鞋，就是拖鞋，年龄大的老人们干脆打赤脚走路（真是省鞋）。赤脚走路没有任何声音，所以那些老人走过去的时候，好像是一些飘荡过去的魂魄，又像是某种古老温柔的两足兽。

一个赤足老人在一棵榕树下守着一堆青色的椰子在卖，我和父亲觉出渴了，便躲进那团树荫里，老人给我们砍了两个人头大的椰子。阳光在我们周围使劲燃烧着，这片树荫像个孤岛，我和父亲彼此沉默着，他把椰汁仔细吸干净了，又用双手捧着椰子晃了晃，确定里面还有没有内容。事实上，近几年里，我和父亲之间的话已经越来越少了，有时候我们两个一起在屋里待半天都可以不说一句话，好像压根儿就没有看到对方。我们躲在各自的角落里，抵抗着整个世界。现在，他就在我身边，离我如此之近，却又变得前所未有的虚幻，好像他随时会变成一阵青烟，在我面前消散。就算这样，我们之间更多的还是沉默，有时候我简直为这种沉默感到绝望。

喝完椰子，老人送我们一人一片面包树的叶子，撑在头顶像打了小伞。我们朝星磊湾的那两座高层楼走去。走到小区门口一看，发现这儿简直就是裹在南方里的一块小北方，小区门口有家北方饺子馆，有家北方烧烤店，一家小超市，还有几十辆大大小小的房车栖息在这里，简直像误闯进了房车的巢穴。这些房车有高头大马的，有改装过的面包车，甚至有的直接就在轿车顶上搭了个阳台。房车顶上晾着衣服、鞋、袜子，三三两两的老人穿插在房车的缝隙里，有的正劈柴做饭，有的正在洗衣服，有的坐在一起聊天，全是北方口音，还有两个老人正坐在树荫下吹萨克斯和笛子，一个老太太不知躲在哪里放声高歌。

在这遥远的海边，能听到北方口音，觉得分外亲切。我试图和一对正在做饭的老夫妻搭话，老太太用扇子给炉子扇火，老头正在煮挂面。我猜他可能是耳朵不大好使，生怕别人听不见，说话的时候就像在吵架，他扯着嗓子大声说，俺们两口子把房子都卖了，怎么就不能卖了？房子不就是给银（人）住的？死了还能把房子带走？卖了房子买了辆房车，最好的，里边齐全着呢，进去瞅瞅？快瞅瞅。俺俩也不在这儿买房，哪儿都不买了，就这么四处溜达着，在这地儿住一个月，再去那地儿住一个月，哪儿好就去哪儿住，死在路上和死在家里头有啥不一样？小妹儿，你倒说说看，死在哪儿不一样？老太太笑道，老鬼，你别把人家闺女吓着了。

见他们挺热情，我们便干脆坐下来和他们聊。我说，万一半夜把车停在野地里了，你们害怕不害怕？老头一拍大腿，大声说，嘻，有啥好怕的，告你说，只要你自个儿身上阳气足，连鬼都要躲着你。小妹儿你想啊，方圆几百里就你们俩银（人），大月亮照着，电灯泡似的，躺下就能看星星，那星星都快砸到你脸上了，多好，你睡家里头能看见？有那么一回，俺俩走累了，把车往野地里一搁就睡了，周围黑咕隆咚，乌漆嘛黑，啥也瞅不见，第二天醒了才瞅见俺们把车停到坟地里了，那有啥害怕的嘛，银（人）家睡里头，俺们睡外头，互相不打扰。对了，大兄弟，小妹儿，今晚上俺们要去海边放烟花，那烟花老大个儿，你们都去瞅瞅，那可不是一般好看。老太太叫道，老鬼，麻溜点儿，挂面黏成团了不是？

到了晚上快9点的时候，小镇已一片沉寂，家家户户都关了门，黑暗中只浮动着一扇扇昏暗的窗户，椰子树在海风中挥舞着巨大的叶子，怪兽一般。我和父亲正在旅馆门口散步，忽然看到前方的黑暗中开出了一大朵绚烂的烟花，又一朵，接着又一朵，有红色的、绿色的、紫色的、金色的，因为过于绚烂过于美丽了，反倒有了些阴森之气，仿佛是从最幽深的黑暗中长出来的花朵，幽灵一般，惊心动魄，旋生旋灭。在烟花绽放的那一瞬间里，整个灰败的小镇都被轰然照亮了，海面上落满烟花的花瓣，水银似的一层，看上去光华夺目。

我和父亲一直站在那里看着，直到最后一朵烟花湮灭在黑暗中。我心里忽然一阵喜悦，因为太熟悉了。我扭脸对父亲说，刘小飞一定还在这个镇上，这是他变出来的魔术。父亲好像没听见，仍然仰脸看着夜空，最后一朵烟花寂然落在他的眼睛里，使他的眼睛里现出一种稀有的光泽。

4

连着几日，我和父亲都是一大早去海边看海，吃过早饭后就在镇上溜达。炎热蛮荒的镇上一共只有三条街，来来回回地走了几天，连镇上有几张面孔都要背下来了。可是就在这么小的地方，我们却并没有看到刘小飞。我在街上溜达的时候，忍不住还在想，到底是什么让他在这里待了两年之久，如果他并没有离开这里，那就两年都不止。我忽然又想起康拉德写的那本《黑暗的心》，书中的那个库尔兹，深入到蛮荒的非洲丛林，最后却不愿再走出黑暗的丛林，而是做了土著人的神。

　　这天早晨，我比平时醒得要早，再也睡不着了。天光还是青色的，想到父亲可能还在睡觉，一时不知该干什么，便站在窗前看着外面发呆。我这扇窗口正对着梅姐家的后院，她家的后院里种满了各种果树和花草。站在窗前，一眼就能看到那棵巨大的菠萝蜜树，不知道它到底有多少岁了，看起来老态龙钟却又十分慈祥，身上挂满了大大小小的菠萝蜜。它后面还有面包树、释迦、龙眼、鸡蛋果、荔枝、芒果、人参果，各种形状的叶子密密麻麻地缝合在一起，缝成了一大块密不透风的绿色。从这窗口看过去，那团绿色根本就没有缝隙，简直有些恐怖的意味。

　　正在这时，我看到梅姐拎着一篮子树叶饼走进了那片密林中，她刚一走进去，那密林又自动缝合上了，连一点痕迹都不留，像是把她一口吞了进去。我心里忽然打了个激灵，她拎着吃的去喂什么？喂那些果树？不可能，就算万物有灵，果树也不可能吃树叶饼。难道说，那密林中还藏着什么？

　　我呆立在窗前，忽然想到那天早晨我拿出刘小飞的照片时，他们夫妻二人语焉不详的神情。依我的直觉，他们应该是认识刘小飞的，起码见过，但他们却不愿承认。我盯着那团密不透风的绿色，脑子里飞快地想，她拿树叶饼进去，会不会是去喂什么动物？但是动物也不会吃树叶饼，只有人才可能吃树叶饼。

　　我立刻又想起了那些可怕的梦境，在梦里刘小飞四处被人追打，满脸是血地跑到我面前，手里还捧着什么要送给我。想到这里，只觉得一阵眩晕，心跳骤然加快。这时只见密林张开了嘴，又把她轻轻吐了出来，她提着空篮子回到了厨房。我下了楼，悄悄溜进后院，走近那片密林，它茂密得接近于阴森，像座苍青色的古堡，在离它只有一步之遥的时候，它无声地张开口，把我吸了进去。

　　走进去才发现林中尚有缝隙，树与树之间仍有清晨的阳光洒落进来，只是那阳光也被染成了绿色。各种树木静悄悄地看着我，我能感觉到它们阴凉潮湿的目光，但并没有看到任何人的影子。又往前走了几步，林子更密了，阳光漏进来得更少，周围也更加葳郁阴森。我忽然停住了，在我前方的草丛里，安详地躺着几座坟墓，每座坟墓的前面都摆着一只碟子，碟子里摆放着树叶饼，好像它们正聚在一起享用早餐，一边吃早餐一边聊着今天的天气。在坟墓中间，倏地窜过几只黑猫的身影，没有一点声息，绿色的眼睛一闪，状如幽灵。坟墓旁边的大榄仁树下，也挂着一张吊床，无孔不入的吊床。我暗想，这吊床莫非是鬼魂们用的？

忽然听到身后传来沙沙的脚步声，我心里一哆嗦，林子里真的有人，莫不是刘小飞藏在这里？猛一回头，却是梅姐正站在我身后，手里拎着几条杂鱼。这次她是来喂猫的。

梅姐平静而隆重地向我介绍了林子里的几座坟墓，这系我爸爸，这系我妈妈，这系我家安（公公），这系我家婆（婆婆），这系我小弟，这系我侬仔，活了十六岁，鲁唔鸡（知道），伊个子高高的，长得很漂亮。她用手向我比画她儿子的身高时，脸上忽然露出了一种喜悦，像从很深很深的地方浮出来的。她笑着说，天归（天亮）我给伊送树叶饼，还给伊喝蜜蜂酒，菠萝蜜熟了给伊食菠萝蜜，过年给伊食年糕和八宝饭，伊嗜（喜欢）一起讲闲话，我就躺吊床上听伊讲，有席（时）候，听着听着就睡熟了。

有风从树林里奔跑而过，风移影动，树叶飒飒作响，几座大小不等的坟墓相对而坐，虽静默不语，但看着确实像一家人。几只黑猫都围过来吃鱼，三只个子大的反而都让着那只最瘦小的猫。我和梅姐坐在吊床上看着它们，梅姐脱了拖鞋，晃着两只赤脚说，那鸡（只）最瘦最小的系猫妈妈，其他三鸡（只）大个子的都系伊的侬仔。我说，啊，它们长得一模一样，你是怎么分出来的？她说，猫妈妈见了人不惊的，人家把伊捉去煮了食，伊也不惊，还能和人讲话的，我能听懂伊讲的话，伊向我讨食，伊要养活三个侬仔，伊也有一家人要养喽。

我心想，刘小飞说他一家子老老少少，原来都在这里。

沉默了片刻，她小心翼翼地问了我一句，娘仔啊，鲁过来寻那后生仔，系不系伊欠了鲁钱？

我意识到她说的可能是刘小飞，便赶紧说，梅姐，那是我哥，亲哥。

梅姐扬起两条眉毛，鼻孔变得更大了，不相信地看着我，大陶系尼兄？我听懂了，大陶就是大头，果不然是刘小飞。我说，刘大头就是我哥，大头是他的外号，我和我爸千里迢迢过来找他。梅姐忽然拊掌笑道，强哥和我讲，怕鲁系来讨债的，唔要我讲。娘仔唔鸡（知道），跑到我们这里来的北佬，有的系来躲债的，还有的系杀了人的，天高皇帝远喽，躲到这里谁也唔寻到。我装作恍然大悟道，原来你和强哥都认得刘大头？梅姐晃着两只赤脚，不以为然地说，镇上哪个唔认得伊。我吓了一跳，问，为什么都认得他，难道他是镇上的名人？

一只黑猫跃上梅姐的肩膀，又爬上她的头顶，像顶黑色的帽子。她对它十分宠溺，等它把她的头发扒得乱七八糟了，才很享受地把它揪下来，指着它的脑袋说，侬仔食把未（吃饱没）？那神情分明是在和一个人说话。她把猫抱住，又说，大陶系我们的朋友啊，我们以为大陶唔一个亲人，就剩伊一个，好好一个后生仔做了流浪汉，每日食柴头薯和光饭，还以为伊摔钱（赌博）欠了债，躲到这里来了。我笑道，梅姐，他来这里是为了看看大海。

黑猫偎依在她怀里，她一边用手抚摸着它，一边说，北佬都嗜（喜欢）看海，要系天天让鲁看，忘死（烦死）。这几只猫系大陶送给我的，也唔鸡伊怎么变出来的，我们这里从来唔黑猫的，啧啧，一家子黑猫都被伊变出来了，我问伊，伊讲黑猫系偷来的，伊还讲伊从前就系小偷。唔可能，我们这里唔有人养黑猫的，黑猫都系鬼魂变的哦，去哪里偷？小偷会讲自己系小偷？笑洗（死）。鲁唔鸡，有开发商相中我们的老宅，想在这里开发劳盘，赔我们几张纸（钱），让我们搬走，我们一大家子住在这里多少个年代了，有活人有洗（死）人，有祖上种的菠萝蜜，活人能搬，洗（死）人唔得搬，树也唔得搬。大陶听我讲了这个系（事），就变出了几只黑猫来送我。我们当地人都惊（怕）黑猫，黑猫系鬼魂嘛，我和强哥不惊，因为我家院子里住的都系鬼魂喽。自从有了黑猫，就唔人敢让我们搬家了，鬼魂唔要惹。后来我侬仔的魂就住在这只黑猫身上了，伊好乖，我把伊当侬仔养。

我背上忽然爬过一阵阴凉的感觉，我惊异地发现，在这个小镇上，很多边界都是模糊的，人和植物动物之间，活人和死人之间，地上和地下之间，都是可以相互穿梭往来的，万物有灵，且共同生活在一个大家庭里，真是热闹啊。在一个瞬间里，我甚至对他们生出几分羡慕来，即使是亲人离世，他们大概也不会有多少恐惧和悲伤，因为死去的人和活着的人其实仍然生活在一起，从不曾真正分开过。

至于黑猫到底是从哪儿来的，估计只有刘小飞自己知道了，反正他是会魔术的。只是，他对梅姐说他从前是个小偷，这让我感到颇有些意外。

我正想着打听一下刘小飞的行踪，只见她已跳下吊床，跻上拖鞋说，鲁要找尼兄？唔容易哦，伊京（今天）住树上，兴早（明天）住船上，后日住老屋里，谁也唔鸡伊到底住在哪里，我好长时日都唔见大陶喽，心惊伊系不系被人捉去抵债了。我惊讶道，他不住旅店？她看起来比我还要惊讶，伊每日食木薯，还有钞票住旅店？强哥让伊白住，讲房间都空着，唔要钱，随便住，伊无瘾（不愿意），就要住树上，还帮我们干活。强哥喜欢大陶的，心惊伊被人捉了去。

经梅姐带路，我在镇上最北面的一片桉树林里，找到了他的第一个住所。在疏朗挺拔的桉树林中央，摆着一张旧沙发，上面破了一个大洞，海绵从里面吐出来，一只摇摇晃晃的旧木桌，一只掉了轮子的行李箱当衣柜，一棵树上挂着一面裂了缝的圆镜子，像梳妆台，另一棵树上挂着几只椰子壳，椰子壳里种着茑萝松和凌霄花，凌霄的枝蔓一路披散下去，像是那椰子壳长出了一头长发，橘色的凌霄花和猩红色的茑萝松插在鬓角，森林女妖一般。还有几棵大桉树上挂着红色的塑料袋，塑料袋里装着些杂物，其中一只袋子里装着一本书和两个木薯，挂那么高也许是为了防老鼠，于是这几棵大树也做了储物柜。梅姐在旁边说，那沙发和桌子都是伊捡来的破烂，我笑伊，伊要真会偷就先偷些钞票来嘛。

我站在这片桉树林的中央，就像站在一间奇异的房间里，地上铺着一层松软的落叶，金色的阳光透过树梢，在落叶上变幻着各种几何形状，高大挺拔的桉树肃穆庄严，在四周垂手站立，静默不语。风从四面八方涌进这间房间，盘旋在枝叶间，被风吹起的树叶优美地旋转着，飞舞着，直到缓缓飘落到地上。

我的眼睛一阵湿润，这确实是刘小飞变出来的房间，除了他，不会有别人。他住在这样的房间里，披着日月星辰，枕着霞光，听着风从海上赶来，餐风饮露，像个苦修的隐士，又像个孤独的类人猿。因为没有任何累赘，脚步变得太过轻盈，以至于跑到了所有人的头顶，最后竟像飞鸟一样飞了起来。

在后来的几天里，我瞒着父亲悄悄去参观了刘小飞住过的其他"房间"。不想让他看到，是怕他会难过。刘小飞还曾在一棵大榕树上住过，他在树杈间搭建了一个简易的窝棚，看起来像只巨大的鸟巢。他还在海湾的一只破船里住过，那只锈迹斑斑的渔船早已被废弃，一动不动地卧在沙滩上，看上去又干渴又苍老，船尾却整整齐齐地贴着一张大红纸，上面写着四个毛笔字"船尾得利"。镇上有一间没人敢住的老屋，是用珊瑚礁砌起来的，坚固如碉堡，至今看上去都像某种海洋生物，仍然散发着海洋的气息。老屋的门上窗上贴满了长长短短的红对联，写着各种吉利话，还贴着各路神仙符，什么天后妈祖雷神土地公都前来相助，是因为据说这老屋闹鬼。就连这样的屋子，据说刘小飞都在里面住过。显然，他已经彻底摒弃了房屋的肉身，而只住在房屋的魂魄里或概念里。我想，也算条好汉。

在所有的这些"房间"里，只有一些他或是别人留下的痕迹，却并没有看到他的身影。

这天吃晚饭的时候，梅姐准备了煎鲳鱼、生蚝炒蛋，还有一大盆鲜美的花螺，但父亲只是坐在那里，一口饭都没吃。我猜他是想吃老家的手擀面了。来木瓜镇这么些天，我们每日对着大海横看竖看，其实已经看够了，但父亲却始终不提想回家的话，我当然明白，他是在等刘小飞，还想着能见他一面。

但是想在梅姐这里吃到面条那简直是做梦。梅姐一听，立刻说，唔打紧啦，兴早（明天）打个羊煲给鲁食，还有羊粥喝，鲁不想打羊煲，还可以打狗煲啦。吓得我从椅子上跳了起来，你们居然吃狗肉？你们不是有崇拜石狗的文化吗，自己的图腾居然也敢吃？梅姐扬起大鼻孔，不解地看着我说，石狗系石狗，狗肉系能食的啊，我们这里都打狗煲喽，以前在我家边上还有一家饭店的，生意唔好，歇了，伊专门卖烤猫烤狗的。这次连父亲都被惊到了，什么，你们连猫都吃？

梅姐用围裙擦擦手，有些抱歉地说，我们这里什么都食啊，穿山甲眼镜蛇都食喽，要不给鲁打个蛇煲喽。吓得父亲赶紧说，不麻烦你，其实我就是想吃点面食，我们吃饭不讲究，也不会吃海鲜，就是离不了面食。旁边的强哥一拍桌子，恍然大悟道，尼公想食包了，那种北方的大包。他用手在空中比画了一个巨大的馒头，然后指着星磊湾的两座高层楼说，食包就去星磊湾喽，那里有北佬开的饭店，里面卖包。然后又压低声音嘱咐我，千万唔在那里食鱼，都系冰箱里的冼（死）鱼，北佬奔（分）不清鱼的好坏。

  我带着父亲来到星磊湾门口的时候，天已经黑下来了。门口的两棵榕树披散着头发和胡须，在夜里有一种诡异的慈祥。房车大部分都在，白天出去玩的，到晚上也归巢了。老人们用太阳能电池点着灯泡，正在做饭，远远一看，象群般的房车都已经安详地入睡了，而它们的主人们正在月光下劈柴做饭，一盏盏昏暗的灯光如同远古的篝火，映照着这群浪迹天涯的老人。他们看起来快乐而自由，有的在炖鱼，有的在吹笛子，有的三三两两地围在一起打牌或吹牛。那个老太太又不知躲在哪个角落里唱着歌，歌声苍老低沉，徘徊在夜空下。住在星磊湾里的那些北方老人也出来活动了，他们看起来更加苍老，站在一起，跳一种很笨拙很简单的健身操，看起来像一群围着篝火跳舞的原始人。

  明月高悬，这里的月光同阳光一样猛烈，也许因为这是陆地的尽头，大地即将被海洋所代替，而海洋与太阳和月亮之间，也许有着某种更神秘更深层次的联系。这种庞然大物之间的联系方式是我们小小人类所无法理解的，但万物之间，甚至天体之间，想必都有着它们自己的联络方式。比如大海通过潮汐来呼唤月光的驾临，通过气旋来邀请台风的拜访，通过地壳的变动和高山做转换游戏，又通过神秘的信念吸引人类不断来到它身边。

  那对东北老夫妻看见我和父亲了，老头向父亲热情招呼道，大兄弟，过来吃点呗，铁锅炖大鱼，鱼是俺今天刚钓的大青衣，有好酒好肉，还泡了工夫茶，俺们自带的茶具，这把年纪了，都不知道自个儿还能活几年，就得自己会享受点。老太太也说，大兄弟小妹儿快来吃鱼。父亲憨憨地笑着，连连摆手，甚至后退一步。他在这些老人面前总有些自卑，觉得这些老人都是长着翅膀的，想去哪里去哪里，而他自己是长在花盆里的。我想让他多和人交流，看起来也不大可能，我忽然又想起刘小飞，想他在这么偏远，语言都不通的地方居然还能交到朋友，他是怎么做到的，靠魔术？

见小区门口的那家北方饺子馆亮着灯，我们便走了进去。饭馆不大，只有四五张桌子，但十分干净整洁，白色的桌椅白色的墙壁，地上铺了白色的瓷砖，擦得光可鉴人，整个饭店像个雪洞。饭馆老板是个六十多岁的男人，脸已经老了，但头发乌黑茂密，简直像一顶假发，应该是染过的，整整齐齐向后梳去，正戴着花镜坐在椅子上看书。在这个小镇上很少能看到有人看书，我忍不住朝他多看了两眼。

　　他见有人进来，便放下书，提着茶壶过来给我们倒茶，他倒茶的那只手上戴着一串油亮的佛珠。我一看，茶里泡着几片白色的花瓣，花香十分清雅。再看菜单，忍不住吃了一惊，只见菜单上没什么菜，只写着"风月饺谱"，他给饺子起了各种雅致的名字，墨玉、翡翠、红绫、蓝晶、石榴、新月、蔷薇、火凤，炫霜。我一时看呆，这时候那老板主动开口了，语气有些倨傲，还有些宽容，你们是第一次来吧，没见过你们，我这儿做的饺子稍微有点特别，在别处见不到，因为我在饺子皮和饺子馅里加入了不同的药材和花卉，所以煮熟之后的饺子就会出来不同的颜色。每种饺子的味道都不一样，功效也不一样，相当于食疗。像这个翡翠，就是把嫩苞萝叶磨碎，和进面里去，煮出来的饺子是绿色的，饺子馅里加了丁香罗勒，有治疗胃病的功能。像这个红绫，煮出来是红色的，是把木棉花的干花磨碎搅进去，饺子馅里加了九节，可以清热解毒。这个火凤，是把黄钟木的干花搅进面里去，馅里加了小驳骨，可以祛风散寒。炫霜是在面里加了降香和槐花，馅里加了山薄荷，有行气散瘀的功效，还能治感冒。这个新月是在面里加入了鸡蛋花，馅里加了长春花和锦绣杜鹃，可以镇静安神，帮助睡眠。不着急，你慢慢看。

　　听口音也是北方人。一个北方人在这海边小镇上，把饺子当艺术品来做，让我很是诧异，又不由得有些感慨。我笑道，饺子做得真是精致，只是当地人很少吃面食，做这样的饺子，怕是有些可惜了。他笑而不语，理了理头发，摸出一根烟来，悠然叼到嘴上点着了，缓缓抽了几口才开口道，不求别的，有俩吃饭钱就够了，任何事情，只要做到极致了，就是艺术。

　　在木瓜镇能听到这样的话，我简直有些头皮发麻。他扬起胳膊弹弹烟灰，又把烟架到了嘴上。我发现他所有的动作都有些夸张，有一种舞台上的表演感，只有经常自我对话的人才会这样。见我不说话，他便又问了一句，北方过来的吧，哪儿人？我说，山西。他忽然高兴地说，我是山东人，咱们离得不算远。我心想，一个北方人在这小镇上到底还是孤独了些。

他到后面煮饺子去了，我看到桌上摆着一本书，再一看，每张桌子上都摆着一本同样的书，不是正规出版物，是自己印刷装订出来的，封面比较粗糙，画着两棵椰子树，写着三个字，"南行记"。我随手翻了翻，不是艾芜的《南行记》，内容写的是20世纪90年代初在海南的创业故事，文笔也很粗糙。

我心里有些疑惑，这是为了让顾客们打发等待的时间吗？只是，现在的人都是看手机，有几个会在饭店看书的？正翻着书，饺子已经端上来了。因为我把各个品种的都点了些，煮出来的饺子五光十色一大盘，像珍奇的贝类，在灯光下闪闪发光，简直不忍下口。他又端来一碟小菜，里面是腌木瓜和腌杧果，说，这是我自己腌的，尝尝味道怎么样。我指着桌上的书说，这书是谁写的？他淡淡说了一句，我自己写着玩的，当个消遣呗。我惊讶道，你自己写的？那怎么不找个出版社？他看样子并不想继续这个话题，漫不经心地说，我又不是作家，就是写着玩的，打发一下时间，谁想翻就翻一下，不想翻就当废纸扔着，无所谓。

我们吃饺子的时候，他就坐在旁边的凳子上，认真把头发往后拢了拢，然后一扬胳膊，又给自己点了根烟，一边抽烟一边看着我们吃。我给他让了双筷子，他赶紧接住，但筷子摆好就再不动了，两只胳膊交叉抱在胸前，一边抽烟一边看着我们吃，很享受的样子。过半天才慢条斯理地问了一句，味道怎么样？我忙说，好吃。连父亲也笑着点点头。

他得意地一笑，弹了弹烟灰，又起身抱过来一坛酒和三只杯子，把酒坛往桌上一撒，说，这是我自己泡的百花酒，酒是自己酿的米酒，里面泡了石斑木、叶下珠、鸡蛋花、灵芝、木棉花、九里香、苦刺、三叶梅、华山姜、桑葚，放了两年了，一般不拿出来招待人，今天能碰见你们是缘分，一定要请你们喝一杯。父亲笨拙地笑着，摆了摆手，他是被梅姐家那些恐怖的药酒吓坏了。我倒觉得这百花酒不同于那些蜥蜴酒蛇酒，能让人想起"春有海棠，秋有芙蓉"的美好，便拿过酒杯说，我替我爸喝两杯。男人一拍桌子，说，好，还是咱北方人爽快。

这百花酒闻着有种奇异的芳香，好像真的众采花魂，但入口之后还是会觉出些苦涩，喝了两杯之后，我就不再喝了。只剩下他一个人在那里自斟自饮，一口烟一口酒，半天才拈起一条腌木瓜啃一点，兴致很好，一看就是自娱自乐惯了的。他喝了一杯又一杯，话也慢慢多起来，显然已经有点醉了。他咂咂嘴唇，说，我年轻时候其实不喜欢喝酒，那时候喝酒都是应酬，生意场上的酒，如今没有应酬了，就自个儿喝，却觉得酒真是个好东西哪。你们说一个人在这南蛮之地，晚上要不喝点酒，怎么睡觉？就是喝点酒，也只能睡到半夜。和你们说，我每天凌晨4点就起床了，起来就包饺子，说是饺子，其实已经不是饺子了，饺子只是个障眼法，看谁能看破了。

　　父亲居然破例主动开口了，声音很轻，有点像自言自语，怎么来这么远的地方开饭馆？一个人是怪孤闷的，在这边也没成个家？

　　男人叼着烟，把一条腿架到另一条腿上，笑着说，在这种南蛮之地找个女人，你说和找个外国人有什么区别？又黑又瘦，一口雷话，还一顿都离不了鱼，像猫科动物一样。人家也嫌弃咱们北方人，说北佬不喜欢洗澡，不像他们一天洗三次澡，我说一天洗三次澡的是海豚，不是人。万事都有因缘注定，脱不了因果的，何况是这种事，随缘随力。

　　我说，你可以回北方啊，怎么不回北方呢？

　　他站起身，把烟头掐灭了，在地上慢慢转了一圈，忽然扭脸问我道，去年冬天北方下雪了吗？我说，我们那儿下了一场，不是很大。他站在白色的地板上，灯光投下来，他的倒影落在地上，好像另一个他正站在他脚下的世界里。他脱掉拖鞋，用赤脚抚着地板说，我已经很多年没见过雪了，这地板像不像下了雪？我每天都把这地板擦得干干净净，一个人的时候，我就光脚在这地板上走过来走过去，我觉得，这是下给我一个人的雪，是我相，非众生相。小时候的雪下得真大啊，尤其是过年的时候，大雪衬着红灯笼，我和哥哥忙着贴对联，放鞭炮，等饺子一出锅，年味就全出来了。这里没有雪，也没有四季，时间是静止的，你老了你也不知道，你可能都一百多岁了你也不知道，这里的老人都很长寿，是因为他们早已经忘记了时间和因果，有些登彼岸的意思了。

　　他看上去很落寞，脚踩着自己想象出来的一片雪。我忍不住又说了一句，你可以回北方啊，现在的交通很便利。他目光虚虚地看过来，好像是在看我，又像是在看着我背后什么地方，看了半天，才说了一句，来去自有定数。声音略有些悲怆。继而他又仰起脸，使劲往后拢了拢头发，笑着说，这个小镇，虽然偏远，但这是过琼州海峡的唯一要道，所以有时候会有一些异人出现在这个镇上。前几年我遇到过一个北方人，不知是从哪儿来的，在我这里吃过几次饺子，喝过几次酒，慢慢熟了。后来他对我说，张哥，你现在虽然离人远了，但是离万物近了，也是个好事，其实离万物近了更风雅。我说，在这种地方，风雅给谁看？他说，你一个信佛的人，这样每天光顾着包饺子卖饺子可就着相了，你就真变成个开小饭馆的了。我说，实相在哪儿？他说，任何事情，只要做到极致，就能变成艺术，其实包饺子也能做成一件很风雅的事，再说了，这个小镇也需要有个把艺术家，需要点文明，不然太野蛮了。我说，怎么个艺术法？他说，你看这南方最不缺什么？遍地的奇花异草，用这些奇花异草做饺子啊，虽然没有脱离饺子的相，但你的饺子其实已经不是饺子了。我说，是心相？开始的时候，我什么花什么草药都分不清，他就带我去山上采花采草药，他居然都认识。我说你一个北方人，竟能认识当地的草药，你到底是什么来头？你猜他怎么说，他说他是个刑满释放的犯人，因为偷过东西，在北方待不下去，就流落到南方来了。你要知道，这可是大陆的尽头，天高皇帝远，连杀人犯隐姓埋名一辈子都不会有人知道，可这么多年里，我头一次听到有人说自己是刑满释放的犯人，但不知道真假。后来我反复琢磨这个人，用佛家的话来说，这应该是以幻制幻，用一种相破扫另一种相，关键在一个"破"字上，这也算一种苦修。

我说，这个北方人最近来过吗？

他摇摇头，好长时间没来了，估计是回北方了吧，要不就从这儿坐船去海南了。你看，对面就是海南，连楼房都看得见，这就叫咫尺天涯，但业力不够就不能来去自如。

我忽然有些恍然大悟，想起刘小飞在信里曾写到过一个人，也是他在木瓜镇上遇到的。"我遇到这个人的时候，他已经在木瓜镇上隐姓埋名地生活了二十年，他在80年代末南下海南创业，看准了房地产这个行业，后来也因为开发房地产一夜暴富。当时的海南岛，在两三年的时间里，房价已经从一千涨到了一万，挣钱的速度已经到了令人恐惧的地步。他说当时他心里其实已经有些害怕了，因为钱来得太快太多，觉得已经有些不正常了，但他已经刹不住了。果然，接下来便是楼市泡沫的到来，他又一夜之间负债累累。他有两个同行在绝望中跳了楼，而他偷偷坐着一条渔船，到了海南岛对面的木瓜镇。虽说已经从海岛逃回到大陆了，他却不敢回家，怕要债的人会追到家里，怕给亲人带来厄运。从此他在木瓜镇隐姓埋名，开了个小饭馆为生。

"他像个被诅咒的西西弗斯，被魔咒困在了这个小镇上。不过他并不畏惧这魔咒，甚至找到了解开这魔咒的密码。在这个海边小镇上生活久了，最正常的人也会染上些巫气，不过我觉得这样挺好，人如果只是孤零零地活成人，身上只有一点人味儿，也挺没意思的。这哥们儿和我说，他已经想明白魔咒的密码了，就是一个有限和无限的问题。所谓的无限性，就是把有限的时间和空间无限打开，让它自身无限繁殖下去。任何事物在到达极致的时候，就会发生质变，苦难会变成审美，连枯燥和悲伤都会饱含诗性。你看人多有意思，一个破产的房地产商人在海边小镇隐居多年，却不小心变成了哲学家。

"这哥们儿从来到木瓜镇之后，就开始潜心研究各种花卉和草药，他对雷州半岛的每一种植物都了如指掌，他还买了一块地，专门用来种花木草药。他一年当中的很多时间都用来种花、赏花，到深山里寻找一些罕见的野花，在每个季节收集不同的鲜花，做成干花保存。他还在花丛里养了几箱蜜蜂，让蜜蜂帮他采蜜。他做的菜就叫'花宴'，因为每一道菜里都加入了不同的花卉。他用鲜花做各种精美绝伦的点心，还用花泡茶，用花酿酒。对了，他那个小饭馆有个十分雅致的名字，叫'花间煮雨'。我常去找他喝酒，有一次他喝多了，对我说，大头啊，就算你有一天活成我这个样子，没钱没亲人，没有了人类社会的一切，也不必害怕，真不用怕，人世间可不是什么都能解决得了的，等你跳出人世间，再回头看人世间，就知道其中的意趣了，苦乐都是意趣。"

和父亲走出小饭馆的时候，我特意回头看了看，门面上只有"北方饺子馆"几个大字，并没有什么"花间煮雨"。

5

回旅馆的时候，我们走了一条白天没有走过的小路，这条小路两边都是椰林，没有路灯，只有月光。没有风的时候，那些巨大叶子的剪影静静落在地上，整条路看上去鬼影憧憧，薄薄的一层月光铺在小路上，有种积水空明的感觉。当海风穿过椰林的时候，那些巨大的叶子忽然就变得狰狞起来，化作一群夜晚的怪兽。我踌躇了一下，试探着拉住父亲的一只胳膊，从我有了记忆，父亲便从未拉过我的手。他那只胳膊是僵硬的，但他没有拒绝。我搀扶着他，我们像这个世界仅存的两个人，蹒跚着穿过海一样深的椰林。

忽然听到前面扑通一声，有什么砸在地上了，我吓了一跳，走过去一看，原来是一只椰子从树上掉了下来。不远处又是一声扑通，另一只椰子也掉下来了。

我觉得十分惊奇，因为在白天，从未见它们从树上掉下来过。从那些椰树下走过的时候，我总是盼着能从树上掉下来一只椰子，就可以喝到椰汁了，但那些大大小小的椰子白天都稳稳地坐在树上，看上去纹丝不动。原来它们是在夜晚才会掉下来，难怪梅姐说，这里的椰子都是长着眼睛的，它们白天不会掉下来，是怕砸到路人，只在夜深人静的时候才会悄悄往下掉。

小镇已经沉睡，连海风也歇息了，天地间一片万籁俱寂，这时我才注意到，椰林里隐隐可以听到此起彼伏的声音，都是椰子从树上跳下来的声音，顽皮，欢喜，如一大群藏匿在黑暗中的小孩子。这时候忽听到身后吱嘎一声，回头一看，一片巨大的树叶砸了下来。没有想到椰子的树叶居然这么庞大，躺在地上像只小船，如果砸到人身上，是可能把人砸伤的。

我第一次见到如此神秘隆重的落叶仪式，也是选在无人的深夜里，在月光下，轰然落下一片巨人国来的树叶。它们庞大却善良，尽量不去打扰人类。站在那片落叶前，我对父亲说，爸，你看，这个地方还真是万物有灵，难怪刘小飞在这里待得最久。

提到刘小飞，我们都沉默不语了，脚步也越走越轻盈，简直要与黑暗化在一起了。走着走着，父亲忽然说，文文，你说小飞到底为什么要来这里，就为了看看海？我没有说话，我们就那么相互搀扶着，慢慢往前走。他又说了一句，你说我们还能见到他吗？这时候月光更亮了些，整条小路在月光里明灭可见，忽然，空气里飘来一缕奇异的幽香，停下来去闻的时候，它又不见了，刚要走开，它又出现了，像一只手轻轻拍了一下你的肩膀，转身一看，却空无一人，简直带着些鬼气。我四下里定睛一看，发现路边的草丛里散落着一些小小的花朵，颜色十分罕见，是一种发光的银色，如星星掉下来一般。走过去一看，原来是九里香开花了，白色的花朵反射着月光，看起来便成了银色。我这才知道九里香是在夜晚开花的，月光愈烈，花香愈浓，好像月光可以勾出花魂。

我望向来路，忽然怀疑刘小飞是不是其实一直就跟在我们身后，不然这路上为什么会忽然变出一片银色的花朵，还有在月光里游荡的那些花魂。这是我第一次感觉到了花魂的存在，可以与诗中的"香闻大雪中"互为映照。但除了我们，寂静的小路上再看不到别的人影。

不觉就住了半个月，梅姐看起来比我还着急，说，鲁把房间包下来喽，包一个月，使钱就少喽。我想想也是，这样划算很多。我不敢提回去的话，也不知道我们还要在这里待多久。只是父亲看起来越来越虚弱了，他开始发低烧，有一个早晨起床后，他忽然告诉我，他奶奶又来看他了，当然是在梦里。以前他给我讲过，他从小被送到伯父家里寄养，只有奶奶最疼他，他都十来岁了，奶奶见了他还把他抱在怀里，把干瘪的老乳房送到他嘴里，因为她没有别的吃的可以给他，后来奶奶死了，连唯一疼他的人也没有了。然后他又很高兴地对我说，人就是死了也还能见到的，那些死了的人会经常到梦里去看望亲人的。

我再次看到了徘徊在前面的死亡，但我没有任何能力赶走它。犹豫再三，我决定去找梅姐，但四处不见她的踪影，摩托车和斗笠扔在门口，显然没有出门。正在这时，忽然听到有音乐从头顶传来，巨鲸在歌唱。我上了三楼，推开"迷人的秋天"，吓了一大跳。巨型K歌房里正流动着五颜六色的灯光，稠密的灯光搅在一起，再加上喧闹的音乐，把整个房间塞得满满当当的，走进去竟感觉自己无处立足。过了片刻，我才终于在那张大沙发上找到了两个人，房间太大了，沙发也太大了，显得那两个人极小极孤独，这两个小小的人儿正挤在一起，拿着话筒唱歌，竟有些相依为命的悲壮。正是梅姐和强哥。事实上，强哥平时一个人也经常在这里唱歌。我曾说，K歌房是给自己唱歌准备的啊。梅姐翻起大鼻孔说，画喜（快乐）喽。

有一次听梅姐说过，这个镇上的人平时生病很少去看西医，都笃信中医。我猜测，大概是因为中医本身就带有一种巫的气质，与当地的气脉暗合。尤其是那些得道的老中医，个个仙风道骨，确实介于巫和医之间。人在绝望的时候，就会去投靠一些平时不确信的东西。我吞吞吐吐地向梅姐说了我父亲的病情，然后问她，你们这里有没有好的医生？老中医有没有？梅姐吊起两只大眼睛想了半天，说，大陶有个师傅，系个草药师，尼公多识偏方，会看病，过两日赶集，我带鲁去找伊。我诧异道，刘大头还在这里认了个采药的师傅？她像没听见，搓着手说，顶当（毛病）谁都会生，莫看寿（难过），晚上给伊打个羊煲，本地的黑山羊，大补，我还藏一条老人参，也打进羊煲里，强哥从东北拿回来的哦，强哥系见过雪的，伊还给我带一条羊毛围巾回来，唔戴过一宅（次），我们冬天都穿半袖衫的，鲁计（见）过谁在这里戴围巾？

过了两日，吃过早饭，梅姐果然叫上我一起去赶集。和小香港街交叉的那条街叫番薯街，集市就在两条街交叉的十字路口。沿着小香港街一直往前走便看到集市了，戴着斗笠光着脚的渔民正在卖鱼，其中一个地摊上摆着一只巨大的鱼头，在阳光下闪闪发光，却不知道鱼的身体去哪儿了。有卖木瓜和粉蕉的，有卖番薯和木薯的，一个瘦小的老妇人挑着两只箩筐，箩筐里全是树叶饼，一筐咸的，一筐甜的。一个男人面前只摆着一只黑色的坛子，坛子上贴着一张红纸，上面赫然写着"家狗"，吓得我赶紧绕开。一个女人坐在板凳上，正在给另一个女人开脸，那女人脸上涂了厚厚一层粉，把头发齐齐绑到脑后，仰面等着被开脸，像戴了能剧里的面具。还有个老妇人赤着脚，盘腿坐在地上，她面前只立着一块纸牌，上面写着六个字，"看花树，勾亡魂"。我忍不住问梅姐，这也能算一种职业？梅姐不以为然道，尼母生意好得很喽，过节的席（时）候，家家想把亡魂请回来加免（吃饭）。我说，你们真的相信人有灵魂？梅姐没吭声，假装没听见。

十字路口有棵高大的木棉树，正是木棉开花的时节，远远一看，一树红花，像一把大火炬站在那里，把方圆几十米都照亮了。走近了便能看到鸽子大小的大红花正栖息在树枝上，地上也落了一层木棉花，满地残红，有些遭到了人和车的碾压，流出红色的花汁，原来木棉花也会流血。木棉树下有一个枯瘦的赤脚老人，满脸皱纹，衣衫褴褛，席地而坐，正抱着大竹筒抽水烟，周围摆满了各种奇形怪状的草药，简直像一个很老很老的巫师。梅姐指着老人，得意地说，尼公唔会讲普通话，也唔懂，骂伊伊也唔鸡（知）。然后便凑到老人耳边叽哩呱啦说了一堆什么，一边说一边手舞足蹈。老人放下烟筒，竖起耳朵听着，听罢，冲我点点头，然后便起身，赤着两只铁黑色的脚，在各种奇花异草中翻找起来。梅姐悄悄对我说，看见唔，尼公一辈子唔穿过鞋子的，脚板底下厚厚的一层老茧，就系伊的鞋。

他的胳膊和腿都很细很枯，看起来一使劲就能掰断，手指又很长，还留着长长的指甲，越看越觉得不像人类。终于刨出了几株乱蓬蓬的草药，老人把草药递给我，嘴里走风漏气地说，唔看寿，爱画喜。梅姐责无旁贷地充当起了土翻译，伊对鲁讲，唔让病人心塞，高兴比什么都重要。我说，懂了，这药多少钱啊？梅姐摆摆手，伊讲了，大陶系伊的徒弟，时常去给伊送吃的，帮伊采药，还送伊一湘（双）运动鞋，但伊唔习惯穿鞋，穿了鞋唔走路，伊唔要几张纸（钱）。伊讲这系黄蝉，有大毒，但系可以治大病，鲁拿去泡酒。

停顿片刻，梅姐忽然又若有所思地说，好像大陶和我讲过，南方有很多今（珍）奇药材，乡下偏方又多，所以老人都长寿，以后万一老爸生病了，医院也唔治，就带老爸来南方治病，我还笑伊，鲁的老爸在北方，离得好远好远。听了梅姐的话，我心里一惊，我们的南方之行竟被他预言到了，还是只是巧合？细细一想，我和父亲好像确实是被什么牵引着，一直来到了这大陆的尽头。

我还发现，我在木瓜镇上碰到的每一个人，几乎都能在刘小飞的信里找到影子。他在给我的某封信里，曾提到过一个神农尝百草般的老人。他说："那老人就住在山上的山洞里，终年赤着脚，雪白的长发一直拖到腰上。他每日在山上寻找各种药材，不管遇到什么植物，都要亲自尝试一下，看看那些花草树木到底有什么功效。所以他一年就要中毒好多次，不止一次地差点死掉，中毒对他来说，就像吃饭睡觉一样平常，要是哪段时间他一直没中毒，镇上的人还会觉得奇怪，毒尼公最近怎么好好的？不正常啊。有一次他不知又中了什么植物的毒，整个人肿成了透明的，头肿得像个南瓜，连眼睛都睁不开了，眼看就剩最后一口气了，最后他剑走偏锋，用另一种毒草，血见愁，以毒攻毒，硬把自己救了回来。还有一次，他正在街上卖草药，一边卖药一边把那些花草当饭吃。他对它们太熟悉了，短叶水蜈蚣可以治咳嗽，牛耳枫可以治水肿，漆大姑可以治皮炎，毛草龙可治蛇毒，母猪藤可治丹毒，龙吐珠可治跌打损伤，朱蕉可止血，艳山姜可治消化不良。他也不能认全所有的花草，有些花草是有毒的，可他不怕，不认识的也敢吃。吃着吃着就中了毒，全身乌黑，嘴唇发紫发肿，变成了一个黑人，把镇上的人都吓跑了，他老人家才不怕，不慌不忙地又嚼了一堆草药，就像山羊吃草那样，眼神温柔，与世无争，慢慢地咀嚼，咀嚼了两天，把自己又救活了。

"他年纪越来越大，身体里积攒下的毒素也越来越浓，一般植物的毒性已经放不倒他了，他可以若无其事地吃各种有毒无毒的花草。事实上，他后来已经不再吃米饭和鱼了，他只食用那些山间野生的花草，变得像得道的仙人一样，朝食木兰，夕餐秋菊。连蛇和蚊子一般都不敢咬他，因为他的血里有毒，咬他会被毒死。但还是有不怕他的，比如毒蛇，一条眼镜蛇好像是为了和他比试一下，看谁更毒，便在对峙中咬了他一口。结果他败下阵来，用田鸡草都不管用，只好把自己的半条腿砍掉。后来他砍了一棵菠萝蜜树，用菠萝蜜的树干给自己做了一条木腿。他说，菠萝蜜通人性，能算半个人，那用菠萝蜜树做成的木腿，也算是半条人腿。他的这条木腿果然像自己亲生的腿一样好使，他带着这条木腿照样上山采药，照样尝遍百草，甚至在山路上还能健步如飞。他说得不错，菠萝蜜树做的木腿还真能抵半条人腿。"

我偷偷往老人的腿上又看了看，两条异常枯瘦的腿，皮包着骨头，但确确实实是两条真的人腿，根本没有什么菠萝蜜做成的木腿。

我和梅姐往回走的时候，梅姐顺路买了几条鱼，她拎着鱼的那种欢天喜地，再次让我觉得她是猫族，而我只是个人类。她边走边对我说，娘仔，我多讲一句，偏方只系个偏方，有唔用都唔好讲的。我们当地还有个土法，就系把尼公的灵魂放到一只鸡身上，把鸡放生了。不过，鸡放生了，人还系会洗（死）的，鲁就把放生鸡当爸爸，有个那念（思念）就好。

见我不说话，她又笑着说，我侬仔快病洗（死）的席（时）候，伊对我讲，人洗（死）了就唔痛了。伊只怕活人会痛。

6

　　不觉就住了一个多月，虽然这中间吃了些中草药，却并不见父亲有什么好转，只是日渐衰弱下去。我知道属于我们的时间已经越来越少了，为了能让他开心一些，我便每日开着房车带着他到周边转悠。我们时常在路上碰到我们的同类，一些大大小小的房车，正在四处闲逛。有时候面对面碰到了，两辆房车会互相打喇叭问候，这是来自北方的问候，也是两只大型动物碰面之后的问候，友好笨拙。有些房车把自己打扮得花里胡哨，喷上彩漆，或在自己身上画张地图，还有的在车身上写满各种文字，也算一种发表。有一次碰到一辆房车气喘吁吁地拖着另一辆房车在走路，后面那辆房车坏了，于是路上有好汉拔刀相助，拖着它走。

　　我们把木瓜镇周边的村庄挨个儿跑了一遍，发现每个村头供的神都不一样，每个村有每个村的神，而且性别有男有女，有老有少。有个海边的渔村，干脆在庙里供着一块大石头，庙上没有任何文字，看来这块石头就是这个村的神。还有个村供的是叫婆祖的女神，我们去的时候，婆祖庙前正贴着一张大红纸，上面写着："农历三月十九是婆祖娘娘一年一度诞辰，希望各位赤子踊跃献款，买烟花来庆祝，在婆祖娘娘英灵庇佑下，赤子们富贵平安，生意兴隆，出海捕鱼红花鱼满船归，全境赤子富贵安康，让赤子们龙飞九州，双龙戏珠，龙降呈祥，九九归一。"

　　还有个村叫丹蓼村，我们去的那天正赶上给他们村的神过生日。他们村的神是冼太夫人，那么盛大隆重的庆生场面还真是第一次见，果然是给神过的。村头的戏台上正在唱雷剧，这是给神唱的，村民们就沾神的光，坐在下面听戏。戏台对面的庙里供着冼太夫人的神像，神像前摆着十几只白切鸡，还有烧鹅和米酒，蟒蛇一样的红鞭炮盘在旗杆上，吞吐着火舌。放完鞭炮的地方，像下了一场红色的大雪，整个地面都是血红色的，简直惊心动魄。往上踩一脚，厚厚的，松软的，也是雪的质地。我真想告诉这些南方人，下雪就是这样的，就是换了个颜色。正在这时候，一个五十多岁的男人忽然冲进庙里，大吼一声，稳稳坐在了神台上，只见他怒目圆睁，手执一根银钎，硬是从自己一边的脸颊穿进去，然后从另一边脸颊穿了出来。他脸上插着银钎，威严地坐在那里，众人掌声雷动，大声喝彩。原来这是被神看中的人，插钎是敬献给神的仪式，带有牺牲的意思，同桌上的鸡和鹅差不多。

拜神之后，全村每家每户都大摆宴席，接待亲朋好友，连我们这样的生人也被热情招待。每家都做了白切鸡、烧鹅、蒸鱼，还有八宝饭。亲朋好友们拎着杧果、菠萝、腌木瓜，还有的拎来两只鸡，有的抱来一只雪白的大鹅，有的带来一条蛇和一只鸡，据说正好是一道菜。每家门口都在放鞭炮，以至于全村都被猩红色的大雪所覆盖，整个村庄在阳光下鲜艳夺目，远处有缥缈的雷剧隐隐传来，真有一种人神同庆的气氛。

我发现，在这里，神其实是一种中介，它把人与万物、熟人与生人、活人和死人全都勾连在一起了。

往回走的路上，父亲感慨道，当年"破四旧"的时候，那么厉害，你说这里就没受影响？我想了想，说，可能是因为这里紧靠着大海，大海太大了，人太渺小了，人没有能力对抗大海，所以对大海就只能敬畏。

父亲看着车窗外的香蕉林，慢慢说，文文你说拜神有用吗？我这辈子就拜过一次神，在你妈死后，我去村里找了个神婆，我问那神婆，我能不能活到我两个孩子都长大成人？我怕他们变成孤儿。

我等着他把话说完，但他没有再往下说，我也没有问，我们久久沉默着，过了好一会儿，他忽然又很平静地对我说，文文，我和你说，要是哪天爸爸忽然不在了，你不要害怕，也不要老是躲起来看书，你就去找小飞，他毕竟是你哥哥，让他替我把你嫁了人。要是实在找不到小飞，也不用害怕，你就自己找个人结婚，要找个投脾气的，对你好的，再生个孩子，你就又有自己的亲人了，人一辈子都是这么过来的。

我心里轰隆一声，原来他对自己的病情早已经了然于心了。我的泪水夺眶而出，挂了一脸，一直流到嘴里去，我却没发出一点声音，只开车向海边驶去。我们站在沙滩上的时候，巨大的夕阳已经快落入海里了，整个海面上铺着一层瑟瑟的金光，如万千羽毛，似乎只要人踩上去，就可以一直走到夕阳那里。片刻时间，半个夕阳已经浸泡在海水中了，天空被烧成了金红色，天地间有一种恢宏静穆之感。很快，整个夕阳都落入大海里了，天空中的金红色开始转成苍青色，然后是铁青色，再然后是黑色。夕阳彻底沉没了，可是万物并不伤感，因为，在海里栖息一个夜晚之后，它又会换个方向重新升起，日复一日，生生不息。

我们脸上被夕阳照亮的部分已经黯淡下去了，他站在我身边，渐渐变得模糊起来，在天黑的那一瞬间，他好像真的要从我身边永远消失了。我一把拉住他的胳膊，紧紧拉着，生怕他消失了，我叫了他一声，爸爸。他轻轻答应了一声。我们便再无话了。这时候我心里忽然又想到六岁那年，刘小飞对我说的那句话，等到毛线球长成毛衣的时候，母亲就回来了。

为了能见刘小飞一面，我们商量好再住一段时间。住着住着，竟把各种水果都熬熟了。我们亲眼看着香蕉和木瓜一天比一天膨胀，一天比一天金黄，刚吃完木瓜，鸡蛋果熟了，鸡蛋果刚吃完，菠萝熟了，于是铺天盖地都是菠萝。小一点的菠萝都是拿去喂猪的，根本轮不到人吃，人吃的是凤梨，菠萝的近亲，但比菠萝更为香甜。实在吃不完，就拿菠萝炒菜，炖汤，做腌菜，去谁家串门，都是一手托一只大菠萝当礼物，像去炸碉堡一样。菠萝刚吃完，黄皮、荔枝和龙眼前后脚地熟了，它们的树长得就像堂兄弟，但结出的果子还是差异挺大。等到把荔枝、黄皮和龙眼吃完，菠萝蜜终于隆重登场了。

因为在此之前已经听说了很多关于菠萝蜜的传说，所以，当它一旦真的出场，我感觉就像亲眼见到了电视里的某位大人物，竟有些激动。梅姐家后院的那棵菠萝蜜在镇上有树王的风度，也是梅姐家重要的一位家庭成员，家里有什么大事发生都要和它商量的，过年的时候还要给它披红戴绿贴对联。如今一树的菠萝蜜都熟了，它看上去慈祥而庄重，像个佘老太君稳坐在那里。同一棵树上的菠萝蜜也有大有小，最大的有一百多斤，要几个人才能搬得动，最小的也有十几斤，但在菠萝蜜家族里已经算小矮人了。

镇上的菠萝蜜纷纷熟了，家家户户都在奔走相告，杀苞萝喽，杀苞萝喽。虽用的是恶狠狠的"杀"字，但事实上言语之间并没有杀气，只有亲狎之气。于是一夜之间，家家户户都在吃菠萝蜜，空气里充斥的也全都是菠萝蜜的香味，简直成了镇上一个盛大的节日。梅姐家绝不动用这样的"杀"字，他们只温柔地对它说，食苞萝喽。其实杀一只大菠萝蜜的难度绝不亚于杀一头猪，割开穿山甲一样厚实的皮，它会像流血一样流出白色的乳汁，这乳汁能把一切都黏住，所以杀菠萝蜜的刀必须抹上麻油，而人必须戴上手套，防止把手和刀黏在一起。

我们四个人围着那只和我们一样大的菠萝蜜吃了半天，也只不过吃掉了冰山一角，而且因为果肉甜得发腻，胃里也开始反酸，到最后实在吃不动了。四个人懒洋洋地围坐在一起，谁也不想动弹，我们都把自己吃醉了，有酒醉、肉醉，这是菠萝蜜醉，但绝对也算是醉了。我问梅姐，梅姐，今天不煮饭了？梅姐说，我去包饭。然后光脚跑出去，过会儿又笑眯眯地跑进来，怀抱着一盆大豆子，招呼道，加免啦。我疑惑地说，这是什么？梅姐说，苞萝的籽喽，鲁尝尝，很甜。

味道竟接近于板栗，真是神奇的树。我一边吃着菠萝蜜的籽，一边问，你们每年长这么多菠萝蜜，个头又大，吃不掉怎么办啊？梅姐说，送人喽。忽然像想起了什么，笑着说，菠萝蜜一熟我们就盼风胎（台风）来，前年这个席（时）候，菠萝蜜也熟了，海上来了个土风胎（台风），本地风胎喽，傻肥，短命。但风胎一来海上就关掉了，三天唔让船走，那些去海南的大货车就唔得过海喽，排队排了十多公里远。司机们就住在车上，唔食饭，方便面一包卖到三十块，大陶出济（主）意，让我们赶紧把苞萝拉到大路上，还心惊人家唔要呢，结果司机们都来抢，一宿就卖光了。

我默默吃着大豆子，没吭声，心里忽然再次想起了《黑暗的心》里面的那个库尔兹，他最后不愿离开非洲丛林，或许是因为他找到了某种更深的存在感。

这时候，一直坐在果肉深处的父亲忽然抬起了头，他像真的醉了一样，表情很困惑地问了梅姐一句，你老说刘小飞，他到底在哪儿？能不能让他出来。

过于浓烈的果香在空气中形成了一种气浪，父亲坐在那气浪里，整个人都变成了水波状，如在水底。他又转脸对我说，文文你说，小飞到底躲在哪儿了，他是不是还在怨我？

第二天，梅姐一大早就叫醒我，说她要去送菠萝蜜，让我帮她带着菠萝蜜，再带上我父亲散散心。她说，带尼公一起去玩耍喽，木棉村里的老人，好多都超过一伯（百）岁喽，我习（叔）也在这个村里住，都八十九喽，土地公保佑，伊身体好过后生仔。

我一听，连忙动员父亲一起同去，父亲犹豫了一下，倒是没有反对。

梅姐戴着斗笠，骑着摩托车在前面带路，我开着车，带着父亲和几个硕大的菠萝蜜跟在后面，那菠萝蜜各自占了一个座位，像几个人一样并排坐着。

进了木棉村，前面是一条小路，房车进不去，于是我们抱了一个菠萝蜜下车。一路上碰到的全是老人和小孩，一个子瘦高的老妇人背挺得直直的，体态修长，背着一箩筐番薯，正在走路，梅姐大声和她打了招呼，然后转过身，得意地问我，猜伊多少岁？我说，怎么也有六十出头了吧？她哈哈大笑，扬起眉毛说，狗湿呕（九十五）。我连连惊叹。路上又碰到一个骑摩托车的老人，骑得还挺猛，像个小伙子，梅姐又让我猜，结果我又猜错了，这个老人是八湿路（八十二）。

看到前面有一棵很苍老的龙眼树，树旁边有一座石头房子，用的是坚固异常的黑色火山岩，因为这一带有火山口，不过已是死火山了。房子下面用坚固的火山岩，上面却是茅草屋顶，台风一来，整个屋顶都会被揭去。我在这里住了些时日，已经知道，这种茅草屋顶的石头屋都是有了年代的老房子。树下挂着一只吊床，里面兜着一个人，正像荡秋千一般慢慢晃悠着。我们刚走到树下，吊床里的人便一个鲤鱼打挺，从吊床里跳出来，赤脚立在我们面前。

我定睛一看，竟是个很老的老妇人，头发花白，皮肤黢黑，不仅黑，还皱成一团，好像几十年都没洗过脸的样子，四肢黢黑枯瘦却灵巧异常。我觉得她可以轻易把细腿盘到自己脖子里，不大像人类。一双满是老茧的赤脚更显得她不像人类，而像某种灵长类动物。在这个地方，倒是被我抱在怀里的菠萝蜜更像人类，尽管它不会说话。她张开瘪瘪的嘴对着我们笑，嘴里空荡荡的，没有一颗牙齿。梅姐把菠萝蜜递给她，凑着耳朵大声说，尼母，食苞萝喽。

然后又转身问我和父亲，鲁猜尼母有几个岁数？不等我们回答便又得意地宣布，唔猜了，玉伯郎沙（一百零三）岁，我每宅（次）先来看伊，伊系个外国人，以前从越南偷渡过来的，一辈子唔有身份证，唔有名字，都叫伊大花，内个（老公）早就洗（死）了，一个乍否仔（女儿）也洗（死）了，外甥遇了车祸，也早洗（死）了，就剩伊一个，还活得好好的。我连忙小声说，不要当人家的面讲啊。梅姐摆摆手，鲁放心，伊唔鸡（懂）普通话的，伊只鸡雷话和越南话。然后，她又指了指自己的脑袋，小声说，伊这里有顶当（毛病），老年痴呆，不过还能自己食饭，就系唔认人，也唔认路，一出门就走丢。

跟着老人进了石头屋，里面黑洞洞的，一扇走风漏气的木门，屋檐下挂着一排铁片一样的鱼干，睡在这屋里跟睡在野地里也没多少差别。木桌上摆着几只熟透的木瓜，其中一只已经烂了，引来一大群苍蝇，旁边摆着一只碗，用另一只碗罩着，她把上面的碗揭去，忽然把下面的碗捧到我面前来，张开空荡荡的嘴，笑着说，加唔加？这个我听懂了，她问我吃不吃。我往碗里一看，是半条黑色的咸鱼，连忙说，不加不加，谢谢啊。她把碗放下，忽然又像想起了什么，跑出屋捧了一只椰子进来，那椰子已经发芽了。她用双手把椰子捧给我，直直看着我说，带羊主堆各，掌地里。梅姐责无旁贷地翻译道，伊让鲁带回家去，种在地里。我心想，还挺讲究礼数。我接住了，又忙说谢谢。梅姐笑道，伊看鲁顺眼。

大花老人把菠萝蜜抱在桌子上，然后灵巧地跃上椅子，又从椅子上一下跳到桌子上，轻盈极了，好像全身上下一点分量都没有，完全就是一只灵长类动物，或者是一只猫。她跳到桌子上之后，踮起两只赤脚，从墙上取了三炷香，点着了，插在挂在墙上的神龛里。我这才发现，昏暗的墙上还高高挂着一只神龛，不知是什么神栖息在这火柴盒大的庙宇里，也够憋屈。点上香之后，她轻巧地一跳，又像猫一样，从桌子上直接跳到了地上，还是一点声音都没有，好像她脚上也像猫一样长着肉垫，可以无声无息地飞檐走壁。只见她趴在地上，对着神龛拜了三拜，原来菠萝蜜要请神先享用，然后才能轮到她。看来这位神是她屋里唯一的陪伴，类似于她的亲人。

梅姐娴熟地把菠萝蜜剖开，把里面金色的果肉掏出来，嫌屋里太昏暗，我们又来到院子里，围坐在一起吃菠萝蜜。我这才注意到，屋前的空地上长着几棵小小的椰子树，想来是她把外面捡来的椰子都种在了自己屋前，再多种一点，这里都要长成小型椰林了。屋后养着两只大鹅和几只母鸡，只听大花老人一声吆喝，那几只鸡和鹅便摇摇摆摆地赶了过来，她慈祥地把手里的果肉分给它们吃，还搂住那只大鹅的脖子，好像要骑到它身上去。确实，鹅太大了些，她又太瘦小了些，简直可以当她的坐骑。这时候一只橘黄色的大猫从屋顶上探出脑袋看了看我们，这才是一只真正的猫。这只真猫在我们头顶犹豫了一下，最后喵喵几声，一跃而下，轻车熟路地降落在了老人怀里。

老人亲昵地把猫抱在怀里，不停用脸蹭着猫脸，嘴里嘟嘟囔囔地和它讲悄悄话，看起来简直像一对孪生姐妹。她又把菠萝蜜喂给猫，猫嫌弃地把头扭开，她便在猫头上使劲拍了一下，然后嘟嘟囔囔地站起来，估计是在抱怨猫不识好歹，她跐起赤脚，解下一条鱼干喂猫。

我们一边围观猫吃鱼，一边听梅姐讲笑话，去年冬天呱啦（冷）好多天，都到五度了，五度啊，那真系要冻洗（死）人了，我过来看伊，见伊把所有的衫裤（衣服）都包在身上，脸布（毛巾）包住头壳，被子也包身上，包成一个球，正自己一个坐在床上发抖。伊头壳坏了，一点记性都唔，在村里转一圈就会走丢，还要村里人把伊领回来。

正说着，大花老人悄悄蹭到我跟前，好像其他人都是隐身人，她只能看到我一个，她扯了扯我的衣服，张开空荡荡的嘴，笑着对我说，给越南。我正在迷惑，梅姐跳起来一把把她拉开，说，伊头壳坏了，见个生人就闹着带伊去越南，都系大陶惯出来的，从前大陶每宅（次）来看伊，都要把我习（叔）的船偷出来，带着伊行船去三蚣岛玩耍，三蚣岛上唔有人住喽，不像大蚣岛和二蚣岛，岛上都有我的亲戚，过会儿我行船给伊送菠萝蜜去。大陶唤（骗）伊，去三蚣岛就系回了越南，伊头壳坏掉，又唔记性，偏偏能记住三蚣岛就系越南。

然后又指着脑袋对大花老人说，尼母头壳何乖（坏了），越南甚会（很远）。老人听闻这话，赤脚跑到龙眼树下，气咻咻地从地上捡起一块石头，赌气朝梅姐扔去，一边扔一边嘴里嘟嘟囔囔着。梅姐哈哈大笑起来，说，看看，唔让伊去越南，伊就怒，去吧，越南就在门口。又扭脸对我们说，我习（叔）唔让大陶偷船，要用船就找伊借，很好借的啦，大陶偏要把船偷出来，耍半日再送回去，每宅都这样，我习（叔）对我讲，大陶就喜欢扮小偷。

我和父亲都静悄悄地听着，一时无话，到后来父亲忽然无声地笑了起来，一边笑一边用手抹着眼睛。

这时候，我想起刘小飞信里曾提到过一个神奇的老婆婆，和大花老人有几分相似，他在信里赋予她魔法，让他们变成了童话里的人物。那封信里写道："谁都不知道她到底有多大年龄了，有人说她有一百多岁，还有的人说她其实已经有两百岁了,她的年龄是个谜,她自己从来不说她到底有多少岁,我估计是她自己都忘了。她小时候是在热带雨林里长大的,很小的时候就和雨林里的各种植物动物一起玩,她在大板根上滑滑梯,拉着榕树的胡须荡秋千,雨林里的各种毒虫她都不怕,因为她知道用什么草药来对付它们。因为在雨林里待的时间久了,又没有小伙伴可以玩,她就和动物玩,慢慢地听懂了它们的语言,每种动物都有自己的语言,只是人类听不懂罢了。她能听懂鳄鱼的语言,能听懂猫的语言、猴子的语言、鸟儿们的鸟语,她甚至能听懂蛇的语言,每次遇到蛇,蛇刚把脖子昂起,把蛇信子吐出来,她和它讲几句话,蛇掉头就走了。

"后来,雨林被毁掉了,烧掉雨林是为了开辟农场,他们一家人只好从雨林里搬出来,搬到木瓜镇附近的一个村子里。他们一家人在那个村子里住了很久,直到后来,她所有的亲人一个个都去世了,只有她一个人还活着,可是她并不害怕,也不觉得孤独。她住的房子是用茅草做的,别人家都盖起了小二楼,只有她一个人还住着茅草房,可是她并不介意。台风一来就会把茅草房整个吹跑,她就用一根很粗的麻绳把房子拴住,这样,即使台风来了,房子也只会飘在半空中,像一只气球,而她就坐在那只气球里欣赏着台风里的景色。她养了一只很大的狗,那只狗大得像匹小马,时常驮着她四处串门。她养了一只猫,那只猫每天出去帮她讨要吃的,时常把美味的烤鱼给她带回来。她还养了一只鹅,每天给她生一只巨大的鹅蛋。狗和猫和鹅时常打架,不打架的时候,狗会驮着猫出去玩耍,猫坐在狗的背上,威风凛凛,像一个猫将军。狗出去玩耍的时候,鹅就替它看门,鹅打算欺负猫的时候,猫一下就蹿上了房顶,并在房顶嘲笑这只不会飞的大鸟,你飞上来啊,飞啊,笨鹅,白白长了一对翅膀。

"她居然还驯养了一只鳄鱼,就在村庄附近的海湾里,因为她懂它们的语言。那海湾里有一座孤岛,是座无人岛,上面保留着一片热带雨林,因为是孤岛,不好上去,所以没被破坏掉。她每天骑着鳄鱼到那无人岛上独自玩耍,岛上有见血封喉、大青树、马椰果、黑桫椤、大灵芝、菠萝蜜、面包树、番龙眼、番菠萝等各种树木,有胭脂掌、蛇莓、红灯果、猪屎豆、果角茄、落葵等各种野果,她像猴子一样,荡着藤条采摘各种野果和药材,或骑着大蟒蛇游来游去。雨林里的毒瘴啊,沼泽啊,白蛉热啊,根本奈何不了她。她像个女国王，统治着一个没有人类的世界。"

我对着眼前的大花老人笑了起来，心里涌起一种很温柔的感觉。她不知道她已经变成一个童话里的人物了，而我是那些童话的唯一读者。因为，那是刘小飞送给我一个人的礼物。

我们又去梅姐的叔叔家送了一个菠萝蜜，他住在海湾边，门口果然拴着一条船。剩下的几个菠萝蜜分别坐着船到达了它们的目的地，那几座漂浮着的小岛上。那几座孤岛上的人们出门就得划船，所以岛上有专门的等船驿站，想想岛上的人出去买个菜、串个门都得划着船，觉得也挺浪漫的。

在回去的路上，父亲忽然对我说，文文，你觉不觉得奇怪，咱们一路上也没碰见小飞，可是我怎么觉得他好像一直都跟在咱们后面，咱们在哪儿他也在哪儿，可就是看不见他的人。

我说，爸，他就在镇上呢，在和你捉迷藏呢。对面驶来的一辆房车打喇叭向我问好，我也回它一串喇叭，然后两只大型动物擦肩而过。

7

天气越来越热，漫长的夏天来到了。这里的夏天凶悍魁梧，把其他三个季节挤得像小鬼一样。停在星磊湾前面的那些房车纷纷开始返回北方，有些已经启程了，真的像随季节迁徙的候鸟一样。就在这个时候，那对东北老夫妻里的老头忽然去世了，脑出血。那天，他开着房车带着老伴去海边游玩，开着开着忽然就趴在了方向盘上，像睡着了一样，一句话都没有留下。房车撞在沙滩上，被他老伴拼命刹住了。

尸体就在当地火化了，被装在了骨灰盒里。那天听说他老伴第二天就要离开木瓜镇了，带着他的骨灰，我和父亲便在天黑以后去了星磊湾门口，想着应该和他们道个别。我们快走到星磊湾门口的时候，远远就看到，那些白色的房车整齐地排成一排，在夜空之下，有一种灵堂里的洁净和肃穆。那些老人围着一个小火堆坐成一圈，好像正在举办一个篝火晚会，我和父亲朝他们走了过去。原来是在给死者烧夜纸，老太太坐在火堆旁边，面沉似海，没有流泪，也看不出有太多的悲伤。她把黄色的纸钱一张一张地投进火堆里，纸钱被火舌吞没，瞬间就化成了灰烬。那些黑色的纸灰像幽灵一样，从火堆上冉冉升起，在我们头顶上空诡异地飘舞着，聚散着，好像死者的灵魂真的从火堆里飞出来了，出来和人们道别。纸钱烧完了，老太太拿起备在手边的一瓶白酒、一只酒杯，朝着火堆缓缓倒了三杯酒，火焰忽然就从黄色变成了幽蓝色，幽蓝色的火焰看上去神秘而冰凉，像一簇从地下长出来的鬼火。

只听老太太对着那簇幽蓝色的火焰说，老鬼，明天一大早我就带你走，咱不在这儿待了，太热了不是？大海你也见过了，不遗憾了，明天我开着咱们的车，带你去云南，咱去西双版纳看大象去。看完大象咱再去别的地儿，你想去的地方多着呢，不是？我一个一个带你去看，咱俩不早就说好了吗，死之前要多走几个地方。咱俩省吃俭用了一辈子，现在我带着你去旅游，车就是咱的房子，你早说过，不一定有房子才叫有家，走到哪儿，哪儿就是咱们的家，就像那蜗牛，去哪儿都背着自己的房子。

她脸上还是没有一滴眼泪，平静异常，甚至目光里还有几分喜悦，好像那老头正坐在她对面的火堆里，和她拉着家常。那个喜欢吹笛子的老人向她走去，手里抱着一个菠萝蜜，他把菠萝蜜送给老太太，说，大姐，这菠萝蜜带着路上吃，我后儿个也要回北京了，你明儿一大早要赶路，咱们今天晚不晌儿就道个别，你一个人多保重。老太太把菠萝蜜抱在怀里，说，大兄弟，可别说什么告别的话，咱们都是这把年龄的人了，总有一天还要再碰见的。

她长满褶皱的笑容在火光中一层一层地绽开了，那只菠萝蜜充满依恋地伏在她怀里，像个婴儿。刘小飞说得不错，它们确实是通人性的，但毕竟还没有化作人形，更准确地说，它们像精灵，一种介于人和植物之间的物种。

晚上，我从行李箱里翻出刘小飞写给我的那些信，又仔细看了一遍。现在回头梳理一番才发现，那些信里其实是暗含着一种密码的。如果刘小飞不在信里说他来了木瓜镇，不说木瓜镇上那些奇奇怪怪的见闻，如果他的信不是戛然而止从此再无音信了，也许我和父亲真的未必会来到这里。想到这里，我心里忽然震动了一下，难道说，我们真的是被他一路指引着来到这里的？可为什么我们来了他却不见了？如果是故意躲起来的，又是为了什么？再次想起康拉德笔下的库尔兹，指挥黑人土著用长矛赶走汽船，为的是不让西方社会的人找到他，他情愿隐居在野蛮的刚果丛林里。

星磊湾门口的那些房车陆陆续续都走了，大部分回北方了，少部分继续上路，以车为家，永无归期。又过了几日，等到我扶着父亲再去那边散步的时候，忽然发现，星磊湾门口的那块停车场已经变得空荡荡的，连一辆房车都没有了。被房车挡住的面条树此刻都现了形，长着一树长长的豆荚，迎风飘拂，看着还真有点像面条。在这样的夜晚，很多植物都开花了，大花紫薇、幸福树、火焰花、五月茶、曼陀罗、山香、木豆、龙吐珠、龙船花、朱槿。而琴叶榕、面包树、芭蕉、椰子在黑暗中张开它们巨大的叶子，散发着一种植物王国里的威严。这里最早的居民是植物，而人类不过是客居于此。

星磊湾的两座高层楼只亮着零星几盏窗户，远远一看，像几颗寒星闪烁在半空中，黑黢黢的高楼静静站在海边，看着十分荒凉，有点像废墟。只有小超市门口坐着两个人在喝饮料，赤脚，紫黑的皮肤，一望而知是当地人。

父亲走不动了，便坐在了台阶上，我陪他一起坐下，周围很安静，可以听到不远处海浪拍岸的声音。父亲在做最后的等待，他还是幻想着能见刘小飞一面。

父亲的身体正日渐衰弱，饭量也越来越小了，一天只吃很少的东西。我知道，父亲正在一点一点地离我远去，我无论如何都无法拦住他了。所以这些天里，我经常拉着他的手散步，我想永远记住他手上的温度，好作为日后的回忆。散步的时候，我就给他讲一些我小时候听过的童话，都是刘小飞讲给我的。他曾说他们这代人从来不知道童话是什么。他听得很认真，从不插嘴，像个长满皱纹的儿童。

我和父亲在台阶上坐了很久，璀璨的银河从我们头顶流过，一直泻进大海里，海天相接，我一时分不清自己到底是坐在海边还是坐在夜空里，世界变得鸿蒙无际。在那一刻，我想，如果真的万物有灵，那一个人死了之后，只是离开了人类社会，却进入了一个更加阔大的世界，在那个世界里，植物、动物、山川、河流、日月、海洋、飓风、神灵、亡魂、妖魅、精灵都是可以互相交流的。这种交流无法被活着的人看到，但是在那些孤独的、有创伤的人身上，却多少露出了一些痕迹，比如大花老人，比如饺子馆老板，再比如梅姐。

夜深了，周围越发寂静，海浪的声音更加清晰了。父亲扶着我慢慢站了起来，对着夜空说，文文，你看人家都回去了，咱们也回吧，回自己家里。我脱口而出，不等刘小飞了？父亲沉默了一会儿，平静地说，不等了，其实已经见过了。

我们最终定下行程，再过几日就准备启程往回返了，这几天先做些准备工作，让父亲再喝几副中药，怕他承受不了一路上的颠簸。梅姐听说我们要走了，又是半夜就出去买鱼了，天刚刚亮，她就拎着一条大黄花鱼和几条三条彩，还有一些活虾和生蚝回来了，恰好我也起床刚到门口，迎面碰到了她。我说，梅姐，怎么买这么多鱼。梅姐摘下斗笠说，烧给尼公食，回到北方就唔食到这么甜的鱼喽。我好奇地问，你大半夜都去哪儿买鱼啊？梅姐指指远处，那边有个疍家村喽，伊日晡出海捕鱼，天归回来，我去赶个早头，很新鲜很甜的，去反（晚）就唔，鲁坐坐，我去包饭。

梅姐进厨房了，我呆呆在菠萝蜜树下坐了一会儿，大部分菠萝蜜已经被摘掉了，只有最上面还挂着两个小矮人，整棵大树忽然变得清瘦萧索起来，不复有往日的热闹了。梅姐刚才提到疍家村的时候，我心里竟莫名地紧张了一下，现在细细一想，忽然想起来，刘小飞给我写的最后一封信里就提到了疍家人。也是在这封信之后，他就彻底没有了音信。

我回屋把那封信翻了出来，又看了一遍。他在信里写道："木瓜镇边上有个疍家村，村里住的全是疍家人，他们之前祖祖辈辈都漂在水上生活，十几年前从这里上了岸，于是有了这么个小村落。疍家人都是汉族，但是我觉得他们的祖先应该是生活在海洋上的一支少数民族，后来又融入了一些从北方被流放过去的罪人的后代，为了惩罚他们，便终生不许他们上岸，永远只能漂在大海上。

"疍家人终生与船相依为命，所以对船的感情极深，他们愿意花时间把自己的船打扮得漂漂亮亮的，不出海的时候就把船拖上岸，翻过肚皮让它们晒太阳。每条船都用绳子拴在岸边，那些船就挤在一起，安安静静地睡觉，真像一群温顺的家畜。这个村的房子都不是建在地上的，而是悬空的高脚楼，还有的老人干脆住在树上，这是因为他们上岸之后不习惯地面的踏实，还是悬着点舒服。他们睡觉的时候也从不睡木床，只睡吊床，因为木床太稳当了，他们需要制造出船的摇晃感，好觉得自己还在船上。疍家人相信自己是蛇的后代，所以老一点的疍家人身上都有蛇的文身，在水里也能让祖宗认出自己来。

"这个村里有个九十多岁的老人，胳膊上就文着一条大青蛇，威风极了。这个村里有很多好玩的人，有一个男人被叫作飞头蛮，传说中飞头蛮的脑袋到了晚上会自己飞出去，找些螃蟹和虫子吃，天亮前再自己飞回去。不知道他的脑袋到晚上会不会真的飞走，也不知道他为什么得了这样一个外号。我后来发现，其实连正史中都出现过对飞头蛮的记载，《新唐书·南平獠》中记载道，有飞头獠者，头欲飞，周项有痕如缕，妻子共守之。所以，飞头蛮会不会是古代一种更奇怪的少数民族？

"还有一个男人，长得特别像鲤鱼精，两只眼睛突出来，一张极大的嘴，厚嘴唇往外翻着，上半身常年不穿衣服，浑身漆黑如炭，常年出海晒的。他两条腿是弯曲的，走路迈着八字步，很多疍家人走路都这样，因为在船上待久了，到了地面也这样。他捕鱼捕得总比别人多，而且总是半夜一个人出海，我后来发现他根本不用渔网捕鱼，他是自己跳进海里捕鱼的。我怀疑他们这种海洋族群是有一些奇异禀赋的，或者说，他们到达了人类的某种极限。虽然看着还像人，但事实上已经和鱼类无限接近了，准确地说是半鱼半人，但又不同于美人鱼那样彻底变成神话，人头长着个鱼尾巴，我觉得他们只是到达了一个极限处，一个别人都去不了的地方。比如说，这个鲤鱼精可以长时间地潜伏在海底捉鱼，都不用换气。他能捉到五彩的水母，装在瓶子里，带回家当电灯用，还总是能采到很多大鲍鱼，他说有一只老龟会给他指路，告诉他哪里有大鲍鱼。我还见过他骑在海豚背上和它们嬉戏玩耍。我们人类总是很有优越感地俯视着别的族群，其实我觉得，说不来还有更高级的族群正俯视着我们呢。"

我已经可以断定，刘小飞不会平白无故写到这个疍家村的，因为他的信里藏着密码。我决定先自己去探探路，于是这天黄昏，我借了梅姐的摩托车去了那个疍家村。这个村子其实就是木瓜镇的一部分，位于镇子的最东南角，紧靠着大海，所以不到两分钟我就找到了这里。一排铜墙铁壁的海麻树把村子与镇子隔开，不仔细看都不知道海麻树里还包裹着一个村庄，真有些世外桃源的感觉。我从海麻树的缝隙里钻进去，果然看到一个很小的村子，大概只有十几户人家，住的都是低矮的红砖房，哪像刘小飞信里说的，他们像鸟类一样住在高脚屋里或住在树上。

我在村子里溜达了一圈，因为村子实在太小了，几分钟就走完了。这些疍家人的生活看起来和陆地上的人已经没什么区别了，住着砖头房，房前种着树，树下挂着吊床，有的电饭锅里正煮着米饭，有的窗口飘出煎鱼的香味，几个赤足的小孩正围在一起玩拍纸片。我发现这十几户人家是按长条形排列的，它们形成一条窄窄的带子，死死镶嵌在海边，一出家门就是海。

我想，他们当年虽然从海上到了陆地上，但心里面可能觉得自己只是陆地上的外乡人，既是外乡人，便总是谨小慎微，看人眼色，与陆地上的土著始终有些隔阂，或刻意保持着距离。不然为什么十几年都过去了，他们还是守着这巴掌大的一块地盘，不敢越雷池一步，也不敢离大海太远，好像怕远了会迷路，还特意种了防风林把自己和镇子隔开。如果他们一直漂在海上，会不会最终进化成人鱼？也许刘小飞说得对，神话有可能是人类的某种预言，谁知道人类最后会进化成什么？

村子的最东面是一块相对平坦的沙滩，他们的船全系在这里，那些小船都用绳子拴着，温顺地挤在一起，和牛圈里的牛有些神似。只有一条比较新的大船，鹤立鸡群在小船中间，虽然也被绳子拴着，但对其他小船明显很不屑。沙滩上搭着一个凉棚，上面爬满百香果，我走过去一看，凉棚下面挂着几只横七竖八的吊床，真是无孔不入的吊床。吊床上坐着几个上了年纪的村民，正一边聊天一边吃晚饭。我一走进凉棚，他们全都停住，警惕地看着我。

明知道一张口就会出卖自己，玉哥北佬仔（一个北方人），我还是凑过去，赔着笑脸打了个招呼，吃饭哪？没人搭理我。我又说，加免哪？还是没人搭理我。气氛有些尴尬，我只好横下心，掏出刘小飞的照片，小心翼翼地问道，叔叔阿姨，你们见过这个人没？一个北佬。两个五六十岁的女人把我先上下打量一番，然后把脑袋凑了过来，细细端详着照片，看完照片她们俩都没说话，而是相互看了对方一眼。就那一眼，我心里一阵高兴，她们应该是见过刘小飞的。只听其中那个留短发的说，唔计（没见过）。我不甘心，厚着脸皮又问，真没见过？你们再想想。这时候，忽然听到我背后传来一句很标准的普通话，不用问了，我们从来没见过这个人。

我回头一看，吓一大跳，那个信里的鲤鱼精正站在我身后，眼睛快突出来，大嘴往外翻着，浑身漆黑如炭，不是他是谁。这次刘小飞居然没骗我？！只见鲤鱼精也有五十多岁了，头发白了一半，皮肤却黑得发亮，连嘴唇也是黑色的，和非洲人不分上下。裸着上身，脖子里戴着一只稀奇的贝壳，胳膊上的肌肉凸起来，像铁打出来的，泛着金属的光泽。他的普通话说得太标准了，以至于我觉得像一个外星人正站在我面前。我不禁惊奇道，你会讲普通话？他有点害羞还有点骄傲地说，我喜欢看电视，从电视里学的。然后不等我说话，他又主动问我，你是从哪里来的？我说，山西。他立刻点点头，做出很了解山西的样子，紧接着又问了一句，那里下不下雪？我立刻熟练地回答道，下，有时候还会下很大的雪，雪刚下起来的时候是软的，像棉被一样，在地上一直化不掉就会结成冰，变得像雪糕一样硬。我想，雪糕是这里唯一能见到的冰。有实物做模型，理解起来会容易一点。

　　他又点点头，表示懂了，然后继续找话说，你也是来这里过冬天的吧？现在都夏天了，天热了，北方人都走了，你怎么还不走？不过一到冬天他们就又来了，我们这里的冬天特别暖和，过年的时候都要穿短袖，这里的房价比海南的低，所以有些北方人愿意来这里过冬天。

　　我忽然有点明白过来，在这个村里，平时连个讲普通话的人都找不到，而他白白练就了一口这么标准的普通话，大概平时也无用武之地，简直要荒废了，好不容易逮住一个就多讲几句。

　　我说，过几天我也要走了，你们这儿的阳光太厉害了。他翻起厚嘴唇，骄傲地笑了笑，伸手摘下两个百香果，递给我一个，然后又给我做示范，两只手一捏一掰，露出了金色的蜜汁。他把大嘴凑上去，像只巨型蜜蜂一样，只轻轻一吸，就把花蜜都吸走了。

　　我见鲤鱼精还算友善，便又拿着照片在他面前晃，这个人，北方人，大头，细脖子，你真的没见过？鲤鱼精把果壳一丢，忽然就拉下脸来，说，和你说过了，我们从没见过这个人。他拉下脸的样子有点吓人，两只嘴角向下撇，整个嘴唇耷拉下去，看起来马上就要变回鲤鱼的原形了。

　　我有点害怕，拔腿就跑，跑出一段路才停下来想，他们肯定是见过刘小飞的，可为什么不承认？也是像梅姐那样要保护他？还是他又说自己是小偷，所以被人打死了？这里民风彪悍，人们吃狗吃猫吃蛇，如果老虎足够多，他们也会逮着吃老虎，打架打死人是寻常事，所以汤显祖当年特意建了一座贵生书院劝诫人们。我一路琢磨着，刘小飞看书看得多，又总喜欢给人讲故事，遥远的北方对这些海上族群来说是很神秘的，他们会不会把他扣留起来，每天喂他些吃的，然后专门让他给他们讲北方的故事？最后还有一种可能性，但更像小说，就像库尔兹那样，在黑暗的丛林里建立起了自己的宗教，他成了教主，所以所有的黑人土著都会保护他。

第二天上午，我又探头探脑地出现在了疍家村。沙滩上有一只渔船刚刚出海归来，两个戴斗笠的女人正在渔网里摘鱼，只能说摘，不能说别的。浩如烟海的渔网铺开，里面星罗棋布着大大小小的鱼，身上还闪着银光，摘鱼的时候简直有点像摘星星。两个女人只顾摘鱼，看都不看我一眼。船上有两个光膀子的男人正在洗船，也没顾上看我一眼。我便溜进村里，挨家挨户地探头张望，看可有刘小飞的什么踪迹。

一家门口静悄悄的，像是没人，我探头一看，正好与一个老人四目相对。一个老得像妖怪一样的老人正坐在门里，目光贼亮，也是光着膀子，褶皱的皮肤上还爬着一条青色的大蛇。我赶紧往前跑，很快就在村里绕了一圈，就这么十几户人家，什么痕迹都没发现。正想着，见前面的海麻树下挂着张吊床，里面兜着一个人，那人听到脚步声也抬头张望。我看到一张熟悉的脸，是鲤鱼精。

鲤鱼精不许我走，问我，你到底是干什么的？还是端端正正的普通话，但越是标准，越让我觉得他孤独。我对他有些奇异的怜悯，觉得应该多和他说几句话，便说，来之前我工作都辞了，现在是无业游民，没工作没房子，就有一辆房车。我不干吗，就是想找个人，就是照片里的那人，你要是见过这人就告诉我他在哪里，我请你吃饭好不好？你想吃什么？你们除了吃鱼还吃别的吗？你要不想在镇上吃，我们就去县城吃，那里的饭店多一点，但说好了，我坚决不吃狗肉，那和吃人肉差不多。

他一声不吭，弯腰从沙地里捡起一段绳子，我有些害怕了，心想，如果我也被扣留下来怎么办？那我就失踪了，永远都不会有人找到我，和父亲连道别都不能了。也许我和刘小飞会被关在一起，那我倒是能见到他了。我后退了两步，脑子里飞快地想，我应该报警，不，我应该吓唬他，我可要报警了。然后呢，他一定会冷笑一声，撇着大嘴说，报啊，你快报啊。

他们怕什么？

鲤鱼精拿着那段绳子开始修补吊床，并不搭理我。我忽然想到梅姐叔叔说的那句话，大陶就喜欢扮小偷。如果是一种习惯或比习惯更深的东西，那他在这个村里也不会例外。我便又凑过去，小声说，是这样，我的钱包被人偷了，里面还有身份证，就是这人偷的，你知道这小偷在哪儿吗？钱不要了，把我的身份证要回来就行。鲤鱼精的手停住了，皱了皱眉头，翻起厚嘴唇，脱口而出一句，大头真偷了你的钱？你有证据吗？

我得意地说，你不是不认识大头吗？鲤鱼精一愣，没有说话。我忙说，叔，刘大头是我哥，我是从北方过来专门找他的。鲤鱼精又翻起嘴唇，有些迟疑地说，你是大头的妹妹？你们长得一点都不像。我说，他从小就长歪了，头大脖子细，还老喜欢给人讲故事是不是？鲤鱼精又不说话了，慢慢修补好了吊床，还坐在上面试了试，这才说了一句，那怎么没见你爸爸？我惊讶道，你怎么知道我爸也来了？

鲤鱼精带我进了他的院子里，把我让进屋里。堂屋里灰蒙蒙的，只摆了一张桌子、两把椅子，地上扣着两只大鱼筐。最耀眼的就是挂在墙上的妈祖像，妈祖两边点着红色的电子蜡烛，面前供着两只大柚子。我有些激动，估计马上就能见到刘小飞了，我不知道他在这里到底变成了怎样一个人，他变得前所未有的神秘。

鲤鱼精点了三炷香，在妈祖面前拜了三拜才说，我们不想给自己惹麻烦，人也不是我们弄丢的，我在妈祖面前给你讲的，就不会有假话，不然要受报应的。大头以前在我的旧船上住过一段时间，住了还要给钱，我就认他做了个朋友，我喜欢讲普通话的人，普通话文明，大头就讲普通话，又有文化。有时候我烤了甘蔗鸡就叫他过来一起喝酒，有一次喝多了，他忽然说自己以前是个小偷，偷过东西。这话我肯定不会信，他住我的破船都要给我钱，怎么可能偷东西，再说了，哪有小偷说自己是小偷的。可话说回来，一个北方人躲到这地方来，可能身上还是有什么事吧，这个也不能问。刚才你说大头偷了你的钱，我心里还一阵高兴，如果真是大头偷的，那倒好了，起码说明他还活着，你想找他，我还想找他呢。

我一下愣住了。鲤鱼精不再看我，眼睛看着外面说，有时候他会跟着我们出海打鱼，我喜欢带着他，他学得很快，也能吃苦，是个好帮手。那次，他跟着我们的大船半夜出海打鱼，就是那艘最大的船，是全村人凑钱买的。又不是第一次跟着出海，我对他也放心，下网的时候他还站在甲板上和我说了几句话，结果我一转身他就不见了，也没有听到有人掉进海里的声音。船上的每个地方我们都找遍了，就是找不到他。后来我们连着几天都在海里找，又去白沙角找，因为潮汐的原因，海里如果漂来什么尸体，一般都会被冲到白沙角去，可是连尸体也找不到。后来一直都没有找到，到现在都没找到他。

我呆呆站在那里，一句话都说不出来。只有我明白，这是刘小飞的另一个魔术，他让自己凭空消失了。这次，他把自己变没了，那个他一直试图惩罚的自己。既然是魔术，就永远不可能有真相，有可能我们再也见不到他了，也有可能明天我们就会迎面遇见他。

只听鲤鱼精又说，你说你是他妹妹，我也信你，大头是个好人，你不要给我们找麻烦就好，真不是我们的责任。对了，他最后一次找我喝酒的时候，把一样东西给我留下了，说如果有一天他妹妹和爸爸过来找他，就把这样东西给他们。我说我怎么知道谁是你妹妹和爸爸。他说，到时候就知道了。

我说，是什么东西？鲤鱼精忽然咧开大嘴笑了笑，说，那东西有点大，明天一大早，在我们出海前，你和你爸爸过来拿吧。

第二天天刚泛亮，我就用摩托车带着父亲去了疍家村，鲤鱼精已经在沙滩上等着我们了。沙滩那里拴着的小船都不见了，估计是半夜都出海去了，还没回来。只有那条大船还在，看样子也准备要出海了。我忽然发现这条船哪里有点不对劲，再一看，有个老人正站在船身上，好面熟啊，仔细一看，竟是父亲站在那里，他正站在那条大船的身上朝着我们笑。原来是把父亲的一张照片放大复印在了巨大的塑料纸上，再把这塑料纸裹在了船的身上，猛一看，就像一个真人站在那里。

我忽然明白了，其实，除了大海，就连这个海边小镇和镇上被施了魔法的人们，都是刘小飞送给父亲的礼物。

这时候鲤鱼精也跳上船，一声长长的鸣笛，大船也要出海了，它慢慢离开了沙滩，离开海湾，向着苍茫的大海深处驶去。我对站在旁边的父亲说，爸，你看，那条船会带着你去你从没去过的地方。

父亲使劲地笑着,直到笑得满脸是泪。

船越走越远,越来越小,我们目送着那个海上的父亲渐渐远去。直到最后,他在大海上彻底消失了。

(原载《收获》2022年第1期)

评鉴与感悟

我们当然可以将这篇小说的主旨视为父辈与子辈的和解,但却不可忽视那片氤氲在字里行间的海风与水汽,更不可忽略魔术师并不是魔法师——魔术是这样一种技术:落幕时留下空虚的幻影。这两点事实上是同一个问题,它们共同指向这篇小说的结构本身——并非线性的推理与追寻,而是四组地理空间之间的反复冲突与角力:记忆的北方("我"的回忆)、现实的北方(海南的北方人们)、虚构的南方(信中的故事)与现实的南方(木瓜镇)。在小说中,北方充满肃杀与荒芜:鬼气森森的幼儿园,被荒草吞没的废弃工厂,被拆得只剩骨架的公交车,满布蛛网的尼姑庵,还有关于母亲死亡的回忆(母亲临终前不停织毛衣的桥段固然感人,但它亦使我们感到了一丝哥特小说的寒意);而南方是鲜甜的水产、繁茂而有灵性的菠萝蜜、高寿的赤足老人和依水为生的疍民,这让孙频的南方与福克纳小说中的美国南方或者张贵兴笔下的婆罗洲相比,添了几分宫崎骏式的灵性与温情(也正因为如此,小说中频频反讽式地引用着约瑟夫·康拉德的《黑暗之心》)。在学者杨庆祥关于"新南方写作"之论述的基础上,我们可否大胆假设,孙频追求的是"南方"和"北方"象征意义上的和解,而刘小飞和他的奇想故事在这一过程中扮演的角色是桥梁。但倘若如此,我们总要问一声:"之后如何?"在小说中,"我"与父亲终究要离开,而刘小飞已然无处可寻。既然是魔术师,那魔术表演终将是要谢幕的。(钟天意)

谛听

/周幼安

　　窗帘还没关。董成宇脱掉牛仔裤,跳水似的倒在床上,抬眼看见黑洞之中光影绰绰,如舞台皮影,想必是天井另一端的邻居也刚下班。

　　他实在不想为保护所谓的隐私起身。隐私,人哪还有什么隐私,信息泄露得已经够多了。作为互联网公司的算法工程师,他每天在后台肆意浏览着半裸的认证照片、涉黄聊天记录和大量用户数据,仿佛通过虚拟代码就能轻而易举完成分类与聚类,勾画出陌生人的行动轨迹。当一个行走在现代社会的公民,还有谁不是赤身裸体呢。董成宇无暇顾及来自对面窗口的观摩,他今天实在太累了,加班到11点25,又等了将近半小时快车,回到家时棉布衬衫藏着一股难以言喻的酸臭,衣领和袖口被汗水浆得发硬。

　　加班不是他的使命,却是董成宇自愿选择的生活。作为一个经济自由的单身汉,他尚且不用为了爱情随叫随到,也不必对家庭责任马首是瞻。一个人生活在上海,竟像一只体态笨拙的海螺壳,不知道被谁搁置在沙滩上,等潮汐反复将他这个容器灌满。工作能够短暂充盈他,连同吃饭、网购、炒股票以及不必要的社交,这些价值带给他一种身体蕴含能量的假象,但更多时候,他都处于一种等待或流逝的疲软中,日复一日循环交替。比如现在。

　　他真的不想去洗澡了,需要换洗的衣服堆在沙发上,背包里装着晚餐没吃完的便当。他知道自己应该怎么做，如何才是体面的，但他只是躺着，试图让每一根骨头都贴紧床单，寻找最适合摆放的位置。他摘掉眼镜，盯着天花板，看细小的霉菌勉强凑出暗绿色的光斑，排布松散，又好像暗中遵循着某种规律，眯起眼睛看，近乎一张写意人脸。对了，今天还有新番漫画没看，刚更新的，《街角勇士》的番外，出自他最喜欢的热血漫画家。似乎是受到微生菌落的启发，他赶忙挺直腰身，从床上坐起来，用平板电脑登录置顶的常用网站，跳转到一个五彩斑斓的页面。

　　这是一种释放的方法，释放的不是压力，而是大脑宕机后的空空如也。董成宇认同这个过程，想象一只助推器正将气态的空虚从他身体缝隙排出，于是他像缓慢漏气的皮球，欣然接受了整个过程。他重新戴上眼镜，把腿伸进夏凉被，专注于屏幕。漫画中线条迥异，勾勒出夸张的剧情，用色也是一如既往大胆，呈现出"封神"的势头。唯独这剧情差了点意思，完全是狗尾续貂，割韭菜的圈钱之作罢了。看了十来分钟，董成宇就开始走神，原作中他最喜欢的角色在番外里成了炮灰，完全没了往日枭雄风采，再看下去只会令他生气。他关了电脑，又顺手关上灯，昏沉中手机突然弹出一条关于新一轮人口普查的新闻，像荒野闪动的磷光。

　　谁会看深夜1点发布的推送呢。董成宇骂了一句，把手机扣在床上充电，正巧天井对窗的住户也熄了灯，皮影戏仓促谢幕，彼此之间一片和畅的黑暗。周遭几乎没有响动，所以公寓外的狗叫声才愈加真切。董成宇听见夜蛾撞上玻璃窗，听见半公里外高架桥嗡鸣，也能听见低空中飞机僵直的羽翼。他是个听力很好的人，从小他就意识到了这份差强人意的"特长"，并由此提前获知了父亲病危的消息和母亲裹进棉被里的哭声。但听觉灵敏并不会影响他太多，董成宇并没有因此而神经衰弱，他的基因只想告诉他此时世界正在发生什么，却不想令他因此而忧虑。

　　所以他完全能够入睡，很快，只需要一点时间，把自己的身体调整到合适的频道，成为汹涌澎湃中的一小朵浪花。他正在这样做，逐渐忘记了延展的四肢、器官、躯干，几乎就要被梦中倾倒的大雪淹没。然而稳固的背景中突然闯入一个异类，将董成宇从睡乡的雪灾中拽回。他听见一种诧异的响动出现在附近，像猎物躲避捕猎者的行踪，步履细密、谨慎，却仍旧留下了些许破绽。那是此前从未有的声音，朦胧的，带有感性的毛边，丝丝缕缕如花猫夜啼。吵醒他的是一个女人的呻吟。

这般发现令他精神起来，先前的睡意一扫而光。但他没有开灯，只是靠在枕头上，小心翼翼地判断方位，在无边黑暗中觅食。意外的出现调换了他的频道，先声夺人，使他忽略了自己身体的变化，反而沉浸在一种摸索的快意中。不使用其他方式介入，只通过自己的耳朵。很快，他确定了吸引着他的核心，那清晰的刻意压制住的声音，正透着公寓楼薄如蛋壳的墙壁，春潮般晕荡开来。

他听着一墙之隔的水手随海浪辗转颠簸，航行于他自己的胸膛，在心跳间起伏不定。

这让他对邻居产生了兴趣。直到第二天早上，董成宇耳畔还回响着最后一段婉转的收场，以及电灯开关清脆的谢幕。他此前并没有关注过他的邻居，实际上，过去墙壁那端也并未有过任何异常值得他去分神留意。但现在不同了，一个面目模糊的陌生女人突然破开墙壁，闯入他的领域，干预了他的思考方式和他的睡眠。这般蹊跷如鬼魅，不留痕迹，叫他不由自主想起电视剧《聊斋》。

她究竟是什么样的一个人呢？他又为什么偏要想象她呢？如此两个问题烦扰着他，就像高中生被两道数学难题阻挠，又无处解惑，整日提心吊胆。这是他第一次经历这样的境遇，哪怕用耳朵获取的，哪怕是偷听，此前他只在互联网里匆匆瞥见过类似经验分享，如今他终于成为幸运听众。

但作为代价，董成宇整个白天都心不在焉。他坐在工位上分析数据，给目标用户贴上各式各样的标签，今天他决定将悬疑视频推荐给所有喜欢宠物博主的用户，毕竟数据显示，这一算法有百分之七十三的命中率。好不容易挨到下班，董成宇拒绝了产品经理看似组局夜宵实则加班的邀请，去单位楼下扫了辆共享单车。

晚上9点以后，环线外的上海从拥挤中透过一口气，工作结束的人们更多将自己折叠装进地铁，董成宇的回家之路得以通畅无阻。身边不断有外卖骑手的摩托车超过他，一辆接着一辆，争分夺秒；绕过闵行体育公园，广场上一群半老的妇女甩动四肢，动作流畅，扭得气贯长虹。令他不解的是，广场上并没有播放音乐，寂静得像部电视默片，仔细辨别才发现每个阿姨都带着蓝牙降噪耳机，神色间尽是周全的骄傲。董成宇此前从没注意过这些，城市角落形态各异，仅当作一闪而过的布景。但今天，他突然觉得这些细节生机盎然，公寓后的小街烧烤扎堆，生蚝在铁板上渗出乳白色汁液，下水井里钻出老鼠，惊飞了成群结队的麻雀。

　　有什么东西在等着他，并且是躲藏在暗处的、蛇一般透迤的东西。董成宇回到家，坐在沙发上，尽量不让自己发出声音，桌上的不锈钢茶杯映出他下颚宽大的脸；头发紧贴头皮，三七分刘海趴在额头，软塌塌得不见生气。房间里并没有任何动静，董成宇走到台灯前，对着穿衣镜端详脸上的粉刺，目光从泛红的脸颊滑落到墙上一排插孔，相邻两个间的墙皮已经脱落，露出里面挂灰的塑料网格和中空的墙体。如果两户邻居的线路安排在相同的位置，便会组成一个天然的传音器，董成宇没忘记学过的物理知识，又鬼使神差在上面插上刮胡刀的电源，将传音升级为扩音效果。

　　然而墙壁另一端没有人说话，也没有其他声音，如此良久，董成宇几乎要放弃狩猎。这时，他突然听见一阵电流的窸窣声从近在咫尺的地方传来，紧接着是一个女人的声音，不同于昨晚意外泄露的美妙，清脆利落，反倒有穿起衣服的矜持。

　　"欢迎来到我的频道。"

　　她或许是个主播。

　　"最近新搬了公寓，所以开播延误了几天，希望宝宝们原谅我。"

　　她的确是新搬过来的。

　　董成宇坐在台灯前，随手打开常用的直播软件翻了几个，一张张精致的面孔夺人眼球，却都无法和她的声音匹配。她应该是什么样的呢，头发是长是短，微笑时应该有酒窝吗？董成宇不敢继续想象，也无从想起，脑海中跃进一条粉红色的海豚，在浪涛中穿梭，发出人类难以解读的频率。整个晚上，他都坐在台灯前，听女人的声音忽远忽近。她讲了很多他不了解的东西，眼睑下至术，三明治定妆，哪个品牌的眼影盘好用……他唯一能够跟上的步骤，是在听她说到她养猫时，粉红色的海豚倏然就幻化成一只狸猫，蹲在他眼前舔舐手掌。

　　接下来的两天是周末，董成宇没有自愿为绩效加班，也几乎没有出门。他向部门负责人请了病假，一日两餐都靠外卖解决。笼统点说，他好像得了土气的相思病，可又没有具体发病对象，只觉得一团云雾积压在心脏里、肋骨里、胃里，其中包含了少许羞愧，更多是源于自觉的震撼。下楼买烟的时候他格外留意同乘电梯的异性，并且不断用目光涂抹她们，谨慎地判断她们。穿睡裙的，扎马尾的，趿拉着拖鞋的，应该如此的，果断否决的。他将灯一直开着，刮胡刀好像要永远没电，这样他才能了解她更多。

他也的确达到了目的。

"今天我给大家介绍一下我养的两只猫，一只叫莓莓，一只叫尖尖。你们应该在视频里见过很多次了，她们都很乖，都是布偶猫。"莓莓和尖尖，真是可爱的名字啊。董成宇边吃便利店加热好的肥牛饭，边收听墙壁另一端，他现在几乎可以肯定新邻居是一位博主，每天不是在直播，就是在录制视频。短短几天，他就迷恋上了女人的说话方式，四平八稳的普通话，偶尔出现模糊的粘连，有种小睡还起后的娇憨。起初他没办法把这样的声音和第一晚听见的呻吟联系起来，但很快，这些切片在窥探中得以融合，层层叠叠拼出一具玲珑有致的女体，他觉得自己几乎掌握了她的全部。

原来了解一个人只需要两天时间。他藏在一面透明的墙背后，身穿隐形雨衣，用丝带遮住双眼，做她直播最前排的听众，交响序曲中贴近且狂热的指挥。但这些还远远不够，虽然董成宇无法透过屏幕看到她，但他的优势，在于冰冷的茧房之外，他和她都不被世界关注的地方。当她不开播的时候，她只是生活在隔壁房间里的一个普通女孩，董成宇听见她跟着音乐唱田馥甄的歌，"我像是小数点后几位"，听见她看综艺时不自觉地嗤笑，也听见她和闺密煲电话粥，说她想吃泸溪河的蝴蝶酥，那样的甜食，董成宇从不会考虑。

当然他也听见了她的名字，潇潇，她在直播中这样称呼自己，似乎是她的昵称。名字的出现让解谜变得简单，作为一个资深互联网人，董成宇想要搜到主播潇潇的社交账号轻而易举，但拿起手机，他又被一种强制力阻拦。在董成宇看来，这是一种近乡情怯的腼腆，也是一种被预售着的罪恶，如果他看见了潇潇的脸，哪怕只看一眼，这种罪恶便会成真，从墙壁的联通间复活。偷听一个依靠想象成立的人，她的存在源于未知，反而有种节制的快感，董成宇只把窃听当作戏剧舞台的一部分，南柯梦中旖旎孟浪的幻想，他此时正在扮演一个着了魔的变态角色。

这样的激情一直持续到他周末结束。他不得已在白天上班，对抗一簇簇形体僵硬的数字。但他对加班的容忍不复存在，恨不得每天准时打卡，与潇潇上演一出隔墙有耳的爱恋。同事们推测他交了女朋友，董成宇也不否认，只说自己刚养了两只小猫，需要有人照顾。

它们一只叫莓莓，一只叫尖尖。

董成宇很少能听见这两只猫的叫声，更多时候，他只听见潇潇亲昵地与猫说话："你再咬我的手，我也要咬你的手。"猫的存在拓展了董成宇的想象空间，譬如棕白杂间的皮毛和抚过皮毛的手，但它们也带给董成宇新的困惑，令他开始怀疑第一晚的春色满园，究竟是猫，还是人。

疏忽了工作，董成宇回家的时间越来越早。他坐在沙发上边看球赛边吃打包回来的麻辣香锅，不断用筷子挑出藕片，摞在碗的一边。潇潇还没开播，房间里只回响他的咀嚼声，一下下敲击着墙壁。比赛正酣，他妈妈突然打来电话，屏幕里杜兰特的进球被强制中断，手机震动嗡嗡作响。

"儿子下班没，有空接电话。"里面传来母亲的声音，背景是吱吱呀呀的京剧唱段，他分辨不出派别，更听不清男女。自从父亲去世，母亲就一个人生活在宜春老家，他上面的姐姐两年前结婚嫁人，有了小孩，也很难再抽时间回去陪她。董成宇每个月给家里寄两千块钱，固定四个电话，以此粗暴地尽孝。

"妈你又在看电视，多出去走走。"

"出去没意思。这几天几个老邻居叫我出去跳舞，我这腿脚不好，腰也不好。"

他知道母亲的难处，父亲走得太早，母亲又没文化，十几年做保洁养家，整日弯腰落下毛病，如今腰椎间盘突出，只能坐硬沙发。董成宇嗯了一声，脑中突然浮现出母亲戴蓝牙耳机站在体育公园的样子，身体是那样干瘪，那样格格不入。

"给你打电话也没别的事。今天你姐姐和我视频，你那个小外甥已经能开口说话，会叫奶奶了。"

"嗯"，他又应了一声，将来电窗口最小化，看起了球赛的文字解说。

"你张姨家的女儿也是，比你还小两岁，上周在南昌办婚礼，我还随了五百块份子钱。她女儿蛮漂亮，你忘了？小时候你们一起抓蜻蜓，还偷喝家里的香油，那时候你爸还在。早知道把她介绍给你了。"

杜兰特后撤步跳投，将比分追平。死神手感依旧。

"你打算什么时候交女朋友？年纪也不小了，该考虑结婚……我知道你不爱听这些，可问题总要解决不是。早解决就早解放，你大学时候的女朋友怎么样，听说毕业没留在上海。当初你们一起回老家来多好，现在我也该有孙子了。"

"没联系，也不合适。"最后一分钟，场面白热化，他期待着有谁来个三分投篮结束比赛，不要罚球，不要加时，潇潇马上就要开播。"您怎么不再找一个？"

"我都这么大岁数了，一个人习惯，找个老伴，不还得伺候他？倒是你，在上海找对象不容易，又要攒钱买房，妈帮不上你。不如早点回家来，妈给你张罗。"

"先凑合着吧，现在也还不错。"

董成宇挂了电话，发现一只苍蝇从空调管道的缝隙里飞进来，绕着垃圾桶盘旋，又直挺挺地落在纱窗上。他喜欢的球队还是输了球，该死的，等待如坐针毡，谈婚论嫁磨得他心焦气躁，他拿起杀虫剂，一股脑儿朝苍蝇喷去，溅起干冰似的白雾。

潇潇还没开播，房间里静得可怕。站在窗户前，董成宇突然难过起来，不明缘由的，他如海螺的身体因为退潮空空如也，迫切需要什么来填满。他躺倒在床上，又看见天花板的霉菌，今天它们长大了一圈，组成两只油绿突起的眼睛，阴恻恻地望着他。如果她还不说话，他就要彻底窒息了。钢筋水泥挤压着他，七零八落地砸下来，把他变成一只速食罐头。董成宇从摩天大楼想到家乡的九岭山，小时候他和父亲从东麓远足，见过山涧东奔西突的泉水，虽然孱弱，却有寂静逼人的气势。

其实回老家也没什么不好，钱赚够了就可以回家，娶妻生子，再复杂的事情都可以变得简单。但老家，会有潇潇那样的姑娘吗？那里的潇潇或许更容易亲密，但也可能永远无法了解她，小城镇每个人都密不透风，都装聋作哑，是永远也无法获得生命的石头雕像。他闭上眼睛，想起自己刚上大学那年，姐姐送他和行李来到上海，他第一次被玻璃建筑透亮的外壳迷倒，外滩汽笛清脆连绵，那是发展急不可耐的声音。他不是进城务工的可怜人，知名大学毕业，工作顺利，薪酬优渥，如此下去必定会成为骄傲的中产阶级，哪怕用手，也会一点点挖进上海这座城市的地基。可是问题在于，他一定要这样做吗？在玻璃或是石头中间，他的身体响起大海空旷的潮音，海豚围绕迷失的航船不停打转、悲鸣，撞击船身。这让他确认自己的确生了病，竟如此迫切，需要一个陌生女人浑然不觉的安慰。

他在等待潇潇的声音。不知道过了多久，房间里充斥着某户邻居做菜的剁椒味，董成宇呛得咳嗽，如同深陷一场浓烟火灾。他突然想到一个伦理难题，别人家炝辣椒只因味道打扰到他，他是否具有控诉的权利。还有声音呢，他是否可以随意采撷窃取别人的声音，收集到自己的生活里。董成宇抬手揉了揉鼻子，打了个喷嚏，这座矗立于上海的高级公寓，墙壁竟像报纸一样薄，什么都抵挡不住。

潇潇或许出去了，他前几天听潇潇打电话说到剧本杀，公司的女同事最近也沉迷这类被悬疑推理包装好的社交活动，大数据可能还真有几分道理。失望的情绪占领了他，从指尖开始，蔓延到每一个器官的末端，他闭眼幻想着一具滑腻白净的身体，她颠簸的臀和后背丝绸般流动，又顽童似的从他手中抽离。后来他真的听见了梦中的声音，在睡意蒙眬间，久违的欢畅在他头顶盘旋，一声声叩响墙壁。

是她的声音，不是她的猫，是潇潇的声音。他终于认得她了。

恰到好处的喘息，站立如上海滩歌女，珠光宝气，一浪推着一浪走到董成宇面前。他直起身来，半跪在床上，像壁虎般充满吸力，又如谛听辨别真伪那样认真。他用右脸凑近平整光滑的墙壁，屏住呼吸，把火热的欲望附着在激素攀升的寒战里。即使隔着有意克制的缄默，还是有某种默契建立起来了，亲密含苞吐蕊，露出食人的牙齿。他在想象她，却不敢多想，他听不见另一面有任何男人的响动，却仍为此感到愤怒。

他并不想这样。

直到他扑灭了纵火的核心，开始为自己的不知分寸羞耻。董成宇听见墙壁另一端，潇潇没有指向的诉说："今天是我生日，你要祝我生日快乐。这个要求不过分吧。"

董成宇没听到任何回应。

第二天，他又向公司请了假，全然不顾主管言语间的微词。他近乎整夜没睡，冷静过后，却变得更加疑惑，原本明晰的问题又一次模糊起来，雾一般糊在窗户上。她是谁？她是潇潇吗？潇潇是一个人吗？只有她一个女人吗？他不再相信自己的耳朵了，如果仅仅依靠听觉能够判断世界，人类早就该退化为软体，只留下吸食声音的孔洞。董成宇坐在台灯前，看着新鲜的阳光打在海贼王娜美的手办上，光柱里有无数微尘翻滚起伏，不断变化方向。他听见墙壁另一端潇潇欢畅地打着电话，背景音乐不断循环《情深深雨蒙蒙》："尽管狂风平地起，美人如玉剑如虹。"

"我们去吃淮海路那家西餐吧，然后去哥伦比亚公园拍照。去嘛，我妆都化好了，哦对，一起穿上次买的靛蓝色裙子，我打算拍个闺密便装视频。"

歌声戛然而止，潇潇又约了朋友出门。当隔壁完全归于沉寂，董成宇一时间觉得百无聊赖。他站在厕所抽了根烟，顺便冲了澡，拿浴巾时，马桶上手机嗡一下震动，公寓管理员群发通知："傍晚会有人口普查员登门核实，请住户配合工作。"他向来佩服上海的办事效率，总是突然地，单刀直入地开启某次行动，像电影里的武警风暴缉毒。不仅是今天，未来一连好几天，都将会有工作人员轮番敲门，将手指伸进门缝，确保不遗漏任何一个人头。他们一定会进来的，会看到的，无论用什么方法。既然如此，为什么还要设计一扇门呢？他的领域究竟依赖什么才得以建立，难道仅仅是藏不住声音的墙壁和一扇轻易打开的门？董成宇想着，一边用浴巾擦拭后背的水珠。他大腿上因为爬树留下哑铃状的疤痕，早晚也会被别人看见。

他又想到潇潇了。渴望中带着点仇恨，虚弱地在天空飘着。总会有一个女人要进入他的生活，他母亲说得对，结婚生子，组成家庭，那么，进入从来不是一件难事，他已经是一面透亮的玻璃了。过去几年，他早习惯了通过数据干预别人的世界，为枯燥的屏幕增添几个新鲜选项。那么究竟是谁把潇潇添加到他生活中，带有点虚拟的成分，又真实地困扰着他，催促着他，逐渐靠近生活的边界？想到这儿，董成宇突然领悟了什么，胡乱穿上件黑色T恤，把下摆别进睡裤。

进入不是一件难事，他不想再偷听了，甚至不想看，他想要走到她的身边，像进入一扇门那样进入她，等待她，把她变成另一块玻璃。如此，他们之间无墙阻隔，彼此坦诚，不必蒙受其他男人沉默的阴影。董成宇拿了顶鸭舌帽，盖住湿漉漉的头发，一些水珠滑落到脖颈，又轻巧地流进衣领。他走出房间，站在空无一人的公寓走廊，目光所及，每扇门都一模一样，保持某种现代秩序，贴着不同的橙色编码。

董成宇在门口站了一会儿，注视着紧邻那扇门，好多谜团藏在背后，烟圈似的，一点一点吐给他。他最终还是走过去了，用手划亮潇潇门口的电子锁，食指在半空中停顿几秒，输入了昨天的日期。

滴。他熟悉这个声音。

旋即一道暧昧的缝隙在他面前裂开，房间里传来一阵细碎骚动，有什么在撞击笼子，扑隆隆作响。罪恶即将兑换成真，他尚且猜不透奖品，也同样无法后退。董成宇迟疑片刻，屏住呼吸，顺着缝隙滑进房间，阳光照进他们共同分享的天井，也照在玻璃吊灯上，晶莹发亮。他轻轻带上门，除去拖鞋，赤脚踩在厨房的大理石地面，然后他经过六层鸟笼式的鞋盒，堆满杂物的垃圾桶，一扇充当了屏风的可以旋转的衣架。

衣架后面，是潇潇的世界。他的手稍微颤抖了一下，将屏风旋开，一股难以形容的古怪气味从房间中逸散，混合着近乎花卉的古龙水味。他在大面积的粉白色中寻找着源头，新鲜的，淡淡的腥膻气，他的目光越过梳妆台、散落的口红和玻璃瓶。贴满水钻的石膏大熊摆件缺少一只耳朵，伤口处粘着两朵香槟玫瑰。

在钻石的闪耀中，他看见了同他自己房间呈现镜面对称的格局，原本应该摆放沙发的位置，立着三组半人高的亚克力箱。望过去，董成宇正对上两双蓝如琥珀的眼睛，两只模样相同的猫弓起后背，张来爪子，以此来扩容它们的身体。尾巴触电般挺直。

那两只警惕却喑哑的守卫者身下，垫着白色粉末的透明箱子里，董成宇看见四五只花色相同的布偶，它们有些没有头颅，有些没有前肢，有些没有尾巴，血迹疮痂样黏在皮毛上。

眼前全是猫咪残破不全的干燥尸体。

他出于本能地想要呕吐。

滴。慌乱间，董成宇听见头顶传来极其微弱的响声，迅猛如脉搏，几乎不留痕迹。他看到房间的角落，一盏标记着红灯的摄像头眼球般转动。他可以肯定他真的看见了。

（原载《钟山》2022年第1期）

评鉴与感悟

"上帝",当其以肉身进入现代社会之时,大抵会被这样描述:一件"衣领和袖口被汗水浆得发硬"的棉布衬衫、一条几乎发白的 Levi's 牛仔裤,可能还戴着一副黑框眼镜——正如小说中的董成宇一样。作为一名算法工程师,任何人的隐私在董成宇面前都无所遁形,在崇尚信息和流量的当下,没有人比他更接近"上帝"的存在。

问题在于,董成宇显然是一个被现代专业主义阉割了的"上帝"。我们发现,从工作时间到闲暇时间的语义转换,正是"上帝"权柄幻灭的过程:在算法系统加持下全知全能的董成宇,竟会为了深夜传来的"带着毛边的呻吟"悸动不已,乃至茶饭不思。可见,在现代社会,即便是"上帝"也要遵守劳动法。在八小时工作制(当然也包括"自愿"的加班)之外,"上帝"也不过是一个听觉发达些的凡尘中人罢了,甚至在好奇心的驱使下走向逾越的深渊。

这似乎也是作为前现代概念的"上帝"强行进入现代社会在所难免的悖论之处。在"上帝"权柄幻灭的同时,个体存在的实体性也随之消弭。由此揭示的不仅仅是私生活的边界问题,更重要的是:"原子式的个人"之间的对话何以可能?个体的存在方式又应当如何被确立?

作者敏锐的感受力是小说的一大亮点,但文字中拥挤的问题太过庞杂,这在一定程度上阻碍了小说内部感受空间的延展和问题的深度探讨。(朱子夏)

与此同时

/七堇年

1

黎明将近,天色由青入蓝,缀着疏星。

脚下,雪细如粉,头灯一照,闪动微观的虹,仿佛一层钻石粉末。雪鞋笨重,像踩着一双塑料船,走起来得两脚分开,一步一迈。

"看我们像不像两个圆规在走路?"

况子白了我一眼,"屁,你狗日的就像个湿了裆的傻逼。"

我踹了他一脚,突然感到自由,没有女人了,可以想做什么就做什么,想说什么就说什么。

雪鞋走起来咔啦咔啦作响,登山包与滑雪板发出轻微而规律的摩擦声,脚下一停,就耳聋般寂静。眼前是最后一段陡坡,仰望:松树一根根陡立,剑指青天。况子把雪鞋后跟的搭扣撑起来,开始爬坡,我也照做了。一到户外,他总是喜欢做先锋,做领攀,给人开路,但那真不是走第一个那么简单,他每一步都要用体重压上去,一脚一坑,深雪吃进膝盖,像是在海水里迈步。

我跟了五十米,热得要炸。羽绒服里,汗水从腋窝滴下,沿着两肋滑,奇痒难忍。从领口里我闻到自己热烘烘的臭汗,想起每次打完球回家,桃子先是冲向我，又刹住，怔怔地盯住我，捂着鼻子，跑开。桃子妈的背影在厨房，一枚轻而冷的声音飘过来：快去洗。

我不知道为什么到现在还会想起这个，心里发紧。我卸下包，一把脱掉外套，只剩最后一件速干短袖。

"狗日的你显摆肌肉嘛，冻死你个傻逼。"况子又来了。

"关你屁事"，我干脆把短袖扒了下来，狠狠一拧，热汗滴在雪上，融出几个小坑。重新背上登山包的时候，背带像粗糙的冰块摩擦肩膀，鸡皮疙瘩一阵，虚脱般爽快。

不知何时天已发亮，我关掉头灯。剩下那段攀爬没花多久。登顶那一刻，太阳蹦了出来，云缝间横着几杠金光。天地澄明，远处的城市一片黯淡，像条大黑狗似的趴在山脚下睡。站在这高处，我俩忍不住嚎叫起来，野兽般快乐，大口呼吸，想把双肺漂染成一幅天蓝色的帆。

风吹来，终于冷。我穿回衣服，拿出能量棒，喝水。况子在我旁边一屁股坐下来，看朝阳。四野白茫茫，粉雪雪道洁净无痕，又陡又窄，像一卷突然失手的卫生纸，一泻到底。世界化作一整山的海洛因，让人无法拒绝地上瘾。

喝完水，我俩眼神儿一碰：上。

2

德语里有个单词是 Fernweh，指的是"对一个从未去过的地方的思乡之情"。我心里那个地方是西伯利亚。读过一本书，《西伯利亚森林中》，法国记者、探险家西尔万·泰松写的，记录自己在贝加尔湖畔雪松北岬的一座小木屋里的半年生活。开篇，泰松描写他为隐居生活采购物资的时候，去到了超市，茫然面对琳琅满目的货架，心中再次涌现对现代生活的厌恶："十五个品种的番茄酱——这就是我想要逃离的世界。"

我不想用"逃离"这个词，我可是专门奔西伯利亚来的。从北京飞伊尔库茨克两千六百公里，航班三个小时。从伊尔库茨克开到贝加尔湖，两百六十公里，却整整要花八个小时。车站破烂得仿佛还停留在20世纪80年代，苏联风，一眼穿越回到童年县城。我查好了贝加尔湖的俄语怎样拼写，一笔一画描在纸上，去窗口买票。

几辆旧依维柯停在后院，车上没人，司机正在捯饬车尾行李舱，见了我，指了指副驾驶座位，竖起手指比出3，用力晃了晃。我不明白，也不想理会，就径直上车，选了个靠窗的座位。

车子出了站，却进城挨家挨户接人。韩国情侣、日本小子……各自站在旅馆门口，等车来接，搞半天只有我傻逼似的大老远跑到车站来……靠。我感觉沮丧，一头贴在玻璃上，盯着外面的乘客。每人都有个大箱子，轮子陷进雪地，拖不动，撂在地上装傻。司机骂骂咧咧地把箱子拎起来，猛塞进后舱，依然朝着每个人比画数字3，依然没有人理会。

兜兜转转一个多小时，人总算坐满了。出了城，车速快了起来，车窗上的水汽迅速结冰，比毛玻璃还毛玻璃，视野变成白内障。我这才明白过来：只有挡风玻璃不结冰，多交300卢布，可以坐在副驾驶，看风景。但真正坐那座位的，是最后一个上车的，只能坐那儿，而且没见交钱。

我懊悔不迭，掏出纸巾擦窗，这才发现那不是雾水，是冰，纸巾擦半天，完全没用。一想到剩下八个小时就要这么白内障下去，我烦躁极了。睡不着，眼睛越过座位中间的走道，盯着挡风玻璃看——路面像一条黑胶带，把左右两半雪景草草粘起来，勉强凑成一张画面。色调硬冷，景色重复得几近静止——类似于早期拙劣的电子游戏背景，用简陋的相对位移来表示玩家在前进。

一阵刺啦刺啦的声音从后排传来，我回头看：众人东倒西歪昏睡，只有一个姑娘醒着，用一张银行卡刮车窗，冰屑纷纷掉落，玻璃上被生生刮出一块透明的闪动着雪景的"相框"。阳光透进来，照亮她的睫毛和瞳孔，蜂蜜色的光晕。她大概只有二十多岁，亚洲脸，身旁的大概就是男友，时不时从对方耳朵里摘下音乐来听，俩人头凑在一起。我嗓子里涌出一股甜到齁似的酸闷，无端想象这姑娘和男朋友的种种画面，他们刚好上的那个月一连七天不下床的样子，结婚了以后是什么样子，有了孩子之后会是什么样子，他们的吵架，他们的分手。桃子妈在产房里挣扎的情景突然就又从黑箱里蹿出来了，撕心裂肺，嚎得我发软。当时我被巨大的焦虑和空白碾压，心脏堵在喉口，无法呼吸，伸手想安慰她，她却一把拽着我胳膊咬，疼得我身子一卷，头撞在一个什么设备的角上。

　　没过几分钟，我再回头时，车窗"相框"又结了冰，风景消失。那姑娘像是决心要把风景从冰层中解救出来一般，又刮，孜孜不倦，车窗结冰多快，她就刮多快，好像非让这幅黑白照片在玻璃上保持显影不可。刺啦刺啦。刺啦刺啦。说实话，那声音的确刺耳，惹得其他乘客纷纷侧目，而她男朋友就把那些目光顶回去，转头护着那姑娘，露出一种纵容的笑。

　　我被那刮玻璃的声音磨得莫名烦躁，越发觉得不可忍受……真想让她别他妈刮了，拳头不自觉在捏紧……不，忍住，忍住，我对自己说，七年后那个男友（要是还没分手的话）估计也会和我一样烦躁。用不了七年，三年吧。也可能一年。

　　不能再随便这么发火了……我努力放松拳头，闭上眼睛，想深呼吸，却只吸到车厢里的暖气，复杂的香臭抵消，混成一种闷人的浑浊。想来我跟桃子妈刚恋爱那会儿也新鲜过，好像也挺开心的，但具体是什么我忘了。婚礼特别累，吵了十吨架。临闹洞房前一天晚上在酒店房间里吹气球，分装巧克力糖。气枪给朋友了，我拿嘴吹，腮帮子酸，坐在地板上，背靠着床尾，困得快要融化了。那一刻我特别想说要不咱们别结了，别弄了，何必呢，都走吧，让我睡个好觉。

　　婚礼况子没来，根本联系不上。挺遗憾，没来也好，以他那张嘴，估计只有开涮我的分儿。据说当天我困得在婚车上直打呵欠，闹洞房的时候整个人出神，反应慢半拍；幸好大家一通胡闹，像葱姜蒜辣子炝炒腐肉，什么味儿都掩盖过去了。司仪的话筒嗡嗡作响，不停啸叫，我站在台上差点打呵欠，拼命忍着不张嘴，眼泪一下子就憋出来了，大家都以为我是感动。

　　来客们动筷子了，我们开始挨桌敬酒，一桌接一桌起立坐下起立坐下。有时候真的不知道人类发明这些破事儿来折磨自己有什么好处。我横了心把自己迅速灌醉，所以空腹一上来就猛喝，迫切躺平。大酒让我难受了三天，也被桃子妈数落了三天，说我整个人横着被抬上床，就直接吐枕头上，吐了两三天，不省人事，还哭，丢下一堆客人不管。我说行了行了都是我不好，反正没有下次了。

3

我知道贝加尔湖很大，但当况子说它有整个荷兰或者整个比利时那么大的时候，我还是有点吃惊，暗地里不相信。想"谷歌"一下，但手机没网。到了湖岸，信号就时有时无了。一片白茫茫中依稀冒出些破房顶，道路纯靠车辙辨认。我心想，到了盛夏，湖畔一定是尘土连天吧，路面连沥青都没铺。

村里跑着许多同款伏尔加牌面包车，纯苏联风格，灰色，老古董。柴油味儿呛人，人坐在里面抖得像全身都被上了抢救室除颤器。轮胎磨得没了纹路，但对付大雪游刃有余，令我百思不得其解——一路上我就从没见俄罗斯人用雪链。

我找客栈老板问逛贝加尔湖的事儿，她开始帮我打电话问村里司机明儿有车不。放下电话，她找了笔，在纸上写下10:30，看着我，笔尖戳了戳大门口。我点头。

第二天一大早我就去大门口上车。隐隐朝阳在地平线尽头闪着一线粉紫，远处的森林尚一片微蓝，空气清爽冰彻，雪深及踝，我大口呼吸，久违的兴奋。

车来了，司机是个蒙古人，身兼数职，除了开车，还是导游、厨师。在第一个下车点，乌泱乌泱的游客已经聚集在湖岸拍照，丝巾飞舞，全国各地的方言都齐聚一堂。这哪里是贝加尔湖，这分明是天安门升旗仪式。

我沮丧得喘不过气，上车后，用谷歌翻译输入中文"请带我们去人少的地方"，俄语翻译出来了，我递给司机看。他歪着头，看不清，拽过手机来认真看，终于点点头。

好像管用。我们越过好几处游客扎堆的地方没停车，一直开到森林深处。没什么人，司机像放狗似的，刚打开门，车里游客便叽叽喳喳蜂拥而出，韩语日语响彻林间，拍照的，踢雪的，都疯了似的。大人这么疯起来其实更讨厌，比小孩儿还烦，因为破坏力更大。不知道是谁来了一脚，大树上的积雪被踢下，全掉进我脖子，一回头，人影儿还见不着。

司机嚷嚷着什么，朝着一丛不起眼的灌木扑过去，搓了搓，然后双手捧到面前，做出"哇"的样子，意思是很香。我们也跟着闻了，的确有奇香,是类似花椒加陈皮的那种辛辣,又有点薄荷的感觉,到底是什么植物,始终没能搞明白。

游客满林子撒欢去了,司机开始生火,给我们做午饭。他拿出柴,点了火,支起三脚架,挂上一口锅,加水。等水开的时候,切了大坨鱼罐头肉,一堆土豆,一股脑丢进锅,煮。我心里一惊——这不喂猪的吗,跟我人不人鬼不鬼那段时间的吃法一模一样。再也不想回到那日子了。

我离开人群,想穿过树林去看看贝加尔湖。雪深及膝,一脚吃进去,半天拔不出来。三百米走了十分钟,终于到了森林边缘,脚下是陡坡,陡坡底下是一望无际的白。那就是贝加尔湖了吗,全冻了,但也没有蓝冰,只是一片平整无垠的白。天际线处,浅浅的一条线收了尾,好像是岸,又好像还是天。有几个游客蹲到陡坡下边去了,正往湖上去,看起来像拍死的苍蝇掉在大白纸上。

食物的味道飘来,大家围坐在大木桌旁,等司机把煮好的鱼汤分到碗里,配着面包蘸。卖相不好,但味道还将就,比我煮得好吃,也可能只是环境不同。吃完,司机迅速把我们赶回车上,沿路返回,途中停下几次放我们下来拍照,就这样结束了我心心念念的贝加尔湖之行。

怎么说呢,一切都很相似——期待有多隆重,结束就有多草率。像我跟桃子妈之间。或者说,像大部分人之间。

4

砰,砰。床板下面传来两脚震动。我翻个身继续睡,把被子拉上脸。砰,砰。又来两下。我恍惚知道,只要我一睁眼,准能看见况子猴儿似的用三根手指把自己吊在床沿儿上,摇。他说那是锻炼他的小肌群,攀岩用的。

在火车上,我摇着,做了相同的梦,总觉得还在大学宿舍,下铺还会这样踢我。睁开眼,突然想不起在哪儿,要过一会儿才能回过神来:我这是在火车上,在横贯西伯利亚的大铁路上,要从贝加尔湖开始,一路往东,起码要开三四天,才能抵达鞑靼海峡。铁路到那儿为止,到了那儿有一趟跨海轮渡,轮渡坐到对岸,就是库页岛了。况子在那儿等我。

我已经大概十年没坐过绿皮火车,总觉得,每个年龄段都有每个年龄段适配的交通工具——自行车属于少年，火车属于青年，飞机属于中年，邮轮属于老年。

如今所有人都属于汽车。

我不想属于汽车，我要坐绿皮火车，我以为我坐了绿皮火车，就能回到青春时代。青春就跟大名鼎鼎的西伯利亚大铁路一样——盛名在外，身在其中，不过如此。

唯一壮观的是每次火车拐弯的时候——铁轨镰刀似的甩过雪岭，剖开密林，消失在透视灭点。跑道一样的大河平整冻结，抚着国境线迟疑蜿蜒。

除此之外，真是太无聊了。白天，雪野是白色的沙漠，枯燥晴朗，贫瘠广阔，植物只剩几笔灰调子，看久了怀疑自己是色盲。太阳总是显得很累，像个不想上班的人，心不在焉地斜斜挂起。在我和桃子妈生活的北纬35度温带，晨曦与黄昏难以分辨，差不多的色调，差不多的暧昧，通常看不见日出，也没有日落。而这里不同，黄昏和清晨分得清清楚楚，清晨总是亮的，粉的；而黄昏是黯的，蓝的。雪到深处尽是蓝，阴影普蓝，天色钴蓝，月光银蓝。我记得其中有一天傍晚，火车穿越一片树林的时候，我看见一只鹿茫然地站在雪地里，拧着头看着我们，静静的，困惑的，但也并不在意的。

那竟然是整条穿越荒野的铁路沿线中我看见的唯一一头野生动物，其余都是疲倦的村庄——清一色的老木屋，结结实实地关着双层窗，道路空无一人，像被遗弃的沙盘模型，只有屋顶冒着的那一缕烟证明生活存在。那应该是质朴到只剩下黑面包、黄油、柴火的生活，只有一个品种的番茄酱。

逃离到西伯利亚，却没有感到自由，只剩一种真空般的茫然——大概是因为语言不通，一切感知都被冻结了。况子吓唬我，要在零下四十度的雪地露营，于是我带了温标零下三十度的羽绒睡袋。而事实上，气温一直都在零下十七到零下十二度之间，尤其是车厢里，暖气闷得我窒息，所有人都热成烤猪，一米九的俄罗斯大个子穿着短袖短裤，蓬头垢面地在过道走来走去，像动物园里的猩猩似的。满车都是复杂的人的气味，汗味儿，鞋味儿，泡面味儿，芝士味儿，拖把味儿。我的铺位在上铺，但除非迫不得已，我坚决不肯躺在床上。它让我想起中世纪的一种刑罚：囚犯躺在一个壁龛那么大的棺材里，日日夜夜，不得动弹。

每天一早，我就趁人少，去车厢尽头接一杯开水，兑了咖啡，削了苹果，坐在过道的弹簧凳上，等天亮。漫长的火车里人们以昏睡度日，可我害怕睡觉，害怕睡着了那个梦又追上我。困得被迫躺下的时候，我也小心翼翼，像一个西伯利亚森林里的逃犯，随时感觉身后有几杆猎枪追上来。在不断搁浅的睡眠里，我能听见四周的俄语叽里呱啦地说啊说啊，意义的河水已经冻结成一条冰面，我滑行其上，完全不知道脚下是沙还是水，一切的所指与能指要么冻结，要么蒸发殆尽。

以前桃子或者她妈跟我唠叨个不停的时候，我也会关闭大脑，只留嘴皮自动播放"嗯，然后呢。嗯，然后呢"。她们会就着这些"嗯"和"然后"自动说下去。我一个字也没听，而她们也没发现我其实没听。

我不知道谁更可悲，我，还是她们。

那趟火车慢得像马上就要死了一样，不知为何还晚了点，列车员给乘客每人每天多发一盒方便面、一瓶纯净水，作为补偿。我想问列车员晚点了多少，什么时候该我下车。列车员非常认真，用放慢十倍的俄语，一字一字跟我比画，好像她说慢点我就能听懂俄语似的。

车上没信号，手机翻译也用不了了，我放弃。听她讲完，我说死吧戏吧，意思是谢谢，那是我唯一会的俄语单词。她扫了一眼我身体，捏了捏我胳膊，又用双手在空气中比画了一个葫芦的形状，对同事说了什么，笑起来。我猜意思是说我瘦，对她回以一笑。

直到那一刻我发现，其实和陌生人相处的时候，我更像个好人。换作要是桃子妈，问她啥时候下车，她拿放慢十倍的客家话跟我掰扯，没吵起来才怪。死吧。戏吧。所以陌生多好啊，多好。真希望我们从来没能变熟悉。

5

终于抵达大陆尽头，我下了火车，和所有人一起涌向渡轮码头。渡轮一天只有一班，要花二十四小时才能穿过鞑靼海峡，抵达对岸的库页岛。

整个小镇萧条得像个破玩具。它仅仅是为了这个大陆尽头的火车站和码头而存在的。所有乘客一下火车就蜂拥挤进候船室，所有能躺平的地方迅速躺满了人。我走向一台咖啡机，一个老太太跟上来，紧紧盯着我。我投了币，咖啡过了很久还没出来，就在我以为机器坏了的时候，咖啡泌尿似的滴出来了。老太太和我说话，我一脸茫然，她指了指杯子，做出一个喝的姿势。我把咖啡给了她，她心满意足，端走了。没说谢谢。但我也不介意。

我没有打第二杯，转身去买了一个热狗。尽管饿，这仍然是世界上最难吃的热狗。我一边感慨着真难吃啊，一边吃完了，瞬间想起桃子妈拉着我看的电影《安妮·霍尔》，开篇伍迪·艾伦对着镜头说："人生真是处处糟心哪！最糟心的是它还他妈太短了。"除了这个开篇，电影后面部分直接把我催眠到打呼噜。我不喜欢她挑的片子，我喜欢《黑客帝国》，或者《无间道》《杀人回忆》，而这些，她也不喜欢。有时候我真的不明白，我们当初到底是怎么好上的。

突然售票窗口嚷嚷起来，售票员上班了。所有人涌上前去，七嘴八舌，群情激愤；很快，窗口摆出了一块牌子，群情更加激愤，但又迅速骂骂咧咧散开。

猜都不用猜，天气欠佳，轮渡取消了。未来好几天都不会再有。

在电影或者小说里，此刻应该是情节的转折点，另一个女主角会出现，跟我说话。我会在这个鸟不拉屎的地方待上几天，一生从此改变。人好像总是喜欢这类叙事——从一个意外的错误节点上衍生出正确的枝丫，并最终发现那枝丫是注定的。

但我吃过那根热狗之后就知道，绝对不要在这里停留。一个错误只会带来更多错误。我当机立断，买了回程的火车票，回到最近的有机场的那个城市，坐飞机离开这里。于是刚刚离下火车不到两小时，我又爬上了同一列火车，掉头，往西。

车厢空得好像世界末日，一个人也没有，我怀疑火车的其他车厢已经被丧尸占领了。开了一个小时，到了一个小站，上来了一个大妈，带着三个孩子。从上来那一刻起，孩子们就一直在尖叫玩闹，一直要吃的，要玩的，要跑，要跳。那个大妈劝着，哄着，骂着，自言自语着，从上车的那一刻起嘴就没闭上过。那声音让我发疯，像猎枪一样顶着我的后脑勺，我爬起来就逃，逃到了另一节车厢，再远一节，又远一节，更远一节，直到终于听不到那声音。

下了火车直奔机场，在铁椅上躺了几小时，终于上了飞机。落地库页岛的时候，我觉得我整个人都发臭了。一个多星期没有洗澡，甚至没能好好刷牙。机场依旧残破，许多亚洲面孔。也难怪，这里是北海道以北，离日本比离俄罗斯近多了。近代史上，日本说这儿是日本的，俄罗斯说这儿是俄罗斯的。但其实更早以前，这里是属于咱们老祖宗的。

外面大亮大晴，气温极低，但并不冷。也奇怪，在国内，气温并不低，但我总是很冷。况子来机场接我，只挂了一件抓绒外套，瘦得像条皮带，腮都塌了。他不知道从哪儿搞来了一辆车，帮我把大背包塞进后备厢。车子很破，只有前面两个座位，后面的座位拆了，堆满了杂物，一条睡袋皱巴巴蠕在表面。我闻到车里那种独属于单身浪子的臭，睾酮的，袜子的，奶酪的，香烟的。但那是自由的味道。我羡慕。我从来都羡慕，但也不确定真的就那么渴望拥有。

"你知道你那火车为什么晚点吗？"他一上车就问我。

我说不知道。

他把手机丢给我，我看到一条视频新闻，标题是"骆驼占据了铁轨，火车被迫晚点"。画面里，火车头前面有一只可怜的骆驼，始终在铁轨上小步飞奔，明显焦虑，又死活不肯下铁轨，就这么被火车逼着跑，荒诞得像一出行为艺术。我忍不住狂笑起来。

我没有追究为什么雪天还会有骆驼，只是傻笑，他也笑。我们盯着路口的红绿灯，笑着，我闻见自己的或者他的口臭，与此同时，终于感到了自由。

6

冬天的库页岛就像个醉汉，呕出一堆一堆脏雪，淌在路边。况子停下车，带我走向他的公寓楼。天色已暗，风刀骤至，雪尘被铲得像撒哈拉的扬沙，往天上翘，又盖下来，钉子似的往脸上扎，挺疼。

停车场空空荡荡，有两辆破车在冰面练漂移，横来横去地8字转，刹车声撕心裂肺的。况子也看着他们，说："这帮人每天都在这儿飙"，他话音未落，踩到暗冰，差点滑了一跤，但还是稳住了。某些时刻还是不难看出他作为攀岩者和拳击手的敏捷，虽然只是羽量级。他在巅峰时期拿过全国大学生比赛的奖牌，最后还是混得不好，离开了四川老家，去俄罗斯跟亲戚做生意。生意没做成，倒是把滑雪练成了一把好手。

我记得我们大学时代的冬天，在头皮屑一样的细雪里，他背个大黑包，穿条及膝的拳击裤，卫衣帽子拉起来，像个不好惹的暴力犯。到了夏天，他还这么穿，仿佛眼里压根没有四季。一年到头，冷了就地做五十个俯卧撑，热了就干一瓶冰啤酒。

一，二，三，打，打打打打！保护！对，退，退，退，再来！一，二，三，打，打打打打！——整个拳馆里就数况子的声音最大，每次拳击课，他都能把我逼到精疲力竭，汗水滴在地板上。但我喜欢这种暴虐。它让我感觉活着，感觉自己被完全放电，再重新充电。让我在回到家之后，再也没有暴力可以释放。我知道自己才是个暴力犯，唯一优点是，我承认自己的暴力倾向。比起死不承认的那些，要稍微好那么一点。

7

"该往左拐的，你刚才。"桃子妈提醒我。

"我知道怎么走。右边近，红灯还少。"我说。

她不说话了，扭头看向车窗外，左手撕着右手的指甲皮，撕出了血，放嘴里吮。

手机导航开始"前方请掉头，前方请掉头"。我一听就烦，伸手想摁"退出"，老摁不着。

"干吗你，我来帮你弄，你好好开车！"

"我在他妈的好好开车！"

"好好说话，宝宝还在后边呢！"

"她又听不懂！"

"前方请掉头。"导航又开始闹了，我一急，把它从手机架上扯下来，稀里哗啦，连架子带充电线，全掉下来了；手机脱落，滑进了座位缝。

"你急什么你！"她埋头朝座位缝看，不好捡，骂骂咧咧伸手去摸。桃子突然有要哭的兆头，咿呀呜哇的；手机还在座位缝儿底下叫着"前方请掉头"，我吼："快给老子关了！"

"我这不是在捡嘛！"她声音一高，桃子就像被摁了开关一样，哇的一下炸出哭声，我感觉自己马上就要变形了，回头冲她大吼："不许哭！再哭就把你丢出去！"

"你还是人吗？！怎么跟女儿说话的！"

"快让她别哭！你赶紧捡你的手机！"

"还不是被你扯下去的！"

"大爷的你信不信我——我操你大爷的闪你妈逼闪！"我吼叫着，后面那车子早就想超我，闪了半天远光灯，见我不让，开始嘀我；越嘀我越不让，一脚油门踩死，飙向前，压住道路中间。我摇下车窗，伸出手去，狠狠竖起中指。

桃子妈惊恐地扑过来，要我收手，"你别——"

她的声音立刻被后面一串巨暴躁的喇叭淹没了。那喇叭声已经追了上来，子弹一样逼近耳根，接着"砰"的一声巨响，死死撞了上来。

再睁开眼的时候，眼前是混凝土护栏，我闻见复杂的臭味儿，机械的，胶皮的，汽油味儿的，滚烫的臭。引擎盖跟山似的翘了起来，所有蜂鸣器都在疯叫。白烟蹿上来，车门踢不开，我从天窗里爬出去，手里操着一把破窗锤……哪儿来的我不知道，我不管，我瞬间化作一半铀-235、一半钚-239，被中子轰击，正在裂变，正在爆炸出一座蘑菇云。

后面的记忆就模糊起来……我醒来，睁开眼，天花板仿佛雪崩一样压迫我，把我压成一摊凝滞的沥青。我闻到被子里捂熟了的汗味儿。缓了好久，我都无法动弹，鬼压床似的，疲倦虚脱。

有个说法是，一段关系有多长，就要花1.5倍的时间才能抚平它。光是一段关系就要这么久的话，那么这个梦境要花多久才肯放过我呢？真希望它就只是个梦境。

闹铃还在叫，我终于摸到枕头边上的手机，摁掉。时间是凌晨4点，我早起，要跟况子去爬山，滑雪。

我已经逃了这么远了，就为了这片野雪。

8

况子出国后，每次联络都跟我念叨，说他住在一片废弃的滑雪场附近。这是俄罗斯大陆尽头的小岛，契科夫东游远行的终点，有一种萧条的自由。这里没有人谈A轮B轮，谈VC，谈PE，谈UI设计，再不济谈个IP……这里没有未来，也没有人再提起过去。一年有大半时间都在下雪，一下雪就什么事儿都别想了，喝到死，睡到死，干到死。况子总说，来吧来吧，我们去钓冰鱼，滑野雪，你会喜欢的。你这么爱找死。

我总说一定一定，下次一定来。

"切——下次，就知道说下次，有劲吗你。"

所以当我说我真要来库页岛的时候，况子挺吃惊的，问我是不是出什么事儿了，来避风头的。我说没有啊，来散心的，顺便找死。哈哈哈。他听了，一通损我，嘴还是那么贫，一切都很轻松，这就是我想要的。

雪道无人维护，松树七倒八歪。我们吃完能量棒，站起来，最后看了一眼那卫生纸似的一泻到底的雪道，决定上。

咔的一声，右脚尖插进了滑雪板的卡槽，固定到位；咔，左脚再来一下，一个崭新的世界就此解锁。我最后一次深呼吸，上身前倾，扑向斜面。

然后我整个人就消失了，只剩下速度。速度瞬间侵蚀我，压缩我，我感觉自己紧得像一粒铅球，直落而下；第三个弯道过后，我切过崖边，道旁的黑松快得模糊成一片，心脏彻底甩飞了，头脑中只剩下一个念头：这次完了。

完了完了完了。

树也太密了！怎么这么多！真到了找死的跟前，我突然想活，与此同时，滑雪板好像嵌进了轨道，令双腿动弹不得。我的重心像是被地心引力牵引，将身体生生拽向一段更陡更长的斜坡……完了完了完了，这次彻底完了……原来一切完了的感觉就是这样的……我整个人像掉进宇宙黑洞，被引力撕成了一道扁扁的光，朝黑洞最深处坠去。

我被恐惧彻底压占，又叫不出声，和那个梦境里的时刻一样。一棵大树倒了，横在前方，又瞬间迫近，我闪都来不及，就撞了上去，飞了起来，在空中被五马分尸。

感觉过了一个世纪，头落地了，砰的一下，躯干四肢也跟着落地了。竟不是疼，而是一种"重"，就像自己有一栋楼那么重，从天上掉下来。地面在震荡，又黑又晕，但眼前一片空白，脑子也是。

手杖和滑雪板早已没了踪影。我甚至不确定我的四肢是不是也没了踪影。能确定的是，我终于可以甩掉那个梦境了。

我想喊，但不知为什么出不了声。况子早就不知滑到哪里去了，整个世界终于只剩下了我一个人，终于。连那个噩梦，都找不到我了。

我陷在雪里，与此同时，恍惚想起那趟晚点的火车，那头困在铁轨上，在火车头前面狂奔的骆驼，想起那次车祸过后的日子……它们是一片黑色的雪崩，从山顶上追下来欲掩埋我，现在终于得逞了。

我就这么躺着，看着天，看它发亮、发蓝。大雪茫茫一片，与此同时，松树们安安静静站着，无动于衷，不管是刚才撞上我的那一棵，还是围观的那些。

（原载《当代》2022年第2期）

评鉴与感悟

《与此同时》是一篇以文学探索现代人精神症候的文本，作者敏锐觉察到亲密关系和旅行中所隐藏的现代性幽灵。从19世纪波德莱尔在诗歌中写下对陌生女子的钟情开始，现代性情感模式便开始了它对人的折磨——深挚的爱只给陌生人，而这爱又是如此短暂。小说中的"我"便身陷该现代性情感结构的陷阱。"我"与妻子太过熟悉而失去了激情，当一切还原为唠叨和琐碎，无聊、不耐烦和无名愤怒便如魔鬼将生活毁灭——妻女在一场口角所引发的车祸里死去，"所以陌生多好啊，多好"，"期待有多隆重，结束就有多草率"。

极为精妙的一点是，作者将内在世界崩塌后所进行的精神重建设置为一场向外的西伯利亚之旅。福柯早已观察到现代与空间之间的关系，随着现代性的蔓延，空间所附带的"稳定性"随之消失了，也就是说，文本中的"我"实际上无法通过旅行所代表的空间转换来获得精神救赎，无论是人的内在世界还是外在环境，一切都由现代性逻辑所支配——那是由瞬时性、不稳定性和碎片化所构成的宇宙，也许只有死亡才能解脱，于是"来散心的，顺便找死"。

作者将情感和空间书写交错进行，在文本结构层面将寓意推向极致。也许我们就是生活在这样一个世界里，无论肉身行走何处，心灵都找不到出口，就像那头在火车前狂奔的骆驼，受困于看不见的枷锁，直到时间的尽头。（韩欣桐）

黑　鸟

/张惠雯

1

　　他们第一次去岛上那天下着雨。岛上的马路像城里公寓或私人社区里的小柏油马路那么窄。路两边，雨水"哗哗"流进敞开的排水沟。水那么清澈，沟底有碎石和断枝，看起来不像排水沟，倒像两条小溪。水沟后面是广袤的针叶林，氤氲的雨雾里，高大、笔直的松杉仿佛列队默然伫立，苍翠延绵无尽，林中不时闪过一条褐色的小径。在马萨诸塞州，人们喜欢散步，森林里总有专为散步者辟出的蜿蜒小径，其宽度容不下两个并肩的人，因此不能称之为路，只能说是 trail，小径，上面往往覆盖着厚厚的、松软的落叶或松针。他们在雨中走去那房子。格利克不打伞，这样的雨他说是 shower，不屑于打伞。其实雨并不小，她撑着伞跟在后面，听到装在格利克夹克口袋里的手机发出指令——谷歌地图还在通报路线。

　　在他们身后，大西洋和天空已连成了一片浩渺烟雾。雾里有一团朦胧的灰色影子，像浮在海面的巨兽，那是他们来时乘坐的船。船应该很老了，噪音大，船身颠簸，但它的底舱里仍然能载小汽车。他们了解到，这艘老船是岛上居民出岛的唯一工具。居民坐它到对面的镇上去购买食物等日常用品（岛上除了一个小礼品店，再也没有别的商店）、取信、看电影、把车从镇里开上通往各地的高速公路……从那里，他们才算是登陆了正常世界。

这岛上的许多房子是波士顿人为度假买下来的，夏天里的三个月或加上暮春和早秋的一点儿时间，他们不时来这里住一段时间。冬天里，房子多半空着。常住岛上的人则过着一种几乎与世隔绝的生活，有的人开辟了一个菜园，自己从事一点儿简单的耕种，有的人则只是退休养老，和岛上的风景为伴。

他们要看的那房子是格利克在Redfin上查到的，它是一座深褐色的两层木屋，外加一个半层阁楼，叫价三十二万美金。她觉得在这么荒凉、连邮局都不会送信来的岛上，这个价钱一点儿也不便宜。格利克说，他查了近几年岛上房子的交易记录，这个价格不算高也不算低。他们从船靠岸的地方走过去，大概走了十七八分钟。当她看到那房子的时候，她有些沮丧。它比照片上显得旧多了，外墙漆大块大块剥落。老式的木窗框因为脱漆也变得颜色驳杂。她看到这种窗户就想到冬天的寒风从窗户里钻进去，让房子变得冰冷。她当年刚到波士顿时，临时租住在一栋老房子里的一个套间里。房子的窗户冬天透风，暖气又老旧，升温很慢，害得她在房间里也要穿着羽绒马甲。住满两个月后，她就赶紧搬走了。

木屋本身虽然看起来老旧失修，但也还有个亮点，就是院子很大。前院还开辟出一个小花园，收拾得很整齐，花园一角挖了个小小的鱼池，周围摆了一圈大圆石，竟然有点儿东方园林的意思了。他们走过去看，池子里没有鱼，只有一些睡莲叶子浮在水面。

他们在玄关那儿套上房主提供的鞋套，进屋参观。房子内部倒维护得不错，一点儿也没有外观那种破旧感。它的摆设，从钉在墙上的原木色画框，到铺在木地板上的红色团花波斯地毯，以及阳台上摆放的那些参差有序的盆栽，都让人感到主人是个整洁、有些品位的人。她对房子的印象好了不少。

回去的路上，当她提到房子脱落的外墙漆和老旧的窗框时，格利克提醒她说，不可能有完全理想的房子，如果在波士顿，他们花一百万也买不到这个面积的带花园的房子。她同意他说的。

后来，格利克试图挑些毛病把价钱压低一点儿，但他也没抱什么希望，只是试试。出乎意料地，房主接受了他的报价，在原来的价格上减掉三千美金。中介告诉他们，房主住在波士顿，但平常一直请岛上的居民来定期打理房子和院子，所以内部才维护得这么好，如果不是房主要去外州工作急于卖掉这房子，他们绝不可能以这样的价钱买到这栋房子。

几个星期后，他们一起去签合同。格利克付了房款，户主写他的名字。按照他们俩以前的协议，格利克出房子的钱，她负责翻新和装修费用。

2

她和格利克之间有很多协议，主要关于钱。在很多中国人看来，他们未免把一切分得太清楚了，但她对于这种美式做法很认同，觉得反而可以避免不必要的纠纷。从她二十多岁来美国那一刻，她就决定按照美国人的方式来生活。她在美国结交的第一个男朋友也是美国人，此后她就习惯了只结交美国男友。格利克是她的第六个男友，这是指长期交往过的男友。不知怎么回事，她和交往过的男友都没能结婚。她和格利克在一起也已经七年了，如今两个人都已经五十多岁，到了想有个伴儿一起老去的年龄。但格利克认为婚姻协议是毫无必要的，她表示赞同。

她知道那些同胞们说起她，都会讥讽地说她是个只找美国男人的中国女人，这其中甚至包括她最好的朋友于淼。她能想象她对别人说起这些事情时那副嘲弄、惋惜的样子。她们俩在一起时，她也不掩饰这种嘲弄。但她太了解于淼是怎么样的人了，她虽然爱嘲弄、议论别人，但她对人从无坏心眼儿。于淼看不上她这些男朋友，说她不能接受和天天一起睡的男人到餐馆吃顿饭还要AA。

她说："那有什么？我觉得没什么。凭什么男人就得请女人？"

"你是故意曲解我的意思。我当然可以请男人，男人也可以请我，但不能刚睡了觉接下来就开始算账单。我说的根本不是钱的问题，而是那种斤斤计较。"于淼说。

"你还是没有接受他们的文化，你这种不愿男人和你算账的想法还是很中国。"

"我承认。所以你能和他们处得来啊，我不行。不过，我没必要全盘接受他们的做法。他们也没有接受我的啊。"

有一次，她无意间对于淼说起格利克喜欢吃中餐，她经常去华人超市买食材，这个钱她一般就不和他算了。而如果换了格利克，他会把所有超市的账单在月底归总，然后算出来每人需要分摊的。

于淼立即说："我就知道，他和你算得那么清，你却不会和他算那么清。你忘了本杰明的事？"

"我可不想提那个人。"她开始后悔对于淼讲那些闲话了。

"我只是有时候懒得去算这些小钱。每个人习惯不一样。有时候我把收据都弄丢了。"她又说。

"那你还是不够美国啊。"于淼讽刺她说。

她知道朋友其实是替她不平。于淼尤其不接受格利克始终不愿结婚这一点，说他只是要找个免费保姆。她当然不同意于淼的说法，但她俩谁也说服不了谁。

买下岛上的房子后，他们就一直忙着翻新和装修。她以为重新刷外墙漆就行了，结果来检查的专业人士说屋顶也不行了，建议换个全新的屋顶。屋内虽然保持得不错，但门窗都相当陈旧，尤其窗子，冬天肯定会钻冷风，需要换成密封效果好的双层合金窗。原本厨房是个单独的小间，和起居室、餐厅各自隔开。而这导致屋里的墙太多，把空间分成了一个个间隔的小块儿。格利克想让室内的布局现代感一些，成为一个开放的整体空间。于是，他们又得找工程队拆掉这些墙，把起居室、厨房、客厅完全打通。洗澡间肯定要重新装修，因为浴缸、马桶都小而旧了，瓷片颜色他俩都不喜欢。他们也得重新装中央空调，靠房子里老旧的取暖器，冬天人会在屋子里瑟瑟发抖。以前的房主一家只是夏天来度假的，而他是要常年住在这里，需要它非常舒适，尤其能抗御新英格兰地区长冬的严寒。

忙碌了两三个月以后，他们的房子从外面看已经焕然一新，里面则现代感十足，舒适宜居。那些日子里，他俩经常在屋里屋外逛游，谈论着自己的想法、对每一片小空间的规划，兴奋而满足。格利克称它是他俩的nest（窝），说这个就是最坚固、持久的窝了，是他们的养老窝，他哪儿也不会再去了。她说她也一样。她打算在后院儿开辟一块地做菜园，这样他们经常能吃到新鲜的蔬菜；她还想养两三只母鸡，可以给他俩提供新鲜的鸡蛋。格利克非常支持她种菜的想法，他一向喜欢她烧中国菜，承认那是他被她深深吸引的原因之一。但对于养鸡的想法，他有所保留，担心会招来浣熊、臭鼬等野生动物。

当然,打造这个窝的花费也不小。按照以往的协议,里外装修的这些费用,包括添置新家具的钱,应由她出。她为此花了差不多十五万美金。不过,她觉得这些钱花得值得,因为这会是她终老的家。

房子整修好了,大件的家具、电器也都买齐了,他们开始添置一些装饰品和小件日用品,譬如格利克需要的酒架、各式酒杯,她喜爱的餐具,还有屋子里的摆件儿、室内室外需要的新植物。他们之前没有谈及这些东西应该由谁来买,所以格利克说谁买了就保留收据,最后再分摊。但他主张为了避免乱买东西,需要双方都同意购买才能分担费用,因此在购买任何家里共用的物件之前,要争得对方同意。她当时正处在装扮新窝的狂热中,觉得他定下的这个规则有些烦琐,也让人扫兴,毕竟买这些小物件并不需要大笔费用。但她还是同意了。

格利克是个较真的有点古板的男人,但也有他有趣的地方。他喜爱观察鸟,会画些素描和水彩画。当然,他称不上画家,只是个人的小兴趣。他画的素描通常是鸟和昆虫,水彩画则是风景,譬如树林、湖泊和港口。有时候,他一大早就带着望远镜出门去看鸟了,他偶尔也带着他的画架、折叠椅去野外写生。他教会她认识很多鸟:红翅黑鸟、冠蓝鸦、新世界莺、黑冠小山雀、美国金翅雀……她很难记住这些鸟的名字,但他从来不失去耐心地教她。他告诉她无论是对鸟还是其他野生动物,最好的方式就是尊重它们的习性,不要去打扰它们。他非常讨厌别人拿面包或随便什么自己吃的东西喂食野鸟,他看到总会生气,说这些人只是为了自我满足,既无知又不负责任,根本不去想这些东西是否适合鸟来吃,它们吃了会不会生病。他也会开房车带她去林中野营。作为在港口小镇长大的麻省人,他会玩帆船、汽艇,精通各种水上运动,车子出了简单问题,他也能自己修理。他几乎就是她理想中的那种美国男人,除了在金钱上过分认真,和她泾渭分明。但她安慰自己说,她的不舒服只是中国式思维作怪,而这正是她应该摆脱的东西。

3

他们在岛上的生活虽简单,也算得上快乐充实。只要天气晴朗,他们就出去散步。有时一起，有时分头行动。他喜欢钻到林中探索，她喜欢沿着岛上的小马路去看看别的居民区、别人家的院子和房子。很快，她和岛上的常住居民都熟悉了。他们喜欢她、重视她，因为她是小岛上唯一的中国人，也是唯一的亚洲人。她花很多时间管理她后院的菜圃，在那里种了丝瓜、长豆角、香菜、葱、生菜、辣椒、番茄……格利克则负责照顾花木、草坪，清理那个小小的池塘。

她最终说服格利克允许她养三只小母鸡，又从网上定做了一个坚固的鸡寮。有天早晨，格利克从窗户那儿看到一只狐狸从后院跑走。他们赶紧去查看鸡寮，发现三只鸡并没有"遇难"。她每天弄弄菜地，打扫一下屋里卫生，负责做三餐，空闲时间里再翻阅她订的那些烹饪、园艺杂志，一天也就差不多过去了。格利克则会在户外消耗更多的时间。他也阅读他的杂志：《国家地理》《鸟与花》《国家野生动物》。因为生活极其规律，岛上又太寂静，他们通常夜里10点多就上床了。那个屏幕巨大的电视机难得打开一次，格利克说生活安静得让他对体育频道都失去了兴趣。每隔两三周，他们会开车回波士顿一趟，去看场电影或音乐会，或者仅仅是去市区走走，以便和城市生活不完全隔绝。

转眼就是秋天了，院子里堆满厚厚的落叶。好几天里，格利克都在耙树叶，把树叶装进他购买的巨大塑料袋里，足足装了十六袋。进入冬天，她的花园和菜圃荒芜了，她把鸡寮挪进了车库。因为门窗的密封很好，格利克又早早在屋子里生起壁炉，室内干燥、温暖。感恩节过后，他们去纽约住了四天，算是度假，然后就到了圣诞节。第一场雪还未降下，但天气已经冷得无法在外面长久逗留了。格利克比她耐寒，他会穿着厚厚的户外装，戴上毛线帽去看鸟。她则整日待在屋里，望着外面荒寂的院子。北方的冬天很漫长，岛上的冬天更长。她有点儿想念朋友，想念过去的生活了。闲得无聊的时候，她也会回想过去的几段恋爱，回想她和那些男友如何相遇，如何同居，又如何争吵、分手的那些细节。她想得有些恍惚、感伤，不清楚自己算不算是蹉跎了岁月。

在所有这些男友里，她想得最多的是本杰明。他是她最喜欢的那个，当然也对她伤害最深。她一直不知道在他的密友圈子里他是人尽皆知的花花公子，而她是遭人耻笑的"那个傻亚洲女人"。在他们同居的时候，他从没间断和别的女人纠缠。很多事她都是和他分手后才知道的。他们同居时，她经常帮他还信用卡账单，因为他自己还不了，他欠了太多钱。他们分手后，她没有问他要这些钱。她并不在乎这些钱，但当她想到这些钱可能被他拿去和别的女人鬼混，她也会愤怒、伤心。这个性情极端的男人，热情起来就像一团火，冷酷的时候又像一把冰刀。他那时喜欢唱大卫·鲍伊的 My Little China Girl 和她调情，她现在还记得那首歌的调子。他也喜欢陪她逛服装店，帮她挑选衣服，他眼光极好，再也没有其他男人陪她做这些有趣的事。和本杰明在一起时，她只有三十五六岁，她自己觉得那就是一个女人最好的时候。而现在她五十多岁了，已经没有那令人烦恼的生理期了，住在一个孤岛上，过着如此平静的养老生活，种菜，养鸡。如果不出差错，这样的生活会周而复始二十年，或者三十年……

　　格利克是她交往过的男友中最稳定持久的一个。你可以说他有点儿木讷，也可以说他清高，反正他不会去费劲讨好女人，因此也不是个受女人欢迎的男人。他也曾交往过两三个女友，但几乎从不提及她们。他唯一提及的一个叫米歇尔，他说初见她会觉得她很普通，但每一次再见到她，都会觉得她更漂亮，他认为这一点相当奇特。她想，那有什么奇特呢，不就是中国人说的"耐看"吗？但她没有说出来，不愿扫他的兴。她觉得既然他还记着这些，说明那个米歇尔曾是他的真爱。遗憾的是，和本杰明一样，米歇尔非常可爱、有趣，但不忠。

　　格利克偶尔谈到他的爱情观，说他一旦遇到合适的人，就心无旁骛，想一走到底，因为他不喜欢改变，对他来说，去适应新的人、新的关系，是巨大的头疼。他这种感情的"专一"也体现在饮食口味上。譬如，他只喜欢原味芝士蛋糕，每次点餐后甜品，他都会点这种蛋糕。她劝他尝试别的，他会说，我知道这个好吃，为什么冒险去吃别的？他喜欢中餐，但最爱吃的菜也总是那几道。他给她讲过一件童年小事。他小时候不吃任何蔬菜，他母亲很头疼，使用了各种方法想让他吃一点儿蔬菜，但都不奏效。最后，她恼火了，让他坐在餐桌那儿，在他面前放一小碟沙拉，对他说，或者吃两口，或者就一直坐在椅子上不许下来。他那时候只有四五岁吧，他就在那把高椅子上一直坐着，坚决不碰碗里的一根菜。一个小时后，他母亲定的闹钟响了，他被允许从椅子上下来。反复几天，他母亲终于放弃了。

1月里的某个上午，大风呼啸，院子的地上落了很多刮断的树枝。早餐后，格利克仍然出门了。她洗好餐具，把中午准备做的一条排骨泡在温水里化冻。忙完这些，她在沙发上坐下来，注意到一只鸟一直在外面叫。她穿上羽绒服走出去察看，发现声音是从后院传来的。她绕到后院，看到后院那棵落光了叶子的白橡树上，一只黑鸟站在最高处那根树枝上，缩着脖子，仓皇地顾盼，叫声凄厉。风很大，黑鸟又站在顶端，在那一片透着寒意的青灰色天空衬托下，它显得孤独而渺小。她很少看到鸟儿冬天站在树巅狂叫，她想大概是发生了什么不好的事儿，譬如它的同伴被浣熊吃了，幼鸟丢了……她在树下仔细找了两圈，并没有看到其他鸟的残尸或羽毛。她仰头看看它，它仍然在寒风中呼号。她又去院子里的其他地方找，后来，在靠近房角的一个地方，她看到了一个乱蓬蓬的被风吹散的鸟窝。她明白了，它住在那棵白橡树上，但夜里风太大，把它的窝吹掉了。她看着地上摔碎的鸟窝、别在一起的一堆小树枝，还有些杂草，决定把它捧起来放回树下，心想那黑鸟也许能用什么方法把这窝重新黏结起来，再弄回到树上。随后，她又去厨房里抓了一小把藜麦，撒在白橡树下面，希望它至少能从高冷的枝头飞下来吃点儿东西。

　　她回到屋里，从卧室后窗那儿注视着黑鸟的举动。它没有降落到它的旧窝那儿，也不去啄地上的藜麦。它一直站在那根旗杆般高高擎起的孤枝上，张望，鸣叫。它显得执拗、古怪、孤绝。她观望了一会儿，想到早上烘干的衣服还没有从烘干机里取出来，就去洗衣房了。接着，她又忙些零碎家务活儿。当她再去后窗那儿察看那只鸟什么情况时，发现它已经不在了。她跑到外面，来到那棵树下，想看看它是不是躲到某个避风的地方了。但她没有找到它。

　　格利克散步回来以后，她马上告诉他这件事。

　　"鸟儿不会再要吹掉的窝。"他说。

　　"我们能帮帮它吗？"她问。

　　"它没有受伤，也不是冻僵了，只是窝被风刮掉，我们什么也做不了。尽量别去介入大自然的事。你看，我那么喜欢鸟儿，但我从不乱喂鸟。它们应该按照自然的方式生活。"

　　"我知道……但它会被冻死吗？它现在不知道去哪儿。"

"它只是飞去别的树上了。别担心，它很快就会再盖一个窝。它总能再找到一个家。"他对她说。

4

春天，于淼来看望他们，她说她主要是想来看看他们的"世外桃源"。她和格利克坐船到对面的港口接她。因为岛上没有餐馆，她选择在镇上一家海鲜餐馆吃午餐。她自己叫了龙虾浓汤和熏三文鱼沙拉，于淼叫了蟹肉饼配水煮蔬菜，格利克叫的是炸鱼薯条。付账时，侍者要往格利克那边走，她赶紧叫住他，把信用卡递给他。她似乎看见于淼微微一笑。

饭后，两个女人想在镇上逛逛。走在街上，她们俩在前，格利克百无聊赖地跟在后面。每次有于淼在场时，气氛都有些尴尬，因为她这位闺蜜和格利克相互看不惯，而且他们彼此也知道。这时，于淼用中文问她，格利克会不会把他那份餐费还给她。她觉得又好气又好笑，拧了她一下。

"可是他也吃了，你应该问他要。"于淼揶揄地说。

"他是陪我们吃的。如果他朋友来了，我们请吃饭，他也会出我那份儿的。很公平啊，对不对？"她低声说。

"你喜欢就行。"于淼说。

经过一家古董店时，她注意到橱窗里的一盏复古台灯，黄铜灯座，灯罩是用教堂手绘彩色玻璃做成的。一盏古朴、美丽的灯！她立即想到可以把小台灯放在他们的床头柜上。她告诉格利克说想进去看看这盏灯，他们卧室里也刚好需要一盏台灯。他点点头，跟着她俩走进店里。那盏小台灯标价五十九美金，她问店主能否便宜一点儿卖给她，她知道古董店里一般都可以打个小折。好脾气的老头儿笑了，说因为你的眼光好，我只收你五十就行。她转过头问格利克是否喜欢这盏灯，格利克耸耸肩说如果她喜欢，他也没有意见。"我们卧室确实需要这个。"她强调说。"我不反对。"他说。老板用纸仔细地把小台灯一层层包起来，然后放进一个牛皮纸手提纸袋里。她接过店主递过来的纸袋。店主看着他们，等有人付钱。她两手抱住纸袋，站着没动。格利克走过来付了钱。"需要收据吗？"店主问。"需要。"他说。

夜里，她和于淼在客房里聊到很晚。于淼说特别喜欢这个房子，里里外外都好，欣慰她总算有了自己的房子。她告诉好友房子以前的状况，这些日子里他们如何忙于翻新、装修，还有她和格利克的经济"分工"。于淼说因为她花了这一大笔钱升级了房子的外观和内部装修，这房子的市值和他们当初买的时候已经完全不一样了，将来如果要卖的话，它会值五十万美金，而不是三十万美金。

"我们肯定不卖，之所以这么装，就是想一直住下去，住到老。"她说。

"我知道，我只是提醒你这房子有你的投入，所以户主不应该只放格利克的名字，你也应该是户主之一，这才公平。"于淼说。

"这一点……我倒是没仔细想过。当初格利克说他负责买房费用，我负责装修费用，我就同意了。"

"所以我才提醒你。既然你们两个习惯算得很清楚，那你也要考虑事情是否对你公平。你想一想，万一，我是说万一，你和格利克分开了，房子完全在他名下，你装修花的那笔费用就说不清了。你明白我的意思吗？你们毕竟没有结婚。"

"我……大概明白了。"她觉得朋友说得的确有道理。

"你应该和格利克谈一谈，他是个讲道理的人。"于淼说。

她回到卧室的时候，格利克还没有睡着。她躺下不久，他突然翻过身来抱住她。她明白他的意思，但觉得太疲倦，告诉他今天不行。他不强迫她，随即松开了她。她不太喜欢这种感觉，不做爱就松开拥抱，难道不做爱就不可以抱一会儿，不可以亲吻吗？其实到了她这样的年龄，做爱带给她的快乐没那么强烈了，她更喜欢那种不以做爱为目的的亲密，更单纯、温柔的亲密。

从古董店买回来的那盏古董小台灯已经用上了。它身型玲珑，发出很淡的橘色暖光，适合当一盏床头小夜灯。格利克还在翻身，她知道他还没睡着。

"格利克。"她喊了他一声。

"嗯？什么？"他问。

"还没睡着？"

"差不多快睡着了。"他含糊地说。

她觉得她想问的话很难问出口，问了也很可能被误解。

她沉默了一会儿，问他："你喜欢这盏灯吗？"

"还不错，"他说，"虽然有点儿女里女气。"

"所以这个灯……我们可以分摊吧？"她开玩笑似的问。

"可以。"他说。

"你就不能送给我吗？"她依然用那种开玩笑的口气。

"你想要的话我当然可以送给你。但是，那又有什么意思呢？你让我把你喜欢的每样东西都送给你，然后我要你把我喜欢的每样东西送给我，那样的话，最后和现在又有什么区别呢？"格利克说。

"格利克，你说得没错，但太理性了，你不能偶尔放松一下？"

"亲爱的，我一直很放松。"他说。

她想，算了吧，还是不要说。

但过了一会儿，他问她："怎么了，瑞秋？你想说什么？"

她想，既然他问，就索性说出来吧。

于是，她问他："你觉得这样真的舒服吗？我是说……每个小东西，连一盏台灯的钱都要分摊。"

格利克没有立即回答。

她觉得就像她一开始担心得那样，他已经误解了，他不会认为她想开诚布公地谈谈这个困惑，他肯定把这理解成了她的抱怨。

格利克终于说话了，他说："我想我们俩在这方面没有分歧，我们一直以来也是这么做的，我不觉得有什么不舒服。不过，你今天怎么了，是因为那位中国女士说了什么吗？"

她知道他生气了，他甚至不愿提及淼的名字，称她为"那位中国女士"。

"和她没有关系，是我随便想到这个。"

"可能你太累了。睡吧。"他说。

5

又到了夏天，每个星期都会下雨。丰沛的雨水让树和草都长得茂盛。从窗户里看出去，到处葱葱郁郁。格利克在前院里种下的鸢尾花、绣球花、玫瑰花一拨接一拨地怒放。岛上的人多起来，往常空无人迹的沙滩和码头都有人来来往往，岛上唯一的纪念品商店外面增加了一个卖冷饮和冰激凌的帐篷。邻居之间开始相互邀请赴茶会和聚餐，每次她带上她做的中国菜去赴约，都会收获许多赞叹。生活重又充满活力，也十分惬意。她越来越喜欢这个岛和他们岛上的家，可她一直没找到合适的时机和格利克谈那件事。在她心里，她已经无数次"预演"了这样的交谈。一方面，她觉得自己的要求十分合理，几乎没有可能被拒绝。但另一方面，她知道自己在极力找借口往后推迟这件事。

那天，她从港口小镇取回一个包裹，里面是她从一家专门卖欧洲货的网店上订购的桌布。那块橘色杂糅着金黄、充满抽象图案的桌布产自葡萄牙，给人的感觉就像夏天的阳光一般绚丽。当她兴奋地把桌布拿给格利克看的时候，他说他觉得他们平时用不着桌布。她说或许他们请朋友过来喝茶时可以用一用，它实在太好看了，充满了异国情调。格利克淡然地说，那样的时候恐怕一年也没有几回，同时提醒她买之前没有和他商量，没有征得他的同意。她这才想起他定的那个"规则"。"哦，没什么，"她说，"我是自己喜欢才买的，这个钱我自己出。"格利克说那很好。

她喜欢事先做足准备。一个周末，趁格利克离开岛上去探望他母亲，她请了一位专业的房产经纪人到家里来给房子做估价。那男人没打领带，但穿了衬衫和深蓝色西装。他在院子和房子里到处转着，仔细观察，在随身带的小本上做些记录。几天以后，他发了一份详尽的评估报告给她。她发现的确如于淼所说，因为重新翻修，房子增值了很多。有了这份评估报告，她觉得可以和格利克谈那个问题了。

她找了个她认为合适的时机。那天晚餐，她做了格利克最喜欢吃的糖醋排骨和麻婆豆腐。餐后，她煮上咖啡，让格利克先不要离开餐桌，说她有件事想和他谈谈，他们可以边喝咖啡边谈。

"看起来像是很严肃的事？"格利克笑着说。

"你先看看这个报告。"她说着，拿出来那份准备好的房子估值报告。

她之前对格利克提起过她给房子做估值的事，所以他不怎么惊讶，只是说："我实在不明白你为什么找人来给房子估价，但你说你想要知道它现在的市值，现在好奇心已经满足了？其实，我不需要看这个文件。"

"你最好看看……现在的估价比我们当初买下来的时候涨了十七万五千美元。"她说。

"那真不错，你告诉我不就行了？"格利克说，随便地翻着那几页纸。

"这也是我今天想和你谈的，之所以增值这么多，是因为我们的房子全面翻新过。"

"所以？"格利克这时抬起眼睛看着她，似乎有点儿明白她要说的事情比较严肃了。

"所以，这个房子目前的价值也包括了我投进去的装修费用，大约十四五万。那么，如果我认为我也应该是户主之一，你不会觉得不合理吧？"她尽量让自己说得自信，一鼓作气。

格利克再次翻开那份文件，他比较认真地看了一会儿。

"瑞秋，你改变主意了？我以为我们当初说得好好的。"他说，果断地合上文件，把它推到一边。

"你认为是我改变主意？但你觉得现在这样合理吗？在我投入了十几万之后，我的名字和房子完全无关，我没有一点儿拥有权，你觉得这合理、公平吗？"

"那我们当初的协议——至少是口头协议——又有什么意义呢？为什么当时你同意而现在试图改变？那么我们来这么想：我花了三十一万买下这栋房子，你花了十几万来装修，然后你要求和我一样成为房主，你觉得这样才公平。但我觉得除非我们付出了差不多同样的钱，也就是说，平摊房钱和装修费，否则我认为这对我并不公平。"

"是的，我没有和你完全平摊，因为你当时决定自己买下这房子，你是这么说的。如果你需要……"

"我现在不是在说重新分摊房钱的问题，在我看来，这不是一个选项。我只是说，我不想改变原来的协议。"格利克打断她说。

"但为了这栋房子，我也出了十五万，我的贡献体现在哪儿？我连户主都不是。"

"你可以住在这儿，永远住下去。"

"所以，"她忍不住冷笑一声，"我的钱相当于我住在你的房子里所付的'租金'？"

"我不会这么说。瑞秋，这不像你，讲点儿道理。"

"我一直非常讲道理。"她提高了声调。她想，她从来没有这样和他争执过，也许就是因为她太讲道理了。

"那很好。我觉得先让我们都冷静一下。"

"不，格利克，这一次我坚持。"

他皱起眉头看她，仿佛在判断她是不是动真格的。

她有点儿激动地接着说："在我们中国人看来，夫妻之间不需要完完全全的'公平'。你对我讲了太多的公平不公平，连一盏灯、一个盘子，我们都要算得清清楚楚以便公平。我不反对。可现在我也为这房子做了贡献，你却不愿把我的名字加上去。在我们中国人来看，夫妻之间还有感情，还有牺牲和付出，不光是要分账。"

好一会儿，他沉默不语。然后他说："我相信你们中国人有你们的方式，但那未必是我们应该采用的方式。我们一直都是这样的，我以为你对此没有异议。"

说完他站起身，再次声明他们俩都需要先冷静下来。他把他的咖啡杯拿去厨房用水管冲洗了一下，倒扣在控水架上就上楼了，留她一个人坐在餐桌边。

她独自坐在那儿，把杯子里剩下的咖啡一饮而尽：冰冷、苦涩。她刚才说得太激动，以至于有点儿想哭。但她慢慢地调匀呼吸，让自己平静下来。她感到很不舒服，这个结果是她始料未及的。她以为他可能会不高兴，可能会提出一些条件，但没想到他会断然拒绝。她并不缺钱，她可以现在就跑到楼上去，告诉他她随时可以扔给他另一半房款。但她不想这么做，因为她觉得他就是应该把她加到户主名上，即便她不付那笔钱。她知道很多女人一分钱都没有出，她们的丈夫还是会把她们的名字放在那儿，愿意和她们共有那些东西，可为什么在她付出这么多以后，却得不到这样的权利？她想不通。他们有多年的感情，是他不愿结婚，现在她只有这么一个不算过分的要求，他却不予考虑。她真的想不通。

他们随后又谈过这个问题，每次都不欢而散。格利克坚决不让步，他咬定问题不在他这里，是她变卦了。而她坚持目前的状况对她不公平，他却选择无视。他们卡在了这个坎儿上。最后，她提出了分手。格利克很震惊，说他没想到她竟然会拿分手来威胁他。她对他说这不是威胁，而是她考虑很久之后的决定，因为她无法接受在这么多年的感情以后，他仍然这么自我中心，完全不替她着想。格利克说这不是自私，只是他有他的原则，他认为两个人要结伴生活，就要尊重共同的原则。她说她无法接受，因为这只是他的原则。格利克说他会很难过，但他尊重她的决定……

就这样，他们分手了。结束七八年的感情当然让人痛惜，但她实在想不通为什么他无法对她哪怕慷慨一次，想不通为什么他可以坚守他的原则，而她总得让步。她觉得自己已经尽力了，但这根刺扎得太深，即使她留下来，它也会一直刺痛她，那种无法吞咽的挫败感使他们的关系再也不可能恢复如常。

她要求格利克至少偿还一部分装修费用，他一开始觉得这不公平，说他们之所以在装修上花那么多钱，是因为这个房子本来就是为他俩准备的，他自己住的话，完全不需要做这些昂贵的装修。但她坚持说她等于把一切装修的价值都留给了他，他理应付一半（虽然她只要求他付三分之一），如果他不接受的话，她只能找律师看该怎么解决。他最后同意了，但说他一时拿不出那么多钱，他会分期还给她。她知道他说的是实情。其实，和她在一起，他会过得更好些，但他宁可选择孤独。从某种程度上，他还是那个宁可坐在椅子上一个小时也不肯吃一片菜叶的固执小孩儿。

那天早上，她一个人悄悄地离开岛上，没有向邻居们告别，也坚持不让格利克送她，说这样可以避免不必要的伤心。在此之前，她的东西都已经分批打包寄走了。当她站在岛上的码头等船的时候，她想到他们第一次来岛上看房子的那天，雨和海雾连成一片，那时她以为这里就是终点……只有她一个人在等船。大西洋上的晨雾渐渐在阳光中变得稀薄，像牛奶被水稀释，最终于阳光中消散。她想到过去的那些恋情，那些模糊了的男人的身影、褪色的场景、破碎的片段，它们也像晨雾一样慢慢稀薄、消散，不留影迹。又一次，她失去了爱人，失去了家。后来，她登上那庞大的破船，独自一人坐在船舱最后排，在船身震荡的颠簸和发动机的轰鸣中离开了码头，眼见那熟悉的岛越来越远。她想起去年冬天站在白橡树孤枝上的那只黑鸟，格利克说过，"它总会再找到一个家的"。

(原载《上海文学》2022年第2期)

评鉴与感悟

早早适应美国生活规则、来自中国的女主人公瑞秋行至人生后半程,与伴侣格利克来到一座偏远的美丽小岛,买下一栋房子,计划开始养老生活。看起来,瑞秋并不缺承担一半房款的经济能力,也即,瑞秋一开始并未打算以房子另一个所有者的身份写入房产证明材料。如同以往"适应"美国规则,她似乎同样毫无障碍地进入一种由格利克定下规则的二人生活。

一切都很顺利,买房、装修,二人很快过上理想中的养老生活。春来冬去,生活无澜,裂缝却日渐清晰。某种程度上,瑞秋凭以成功融入异乡生活的,恰是一种"中国女性"的方式,一种呈现为被动的主动,其背后自有另一套坚韧的规则(期待)。风吹落巢穴、枝头孤鸣的黑鸟是个提醒,好友埋怨格利克不讲情分的AA制,鼓动瑞秋要求房产一半所有权——它看似直接导致瑞秋和格利克对峙,但某种程度上也只是一个提醒。瑞秋谈判失败并不让人惊讶,让人惊讶的反倒是那一瞬间瑞秋感到的不公——或者说,瑞秋想要抓来修补"家"的裂缝的,恰是一个传统中国男人与妻子的交往。它让异乡凸显。

至此,小说戏剧冲突中两种规则相容的不可能性,在"家"这一意象上达成。于是,失去家的黑鸟总得再次出发。(蔡冉冉)

漫长的季节

/班宇

　　防鲨网距离岸边四百多米，游上一个来回，至少燃烧掉五百卡路里，约等于一份咖喱饭、一包方便面，或者一袋薯条加个汉堡。这些是我估出来的。有个软件，能记录每日摄入与消耗的热量，但我手机里的空间很紧张，装不下了。6月份到现在，每周我都会游上几圈，也没瘦，反倒黑了不少。擦了防晒也不管用，数值什么都证明不了。无论怎么精密的科学，一旦落到我的头上就会变成误差，这没办法，就像防鲨网也不能阻拦真正的鲨鱼。在水里时，我经常想着，到底有没有一只勇敢的鲨鱼，抖着背鳍和尾鳍，向着那些坏橙子似的浮标从深处威武驶来，以锋利的牙齿撕咬聚乙烯网，突破严守的防线来跟我相会。比较理想的状况是，我骑在它的身上，乘风破浪，出海远航，要是实在没看上我，把我吃了也不是不行，最好几口解决掉，没太大痛苦，只留下一片殷红的水面。可能不那么明显，无非是一小瓶墨水倒入海里，潮来潮往，很快就消散了。

　　海水浴场的更衣室不分男女，被泡沫板隔作不规则的小间，连绵起伏，如课本上的一道道舒缓的等压线。有的地方仅一人宽窄，也很奇妙，身在其中，并不那么压抑，偶尔还有开阔、自在的感觉，能听到海浪起伏的声音冲刷着陆地，一种无比纯净的嘈杂；带着咸味的风从脚底下钻过来，吹得人心颤，像是上着夜班的妈妈忽然跑回家里，裹着一身的凉意，把手伸进被窝，抚摸着我的肋部。还有那些小小的沙粒，蚂蚁似的，顺着小腿一路往上爬，走走停停，阳光之下，闪烁如同鳞片，刺着发烫的身体。海浪是鲸的叹息，人是鱼变的，以及，有些金子总埋在沙里，这是小时候妈妈讲给我的道理，也像在说我。每次换好衣服后，我都会在里面坐上一会儿，听听别人说话的声音、外面放着的流行歌曲，有时坐着就很想哭，不知道为什么。我平时不是这样的，我在家里从来都很平静。

小雨以前跟我讲过，循着海边的音乐走去，就能看见那些出游的快艇斜倚在沙滩上，横七竖八，如一群搁浅的大鱼。旁边立一块牌子，上面写着三十块钱一圈。等你上了船，装死的鱼就又活了过来，流弹一般在海水里飞行，转了一圈又一圈，不受控制。总之，没个百十块钱回不来。看着潇洒，掀风鼓浪的，驰骋于天际，其实谁坐上谁倒霉。开到大海中央，马达一停，船身晃得特别厉害，这时，他就跟你讲起价钱，谈不拢的话，也不为难，随便找个地方把你卸在岸上，自己看着办。小雨说，他读高中时，有次在船上吵了几句，硬是没给钱，对方也不发火，马达声一响，谁的话也听不到，船越开越远。小雨环顾四周，只有汪洋一片，便很害怕，心脏一直悬着，身体向内萎缩，呼吸急促，默念着逃脱术的口诀。临近一段陌生的海岸，如蒙启示，来不及多想，他一下子跳入水中，头也不回地游了过去。快艇立于海中，来回摆荡，像是一位追击数日的疲惫枪手，夕阳之下，竭力控制着颤抖的双臂，企图瞄准猎物。他扑腾了半天，来到岸上，举目荒凉，不知身在何处。走了半个多小时，终于找到公交站，小雨耷拉着脑袋，跟人要了一块钱，这才上了车。乘客很多，一个空位也没有，小雨光着脚，只穿一条泳裤，扶着栏杆站了一路。窗外吹来的风使他的皮肤变红、起皱，一阵阵发紧。他打着哆嗦，牙齿乱颤，头都不敢抬起来，听着那些报过的站名，一站又一站，总也到不了，如被凌迟。这么一想，还是鲨鱼好，没什么心机，要么远走高飞，要么就地完蛋，至少有个痛快话。

从更衣室往北边走，约二十分钟，绕过半月湾，有那么一小片海滩是我承包下来的，出手比较阔绰，至少我单方面是这么认为的。这里比较荒僻，背后是断崖，长不了树，常年潮湿，阴郁滑腻，仿佛被涂过一层闪着黑光的清漆。坡上杂草葱茏，狭长的叶片呈锯齿形，一团一团，紧密不透风。岸边没有细沙，遍布粗糙的碎石，大大小小，竖起尖利的棱角，很不好走。海浪是个穷凶极恶的歹徒，生于暴风的肩头，面目狰狞，奔涌至此，如猛抽过来的一记耳光，简直心惊。交界之处凝聚着无数白色的泡沫，相互依偎着，吞吐着，不离不散，炽烈的光射过来，显出变幻不定的颜色。我总想着，如果有一天我见到了上帝，对他说的第一句话就是：请不要再往大海里倒洗衣粉了。

没什么景色可言，也就很少有人来，我在这里游了好几天，感觉不赖，什么都不想，什么也不用在乎。有一次，游累了回到岸边，我躺在防潮垫上，眯着眼睛晒太阳，还悄悄拉下了肩带，不过也就一小会儿。我的这身泳衣还是上高中时妈妈拿回来的。那会儿每年夏天都会搞个泳装节，从外地请来模特，让她们穿着泳装走台步，电视里从早到晚持续转播，壮观极了，三千个模特同时穿着比基尼在海边亮相，列成优美的弧形，如大海轻捷的翅膀。不止于一道亮丽的风景，还破了吉尼斯世界纪录，当场颁发金字证书。我们都很激动，期末考试时，好几个同学的作文写的都是这个事情。

那段时间，妈妈身体不好，就不上班了，在家门口的裁缝店里帮忙。我从别人家的信筒里偷了一份晚报，带回家给她看：泳装设计大赛面向全市征集作品，画几张示意图，辅以简单的文字说明，入围就有三百块钱可以拿，头等奖则是五千元。我很心动，怂恿妈妈报名参赛。她有点犹豫，总觉得选不上，大半辈子了，什么好事儿也没轮到过她。其次，她也不会游泳，没有灵感，像一条记性很差的鱼，忘掉了鳃的用途。我一直央求着，跟她说，这次有希望，我想好了两个不错的名字。一个叫"自游自在"，胸前印一只矫健的小海豚，线条流畅，尾巴甩到后面，像是跟游泳的人抱在一起；另一个叫水精灵，天蓝色的弹性布料，与大海的颜色一致，荷叶袖边，后背与腰侧做成网格，裙摆下垂，游起来时，一舒一张，缓缓地散落着。我写作业，妈妈陪着我熬夜画图，总是画不好，模特小人儿的双腿看着太过柔软，青蛙一样蜷曲，脚掌如蹼，很不协调。改来改去，截止日期到了，我写好说明，将那两张擦得薄薄的草纸塞在信封里寄了出去。之后几天，我一直盯着电视，等待公布结果。当时也有预感，可能不会是我们，但还抱着一点点的期待。果不其然，第一名给了个学美术的男孩儿，眼神狡猾，留着半长的头发，说话的声音有点哑，发言却很得体，还感谢了这片海滩："我睡着的时候，它像一只摇篮，使我身心和睦。"我很羡慕，又不太服气。他的设计一点儿也不好看，不过是扯了一截绷带裹在身上，模特穿起来像是打了败仗的伤员，走得一瘸一拐，并不十分"和睦"。

那天下午我很伤心，哭了好长时间，不是因为没得奖，而是觉得这个世界只是我和妈妈组成的，没有其他人，我们就活在两个人的世界里，谁也听不见我们的话，如在海底，孤独长达两万里。第二天，妈妈晚上回来时，带了两套泳衣，装在发黏的绿塑料袋里，说是主办方寄过来的，类似参与奖，精神可嘉，以资鼓励。我一点也高兴不起来，看也没看，放在衣柜里，一次都没穿过。结婚前，我收拾衣物，发现了这两套泳衣，可能是放得有点久，散发着一股樟脑丸的味道。我上身试了试，没想到尺码很对，款式也不过时。我跑到客厅，走了两个来回，展示给妈妈看，问她我穿着漂不漂亮，她还记不记得这件衣服，以及那次落选的设计大赛。妈妈躺在床上不说话。

一个叫彭彭，一个叫丁满，我为今天的两位不速之客分别起了名字。他们来得比我早，提前占据了这片海滩。两人看起来有八九岁，实际可能不超过七岁，海边的孩子总比同龄人长得快一些。彭彭穿着一条松垮的蓝裤衩，神情专注，挑拣着片状的石头，聚成一小堆，再大叫一声，用力投向海里，可惜一个水漂儿也没打出来过，在空中划过一道低低的弧线后，石头隐没无踪。我总觉得他要把自己也扔进海里。丁满在一边看着他，双手掐腰，嘴里念念有词，宛若教练，时不时地，他的手会伸向后背轻抓几下，好像身上刚爬过了一只小螃蟹。铺垫子时，他们发现了我。也许是有点难为情，两人停了下来，转而走向岸边那块最大的礁石，很像是一块铁，或者焊在海底的黑色宝塔。两人比着赛，没用几步便站在了塔顶，海风吹过来，他们艰难地保持着平衡。丁满很紧张，不太敢起身；彭彭的裤衩掉了一半，眼看着褪到膝盖。实在是有点危险，我不太放心。

我踮起脚来，朝着他们高喊：嘿，下来啊，你们俩。他们俯视着我，似乎有点犹豫。我摆起手势，大声叫道：回来，太高啦，快回来啊。两人挠挠脑袋，蹲了下来，一点一点向下蹭，提醒着对方可以落脚的地方，几分钟过后，才安稳着地。我松了口气。有时就是这样，你也不知道自己是怎么上去的，只在高处看了看风景，什么都没来得及做，来时的那条路就消失不见了。

　　丁满向我跑了过来，彭彭跟在后面，腿有点软。两个人气喘吁吁，分不清身上是海水还是汗水。他们来到近处，瞪圆眼睛，低头看着我，像在观察一团晒干的海藻。我望着他们，想起自己什么零食也没有，有些过意不去。丁满没说话，彭彭把脑袋探了过来，问我，你刚才说什么？我说，没什么啊。彭彭说，你不是在跟我们说话吗？我说，是啊，不是。他有点迷糊，抬高了嗓门问我，到底是，还是不是？我说，不是，是。彭彭更晕了，无计可施，皱着眉头看丁满。我乐得不行。丁满扭过身体，跟彭彭说，你别理她。彭彭跟我说，我以为你找我有事儿呢。丁满捅了他一下，说道，别跟她说话了。我说，不要生气嘛，我请你们吃雪糕，不知道推车卖雪糕的什么时候过来。彭彭说，我可以帮你看看他走到哪儿了。我说，好啊，我们一人一根。彭彭说，我想吃个枣味儿的。我说，那我吃个奶油的。丁满说，我不吃，你怎么还理她？

　　彭彭和丁满并肩前行，踏上寻找雪糕的旅程，比画着说了一路，越走越远。这片海滩又归我了，我在心底欢呼了一声，掀去浴巾，慢慢走入海里。阳光不错，和缓的波浪将我稳稳托住，可只游了一个来回就没什么兴致了，转头回望，身后的水痕迅速愈合在一起，仿佛什么都没发生过，无人从此经历，大海不曾止息。我回到岸边等了很长时间，直至太阳落在水面上他们也没有回来。

　　我乘着拉客的小摩托回家，四块钱，突突突突，最棒的交通工具，机动性高，从不堵车，这一路上，头发也吹干了。很难想象，妈妈以前最大的爱好是骑摩托车，我一点印象也没，只见过照片，还是在别人家里。她烫着及肩的大波浪，戴了一副浅色的方框墨镜，遮住大半张脸，手上拎着头盔，旁边是一辆红色的铃木摩托，如同挂历上的美人儿。妈妈年轻时很好看的。别人跟我说，有一次在路上见到妈妈骑车带着我，我不在前面，也不在后座上，而是被她揣进皮夹克里，一大一小，两个脑袋齐齐从领口里伸了出来，不管不顾，迎着风落眼泪，看上去相当惆怅。我问过她有没有这回事，她否认了，说自己不会骑。妈妈总是这样，对于跟现在无关的事情，都觉得没发生过，好在有照片为证。我问她，骑车带我去了哪里？她说，想不起来了。我问她，车哪儿去了呢？她也说，不记得了，车也不是我的，过去太多年了。她不说也没关系，我有自己的办法，在最好的晴天里，把照片向着太阳举高，这样的话，就能看到当时发生的事情。妈妈拍过照后，收起了边撑，挂上空挡，向下踩着打火杆，一溜烟儿开出去，欢呼声在身后响了起来。她顺着风走，车速与风速一致，道路平坦，感觉不到自己正在行进。周围很安静，世界是一个密封的罐子。天空有云飘过，下起了小雨，那也浇不到她，妈妈在雨滴的缝隙里穿行。有一个她即将认识的好人，真正的好人，仰平了身体，正在大海的中央打着转儿，像一片年轻的叶子，夜雾湿润，无人能够窥透，而她将一路骑去，无忧无惧，活在世上，也如行于水上。

　　但妈妈不能在水中飞翔，她连游泳都不会。妈妈躺在床上，讲不了话，也动弹不了，眼睛总是闭着，像在思索有什么很重要的事情等着她来做决定。妈妈长长的睫毛像一弯新月，在夜里发着光，星星守在她的窗外，由南向北缓缓下降，天亮之前终于落回了海面。清晨的大海轻轻抖动着，毫无规律，如人战栗，也像妈妈最初时的那只拇指，精灵一般，不自主地在空气里滑动，滑出一个记忆里的图案，可能是摩托车，或者一套泳衣、一位好人。我预感不妙，从外地赶了回来，拖着妈妈去做肌电图。医生测了十几次，把钢针扎进她的舌头里。妈妈很无助，呜呜地叫着，满头大汗，双手乱抓，像只快被闷死的小狗，或一个束手无策的哑巴，面临着巨大的灾难，没办法求助，更不能向谁诉说清楚。我哭着想，重刑也不过如此吧。医生命令道：快，把舌头伸直，快一点，不然没有效果，罪都白受了，不要耽误时间。屈辱且怕，我甚至想到了自己糟糕的初夜，就这样展示着，光天化日，一览无遗。妈妈的脸扭曲得如同一张被揉皱的旧报纸，钢针与呼吸同步收缩，来来回回地搅动，反复刺透，拷问着受损的神经。她的嘴被撑得很大，头向后拧，用喉咙喘着气，发出古怪的哀声，伸手想去抓点什么，眼前却什么都没有。我扯住自己的头发，跺着脚，乱喊乱叫，想在她面前下跪，如果这样她能好过一些的话。妈妈看着我，口水淌了下来。

　　我想，医生说得不对，我们所受过的罪，有哪一种不是白白浪费的？

看过检查报告，医生对我说，按目前进展，最多不过三年，做好准备。语气轻松得像是帮我提前预定了一个假期，到了那时，一切都会清晰起来，她不再痛苦，我也没了负担，太阳照常升起，天穹横跨在海洋的远侧，光明向我这边挪动了一小步，歌声缭绕万物，金钱唾手可得，失去的爱情也会回来，总之，我将会拥有我想要的全部，作为一种莫名的恩赐。无非是三年，一个漫长的季节，鱼儿溯流，逡巡洄游；草木持存，日日更新。无非是三年，一片幽暗的树荫，一场骤然而落的雪，一阵浓重的睡意，仿佛越过了这个障碍就能彻底苏醒过来，打个哈欠，走出门去，迎向和煦的暖风、洗尘的细雨。而障碍又是什么呢，我的妈妈吗？

在门外时，我没听见收音机的声音，就知道闵晓河已经到家了。他讨厌额外的声响，总觉得吵，每次回来后，一定要先把妈妈枕边的收音机关掉。妈妈没听到过晚上的广播，她的一天从"实时说路况"开始，然后是"心有千千结""谈房我当家""隋唐演义"和"海滨时刻"。最后一个节目是"生活零距离"，往往听到一半，许多人就给电台打来电话，诉说困境，反映生活里的大事小情。后半段是对前一天问题的调查通告。可惜妈妈每天听到的只是问题，数不胜数，没有穷尽，从没得到过任何的答复。

卧室的房门关着，悄无声息。闵晓河的妈妈在做饭。我换过鞋子，洗净双手，摸了摸妈妈的脸，问她有没有想我。妈妈看着我不说话。我帮她重铺好被单，按摩了双腿，然后去厨房帮忙。只有一个菜，已经做好了，分辨不出是什么，半固态，像一碗搅过的水泥。闵晓河的妈妈让我端上桌去，再叫他出来吃饭。我喊了两声，又敲了敲门，还是不见人影。我跟闵晓河的妈妈说，喊过了，没有动静。她说，别管，还是不饿。我说，今天怎么样？她说，翻了几次身，听着还是有痰，夜里多注意，雾化的药快没了。我说，好，闵晓河今天回来得挺早啊。她说，是，比你要早。然后我就不说话了。我知道，她这是来了情绪，故意说给我听呢。

结婚以来，我没管她叫过妈，一直喊姨。改不了口，无法突破心理这一关。不得不说，她对我家一直都很照顾，我内心感激。妈妈的情况没什么好转，拉锯战似的，她怕我坚持不住，每周都过来帮忙，坐十几站公交车，替我照看一个下午，做顿晚饭，再赶车回去。她总说，过日子就像喘气儿，一呼必换一吸，有来有往，进退得当，只呼不吸的话，不知不觉便油尽灯枯了。道理如此，但她也不年轻了。连着几个月都是这么过来的，有时一周两次，有时三次，确实辛苦，我都记在心里。也很奇怪，一方面，她来的次数越来越多，虽有抱怨，我也能感觉得到她与妈妈之间愈发难以分离，妈妈不讲话，她就说给妈妈听，一说一个下午，一件过去的事情要讲上许多遍。有几次我正好遇见，她坐在床的另一侧，佝偻着背，自己抹着眼泪，话停在嘴边上，见我回来，就不讲了，起身去了厨房。另一方面，这么说不太合适，其实我很盼着她来，不是推卸责任，只是真的很想往外面跑，抑制不住。也不去什么地方，就在海边待着，听浪、看海，或者游泳。类似的心理总会令我有些羞愧。对于这一点，倒也不难消化，过意不去时，我就会想，这也是闵晓河的妈妈自愿的，她心里很清楚这段关系建立在什么样的基础之上，无非是在还债而已。可说到底，一切决定都是我自己做的，没人逼着，所以又有什么资格去苛责呢？想不明白。每天夜里，我都会暗下决心，一旦妈妈离开了，我就跟闵晓河离婚，受够了，谁劝都不行，爱说什么就说什么，我谁也不怕，反正不欠你们的。但是，妈妈还活着，还在思考，内心明亮如镜。一天又一天，她看得见我，听得到我，能想着我、盼望着我，那么，漫长的季节过去之后，这笔账还能算得清楚吗？我总是处在这样的境地里，爱不好，也恨不起来，所有的理解与宽恕，最终都变成了自己的负担。我想起来，小雨以前跟我说过许多次：你必须立在坚实的岸上，才能真正告别海浪。但他并不知道，我的海岸那么小，几粒流沙而已，很快就被冲掉了，我一个人站在水里。

饭后，我去厨房收拾。闵晓河的妈妈进了屋，跟他说过几句话，准备去赶车。最后一趟7点半，下来后还得走一段路，到家差不多要9点了。出门之前，她跟我说，明天还来我家。我说，我也没什么事情，要么您休息一天？她想了想，说，我还是过来吧，习惯了，自己待着也没意思。

不一会儿，闵晓河抱着篮球走了出来。我问他吃不吃饭，他不看我，也没回应，埋着脑袋系鞋带。我们的相处就是如此，没什么好说的，正常交流都很困难。我觉得他心里根本没我，也好，反正我也差不太多。说来惭愧，结婚这么久了，我还是总会想起小雨来。妈妈刚生病时，他提过要跟我一起回来，我拒绝了，不是不需要，而是觉得他没那么情愿。不情愿的事情，往往落得更不堪的下场，我对此异常恐惧。回来以后，我给小雨发过两次信息，都很长，说了很多自己的感受。他回得很迟，也很草率。分开已成定局。我不是不理解他，但在家里还是忍不住胡思乱想，被幻念折磨着，有时很想他，有时又想把他杀了，虽然他也没做什么过分的事情。我困在这些情绪里，反反复复，走不出来。有那么几次，夜里失眠，仿佛还听见他在远处轻轻吐了一口气。我越想越不甘心，老是在哭，半个多月下来，枕巾硬得割脸，眼睛一直没消过肿。妈妈很自责，整天畏首畏尾，觉得是她的病拖累了我。其实不是的，我想，不是这样，我很对不起妈妈，自己的生活过得一塌糊涂，无论做什么都很失败。

那阵子过得不太好，我还跟妈妈发了脾气，明明她受着很大的折磨，我非要在火上浇油，好像妈妈真的犯了什么错似的。我对她说，你自己待着吧，明天我就走。她站在那边，愣了一会儿，然后说，那也好，也好。可是我要去哪里呢？根本不知道。说着轻松，怎么都行，这也意味着没什么必须要去的地方，哪里都不属于我，没人需要我，除了妈妈。我说过后，又有点后悔，躺着玩手机，不敢抬头。妈妈弯着腰去了厨房，在水流声里叹气，擦过一遍地面，又切了个苹果，放在小碗里端了过来。我噘着嘴，脑袋斜过去，跟她紧挨在一起，我们用一根牙签轮流扎着吃。苹果不是很脆，放的时间有点久，我们吃得很慢，半天也不动一下，像要把嘴里的苹果含化。不知为什么，我始终记得这一幕。

10点半，闵晓河还没回来。如同往常，我给妈妈洗过脸，把被子从卧室里扛了出来，铺在客厅的沙发上，枕着扶手跟妈妈睡在一侧，这样的话，半夜探过手去就能摸到妈妈的衣袖，小时候我每天都是这样入睡的。我告诉妈妈说，今天在海边见到了两个小朋友，一个有点胖，一个很瘦，长得像动画片《狮子王》里的人物。还记得吧，当年很出名，你领着我去电影院看的。总之，俩人都很可爱。我答应了要请吃雪糕，可惜没实现。谁体验过谁就知道，吹着海风吃雪糕是一件多么美妙的事情。还有，我刚看了天气预报，明天的温度不错，没有雾，中午可以出门晒一晒太阳。说着说着，妈妈闭上了眼睛，我也睡着了。在梦里，我吃了一根雪糕，之后肚子有点疼，走不动路，冷汗直流，蹲在地上休息，忽然被一团蓝灰色的影子拖住了腿，力气很大，使劲儿把我往底下拽。我吓坏了，完全拗不过，拼了命地连踢带打，不敢大声叫。对方像在摆弄一具尸体，恶狠狠地拧着，动作粗暴，喘息声刺耳。我的整个人被他握在手里，没办法挣脱。我哭着说：别这样，妈妈还在，求求你了，什么我都答应；求求你，妈妈还在这里，请不要这样。他根本听不到我的哀求，伸手进来，蛮横地分开了我的双腿。哭出声来的那一刻，我也醒了过来，屋内空荡，一片漆黑，如同沉静的岬角，没有人，也没有影子。我转过头，发现妈妈睁着眼睛，望向天花板，我也看了过去。空气波动，灰尘缠绕，在夜里，好像有谁在那里涂着一幅透明的画。

　　丁满发明了一种游戏，在海滩上勾出圆圈和方格。两个方格是战场，一主一次，圆圈是各自的基地。他还给每颗石头安排了职位，尖尖的是将军，椭圆形的是战士，略小一点的是士兵，带花纹的是医生。医生不能上阵，但可以救死扶伤，但只有两次机会。讲述规则时，彭彭看着很忧愁，吃光了三根雪糕，冒了一脑袋汗，还是满脸的困惑。我也没太明白，不过不耽误游戏。跟出牌一样，每一轮掏出同等数量的石头对垒，自行组合搭配。战场任选，具体数目由守卫者来决定，可以是两颗、三颗，或者四颗。猜拳过后，彭彭占得先机，他说，十颗。丁满说，一共就十颗。彭彭说，对，我知道，不行吗？丁满说，不行，分不出来胜负。彭彭说，那就是平局，很好，以和为贵，以和为贵。我乐得不行。丁满白了他一眼。我问丁满，他在学校时也这样吗？丁满说，什么样？我想了想，说，爱好和平，很重感情。丁满说，智商不行的都重感情。我说，别这么说嘛，你们都很聪明的。丁满说，我跟他可不是一个学校的。

　　我们玩了两局，能用的石头越来越少，原因是输掉的或没救回来的都要扔到海里，没办法再来闯荡一番，这很残酷。我提议再给它们一次机会，彭彭也很认同，主要是他负责着找石头的工作，来来回回，跑了好几趟，很辛苦。丁满否决了，他说，打仗就这样，时光不能倒流，死人不能复活，所以得学会珍惜，这样的话，有些东西才显得珍贵。我像是被他上了一课，张大了嘴巴，讲不出话来。远处的歌声飘了过来，彭彭在地上打着滚，拒绝行动，嘴里咿咿呀呀，背着什么口诀。丁满用手挖了个挺深的沙坑，把剩下的石头埋了起来：他跟彭彭说，做个记号，三年后我们再把它们挖出来，看看有什么变化。彭彭说，不还是石头吗？丁满说，那可不一定。彭彭说，三年？丁满说，对，三年。彭彭说，我怕我忘了。丁满说，没关系，我记得住。

丁满说话时的样子会让我想起小雨，明明是一些小得不能再小的事情，经他这么一讲，就有了不同寻常的意义，严肃得可笑，认真得无聊，郑重得毫无道理。不知为何，你还会觉得有点激动，仿佛什么都可以被爱，什么都值得留恋，什么都需要被纪念，没什么转瞬即逝，一日长于一年，三年又好像只是过了一天。我大学时读的中文系，学得不好，不是很敏锐，许多文字里的情绪感受不到。小雨念的是国际贸易，对文学很感兴趣，经常来我们这边听课，自己也写些东西。我们刚谈朋友时，有一天在自习室，我跟他说，给我写首诗吧。他说，不行，怎么能这么随便？我听着就不太高兴，直接走掉了，半天没理他。他以为我很生气，其实我只是想回去给他写点什么，但也没写出来，怎么表达都不太对。第二天早上，我刚起床，收到了他发来的一首诗：

    打个响指吧，他说
    我们打个共鸣的响指
    遥远的事物将被震碎
    面前的人们此时尚不知情

    吹个口哨吧，我说
    你来吹个斜斜的口哨
    像一块铁然后是一枚针
    磁极的弧线拂过绿玻璃

    喝一杯水吧，也看一看河
    在平静时平静，不平静时
    我们就错过了一层台阶

一小颗眼泪滴在石头上

　　很长时间也不会干涸
　　整个季节将它结成了琥珀
　　块状的流淌，具体的光芒
　　在它身后是些遥远的事物

　　我问他，这首诗叫什么名字？小雨说，还没想好，原来的题目是《女儿》，现在想改一改，你觉得《漫长的》怎么样？我说，漫长的什么呢，话没说完。小雨说，还不知道，都可以，反正都很漫长。历史在结冰，时间是个假神，我们也不必着急。后来他又写过一些，谈论盲道、松荫或气象学，但只有这首我读了许多遍，至今也还记得。分开之后，有天下午，我很委屈，心里堵得厉害，默默哭了一会儿，就想找他说说话。拨了两个电话过去，十几声长音结束，无人接听。我抱着手机等他回给我，直至后半夜也没有动静，而那时候我也什么都不想说了。遥远的事物，我想，响指虽小，却可将其震碎。他说的没错，我就是碎掉的遥远的事物。

　　妈妈很幼稚，也有点自私，想在自己还能思考和行动的时候见到我有个着落。或者没这么简单，那些可以预见的未来，她不忍心只让我一人承受。不管怎么说，有了伴侣的话，至少能分担一部分，就算不够和睦，互有隐瞒，就算总有争执，怎么都走不到对方的心里，那也是一条隐秘的细线，始终牵扯着我的精神。那么，她离开之后，我就不至于滑落下去。妈妈觉得，人不畏困境，也不惧斗争，怕的是既没有爱人也没有对手，睁开眼睛，出门一看，满世界全是疯子和故人。他们中的一部分威胁着你，使你恐惧；另一部分冷眼旁观，因为他们与你再无任何关系。这样一来，过得就很疲惫，没什么想要争取的，也没什么可以期盼的，无事可做也无话可说。我跟她说，妈妈，我可以照顾得很好，不只是你，还有我自己。妈妈说，我相信啊，所以更不想让你一个人了。

　　我与闵晓河第一次见面是在医院。闵晓河的妈妈在那里当护工，从早伺候到晚，每天能赚八十块钱。她很勤快，性格也不错，天南地北，什么都能聊。妈妈很喜欢这样的人，因为她自己总是羞于开口，无论是生活还是疾病，都没什么好说的，既不想面对也不想抱怨。闵晓河的妈妈一直鼓励着她，跟她说道：不能全听大夫的，得有自己的主意，但也要相信现在的医疗水平；康复不是没有机会，我亲眼见过一位患者，病情相似，后来有所好转；不要吃动物内脏和花生，记得补充一些蛋白质；如果有需要，我可以来帮忙照顾，相逢就是缘分，千万不要客气。妈妈听得很认真，眼神闪烁。我想，有人跟她说话就是很大的安慰，不管是谁，说的又是些什么。妈妈没有我想得那么坚强，也不那么聪明，看起来小心翼翼，为人处事警惕。其实她的原则很简单：妈妈没有自己，一切以我为主，只要不是让我历险，怎么样她都能接受。

　　闵晓河坐在台阶上抽烟，头发剃得很短，穿着一身蓝灰色的工作服，不太合身。他的个子不高，远看像是被安放在一尊未完成的雕像里，只露了个脑袋出来。我走过去时，闵晓河朝着旁边的袋子点了点头，里面装着一些颜色鲜艳的水果，神情像是赏赐，非常高傲，令人不适。我摆了摆手，也不讲话，实在没什么心思，当时我还在等着一项很重要的检查结果。我坐在离他一米远的位置想着自己的事情，不时闻见一阵刺鼻的油漆味道，那一刻，要不是妈妈在楼上的病房里望着我，我真想跑掉。闵晓河不看我，自顾自地说着：初次见面，幸会。我叫闵晓河，中专学历，在船厂上班，不怎么忙，工资待遇一般。身体还行，半月板受过伤，没大问题。我点了点头。他继续说：平时作息规律，三餐正常。吸烟，不喝酒，不看书，也不看电视。没什么特殊爱好，偶尔打打篮球。我说，好。闵晓河说，家里的条件，你多少也知道一些，租房子住。我爸前年没了，我妈在照顾你妈。我说，是，谢谢。闵晓河说，但你也不用觉着欠我的，没必要，我在外面待过几年，见识不多，道理总归知道一些。我说，行。闵晓河说，按照我妈的想法，年内结婚，明年生子，她来帮我们带孩子。我说，现在谈这些，为时尚早。闵晓河说，所以，我今天过来就是想告诉你，我不听她的。我说，什么？他说，我有自己的事情要做，即使不做，我也有东西要想。我想了好几年也没明白，还得继续，所以不喜欢被打扰。当然，如果结了婚，我也不会打扰你。我说，没懂，不过不要紧。他说，平时我不怎么讲话，今天准备了挺久，说得不好，请多担待。时间差不多了，我得回单位去。

你的话少，这点很好，估计也不会喜欢我。没关系，日常相处，或者见上一面的人，不讨厌就算不错了，剩下的事情你自己拿主意。我听你的，再见。

等到7点10分，菜热了一遍，闵晓河也没回来，电话打不通。吃过饭后，我有点没精神，脸颊发热，可能是白天在海边吹到了。妈妈今天一直半张着嘴，唇部皱紧，如海螺的尾壳，似乎想要说些什么。我把耳朵凑了过去，却只有空洞的呼吸声，伴随着一点不太好闻的味道。闵晓河的妈妈有点着急，问我说，他今天加班？我说，应该是。又问，提前说过没有？我说，好像没。之后才反应过来，我都不知道他昨晚究竟有没有回来，只记得做过的那个梦。闵晓河的妈妈点了点头，没再多问，披上外套，穿鞋背包出了门。我把家里收拾一遍，用手机放着歌曲，然后躺在卧室的床上，想来想去，给闵晓河发去一条信息，问他几点回家。看着这几个字，我感到很陌生，陷入了一阵恍惚。这里是不是他的家呢？我真不知道。婚后不久，闵晓河搬了过来，背着一包行李，手里拎着篮球，像是来打一局客场比赛，速战速决。家里有人在，妈妈才肯去住院，她总觉得我一个人生活很危险，性格毛糙，日子过得草率，不如她心细。在医院里，妈妈总问我，水龙头关好没有？我说，关好了。她又问，煤气呢？我说，也关了，出门都检查过了。妈妈想了一会儿，问道，你们过得怎么样啊？我说，很好啊。妈妈说，开始不太顺利，需要磨合，相处久了就好了，也离不开了，人就是这样的。我说，妈妈，我们很好。

闵晓河的生活很奇怪，每天下班后，在家待不多久，就又抱着篮球出去了，有时回来得早一些，有时要后半夜。刚住一起时，我没什么心思顾及他，彼此感情不深，后来觉得过于诡异，我就猜他一定没去打球，而是在做什么不可告人之事。有一次，他出门后，我偷偷跟在后面，看见他把球塞进车筐里，骑着自行车来到附近的一片室外场地，又把车在栏杆上锁好，拍着球走了进去。场地很暗，没什么灯光，只有四个木板球架守卫在此，很像是衰老倦怠的士兵，不知敌军将至，而海边的潮雾一阵阵袭来。闵晓河不换衣服，不做热身，也没去投篮，他走到场地的边缘，把球放在屁股底下，仰头坐了上去，身躯笔直，如同一位替补队员，随时上场。我透过树丛看着他，从黄昏到深夜，身后的大车飞驰，载着油罐、混凝土与砂石，呼啸而过，似在呐喊。我尽力想象着他所望去的方向，倾斜的球筐、熄灭的灯和喷泉、濡湿的树梢、相互倒映的天空与海。浪潮在另一侧鸣响，连绵不断，如空旷的号角，声音向着地心荡漾，回环无际。闵晓河就坐在那里，像一座将被淹没的村落，凝结在岸，一动也不动。

  我原以为闵晓河总有一天会消失，那时，我将无比难过，痛苦且不甘。必须承认，我对他不存什么真正的期望，他的离开，无非验证了我的又一次失败，孤注一掷后的失败，比从前更加彻底。有一段时间，我觉得闵晓河像是一台收音机，装好电池，拧开开关，嘈杂的声响于耳畔长鸣，怎么调节也接收不到信号，没有切实的意义。但那天回来的路上，我居然产生了一种快要爱上他的错觉，甚至认为他也爱我，并且永远不会离开我。他有着很多坚定的信念，在所有事物的尽头等待着，只是不说出来。对于他的行为，我不打算去理解，或者非要弄清什么，只因我也有过相似的时刻，持续至今，无法脱逃。没过多久，闵晓河回到家里，依旧不说话，冷漠而拘谨。他脱掉衣裳，轻轻躺在我的身边，呼吸和缓。我闻着挥之不去的油漆味道，想起一些遥远的事物：接不通的电话、染蜡的水果、蜿蜒的海岸线。想起在白日里，他持着一柄长刷，带上古怪的面具，压低了帽檐，以轻蔑的姿态破入舱门，来到大船内部，肆意泼洒涂刮。船身摇晃不休，也无法将之倾出。想到这里，我开始晕眩呕吐。

  彭彭把小腿埋进沙子里，扮作一位可怖的巨人，屁股来回扭着，假装无法移动，在他不小心睡着的时候惨遭暗算，被小人国里的臣民们戴上了一副沉甸甸的沙铐。每次潮水袭来，彭彭都会大声呼喊着救命，声嘶力竭，仿佛快被淹死；待退去后，他又向着不存在的敌人低头狞笑，挥舞着拳头砸向地面，好像在说，我倒要看看，你们究竟能把我怎么样？如此几次，他转过头来，望向我和丁满，狂妄的表情没能及时收回。丁满拾起手边的一块石头，掂了几下，佯装要打。彭彭顿时惊慌，迅速把双脚从沙子里面拔出来，可惜用力过猛，埋得又太深，导致他一下子摔在地上，脸部向前，平拍入海，估计一时半会儿没办法嚣张了。丁满把石头放了回去，叹了口气，感觉相当无奈。

我问丁满,你们怎么认识的?丁满说,我不认识他。我说,不认识?丁满说,对,我来这边玩时,碰巧他也在。我说,你今年多大了?丁满说,没你大。我说,这我也看得出来。丁满说,那你还问?我说,你给我讲个故事吧。丁满说,不要。我说,讲一个嘛,你肯定读过不少书。丁满说,我从不轻易给别人讲故事。我说,那好吧,我教你一句咒语,你不要告诉别人,不高兴的时候就在心里反复默念,烦恼和忧愁都会消失,什么也用不着担心。丁满说,什么咒语?我说,哈库那马塔塔。丁满说,你再说一遍。我说,记好了,哈库那马塔塔。

说完这句,彭彭大步跑了过来,上气不接下气,两手指向脑顶,语无伦次地让我们赶快抬头。我向上望去,光线渐暗,从西到东,太阳和月亮同时出现在天空里,先是一轮橙红色的落日凌跃海面,像是一枚大大的浮标,然后是一道黯淡的银影若隐若现,悬于高处。我惊呼一声,站起身来,仰着头朝前跑去,挑了个最好的位置坐下来慢慢欣赏。丁满也跟了过来,站在我的身边,小声说道:你知道吗,月亮的大小跟太平洋完全相等,所以,月亮是从地球身上掉下来的,它是地球的女儿。

妈妈坐了起来。门敞开着,闵晓河站在楼梯上,手里捧着篮球,不知是要走还是刚回来。我问他一句,他也不答,只是向后指了指。我的心提到了嗓子眼儿,连忙跑到屋内,看见妈妈靠在床头上坐着,脑袋耷在一旁,眼睛明亮,脸上还带着一点点的笑意。灯光映照之下,妈妈的皮肤很白,也很憔悴,仿佛刚打过一场胜仗,疲惫之中又有几分满足。闵晓河的妈妈跟我说,刚才在做饭,也没注意,闵晓河掏钥匙一开门,她听到声音,自己坐了起来。我很诧异,也有点怕,但尽量往好处去想:也许是下午的咒语起了一点作用,在天花板上作画的神听见了我的祈求,把妈妈扶了起来。若是如此,那么这也能让妈妈重新站立、穿衣、走路和骑车,或者不那么贪心,只是说话也行。一小块看不见的肌肉萎缩之后,妈妈就变得口齿不清了,字词在她嘴里打着滚儿,吞不下也吐不出来。她的自尊心很强,从那时起,索性一句话也不讲了。我盼着妈妈能再说一点,盼着她告诉我一切为时未晚,还会有另一个夏天在远处静候,像大海等待着遗失的月亮,潮汐起落,我们彼此想念,而地球的心脏又跳动了一下。告诉我说做好一切重来的准备，不过总比上一次要容易，只要循着波浪的纹理温习我们的记忆，想一想那些发生过的事情，就可以知道下一个季节的形状。

我躲到厕所里哭了半天，不敢出来，怕这一切不是真的。闵晓河没有出门，整个晚上他守在妈妈身边，寸步不离，面容严肃，保持着机警，像一位忠诚的骑士正在保卫着他的王后。夜里，闵晓河抱着被子来到客厅，铺在地上，依旧不说一句话。关灯之后，我一只手摸着妈妈的衣袖，另一只手伸向了他，黑暗里闵晓河轻轻握了一下，很快就松开了，然后背过身去，蜷作一团，宛若婴儿，没过多久便说起梦话来。

医生说不清楚原因，建议再做一次检查，观察是否有好转的迹象。概率不大，我没有听从。我想，既然选择了供奉，无论是神还是咒语，都得全部交付出去，这是一张珍贵的入场券，不可滥用，也不可亵渎。当然，我更相信妈妈，像从前那样，她总有自己的办法，不会游泳也能设计一套泳装，没钱也可以过得很体面，一个人也可以带着我生活。

诗里写过：夏天盛极一时。那些盛大的日子里，闵晓河每天陪我推着妈妈去海边散步。妈妈很喜欢海水，她跟我说过，浪花冲来时，就是大海伸出了双手，在岸上演奏着钢琴曲。那是她心底的音乐。我们走过金色的沙滩、沉寂的落日，看见了许多可爱的人，拍照留念的情侣、结伴而行的朋友、拎着沙铲和水桶跑来跑去的孩子，可没再见过彭彭和丁满。我很想让妈妈认识一下他们，并对她说，这是我的两个好朋友，一个叫彭彭，一个叫丁满。彭彭是个强壮的勇士，力大无比，没什么能束缚得了他；丁满是个厉害的魔术师，默念一句咒语，太阳和月亮就会一起出现在天空的深处。

妈妈端坐在霞光里，喝掉了许多的温水。温水验证着奇迹的进程，小小的一杯，如果她能分成两次喝完，且无声音嘶哑或呛咳，那就是有所好转。我相信一定会如此。每日几次，我把妈妈搂在胸前，接过闵晓河递来的茶杯，一点一点喂她喝水。水温好像只有闵晓河能够掌握，不凉也不烫，魔术一般，恰与妈妈舌尖的温度相同，在口腔内缓缓洇开，浸润着心和肺。妈妈的唇角微展，像是在笑。

我没有问过闵晓河要去往何处。一个明媚的午后，他与我告了别，走出门去，不再回来。意料之外的是，我不太伤心，只是有些惋惜，毕竟他还没学到我的咒语，而在未知的旅途里，那总会派上一些用场的。篮球也没带走，留在了家里，我把它塞进衣柜的深处。我想，许多年后，等我快要忘掉的时候，它会自己跑出来，跟我打声招呼，再对我说一句：还记得吗，我们在海边的傍晚见过一次面。

闵晓河走后，他的妈妈也不再来了。她很难过，像是失却了某种资格，悄然退场，盼望过的事情在她眼前只是掠了一下，就又消失不见了。我心怀感激，却无法为此多做点什么。入院之前，我送了一些妈妈以前的衣物，她一边叠着，一边跟我说，该发生的总要发生。我没回答，分不清她在劝我还是劝自己。过了一会儿，她又跟我说，我们相处得很好，是吧，这一段时间。我说，谢谢，我都记得的。她望向妈妈，叹了口气，说道，有时候想一想，挺对不住你的。我说，我不这样想。她说，有那么一天的话……没等讲完，我便打断了她，说，我知道，知道的。她就什么也不说了。后来，我自己一个人时，总在琢磨那没讲完的半句话，到底指的是哪一天呢？是在说妈妈，我，还是闵晓河？而那会不会是同一天呢？

我试过用手背和手腕去感受水温，或自己喝下一小口；还买过一支专用的温度计，可怎么也配不出来合适的温度。三十毫升的水，妈妈再也没有分成两次喝掉过，她努力地吸一口气，想多喝几滴，却只是不停咳嗽着，咳得我害怕、发抖，不敢再喂。初秋时，妈妈住进了病房，她的呼吸很困难，也没再坐起来过，有时候我想，也许闵晓河当时是为了安慰我故意那么做的。不过这个念头一瞬间也就闪过去了，不太重要。他比我聪明，总是知道自己应该做些什么，并且义无反顾。我很想念他，想念听得到梦话的日子；也很自责，后悔没有学会他的魔术。

有一天傍晚，小雨打过电话来，他的声音很小，我有点听不清楚，但不想就这么挂掉。我望着窗外升起的夜晚，倚在一侧，像在舞台上念起独白，向着所有人诉说：医生建议切开气管，我有点犹豫。妈妈肯定不想，她很在乎自己的仪表，总是穿得干干净净；现在也一样，我还给妈妈买了好几件新衣服。我们换了个地方，这里专门做病人的康复和看护，价格不高，条件也还不错。妈妈瘦了一点，你再见到的话，估计认不出来了，但她会记得你。妈妈的记忆力一向很好，谁来看望过，她都知道的。她不希望有人来，不想让别人见到她现在的样子，还会在心里朝自己发脾气。其实没什么的，我觉得她还是很美，比我好看。妈妈不知道，我以前很嫉妒她的。对了，我结婚了，就在去年，没摆酒席。过得还可以。我的丈夫不错，家人对我也很好。他为人诚实，很勤快，也有力气，妈妈加上轮椅，一个人就抬得起来。这段日子里，他出了趟远门，不知什么时候回来。虽然不在身边，每次遇上什么事情，我也总会想，如果换成是他会怎么做。他跟我说过的话不多，但每一句我都记得。最近我老是想起小时候的事情。以前也给你讲过，每到暑假，妈妈下了班会带我去海里游泳，她不会游，就站在水里，眼睛盯着我不放，生怕我游得太远。我总爱跟她开个玩笑，从近处游走，或者扎入海中，消失一小会儿。妈妈很紧张，大声喊着我的名字，急得快要哭出来。我不太能听见，水里很安静，像是一个密封的罐子。妈妈并不知道，我静静游过了她的身边，一次又一次，漫无目的，身心和睦。说完这些，我挂掉了电话，泪水滴在窗台上，还好他看不到。

　　妈妈躺在床上不说话。换过药后，我趴在她的腿上睡着了，做了一个绵延的长梦，淅淅沥沥，水汽遍布。梦里有一阵不息的小雨，还有一条蜿蜒而去的河流，小鱼和小虾在里面游着，像是要去郊游。雨水落在我的脸上，也落入河流里。空气循环，河流缓行，在望不见的尽头，它步入高空，栖息于云层。我在这样的梦里醒不过来，觉得自己也是一滴雨，从空中降落，变幻的风吹得我摇摇晃晃，我反而很惬意。这时，一阵强烈的气流从两侧窜了出来，形成夹击，来不及躲避。我打了个冷战，彻底清醒过来。屋内没开灯，我揉揉眼睛，发现彭彭和丁满正站在我的两侧，分别举着一只胳膊。彭彭紧闭双目，还在来回晃荡；丁满停了下来，看着我不说话。几夜之间，他们似乎都长高了不少，丁满还是那么瘦，彭彭看起来更壮实了。

　　我吓了一大跳，问道，你们怎么来了？丁满说，他带我来的。彭彭说，他带我来的。我说，这是什么情况？丁满说，我早就发现你了。彭彭说，我也早就发现你了。我说，你们俩从哪儿冒出来的？丁满说，我住在这里，三楼。彭彭说，我在二楼。我说，你们为什么也住这里啊？丁满没有说话。彭彭说，我渴了，能不能买根儿雪糕再说？我说，不能。丁满说，我也想吃。我说，那也不行，快点儿告诉我。彭彭说，我没吃过雪糕，平时不让。我听着有点难过，想了一会儿，跟他们说，我去哪儿买呢？彭彭抢着说，这里没有，得去海边。我说，可是我在照顾病人啊。丁满说，那我们一起去。我望向床上的妈妈，她的眼睛眨了两下。

夜里很静，推开房门，走廊无人经过，我赶紧转回身来，小心翼翼地背起了妈妈，从侧面的楼梯一步一步往下走。妈妈伏在后面，呼吸得很慢，温热的气息吹过我的发梢。我一口气来到楼下，出了一身的汗。丁满背着我的布包，坐在轮椅上，彭彭从后面推着他，装作出去透气，两人大摇大摆地从电梯里走了出来。我们在花坛边上会合，向着海边出发。

我们踩着黯淡的树影向前行去，彭彭大声唱着歌，丁满堵住了耳朵，保持着一段横向的距离。我推着妈妈跟在后面，见到什么都觉得新鲜。这一路上，我们遇见了许多商贩，有卖贝壳和海螺的，也有卖头饰和玩具的，就是没发现卖雪糕的。丁满有点沮丧，彭彭说，没准儿他还在沙滩上呢，我们过去看看。

海边有人设了一个套圈游戏，拉开一条细长的红线，分割出两个世界来，一边是人，一边是礼物。看着离得不远，很少有人能套中。礼物旁边放着一盏盏彩色的小灯，闪着幽幽的光芒，像是一朵朵灯笼水母，好看极了。我问他们，要不要碰碰运气？丁满摇了摇头，彭彭没说话。我跑去买了二十个裹着青皮的竹圈，分成两份，塞在他们手上。彭彭将竹圈套在小臂上，肚皮贴住红线，喊着口令，倾身向前扔去，不太有章法，只套中了一瓶矿泉水，不过已经很不错了。丁满全神贯注，思索半天。他总共扔了两次，每次五个圈一起，轻轻捻开，形成半环，攒足了力气，找准角度，朝着微弱的光芒奋勇抛去。第二次时，居然套中了一只柔软的白色独角兽。独角兽呈俯卧状，睫毛很长，眼睛闭着，正在熟睡，背上还长着一双短短的翅膀。我们都很高兴，欢呼起来，我想妈妈的心里也一样。丁满很大度，把独角兽放在了妈妈的怀里。我拧开矿泉水，喝了一大口，擦了擦嘴，又递给丁满和彭彭，他们把水喝光，我们向着那道半月湾走去。丁满说，他有预感，我们要找的东西会在那里出现。

路不太好走，轮椅推着也很吃力，我们三人几乎是抬着过去的，累得直喘粗气。妈妈也流了很多汗水，鬓角湿透。她像在抱紧那只独角兽，用尽力气，丝毫不肯放松。我们把妈妈放在沙滩的边缘，好让海浪能够抚到她的身体。

丁满的预感果然很准，卖雪糕的人不知从哪儿钻了出来，我掏钱买下了全部，他很高兴，如释重负，骑上车子便离开了。我从轮椅上取下布包，把里面的东西掏空，平铺在沙滩上，又把雪糕一一摆开，对丁满说，你只能吃一根。他点了点头。然后又跟彭彭说，你负责帮我监督。彭彭说，放心吧，剩下的都归我。我拍了拍他们的肩膀，攥着那件刚翻出来的泳衣走去礁石后面。天气很好，没有风，海洋静止如铅。我把泳衣换在身上，听着浪声，独自坐了一会儿，海风的味道让我想起了许多事情。

我登上了礁石的最高处，高喊一声，挥了挥手。妈妈无动于衷，彭彭和丁满仰起头来，不明所以。我打了个悠长的口哨，展开双臂，直直跃入海中。身体触到水面的那一刻，我看见了远处明暗的灯火。瞭望台高耸，船楫不倦搬运，静止或者远行，一大团云从海上升了起来，笼罩着未知的季节。我向前游去，游了很久也没有抬头，浪潮不断向我涌来，我听见许多模糊的喊声，准备再开一次小小的玩笑。海水很凉，我想，在很远的地方，人们无法抵达之处，它会悄悄结成一块冰，映着月亮，仿佛仍在彼此的怀抱里，从未离开。

防鲨网没有那么严密，下面破了一个很大的洞，一只鲨鱼可能已经游了过来，此刻正潜伏于此，伺机而动。我却一点也不害怕，因为还有两道很小的影子，始终伴在我的身侧，也许是两条活泼的金鱼，游过来又游过去，用尾巴撞着我的双腿，用鳍抚过我的膝盖；或是我梦见过的小雨与小河在海的深处重新凝结，变得阔大、坚实，演化为一小块漂浮的岛屿，将我托了起来，一起一伏，掀起美妙的浪花。岸上吹过来的风使我温暖，我舒了口气，忽然想到，自己也许就是那只走失的鲨鱼，心怀万物，四处游荡，一次次地沉没，又一次次地跃起。在空中时，我可以望见一条星星的锁链，掠过夜晚，照亮尘埃，浮在银河的边缘；在水里时，我看到了一匹会游泳的白色独角兽。

（原载《十月》2022年第3期）

评鉴与感悟

《漫长的季节》脱离了东北工人村的文学地标,但依然延续着班宇小说的基调:书写衰败中的诗意。一如《冬泳》所写:"人们从水中仰起面庞,承受命运的无声飘落。"生活中有无数的坠落时刻:妈妈的疾病、困窘的生活、失落的爱情;但同时也存在着"超越性"时刻:在那片海滩,"我"可以仰起面庞,乘风破浪。

小说有三条叙事脉络:一是回忆中,"我"和妈妈、和前男友小雨的故事。二是幻想中,"我"在海边遇到了两个男孩:彭彭和丁满——动画片《狮子王》中辛巴的两个朋友的名字;我教他们的咒语"哈库那马塔塔"(非洲谚语:没有烦恼和忧愁,什么也不用担心)也同样是《狮子王》中的经典台词和生存哲学;三是现实中,妈妈瘫痪在床,神秘的丈夫闵晓河一去不返。有关彭彭和丁满的叙事总是在"我"遭遇现实痛苦时插入:妈妈患病——初遇彭彭和丁满;噩梦中离开妈妈——和彭彭、丁满在海边游戏;担心丈夫一去不返——教两人念咒语;向前男友诉说妈妈病情恶化——和彭彭、丁满推着妈妈去海边。

而那片被"我"承包的荒僻阴郁的海滩,是"我"的一次次精神出逃,暂时脱离肉身经验的"逍遥游"。在这里,"我"可以和童话中的人物对话,可以一跃入海,心怀万物,四处游荡,一如年轻时爱好骑摩托车的妈妈:"一路骑去,无忧无惧,活在世上,也如行于水上。"最终,三条叙事线索重合,分裂的时空重新交叠。小说结尾,男孩、小雨、晓河(小河)、妈妈、"我"在海边"重逢","我们打个共鸣的响指/遥远的事物将被震碎"。于是,"现实"变得恍惚,混沌中敞开了新的世界:"我梦见过的小雨和小河,在海的深处重新凝结",而"我"是只冲破了防鲨网的鲨鱼,一次次沉没又跃起,能望见"星星的锁链""银河的边缘"和"一匹会游泳的白色独角兽"。(段佳蕊)

陨 时

/王侃瑜

没有人知道这一切是怎么发生的。

我面前的生物有着与我相同的生理特征,但我们却无法与彼此交流。

我听不懂他们说话。字撑着字,句压着句,一连串音节如滚奏的鼓点般倾泻而出,连绵不绝。在他们耳中,我的语言或许如漫长的咏唱,拖曳累赘的音节,永远说不完一句完整的话。

我也看不清他们的面容。面部肌肉的高频运动模糊了五官,挥舞的双手如振动的虫翅般留下残影。在他们眼中,我的动作或许如同即将耗尽电量的玩偶,靠最后一点电支撑着,却怎么也无法到达想要的位置。

我知道,若再等下去,他们的黑发很快会变成白发,脸上会长出皱纹,牙齿会脱落,五脏六腑会开始出问题。他们会如同周遭的很多草木那样,迅速成长,迅速衰败,在泥土中腐朽,换来新一代的循环。而新一代的速度会更快,生命周期会更短,他们却不会觉得这有什么异常。

最后的最后,熵会增加到极大值,热量将不再流动,过去、现在、未来不再有分别,宇宙热寂,时间陨落,一切都迎来彻底的终止。

如今无论做什么都没有用了。这个过程不可逆。我们曾经有机会,却没有人真正试图阻止。我们眼睁睁看着这一切发生,主动或被动地参与其中,加速最终结果的到来。

我不知道该怎么办，只能记录下一些人和话。他们是人群中孤独的慢速者，与我一样，选择不主动加速。他们都曾在早期注意到了末日的端倪，想要通过避免加速来逃脱命运，却不料整个世界都被席卷其中。我们在最慢的时速维度萍水相逢，交流，而后告别。我不知道他们如今身在何处，身在哪个时速维度。具体的年月日没有意义，旧的纪年方法和时间度量已不再有效，但我会尽量记下见到他们时的外貌年龄，记录下他们所说的一切，为后世留下一份资料。如果还有后世的话。

莫昕，约二十七岁，元媒体主播

干我们这行的，当然是最早接触"速时通"的一批人。

那时候他们的产品刚获批上市，找了不少主播做推广，全平台都有，专注领域也不尽相同。我觉得他们当时根本就没想清楚产品定位，所以用了最简单的方式：砸钱。

我的流量在"彼界"算是前二十，粉丝黏性和转化率都不错，接合作的标准和收费也不低。一开始，他们市场部的人找到我，我挺犹豫。我之前主要做美妆和时尚这块，跟他们的产品功能挺不沾边。但他们说速时通会开启一个新时代，掀起一场时间革命，各行各业的人都会需要加速，他们看中的就是我在行业里的影响力和精英人设。这话让我挺受用的。那阵子我正好也想拓宽一下业务，往生活方式那块儿转型，再加上他们给的钱真不少，所以就把合作接了下来。

初次使用前，每个人都得去速时通体验中心进行免费健康评估和设备安装。评估其实很简单，就是测个心跳和血压，没什么问题的话就有专人为你安装设备。他们采用的是最新一代半侵入式脑机接口，号称市面上最安全的类型，老人小孩都可以用。设备外观像一枚小巧的贝壳，可以定制颜色和形状，安在耳后，对应小脑的位置。贝壳内储存有少量的T-42物质，这是一种提炼自稀有陨石的纯天然元素，对人体完全无害，却能通过提升神经元活跃度加快人在单位时间内的反应和思考速度，从而提升效率。

我当然记得清这些细节，我是美妆主播嘛，平时介绍美妆产品需要记的成分细节更多。当然，我也知道这些成分啊功效啊什么的都只是营销措辞，产品溢价的一部分。这方面，我觉得速时通挺聪明的，他们不单卖设备，还卖成分和服务。你想啊，这玩意儿就跟护肤品一样，是会用完的，需要补充的，不像衣服或者包包，买上一件就不太可能买同样的第二件了，得不断设计出新款。做我们这行的都知道，对于普通消费者来说，中高档护肤品的入门门槛比服饰类低，用户黏性强，同款产品复购率高。

速时通声称每个月能为每位用户提供的T-42配给量只有那一丁点，装进贝壳里，每次需要使用时按一下，单位剂量的成分就被打进人脑内开始发挥作用，在一定时间内起效，失效后可以立刻重新按，但总量用完以后就得等到下个月才能补充。他们的理由很充分：防止用户沉迷滥用；成分本身稀有，很难获取；定期补充，保证最优产品效果……我当然知道，这就是制造稀缺性便于抬价嘛。

我在自己的彼界频道上做了全程探店和安装体验直播，累计观看人数有五千万。在我安装完设备，第一次试用的时候，同时在线人数突破了三千万。

我还记得那时候的感受。按下贝壳上的按钮以后，我左眼视域中的直播回复突然变慢，方才还在积极刷屏的网友们集体噤声，过了好一会儿才逐一跳出新的弹幕：

> 感觉怎么样？时间变快了不？
> 昕昕太洋气了，能接到这样的高科技产品合作。不愧是我的偶像！
> 前排的朋友错了，对昕昕来说应该是感觉时间变慢才对。
> 天哪！终于赶上了！我来见证昕昕的历史性一刻了！
> 爱昕人送出了一枚火箭。
> ……

我看到右眼视域中不断攀升的直播数据，嘴角忍不住上扬，面对悬浮在空中的全息摄像头说："谢谢各位朋友们，我感觉很不错。时间确实变慢了，就好像在看电影慢镜头那样。我面前是店员小哥哥，他正在缓缓抬起左手，感觉有点好玩。"

> 昕昕的语速变快了诶！超可爱。

> 少说废话，快讲结论，这玩意儿到底有没有用啊？
>
> 好好说话，粗鲁的人不要来看我听的直播。

又有零星的弹幕滑过我左边的视域。

店员小哥的左手终于慢慢抬到了头部高度，触到耳后的贝壳。随后，他的动作速度恢复了正常。

"莫小姐，请问您感觉还好吗？"他说。

我点头说："挺好的，就是感觉世界突然变慢了。"

"这是正常现象，说明我们的产品正在起作用。实验表明，速时通能将人在单位时间内的时间感知加速三倍，您在这段时间内的效率也就提升了三倍。目前我们的成分平均单次起效时间是半小时，到时间后您的时间感知会恢复到原来的水平。"

我注意到，我右眼视域内的直播时长读秒也比平时慢了三倍。

"这感觉太奇妙了。我建议大家有条件的话一定要试试速时通，我已经可以想到很多种应用场景了，不光是普通的工作学习可以用，玩游戏打怪的时候啊，出门来不及打扮的时候啊，遇到什么意外或危险的时候啊，都可以使用，而且这在关键时刻说不定能改变命运。今天，我也和品牌方争取到了一批折扣，回馈给大家……"

那次直播结束后，销售额突破了一个亿。

后来？后来我自己也成了速时通的忠实用户。谁不想提升效率啊？每个月小几千的投入，在单位时间内完成更多工作，做更多内容，吸引更多粉丝，赚更多钱，是笔划算的生意。那阵子，我在彼界的频道排名上升了五位，半年内整整五位啊，放在以前我想都不敢想。我一下子又续了三年的速时通服务。

要不是Mandy注意到我眼角的细纹，我大概会一直把速时通用下去吧。

那天晚上，我们窝在沙发上看电影。我已经很久没用1倍速看电影了，觉得节奏太慢。但Mandy喜欢，说老电影就得慢慢看。那天看的电影片名我已经忘记了，只记得主题关于爱情与苍老。

看着看着，我靠在Mandy肩上睡着了。等我醒来，电影已经到了终幕。我抬起头，看到她满面泪痕，眼角还挂着一滴泪珠。我伸手拂去她脸上的眼泪，她转过头看我。电视屏幕的荧光和泪光交相辉映，显得她楚楚可怜，我想要吻上去。

突然，她看我的眼神变了。她唤亮了房间主灯，用手背拭净眼泪，掰过我的头凑近细看。

几秒钟后，她宣布："你长皱纹了！"

我被Mandy拖去美容院检查皮肤状态，结果显示我的皮肤年龄比实际年龄大了两三岁，提前开始长皱纹。我平时很注意保养，从不熬夜，美妆产品用的都是最好的，手法也尽量轻柔，避免拉扯皮肤。

见我和Mandy热烈讨论皱纹成因，美容院的技师问："你用不用速时通？"

我点头。

"那就是啦，"技师露出一副了然于心的表情，"最近好多客人都和您一样，用了速时通以后皮肤提前衰老。时间加速了嘛。平时要注意哦，减少使用频率，多来做护理。我们最近也新研发出一款针对速时通的保护面霜，可以防止皮肤加速老化，今天可以给您试用一下呢……"

我买了美容院的产品，但没再继续使用速时通。刚开始戒断的过程很痛苦，我看什么都慢，总忍不住想去按耳后那个空荡荡的位置。是Mandy一直陪着我，我俩的感情越来越好。我也成功转型为一个生活方式主播，不再需要每天花那么多时间选产品，工作节奏慢下来，收入当然也下降了。

但我想通了。说到底，加速时间的同时也加速了衰老和死亡。你觉得划算吗？

闫冬冬，约三十二岁，打击乐老师

我是在一次排练的时候觉察出不对劲的。那次排练我印象非常深，因为我很少遭遇那么尴尬的时刻。

我是音乐学院打击乐专业毕业的，成绩中下等，毕业后当老师，教了几年少儿打击乐，为了考级的那种。时间长了，我渐渐觉得没什么意思，开始怀念舞台和演出。我这种履历当然别想进专业乐团，他们收的都是各个专业的尖子生。寻觅了半天，我最终加入了一个业余乐团，配置大约有五十席，算是个比较完整的小型交响乐团，演奏的曲目我也喜欢。

那天，我照例坐在排练厅的最后方，越过一片黑压压的后脑勺，紧紧盯着站在最前面的指挥。他穿了件不太合身的黑色礼服西装，一抬手就往上跑，露出微微凸起的肚子，还有手肘处那一片明显发白的磨毛。不太可能是为演出定制的，可能是婚礼礼服之类，仪式结束后，每次上台都被重新翻出来穿，体现出重视却又带着敷衍，就像这个乐团的所有人一样。

"再来一次！听我指示，五，六，七，走！"

指挥手一挥，小提琴和中提琴从方才中断的第六小节开始演奏。我在心里默数节拍，一二三四，二二三四，他们快了，又快了。单簧管抢拍跟进，加入合奏，指挥却毫无反应。我皱起眉，心头的疙瘩越来越紧，怎么回事，都抢拍成这样了还不喊停？七二三四，八二三四，快到我了。我抬起鼓槌，数好小节进入。咚，咚咚，咚，咚。咚，咚——咚。

"停停停！"指挥不耐烦地在空中收手成拳，"大鼓怎么回事，怎么又拖拍子？你应该引导整首曲子的节奏，这一慢别人还怎么演奏？"

所有人都回过头看我，我脸颊发烫，脑袋嗡的一声炸开。又是我慢，怎么可能？我明明是按照谱上标的速度来的。我在视域内调出谱子，翻到开头再次确认：Allegro Moderato，适度、中速的快板，BPM 差不多 120。没有错，每分钟 120 个四分音符。是其他乐器快了，他们的 BPM 起码飙到了 180，那都是 Presto 了，这首曲子怎么可能是急板？

"行吧，今天就到这里，等大鼓打明白节奏我们再合。记住，你一个人拖的是所有人的进度，回去好好想想。我不管你是不是科班出身，在我的乐团里只看实际水平。解散！"

指挥径直转身离开排练厅。有些人的全息影像原地消失，他们本就是远程参加排练。其他人也纷纷俯身收拾东西，弦乐器直接装进琴盒，铜管乐器往外倒水，木管乐器拆卸部件。我怔在原地平复心情。

指挥对我有意见，我知道。他了解我背景，刚进团时单独约过我几次，暗示可以直接升我当首席。我拒绝了。再后来，他喝醉酒时给我发过些胡言乱语，我直接把他拉黑了，只在乐团群里看他的集体通知。

董璇凑过来小声说："冬冬，你最近怎么回事啊，怎么老出错？"

她是打击乐首席，在这支曲子里负责小军鼓。这个团里，我就只和她比较熟。拒绝指挥也是不想抢她位置，更何况我对指挥本人也没什么兴趣。

我犹豫了片刻，最后还是问她："……你也觉得是我错，没觉得是他们快了？"

董璇瞪大眼睛，探出手摸了摸我额头，她的手凉凉的。"你不是病了吧？大家节奏都是准的啊，只有你一个人慢了诶。冬冬，你是不是最近压力太大，没时间练习？"

"嗯，是有点忙。"那阵子是暑假，我确实排满了课，几乎没什么空，来乐团排练还是好不容易挤出来的时间。

"你要不要试试速时通？最近好多人都在用。月底赶报表、出差前收拾行李、完成老板临时布置的任务，全都靠它。我都有时间健身了，离完成减肥目标又近了一步！要不你也试试？现在很火的，走在时间前面的感觉可好了！"

我摇摇头。我知道速时通，有学生家长用，但学校里禁止这东西，所以我的学生当中没有安装的。干我们这行，时间加速也没什么用，还容易破坏原本的节奏感，所以我没什么兴趣。"不用了，放心，我没事。每天都在摸鼓，可能今天不在状态。回去调整调整，下周六合练肯定没问题。"

"好啊，等你想用了再说，我给你发邀请码还能打折。哎呀，快到点了，我得赶去上动感单车课了，下周六见啊！"董璇把鼓棒塞进印有健身房logo的大包，一溜烟跑出了排练厅。

我看着空荡荡的演奏席，慢吞吞收拾自己的东西，想起了从前。在学校里的时候，我也是这样。打击乐声部永远是最早来，最晚走，位置固定在最后面，大部分时间都在等，在乐团里没什么存在感。但我喜欢在舞台最后面纵观全局，引领节奏。有人说打击乐声部是舞台上的第二指挥，整个乐团的人都得听鼓点把握节奏。刚开始学鼓的时候，我也被老师数落过拖拍子、左右手有轻重、三连音不平均，日复一日的练习中我逐渐改掉了这些毛病，能够稳定打出所需节奏。我不大相信指挥说我慢，但也不明白为什么连董璇都觉得其他人的节奏才对。

那天回家后，我打开节拍器，把BPM调到120。哒，哒，哒，哒。节拍器打出均匀而清晰的拍子。哒，哒，哒，哒。节奏不太对劲，这拍子明显偏快了，大约是BPM180的速度。我检查了一下设置，指针又确实指向120，难道是我的节拍器坏了？

我唤醒视域，调出在线节拍器，设置成BPM120。哒，哒，哒，哒。我又重新打开机械节拍器。哒，哒，哒，哒。两者节拍完全重合。节拍器没问题，那只能是我错了。我很沮丧，练了那么多年，节奏感怎么会变差。

我只好开着节拍器练基本功。右左右左，左右左右，右右左左，左左右右。单跳之后是双跳。右左右右，左右左左，左右右左，右左左右。各种组合的复合跳。再往下是三连音，滚奏，渐强渐弱。直到我稳固了节奏才停下休息，身上出了些汗，肚子也开始饿。

我基本上是在家自己做饭吃。因为练打击乐的缘故，我对时间的估算相当精准，做菜若是遇到需要焖煮三分钟、爆炒十秒之类的，我都不需要开定时器，出锅时间的误差不会超过一个八分音符。所以我的烹饪手艺算是不错。

那天晚上，连同之后一整个礼拜，我三番五次把菜给炒糊了。那时候，我还以为单纯是因为我心事重。

一个礼拜以后，我又去乐团排练，按照这一周练习的速度来打，结果又被说慢。但我很清楚，不可能是我慢。那一个礼拜里，我天天早起，每天至少练一小时鼓，速度肯定是对的。可为什么指挥和其他所有人都觉得是我慢？会不会不是我慢了，而是他们快了？突然间，一个想法如同闪电般划过我的脑海，乐团里所有人都偏快的速度、节奏一致的节拍器和炒糊的菜，会不会是这个世界本身变快了？想到这儿，我不寒而栗，指挥的斥责声越来越遥远。

这个世界变快了，而且正在变得越来越快。

后来发生的那件事果然证明了我的猜测。

魏微，约四十一岁，企业社会责任咨询师

速时通是在那起事件发生之后联系我的。

谁会不知道那件事呢？当时各大媒体和社交网络上都讨论得沸沸扬扬，号称完全无害的纯天然物质竟然有时间放射性，不仅会影响使用者的大脑和身体，还会影响周围的世界。

那位母亲只是一名普通的速时通使用者。备孕期间，她没有停用速时通，反而因工作而超量超时使用，在他们公司，上班时间使用速时通是不成文的规定。怀孕后，她本人虽暂停使用速时通，却仍然在公司上班，暴露于因其他同事使用而造成的环境辐射中。孕二十三周，她难产生下腹中胎儿。胎儿不但没有寻常早产儿的健康问题，发育反倒相当成熟，身长和体重如同孕四十三周出生的婴儿。母亲则在分娩过程中子宫撕裂，导致产后大出血，尽管医院全力救治，最终还是没能挽救她的生命。

事件本身当然有很多可供讨论的点，孕妇的职场处境、公司剥削员工、医院剖腹不及时等等，但最重要的焦点还是指向速时通。这里主要有三个层面：一是那家公司为何能获得超额的速时通配给并提供给员工使用，二是速时通对孕妇和胎儿的影响，三是速时通的时间放射性本身。

速时通当然知道情况很棘手。他们第一时间发布公告，表示对孕妇的死亡深感同情，捐出一笔款项用于新生儿的抚育，并将联手公司内外力量尽快彻查此事。

危机公关做得还不错。他们应该是连夜开了会，讨论应对措施，拉名单，联系人，组建事件处理小组。我是在凌晨4点接到他们电话的。

我有十五年的CSR/ESG从业经验。一开始是在工厂的采购部门，偏向供应链的社会责任建设和审核；后来跳到了外企的可持续发展部门，专注企业生产对妇女儿童等弱势群体和环境的影响；如今我是一名企业社会责任咨询师，帮助企业搭建环境/社会/治理相关体系，出具企业社会责任报告，也提供相关培训。我的客户里不乏世界五百强和上市公司，履历又相关，速时通找到我也不奇怪。

事件处理小组共有六人，除了我以外还有速时通的可持续发展部门经理、首席研发工程师、公关部门经理、销售部副经理、分管产品的副总。大家都很专业，开会效率很高，我们第一天就列出了处理方案、各项工作重点和时间节点，并拟定了一份外部专家名单。

当天晚上，速时通就发布了二号公告，说明那家公司使用的是正在试运营中的商业款速时通，专为帮助员工提升工作效率而设计，哪怕使用量超过普通款速时通的月配给额也不会对身体造成损害。由于这起事件，速时通将暂停商业款的试运营，收回所有商业款产品并强烈建议企业避免在工作中强制员工使用任何版本的速时通。同时，速时通将设立一项公益基金，邀请若干劳动法专家担任顾问，帮助在工作中遭受不当待遇的员工维权。

　　这当然是经过加工的措辞。哪里有什么商用款速时通。过量使用当然会有副作用。速时通也不可能真的回收产品。他们和那家公司统一了口径，这对双方来说都是损害最低的措辞，只要各自的员工不说出去，就不会穿帮。员工当然都签了保密协议。

　　又过了几天，出了公告3号：由于目前样本和数据有限，也没人进行相关实验，尚无法确认备孕期间使用速时通对孕妇和胎儿是否有影响。在速时通的外包装显著位置和说明书中，都有"怀孕和哺乳期间禁用"等字样，用户应仔细阅读并根据自身情况合理使用。在后续的体验中心健康评估中，销售专员也会专门强调备孕期间的使用风险。此外，速时通联合若干位妇产科专家，共同成立早产儿关爱小组，密切关心其健康状况，呵护其成长。

　　时间放射性方面的公告则要麻烦得多。

　　首先这个概念很新。T-42是目前唯一具有时间放射性的物质。这个词本身的科学定义还有待商榷，但在社会讨论中，普遍认为具有时间放射性是指不仅仅影响使用者本身的时间感知，也会影响其周边环境中人与物的时间感知；这种影响并非即时的，而是会在人体内或环境中持续作用一段时间，可以沉淀和累加的；这种影响也并非单单是主观感知和精神层面的，也是物质层面的，会切实加快人的新陈代谢和物的老化折损。

　　T-42几乎可以说是被速时通"发明"的物质。那些陨石在地球上有好些年了，它们来自某颗彗星。彗星在途经地球时受引力影响而冲向星球表面，下落过程中与大气摩擦，化作了陨石雨。掉落地球的陨石并不少，一开始这一批并没有引起人们的特别兴趣。一位陨石研究组的组员在实验中意外发现这种陨石能改变人对时间流速的感知，便从科研机构辞职从商，创办了速时通的母公司。他搜罗了市面上几乎所有同类陨石，从中提炼出关键物质T-42，并将之进行商业化应用。速时通推出也就这几年，科学界对于T-42的研究还很不够。

　　其次，时间放射性不好定量。速时通可以量化使用产品时用户的时间感知加速情况，却无法测量时间放射性有多强。多大范围内的人或物会受到影响？暴露多长时间、多强幅度会受到影响？这些数据只能从过往用户身上进行调研获得。毕竟，速时通也不可能做人体实验，而人类又是唯一有明确时间感知能力的物种。

　　最后，速时通其实早就知道T-42具有时间放射性，却刻意对公众进行隐瞒。这是怎么都洗不干净的。某种程度上来说，他们确实在做人体实验。大规模的、不加甄别的、不受控制的、全球范围的人体实验。

　　我就是从这里开始和事件处理小组的其他人产生矛盾的。

　　当然了，他们都是速时通高管，想要降低事件对于公司长期盈利的影响，可以理解。但我作为一名企业社会责任咨询师，任务是引导企业往可持续发展、主动考虑社会责任方面思考。速时通在这方面的态度相当坚决：不承认，不公布，当作谣言和阴谋论处理。这让我无法接受。

　　讨论中让我印象最为深刻的是他们首席研发工程师的话。他说："陨石和T-42早就落到了地球上，所谓的时间放射性影响也早就开始了。我们只不过是以一种合理的方式利用它来造福人类，提升个人效率的同时也加速社会整体发展。我们已经成功提取了更高纯度的T-42，未来可以推出新款产品，进一步加速用户的时间感知，让他们在更短时间内创造更多价值，全人类将进入时间变奏的新时代。假如在这个节骨眼上引起民众恐慌，其代价是整个人类文明都无法承受的。"

　　整个人类文明？他在开玩笑吗？最后，我退出了事件处理小组，让他们另请高明。保密协议？去他们的。世界都快完蛋了，我还会在乎那个吗？

　　速时通内部早就知道时间放射性是真的。T-42每次作用时，都会放出富时辐射，本质上，这是一种能量，会增加环境总体的熵，是造成加速的关键。而且，这东西在地球环境中不会自然消散。

　　速时通产品上市八年，累积用户达六亿人，累积销售量达二百四十亿个月的配给量。他们往地球上释放了多少富时辐射剂量？难以预估。

　　时间放射性的影响远远超过我一开始的认知。

　　人们早就开始怀疑，时间是不是在变快。冬去春来，时光倏忽而过，一眨眼就又过了一年。

　　这是真的。

　　别人说话的语速变快了？自己更容易长白头发了？宠物活得比预期寿命更短？赛博义肢需要更经常维护？

　　这些也都是真的。

时间滚滚飞逝，如一道洪流挟裹着人向前，跟不上就只能掉队。而洪流的尽头，是末日。

岑萧，约三十五岁，生态旅游领队
时间放射性影响的绝对不仅限于人。

我们做生态旅游的，常年带队去野外，这些年的变化看得很清楚。植物花期变早了，昆虫产卵提前了，鸟类迁徙和鱼类洄游的季节错乱了，连四季本身都缩短了。

这对我们的工作有很大影响。多年来累积的经验没法依靠了，在自然中寻找特定物种成了碰运气，哪怕在勘察过程中看到，下次带队再来时也无法确定还有没有。

这可能要怪我们的一些同行，为了方便在野外追踪动物，拍摄影像或做细节观测，他们有时候会使用速时通。速时通当然好用啦，只要按个按钮，反应速度和行动速度都会变快，追踪动物就会变得简单很多。他们不再需要慢慢学习那些观测基本功，慢慢积攒实践经验，突击速成一下就可以出来带队，还能徒手抓到青蛙、蝴蝶、螳螂之类的，把小朋友们唬得哇哇乱叫，其实根本不利于培养孩子的生态意识。

最讨厌的当然还是盗猎者。有了速时通，他们变本加厉地捕猎保护动物，然后逃之夭夭。我听说在邻市的一片野生鸟类保护林里，巡逻员曾在一天内发现四拨不同的盗猎团伙痕迹。他们彼此互不干扰，仿佛约定好一般，在自己的领地里疯狂盗猎，快速行动，快速得手，不知有多少鸟儿遭其毒手。

为了对付这些盗猎者，巡逻员和招募来的志愿者们也不得不使用速时通，以便及时追赶他们，抢在被猎动物的生命消逝前将它们救出。

来的人多了，动物暴露在富时辐射中也久了，渐渐地，它们的行动速度也变得越来越快，有利于逃脱捕猎，人与动物之间又形成了新的平衡。大自然就是这样，只要假以时日，总能自己找到新的平衡。

当然，这又进一步增加了我们的工作难度，如何在自身不使用速时通的情况下追踪已受到速时通影响的动物，听起来简直像个悖论。

我们主要做的是生态旅游嘛，主打亲子团，接触的小朋友很多。他们唧唧喳喳的，真的很像一群快活的小鸟。他们的反应速度普遍比我们领队要快，但定不下心，很难让他们安安静静听讲解。他们很容易被飞过、跑过、跳过、钻过、游过的小动物吸引注意力，有时候撒开腿就去追，稍不留神就一头扎进水里，简直是在考我们领队的反应能力。

我一直以为现在的小孩子都是这样，时代不同了嘛，而且他们还年轻，比我们灵活，比我们反应快也正常。直到有一回，我遇见了一个特别的小姑娘。

那次是学校的春游团，以班级为单位出游。那个小姑娘排在队末，走路又比别的孩子慢，渐渐地就和其他孩子拉开一截，她不跟他们说话，他们也不搭理她。我的搭档在前面领队，我负责殿后。队伍拉得太长，不好带，我就想办法跟她搭话。

我瞅准路边的牛筋草，指给她看："快看那个，叶子细细长长，顶上分叉出好几根穗子的，你知道那是什么吗？"

她倒也不害羞，伸长脖子瞥了一眼说："蟋蟀草啊，你连这都没见过吗？"

我有点吃惊，现在的小孩很少有认得野草的。"我见过啊，不过第一次在这里见。你很熟悉这种草？"

"我从农村里来的啊，果园里很多的。"她大方回应。

"你是从农村来的？我也是，小时候老要帮家里割羊草，割少了还要被爸妈骂，放了学都不能玩。"我一边和她聊，一边加快脚步，希望她跟上来。

她果然跟上了我的步伐。"这不是很正常的吗？我还要帮哥哥弟弟洗衣服呢，男孩子的衣服脏死了，特别难洗。还要做饭、洗碗、烧洗脚水，做完所有家务才能做作业。不过，我一直是全班第一，老师最喜欢我。"她话锋一转，似乎有点得意。

我们就这样聊了起来。我得知她爸妈都在城里打工，她和哥哥弟弟跟着奶奶过。她爸妈应该是那几年专门回村生娃的，一年一个，连着三胎，生完以后才外出务工。我不知道他们具体的工作，但肯定用不起速时通，那玩意儿月费不低，主要消费人群是都市白领和中上层人士，所谓的精英和想要成为精英的人。还有就是外卖小哥这样的特殊工种，由公司统一发放，装载在头盔里，只能在工作时间使用，严禁私用。

她是赢了一笔奖学金才获得机会来我们市参加一个交换项目的，在市里最好的小学上一个学期课，期末考核若是通过就可以继续留在这里把小学读完。这个项目的初衷就是给贫困地区的孩子一个机会，通过教育改变人生。她是老师趁着奶奶下地偷偷带出来的，不然家里哪儿肯放她走，活儿都没人干了。

"我是肯定要留在这里的，不然回家后奶奶得打死我。就是辛苦刘老师了，还得给奶奶赔罪。"她说。

"那你喜欢新学校吗？"我问。

"喜欢啊，这里书桌大，光线好，写作业的时候很舒服。"她眼睛闪闪发亮。

"那你喜欢新同学吗？"

她瞥了一眼前面，用手围着嘴，凑近我小声说："不喜欢。"

"为什么呀？"

"他们心不定，课堂上不乐意好好听课，这动动那动动，影响我上课。"

我很惊讶，她竟然有和我一样的观察。我又问："所有人都这样？"

"对啊，他们说话的速度还特别快，一句话不好好说完就开始下一句，老爱吞字。玩的游戏也是，就是比谁快，可无聊了，我一加入他们就嫌我慢。后来我索性不跟他们玩了。"

"那你在这里有没有朋友啊？"

"有一两个吧，都是其他班的。跟我差不多，从乡下来的，我们讲话走路的速度差不多，共同话题也比较多。感觉我们跟城里的孩子是两个世界的。"

她的话让我陷入了深思。以往，财富和资本可能是隔开两个世界的壁垒，如今这道墙却成了时间。很明显，这与速时通的影响有关。如今那么小的孩子已经显现出不同来，未来这种分化是否会进一步加剧？他们会不会不再通晓彼此的语言和文化？明明生活在同一个物理空间，却位于不同的时速维度，彼此互不往来？

生命演化的漫长过程中，不同物种分化出不同的时速维度。蚍蜉朝生暮死，柏树可活千年。人类作为一个物种，共享统一时间已经太久了。或许如今我们正在见证的是新物种的演化,这些受速时通影响的孩子能更好适应加速的新世界。可那些没能加速的人呢,他们又该何去何从?

写下这些以后,我内心的焦虑稍许缓解。不管怎么说,我已经尽力了,能够留下这份文字记录,至少也是对我整个写作生涯的交代。

过去的这十几年中,世界经历了剧变。由于速时通的流行,富时辐射在地球环境中的浓度急剧上升,在更大尺度内加速了时间流逝。那些主动拥抱加速的人走在了时间的前面,消耗 T-42,释放富时辐射,制造熵,奔跑着向前进。而那些拒绝加速的人,哪怕留在原地不动,也像站在传送带上一般被动带着往前。全球加速已成为毫无争议的事实。

我们都知道加速的尽头是什么,宇宙热寂,时间陨落,完全静止。但我们都无法阻止其到来。对于加速者来说,他们在那一天来临之前还有很多时间,可以做很多事情,但他们的每一个行动又同时在加速那一天的到来。对于慢速者来说,那一天会很快来临,要想从主观上推迟其到来,唯有选择与其他人一起加速。

我所有的亲人都迈入了加速世界,我再也没见过他们。我们在不同的时速维度中遗失了彼此。有时候,我会羡慕莫昕这样的人,至少她找到了陪伴自己慢慢变老的伴侣。我不知道自己是否有勇气独自面对那一天的来临,更不确定自己是否愿意放弃坚持汇入加速大军。至少不是今天,不在此刻。

(原载《收获》2022年第3期)

评鉴与感悟

小说收在杂志"科幻专辑"内,体裁当属科幻,然而小说关于"速时通"这一新兴科技产品的设定,不涉及高深的物理问题,因而并不是十足的"硬科幻"。直播带货、城乡差距、职场内卷,也并非取自"未来"的元素,反而是最贴合当下的日常。因而,与其将小说视为传统意义的科幻小说,不如看作一则寓言。最表面的寓意,是对历史的变相折射,聚焦"工业革命"以来的数百年时间里,世界如何被裹挟进工业化和工具理性主导的快节奏的时间洪流,以及个体充满焦虑和撕扯的身心体验。然而,更进一层,小说也是对未来的寓示。当时间不断加速,直至能量殆尽,地球终将迎接热寂时刻,或用"陨石"一物表述,那是陨石坠地,时间抵达绝对零点之时。正如19世纪、20世纪来到末尾时盛极一时的"末世"预言,世界将再次抵达"末世纪",而且是真正意义的"末世纪"。这已不再是"历史时间"的尽头,而是真正物理层面时间的终极。小说正是通过不同职业人群的故事,串联成发人深思的"未来"的"启示录",在科幻的表层之下,寄予了作者的人文关怀。当然,从"寓言"体裁的视点一以贯之,小说在思想层面上稍显单一,未能十分充分地展现"寓言"所应具备的多面内涵,如若能对"历史时间""物理时间""自然时间"等不同时间宇宙及其关联做出更加丰富的辩证讨论,则小说的视野或许会更上一层楼。(卢钿希)

饥饿冰箱

/蔡骏

冰箱又闹鬼了。

外婆家在顶楼603室。客厅、卧室、卫生间、厨房间,还有一台身坯巨大的双门冰箱,等于第五个房间。起先像个老爷叔自说自话,然后油锅炒菜,油烟机开到最高档。黄酒混了白酒味道。蔬菜在牙齿间咀嚼。红烧牛肉在舌头尖颤抖。老鸭汤在胃囊里翻滚。轧姘头的男女在台面下脚趾头摩擦。所有喧哗与骚动都来自这台冰箱,并与压缩机的重启无关。

清明节的黎明。客厅沙发床上,我同时忍受饥饿与晨勃。我捂了耳朵爬起来。厨房间刷了一层浆白色的光。"海宝"冰箱贴落在了地板上。再等二十几天就是2010上海世博会。我捡起"海宝"吸上冰箱门,好像按了暂停键。厨房间重新安静得像太平间。我拉开冰箱门。没有老爷叔,没有偷情的男人跟女人,只有昨夜吃剩的两盆菜、七八包蔬菜、几十只鸡蛋、两盒牛奶、两盒酸奶、几瓶调料、一袋切片面包,还有两瓶可乐。冷冻室里有哺乳动物和禽类的碎尸、速冻汤团、水饺、鱼丸、蟹肉棒。外婆活着的唯一乐趣就是塞满这台冰箱,仿佛可以救活整个非洲的难民。前两年汶川地震刚过,外婆在永乐电器买了这台冰箱。妈妈劝外婆一个人不需要这样大的冰箱。外婆说,因为你没挨过饿。别的老太去庙里烧香拜佛,去教堂做弥撒拜耶稣,而我外婆的信仰是这台冰箱,等于她的耶路撒冷,她的大雷音寺。想到耶路撒冷和大雷音寺，我一点点柔软下来。

　　平常这个钟点，外婆已经悄咪咪起来刷牙齿揩面，牵丝攀藤地篦头发，像个唐朝的白头宫女。现在外婆依旧困了眠床，双目微闭，神态安详。我在外婆耳边大声叫唤。六楼到一楼都被我吵醒了。外婆还是困死懵懂。我摸了外婆的鼻孔，尚存栀子花气味的呼吸。我打了120，腔调冷静得像我爸爸。但我一放落电话，眼泪水就滚出来。我怕外婆醒不过来了，就像五年前的外公也在这张床上过世。

　　我从床头柜寻着一把牛角梳。我把外婆拖出被头筒，稍微帮她篦了篦头发。外婆骨瘦如柴，现在基本没了分量。我时常梦见外婆牵了我走在荒原上，土地龟裂，寸草不生，到处是牲畜尸体，饱食腐尸的鼠类横行，一阵狂风撕碎外婆的皮肉毛发，露出森严的白骨骷髅。

　　急救医生敲了房门。我送外婆上了救命车。楼下蛮多老头老太看闹忙。救命车顶灯旋转"乌鸦乌鸦"了开走。再爬六层楼回到外婆家里，我只想倒一杯牛奶，加两片面包填充肚皮。我打开冰箱门，两盒牛奶只剩一盒。两盆隔夜菜消失了。还少了一包鸡毛菜，一包蓬蒿菜。我的记忆没有紊乱。刚刚几分钟的空档，有人闯进厨房间，打开冰箱偷了菜？隔壁邻居平均年龄八十岁，应该没人玩开心农场偷菜。冰箱还是闹了鬼。

　　我拆开剩下的一盒牛奶，靠在冰箱门上吞入喉咙。客厅墙上挂了外公遗像。外婆相信世界上是有鬼的——外公的鬼魂就游荡在这幢房子里。有一趟外婆半夜起来小便，看到冰箱门无声敞开，烟雾腾腾的冷气跟白光一道流出来，外公弯腰驼背坐在冰箱里，全身被厚厚的白霜包裹，眉毛胡子都是白的。我听了笑出来说，这不是圣诞老人吗？外婆伸手进了冰箱，摸了摸外公青紫色的嘴唇皮，外公睁开眼乌珠说，肚皮饿。外婆急忙挖出隔夜冷饭，打开油锅烧好蛋炒饭，冰箱里的外公已经消失。

　　下半天放学，我去了医院。外婆醒过来了，但是不能讲话，眼泪汪汪看了我，这段辰光都要住医院。舅舅过来照料外婆。我有一台诺基亚手机，妈妈出国前送给我的。我给妈妈打了电话。妈妈在一万公里外的巴塞罗那。她是西班牙语翻译，陪了中国代表团参观诺坎普球场。妈妈帮我搞到了梅西的签名球衣。她以为我会开心地尖叫。我只说，蛮好。妈妈的回国机票是4月30日，为了赶上世博会开幕式。今朝是清明，妈妈关照我烧点纸给外公。

　　回到外婆家门口,我看到爷爷坐在台阶上,拎了一条鲈鱼、一包牛肉、一袋大虾、一盒豆腐干,嘴巴里叼了香烟等我。妈妈给爷爷打了电话,保证我不会饿死。爷爷进了厨房间,慢悠悠汏好手,推开冰箱取出几样绿叶菜、葱姜蒜、各种调味料。爷爷提起剪刀杀鱼。我只负责淘米并按下电饭锅开关。我在旁边盯了鱼眼睛,好像它要记牢我的样貌,只等下地狱复仇。我的馋吐水流出来了。爷爷弄清爽鱼,准备好肉,刷了油锅,开了煤气灶,火苗跳得像庙里香火。

　　爷爷是扬州人,退休前是国际饭店中餐厅的大厨,精通淮扬跟本帮菜。爷爷一生引以为豪的有两桩事:一是娶过两房太太,二是给西哈努克亲王跟莫尼克王妃炒过菜。我从小听爷爷的口头禅:"今朝让你享受西哈努克亲王待遇。"今夜,我跟爷爷吃光了一条清蒸鲈鱼,八只爆炒大虾吃了四只,大煮干丝跟西湖牛肉羹还留一半。冰箱里塞了四只保鲜盒:吃剩的三道菜,还有一盒白米饭,是我明朝带去学校的中饭。

　　爷爷立在阳台上吃了一根香烟就走。我问爷爷要了一只打火机。爷爷家在老西门,文庙背后的梦花街。爷爷一家门六口人,还有二奶奶,就是我爸爸的后娘,叔叔婶婶跟双胞胎堂妹,挤了石库门的楼上。爷爷出门,同时带走了垃圾。我的影子在地板上拖了蛮长,好像长高了十公分。我打开外婆房间,不但有栀子花气味,还有食物腐烂的腔调。我在床头柜寻着一袋锡箔。外公埋在宁波老家的山上,本来每年都要去扫墓,今年外婆身体不好没去,但是自己包了锡箔。我寻到一只铅桶,打开厨房间窗门,搁在外面铁格子上。打火机像爷爷的油锅,点了银元宝形状的锡箔,眨眼烧成一团焦黄。我的脑子里烧起两团火。一团火可以填饱你的肚皮,另一团火也可以填饱肚皮,不过是在阴间。

　　清明夜里,终于滴滴答答落雨了。对面六楼照旧弹起琵琶。每到夜里8点,隔了一条窄窄的马路,对面阳台上有个姑娘开始弹琵琶,每趟反反复复《十面埋伏》。她跟我一样也是初中生。我给她起了名字,叫"琵琶小姐"。她坐了阳台的折叠椅上,穿了白毛衣、蓝颜色运动裤,怀抱一张琵琶,十根手指头眼花缭乱,好像给霸王跟虞姬招魂。琵琶小姐倏尔抬头,望见对面六楼窗门,灰黄花朵般的灰烬飞向夜空。燃烧锡箔的火光点亮我的面孔，顺便拖出两道眼泪鼻涕。我的背影在银灰色冰箱门上跳舞，像古代的屏风。

　　隔天早上，冰箱又闹了鬼。四只保鲜盒还在，但是爷爷烧的三道菜——四只爆炒大虾、半份大煮干丝、半份西湖牛肉羹还有白米饭统统没了，只有四只空盒子，洗得清清爽爽，闻得到洗洁精味道。这是一台饥饿的冰箱。但它不是贼——冷藏室里多了五百块人民币。我的手指头慢慢伸进去，触摸五张冰冷的粉红色钞票，鼻头前闻了闻。钞票稍微有点旧，捻起来有点软，不是刮啦松脆，但没污渍，也没缺角。一张张钞票在台子上摊开来，对准窗口的光照一照，老人头水印是真的。

　　放学路上，我去了肯德基。点好鸡腿堡套餐加上新奥尔良烤翅，我从书包里掏出一百块，心里却是兵荒马乱，万一验钞机嘟嘟乱叫，我被送去派出所哪能办？要是讲冰箱闹鬼吐出人民币，我就要被送去宛平南路六百号。钞票"唰"一声滚过验钞机，稳稳进了收银抽屉，我心里的冰箱门才轻轻关上。

　　肯德基吃饱等于夜饭。我翻过苏州河的三官堂桥，曹家渡花市像个堡垒立在桥头。咸蛋黄似的夕阳落下来。我的爸爸妈妈就是在这座桥上认得的。那年爸爸刚到美术学院做老师，长头发像两片乌鸦的翅膀，他坐在桥栏杆后头，架好一张画板写生。妈妈陪外婆出门买菜路过，定快快立在桥上看他画画。妈妈让外婆先去河浜对面菜市场。等到外婆拎了一篮头菜还有两斤带鱼回到桥上，妈妈已经靠在爸爸身边，两个人一道看落日沉入苏州河的波光。十二个月后，世界上多了一个我。三个月前，爸爸和妈妈领了离婚证。我们住的房子还给了高校。爸爸跟他的女学生去了北京。爸爸让我放暑假去北京过十四岁生日。妈妈丢给我一句话，敢去就打断你的脚骨。

　　回到外婆家里，天已墨擦乌黑，我打开冰箱一看，又多了五百块人民币，还有一张冻僵了的小纸条："冰箱君：急需阿司匹林一瓶，购药款已附上，谢谢。冰箱老人。"

　　蓝颜色钢笔字写得毕工毕整，好像印刷上去的，手指头却能摸出一层墨水。摊开五百块钞票，有点旧，有点软，但是如假包换的人民币。我看懂了，冰箱君就是我，冰箱老人是啥人？我只能想象冰箱门无声打开，冰箱老人披了白霜钻出来，四肢修长，背脊笔挺，像一支坚硬的钢笔。他从冰箱里取出四个保鲜盒，依次塞进微波炉加热。冰箱老人坐在我的对面，三道菜摆上台子，低眉顺眼举起筷子，抖豁夹了大虾塞进嘴巴。他又举起瓷调羹，盛起西湖牛肉羹，慢慢吹气吞入喉咙。他的面孔和头发一样雪白，点了老人斑，皱纹像苏州河水波荡漾。我从没见过这张面孔。外公生前是个弯腰驼背的老病鬼，慢性肝硬化导致面色黑紫。外婆常在厨房间熬中药，那种味道一直潜伏在我的噩梦里。

  我没能在房间里找到阿司匹林，但我见过外婆吃这种药。阿司匹林几乎是万能的，可以医治各种血栓，特别是中风。我连夜去了一趟医院。住院楼的六人病房里，外婆见着我就气色好转，紧紧拉了我的手，讲起刚做过的梦。外婆在梦里回到五十年前，那时她还是十七八岁的小姑娘，住在番瓜弄棚户区，碰着大饥荒，连续四十天，每日一碗粥、几粒咸菜毛豆子，早上饿得昏过去，夜里饿得困不着。外婆带了四个弟弟去苏州河边的粮食码头捡漏在地上的米粒，兜了衣裳里带回家。唯一吃进肚皮的荤菜，是从笼子里捉到的几只老鼠，马上剥皮下了油锅。后来外婆每趟看到老鼠都像看到恩人，看到猫就要拿起扫帚赶了远。虽然一家门拼了老命活下去，饥荒的第三十日，最小的弟弟还是死于营养不良，小小的身躯没了分量，一张草席卷起来送去火葬场。外婆说，我也要去了。我说，外婆瞎讲了。我又问外婆，能让医生开一瓶阿司匹林吗？外婆说，抽屉里有。我说，这是医生给你吃的药。外婆说，我可以问医生再开，我是老年痴呆，就讲原来的药寻不着了。

  从医院回来蛮晚了。对面阳台亮了灯，琵琶小姐在写作业。清点冰箱里剩下的食物，暂时还没变化。我把阿司匹林放进冷藏室，无声地关上冰箱门。我背靠了"海宝"冰箱贴，想象冰箱深处弹出一只手，青筋暴突，皮肤松弛，每根手指头干枯细长，猫捉老鼠似的抓起阿司匹林，塞进轰鸣的压缩机，传送到外婆的饥荒岁月。房间安静下来，我没上开心网偷菜。关了电脑，熄了灯，我困到沙发床上，尘世的声音撕开墙缝钻进来。

  天蒙蒙亮。我被一泡尿憋醒。我打开冰箱。阿司匹林消失了。蔬菜、冻肉、鸡蛋、酸奶也统统消失。冰箱在一夜间彻底清空。冷藏室多了厚厚一叠现金。数钞票的摩擦声比琵琶声好听多了。我点出两千块人民币。冰箱里还有一张钢笔写的小纸条:"冰箱君:谢谢你的阿司匹林。再附一千块现金,请填满这台冰箱。清单详见背面。冰箱老人。"

这天傍晚,我像个马戏团杂耍艺人,推着家乐福超市购物车,按照小纸条背面的清单——十二种蔬菜、八种冻肉、火腿肠、速冻汤团、卷子面、方便面、面包、大米、牛奶、水果、啤酒和香烟。堆积如山的食物淹没我的头顶,仿佛一座太行山,一座王屋山。收银员耗费半个钟头才能全部录入。我没有信用卡。我掏出十几张粉红色钞票。我回过头才看到琵琶小姐。她跟她妈妈在我背后排队老久了。她妈妈说,快点结账啊。等我把购物车推出闸口,头顶爆发了一场山体滑坡,十几个包装袋砸落到地上。我像操纵泰坦尼克号那样艰难地停稳购物车。琵琶小姐已经蹲在地上帮我捡东西了,当中混了一包卫生巾,这玩意儿也在冰箱老人的购物清单里。琵琶小姐瞪我一眼,卫生巾交到我手里。她的手指甲就像一片贝壳。琵琶小姐的妈妈拖开女儿,关照不要多管闲事。家乐福购物车不能推出卖场。我拖了最大尺寸的拉杆箱走回外婆家。我担心冰箱会被塞到爆炸。暴饮暴食容易猝死。隔天早上,我打开冰箱,冷藏室和冷冻室已经干干净净,骨头渣子都没吐出来——除了一叠粉色的人民币。

这台冰箱成了自动售货机。我准备了一份记账本,每天揿了计算器,记录从冰箱得到的收入跟支出。我把攒下来的钞票藏在储钱罐,每夜数一数有助于睡眠。爷爷每隔两日来给我烧菜。除了阳澄湖大闸蟹还没到时令,国际饭店中餐厅的菜单已经做了个遍。但我每趟只吃一道菜,剩下的放进冰箱。爷爷问我,不合口味吗?我说,同学们都欢喜爷爷烧的菜,明日带到学校里给他们尝尝。如果不算食材费和爷爷的人工,这个利润是百分之百。我还会帮冰箱老人买药,他的心脏不太好,急要了硝酸甘油。

我也给冰箱老人写小纸条。可惜我的字太难看,好像板砖砸在纸上。冰箱老人告诉我,他已经七十四岁,做过四十年中学老师。我把自己的数学卷子塞进冰箱,有两道题实在太难。早上我从冰箱里收到卷子,答案写在另一张纸上。冰箱老人买一送一,数学卷子下面垫了一本书,封面上是个文艺复兴年代的欧洲人。附了一张小纸条:"你必须学会自己解题,送你笛卡尔的《几何学》。"我问还有其他书吗,冰箱老人又送我《第一哲学沉思集》。面对冰箱里的笛卡尔,我觉着沉思才是世上最难的事,要是爸爸妈妈懂得沉思也不会分开，冰箱懂得沉思，何必吞下这么多食物？我问有没有好看的小说。我以为会收到《笑傲江湖》或者《哈利·波特》，但我收到了马尔克斯的《霍乱时期的爱情》、加缪的《鼠疫》，还有卡夫卡的《饥饿艺术家》。我看完了第三本书——我决定不吃早饭，上午第二节课就头晕了，并且胡言乱语，化学老师说我属于低血糖和电解质紊乱。恢复早饭以后，我决定不吃中饭。下午两点，我饿倒在体育课的操场上，仿佛来了月经的女同学。我告诉自己白天不能饿肚子，但可以晚上不吃饭，据说比较健康。天黑以后，饥饿占据了所有的注意力，我开始彻夜失眠，直到黎明前被冰箱里的鬼魂吵醒。饥饿是世上最恐怖的感觉，仿佛打烊后的游戏机房，只剩下闪闪发光的屏幕轮番滚动字母和数字，诱惑你掏空钱包投入代币，等于投入陌生的天堂。你会心慌意乱，担心地板开裂，天花板纷纷坠落，洪水淹没你的脖子。你会期望自己被抓进监狱，最好被判处无期徒刑，至少有口饭吃。

　　冰箱老人说他并非鬼魂，而是真实存在于地球上。我怀疑他活在外婆记忆中的饥饿岁月。但在五十年前，这幢楼尚不存在，冰箱这种玩意儿也刚发明。更有可能在五十年后——历史并非全部笔直向前，我们时常走上岔路，甚至原地掉头返回，比如第三次世界大战后的核冬天，每个人必须躲在八百米深的地堡里度过余生。或者，冰箱老人跟我活在同一时间，但远在某个深山中的不毛之地，交通与人烟断绝，肉、蔬菜和鸡蛋统统是奢侈品，逢年过节才能宰杀一头羊，看不到医生，也寻不着药。要么在东南亚某个小岛，四面环绕炎热的大海，红树林根须顶破地板，每天午后一场瓢泼大雨，巨龙般的湾鳄潜伏在瘴气弥漫的沼泽中，姑娘们海藻般的长发垂落在丰满的乳房上，但那边是瓜果飘香，下海能捉到鱼虾，应该也不至于饥饿。冰箱老人大概是住在撒哈拉沙漠，四周是一望无际的碧血黄沙，全部家当就是这台冰箱，电源是太阳能或者堂·吉诃德的风车。裹着蓝袍的图阿雷格人的骆驼队路过，用写着象形文字的古埃及莎草纸文书交换冰箱里的香莴笋、鸡毛菜、咸鸭蛋、粢饭糕、速冻小馄饨，或者我爷爷做的扬州炒饭。

　　4月，最后一个礼拜，记账本里收到九千四百块，实际支出五千六百块，净赚三千八百块，等于过去三年压岁钱的总和。我把钞票藏在裤腰带里，去了曹家渡的自行车行，买了一辆捷安特自行车。这是爸爸答应给我的生日礼物。但直到爸爸妈妈离婚，我也没等到自己的生日礼物。从前每到春天，爸爸就会带我去田野写生，专挑偏僻的腰眼角落，比如窝在青浦乡下的青龙塔。爸爸讲这座塔造了一千年，唐朝跟宋朝辰光，此地是一座繁荣的海港，苏州河还叫吴淞江，水面辽阔，直通长江口，青龙塔就是商船出海的航标，可以横渡东海去日本，也能去遥远的马六甲海峡。春日午后，我骑了捷安特自行车出门，穿一件白衬衫，背包里装了画板、画笔、颜料跟调色盘。我像骑了一匹黑色野马，踏过潮潮翻翻的油菜花，终于望见一座孤零零的宝塔。一千年前的灰色砖头砌成八角形，一层层堆叠上天，某年台风吹落塔刹，只剩一根倾斜的塔身。我见到的是青龙塔的尸体，经过七趟改朝换代，年复一年的瘟疫、饥荒、战争，泥沙俱下的海港淤塞，吴淞江倒退成苏州河，城镇夷为寂静的田野。调色盘上挤出好几种颜料。画幅大半留给深蓝色天空与浓云。一只斑鸠停在塔身上横出的一截焦黑木头上。地平线上画出金色与绿色夹杂的油菜花。耳朵绑了白纱布的文森特·梵·高骑了我的自行车在田埂上转圈。

我把这幅画送给了冰箱老人。我收到冰箱老人的回信："谢谢你的春天。"我问他，你看不到春天吗？冰箱老人说，心里能看到。我听不懂。我推开厨房间窗户。当我偷看对面阳台上的琵琶小姐时，琵琶小姐也在观察对面窗户里的我。她正在踮着脚晾晒内衣，白色胸罩和内裤仿佛两对小白鸽的翅膀，吹了苏州河上的野风，即将扑入春天的浓云。冰箱不仅是我的提款机和私人信箱，也是一口有求必应的树洞。我把自己的秘密写进小纸条。冰箱老人知道了我爸爸抱着女学生在十三陵和公主坟描绘春天，我妈妈带领中国代表团在阿尔罕布拉宫的阳光下晃荡，我外婆正在六人病房里苟延残喘，我爷爷跟西哈努克亲王的往事，我每天守在厨房窗前偷窥对面六楼的琵琶小姐——她家里并没有男人的迹象，这两日她妈妈不在家，琵琶小姐自己煮方便面吃。

"为什么不请琵琶小姐来家里吃饭？"这是冰箱老人传给我的最后一张小纸条。

我给爷爷打了电话。爷爷说，今日让你享受西哈努克亲王待遇。挂了电话，我从床底下寻出吸尘器打扫房间。我按照外婆的手势收作厨房，抹布揩了三遍冰箱。银灰色冰箱门照出我的脸，至少不难看。我放了热水洗澡。卫生间的镜子前，我看到皮肤下流淌的青色血管，数出自己的每一根肋骨。我用外婆的牛角梳篦头发，鼻尖不合时宜地爆出一粒痘痘。

　　风有点冷。我穿过曹家渡的小马路，第一次走进对面楼房，好像隔街相望的双胞胎，水泥台阶一样贴满小广告。走到六楼，我稍微有点喘。防盗门上有只猫眼，贴了两道虎年春联。我敲好门才看到门铃。防盗门打开。琵琶小姐看到我就扑哧笑出来，因为我穿了世博会主题T恤，胸口有只蓝颜色海宝。琵琶小姐说，你是对面六楼的？我说，是啊。琵琶小姐说，有事吗？我说，我爷爷是国际饭店中餐厅的大厨，今日夜里我想请你吃我爷爷烧的菜。琵琶小姐安静下来，唯独手指头轻微抖动，好像还在阳台上弹拨琴弦。琵琶小姐说，等我三分钟。防盗门关上。超时两分钟，琵琶小姐出来了。她换了一件翠绿色背带裙，配了白衬衫，头发重新梳过。琵琶小姐说，你能陪我去一趟家乐福吗？我想买些东西再去你家。

　　外婆家门前的马路沿着苏州河通往中山公园后门，那里有棵一百多岁的悬铃木王，据说上海所有的法国梧桐都是这棵树的子子孙孙。我骑着捷安特自行车碾过十字路口。春风吹得孟浪。树上的毛栗子纷纷炸裂，掀起迷你型的沙尘暴。琵琶小姐在后座晃荡双腿，头发沾满金黄细毛，活像沼泽地里的长脚鹬鹚。到了武宁路家乐福，一整面巴黎风光的壁画墙下，我们同时呛出眼泪鼻涕。琵琶小姐的购物车里有一大瓶可口可乐、薯片、话梅、辣条、果冻，还有八支冰激凌。我的购物车里有青菜、洋葱、大蒜头、卷心菜、西红柿、洋山芋、火龙果、冻鸡翅、龙口粉丝、潮州牛肉丸、新西兰羊排、挪威三文鱼，加上十斤面条、两箱卷筒纸。琵琶小姐说，我们只是吃一顿晚饭，不是搭伙过日子。我说，囤积食物是我的习惯。

　　我和琵琶小姐一道把自行车推回曹家渡。我们捧了几个家乐福大袋子上楼。经过302门口，九十六岁老太太坐了轮椅上，铁灰色眼角溢出浑浊的液体，好像看了两个贼骨头。六楼到了，我打开门。琵琶小姐先看厨房间。她最好奇我的冰箱。她很多次看到我往冰箱里填满食物。琵琶小姐打开冰箱门，冷藏室和冷冻室都是空的。琵琶小姐说，你一个人吃了那么多？我说，我食量大。我把家乐福买来的东西重新填满冰箱。琵琶小姐问，你把卷筒纸也塞进冰箱？我说，低温消毒杀菌。琵琶小姐撕开两支冰激凌。她吃香草味，我吃抹茶味。

爷爷提了一条鱼来了。他看到琵琶小姐先是一愣，然后眉开眼笑。琵琶小姐嘴巴蛮甜，帮忙清洗料理台。爷爷做了本帮菜，红烧鱼、响油鳝糊、四喜烤麸、马兰头香干，加上一锅子腌笃鲜。但是爷爷一口不吃，他讲有糖尿病，必须回到家里吃医生开的套餐。爷爷出门说，小姑娘，今日让你享受西哈努克亲王待遇。琵琶小姐问，西哈努克亲王是啥人？爷爷看看天花板说，柬埔寨国王，中国人民的老朋友，也是一位老英雄。整整四十年前，西哈努克亲王携莫尼克王妃下榻国际饭店，我给两位殿下做了一条鱼，西哈努克亲王胃口大开，特地寻到厨房间，捏了我的手讲了一串英文，头一句"笨猪"，最后一句"傻驴"。

我和琵琶小姐坐在台子两端，像两只安静的兔子吃菜。但我先收走了马兰头香干，装了保鲜盒收进冰箱。我说，这是我明天带去学校的中饭。其实是因为冰箱老人爱吃本帮菜。穿过响油鳝糊的热气，我偷瞄了琵琶小姐。一条红烧鱼几乎都到了她的肚皮里。我的舌头和牙齿只剩下进食的功能。春风从窗门缝隙侵入厨房间。三官堂桥上的汽车轮胎川流不息，每次碾过桥墩，生出沉闷的"咯噔"声。苏州河上的轮船马达也响了，荡起一层层浑浊的涛声，水面上无数把剪刀划破防护堤。我回头再看冰箱。琵琶小姐问，你在看啥？我说，没啥。我打开大瓶可乐，倒了两个杯子。琵琶小姐跟我碰杯。可乐泡沫在舌头尖放焰火。吃好最后一口汤，琵琶小姐揩揩嘴唇皮，眼角滚出两滴泪水说，谢谢你，我第一次尝到那么好的味道，我妈妈烧菜实在太难吃了。

琵琶小姐收作台子，打开水龙头洗碗碟。我开了电视机，世博会倒计时，又是哪个遥远国度的元首到达机场。我立了琵琶小姐背后，呼吸重得像一台拖拉机。琵琶小姐回头问，有事吗？我停了停说，还要吃冰激凌吗？琵琶小姐说，不吃，太甜，怕胖。我还是拉开冰箱门。白光夹了冷气覆盖我的面孔。冰箱里没有任何减少，也没有任何增加。我没能等到冰箱老人的小纸条。琵琶小姐洗好碗筷，用毛巾揩揩手说，我还不晓得你的名字。我说，我叫海宝。琵琶小姐笑说，瞎三话四。我说，我真的叫海宝，外公给我取的名字。琵琶小姐说，怪不得，你的"海宝"冰箱贴蛮好看的。我摘下冰箱贴说，海宝送给你。琵琶小姐接过"海宝"，塞进裙子口袋说，谢谢你,海宝。我们加了开心网账号。但我并不想她来偷我的菜。我打开厨房间的窗门。琵琶小姐望了马路对面的楼房,每个窗门里都亮着光,好像灯火通明的蜂巢,只有六楼阳台是黑的。几滴雨水落下来。琵琶小姐说,我要回家了。我抓起外婆的长柄伞说,我送你。

到了楼下,我为琵琶小姐撑起雨伞过马路。细密的雨点落在伞面上。两个人的影子在金色的路灯下轮番交错。琵琶小姐说,海宝,你该回家了。我说,琵琶小姐,再见。我看了她走上楼梯。琵琶小姐的影子先消失,然后是脚步声。

我回到六楼,收起外婆的长柄伞。冰箱还是塞满的。保鲜盒里的马兰头香干还在。对面六楼阳台拉起窗帘。诺基亚手机响起大华尔兹铃声。爸爸从北京打来电话。我告诉他外婆中风进了医院。爸爸对此一无所知。他在北京寻到了工作,专门为图书画封面。爸爸给我搞到了中国美院附中插班生的名额,我可以在北京继续学画。我说,不去。

关掉最后一盏灯,我困在沙发床上,听到底楼的老头雷鸣般的咳嗽声,夹杂黏滞的吐痰声,好像点了一根火药线,整幢楼都骚动不安起来。二楼产后抑郁的女人与婴儿,三楼九十六岁老太太的轮椅,四楼游走在凶杀案边缘吵架的夫妻,五楼通宵达旦的麻将搭子们,此起彼伏各种唱腔的咳嗽声。雨点凶猛地撞击六楼窗户,沿了外墙流淌汇聚到马路上。苏州河像一口堵上塞子的浴缸。春潮没羞没臊地翻涌,溢出了防护堤。黑色的水淹没了曹家渡,倒灌进沪西电影院的午夜场。曹家渡花市几万支玫瑰浸泡腐烂。鸟贩子店铺里上千只画眉、鹩哥和虎皮鹦鹉在笼中溺毙。水变成无孔不入的病毒,从底楼迅速传染到六楼,穿透门缝蔓延到地板上。我从沙发床上漂浮起来。外公的遗像漂到我的脸上。整幢楼最重的冰箱都浮起来了。房子眼看要变成灌满水的棺材。我只能爬上双门冰箱,顺着汹涌的水流漂出窗户。等我回过头一看,整栋楼消失了。我想要看到马路对面的琵琶小姐。黑茫茫的水面上只漂来一张琵琶。天亮了。我躺在冰箱上面对浓云和雨点,胸口印着"海宝"。冰箱是我的救生筏,也是天方夜谭的飞毯,穿梭在长江三峡似的悬崖峭壁间。我看到静安寺的金刚宝座塔尖、爷爷引以为豪的国际饭店。我在南京路的上空随波逐流。全城上百万只木头马桶在水上漂浮。终于到了外滩。眼门前的海关大钟敲响八下,振聋发聩地奏响《东方红》。

黄浦江消失了。浦东和浦西已是连成片的海洋。陆家嘴变成一群海上冰山。我差点被环球金融中心切成两半。浦东成了太平洋的一部分。世界博览会的地盘到了，水上漂来一块广告牌，印了"城市，让生活更美好"。殷墟般的中国国家馆，搭积木似的红色斗拱，只剩最高一层露出水面。美国馆、日本馆、德国馆、俄罗斯馆、印度馆，地球上一半国家沉入水底。冰箱是一艘挪亚方舟，漂到中国馆屋顶上搁浅了。火山灰似的尘土从天而降。我拉开冰箱门，像个饿死鬼钻进去觅食。没有电的冰箱是一个温暖的子宫，塞满了丰沛新鲜的食物。冰箱里的东西不会腐烂，所以我们才能活下去。现在我才晓得，每个人的归宿都是冰箱，然后才到坟墓。

天上打了一只惊雷。我睁开眼睛，衣裳沾满了眼泪水。我从沙发床上爬起来。窗外暴雨倾缸。马路对面的楼房还在。琵琶小姐的阳台拉了窗帘。六层楼下柏油路上，只有一层薄薄的积水。冰箱还站在厨房间里。我拉开冰箱门，没看到任何变化，依然塞得水泄不通。世界回到了外婆中风的前一天。

我从未放弃过冰箱老人。我每天放学去家乐福超市，我成了白金会员。我继续往冰箱里塞满各种食物，还有卷筒纸、处方药，甚至卫生巾。我发现这台冰箱像个海绵，无论多少东西都能塞得下，只要用力往里一推，冰箱又会多出新的空间。我决定每天塞满一次冰箱。但是储钱罐已经空了，这个月赚的每一分钱已如数奉还给了冰箱。我把过年收到的压岁钱都贴进去。我在外婆家里翻箱倒柜，但只寻着两百块现金，还有两罐子硬币。

妈妈从马德里的春天打来电话。那是一片干燥而温暖的高原，妈妈领着中国代表团在伯纳乌球场，帮我搞到了C罗的签名球衣。我说我是巴萨球迷，你给我弄个皇马球衣干吗？明日夜里，妈妈就要从马德里起飞，后天早上到家。妈妈问我一个人住得还好吗，我说很好，吃得特别好。妈妈不太相信。妈妈让我去一趟医院，听说外婆的情况又不好了。

我骑上捷安特去了医院。外婆缩在病床里，好像个白头发的木乃伊。外婆把手指头塞进我的左手掌心里。外婆会看手相，她讲我的生命线相当长远，不像外公六十几岁就走了。我贴了外婆的耳朵问，家里还有钞票吧？外婆的嘴唇皮嗫嚅，喉咙里含一口浓痰，发出混沌的声音，在你外公的背后。我攥了外婆的手指头不放开。我叫护士过来给外婆吸痰。

我从外公的遗像背后寻到一只牛皮纸信封，里面装了五千块现金。隔日，我去家乐福装满五台购物车，再叫一部厢式货车拉回来。我爬了八趟楼梯，等于登高四十八层，要是加上八趟下楼，等于九十六层的摩天楼，接近上海环球金融中心。各种食物堆满了房间，从厨房间排队到了卫生间，体积至少有冰箱的十倍。我忙了整整一夜才填满冰箱。如果对面是一间相同面积的房间，不但塞得水泄不通，还要从窗门缝里漏出来。我坐倒在冰箱门上，眼皮一搭困着了。

早上，冰箱已经空了。这几天塞进去的东西都不见了。这台冰箱空得清清爽爽，好像刚从永乐电器搬回来的状态。我整个人钻进冰箱，就像闯入《纳尼亚传奇》的衣柜。但我撞了墙。我用拳头撞击冰冷的白霜。我没有力量穿透白色的冰箱内壁。我从冰箱里钻出来。我拔出电源线。压缩机安静了。我用尽力道把冰箱挪出来。我从外公的工具箱里寻出螺丝刀，卸下冰箱背后的铁壳。我想找到某个世界的入口。但我只看到压缩机和密密麻麻的电线。

钥匙转开门锁的声音。女人皮鞋踢踢踏踏。拉杆箱轮盘滚动。妈妈从西班牙回来了。她叫了好几声"海宝"。我没有回答。妈妈走进厨房间，问我出了啥事，我说，没事体。妈妈说，你做啥拆冰箱？我说，进了老鼠。妈妈把冰箱恢复原样，推回老位置，插上电源。妈妈打开冰箱说，小鬼，本事大了，统统吃光。妈妈变漂亮了，化妆跟发型蛮有讲究。妈妈带了飞机上的点心给我吃，调好衣裳就去医院看外婆。

这一夜，刚好是2010上海世博会开幕式。妈妈准时打开电视，开了一瓶西班牙红酒。我开了一瓶可口可乐。对面阳台的琵琶小姐还在弹《十面埋伏》。谷村新司唱了《星》。安德烈·波切利唱了《今夜无人入眠》。妈妈认出了法国总统萨科齐跟他的意大利超模老婆、欧盟委员会主席巴罗佐、韩国总统李明博、越南总理阮晋勇、柬埔寨首相洪森。我突然问，为啥没西哈努克亲王？妈妈笑了，说，你还想吃爷爷烧的菜啊？

春天转眼死去。我在烈日酷暑下去过三趟世博会。我在沙特馆排过三个钟头长队，在阿根廷馆落了皮夹子，在印度尼西亚馆学会了画皮影戏。我去西班牙馆不需要排队，因为妈妈是工作人员。但是红色斗拱的中国馆，每趟我都是远远眺望，好像屋顶上躺了一口冰箱。这个夏天我长高了十公分，嘴唇上冒出一圈柔软的绒毛。我把家乐福的白金会员卡给了妈妈。冰箱重新成为没有灵魂的机器。但我强迫自己读完了冰箱老人送给我的书，虽然没能读懂加缪的《鼠疫》。琵琶小姐照旧在夜里8点弹奏《十面埋伏》，直到霸王跟虞姬抹了脖子，我再也没有去敲过她的房门。

过了中秋节，阳澄湖大闸蟹来了，我和妈妈抱了外婆的骨灰盒，租一台车跨过杭州湾大桥，埋入宁波山上外公的墓穴。外婆没有留下遗嘱，为了曹家渡这套房子，妈妈跟舅舅半夜里吵架，最后签了一份协议，决定房子挂牌出售，钞票各分一半。我还不敢让妈妈晓得，藏在外公遗像背后的五千块钱消失在了冰箱里。

漫长的2010上海世博会闭幕了。我穿过家门口的马路，爬上六层楼，敲开琵琶小姐的防盗门。琵琶小姐笑笑说，你终于来了。我说，明天早上，我就走了。琵琶小姐说，你去哪里？我说，西班牙，妈妈要去那边工作，我要去那边读书。琵琶小姐说，我还能见到你吗？我说，可能有点难。琵琶小姐说，你等一等。我只等了半分钟。琵琶小姐出来塞给我一张小纸条，写了一条固定电话号码。琵琶小姐说，以后打我电话。我攥紧小纸条说，现在才给我啊？琵琶小姐说，你没问我要过啊。我说，再见。琵琶小姐说，再见，海宝。

夜里关了灯，我困了沙发床上，听厨房间冰箱的喘息声。在上海的最后一夜，妈妈跟我盖了同一条棉被。妈妈讲起1980年的曹家渡，像只巨型的五芒星迷宫，环绕长寿路与万航渡路口的交警岗亭，瞄了上海的五个方向辐射而去。妈妈生在闸北区番瓜弄，八岁才搬到曹家渡——外公被评为社会主义先进工作者，单位分配了这套六层顶楼的房子，当时几乎是方圆一公里内的制高点。妈妈头一趟用了抽水马桶，铺了马赛克的水泥浴缸。外公跟外婆住了里间，妈妈跟舅舅住了客厅。舅舅比妈妈大五岁，经常偷吃妈妈的早饭，兄妹俩不但吵架还会动手，但妈妈从没吃过亏。妈妈在这幢楼里度过了十六年。等到她搬出去那天，我已在妈妈子宫里发育了六个月。我也是在这里出生的，我想。

天亮辰光，妈妈整理好三只大号拉杆箱。我的捷安特也可以托运上飞机。我打开清空的冰箱，拔了电源，只闻得着冰箱本身的气味。下个礼拜，房子的新主人就会搬进来。这台冰箱会送进废品回收站粉身碎骨。出租车等在楼下了。妈妈催我出门，我们要从浦东机场直飞巴塞罗那。我说，等我一分钟。我撕了一张小纸条，匆匆写一行字塞进冰箱——

冰箱老人：
　　我等你回来。
　　2010年11月1日，上海，曹家渡，冰箱君

虎年转了一轮回来。我已经二十六岁。我住在一万公里外的巴塞罗那。梅西终于离开巴萨，我去机场为他送行，举起十二年前的签名球衣。我没能成为画家。我和妈妈在巴塞罗那老城区开了一家中餐馆，名叫加泰罗尼亚上海饭店，雇用了五个越南厨师。食客们大多是巴塞罗那本地人。我每天坐在餐馆门口的小圆桌上，眺望高迪的圣家族大教堂。我总觉得那是一座巍峨的冰箱，戳着星辰般的褶皱、孔洞和雕塑，依靠无数根巨人的腿骨支撑起来，装满足以供养全人类的食物。我有个女朋友叫费尔明娜。她生了一双绿眼睛，擅长用古典吉他弹奏《阿尔罕布拉宫的回忆》。妈妈谈过几个男朋友，有中国人，也有西班牙人，但没有再结过婚。爸爸又离了两次婚，现在跟二十岁的乌克兰女朋友住在香港。爷爷一家还住在上海老西门的石库门房子。西哈努克亲王死于北京的那一年，爷爷戴了七天的黑纱，蛮像古时候的忠臣。

三年前的秋天，巴塞罗那不太平，到处是加泰罗尼亚的黄红间条旗。妈妈暂停了中餐馆的生意，我们飞回上海住了一个月。曹家渡的落叶像金色灰烬铺满街道。琵琶小姐住的那幢楼已经拆了，变成一座天主教堂，哥特式尖顶上挂了十字架，彩色玻璃画了圣母玛利亚的故事。我打了琵琶小姐留给我的电话号码。有个山东口音的男人接了电话，他说我打错了。但我相信琵琶小姐依然在上海的某个角落，可能是浦东，或者闵行。曹家渡的老房子基本消失了，唯独外婆家的楼房幸存下来，围困在几幢高楼之间。时间踩上粘鼠胶，除了老人们变得更老，底楼老头子咳嗽得更凶，302门口轮椅上的老太太已经一百零五岁。爬上六楼，我敲响外婆家的房门。开门的是个老头，至少七十岁，顶着雪山似的白发，面孔上有老人斑，身体干枯瘦长，后背挺得笔直，胸前插一支钢笔。我的眼光越过他的肩膀。我看

到外婆的冰箱依然活着，压缩机发出苟延残喘的噪音，仿佛变成一堵坚不可摧的承重墙。老头说，你好，请问寻啥人？我说，对不起，敲错门了。老头说，没关系。我说，我叫海宝，再会。老头说，再会，海宝。

　　隔年春天，回国变得比登天还难。我有两年零六个月没有回过上海。过好耶稣复活节，圣家族大教堂重新人山人海。加泰罗尼亚上海饭店每夜翻台两三趟，半夜12点还有人等位，妈妈数钞票数得开心。我和费尔明娜准备在巴塞罗那结婚。4月最后一个黎明，中餐馆楼下厨房的冰箱开始轰隆巨响。我躺在费尔明娜的胸口，梦见自己回到了曹家渡。我爬上寂静的六楼，用一根铁丝打开门锁。房门被沉重的分量顶死，门缝里滚出腐烂的蔬菜。我寻来几个男人卸下门板，不计其数的冻肉、火腿肠、速冻汤团、卷子面、方便面、面包、大米、牛奶、水果、啤酒和香烟冲出房间，仿佛一场溃坝灾难。我从堆积如山的食物上爬进厨房间。冰箱大门敞开，像一张嘴巴吐出各种东西。人们清空了厨房和冰箱，终于从食物的深渊里打捞出一具尸体。七十四岁的白发老头，双手双脚并拢折叠，像个蜷曲的小毛头，死因是心肌梗死。老头僵硬的手指捏了一幅水彩画——金色的油菜花田上，衰败了一千年的宝塔冲向春天，仿佛断了头的通天塔。

（原载《上海文学》2022年第7期）

评鉴与感悟

　　在作者充满智性的文笔之下，紧凑的情节、纷繁的线索与密集的细节纷至沓来，将读者带入一场富于挑战的阅读旅行。小说密度颇大，核心就包含在题目之中。"饥饿冰箱"提供了一个庞大而纵深的隐喻空间——人类的饥饿与欲望。这是永恒缠绕于漫长历史之中的话题。对于外公外婆那一代人来说，饥饿是永久的创伤记忆。外婆将贮存食物的大冰箱当作自己唯一的信仰，在睡梦中常常回到遥远的年代，一家人活着就是为了寻找食物，却仍然无法避免血肉至亲死于饥饿。外公早逝，鬼魂潜伏于冰箱深处，对于食物的欲求化为怎么也填不完的冰箱，似乎永无满足之时。饥饿的梦魇在代代人的脑海中萦绕不绝，成为深刻的集体无意识的烙印，甚至烙进了"我"这个未曾挨过饿的孩子的梦境。"我"在试图节食之后幡然领悟："饥饿是世上最恐怖的感觉"。

饥饿在作者笔下重蹈覆辙的历史之中，更是全体人类苦难的浓缩，而冰箱象征着对于饥饿灾难的救赎。世博会的中国馆屋顶上仿佛躺了一台冰箱——中华民族的记忆伴随着一部与饥饿斗争的历史；"我"在国外眺望的大教堂仿佛一台冰箱——宗教常常给予那些饱受饥饿之苦的人以精神解脱。在"我"做的预言梦中，城市被洪水吞没，冰箱成为拯救人们的挪亚方舟。小说结尾"我"关于冰箱的那场梦境令人毛骨悚然。冰箱将"我"从超市购买回的所有食物全部倾倒而出。充斥整个房间的巨量食物，是深重的饥饿感与无边欲望的外在赋形，曾经供养着冰箱深处那颗欲壑难填的人心。死去的外公手里依然紧抓不放的，是"我"送他的一幅画作。那上面不仅有巴别塔一般雄伟而破碎的青龙塔尸体，更有他从未亲眼见过的饱满春天。

（翟慕航）

抠绿大师

/孙睿

1

膝盖在燃烧。

我和宝弟蒙在绿布下，低着头，双臂抵着吉普车后备厢的钢板，下半身和腰腹协同发力，推动着一辆两吨的吉普车向前滑行。

起步的那几下很费劲，使出的劲儿都被弹回来，构成膝盖的几块骨头咬合在一起，长到现在，它们从未如此亲密过。轮胎像一块尚未成熟的痂皮，紧贴地面，没有丝毫缝隙。屏息凝气，双脚蹬地，继续发力，轮毂终于转动起来。

一旦动起来，就没那么费事了，想起速，仍要玩命推，胳膊会本能地使劲。意识到车并没有随着我们发力而加速多少后，使劲的部位会自动下移，提肛缩腹，前脚掌触地，脚指头也被带动着发力，腿肚子的肌肉膨胀欲裂。这并没有使我退缩，却让我身上其他部位的肌肉被调动起来，跟面前的这辆车死磕——有种一扇门挡在你面前，不把它推开，就会被闷在黑暗里的感觉。

车真的越来越快了。绿布下，眼前闪现出一道道光。我有点儿低血糖。

这时绿布外面喊了一声"停"，车里的人踩下刹车，宝弟攥着绿布的手心渗出汗，在吉普车漆面上一打滑，脸重重撞在后备厢外面吊着的备胎上，声音不大，还带了点儿反弹。

"没事儿吧？"我攥着绿布的另一角问。备胎是开拍前导演让挂上去的，本来它平放在后备厢里，导演说还是挂在外面好，有气氛。不知道硬邦邦的轮胎和邦邦硬的铁皮，脸更愿意选择撞哪个。

"为了艺术，没事儿。"宝弟揉着痛处。

"停！"是导演喊的，随后他又说了一句："能不能再快点儿？"

"试试吧。"我探出头说。

"什么叫试试吧……"

"能！"宝弟赶紧说。

"车回原位，再来一条。"

我和宝弟钻出绿布，跑到车前，把车往回推，推到起始位置；又跑到车尾，再次蒙上绿布，准备拍摄第六条。

"时间不多了，争取一条过！"绿布外面又在发号施令。

宝弟再次揪住绿布的边角，对我说："马哥，你心里就喊：×你妈！×你妈！然后车就能推快了。"

我往嘴里放了一块糖说："我之前心里喊的是：你妈×！你妈×！"

"也挺好！"宝弟笑了。

我也笑了。笑完，我们身上又有劲儿了。

因为同期录音，我们不能把这话喊出来，否则车一定会推得更快一些。

"预备——"绿布外面传来声音。

我和宝弟双腿后撤，双臂抵住吉普车，和大地呈四十五度夹角，拉开架势。小腿的肌肉一跳一跳，跃跃欲试。

"开始！"

绿布随着吉普车移动起来，这是坐在导演那里看到的效果。到时候绿布这部分会在后期剪辑中被抠掉，包裹在里面的我们当然也就消失了，看上去是吉普车自己在往前开——用这种方法拍摄行驶中的吉普车，够酷吗？

2

得从这辆吉普车说起。车是峰哥的，他倒腾临期食品，就是即将到期的零食、饮料、奶、酱油什么的——凡是有保质期的东西，都有快到期的那天——超市和电商会在到期之前三四个月就下架,退给供货商,供货商则以想象不到的价格——可以到超市价格的十分之一——再次批发出去,只求快速出手。峰哥专收这些货,再倒出去,赚差价。本质上也算倒爷。倒是倒了,离爷还远,利润极低。有一次他卖了三十米长的奶,只挣了四千——一挂车十五米,卖了两挂车;一集装箱的奶挣两千,合到每盒上就挣两分钱。他也是快进快出,沾点儿就走,还有更多挂种类繁多的临期食品堆积在上千平方米的仓库中等着被拉走。他老说:"干了这一行,看着这些巨量即将被人类消耗的东西,感觉已经不是食品了,人也不是人了,怎么看怎么像鸡和饲料。"

供货商的仓库通常建在城市远郊,峰哥每天都要去看货,必须有辆吉普车才能从那些沟沟坎坎没有路的地方开过去,于是搞来这辆二手国产四驱车。它有一个催人奋进的名字:奋斗者。峰哥每天开着它从河沟和草地上碾压过去,把自己送到那些为了节约成本而临时搭建在野地的仓库前,喷满花露水,穿过蚊群,走进库房,为了一两分钱跟老板各种套近乎。超市货架上的下一批退货随时都会到来,只要峰哥能拉走,老板也不死扛价格,你好我好。峰哥对下线也是这态度,特殊时期,能有买卖做,尽量和颜悦色。

但也有时候会碰到杠头。有一次峰哥发一车巧克力,天热,特意配了冰袋,送到地方,卸完货,对方突然说不要了,因为保质期不是峰哥说的还差三个月,而是两个月。峰哥逐一查看,他也是被忽悠了,确实有差三个月的,但大部分是两个月。峰哥说既然已经卸了货,出现这种情况,索性不挣钱了,按成本价给他。并接通上家电话,说明日期的事情。上家说每天发这么多货,不可能一盒盒检查,就是一个大概,同时表示,愿意退款一千元作为赔偿。峰哥开着免提和上家通话,过程全透明,并说这一千元退款可以让给下家,雇车买冰袋也没少花钱,都不要了。其实三个月两个月,都是卖,但对方不知道哪根筋不对了,就是不干,坚决退货。你来我往说了半天也没用,最后几箱卸下的巧克力也没往仓库搬,就堆放在阳光下,正一点点变软、融化。大车司机着急回去,峰哥就让他先把车开走。拿货方挡着车不让走,要求必须把巧克力拉走。峰哥推开他,让司机先走了,说剩下的问题他留下解决。

推搡过程中,那家伙不知道怎么就倒地了,然后报了警——纯经济纠纷报警没用,倒地为叫警察来解决此事提供了巨大便利,所以他一直躺在地上没起来,像一摊融化的巧克力。

那天是宝弟陪峰哥去的,峰哥的吉普车限号,宝弟就开他的五菱荣光跟峰哥跑了一趟。峰哥和那人支巴起来的时候,宝弟和那人的助手在一旁劝导,也都是奔着促成买卖别惹事儿的原则,哪怕警察到了后,当事双方也以为这事儿可以调解,无非是峰哥出点儿钱再退一步,让对方多挣点儿,落个心理平衡。没想到警察当场给他们都带走了,因为峰哥弄的这批巧克力里掺着假货。出警的警员也是位父亲,常给孩子买这类吃的,练就了一双慧眼,恰好被他发现。

到了当地派出所,进一步了解情况后,就让对方的人和宝弟走了。峰哥被扣,他的解释不管用:"我犯不上卖假货,真货比假货还便宜,我成车成车地走货,不可能一包包细看。"等他再出来,已经是六个月后。他进去的时候,媳妇还有三个月就要在老家生娃了,完美错过。

峰哥出来那天,宝弟开车去接,我跟着。宝弟是开超市的,峰哥给他供货——一般峰哥不做散户。我们仨是一个镇出来的,还在同一所中学上过学。宝弟从峰哥那儿拿的货,若全卖掉,就有钱挣;卖不掉,则自己吃,省了生活费。总之,干这个,让宝弟在北京活下来,现在超市开到第三家,都设在城乡接合处。我们也住在这里,北京的边缘。

半年没见,峰哥瘦了,也黑了。接上他后,除了问想吃什么,我和宝弟没再多嘴,对峰哥在里面的生活避而不谈,只说外面发生的那些无足轻重的事儿。倒是峰哥主动介绍每天都干什么,听上去很丰富,我和宝弟也有点儿向往了。我俩配合地笑着,同时琢磨着该如何把另一件事儿告诉峰哥:他停放吉普车的那条路变样了,车现在有点儿麻烦。

车平时停在一排刚建成、尚未投入使用的小区底商前。这排房子盖在土坡上,最近开发商修路,土路部分变成了石板路,以前是自然延伸到坡上,车能开上开下,现在土坡的两头改成花岗岩台阶,有十几节。峰哥进去得太突然,修路时联系不上车主,车就那么一直停在坡上。我和宝弟也是看到修好的路后,才注意到被贴满一张张挪车通知的吉普车。我们去找开发商,得到的答复是只能自己挪车,为了这辆车,这条路已经晚动工半个月了。昨天我和宝弟揭掉车上的条子——开发商已做到仁至义尽，每天贴一张挪车通知，驾驶室一侧的玻璃都被贴满了，远看白花花一簇，随风翻动——免得峰哥看了受刺激，还拎来水桶把车冲干净。前后挡风玻璃上已经落满红绿相间的鸟屎，铲了半天。

现在宝弟把五菱荣光开到这条坡下，峰哥看懂了两侧的石阶和坡上的变化，一个跨步，跳上石坡，摸出钥匙，拽开车门，坐进车里，打着火。然后在我和宝弟猜测下一步会如何的时候，车从以前是土坡，现在变成台阶的地方，像只大号的铁皮青蛙，一蹦一蹦地开了下来——台阶下我和宝弟的头也跟着一上一下地颠了起来——停到我和宝弟身前。车窗落下，峰哥在里面说："上车，吃饭去。"

我们仨都知道，吃饭的本意在喝酒。人均五瓶啤酒后，峰哥说："北京想把我的路堵死，但我开过去了，现在我要回家了。"然后摸出车钥匙，推到我和宝弟面前说："车你们留着开，挣钱了，给我点儿折旧费就行。"我和宝弟面面相觑，不解地看向峰哥。峰哥说，十五年前他就想亲眼看看北京什么样，来了这儿；现在只想亲眼看看儿子什么样，得走了。宝弟说："跟儿子玩够了，再回来呗！"峰哥说有家了就不能乱跑了，一度他待在北京的理由是给孩子挣奶粉钱，结果孩子出生的时候他却不在身边，一旦有了孩子，人生重要的事情就变了，现在他不觉得外面有多好了，说着唱起齐秦的那首《外面的世界》。我和宝弟用掰开的一次性筷子敲击酒瓶和酒杯，这是我们仨每次喝完酒的保留节目，曲目会随情绪而变。

唱完，峰哥说："钥匙收好，将来我儿子来北京，还得找你们。"

就这样，吉普车到了我和宝弟这儿。

车大部分时间是我在用。每当别人问我是干什么的时候，我都不好意思说我是搞影视的。我在剧组做过的最高职位是"副美术"，多的那个"副"字，代表我不可能直接接活儿，只能给别人做副手，甚至打杂。我不是专业院校出身，入行时间也短，所以不挑活儿，只要给钱或钱不多但能学到东西的组，我都去。有时候得出去找景，或选购美术道具。剧组爱找自己有车的工作人员，这样不用再派车了，报销个油钱就得了，于是峰哥的这辆车在我这儿派上了用场。每次干完一个活儿，我就给峰嫂——她也是我们镇的——转笔钱，并问问她和峰哥怎么样，每次得到的答复都是："还那样儿。"那样儿是哪样儿,我也没再往下问。

　　从业的这几年,我没攒下什么钱,就留了一堆破烂——都是剧组拍戏用过的道具。它们是我的资本,当哪个小剧组没有道具预算的时候,我的优势就体现出来了,可以自带道具进组。为了存放这些玩意儿,我特意租了个农家院,两间房子用于生活,剩下的屋子堆满桌椅板凳和仿制的各个年代的瓶瓶罐罐。现在我和宝弟推吉普车的这个活儿,就是这么接到的。

　　我的一个也是做"副美术"的朋友,给剧组找道具,知道我手头有辆吉普车,想借用。我说车不是我的,我得替车主收点租金,按市价,每天两百。"副美术"说就用半天,拍一场戏。我说租车公司也是用一下按一天收费,行规。"副美术"说这组没钱,我说我得尊重朋友的车,那就别用了,再问问别人吧。"副美术"说塑造角色需要,主人公就得开国产吉普,还得有些年头的,别的地方不好找,就当帮他一忙,回头请我吃饭。我说吃饭免了,你就给车主一百块钱吧,我也好交代。"副美术"答应了,给我发了位置,让我后天一早把车开到那儿。结果第二天一早,"副美术"来电话,说要不这活儿转给你吧,组里什么费用都没有,导演还要这要那,你那儿有囤货,能接就你给干了。我问是什么组。原来是一个年轻导演,自掏腰包,要拍一条三分钟的竖屏短视频,参加平台举办的比赛,一等奖奖金十万。导演为全片准备的费用是一万块,拍两天,用一万搏十万,当然更是冲着搏一个广阔的未来去的。即便没得奖,以后给别的需要拍竖屏视频的公司当样片儿看也可以。现在的导演,全都得懂点儿经济学。我很理解这事儿,问美术预算是多少,朋友说就六百块,片酬、道具费、租车费都在这里面。我说行,接。

　　不是为了挣这六百块钱。我很清楚这种事情往往费力不讨好,最后说不定还得往里搭钱。但拍出来,真得奖了,我也痛快。并抱有一点私心:这次干好了,万一导演出名了,以后拍大片也会叫上我。

　　六年前,我在老家那座政府大楼的办公室里实在坐不下去了,每天给相关部门设计网页,凡我用心想出来的,加点儿创意,就会被说"没必要"。工作了两年,每天面对的都是雷同的东西:一成不变的版式、用来用去的几种颜色、指定的字体……倒不是觉得做这些愧对我的专业,因为我本身也不是什么像样学校的像样专业学出来的,是我脑子里那些被同事们认为稀奇古怪的念头，它们不甘悄无声息地生起又消散。一次我在网上看到外国剧组的拍摄花絮，一位男演员穿着奇怪的衣服在绿布前吊着威亚在飞。然后拍摄的画面导入电脑，一个戴眼镜的大胡子按了下鼠标，演员背后的绿布消失了，大胡子换了几套背景，有大海的，有沙漠的，有城市摩天大楼的，铺在刚才绿布的位置，画面看上去就是这个演员在这些地方飞过，酷极了。后来我在电影院看到这部叫《蜘蛛侠》的电影，坐在影院的座椅里，黑暗中我有一个强烈的感受：这才是我想做的工作！于是来到北京。当然上火车之前，是艰难地说服家人和点头哈腰去辞职。

带着工作两年攒的一点钱，到北京我就报了一个后期特效培训班，学期三个月，在那个班上，认识了后来的女朋友小艾。当时我住在宝弟那儿，他比我小四岁，早我两年来北京。通过宝弟，又认识了峰哥。培训班毕业后，我在小影视公司上过班，也在同学的介绍下进剧组打过杂，凡是跟"美术"沾边的事儿，都干。细分起来，"美术"内部又分很多行当，比如特效抠图和场景搭建，完全就是俩工种，我都干过，为了生存。我也知道，我不可能在某一方面成为行业独领风骚的那种人，只能靠杂取胜——需要抠图的了，我上；需要锅碗瓢盆了，我也有。

此刻，我就蒙在一会儿要被我抠掉的绿布里，力争把吉普车推得让导演满意。两个小时前，我开着吉普车，宝弟开着五菱荣光——拉着我为这部戏翻腾出来的道具——赶到这里，今天开机。

全组一共九个人，导演为了省钱，说没有早饭，自己吃完再过来集合。我买了四张鸡蛋灌饼去找宝弟，给了他两张，他说一张就够了。平时我也一张就够，我的经验是，这种不太正规的剧组，饭都不会准时，吃饱点儿好。推完几趟车后，宝弟说："幸亏早上听你的了。"

最近宝弟在追一个女孩，一直想约女孩来剧组玩，让我再进组带上他，他只干活不拿钱，还能贡献面包车，力图在女孩面前为自己打造出一种神通广大、业务繁多的人设，并不只是一个开小超市的。没想到开机后的第一场戏就出问题了，出在那辆吉普车上，拍完第一条后，它突然就打不着火了。

无论怎么鼓捣，就是不走。

导演有点儿急了——若不能按计划好的两天拍完，就要多花钱——说：

"什么鸡巴玩意儿,哪儿找的破车!"

我知道这话是冲我说的,任何解释都是苍白的,我窝在驾驶室里捅捅这儿按按那儿,宝弟也在一旁帮忙——他的五菱荣光坏过几次,都是自己鼓捣好的。

但这次奇迹没有出现。

二十分钟后,导演那边更难听的话传了过来。我灵机一动,跑去说:"我蒙上绿布推,车就能走起来,后期再把绿布抠掉就行了。"

"没抠像的钱。"导演直截了当。

"我可以抠,问题出在我这儿,我免费抠。"

"能行吗?"导演不相信这事儿能这么办。

年轻的摄影师在一旁说:"行不行也只能先这样了,要不然两天根本拍不完。"听语气,也是被导演忽悠来的,怨气扑面而来。我能分辨出这不是冲车,也不是冲我。

我掏出手机,把做过的抠像视频给导演看,没等看完,导演说:"那就这么拍,赶紧的!"

于是我和宝弟钻进绿布。宝弟说多亏他留了心眼,第一天自己先来探探路,打算第二天再叫女孩来,如果此时女孩在现场,绿布下他的红脸,一定特别难看。

在我和宝弟的膝盖碎掉之前,总算拍出一条让导演满意的。

"这场过,下一场。"导演的话宛如天籁。

我开着宝弟的面包车,拉着道具,跟剧组赶往下一个场景。宝弟留下处理吉普车——先把它挪到停车费少或者不要停车费的地方——再去找我汇合。

下午的拍摄还算顺利,晚上9点收工,入住快捷酒店,大家领了房卡,纷纷回屋休息。我从摄影助理那里拷了吉普车的素材,开始用笔记本抠图。导演要早点儿看到效果。宝弟洗完澡从卫生间出来,躺在床上给阿双——他追的那女孩——发了明天拍摄的位置,又美滋滋地在手机上打了会儿字,然后跟我聊了几句,就没动静了。我扭头一看,睡着了,攥着手机。

抠像比我预料得复杂。抠不难,关键是抠完以后吉普车屁股那儿就是一片白了,我得从吉普车的背景中截出图贴在那儿。按说这也不是啥难事儿，但是拍摄时太匆忙，没贴点，所以截取了周围画面再挪过来，老有点儿对不上。我便给车后面加上一层蒸腾的气雾，就是太阳暴晒时常能在公路和铁路地表看到的那种效果，有种氤氲的感觉，这样就遮盖了背景的瑕疵。也许观众看了会问，车的尾部为什么会喷出这样的气体呢？我都想好了导演这样问我时我该如何回答，我会建议导演：这是一种魔幻现实主义的效果，可以增强这部片子的表现力。

做完这些，快4点了，天已放光。我发到导演的手机上，头一挨枕头，便什么也不知道了。

3

我是被服务员开门声吵醒的。睁眼一看，太阳已经越过树梢，宝弟还以昨晚睡着时的姿势蜷在床上。服务员拿着拖布进来，正准备打扫卫生。

"我×，10点了！"我赶紧推醒宝弟。昨天通知早上7点出发，我按亮手机，看大部队这会儿在哪儿，并纳闷为什么没人敲门叫醒我们一起走。

宝弟迷迷糊糊睁开眼，慢镜头般翻了一个身说："浑身酸。"

他说完，我才意识到我也酸。微信的拍摄群里有几十条未读信息，我点进去，划到第一条未读信息，是导演早上6点发的，说今天不用出工了，昨晚他想了一晚上，既然这短片要参加比赛，就得对自己的要求高一些，现在的剧本需要完善，场景也有变化，所以原拍摄计划取消，他先回家改剧本，估计一周内能改好，如果大家那时候还有时间，再来一起完成创作，房钱已经付过了，睡到自然醒就各回各家吧。有人在群里问："那工钱怎么结？"导演说下次拍摄的时候一起结。有人说下次不一定能赶上了，先把昨天的结了。导演说他已经先走一步了，回头再说。要钱的人说走了也可以发红包。然后双方开始扯皮。我没看完，赶紧通知宝弟，先别让阿双来了，戏不拍了。宝弟说："啊，为什么呀？"

收拾完东西，我和宝弟坐在宾馆狭窄的大堂，筹划着下一步该怎么办。我给导演发私信，没提日后还拍不拍的事儿，问他抠像的视频看了没。等他回复的当儿，我把视频又看了一遍，昨天做的时候又困又累，觉得尚可，现在清醒些再看，有点儿汗颜。等来导演的回复，未对视频做评价，只说剧本会变，不需要主人公在此处开车这场戏了。我问昨天拍的视频怎么办，他说用不到了，你看着处理吧。我又问如果再拍，还会用到吉普车吗，是否需要尽快修好。他只回了俩字：待定。

在我询问导演的时候，宝弟告诉了阿双，场景临时有变，换到郊区拍了，太远，改天再来剧组玩。原本阿双打算中午来看宝弟，然后赶在5点前回去上班。她在一家精酿烤肉馆当服务员，工作时间是下午5点到深夜两点。

宝弟问我，下礼拜真能继续拍吗，那时候叫阿双来玩也行。我说不要抱有幻想，剧组是世界上最不靠谱的组织，导演是世界上最不靠谱的人。宝弟不说话了。我说等我进别的组干活，你来帮两天忙，到时候再邀请阿双，就是未必会很快成行。宝弟想了想说也只能这样了，为了不露破绽，他决定今天去找阿双一趟，告诉她这部戏要转到外地拍了，等下回有北京的戏，再叫她来玩。然后又想起什么，说面包车里的那些道具他得用一下。

我开车着，宝弟指路，傍晚时分，我们到了阿双上班的精酿烤肉馆。车直接开到餐馆门前，那里立着一个类似讲台的东西，实则工作台，后面站着一个女孩，黑T恤黑裤子，带着黑口罩，头发是黄色的，手持对讲机。车还没靠近，宝弟就指着告诉我：那就是阿双。

车子驶到工作台旁，坐在副驾驶的宝弟放下车窗，笑嘻嘻地问："双儿，有车位吗？"阿双认出宝弟，从工作台后面走出来，往斜前方一指，然后颠颠儿小跑着带路，边跑还边回头冲宝弟笑。侧面能看到她耳廓上钳着两个银色的耳圈。

停好，宝弟下车，给我和阿双做了介绍，然后重点介绍这辆车，说是剧组的道具车，今天刚收工，后天要去云南出外景了，走一个月，特意来看看她，道个别，明天要收拾剧组的东西，没时间过来了。说完拉开面包车，让阿双看里面的道具。阿双的目光试探着落在里面的那些物件上，有风吹过，一股陈年的霉味儿飘了出来。宝弟在一旁解释，都是摆设，充样子的，不是实用器，所以脏兮兮，出现在画面里给特写时再擦干净。阿双指着一个台灯说："哇，这种，我小时候写作业就用这样的。"又指着一套凉水瓶说，"我小时候家里喝水的也是这样的。"这时候阿双手里的对讲机响了，呜啦呜啦不知道在说什么。响完，阿双冲着对讲机回复："收到！"然后把路边的三角锥放在一个没车的空位上，说有人预订了车位。

阿双把我和宝弟领进餐厅，宝弟选了一个临窗的位置，能看到门口的工作台。阿双拿来菜单，让我们先翻着，她叫服务员过来。阿双走到吧台，跟穿白衬衣的服务员说了几句话，同时指向我们桌，说完便出去了，又站在工作台后面。阿双自始至终戴着口罩，也不知道她长什么样，给人一种麻利、勤快的印象。宝弟说她上个月刚过二十岁生日。

我问宝弟阿双为什么来北京。宝弟看着窗外说："肯定不是为了来当服务员，先磨炼磨炼也好，将来结婚就知道生活的不易。"我问："她知道你要跟她结婚吗？"宝弟笑了，说："我老来这儿吃饭，也许她知道，也许不知道。"我说："男人，主动点儿，免得别人抢先了。"宝弟说他怕真挑明了，被拒以后更没机会了——所以得想方设法让阿双觉得跟他在一起的生活会是有意思的。

阿双为什么来北京这个问题，我也知道没必要问，但还是没忍住。阿双让我想起了小艾。我和小艾是三年前分的手，培训毕业后，我俩在一个小剧组又遇到了，一起在美术组做后期特效。那部戏结束后不久，我俩就在一起了。她是女生，不愿意做风吹日晒的工作，坐在电脑前抠像让她很满意。她那时候比阿双现在大不了多少。我为了让生活好一点，除了参与影视美术的后期，前期有活儿也去干。我和小艾就这么在一起了四五年，她家里开始催她结婚。我俩都知道，对两个北漂来说，婚后留在北京意味着什么，而不留在北京又意味着什么。

耗了两年，有一天，小艾说她想回老家了。我去过她家的县城，比我家的县城大不了多少。她说厌倦了，厌倦北京，厌倦这份工作——到现在我也不知道有没有厌倦我的成分。每天她的工作是把人物后面的绿色抠掉，替换上新亮的、华美的、奢靡的、梦幻般的，甚至魔幻般的背景，于是一个新的世界诞生了。而眼睛一旦离开屏幕，那个陈旧的、凌乱的、厚重的、落着灰尘的世界，又重现眼前。渐渐地，小艾发明了一个词：劣质的生活。

我没问小艾劣质指的是抠图这种伪饰现实的生活，还是从屏幕扭开脸后面对的生活。总之，她不想再创造劣质的生活，也不想再过劣质的生活，于是离开了北京，自然也就离开了我。我也不想过劣质的生活，所以我还留在北京。来北京于我，就像中国男足去世界杯上溜达一圈——说不去溜达，是认怂；费挺大劲溜达上了，也没好哪儿去。

不知道阿双到了小艾那岁数的时候，会怎么想这些。菜上来的时候，阿双正在窗外拎着挪开的三角锥，指挥着司机倒车。我刚挂了4S店的电话，描述了故障，问修车要多少钱，他们说具体什么故障得检查完才知道，从目前描述的情况看，可能是变速箱坏了，换一个新的两万八。我问换上新的，这车能卖两万八吗？接话员换了一种语气说您最好把车开来，如果变速箱修修还能用的话最好。我说开不过去了，我琢磨琢磨吧。挂了电话，正好看到阿双经过宝弟车的时候，又巴头往里看了看。我又灵机一动。

"咱俩把这个短视频继续拍完吧？"我看着正在吃拉皮的宝弟说。

宝弟嘴边吊着一截半透明的浆状物，抬头望向我。

"你不是想让阿双来剧组玩吗，咱俩弄个剧组。"

"拍什么呢？"宝弟没有把那截拉皮嘬进去，而是吐了出来。

"就拍峰哥那车。"

"不是坏了吗？"

"我能抠图。剧情我想好了，这辆车就一直爬坡一直爬坡，咱们多拍几组车在行进的镜头。"说着我把给导演发的那段视频调出来，在软件里做了一个倾斜的效果，看上去车就像在爬坡，后面还跟着一团袅袅的尾气。

宝弟看了两遍视频说："就是一直爬坡吗，不讲什么故事吗？"

"快结束的时候，给司机一个正面特写镜头。"我看向窗外说，"让阿双演这个司机，她不是想来剧组玩吗，索性客串全片唯一一个人类角色。"

"让她露脸有什么用意吗？我当然希望她能露。"

"你想，片子一上来，一辆笨重的汽车，尾部冒着奇怪的烟，吭哧吭哧地开，不干别的，就是一直往山上开。一般人都会认为这么各色的司机肯定是个老爷们儿，但是突然一亮相，原来是个年轻女孩——就让阿双穿现在这一身，口罩也不用摘，露一双眼睛足够了，保持神秘。"

"知道司机是女孩以后呢？"

"车又继续开，终于到达山顶，阿双下车，然后取走一个什么东西，不能是太沉的东西，也不能太贵重。在别人看来，为这么一东西爬上来，犯不上。"

"什么东西呢？"

"没想好，还有时间再想，大概就是这么一个意思。"

"那为什么开的是吉普车，不是骑个电动车呢？"

"这是人物的性格,就像阿双为什么来北京,为什么在这儿上班。关键是咱们现在只有这辆车可用,就地取材。"

宝弟沉静了几秒说:"有点儿懂了,又不是全懂,文艺片。"

"什么片不重要,想不想干?"

"干!"宝弟指着手机说,"那这地方怎么处理?"

视频因为向右倾斜,水平的路面也随之倾斜翘起,画面的左下角空了一块,宝弟问的就是那里。我说可以把那里P上一些水,宝弟问为什么是水呢,我说那是地面以下,弄别的都不合适,弄点儿水就代表地下水了。

"那好看吗?"

"一种风格。"

"哪儿找摄影机去?"宝弟问。昨天拍摄用的是有摄像功能的相机,高清级的,摄影师给取景器做了遮幅,呈现出来的就是竖屏。

"就用手机。"

"能行吗?"

"行不行也这么干!"

4

凌晨3点,我和宝弟把吉普车弄过来的时候,阿双正好收拾完店里的东西,可以走了。她摘掉了口罩,长得和小艾一点儿不像——本来也没道理应该像。

吉普车是用宝弟的面包车拖过来的,我俩弄了一根拖车绳,他在前面开车拉,我在后面的吉普车上控制方向盘。路上遇到警察查酒驾,也让我吹了,顺利通过。

宝弟已经把我的想法跟阿双讲了,阿双有点儿紧张,没上过镜。我说拍的时候,眼睛一直盯着前方就行,我会找角度的。

阿双和宝弟上了前面的面包车,我还操作后面的吉普车。我的车上有对讲机,平时工作常用到,我给前车放了一个,有事儿就用对讲机联系。宝弟拿着对讲机试了试,说真像剧组了,我说咱们就是剧组。

我决定先拍最后一场戏,山顶部分。我知道北京哪儿的山头好看,以前给别的组选景我都有印象。现在出发,这么开,到山顶正好天亮,说不定能赶上日出。拍完山顶，再拍吉普车各种行驶和阿双的镜头，便万事大吉。

阿双说她明晚5点还得上班呢，回得来吗？宝弟说肯定能回来，他还要回剧组收拾后天带去云南的东西呢。

我们出发了。

车行驶在下半夜出京的国道，完全就是另一个世界。路边是黑魆魆的杨树，耸立两旁，像一条隧道。宝弟的前车开着远光，前方高处的树被照亮。为了不晃到前车人的眼睛，我只能开近光，紧绷的拖车绳在灯光中一颤一颤，拉着我前行。

前面突然亮起刹车灯，对讲机里说："有羊，绕开。"

宝弟打了左闪灯，我也跟着左打轮，从一只木呆呆站立在行车道上的白山羊身旁绕开。不知道它是没睡呢，还是已经醒了。不可理解的生命们。

车窗微启，凉风灌入，不冷不热。四个气球在我的车里飘来荡去。离开阿双的餐馆，我和宝弟去拉吉普车的路上。夜色中，看到前方一个大叔，骑着电动车，后排挂满气球，被风吹得像舰船的尾浪，翻滚荡漾。大叔一味向前开着，气球顽强地向后飘飞。

面包车开到和大叔平行，我撂下车窗，问气球是卖的吗，他说嗯呐。

我们在路边停好车，买了四个气球，攥到手里。我突然有个想法，短片的结尾可以是阿双抵达山顶后，来到一棵树前，那儿挂着一个气球，她把气球解下来，全片结束。现在四个气球像四朵荷花，随风贴着吉普车的顶棚摇曳生姿。

天快亮的时候，面包车把我们——吉普和三个人——拉到山顶。眼前的山脉还沉睡在青暗中，更远处的山蒙在一层雾气里，看不到城市景象，秋虫叫着。我下车拍了几张空境照片。

一直没合眼，阿双眼睛里泛起淡淡的血丝。我觉得可以先拍阿双的特写，这种感觉正好，一会儿血丝多了，过犹不及。

阿双坐到吉普车里，重新戴上口罩。我把手机嵌入支架，固定在车前的中控台上。我坐在副驾驶，用LED灯给阿双面部补光。宝弟在前面的面包车里等我的信号，我说开，他就会启动车，吉普车会跟着走起来，镜头里看上去,就是阿双瞪着微红的双眼在开车。

拍了两条,阿双一直瞪着眼睛,不敢眨,不知道该怎么演。我建议她不要想着在演,当成真实地在开车就好,眼睛酸了可以眨,甚至挤咕眼睛都行。"在剧情里,你已经不知道开了多久的车了,可能三天,也可能三个礼拜。"

又来了两条,越来越好。再后来拍到一条阿双想打哈欠又憋回去的,状态恰好,可以拍下一场了。

我选定了山顶的一棵树,把气球挂在阿双踮起脚勉强够得着的地方。然后告诉阿双调度线路:先下车,不用关车门,抬头看一圈,发现气球,走到树下,摘下气球,揪住绳子,拉着气球回到车里即可。

吉普车前的拖车绳被宝弟卸去。这个镜头拍车停下后发生的事情,能少抠一点儿就少抠一点儿,抠像不是什么美差。

开始走戏。前面阿双都准确照做,走到树下后,犹豫了一下,然后才踮起脚尖。我提醒她,这里不要犹豫,要坚决,表现出很强的行动力。阿双说,能不站着够气球吗,她想爬树。太能了,我说,先爬一个看下感觉。

阿双说爬就爬,抱着树,胳膊腿一起使劲,虽然不专业,但能感觉到"敢爬"。宝弟在树下出主意,告诉她抓哪儿,蹬哪儿。折腾一番,阿双掌握了爬上去的路线,还想再熟悉一遍。我说不用了,实拍,剧情中你是第一次爬这棵树,需要一点"生疏"。

气球系到阿双刚才攀爬的路线上。我在阿双下车这侧支好手机,开始。

阿双依照之前的设计,走到树下,又抬头看了一眼,突然蹲起,抓住一根侧枝,同时借助脚蹬了一下主干,身体升起,摞在树枝上。稍做稳定,仰起上身,伸胳膊揪住垂下来的气球绳。然后看了一眼树下,直接蹦下来,落在草厚的地方。身体借势一倒,坐到地上。胳膊一直举着。跟试爬的那次完全不一样,但很完美。

阿双站起身,也没掸土,抬头看着气球,一松手,气球飘走了。阿双想够,蹦起来抓,已经来不及了。气球越来越远,眼看着变小,山顶显得很低。

我还一直拍着,镜头对着飞远的气球。

"没事儿,还有呢!"宝弟去取那三个气球,都是白色的,多买就是为了备用。

阿双羞赧道:"拍起来,脑子里一片空白,全忘了,忘了爬树该蹬哪儿。摘完气球,我也不知道该怎么办,下意识就松手了。"

"很棒,比我设计的好。"我停掉手机说。

"再来一条吧!"阿双说,"拍一个气球不松手的。"

"还是松手好,来吧!"

宝弟把另一个白气球钩在合适的位置。第二遍开始。阿双上了树,够到气球的绳子,往身前一拽,"砰"的一声,爆了,气球刮到树梢。

"还有。"宝弟举着另一个气球跑来,俨然一位合格的道具师,再次将气球放到合适的位置,并指导阿双如何避开树梢。

气球爆炸的时候,一滴水珠落在我的头上,我以为是气球里的。现在第二滴也落下来,我意识到是下雨了。出发前,我查过天气预报,没说有雨。现在下了,也不意外。

阿双也感受到了,抬头看天。

"没事儿,抓紧时间,能把这条拍完。"我又启动了手机摄像。

阿双又用另一种方式爬上树,也是原生态风。我摇动手机,配合着她的动作。阿双落地,气球飞走。我仰起手机。气球飞至恰到好处的时候,一滴雨水落在镜头上,像把画面扔进水里,多了一种味道。我觉得可以了。

雨滴越来越密。下开了。肉眼可见,雨珠落在山群上。

我们进到面包车里避雨。我坐在后面的道具中。宝弟拿出三桶泡面,他刚才已经用酒精炉烧好开水。我们撕开包装,泡了起来,车里充满面香。

等面熟的时候,宝弟问我:"马哥,有一事儿,这片子万一得奖了,奖金怎么花?"说完不好意思地笑了。

这个问题我早就想过,正因为这点儿念想,才让我有了拍个片儿的想法。当然并不全是,占三分之一吧。我说:"先把峰哥的吉普车修好。"

"要是没得奖呢?"宝弟又问。

"那就等于少挣了十万块钱。钱对咱们来说一直不好挣,也正常。"我说。

"我想好了,没得就明年再拍一个。"宝弟掀开一个桶盖,递到阿双面前。

雨越下越大。

吃完面，阿双和宝弟在前排玩着气球，你打给我，我打给你。我又冒出一个想法，片子结尾可以放在雨中：阿双下车，爬树摘下气球，看着它在雨中飞走，然后上车，继续往前开。我打开手机，先拍了一个雨刷器不停摇摆的镜头，想等雨小点儿，出去重拍爬树那组镜头。雨却不见小，甚至愈演愈烈。我查看天气预报，此时已显示为"暴雨"，还发布了泥石流预警。

这次预报得很准。没一会儿，车窗外已成一片瀑布，像正经历一个失控的泼水节，雨珠噼里啪啦落在车顶，仿佛直接打在头上。

我翻看之前拍的素材，看见刚到山顶时拍的那两张照片。前后不到一个小时，同样的一片山，完全是两种面貌。我在手机上做出第三种面貌，给远处的山脉抹去，P上一些加了光效的楼宇，在调成亮橙色的天空下，像刚刚洗过的蔬菜。然后给虚空中放上一道彩虹，跨越苍穹，胀满画面，将远处的楼和近处的山罩在一个安全、祥和的世界里。直觉牵引着我这样做。

照片被我发到朋友圈，取名"雨后·北京"。我经常这样发图，但也不同于那些一定美颜过才发自拍的人，有时我还特意把画面调得脏旧，虽然失真，其实更真。

这场雨让北京的一天提前开始了，我看到不少人在朋友圈里说，雨太大了，被吵醒或被吓醒。

在我继续翻朋友圈的时候，宝弟突然冲我身后大喊："我操！"

说罢打开门就冲了出去。我回头一看，侧后方停的吉普车正缓缓后退，我也拉开车门跑过去。微倾的山坡上，砖石地面已经存了厚厚一层水。

宝弟跑在前面，捡起地上的拖车绳，试图拉住吉普车。无济于事，车仍倒退着拽着宝弟往前蹿。我跑到宝弟身前，也像拔河一样拉住绳子，车速放缓了，近乎停下来，但还在缓慢移动，因为我和宝弟的脚无法待在原地，在一点点蹭着前移。阿双也补过来，双手拉住宝弟身后的那段绳子，同时一只手薅着气球。

车彻底停住，绳子拽得笔直。汽车在绳子的那头，处于低处；我们在绳子这头，位于高处。我们的头顶是悬浮的气球。从远处看，也许是一种奇怪的视效：吉普车被气球拉住了。

气球确实在帮我们拽住即将滑落的吉普车，尽管这力微弱，那也是向上的力。

只要不撒手，气球就不会飘走；只要不松手，汽车就不会滑落。这是峰哥的车，车牌还挂在上面，将来他儿子来北京还用得着。我们就这样卡在山坡的边缘，像定了格。

地面湿滑，我们不知道能坚持多久。雨没有停的迹象。

"报警！"我喊道，"110，119，120，都行！"

"我不能松手。"宝弟在我耳边大叫。声音穿越水柱，像从很远的地方传来。

"我的手机没电了。"阿双已经破音。

"用我的，右边兜里！"我扭动身体，露出右半侧。

阿双松开手，来掏手机。绳子又传来车的拉力。

"密码多少？"阿双拿出手机，举到我面前。

"1235789。"

阿双的手指在屏幕上划出一个Z，仿佛佐罗驾到，手机解锁。刚才我看了一半的微信界面映入眼帘，在P过的那张照片下面，挤满好友们的头像，我收获了使用微信以来最多的一次赞。

顷刻间，雨水已让屏幕看不清。我仍清晰地看到最上面的一行留言："这是北京的哪儿，想去！"

（原载《上海文学》2022年第8期）

评鉴与感悟

这篇小说提供了一种活法——抠绿。车打不着火了怎么办？硬推。推车影响拍摄怎么办？抠绿。在小说中，抠绿是解决拍摄难题的办法，也是一种应对"劣质生活"的方式。主人公突发奇想构思又依赖抠图完成的短片，似乎是对此的隐喻。破旧的国产车一直爬坡爬坡，直到抵达山顶，谜底随之揭晓，原来"各色"的司机，只是为了取走山顶的气球。这是否意味着，小说中北漂的几个小人物，只有抠除生活的某些局部，才能无畏、野性地生存下去，摘到属于自己的气球？然而就像小艾话里蕴含的，抠绿这一对现实的伪饰可能生产出另一种"劣质生活"。反讽的是，伪饰的现实偏偏吸引了前仆后继的人们——"这是北京的哪儿，想去！"小艾和峰哥相继离开，但阿双们还会源源不断地到来。我们因何被灌注了这样的观念？要前往大都市一探究竟。肯定不只是被加工过的景观吸引。是现代性无形之手的推动，还是源自生命对于外部世界的好奇？还是像主人公一样，只想摆脱按部就班的生活？

不管怎样，相信我们一生中总会经历几个小说结尾那样的时刻：时运不济，各种难题突然拧结于一；艰难困苦，但我们坚信自己能挺下去："只要不撒手，气球就不会飘走；只要不松手，汽车就不会滑落。"或许滑稽，但光荣盛大，充满生命的伟力。"我也笑了。笑完，我们身上又有劲儿了。"（李玉新）

拓

/郭爽

后来，小满常常想念他们最初的游戏。妈妈的子宫是堡垒，他们拥有还未知标准，因而不可量化的时间。住在各自的小房间里，一人一张软和的床，一人一根管带吸收营养，却可隔着胎膜击掌。击掌，单手击掌，双手击掌，然后踢腿，一起泅泳，一起膨胀，靠得如此近又各自独立，这就是他们的起始。等到真正诞生时，谁先出来不过是偶然，开刀的位置、医生的决断，这些合起来，让思齐比小满早五分钟开始呼吸。连思齐、连小满，这两个可最直接区分他们的三字音节，还没有附着于他们身上。跟看得见的东西相比，还未看见时，他们就已在一次次激素的脉冲中摸索与感知对方激起的波流。两颗跳动的心在各自身体里噗突，声波萦荡，回声传导，笃笃笃轻声叩门。他们认识了，开始相互了解，而人和人之间想要了解……长大后他们会知道，很少有人能做到。

要抵达尽头，只能凭借想象。小满在经历了最初的情绪震荡后，终于站到窗边，开始想。

窗外有棵高大的苦楝。是冬天，苦楝结出新子。她很难将近来发生的事按时间线均质排布，理出信息的次序与重点，它们根本在她脑子里搅成一团，一些地方反复疼痛，一些地方渐渐麻木。她想要去理解，试图让理性主导，却根本做不到。有时甚至怨恨：思齐为什么离开？

思齐的失踪最初像个玩笑。警察给妈妈打电话，又给小满打电话，电话里的说辞跟常见的诈骗电话没两样。小满让妈妈不要再接电话，妈妈也同意，一定是骗子。

小满坐飞机回家，看到染发剂也盖不住的妈妈两鬓的斑白，似乎时间扭结，一夜之间妈妈就老了。

妈妈问小满，你没有感觉吗？没有，这次一点都没有，一直都没有，小满说。也没有梦到过？妈妈问。没有，小满说，没有梦到过。

大一的暑假，小满半夜从梦中惊醒，不知什么原因，让她立刻下床走去推思齐房间的门。枕头上，思齐的脸已经涨紫了。他在梦中癫痫发作。小满如果来晚一些，思齐可能很难救活了。思齐被抢救过来后，妈妈说，以后，你们俩最好不要离得太远。小满像惯常那样开着玩笑，说，别了妈妈，我就是想要离他远远的。小满没说出来的后半句话是，如果我真的足够强大了。

小满走到妈妈面前，低头看沙发上的妈妈，原来妈妈的头顶也都白了。没有任何预兆，妈妈抓住小满，头埋在小满肚子上。几乎就像小时候小满和思齐做的那样，一左一右把头埋进妈妈的怀里，各自索求一只妈妈的乳房。而现在，小满只能伸出两只胳膊，想象思齐跟她一起环抱着妈妈。

许多杂音。电钻般尖锐，没有规律，让人烦躁。比如，有记者找上门来，小满问对方，你见到连思齐了？得到否定答案后，小满就关上了门。那位记者不肯作罢，似乎小满的冷漠对他反而是种冒犯。

也有恶意与喧嚣。比如，那些不认识的人在网上点蜡烛，双手合十，或者根本就是复制粘贴，像是一套新的仪轨，一旦完成，就已获得精神的超脱。

某一秒，她甚至有种错觉，思齐被消解了。思齐也许压根没有存在过。

可她终究没法相信那些大部分人相信的事，不管有多少人相信。把思齐写成人人可懂的故事，写成一个年轻的天才，在证实了自己的能力、创造了互联网和财富的奇迹后，终究被现代公司制度锁死，如陷囹圄，人事的斗争夹杂资本的嗜血，让他一走了之的悲剧。这些世俗的标准与逻辑……太简单，太愚蠢了。

她知道自己需要重新想象，需要凝神静气，等待足够多的记忆涌起。

拼图的碎片要足够多，她才能摸索出一条通往思齐的秘密小径。像小时候爸妈去上班，把他俩反锁在家时两人一起玩的双人游戏一样。如果她藏思齐找，很快游戏就会结束。如果思齐藏她来找，她需要足够的专注、耐心和时间。但她能找到。一定能。

　　对一个单身男人来说，这套公寓好像有点太干净了。门窗紧闭，窗帘四合，木地板闪着洁净的微光。小满有种自己来迟了的感觉，似乎思齐早已在等她。不是他本人在等待，而是早早收拾好了屋子，等她来。

　　东西都是原来的样子。衣柜里，十几件各色T恤折叠成圆筒形，平放在抽屉里。几件衬衫挂在衣架上，松松垮垮，没有熨烫过，却遗留下思齐的身形，在衣柜里列队。六个抽屉里塞满文件。书桌上，电脑和三台显示器都在。除此以外，只有一张靠墙的一米二宽的床垫。不知什么时候思齐把床拆了，床架也不见了，床垫就直接摆在地上。小满只能坐在书桌前一张椅子上，盯着窗外的树看。过了会儿，她移到床垫上去。移动的瞬间，小满突然觉得，那些说思齐在苦修的人，说的也许是真的。不然，怎么解释这只有四十平方米的公寓和家徒四壁呢？跟思齐一起创业的老猫（后来的公司合伙人之一）早已搬去市中心带管家的大平层公寓。不过，这样也好，至少，在这里，小满不会那么不自在。她想起一个看来的故事：乔布斯与前妻所生的女儿去造访乔布斯的大宅，在卫生间随意抓起一瓶看起来很贵的香水喷了喷。回到乔布斯身边后，她的爸爸——伟大的乔布斯问她，亲爱的，为什么你身上有股厕所的味道？这个笑话说给思齐听，他会笑的。

　　他们是小康之家的孩子，没有受过穷，也从未高人一等。父母专注于自己的事业，这多少影响了他们，总是专注于事，对钱没有太大概念。哪怕新闻里说思齐曾赚了多少多少……那些数字很抽象。

　　思齐失踪后，她试图像平时那样做个正常人，至少看起来是，却不知怎的，总被路人中形似思齐的人吸引。小满死死盯着那些人，直到他们走近，又走远。自然不是思齐，可这些人让她恍惚、失落，心脏跳漏几拍。小满以为自己掩盖得很好，继续跟身边人说笑，但这种时刻，朋友总会问，怎么了，不舒服吗？

　　她总是笑一笑说，没什么，认错人了。或者就只是沉默，摇摇头。

手里的绳索突然断了。原本思齐一直拉着另一头，拉得松或拉得紧，他总在另一头，绳子也就能握在小满手上，或者说根本就像脐带，连在她身上。而现在，她不再被拉住，踉跄后几乎要跌倒。

　　一些人在撬开思齐的大脑。

　　他们从社交账号上的蛛丝马迹拼组出思齐的性格、喜好和价值观。有人说思齐曾买下美属太平洋群岛中的一个小岛，要在那里实现他的乌托邦。有人说思齐过着苦行僧般的生活，甚至不惜做了结扎手术。有人整理出思齐标注过的所有书籍、电影和唱片，做出数据分析，说他的思想中，维特根斯坦占11%，赫胥黎占8%，阿西莫夫、弗诺·文奇、道格拉斯·亚当斯、奥森·斯科特·卡德、特德·姜、斯坦尼斯拉夫·莱姆、阿瑟·克拉克、罗伯特·J·索耶和罗伯特·查尔斯·威尔森加起来占31%，HarAbel、BrW. Kernighan、MurN. Rothbard占20%，富坚义博占4%，村上春树占7%，王小波占5%，乔治·奥威尔占6%，鲁迅占5%，张爱玲占3%。做数据分析的人说，思齐的音乐和电影品位乏善可陈，没有标注过舞台剧，也没有显示他对艺术展览感兴趣。他的知识主要来自书本和互联网，典型的小城市来的人。

　　这些人似乎在推论出一个新的思齐，天才的另一个代名词：疯子。他被推想为一个激进、狂热又反对所有现行秩序的理想主义者。如果要说不，如何自证？

　　"制造出LAB一代挖币机后，连思齐让生产效率实现质的飞跃，也开启了一个财富的新时代。随着中国成为全球最大的矿机生产地，财富故事的写法变成：连思齐注册成立公司、众筹持股后，59%的占股让他在三个月内赚了两个亿。"（《寻找连思齐》）

　　只是这些吗？小满摇摇头。

　　窗外，一街之隔是个公园。树看起来是黑色的。小满闭上眼睛。过了一会儿再睁开，有棵树的顶上，长出了一点金黄。

　　她再度坐到床垫上去，控制住呼吸，深长地呼吸，让自己平静下来，平静到被暂时遗忘的东西可以从潜意识里浮出来透透气。她盘起双腿，想象思齐正在冥想，让注意力集中于呼吸吐纳，呼气只是呼气，呼气就是全部。她要重启他们的游戏。

然后，缓慢的，她的手伸到床垫和墙壁的夹缝里。如她所料，有东西卡在里面。一个旧手机。

关于双胞胎有一些笑话，也有一些不可考的传言。忘了是哪一天，小满想到了这句：他们作为双胞胎出生，也将作为双胞胎死去。

柏拉图《会饮篇》有个故事：两个半身在经历了长久分离后相见，立刻陷入"惊人的爱、友情和亲密"。这通常被解读为男人女人寻找伴侣的起源。

小满给出另一种解释：柏拉图说的其实是，一个整体被分割之后再也不能合二为一的故事。

气温只零下七度，卡车驶入浓雾。细小的雪粒从天而降，被一阵阵风刮碎，烟雾般的雪模糊了视线。小满吼了一声，声音被风阻断，并不能到达山谷。远处墨色的山峦被风雪改变了颜色，眯起眼睛的话，能看见山体上遍布的针叶林，此刻闪动着水貂皮毛的色泽。这里是内陆深处，但随处可见的贝类化石又提醒人这里曾是海洋的腹部，地壳运动数亿年后隆起万仞高山。山与海两极的磁力拉扯出宇宙尽头般的张力，终归以沉默的土地作答。小满打开双臂，缓慢地伸展胳膊、肩膀和背脊，朝向山谷和无尽峭壁。这不是又一次旅行，完全不是。而她已抵达。

要知道这里并不难，好些记者把这里写进文章里。要到达这里也不难，小满选择的路线是高铁到最近的地州，再搭一辆过路快车到镇上。她考虑过剩下的路程骑摩托，在镇上租一辆骑到山谷底部去。但到的当夜开始下雪，从镇上过去一路都是下坡，骑车容易打滑。她去几家做过路司机生意的饭馆碰运气。在第三家饭馆门口的空地上，她等到了河南司机小刚。

小刚开价一百，她立刻同意了，伸手递给小刚女儿粉色塑料纸包着的棒棒糖。棒棒糖是看见小刚抱孩子下车时，她回身去小卖部买的。

小刚跟女儿说河南话，跟她说河南口音的普通话。小刚问她去做啥咧，她是做啥的咧？她啊啊应着声，左手抚摸着小女孩的发辫。副驾位后面放着饮水机、电饭锅和冰箱，还有大米、黄瓜、拌饭酱，客厅一样热闹着，是父女俩以车为家的日常。过了会儿，小刚又说，你是去见啥人咧，啥人在这地方咧？她笑了，说，就是啊，啥人咧，这破地方。

在盘山公路上蛇形近一小时后，他们来到谷底。此时是旱季，水流平缓，但仍有隆隆水声从远处传至耳边。她下车并不急着走。谷底温度比山顶高，呼出的气只凝成淡淡的白色，不仔细看看不出来。她琢磨着在天黑前到达村子。

天已擦黑，小刚迅捷掉头。很快，卡车融入浓雾。小满抬手看了看时间，双手抓住背带，开始往水声轰隆的方向走。

上山的路不难走，只是雪让道路泥泞，步子就快不起来。越靠近村子，木柴燃烧的味道越浓。水电站就在旁边，这里自然有电，但钱花不花在买电上，农户们各有主意。来到村口岔路，小满犹豫了一下，先进村，还是先去电站？她拿不定主意。她把背包放下来，手伸进去掏了半天，找到思齐留下的旧手机，打了个电话。"嘟"的长音响了很多次，就在小满要挂断时，对方接了起来，于是她说，我到村口了。对方说，下雪了，吃喜酒今天回不来，让她去村里找聂二哥家。

一个女孩知道聂二哥家。女孩站在自家院子里，端着饭碗扒拉着，见小满路过，就盯着她看。小满问女孩叫什么名字。女孩说她叫秀秀，蒙秀秀。小满说，我叫小满，连小满。

小满的裤腿上也甩满跟女孩一样的黄泥点时，聂二哥家到了。与沿途经过的其他农户不同，这家院子里站着的不是孩子或老人，而是个妇人。小满还未开口，妇人就说，你来了，进屋歇歇。妇人长了张笑脸，不做表情时脸上也一片和煦。秀秀喊她二嫂。二嫂进屋叮叮当当敲了几下，手里捧着敲碎的麦芽糖出来。秀秀得了糖，跳着走了。

思齐留下的旧手机是一台苹果6s，所有软件都删掉了，通讯录也清零。通话记录里有几个未接来电，来自两个号码。第一个号码打不通，第二个号码打第二次时通了，是个男人。小满说她是连思齐的妹妹时，对方说他是打过电话，有人跟他说连思齐出事了，他就打了电话，他是帮小连守机器的。这就是聂二哥。

小满本来已想到这个村子，只是拿不定主意来不来。思齐回国后的这几年，除了睡觉在那间四十平方米的公寓，其他时间都耗在那该死的创业公司，这里是他唯一留下记录曾到过的地点。她问二哥是不是工资没结清，二哥说倒不是工资的事，小连到底出了什么事？小满问他没找老猫吗，二哥说找过了，钱就是老猫结的。又问，小连有消息了吗？

跟二哥的第一次通话时间不到两分钟，挂断后，小满察觉到虽然二哥跟她一样都不知道思齐去了哪里，但凭那两个问句，二哥应该跟思齐走得很近，至少曾经很近，思齐待在那个村子里的时间应该比她想象中的要多。

面朝院子，小满坐在堂屋屋檐下一张小板凳上，打量着啄食的鸡、一棵高大的核桃树和小院正对的河谷山峦。夜像是墨汁，一点点浸润到山体甚至空气内部。

"连思齐造出的第一批LAB机器，一共五百台，至今存放在小水电站的底层库房里。"（《寻找连思齐》）

外人只看到结果，用结果推导事实，而小满知道，机器运到这里，并不是偶然与巧合。那时还没有人相信LAB的效能。思齐想起一个高中时的同学，那人吊儿郎当，读书从不当真，高中毕业随便买了个指标，读了所什么本地学院，都说他等着继承家业（他家在本省有十几家小水电站）。机器运过来，放进闲置的库房，消耗这个小水电站过盛的电力。

五百台LAB在深山里昼夜无休运转时，几千上万公里以外，在北京，在东京，在硅谷，一个不受政府控制的货币系统被想象，被讲述，直到变成新的神话。

小满琢磨过，那口口相传的神话其实经不起推敲：实用主义主导下，金钱等同于权力、地位，金钱等同于一切。而货币是金钱的实体。LAB对标的是货币体系。不管思齐相信的是什么，动机是否是想动摇已有的财富体系，LAB造出来后，第一代五百台机器发烫着开始生产，对几乎所有人来说，都只意味着钱。随后，LAB量产，蓄水池和私募玩法进场，吸引来的都是掘金的投机者。这些人渴慕成功，不过披了新的外衣。

把连思齐塑造成一个英雄，推测他造机器的动机，是极客的狂想，想要借此改变世界，无疑更符合古典的美学律令，以及大众的接受心态，但真是这样吗？小满怀疑。

小满去过思齐的公司，见到那些光鲜的聪明人。他们太聪明，也就给不了小满真正的信息。比如，哪怕老猫，也说不出来思齐到底为什么要写这个程序、造这些机器。他们只是推测。也不可能责怪他们，毕竟，他们看到的思齐,是那个可以在公司开会、去宣讲、去募资的幽灵。在那里,思齐在扮演一个新富、一个领袖。他做得不错。

至于他们共同的同学、朋友,接到小满电话后,反应如出一辙。怎么会失踪呢。可怜。钱都留给你了吧?

这里呢,小满觉察到,这里极贴近她和思齐的成长环境,气候、风物、语言、人……但又不太一样。

吃完面条,小满跟二嫂商量去电站的事。二嫂说,等明天聂二哥也就是她男人回来,带小满过去最好,现在天也黑了,怕也是看不见什么。

犹豫了一会儿,小满问,连思齐来过吗?二嫂说,来过,去年来了,还住我们家呢,又指指厢房说,就那张床。那今年呢,小满问,今年他来过吗?二嫂说,按理说也会来的,他不是春天来,就是暑假来。好几个说是记者的人也问我,我说,我也想他回来啊,他来,电站吵是吵,有活路啊。现在那边都长草了,大铁门一锁,我男人没事做,一家子吃什么用什么?二嫂指指后院倚着的山体,说,种这些花椒,来不了多少钱。小满不知接什么话,只好沉默着。

二嫂说:"那些人,一张嘴说自己是记者,就啥都能盘问了,警察都不这么问话的。"

"警察来过?"小满问。

"来了好几次。说现在不让搞了,我男人说,不搞,吃什么?"

想了一下,小满问道:"机器封起来了?"

"封仓库的几个,我没见过。来问小连的,是另外的。"

"封机器的和来问话的不是一个人?"小满确认道。

"来问话的叫吴诚,从我们这里到峡谷对面这一大片,都是他负责。"

"贴封条是什么时候,还记得不?"

"去年暑假,娃娃都在家的时候,小连来了。他走没几天,两个车子开来,下来几个人,拉封条。"

"那就是大半年前。"

"8、9、10、11、12、1、2……"二嫂掰指头算月份。

"连思齐公司报警说他失踪是12月底。"

"啊。"

"来问话又是什么时候呢，封之前还是之后？"

二嫂皱着眉头像在努力回忆，"11月15号是我男人四十九岁生日，男过九女过十，摆了几桌酒。来问话的时候，才过没几天，我还散了花生糖给他。"

"他？"

"就是镇上的警察，叫吴诚。"

"连思齐失踪前半年，机器就封了。失踪前一个月，警察就来问过话了。"小满暗自思忖，有种不妙的预感。

"后来也来过……"

"他找二哥问话？"

"又来过一次。"

"除了二哥，还找其他人问过话吗？"

"没听说。"

"好。"小满想到，思齐公司的人根本没提，在12月底思齐失踪前有任何人联系过他们。他们的说法里，连思齐像是凭空消失了。像是那种自觉主动地玩消失。

小满凝神看二嫂的面庞。二嫂像是察觉不到她的走神，自顾自地说，"小连哪里像个大老板？别人说他是大老板，我都不信"，又说，"不过，我也没见过真的大老板。电视里的大老板，都讲广东话的。"

在村子里，夜极黑，却是不静。偶有人声、狗吠，都被夜的回音壁放大，如响在耳边。小满闭上眼，被子上沉甸甸压着的旧毛毯让她想起老家的床，但她难以入眠。她想起妈妈，妈妈睡着了吗？老家离这里不远，不到一百公里，妈妈习惯了一个人的夜吗？

爸爸去世后，小满找思齐谈了一次。爸爸都不在了，我们该往前走了。小满说。思齐不置可否，过了会儿说，他从没想要绕过爸爸，因为绕不过，只能放弃，但有一条，他永远不要成为爸爸那样的暴君。小满说，我以为我们都好了，早就克服了。思齐说，能知道我到底经历过什么的，只有你。小满说，妈妈也知道。思齐说，妈妈不知道，大人永远不知道。

思齐看着她的眼睛说，大人永远不知道。小满的身体突然变得很烫，脸在充血，她看到爸爸拖拽着妈妈。妈妈像动物一样吐口水，嘴里发出嘶嘶声。妈妈挣脱了，砸烂一个花瓶。小满尖叫，但没人理她。妈妈把电视推到地上，轰——思齐倒地，停不下来地抽搐。小满趴下，拉住思齐的手，每一次痉挛，她的身体都跟着震荡，她用力按住那只手、那个身体，甚至抱住思齐的身体，试图让痉挛停止，但没有用。两个身体一起被甩离、摔打。爸爸扑上去抓住妈妈的头发。小满的胃开始绞痛，嘴里发苦，眼前冲进一片白光。

她只能自己一个人来，自己来找。

来的路上，她接到妈妈电话，没具体的事，只说今年气候反常，天气预报说华南有罕见的大雨，提醒她不要外出，注意安全。她看着车窗外内陆深处的层峦叠嶂，跟妈妈说，不会的，我不会出去的。电话那头妈妈"嗯"了两声，似乎有什么要说，又说不出口。小满觉察到了，说，妈妈，你要我回来吗？回来陪你？妈妈说，你忙你的，你忙你的。

挂断电话，小满看着加速抽动的风景，直至拉成长长的色带。某一秒，她想到，如果思齐永远不回来，就只剩她和妈妈了。如果失踪的是她，思齐会做什么？

她回想着跟思齐的聊天记录。最后一次，思齐问她要不要一起吃饭，她说在出差，让他等她回来，思齐没再回。他们似乎被各自卷进了两条不相交的传送带，为一些看似明确但如今松动起来的东西而忙碌，被夺走时间，直到现在，其中一人的传送带不再转动。

小满伸手进背包，摸到思齐的旧手机，抓住，握在手里，似乎那上面有个隐形入口，她只要投入全副心思念力，就能跟思齐再度相连。她就能从一整套既定秩序中脱离。小满用力捏着手机，几乎像捏着自己的心。

半梦中，小满听见哨响，然后是纷乱的脚步声，她觉得这个梦有点吵，像在追赶什么。

第二天，天未亮，迷糊中鸡已打鸣，但把小满吵醒的是人声。最开始一声高一声低，像是两个男人在争辩，随后声音多起来，不知几个人在吵什么。小满闭着眼，任被子外面冰冷的空气包裹着皮肤，人声又响了些，她起身穿衣。

二嫂的房门敞开着，小满唤了几声，没人应，她于是往人声嘈杂的方向去。清晨的空气冷冽而潮湿，吸进身体后顶得头皮有些发麻，血液流动加速，心跳得快却不发慌，视力和听力都更敏锐了。

离村口不远一户人家门前停着辆警车，喧闹声就从那边传来。几个早起的孩子，正围着警车摸摸蹭蹭。

农家院子里，一个男人披绿色军大衣，另一个穿带警徽的黑色羽绒服。吵嚷着说话的是几个老人，黧黑的肤色、身上劳保商店买的迷彩服，看起来像都是村里的农民。他们见小满走来，也不停嘴，只用眼角余光扫扫，而后又继续对一个草墩子上的男人指指点点。

男人双手反绑，缚于身后，半跪在草墩子上。小满心脏跳漏一拍，她快步绕到男人面前，直视那张脸。不是思齐。他不是。小满的心脏仍狂乱跳动，她说不清为什么。

男人头发长，贴在脖子上，戴一顶黑色冷帽，不像是这里人会有的打扮。上身裹着冲锋衣，脚上套着双棕黄色的靴子，没系鞋带，松松垮垮。

一个登山包扔在男人面前，豁口处散落着些石头。每块石头上都有嵌入内部的图案，小满知道这是本地出产的化石，三叠纪的遗存。

有人拉了小满一把，小满转头，是二嫂。

二嫂贴在小满耳朵边轻声说："贼偷儿。"

小满问："偷了啥？"

二嫂对着登山包和化石努努嘴。

"偷化石啊？"

"嘘，"二嫂声音更低了，"早就有人说，山上有人。这边好多旅游的人嘛，都没当回事。后来又有几个娃娃跟大人说，有人在山上挖石头。村主任打电话报警。这不，逮到了。"

小满打量着男人和化石说："他挖的这些，值钱吗？"

"大的管钱。"

一个男孩对着被抓的男人做鬼脸，却还不敢真的靠近。男人没有反应。男孩捡了块石头砸到男人身上。

穿黑羽绒服的警察上前喝止，转身时发现了小满，短暂对视，旋即走到军大衣警察身边，两人像在商量什么。

黑色羽绒服走到小满面前，问二嫂道："你家客人？"

二嫂点点头。

小满用方言答说自己是本地人。

黑羽绒指着被抓的男人问："认识他吗，你们是不是一路来的？"

小满说："不是。我没见过他。"

黑羽绒服说："麻烦出示一下身份证。"

"为什么？"

"私自挖采化石是违法行为。我们现在要带这个人回所里。村里面所有非本村居民，我们都会检查，请配合一下。"

小满不作声。

二嫂道："小吴，这是我们家客人，她昨天才到的，跟这个男的没关系啊。"

"昨天到的？"黑羽绒服打量着小满，"不是你们家亲戚吧？"

二嫂不知该说什么，手举起又放下。

僵持了一会儿，小满对黑羽绒服说："你跟我去拿身份证吧。没带在身上。"

二嫂、小满和警察往聂家走时，小满回头看了那被抓的男人一眼。虽然穿军大衣的警察在维持秩序，但孩子们已把他团团包围，不让砸石头，就扔树叶、果皮这些轻飘飘的东西。男人双手被缚，只能晃动身体，摇晃脑袋，让脸上头上的叶子果皮滑落。孩子们笑得更响了。

"聂小满。"黑羽绒服一边说，一边拍照登记小满的身份证。

"小吴，吃瓜子吃瓜子。"二嫂抓起一把葵花籽直接塞到黑羽绒服口袋里，又对小满说，"这是吴诚吴警官。"

小满盯着吴诚，想了一下，然后说："吴警官好，那个人我确实不认识，但你要检查，我也配合你工作。"

吴诚敷衍地点点头。

二嫂继续喊吴诚，"嗑嘛，昨天才炒的。"

吴诚盯着手机，并不回应。

二嫂在吴诚和小满中间走动，嘴里叽叽喳喳说着什么。就在二嫂貌似混乱琐碎地讲话时，某一秒她的眼神对上了小满的，目光机警地带过吴诚。

小满会意，转头对吴诚说："吴警官，我来是想找个人，连思齐，我要找的人叫连思齐，这名字你有印象吗？"

"这村里没有姓连的。"吴诚并不抬头。

"是我哥，他失踪了"，小满指指水电站方向，说，"电站里那些机器是他的。"

吴诚沉默一会儿，继而道："机器查封了，这你知道吧？"

"知道。我不懂那些，只是找我哥。"

"你们是亲兄妹？"

"双胞胎。"

吴诚凝神看小满的面容，并不回应。

"为什么封机器？"小满问道。

"他做的事有问题。"

"这些机器违法，为什么不查封他公司，不查他公司的人？为什么只有他一个人失踪？"

"你问我，我也不清楚。"

"为什么只有他一个人出事？"

"确认失踪了吗？"

"12月底到现在。"

"联系你的警察怎么说？"

"是他公司人报的警。警察问我有没有跟他联系，有没有消息。"

"有没有呢？"

"没有。没有消息。"

"你在这里找不到什么。"

"为什么？"

"他没来过。"

吴诚抬脚往外走。小满冲上前拦住他，"你来问过话。"

"我不知道你在说什么。"

"去年11月中，你就来问过聂二哥连思齐的事。他公司正式报警说他失踪是12月底。你们11月就在查他。"

吴诚的目光扫过二嫂,再移回小满身上,迅速避开,他顿了一顿说:"公事公办。"

"连思齐还活着。"

吴诚不作声。

"你认识他,对吧?这些机器摆在这里几年,他来过那么多次,你见过他。"

"我还有公务,帮不了你。"

吴诚往后退半步,绕开小满,快步离开。

小满和聂二哥站在水电站门口。二哥说,电站停工后,他许久不来,铺盖什么的都收走了。二哥弯腰绕过门上蜘蛛网一样抖动着的封条,示意小满也进去。

黑洞洞的窗口里,五百台机器积着厚厚的灰。思齐失踪前,最新研发上市的LAB是第五代,跟它们的算力相比,这批机器就是一堆废铁。

"二哥,你晓得这些机器是干什么用的吗?"

"听他们说,是要把什么东西挖出来。"

"什么东西?"

"不懂。我也没看见挖什么东西出来啊。不是上山挖石头。"

"警察来查封的时候,是怎么说的?"

"他们什么都不说,直接拉封条,喊我回家。"

"电站老板来过吗?"

"以前来过,小连运机器来的时候。封了后没见过。"

"我给他打过电话。"

"他咋说?"

"他说,现在电站封了,连思齐要赔钱给他。我问他,到底为什么要封?他不说话。我再打,他就不接了。"

"我就说啊,你们要封机器,把机器搬走不就得了,电站死火了,我们没饭吃啊。"

"电站以前封过吗?"

"上面来人就会修整,会检查,没停过这么久。"

"二嫂说，机器封了几个月，有警察来找你？"

"小吴啊。早上你见到了。"

"我问他，他什么都不说。"

"他也不跟我说。"

"他问你什么？"

"问小连最后一次来是什么时候。后来又来问过一次，问他除了这些机器，有没有别的东西在。"

"有没有呢？"

"我不晓得。我也跟他说，我确实不晓得。"

"我问他，如果机器违法，那为什么不封连思齐公司？为什么他公司每个人都还在？为什么只有连思齐一个人不见了？"

"我以为，我以为……"

"机器去年8月就封了，连思齐是去年12月底才失踪的。"

"小连，真的找不到了？不可能啊。机器封了我还给他打过电话……"

"还记得是什么时候吗？"

"去年8月底，最多9月初。他说没事，会运新的机器来。"

"新机器？"

"他说这批早就要卖。封了有点麻烦，但他想办法卖。"

"你跟他说电站也停了吗？"

"说了。他说老猫每个月会给我工资的，喊我先不忙找别的事情。机器肯定还会跑的。旧机器不跑了，新机器也会来。"

小满掏出思齐的旧手机查看，"你10月底给他打电话，他没接？"

"吴诚一来找我，我就觉得不太对了。他不问机器的事，只问小连。问小连来过几次，每次住几天，除了在我家，还跟哪些人见面。"

"你打了两次，他都没接。"

"我以为他忙……"

"那你怎么知道连思齐不见了呢？"

"我不晓得，记者来了才晓得……说是失踪了。失踪，咋可能失踪呢？"

"是啊，咋可能失踪呢。"

"妹儿啊，你还是去找找人，打点打点，把机器运走。大钱小钱都是钱哪。"

"二哥，我不想管钱的事。我要人。"

"我晓得，你不要着急，不要着急……"

小满胸口堵得慌，她伸手，手指摸到机器顶部，指尖被灰尘染成黑色，"二哥，二嫂说，连思齐每年都来你们家，他来，都做什么？"

"就看看那些机器。村里头的娃娃都认得他了。"

小满想起那些用石头、树叶、果皮砸人的孩子，不说话。

"小连教他们下围棋。"

"围棋？"

"小连说，学好围棋也是本事。我也学，学不好！"

"他每年来一两次，只是看看那些机器？"

"你这么一说，我也觉得有点奇怪。"

"二哥，除了机器，他在这里还有别的东西吗？朋友，女人，房子，地？"

"这，我就不清楚了。"

小满困顿地看着二哥。二哥跟她一样，并不能从思齐的行为中理出可解释的逻辑。跟思齐相比，她，他们其他人的行为都太可以解释清楚，可是这套办法对思齐不奏效。小满突然觉得，跟思齐是不是因为犯法才逃跑相比，有什么更难以说清的东西横亘在她和思齐之间，让她无法靠近。

窗外雨停了。虽天寒地冻，但雨停了，天光就亮了些。光照拂着二哥和二嫂的面庞，照着火炉、茶壶和他们的家。小满把手贴在铁炉子的桌沿上，手心很快暖和起来。

二哥的意思很清楚，他坚持要小满去打点打点关系，想办法把思齐的机器运走。人一时半会儿找不到，钱总是有用的，小满不要钱，小满妈妈呢，对吧。

二嫂则要小满拿八字去找邻村的大仙，她一早已去打听好，小满跟思齐既是同胎孪生，小满代思齐去滴血祭神，就可除却电站和机器震动河神引发的灾劫。

二哥说时，小满还低头不语，并不急着表明态度。待二嫂说时，小满连连摇头，直说不去。二嫂见她态度坚决，拐个弯继续说，就算你不为他求，也给自己求啊，算姻缘也算得准的，这山沟沟里有什么？你来都来了，还是去见见。二嫂拉着小满的手，说得自己都着急起来。

小满笑了，"二哥二嫂，我不去见大仙，我要赶紧去找那警察。"

"哪个？"

"黑羽绒服那个。"

"吴诚啊。"二哥见小满坚持，就跑进里屋，拿着张卡片跑出来。小满接过一看，警民联系卡上一张黑羽绒服的大头照，还有他的姓名和手机号。

"我怎么才能再见到他？直接打电话不一定行，最好找到他。"小满说。

二哥看了看墙上的皇历说："今天十三，后天十五星期二，牛马市场开市，到时候去找，他肯定在。"

"总要试试吧。还能去找谁呢。"小满像在自言自语。

二嫂揽住小满的肩，轻声安慰道："小连会平安回来的。老天爷开眼，连家就剩这么一个劳动力，不可能给夺了走。"

小满说不出话来。她没从二嫂的角度想过思齐的存在对她、对妈妈意味着什么。二嫂说得越是诚恳，她的身体就越不受控制，几乎要同情起自己和妈妈来了。

二哥从院子里折回一根树枝，轻轻抽打在小满和二嫂身上，嘴里啐道，不吉利的话就不要说，不吉利的话就不要说。枝条打在小满身上，几乎没有重量，却带出一点眼泪来。

有些古老的传说，后来成为科学的事实。比如某种珍贵的泉水或植物，可治愈罕见的疾病。

关于双胞胎的心灵感应，说法近乎爱情，比如，"如果你的左脚痛，我的右脚就会痛起来；如果你被生活窒息，我的呼吸同样会停止……如果你把灵魂出卖给恶魔，我的胸膛里也会被插上匕首"。

这首乌纳穆诺的诗以拥抱结尾，就像生命诞生之初的模样："我们抱在一起，我们存在我们存在着，除此以外，没有别的存在了。"

牛的睫毛扑闪着，眼睛里是有别于人类的温柔。养牛的人牵着绳子，或蹲或站，每头二十块的入场费一交，就静待买主来。

小满站在石条和夯土筑成的堡坎上，眺望着整个牛马市场。本地人称这里牛马市场，其实也有骡子、驴拴在绳子上任人点看，几百上千头黄牛以外也有水牛夹杂其中。本地黄牛皮毛多棕黄色，公牛背上肩峰高耸，母牛头上倒八字角小巧。在全场的牛儿中，它们不算庞然大物，行山爬坡的基因遗留下均衡的体型，黄棕色的小脸秀气拙朴。引种、混种的西门塔尔牛长相则更讨喜，头上多顶着一簇厚厚的白毛，脸白色，也有白脸上一对黄眼圈，体型更大更圆润，毛色黄中带金，撒落些烂漫的白色花斑。哞哞的平和叫声中，人声逐渐喧嚷，而廉价汽车发动机的刺耳声响则将市场包围，从周围县市运牲口过来的车陆续抵达。太阳也瞬间从远处群山中一跃而起，粉色晨曦把世界包裹成襁褓般的柔软形态。架在群山之间的铁路桥上，轰隆隆驶过一列运货火车，鸣笛声拉得很长，响亮却不刺耳，与山体和山体间的平原坝子共振，将大地上即将开春而蕴藏的零星绿色与残雪堆积出的白色色块晃动出一层薄薄的光晕。

小满的目光一遍遍扫过市场内的人群，搜寻跟乡民们不同装束与姿态的人。市场一角，空心砖石棉瓦搭了排棚子做小商铺用，卖早点的、卖绳子的就在那儿。早点铺里，甑子飘出糯米的清香，男人女人或蹲或站，端着碗吃油汪汪热腾腾的粉面。一两只流浪狗摇尾候着，等人扔出辣子鸡或排骨的残渣。

吴诚进来时，小满一眼看见他。不断有人递烟，他左右两边耳朵各夹了一支，手指间也夹了两支后，就不再接了。军大衣没来，跟在吴诚身边的是个年轻人，警服簇新，呼出的白气又大又圆，一团团的，是个结实小伙儿。两人开始在场内绕圈。小满不动。场内只一个制高点，就是小满所站的堡坎。她的目光紧紧追随吴诚，并不急着上前。

吴诚走到堡坎附近，看见了人群中的小满。两人目光接上，各自闪避开，略一停顿，还是小满先开口。

"来啦？"

"你怎么来了？"

"来看看。"

吴诚的目光并不落在小满身上，也不回答。

小满打量着吴诚的侧影,"一会儿有空吗?你今天都在这儿?"

"有事?"

"不妨碍你办公。等你忙完了,有空吃个饭。"

"到时候看吧。"

不等小满再问,吴诚闪入人群之中,朝市场另一头走去。小满迟疑了几秒,也挤入人群,快步跟上吴诚。

吴诚从人群中破开一条路来,小满盯着他踩出来的脚印亦步亦趋,但走得艰难,每移动一步,都要用力把脚往上拔,才能从泥泞里腾出一条腿来。吴诚拨开几个肩膀,终于到了人群围出来的圆圈正中。左边站着一头母牛,肚子沉甸甸坠着,旁边两个男人,一人牵绳子,一人打空手,还有两三个男人身份不明,可能是闲人或是两边的亲朋好友。吴诚一露脸,空手的男人赶紧凑上前来迎他,一边敬烟一边在他耳朵边嘀咕。吴诚摆摆手,没有接烟,径直走到母牛和卖家身边。

小满在最靠近母牛的地方找了个落脚处站定。年轻警察呼哧带喘也从人群中挤进来了,直奔到吴诚身边才安静下来,眼睛瞪得大大的,仔细看吴诚脸色。

卖家手里握着绳子。他个头矮小,戴顶黑色毛线帽。帽子很旧了,黑色已褪成深灰色。脸上褶皱堆叠。脸长得有些歪,像冻坏的梨子。跟他一对比,原本并不出挑的买家显得高大健壮,尤其肚子圆鼓鼓的,像要从羽绒服里顶出来似的。

买家积极地给吴诚介绍情况,大致是,眼前这头带崽的西门塔尔两岁半母牛价钱谈拢了,三万整带走,现金交易。卖家先是说现场要点数,买家备有现金,就说那现在点钱吧。卖家点了一会儿,说要去邮储银行点钱验钞,直接存进邮储账户。买家同意。两边人要牵着牛走时,卖家突然反悔了,说这上千斤的大牛原本要卖三万六,现在只卖三万,他是着急卖,但也不能吃这么大亏。买家同意加一点儿,加个两百,再请这位老哥哥去饭馆打牙祭。但卖家怎么都不肯了,买家好说歹说都没用,原本准备算了,但卖家嚷嚷起来,说给欺负了,这牛本来喊三万六,现在给他们压价到三万,今天怕是卖不出好价钱了。这一嚷,买家也不乐意了,说这母牛虽带崽,但才带没多久,现在也摸不实,看肚子这么大,保不准是双胎,双胎谁不知道有风险？万一倒了霉，来对一公一母，那小母牛就是废物啊，这种双胎里出来的母牛犊子，大了后不发情！下不崽、不产奶，白喂它那么多粮食，只能杀了论斤卖肉。

这些话说出来，卖家委屈了，嚷嚷说这牛这样不好，你看中它啥呢，养它我容易吗，攥着绳子蹲地上干号。

小满并不明白为什么牛产双胎，双胎里的母牛犊子就是废物。只听见身后两个看热闹的妇人小声议论：肚子愣大，我看是双胎咧。双胎么，生下来总得养活，不能看是小母牛犊子就不给草料吃了。那是。这种小母牛犊子就是半个公牛犊子。下不了崽，产不了奶。也不能当公牛配种，没种。要我就便宜卖了算了。这大母牛长得多俊，你看那蹄子，看那骨架。舍不得哩。母牛带崽不能卖，卖的都是穷散户，散户家里要救急，牵了母牛带了崽……

除非给母牛做B超，不然无法证明是不是双胎。无法证明是否是双胎，就没法让买家和卖家达成一致。

没有预兆的，卖家嗷地叫了一声，手掌拍在牛身上，此前一直安静的牛，此时猛地叫唤起来。母牛的叫声像是信号，引得周围的牛都哞哞低鸣。人群一阵骚动。吴诚不自觉地把手放在了腰间的枪套上。

小满突然有种奇怪的想法——这老实人兴许不是看起来这般老实，他的母牛就是带了双胎的赔钱货。这想法刚一冒出，小满的心跳加速，冷汗从额头渗出来。以前，思齐会开玩笑说，小满在妈妈肚子里抢走了营养，他身体才那么弱。小满会笑着伸只胳膊抬条腿给他说，来，肉拿去。直到八岁，思齐第一次癫痫发作，这笑话两人再不讲了。思齐的身体和病是不会愈合的伤疤，提醒着他俩的来源和反常。

吴诚并不说什么，似乎在等这闹剧平定。

渐渐的，牛安静下来，厚而密的睫毛半覆住眼睛，只尾巴扬起。卖家伸出双手，捂在母牛身上取暖。他不看任何人，只念叨着自己是个老实人。

空气中有种凝固了的诡异的安静。吴诚似乎没做什么，但又像是在引所有人观察到底发生了什么。他的右手一直按在枪套上，也让所有人看到他扶着枪。

买家突然说："算了算了。不买了。"

卖家像是吃一惊,"咋呢?"

买家一口咬定:"谈不拢。算了。算了!"他像是打定主意,拧身离开。

人群轰地松动了。相识的人交头接耳,谁在做戏,谁在耍滑头,各自有定论,各自有主见。

吴诚大喊"散",人群得令、鼓噪,继而慢慢散了。

小满远远地望着那头没被卖出的母牛,看它反刍。可笑啊,牛也产双胎。但跟牛相比,更文明、更虚伪的是人类,他们不会像评点一对一公一母的双生牛犊那样说出——反常是因为先天不足,不配得到公平的命运。

等她回过头来,吴诚不见了。

回到村子里,当晚,小满试着整理思绪,记点什么。空白文档中光标闪烁。她打出思齐的名字,停下,盯着不动,什么东西横亘在这三个字和她之间。她去想,她去观察,她来到这里,她见到思齐的这些旧识,甚至此刻,她就坐在他曾经睡过的床上……都是她。都只是她。

他们有过欢乐时光。

小满跟他一起经历过许多事。虽然如今,她不能确定两人在一起经历着同样的事情时彼此感受是否一致。快乐过。有过秘密。也有眼泪。

那是一种什么样的快乐呢?

思齐说,我要跟小满结婚。那时他们五岁。妈妈笑着说,你知道什么是结婚?思齐指指五斗橱上那张爸爸妈妈的结婚照说,结婚就是站在一起。照片里,年轻的妈妈穿白纱,双眼圆睁,目光里有一种惊愕的空洞,像是已全然预备等待婚姻或未知物来填塞,这种空茫当然也可被随意解读为幸福。妈妈还在笑,哦,结婚就是站在一起啊!思齐抓起妈妈的纱巾,披在小满头上,小满看起来跟照片里的妈妈有点像了,头上都披着纱。思齐拖拽着小满站起来,我要跟小满结婚!妈妈看着两个娃娃,那你们表演结婚吧,给妈妈看看,怎么结婚。思齐雀跃起来,拉着小满站到五斗橱边上,两人肩并肩,这下,他们看起来跟照片里的爸妈一样了。妈妈说,这就是结婚了啊?思齐说,我跟小满结婚了!小满并不清楚在发生什么,她只看到思齐的快乐。妈妈的笑容是快乐吗,还是别的?她任思齐牵着她的手,站了一会儿,直到思齐松开手,表演结束了。

然后是一些混杂进噪音的画面。

爸爸又喝醉了。或者不能说又,他每天晚上都喝醉。最开始,妈妈让小满和思齐躲到衣柜里去,妈妈不来,你们就不要出来。后来衣柜里站不下了,妈妈就把门反锁。门外面,咚咚咚咚,嘶嘶,摔碎砸烂什么,妈妈的哭喊,爸爸的污言秽语。小满长得快,思齐长得慢,小满紧紧抱住比她矮一点的思齐,思齐一会儿很烫,一会儿又冰冷。这样的日子多了后,小满一听到爸爸进家门,就拖着思齐往房间里躲。有时候他们太累,或者太惊恐,睡着了,等再醒来,爸爸一个人在客厅昏睡,而妈妈不知去了哪里。小满想离开这屋子,可又害怕一旦惊醒爸爸,自己和思齐是不是就变成妈妈的替代品。她死死抓住思齐的手,直到思齐喊疼。他们于是把门再度反锁,钻进被子里,连头也不露出来。直到那天,他们又被妈妈推进房间、反锁。爸爸的声音响起,关门声。思齐突然拿出一把钥匙,拧开被反锁的门,走出去。他径直走向爸爸,把一个枕套套在爸爸头上,猛地推倒,思齐骑在爸爸身上,用绳子把爸爸的手捆起来。爸爸在地上扭动,像小时候思齐抓的毛毛虫。思齐抓毛毛虫,用树枝逗弄他们,直到毛毛虫破损、流浆,他用树枝一赶,毛毛虫翻落坠地而后僵死。

只是这些吗?看到过这些,是不是就能说清楚思齐为什么变成了后来的样子?

"我要永远离开这个家。"

"快点长大吧,小满,我们快点长大吧。"

大脑里伤痛的涂层,因为思齐的存在,一点点被压至最低,最低。

思齐是在少年班的第四学年退学的,在那之前,他早早被一位通信技术领域的权威学者相中,从第二学年开始跟着这位导师做项目。按照惯例,思齐会继续读硕,读博,比其他学生节约更多的时间,触碰到所谓前沿。但他的放弃来得突然。在少年班四年学制即将结束时,他提出退学。小满给思齐打电话,说了许多后,思齐说,我怀疑,模仿是不对的。小满说,什么意思?思齐说,心里面有个榜样,具体的或者抽象的,不知不觉模仿他,我怀疑这是不对的。小满说,所以你才跟导师闹翻了?思齐在电话那头轻轻笑了,停了几秒说,完美的榜样让人怀疑,也疲惫,更多是疲惫。

他们那时候还经常打很长时间的电话。后来,后来是从什么时候开始,这种随时可以拿起电话打过去，毫无保留地说话的行为停止了呢？

思齐退学后，不再跟家里要钱，只说去珠三角做生意。偶尔回家，小满觉察到思齐身上确实多了些同龄男生没有的气息，他们一起时，身体间的磁场也变了。不知为什么，想到他们几乎相同基因的身体竟然开始了完全不同的肉体体验之旅，小满觉得心脏隐隐作痛。她两天没跟思齐说话，跟沉默相比，似乎更羞愧的是说出心底的话——你背叛了我。可这背叛的念头从何而来？只因思齐已经拥有了一个小满不知道、不了解，运行着陌生规则的新世界吗？她说不出口。

清晨，小满走去推思齐的房门。他睡着了，嘴微微张开。小满拿起他床头的药瓶，每样倒出一片，塞进嘴里干吞下去。吃下这些药，是不是就能知道思齐身上发生了什么呢？她回到自己床上躺好，闭上眼等待。什么也没有发生。小满很失望。没有疼痛，没有痉挛，更没有甜美的镇静，她还是一个脑袋两只眼睛两只胳膊两条腿。两个乳房。她不可能跟思齐一样。

几年后，思齐告诉妈妈和小满，他要去美国游学。少年班的导师没忘记思齐，希望思齐可以把才能用在更尖端的领域，"而不是倒买倒卖"。临行前，思齐来见小满，小满吃惊地发现他只背了一个背包，里面除了台笔记本电脑和几件破衣服就没东西了，仿佛他只是要去郊游。送思齐去机场前，小满折返家里，拿了件男友的羽绒服让思齐带走，说密苏里会冷的。接过羽绒服，思齐犹豫了一下，终究接下，问小满：他对你好吗？那方面行不行？小满捶打着思齐的肩、头，思齐伸手揉乱她的头发。他们好像又像小时候那般亲密了。她并没有告诉思齐，当某个人的女朋友这件事让她觉得吃力。对方有好的职业、好的居所、好的家庭，甚至有理想，愿意了解她，可她的心里有个地方总在漏风，有时候她顺从得像妈妈，有时候又冷酷得像爸爸，她没法按照平常人的剧本去完成。思齐跟她一样吗？

开始造LAB后，思齐总在忙。一次，小满跟他一起回租住的公寓，走到楼下时，一个年轻男人从灌木丛后冲出来。男人质问思齐，为什么要羞辱他，为什么。思齐并不回答，甚至面无表情。小满不确定自己要不要躲开，但直觉又让她留下来。男人的质问一个个扔出来，像打在墙上的泥，啪一声，而后滑落坠地。情绪的轰炸对思齐不起作用，很奇怪的，男人开始哀求思齐。小满有些震惊，男人的脸已经扭曲，但思齐仍像个石雕兀然不动。男人的身体晃了晃，小满看他一眼，发现他的瞳孔急速放大又收缩。他开始说些威胁的话。小满实在忍不住了，对思齐说，别人看见不好。思齐看小满一眼，再转头对着男人，猛地推倒男人，抓住他的头发将其头颅不断撞向地面。小满扑上去抱住思齐，大声呼救。思齐力气大得吓人，拉扯他的手时反向的力让小满疼痛。直到路过的邻居把两个男人分开。小满知道思齐被触发了。他在威胁可能来临前就开始防御，过度防御。如果不把他拉开，什么都有可能发生。当时对爸爸做的和没有做的，思齐会做出来。她不敢碰思齐，也不敢哭出来，只是说，必须马上去看医生。

思齐好了一段时间。小满试着跟他聊，试着说出她内心的恐惧，她知道这些恐惧关联着思齐。

"我想结婚，可是我怕离婚，我想结了婚就永远不离婚。"

"别听他们的。"思齐说。

"他们？"

"他们希望你做个好女孩，你也希望自己做个好女孩。"

"我是吗？"

"你不想再受伤害。觉得只要你跟他们不一样，做一个好女孩，就不会再受伤害。"

"这样不对吗？"

"你是不是个好人，跟别人会不会伤害你没关系。你永远没法改变他们。所以，不要因为他们，就做自己不想做的事。"

"什么是我不想做的事？我没有觉得不开心。"

"真的吗，小满？你真想结婚生子，还只是补偿妈妈没有得到的幸福？如果这能叫幸福的话。"

"所以你宁肯伤害别人，也不要做个好人？"

"我讨厌自己。但我做不到。"

"做不到什么？"

"自欺欺人。"

"你不是坏人。"

"你当然可以说一个机器人不是坏人。它只是程序故障。"

"连思齐，告诉我，你没有跟魔鬼交换什么。"

"你就是被博爱平等、左脸右脸那一套害了。认真听我说……你得先听自己的。"

"我在听自己的。"

"你没有真的在听。你听了,就不会怕。别人就不能伤害你。"

"连你也不能?"

"连我也不能。"

"我还怕什么呢?"

"别怕自己。"

对某些人来说,世界可用 0 和 1 的排列组合来构成。对另一些人来说,世界则由色彩和光线构成。

两种认识论之间,无法兼容的部分更加神秘。比如,神话里孪生的阿波罗与阿尔忒弥斯终生反目,永不相见。

而在双星和两极之间,宇宙的粉尘并不止息。能量的粒子在游弋、碰撞。此外,还有万能的夜。小满想起雪莱的说法——想象力推崇事物的相似性,理性重视事物的差异。

封条早已变脆,变黄,小满伸手一拽,封条就下来了。她走进去,拔掉机器背后缠绕的重重电线,开始把机器往外拖。一台,两台,直拖到厂房前的坝子里堆满了废旧的 LAB 一代。

小满给二哥打电话:"报警吧。说我把封条撕了,机器全部搬出来了。"

警车来了,吴诚从车上下来。

小满不说话,盯着他走近。

"你这是干什么?"吴诚几乎是训斥。

"不干什么。"

"你把这些机器搬出来做什么?"

"这些机器不能搬吗?我不知道。"

吴诚举起手,又放下,"我不跟女人计较。"

"为什么机器不能搬?"小满挑衅道。

"封条,你看不见啊?"

"查封通知呢？给我看看。白纸黑字，我认识字。"

吴诚大声说："你故意的是吧。"

"我不知道你在说什么。"

"连小满，你不要故意搞出些事情来。"

"我不觉得是我在搞事情。"

二哥站在两人中间，"小吴，这样搞不行啊。你就当看二哥面子，帮帮妹儿啊。"

吴诚一言不发。

僵持的时间分秒流逝，二嫂实在忍不住了，高声说："进大牢也要有个信儿啊！小吴，不就是求个信儿吗？"

小满哭起来，她像小时候思齐被院子里其他孩子欺负后那样，用整个身体在哭，哭得肺都痛起来。她很清楚，这哭声不过是弱者的武器，而此刻，她已经没有别的砝码，可以押在跟吴诚对赌的天平上。她要让他惊慌，甚至内疚。

小满哭了好一会儿，哭声的强度丝毫不降低，持续加压。她的身体开始疼痛。

吴诚明显局促起来，他背过身去不看小满和二哥，但二嫂和二哥安慰小满的声音却不能阻绝。

他转身说："上车。连小满，上车。"

二嫂说："你要带她去哪儿？"

"回所里。她破坏封条，去录口供。"

小满松开二嫂的手，平视吴诚道："走。"

两人不说话，吴诚点烟，烟雾被风倒灌进车里。小满从后视镜里看吴诚。他长得不难看，也不好看，像所有小镇上的警察一样，平平无奇。他也许真不知道什么，或者知道得不多，但事已至此，她只能继续。用力哭泣让她身体震动、发疼，她深呼吸，再深呼吸，调节身体，让自己一点点恢复镇定，恢复冷静，直到可以开口说出想说的话。

"那个偷化石的男的怎么样了？"小满问。

"你不是来找人的吗？这跟你要找的人没关系。"吴诚说。

"你们抓连思齐的时候，也是这样绑人的吧。"小满盯着他。

吴诚皱眉头，像是在忍耐，不好发作。

"我总要做点什么，不然怎么找？"小满喃喃道。

"找不到怎么办，想过没有？"

"想过。"

"行。"

"我认真想过，连思齐失踪，到底会对谁有好处？他不见了，谁会有好处？我想不明白。还有种思路是想他的钱，钱去哪里了，那么多钱，总有点原因吧，但我也不可能知道。"小满继续说。

吴诚从后视镜里看小满。

"有钱，比没有钱，更安全。"吴诚突然说。

"什么意思？"

"如果他只是犯法，没有那么多钱，就更危险。"

"你是说他只要把钱吐出来，就没事了？"

"我不晓得他到底怎么回事。但钱会解决些问题。"

"所以你知道他还活着。"

吴诚不置可否。

"他还活着？"小满突然没法接续，没法说下去。拖动那些机器、表演哭泣，她没有疲惫，此刻却突然精疲力竭。

"你确定来这里是在找你的双胞胎哥哥吗？"吴诚说。

"什么意思？"小满说。

"没什么，就是觉得你跟我见过的失踪者家属有点不一样。"吴诚说。

"哪里不一样？"小满一下子从刚才精疲力竭的状态里出来了，觉得这个警察有点意思。

"我也说不清。"吴诚说。

"我当然是来找连思齐的，我的双胞胎哥哥。"小满说。

"那当然。"吴诚说。

"你既然知道当然，怎么还会问？"小满说。

"可能我从没遇到过双胞胎的失踪案吧。"吴诚冷静地说。

"你肯定知道些连思齐的事。"小满说。

吴诚突然摇摇头，苦笑了一下说："你高看我了，我就是一个小地方上的小警察，连思齐弄来的那些机器才让我知道了世界上的一些新鲜事。他那个世界里发生的事情，我就是参与了也不知道所以然。"

"他确实还活着？"

"我所知真的非常有限。"

"谢谢你。"小满忍住了问再多的话。

两人陷入沉默。小满闭上眼，脑海里反复确认思齐还活着这信息。这一确定让她更痛苦——除了等待，她没法找到一个故意被失踪的人。

她觉得时间过了很久，车却怎么也没开到镇上，而她已不想追问吴诚会对她做什么。也许把她留在所里，或者放她走，这都没有区别。跟控制思齐的力量相比，她现在自由得几乎可以逸向太阳。

"我可以带你去个地方。"吴诚说。

"哪里？"小满轻声问。

"他留在这里的，除了电站的那些机器，还有别的。"

"什么？"她声音高了些。

"也是些机器。"

"一样的吗？"

"不一样。那里现在还有人在操作。"

"是连思齐的？"

"肯定是他的。不然我咋晓得。"

"那些没被封？"

"那些……不一样。那些是治病的。"

"治病的？"

"我只晓得，那个地方是他投资的。也没有叫停。"

"带我去吧。"

"看了，你明天就走。以后也不要再来。"

"为什么？"

"你以为没人知道你来了吗？"

"我来又能怎么样，我他妈真能干什么吗？！"

"别冲我撒气。"

"对不起。"

"还有八十公里。"

"在哪儿?"

"梦山。"

    沿途多隧道,只因山连山。修路难,地方财政有起色后,索性凿隧道。于是,咻地出,刹那光明;咻地又进,隧道连着隧道。

    小满和吴诚许久不说话。慢慢的,单调的风景让他们仿佛进入某种循环,一个急转弯后,山体之间开始出现平整的水域。

    阳光下,水体发出明澈的蓝,细看下蓝中透出幽幽的绿,很深的水才会有的既浓又亮的色泽。小满打开手机地图,这是个湖,准确说,是水库。"截流而成的水库,面积相当于两个大理洱海,七十六个杭州西湖。"关联词条涌出说明文字。一个蓄水池,介于实验与自然之间的东西。

    阳光猛烈,湖兀自熠动,像浑然的发光体。某个瞬间,小满觉得波光近乎电子屏幕里虚拟涌动的蓝绿色点,而湖像是未知物的掩体。她更大地睁开眼,盯着湖和被湖折射的光,直到眼睛开始疼痛。

    水体开始收缩,变窄,开始一点点滑出视野边缘。山再次涌现,连成片的山。陆地在上升、凸起,像巨兽蹲坐、伏卧,敞开腹部。与省内高速路旁常见的炸开、劈开的山体不同,小满很快发现,这里的山体虽也不完整,但并没有头戴黄色安全帽的工人在操作挖掘机运走一车车炸出来的石头。这里的山被剖开,或被深掘出洞口,又被更高超的技术封闭,成为一个个巨大的储藏箱。电子地图上并没有标注侵入这些山体的是什么机构,没有名字和标记。代表小满坐标的那个蓝点神秘烁动,在平滑的公路上蜿蜒前行,越过不知名的被占据的山体,越进越深,越走越远,几乎像飞行。而一旦抬头,仍是冬末春初苍黄夹杂黛色的自然景物本身。是一棵又一棵树,一丛又一丛草,是泥土,是砂砾。

    直至梦山像一帧定格的胶片,缓缓在他们面前展开。

    车驶入大门后是一片铺着白色细石的平地,空无一物。虽未达到枯山水黑白灰的精妙配色比例,但空旷的白色细石路面仍提示出人工感。这片平整、近乎洁白的空地,是被设计出来的。设计者的意图不能揣测,但车胎碾压在白色细石上，遗留下辙痕，确是跟沿途的沥青路面有不同的触感。吴诚兀自往前开，但并没有路。大门在他们身后合拢，让小满确认他们是进来了，进到他们想要去的地方——梦山。这进入如此随意，都不需要敲门或请求允许，小满不禁疑惑——也许只是接近，并没有真的进入。

及至平地尽头，车前方显出一条截断的水平线，再往前似乎无路可走，是峭壁或悬崖。吴诚换挡，方向盘左打。就在小满紧张起来时，竟现出一条路来，他们开始下坡。白色细石路面消失，取而代之的是细腻的黑色路面。沥青吸食车胎摩擦的声音，路面如蚕身般柔和蜿蜒，引他们一点点往低处去。吴诚熟练地转弯、掉头，一路下坡，盘旋而下。

待车终于停下来时，小满推开车门，仰头望着他们下来的地方，原来他们进来的那片白色空旷地是削平的山顶，Z字形道路通往山的另一侧——山的背面，直下到最低处才是梦山真正的入口。

从这个视角看去，梦山确实是座山。圆形入口处大门紧闭，散发钢的冷色，像巨人之眼。没有亲见之前，小满无法想象这穷乡僻壤会有这般景象。山体显然被掏空，圆门是隐蔽的入口，不知里面是何等模样，但似乎里面的空间不止水平深度，似可通往地脉或其他古老原始的自然肌理。与眼前所见的神秘相对，他们一路的顺畅又暗喻出几分平常，仿佛这样的洞窟、山体无须动用过度的安保。

大门滑开了。两个保安穿普通黑制服，中等身量。两人安检、登记后，保安从储物柜里取工作服、鞋套和头套给他们，吩咐穿戴上。吴诚很快穿戴完毕，小满一一检查后才上身，就慢些。进入山体内部，气温明显低了几度，但穿好之后，小满感觉刚刚好。她有一丝说不清的紧张，虽然暂时想不出是什么。她一言不发走在吴诚和保安之间，跟着他们穿过长长的通道。

不用扭头看，也能感觉到许多台显示器在脸两侧闪烁，还有绿色蓝色不等的微弱光源汇成光的色带，莹莹涌动而出。通道两边切割成大小不一的实验室，朝向通道的一面以落地玻璃做隔断。他们走在这半透明的精准切分的空间里，小满并不确定将要往何处去。实验室里，有人跟他们差不多穿戴，有人穿便服，也有坐在电脑前一头红色、蓝色染发的年轻人。科技公司是酷一点儿，小满忍不住多看几眼那些年轻漂亮人。

这里很静，机器虽发出嗡鸣，但像是做了降噪，只留一片不刺耳的低音。偶尔有人擦肩而过，但无人阻拦、攀谈，他们就径直往最里面去。

尽头处豁然开朗。跟沿路所见的实验室不同，这里没做隔断，挑高目测有十来米，一堵山体裸露在正中，上面布满荧光的小点。小满放慢脚步，仔细看被包覆起来的山体，面前的一排显示器上摄取的是放大数倍后的山体影像。像细胞内部，又像银河涌动，很难形容显示器上跑动的画面是什么。小满不确定这只是图像的捕捉和放大，还是加了别的，只是本能地被吸引，盯住它看。

吴诚跟谁打招呼，发出互相拍打肩膀的啪啪声。小满回转身，看见一个三十岁模样的男人手里拿着一册卷宗，像是刚进来。

吴诚对男人说："老庄，给你带了个教授来，连教授连小满。"

"您好，叫我连小满就好了。"

老庄笑吟吟道："欢迎，连教授。我们是研究虚拟成像的，主要方向是混合现实，不是单纯的虚拟现实，用来研发医学设备，简单说就是让医生的眼睛可以看得更清楚。"

小满微微笑了："医学方向……真好。"她伸出右手与老庄握手。

"我们可以先参观一下。"老庄示意跟他走。

奇怪的是，吴诚并没有跟上来。小满停下脚步，对吴诚说："你不来?"

吴诚摇摇头。

小满重复问道："来吗?"

吴诚说："你去吧。"

小满疑惑着往前走，问老庄："你认识我?"

老庄笑了："现在算认识了吗?"

"这个项目做了多久?"

"快两年了。"

"研发成功了吗?"

"基本成型了。等渠道。"

"渠道?"

"这里只是一个公司。要给医患用，需要渠道。"

"你怎么来这里的?"

老庄笑了，"挣钱。"

老庄领着小满走进一间实验室，不足十平方米，正中放了一张椅子，椅子上面垂下一些电线。男人示意小满坐上去，戴上头盔。等小满弄好后，他把几根电线连接到了小满的头盔上。

小满突然紧张起来："我需要干什么？"

"你试试看。"

小满深呼吸几下，然后说："需要看多久？"

"几分钟，"见小满着实紧张，老庄又说，"我在边上操作。"

"是跟连思齐有关的东西吗？"

"谁？"

"没什么。不好意思。开始吧。"

关于催眠，有人认为是堕入梦境。也有人觉得，催眠与入梦不是一回事。在梦里，起作用的是你的意识体，无论是意识还是潜意识，都没有外来的对话者。而催眠，是经由外力堕入的状态，整个过程中，你持续跟这一外力对话，直至醒来。

潜意识比意识更多更强地控制人的情绪和反应。在人的内心中，表层意识和感受不到的潜意识的占比是1:9。而人的行为中，受潜意识控制的高于90%。

小满始终确定的一点是，她跟思齐共有一部分潜意识。很大一部分。

先是快速移动的绿色光斑，在浓稠的黑中穿梭，如闪电行于云中，或风行于水上。光斑不断加速，猛烈撞击着黑，迅捷地刺破、击穿、挣脱，所经之处被染上绿色翻飞的彩影。仔细看，层叠的彩影又不只绿色，似乎还有黄、红、蓝……不可阻挡的光斑把它撞击而出的无数个彩影串联成发亮的身体，圆形母体奋力向前引领运动，膨胀而出的身体渐渐吞噬掉黑，蜿蜒盘旋。身体越壮大，绿色越淡，内部灼烧发烫着喷出金色、黄色和白色，直至趋于彩虹中央混杂的色带。

但与平日所见彩虹时人眼或者说人体处于雨和太阳之间不同，此刻，被模糊辨认为彩虹中央的混杂色彩，似乎来自不可判别的空间与位置。小满的眼球被颠倒、悬置、调转，以不可能的方式观看。极度舒适，极度愉悦，伴随着战栗般的快感。

她停留在色彩的怀抱和抚摸中，被温柔吞没。毫无预料，下一秒，她从高空掉落，似大风起，枝条状的色彩们被吹弯，零碎的色斑充塞时间，翻覆宇宙。她坠落，而坠落的黑色布景中升起团团细尘般的彩色颗粒，搅动空气，覆盖她的躯体。

再滑落得慢一些，滑落得再深一点。色彩幻变为迎风的树，光亮透彻。风翻动叶片，树背面的暗影和正面的光亮交错，持续交错。背离太阳，迎着树而去，叶片更亮了，白色是光，白色是王，白色熄灭其他色彩。

白色渐渐累了，伏低，渐弱。阴影升腾，介于白与黑之间，阻断光的脚踪。面光的部分从天堂领受彩影，隐入幽暗的部分则如温暖的水流满溢进小满体内。明暗之间，柔和的阴影施展魔法，让色彩褪去后的空间里显出唯一所存的实物来。

是石块，或者说，是岩壁。当剥离了山体表面层层的植被、土壤、砂砾和烟尘后，眼睛抵达这里。

与眼睛的冒险此前一路的披斩不同，在这里，图景并不清晰。岩壁已存在太久，岩壁表面不存在色彩的瞬间，不存在由瞬间连缀而成的时间。岩壁本身就是时间。

沉默着考验。如若已穷尽看的可能，那接下来是什么？

小满短暂地闭眼，再缓慢睁开。山川树木，百鸟走兽，瀑布溪流，水榭楼台。战车盔甲火把，箭镞皮革草药。棉麻与丝绸，铸铁与黄金。丝竹，管弦，哀歌，钵诵。及笄少年，尚未失却自然姿态，转动身体做些轻柔优雅的动作。并不真切，只有一双手似有所指，在指天誓日，又横掌相向。

小满在模糊中发现图形，正如在声音中发现比例，在陌生的语言中重建思维。

她在构思。从岩壁的一片茫然中，她得到的图像不只来自眼睛，还有她自身的头脑和感官。射线晃动图形周围的空气，影像复叠，在自我的复影中让真实显影。

她所见的，还能称之为山体吗？还是一种半真或超真的东西？她在视觉中混入了意识，混入了记忆和想象，或许还有别的。而起点只是看，一种全新的观看。

不知是否这种图像输入刺激，扩张了从眼球开始的全部神经，小满的身体一阵震荡。她有些受不了地闭上眼睛。继续吗？还敢不敢看下去？再看下去会有什么？

小满不知不觉流了一滴泪，她控制住了，不让眼泪更多地涌出。没有原因的眼泪。

那就赌赌吧。看看这究竟是谁的游戏。

眼帘再打开时，图像在眼前闪动，奇怪的是，这些图像竟跟语流汇聚在一起，将小满感官的缝隙填平。许多她早已忘记的事被唤醒了，于是被忘掉的那些她又活过来，重新进入她的身体。

场景A　生物课［敲击黑板］

长圆筒形，前端钝圆，后端宽而略尖。喜欢生活在有机物含量较多的稻田、水沟或水不大流动的池塘中，以细菌和单细胞藻类为食。通体长满纵行排列的纤毛，以纤毛划水游动。体内充满细胞质，在水中前进时，不停地摆动口沟里的纤毛，鼓起水涡。受刺激和捕食时放出刺丝。可进行无性繁殖，小核有丝分裂，大核无丝分裂，细胞质一分为二，中部横断，成为两个新个体。寿命时长为一昼夜，最长可达五昼夜。

草履虫是最原始、最低等的原生动物，长期以来是生物学家的首选实验生物。在我们生活的这个世界上，生物都存在一些共性，无论是单细胞生物还是多细胞生物。了解最低等的生物，有助于更好地了解其他复杂生物，并最终为临床医学服务。

场景B　英语口语练习［彩色电视］

国王：我是国王。我强壮。

王后：我是王后。我胖。

公主：我是西尔维娅公主。我漂亮。

花匠：我是园丁鲍勃。我勇敢。

科学家：我是考瓦克斯。我聪明。

玛泽：我是玛泽。大玛泽。

花匠鲍勃与西尔维亚公主相爱了，他们私奔前，鲍勃被国王监禁。国王的大臣、丑陋的科学家考瓦克斯对西尔维娅说他爱她。西尔维娅猛地把门关上，让考瓦克斯折断了鼻子。考瓦克斯用西尔维娅的外表和个性创造了克隆人。第一个克隆出来的西尔维娅也拒绝了考瓦克斯的示爱，考瓦克斯沮丧地砸烂电脑。随后，他又复制了五个西尔维娅，六个公主分别穿着棕色、黄色、蓝色、绿色、红色和黑白的裙子。考瓦克斯的电脑失控，意外制造出无数个西尔维娅克隆人。混乱等待被监禁的花匠和外星人玛泽一起解决。

场景A里，老师敲击黑板的笃笃声之后，思齐上台用粉笔画出了一个完美的单细胞结构图。跟着，他画了分裂出的两个细胞。

场景B里，思齐问小满，为什么考瓦克斯爱而不得，就去克隆他的爱人？又问，为什么只有外星人玛泽和考瓦克斯是绿色？他们跟其他人不一样，是吗？

场景A与场景B定格，并置，缩小，后退。乐音响起，时远时近。最先涌出的是首波兰的曲子，玛利亚·姆卡楚尔宾娜作曲，在中国又叫作《洋娃娃和小熊跳舞》。然后是门德尔松的幻想曲《夏日最后的玫瑰》。渐弱后是德语歌曲《小小少年》："Kleine Kinder, kleine Sorgen / und ein Haus voll Sonnenschein / Kleine Kinder, kleine Sorgen / koennt'es so fuer immer sein?"（小小少年，很少烦恼/眼望四周阳光照/小小少年，很少烦恼/但愿永远这样好？）最后是巴西童谣《小红帽》，小红帽、大灰狼和猎人用葡萄牙语咏唱。

场景A和场景B退缩，直至消失。场景C扩大，撑满视野。

他们要入学了，要上小学一年级了，小满和思齐。妈妈突发奇想，把思齐扮成跟小满一样的女孩模样，穿小裙子，头上扎红绸子。扮好后，妈妈领着他们俩出门，骑自行车去照相馆拍照。一个跟小满一模一样的思齐被定格在照片里。妈妈为什么这么做，他们并不知道，也许只是玩闹。他们那时还只能顺从。但小满第一次看见了自己。不是透过镜子，也不是通过相片，也不同于阳光、灯光、月光下的影子，而是跟自己几乎一模一样，呼吸着的手足。思齐看到的和感受到的，是一样的吗？还是说，思齐获得了一种新的自由，可片刻抽离？

思齐对照相师傅说,谢谢你,我叫连小满。

小满先是尖叫一声,继而说,我叫连思齐。

他们一边打闹一边跑出去,要捉弄更多人,让他们难以分辨孰是孰非。没错,见到他们的熟人都大吃一惊,问,思齐呢?又凝视着两人的脸说,谁才是小满?

他们玩得很开心。太开心。

场景C暂停,类比出关联场景,比如:

多年后,思齐回国不久,发了一次病。小满去医院接他,签字,领药,听医嘱。挤挤挨挨的人头里,思齐远远望着小满,在等。那些药小满早都认得了,卡马西平、拉莫三嗪。免不了训思齐几句,不按时吃药,不要命了?思齐嬉皮笑脸跟她开玩笑,之后突然说,你记得我们那张照片吗?我们肩并肩,看起来像克隆人的那张。小满说,是看起来像双胞胎姐妹。思齐说,克隆人。又说,你是健康完美的孩子,妈妈想要两个你。小满有些得意,又有些生气,却只是说,不是这样。

更多零碎场景:

思齐把拍照片的事当成半真半假的玩笑讲给朋友听。讲自己怎么演另一个人。他讲过太多遍,每次讲,每一遍都比上一遍更像个笑话。讲完时总是笑着说,知道了吧,我是克隆人。朋友们笑得更厉害了。

小满摘掉头盔,问老庄:"我看了多久?"

老庄说:"十五分钟。"

小满想了一下问道:"看过的人,都看到了什么?"

"山,还有别的。每个人不太一样。你看到了什么?"

"我看到……"小满停住了,"说不清楚。你们研发这个,是为了医学?"

"目前来说,具体用途指向医学。"

"什么样的病,需要这样的设备?"

"宽泛地说,外科。你可以理解为给医生一双超人的眼睛。"

"医生看得更清楚了,手术就能更成功?"小满停顿一下,"手术成功了,病人就能康复吗?"

"我不太明白你的意思。"

"只要切开身体，不管医生打开的是肚子还是脑袋，都有风险。你没法把病像熟了的水果一样摘下来。"

"所以要帮助医生把病灶看得更清晰。也可以用机械手臂辅助医生的手。如果看和切都能精确，手术成功率就会高得多。也不用开颅，只用一个微创小孔。"

"那也还是要切开身体，不管你的口子有多小。"

"总要进入身体。"

"你生过病吗？那种很难治的病。或者说，你家人中，有这样的病人吗？"

"没有。"

"没有经历过，很难理解那种病是什么感觉。"

"什么感觉？"

"你会试各种办法，花很多时间精力。然后你会明白，最好的办法是你一辈子不去摆脱它。"

老庄在旋转椅上坐下，转了一圈，对小满说："你姓连。"

"连小满。"

"连小满。连思齐。"

"没错。我们是双胞胎。"

"这个项目会很赚钱。"

"也许吧。但他投这个项目，我想不只是因为钱。"

"抱歉我这么说，但是，这不是我要想的事。"

"当然。"小满略停顿，"我只是想看看，他花钱在做什么。"

"你看到了，就是这些机器。不便宜。"

"除了这个，还能看什么吗？"

老庄没回应。

"我直说吧。连思齐有什么东西留在这里吗？"

"这个公司已经不是他的了。"

"我是说，他个人的东西。"小满坚持道，继而说，"你没有帮我，也没有违规，只是让我参观了一下，给我看了我的片子。双击就能打开，很简单，不是吗？"

老庄笑了，"我为什么要这么做？"

"他在这里做过的，我也可以做。"

"你刚才已经试过了。"

"还有别的。不只这个。"

老庄像在犹豫。

"你不想看看双胞胎的数据吗？你已经看过他的，我的也可以。"

"你怎么知道这些？"

"我知道他的病是怎么回事。"

另一间实验室里，白色大型机器看起来跟普通磁共振机器没有区别。圆环状主体，一张可伸缩的床连接其上。

"这是拍图的？"小满问。

"拍图的。那台是手术的。"老庄指指隔壁实验室里一台与此相似，但带机械手臂的复杂机器。

"他都试过？"

"他只拍了图。"

"这个图，跟医院能拍的脑磁图有什么不同？"

"这是最新的技术。"老庄说，过了几秒补充道，"是为激光、热融手术拍图用的机器，精密度更高。你看的第一台机器，是手术时激光探头的母型。"

"那就开始吧。"小满走到机器前。

老庄递给她防辐射服，看她穿好，平躺至手术台上，退了出去。

跟上一台机器里小满需睁大眼睛看，接收、刺激出过多的信息不同，这台机器虽发出大声的嗡鸣，但她无须睁眼。身下，手术床移动，她的上半身进入环形机器之中。机器内壁离她很近，近乎幽闭，她觉得自己要发作了，这种失去自主、完全包裹、噪音巨大的环境让她恐惧，想要歇斯底里尖叫。

没有预兆的，她回到了家里的衣柜，柜门合上了，又一次，比黑更深的黑。爸爸喷着酒味的呼吸，妈妈嘶嘶的喘息。血液冲上脑袋，手指肿胀，舌头发麻。小满开始发抖，停不下来地发抖。

她想要逃跑，再次逃跑，可残存的理性告诉她，她必须做完。为思齐，或者为自己，她这次要坚持住。

她整个人在下坠，被黑色拽住，就要再次坠入恐惧的深渊。脑子里流弹般闪过可能的攀附物。其中最大的一颗流弹，是她和思齐拓印时的白色棉纸，她努力想着他们赤裸身体躺在一起的样子，想着她的指尖触碰到思齐的指尖。白色绵纸包裹住她的身体，上面是古老的符咒，思齐指尖柔软、温暖，连接住她。

当机器巨大的嗡鸣停止，小满闭着的眼帘再度感受到实验室顶部的白炽灯光时，她觉得终于从被水草缠绕、女妖们吟唱的河底脱身。她艰难地爬起来，脱掉沉重的防辐射服，发现自己的衣服被汗浸湿。

门缓缓滑开。老庄进来，递给她一瓶矿泉水。小满手抖得拧不开，揪起衣服下摆，裹住瓶盖继续使劲。她一口气喝掉整瓶水。

老庄不说话，只观察她的反应。直到小满平静下来，起身，问道："可以看图了吗？"

"你有幽闭反应。"老庄说。

"他有吗？"

"也有。"

"看图吧。"小满远离机器。

老庄和小满进入隔壁的实验室，老庄将灯光调暗，开始导入刚拍的图片。

"还没好吗？"小满焦虑，控制不住地焦虑。

"图片很多。"

"多少张？"

"一秒钟十张。"

"为什么拍这么多？"

"你在变化。"

"什么意思？"

老庄回身看着小满说："你幽闭反应开始后，拍到的东西会不一样。不意外的话，会有峰值，那个时候，你脑子里的白点会最多。"

"什么是白点？"

老庄想了一下，"会被你的反常激活的部分。简单说的话只能这样，如果是病变，也会看到明显的白色区域，会更大。"

"如果我刚才没有反常呢？我是说，如果我没有变化呢，像一般人一样没有感觉地拍完图呢？"

"如果你大脑里有病灶，也能看到白点。"

老庄的推测没错。拉出来的片子里，从某一时刻开始，小满的大脑一侧出现密集的白点，接连着数张里，白点越来越亮，而后逐渐熄灭。连在一起看，可清晰看到被召唤出来的幽灵瞬间簇集、嚣叫，而后慢慢平息。

"为什么会有这些？"

"你被激活了。我不知道原因是什么，从结果来看，你被激活了。"

"他的是什么样的？"

"你确定要看吗？"

"请给我看。"

思齐的片子，从第一张开始就有白点，准确地说，从第一张开始，就有白色的簇状物。峰值时，白点密集、高光，部分区域跟小满对位，簇状物明亮得像要燃烧，其余部分也有白点。两人的峰值图对比，思齐的白点更多、更密，分布更广。

"他做完这个，发作了，对吗？"小满说。

"对。"

"在美国，他考虑过手术。"

"哪一种？"

"目前的技术，哪一种都要入侵大脑，都有风险，不是吗？"

"是手术都不能保证百分百成功。"

"他犹豫很久，放弃了。谁能判断到底哪些是该切掉、融掉、消除掉的呢？拜托，那是你的大脑。"

"他的病灶比较复杂。"

"我都痛得受不了。他这么多白点，怎么受得了？"

"他说拍片子只是想看清楚。"

小满抬起手臂，无力地挥动，指指那些片子，"是看清楚了。"

小满抱起双臂，抱住自己，蹲下去。
"你没事吧？"老庄问。
小满抬头看他，笑容几乎是凄楚，"看得太清楚了。"

如何证明一切实实在在发生过？人和人之间最隐秘或深刻的体验，不会留下肉眼可见的证据。那些创痛，沉积在大脑深处，不知下一次被相似的创痛激活是在何时。如果有幸，这些创痛发生时，你有见证人，比如，小满有思齐，思齐有小满，就会看到两人大脑中同区域的白点，恶魔般嚣叫着的白点。

行进至此幽暗之境，小满明白了但丁所说：你要逃离这个荒凉的地方，须走另一条路……

小满想不起自己是怎么回到村子的。模糊中二嫂扶她上床，脱掉她的衣服鞋子，用被子盖住她、裹紧她。她感觉冷，汗却不断从额头、胸口渗出。意识更模糊了。她在发烧，可是已经意识不到自己在发烧，只是一片浑噩、滞重。

他们在院子里玩。她和思齐。别的孩子总欺负思齐，要打他，他太瘦小了。小满也没力气，但如果不能保护他，她就跟其他人没有差别，她就会变成泥土。

思齐被绑起来，倒吊在院子里的树上。爸爸干的。思齐的脸涨红了，闭着眼。小满爬到树上去。她的手摸索着思齐的小腿，一点点向下伸。她伸出右手抓住思齐左手。她要把他拉起来。

先生问，谁来举坟飘？妈妈说让小满举。先生说只能男丁举。妈妈说我们家不兴这个，让我女儿举。先生说，规矩是，举坟飘、摔瓦盆都得长子来。你儿子不在，找个男的出来总行。为先人着想，找个男的。小满去剪了头发，翻出两件思齐的旧衣服。出殡时，她既是连思齐又是连小满了。

她既模糊又清晰地看到，自己大脑中，白点闪烁，汇成银河般的轨道，等待呼啸而过的列车。

医生说，想象一把明黄色的椅子，想象它。椅子是你快乐的记忆、快乐时情绪的储蓄，它们结成一把实体的椅子。好，现在，想象你坐上去，跟这把明黄色的椅子连接，跟过去和未来快乐的你连接。坐稳了吗？连住了吗？好，现在椅子发出光芒，能量进入你的身体。他们知道你现在难受的事都会过去，而这过去和未来的你的能量，也会治好你。

小满坐稳，能量汩汩流入她的身体。她转过头，想象思齐也坐在他的明黄色椅子上。

她又看到了那海岛，闻到咸的海风，摸到了石柱凹凸不平的表面。她把油墨刷到棉纸上，覆盖在石柱表面……

棱镜岛是个小岛，岛上有座小城镇。小满和同事先坐长途大巴，到离岛最近的码头后改坐船，上了岛后再坐大巴或者租车。岛上有居民，有渔民。居民靠做游客生意生活。他们在那儿住了一星期。他们，七个老师，外加一个外号叫"石头"的研究生。

上了大巴，石头给各位老师递矿泉水。见小满上车，他也塞来一瓶。小满拿着水往后排走，水瓶竟像有电，半截手臂酥麻起来。

大巴拐进高速公路旁的休息站。再回到车上时，有些人大概烦了原先的座位和风景或者邻座的人，就换了位子。小满悄声坐到石头身边去。小满装睡。石头呢，跟前后邻座聊了会儿天，又戴着耳机听音乐，但没多久就沉沉睡去。石头没有鼾声，嘴因疲惫而半张开，冲半空呵着气。嘴唇上方的胡茬异常柔软，跟白皙的肤色一样显出他的年纪。小满看着这漂亮的年轻身体，控制住呼吸。

就在这一刻，小满有某种领悟。虽已过去很多年，虽然中间隔着许多过场，她还是延续了某种惯性：只喜欢男孩，无关年龄，那种真正的不会也无法长大的男孩。还有就是，喜欢上他们的时候靠近他们。靠近，是一个动作，更是一种努力，或者意志与决心。对另一个人全然的好奇与信任，比溯流而上的鱼更顽固地在滩涂与激流里挣扎，负隅顽抗，去相会，去相连。说不好这是爱还是自毁，或者更高超神秘的什么。

石头大概不会想到，小满会偏着头看他的睡姿。像在那些名画前驻足流连一样，目光一寸寸一厘厘扫过光和光制造出的阴影、微微颤动的线条及不断胀大的像素颗粒。这几乎就是《马拉之死》。躺在浴缸里，皮肤已发白，伤口流着血。

还是个中学生时，小满第一次在课本里看到这幅神秘的图画。尸身泛着终结的白，肌肉的形状却还带生机。伤口与血迹触目惊心，棕色背景渐变过渡，直至陷入一团黑暗。小满翻看这一页课本的次数太多，以致书页卷起一角，而后有了三角形的缺损，图片则被摩挲得发光。她的《马拉之死》一直是完整的，不像教室图书角某本课外读物里德拉克洛瓦的《自由引导人民》和米开朗琪罗的《大卫》，都被铅笔圆珠笔在某部位打叉、涂抹，最后干脆抠出几个洞。画面被破坏了，伴着嗤笑、羞惭或恐惧。于是小满渐渐知道，直到有一天可用言语说出：人在某时某刻，肉体不缺损，灵魂亦饱满。艺术家都捕捉这种瞬间，好的艺术家熔铸，普通艺术家再现，大师们再造。而她，从喜欢到学习，一步步专精，十几年下来，获得了"审视的乐趣"。现在看石头，固然是爱欲的打量，但也带了……审美的旨趣。

　　有了师生这层关系，对石头的欲念让小满充满罪恶感。她甚至能想象，如果性别调换，她是男，石头是女，那么，石头大概早已被她这个老师诱惑或强迫，变成砧板上的鲜肉。这里面情欲欢爱的成分固然不少，但能控制别人，尤其是鹿一样无辜的年轻美好的人，使之臣服、迷恋、奉献自我，这种满足，超乎了单纯的男欢女爱，却更强烈。

　　小满既往的亲密关系里，多少也有这种东西。无论是情爱还是婚姻，似乎这个社会就是要让女性做牺牲品。她受不了自己对石头也有这种近乎男性对女性的占有欲望。甚至利用能影响他的东西，去让他一步步走向自己。这样的话，她跟那些男人有什么区别？她难道就是想睡上他，睡个够？

　　小满想她大概是有点疯了。

　　她的计划，或者说任务，是记录、整理岛上的艺术遗存，主要是造型艺术，包括墓园建筑、瓷器残片。第一天外出写生去墓园。金黄的毛茛在海风吹拂下摇晃。有人就这么把金黄的花瓣、白色的尖顶和十字架、深绿色的海岛植被和灰蓝的海水涂上纸面。老师们在园子周围乱逛，谁都想找到最好的角度和场景。虽是带着任务的集体采风，但多少像同场竞技。

　　小满没法跟他们待在一起，她刻意保持跟石头的距离，不跟他说一句话。心烦意乱。她租个摩托车往岛里骑。

　　这岛上有好些村落，其中有些村子明朝时就建村了。最老的一个叫梁家村。村子在岛中央一块平整的空地上。房子破旧低矮。偶有老人从窗户里探头，或沿着村里的土路悠悠走来。跟大部分南方古村一样，村中有巨榕。榕树身上贴着红纸，有新有旧。树脚下有香炉，厚厚积着燃尽的香灰。

她乱转着找传说中的石柱。石柱的图片她早在电脑上看过，但它突然出现时，小满还是吓了一跳。跟它被命名、记载的名字不同，它根本不像是从地里长出来的，而绝对是被某种意志安放在这里的方碑。是望月者的新石。不自觉的，小满围着它绕圈，然后，手贴了上去。手掌、手指，一点点触碰它表面的颗粒和纹路。

当晚，小满突然想到，应该把石柱的纹样拓印下。几百年的古物，原本的纹路图样凭肉眼已经很难看出来了，把墨刷上去，用棉纸或宣纸拓下来，阴阳两别，纹理一目了然。

第二天，她带了墨汁和纸，刚试着拓了一块，纸上就显出让人震慑的图案。用眼睛看，就算凑得再近，也只看得到石柱表面凹凸不平的颗粒，闪光的地方是花岗石材质的颗粒。但棉纸上，分明是大小不一、云集蜂拥的放射状图案。像从石柱内部升腾起来，在表面炸开的光簇。黑色图样在白色棉纸上扩散，绵延不绝。

小满开始集中做石柱的田野采集。有村人说，石柱原本是立在水里的，后来填海成了平地，土壤异常肥沃，岛民开始聚集在石柱附近，成了岛上的大村。村民拜石柱为神，小孩子拜石柱为干爹，世代兴旺。

也有村人说，石柱是葡萄牙人带来的，立在水里作葡萄牙皇室的标记。小满追问，什么标记？村人答不上来。

夜里，小满跑去再次拓印。她带了大幅的棉纸，拓下石柱完整的图样，往石柱上涂墨。宣纸靠上去，手和刷子压平，一遍遍地，让纸和石柱紧贴，直到纹路全部被纸和墨记忆，再小心揭开。

在宾馆的床上，她把纸平铺，图样接近一个长方形。神秘的黑色纹路正在纸和更深的宇宙里炸裂、绵延。

她想去敲石头的门。实际上她也去了，轻轻敲了两下，第三下时，她停了手。

回到房间，看着陈旧的房间摆设和镜子里的自己，小满突然极厌恶自己。胸腔在痛，却哭不出来。

她脱下全部衣服，胸口和后背的汗迅速干掉，身体却没有冷却。她躺上去，把身体贴着拓印，紧紧裹住宣纸。不睁眼，墨的纹路在验证她的身体，在找寻入口。渐渐的，小满的身体平静下来，胸腔内几欲爆破而出的野兽被驯服。

她不信神，可是却得到止息。在岛上的后面几天，她的情绪仍在暴乱，但克制住了不顾一切引诱石头的冲动。或许不只是引诱一个年轻人这么简单，这种冲动背后让她真正恐惧的是自己。也许她并没有自己想象的那么了解自己。但石柱的拓印封印住了这些。

回城后，在反复的情绪起伏和自我折磨近一个月后，她决定告诉思齐在海岛发生的事。告诉他，自己只能靠拓印神秘符咒般的安慰控制住自己。她再找不到另一个人可以让她对自己诚实。

"不只是欲望，你知道，我更害怕变成不是自己的模样。"

"你觉得自己是什么模样？"

"或许有点可笑，但我相信那些绝对的事，相信人有可能高贵，哪怕只是片刻，哪怕只是零星，也可能拥有古典的价值。就像古人相信有一个不可解释的终点，反而获得了秩序和敬畏。"

"你相信的这些存在吗？"

"如果相信，它就存在。"

"我们可以试试。"

"试什么？"

"我和你，一起把自己的身体拓下来。"

"为什么？"

"看看会发生什么。看看你相信的是不是真的。"

他们像幼时般赤裸相对，没有保留，没有阻隔，没有羞耻。小满往思齐身上刷墨汁，需刷得快，刷得匀，才能抵抗住时间。

他们打开双臂，并行走到平铺在地的大幅棉纸前，指尖相碰，确认彼此的距离。

思齐先扑倒，他的身体撞击棉纸、地板，继而保持静止。

小满扑倒，疼痛已经不重要。

指尖在棉纸上碰到后，他们同时向下挤压身体。

有什么从他们身体里流走了。

小满轻碰思齐指尖,"翻身吧。"

他们翻身,仰躺,用力将皮肤骨骼贴向棉纸的经纬。

四个相连的人形印在纸上。他们从没想过这样的自己,从没想过能这样看到自己,也同时看到对方。那些皮肤的肌理,或疏或密的纹路,曲线,阴影……这就是他们吗?一点谈不上美,甚至可以说是野蛮。这就是他们。

"我好像有点相信了。"思齐说。

"什么?"

思齐指指两人的印子,"成为野兽,不是我们的错。"

墨干后,小满卷起棉纸。他们还黑着,从额头到脚趾。但生出新的、各自的洁白。

天亮时,二嫂摸摸小满的额头说,不烧了。二哥骑摩托车送小满去镇上。夜里下过雨,二哥骑得慢。沿路遇见两个熟人,羊倌和一群黑山羊,还有两个逃学的男娃娃。小满已开始熟悉他们。他们跟这里一样,已成为小满的一部分。

小满趴在车窗上,直至玻璃被她呼出的白气模糊,她用衣袖擦出一片透明,看二哥、二嫂、吴诚越变越小,直到消失不见。车行山间,雾阻断视线,小满渐渐睡去。

离开前,她用思齐留下的旧手机,给那个一直无法接通的陌生号码发去一段话:

> 吴诚带我去梦山了,你去的时候,看见了什么?
> 我替你做主了,机器处理掉,给娃娃当学费。
> 游乐场那次,不是你走丢了,是爸爸的错,是他想丢掉你。可是你知道吗?在那之前,我已经知道你跟我不一样。
> 我偷偷吃过你的药片,什么也没有发生。
> 好了,连思齐,我不再害怕那些黑色的东西。你说得没错。没有谁能伤害你,连我也不能。
> 我相信你。不管他们会说什么。我相信你。

信息显示"未读"。

一个月后,老猫宣布公司开始清算。

两个月后,新闻报道称,连思齐研发的 LAB 一代五百台,在某内陆省份的库房被"抢走"。没有细节支撑数量达五百台的机器如何能被"抢走"。

半年后,有消息称连思齐账户里的虚拟币全数转出。随后多方消息指称:并未转出,"账户静止"。

一年后,论坛上有帖子称连思齐在泰国被杀。跟帖中有人声称在美国见过连思齐,"隐退"。小满没有告诉任何人,她是在哪天听到"嘀"的一声。那个旧手机她换了电池,随身携带。嘀声送来一封新邮件,没有标题,内容也是空白的,但它确实是一封新邮件,自动附在邮件上的时间是当天。

(原载《收获》2022 年第 4 期)

评鉴与感悟

在 80 后作家中,郭爽出道不算早,却起点颇高。短篇小说《拓》以其一贯简洁、凝练的语言风格,向读者叙述了一对"双生人物"的故事:哥哥连思齐的失踪,致使连在脐带另一端的连小满的生活也出现了错动。凭着女性的直觉,她层层穿破了为当下世俗逻辑所编织的商业神话和天才传说。通过悉心体察连思齐生活过的每一处空间,一个敢于真诚面对自己、弄清自身癫痫之缘由的连思齐形象也逐渐显山露水。如同用宣纸、石墨拓印古老的石柱纹路,小说的秘密也在于借助细腻的语言呈现那些不为人轻易"看"到"自然肌理"。《拓》的开放性在于,作者深知"空间"的奥秘,在主人公一次次能动的寻找中,空间的魔盒也被渐次打开。而每一空间层次即是主体对世界的又一次能动把握,人与人的关系、人与世界的关系,也由此变得流动而多元。(唐媛媛)

忍者飞飑

/舒文治

我是我想成为的那个人
和别人把我塑造成的那个人之间的裂缝
或半个裂缝……
——佩索阿

1

古人以大把光阴喂养梦境，我等把夜晚多献给了与电有关的发明。灯下，这间出租屋里，深蓝窗帘遮住东窗，黑白界限可抹掉。

窗外，是一处与梦最为接近的地方，也可视为梦的一处产房。若说好莱坞是美国的梦工厂，那横店就是我们的梦工厂。我在横店一言难尽，白天，我得用手养活自己；夜间，我多用于做梦，鼠标和键盘是我的筑梦工具，我在写一个电视剧的剧本《忍者神印》。说到动机，它和女人的心思一致，都属于套娃那样既简单又深藏的玩意。我的第一层动机便与我所处的梦世界有关：《忍者神印》要是被某个导演看中了，我也就可以搬出这间暗房式出租屋。

电脑边，摊开几册有关忍者和忍术的书，从网上淘来的。照本宣科吧，"忍术之印"与道家的书符念咒可能同源却有不同的法门，忍者需持无念无想的诚意、超生越死的神思,手指结成宝箧之印以护住肉身,于是乎,奇妙不可思议的事情便可发生,到底会发生什么,书上的话,谁会全信呢?我在瞎编的《忍者神印》以忍术的"九字真言"(临兵斗者皆阵列在前)为纲目,"九字真言"配有"九种手印",我打算写九九八十一集。当我写到第三字真言"斗"——相配套的手印为"外狮子印"——我写不下去了,想破脑壳也想不出推动故事的花招。这忍者出没的梦世界让我心生油尽灯枯之感,我关了文件夹。

QQ挂着,提示栏闪出企鹅图标,时间显示:03:50。

我点开,发信者为螺狮:

告诉你,失眠的人,我还在"昨日之岛"。我看到了卢奇诺·维斯康蒂,他追求逼真到了吹毛求疵的程度,若电影中两人在谈论一盒珠宝,他会坚持要在盒子里放上真正的珠宝,即使盒子关得严严实实。卢氏迷信的真实是"万物之中的最后存在"吗?你怎么看?

我如堕五里雾中。卢氏是谁?我没听说过,看样子是个导演。导演我不时可见,离出租屋不远,肯定就窝了一串,他们造出的梦罩子让我所在的横店变得似真似幻,我没法回答螺狮没头没脑的发问。

三四点还不睡的螺狮对电影的真实性如此上心,他不会是一个导演吧?难道他也在横店,与我同在这一巨大的梦宫?这个网名搞怪的家伙,我摸不清他是何方神圣,螺狮,还是螺蛳?我原以为他写了错别字,后来,看到他挂出几句诗来,才明白他是故意写成这样:

一头螺狮
瞎子说,那个生灵无法丈量
我说,那个生灵已经不在
他是一头陷在硬壳里的狮子
一个冷蓝的孤独
激怒
一个漆黑的孤独

三个月前，我在聊天群里加了螺狮的QQ，彼此深夜挂网，聊几句不着边际的话。QQ似是世界尽头的海洋，那里涌出一批批海滩游客，各自隐藏来历，戴着大墨镜，身子埋在沙堆里，头朝天或沙，说些虚虚实实、不痛不痒的话，谁也不知道谁，谁也不深究谁，谁也无须对谁负责，也不会被谁盯梢。我喜欢这样的海滩，也喜欢那些扑闪闪、唧唧叫的头像，大家脸上都蒙块布，跟小时候"捉迷子"一样。我的昵称"云杉鹅"和"螺狮"一样，也是一种虚拟物，虽有来历，却不足为外人道也。对螺狮03:50发给我的"晦明帖"，我忍不住应了一条，像松鼠对落地干果的回应："你在盲打吧，说梦话一般。"

"这时候能听我说梦话，也算是一知梦。"

"梦里不知身是客。"

"客从何处来？"

"洛杉矶，好莱坞。"

"哦，云杉鹅，那个年代的空客，是来自好莱坞洛美因大街7000号吧。"

"你，好像来自《盗梦空间》，你也是霍华德·休斯的爱好者？！"

"他呀，伟大的梦想家，最出色的女色收集者。"

"7000号皇宫不比阿房宫逊色。"

"是呀，休斯足以让所有活过的男人和活着的男人都惭愧。"

"据说，他其实是一个羞涩的人。"

"问题是，你无法说清他到底是一个什么人。"

"我来说一个，休斯是世间男人最想成为的那种人。"

"他后半生可糟得很，伟大的梦想家最终沦落为厌世隐士。"

"他的行状，像侠客岛上那些痴迷武功秘籍的高手。"

"那我该羡慕他啰，前半生已赶不上他，就直接过他的后半生。"

"大隐隐于市，你是吗？"

"世间再无霍华德·休斯。逗你夜间一乐。"

"你梦盒里有田螺姑娘吧，分享一下。"我回了一眼如桃心、嘴流口水的头像。

停顿约两分钟，螺狮回来一条："田螺姑娘是夜间女神，喜欢做梦的男人。"

我想恶搞对方，也是把一塘水搅浑："她看不上我，一个穷光蛋，两粒蛋在身。"

"她偏好穷小子。"附带发来一枚睁只眼、闭只眼、吐红舌的头像。

"螺狮，田螺姑娘还是留给你享用，我卧倒，不让眼泪陪我过夜。"

"休斯先生可是白天不懂夜的黑呀。随便问问，你白天干吗？"

"演戏，你信吗？"

"演戏就是要让人信嘛。不耽误你明天，不，是今天演戏了。我还得去昨日之岛。"

"嘿嘿，祝你和田螺姑娘上岛幽会，快活溜秋。"

这种深夜聊天，东一榔头，西一棒槌，均敲在云絮里。我敲得眼前冒出一串马奶子，便关了电脑，没关灯，没脱毛衣秋裤，一径钻进卷席筒般的被窝。

还是睡不着，拿起床头一本书，卷出毛边的《霍华德·休斯传》，属于"世界富豪百传丛书"。这本书是我从片场顺手牵羊拿回来的，不知是哪个制片人还是哪个导演的，也可能是哪个做着明星梦的嫩演员的。当时，片场比畜禽交易市场还闹哄哄，在拍一部武侠剧，正邪两派在一个边关集市开打，羊、马、骆驼、猎狗、演员、一笼笼鸡鸭，都兴奋起来。没我的事，我负责摆放鸡笼鸭笼，打完后收拾一地鸡毛。这样的场面见多了，我有点走神，瞅见了道具箱盖上一群亿万富豪，他们挤在封面纸片上，似说似笑，招手致意，好像在欢迎我加入。我飘过去，将这群"亿万富豪"收进灰夹克里。我往上提了提拉链。回到出租屋，我迷上了这本书，加之我有无数漫长重复的夜晚要打发，便看了不少于三遍。我还是无法了解书中所写的那个美国人，要不是标明传记，我会将它看成美国版的《侠客行》。书中从英雄到美人、从阴谋到爱情、从隐士到教派、从死亡到谜团，一样不缺，只少了武功比试。可休斯驾机独行长空，飞洋过海，活生生把御气飞行的剑侠梦变成了他的表演秀。这个最后变成了幽灵的美国人却鬼使神差变成了我的梦，《霍华德·休斯传》点开了我心藏的"套娃"：他是美国电影的教父，把狂想的梦搬进了摄影棚，我在横店算是隐居，我得写个电视剧剧本，撞撞自己的大运。为忍者造梦耗费了我大把的夜光阴，此外，我还能干吗呢？今夜，我和梦都卡了壳，像只紧了发条的玩具狗，却打不了鼓。

在飞往梦境的对流层，我看见了她，阿斯敏，我的临时女友，脸上闪着红斑点，从一个拐角出来。拐角看不见的一端通往烟气腾腾的厨房。对角线过来，是正放背景音乐的餐厅。她戴一顶小花帽，托着一个方盘，热气将盛汤的盅钵笼罩着。她穿戴成了某一部数十集电视剧里一个饭馆服务员，为某一对就晚餐的暧昧男女而出现，出现过一次就再不会出现第二次。在梦中，我伸出手，将阿斯敏拉进另一部电视剧，我在里面演一个伙夫，我在杀一只羊，可它怎么也杀不死……

在我即兴的梦剧里，阿斯敏跑进厨房，她撩起跑偏的花裙子，坐在那只流血却不死的羊身上，看着我摆弄一盘日本豆腐。她伸出手来，我随即堕入梦的散逸层。

2

我在洒家酒店要了一盘皮蛋豆腐、一盘白煮肉、一个炒饭，加一小碟腐乳。早餐中餐，我并起来吃。

窗外，太阳当顶，横店的街道像是逼真的布景。

厅里，两桌客在喝酒，是本地人在招待外地客商。桌上摆了鸳鸯火锅，涮羊肉的气味被辣椒油的呛味所掩盖，像梦里掩盖着我和阿斯敏的苟且。

他们在谈投资公司、融资项目，谈起一位杜老板，喝酒声一齐撑竿跳，在空中翻鹞子，齐祝跟着杜老板发财，一串喝高了的声音落下，弄出钱币的声响。一个瓷实汉子脱了夹克，敞出景泰蓝花色领带，将脖子锁得紧，脸是浓汤色，口音扎耳，转到了收藏话题："上午看到张龙椅，背后摆个九龙屏风，叫么子镏金掐丝珐琅九龙椅，蛮气派。真服了你们横店人，许老板，敢把皇宫建在自家水田里，还搞得像真皇宫，龙椅、龙床都搬回家里，就差一群妃子。"

被称作许老板的用普通话应道："哪儿来的妃子呀，红木梳子有批发，你们要买红木家具，我帮你们介绍。"

"许总，我们不和你争妃子，你们横店把影视城项目投到我们清都来，和政府签了协议，肯定要成立投资公司，你和杜老板参股不？你们参股，我们也来一成。"瓷实汉子的声音没有降调,谈到钱,更是牛气冲天。

"我们横店在外投资项目多,影视城项目好是好,可建设周期长,投资回报相应也长,还有更好赚钱的项目,我们下午到杜老板投资公司好好谈。"

"许总,我们清都有句俗话讲得好,讨亲要看根底,赚钱要靠伙计。只要项目来钱快,我们来一成。你下次来清都,保证陪好你,安排你吃山珍海味。"他的高腔一直回荡在鸳鸯火锅上方,辣味像一个大红气球朝我撞来。

我太熟悉他那不用降调、一味尖高的口音,是我老家清都的乡音,和夹生的普通话混搭在一起,别有一番滋味。我缩了缩鼻子,心莫名一紧,低头扒饭。

瓷实汉子起身,去厕所走反了向。白煮肉堵住喉咙,我不想再吃了,侧身,走到吧台结账。经理见我是熟客,抹了零头。

"叶经理,小敏她什么时候回来?"

"谁晓得她还来不来。"

"她还有东西在店里吧?"

"什么东西?"

我缩缩鼻子,笑了笑,走出洒家酒店。太阳给我来了一个黑眼罩,我跨上钱江摩托,点火后,隔着玻璃眈了眈大厅,火锅热气将他们变成了两桌毛毛头。

摩托冒烟,身影弹出,洒家酒店抛在我屁股后。双层夹克鼓进风来,里层小口袋晃荡着一部小合唱,是手机、槟榔、香烟、钱包、弹簧刀和圆镜子在厮磨。

小圆镜是阿斯敏买的。在我的出租屋内,她照出一张红豆糕般的脸说:"你在片场先得照照自己,看像不像你演的角色。什么时候你给星爷说呀,给我也派一个角色,我保证上镜。"小圆镜在阿斯敏手中转悠,她的脸和我的脸交错闪现,一会儿"红豆糕",一会儿"鬼脸儿"。我回道:"你在《花妖快跑》中看我演得像不像呀?""我看了三十集,也没看到你影子,你说在三十八集,可那部电视剧只有三十六集啊。""后期制作给压缩了,星爷说的。""你耽误了我看韩剧,那个花妖嗲过了头,跑什么啊,无非是想让天下男人看她的大长腿！你要给星爷说呀，给我也派一个角色，我肯定上镜。""好吧，要是有妖精要吃的番女，我会给星爷说，一定派给你，你可以直接上镜，不用化妆。"阿斯敏将小圆镜拍在我手心，嗔道："宁愿给妖精吃掉，也不给你这没良心的。"阿斯敏赌气走了。

我和阿斯敏是在洒家酒店混熟的，店里人喊她小敏，只有我喊她阿斯敏。她是服务员，我是食客，我们混成了一团，也可以说是"对食"。事后，我想起洒家酒店的常备菜白煮肉，肉从冰柜里解冻后，切成块，汤水作料在锅里翻滚，肉团白花花浮上来。我和阿斯敏要比后宫的太监宫女幸运，可直接享用彼此的"白煮肉"，还可变着法子享用，比如，蘸酱。说实话，除了联想到蘸酱、淋生蚝油的"白煮肉"，对阿斯敏，我所知甚少。

半个月前，出租屋内，我午睡刚醒，阿斯敏跑来，找我要两千块钱，说是家里有急事要赶回去。我不记得刚做了一个什么梦，好像是躲在一间老房子里，一群人在踢门……我踢开"卷席筒"，扳倒了阿斯敏——作为梦的绵延。阿斯敏何时走的，我全无印象。她从我裤兜里拿走了我刚领到的工资，三千一百多块，留给我七十三块五毛，够一份外卖晚餐和一份汤面早餐。

我感觉到，阿斯敏可能再也不会给我提供"白煮肉"了。一周前，她回了我一条信息："眼睛里长了个囊肿，要动手术割掉，想哭都没眼泪，我遭了什么罪呀？"我发信息调笑她："眼睛里长囊肿，那你不成了三只眼？快回来吧，星爷这儿有新角色等你来演，一只妖，三只眼。"她没回。深夜再打，欠费停机。

我有点想她，在想她的向度上会出现摇晃感，我要的就是这个，两个人的摇摇晃晃。我们曾有约定，彼此不问来历与家庭。我要她喊我冲哥，我给她取名阿斯敏，相互不知底细，心照不宣，身体更好"对食"。若是她回来了，我会用清都方言狠狠"作酱"她。"作酱"一词多义，可以指打情骂俏，可以指吃饱了无事生非，也可以指发酵之物达到膨胀之时，还可以指某种几近通神的手艺，而我和阿斯敏，用我老家话来形容，不过是"作肉酱"。

此刻，我骑行在横店街头，头顶秋阳，脚底有一股寒气升腾。我没心情多想阿斯敏，我得像一只爬出洞穴的蜥蜴，慢慢"还阳"——借太阳光来温热身子，回到地面活动。回闪的镜头忽然冒出：多年前，在家里沙发上看《动物世界》，看到这一身鳞片的畜生爬到岩石上晒太阳，样子发呆，头尾迟钝。它在它的"还阳"过程中，似有万千光毫穿透皮质层，扎入冷血管，嗞嗞作响。它突然长尾一甩，眨眼就消失在丛林里。当时，老婆靠在我肩上，发尖扫过脸，弱电流过一般，有点麻痒……此刻想起来，秋阳下，我仿佛和遁入丛林的蜥蜴产生了通感，被阵阵袭来的晕眩所笼罩，我为什么要和那畜生一样，突然跑起来？

我骑在"钱江"上走神，差点撞倒一个上学的小姑娘。小姑娘后退几步，看我的眼神迷蒙而慌乱，没法形容。我急刹，歪在马路边，出神地望着她。她抿了抿小嘴，扭头小跑，连蹦带跳过了马路。我想提醒她慢点，又怕吓着了她。在晃眼的阳光里，我想起女儿铃子，也该有这样漂亮而迷蒙的眼睛，也该背着印有卡通图案的双肩书包穿过清都马路，她该记得不停朝两边看路吧，老婆该去接送她吧。清都人凡事喜"冲"——横来直来老子都敢来的样子。清都人骑车、开车还"起飙"——敢在大街上演《速度与激情》。

铃子，你慢点！我差点喊出口来。

身后传来鸣笛催促。我没回头，放开刹车，我飙出的曲线汇入无数的曲线和尾烟，形成秋阳下一片漂流的曲影。

两片扣在金属环里的钥匙在点火器上弹跳，像"金蝉子"展开双翼在空气中震颤，在难以觉察的过程里，拥挤的声音将我推向阳光织出的围网。

万千光毫里，横店的街道一会儿逼真，一会儿失真。

那小女孩看不见了。

3

我干活的地方在一家红木家具店尾部。店名"宋煌家具"，店门像一崔巍的牌楼。那样的店在横店比比皆是，一般店面阔大，装潢考究，说是红木系列的家具，摆件琳琅满目，里面的学问深浅不是我所知晓的。我的流动岗位在店后仓库，像是片场的候场区。对于家具和演员，我多少有点见识，他们的本来面目都得由一层层修饰遮盖着。

山东大汉老马坐在发货室里一把油漆烤老了的明式座椅上。那儿是发货主管小谢的地盘,也是我等临时的寄身处。对着过道开了扇小窗,像老式医院的取药处,也像号子里的放风口。

我递给老马一根新安江。"马大哥,你把络腮胡须刮干净,演武松不用化妆。上次那个演武松的,空有一张脸,没蹦跳几下就喘气,要替身替他打,比西门庆酒色掏空的身子都不如,哪有你马大哥精气神足,双臂一晃,有千斤力气。"

"俺在剧里演了个挑夫,连俺自己都没认出来,你演了啥?俺忘了。"老马吐出个烟圈,和络腮须相纠缠。

"店小二,我这身子骨也只适合演店小二。导演安排了几个跑堂的穿梭跑,我连给西门大官人倒酒的机会也轮不到,别的店小二给抢了先。"

"那俺肯定是没跟上武大郎的炊饼挑担。"

"下午还有戏没?"

"等星爷电话,不会撂下你。"

"嘿嘿,女二号出场了。"我朝老马笑眯了眼,转脸对着小窗。外面起了穿堂风,砂纸打出的木灰从看不见的地方飘来。

小谢出现在穿堂风里,她显胖,穿套雪青色青果领西装,紫绸衬衣凸出,走路先压脚后跟,马上跐起鞋尖,高跟鞋好像时时踩在水中石礅上,小心着,也别致着。

"谢库长,给咱们派啥子活啊?俺一点钟就到了仓库打坐。"谢库长是老马叫出来的,他还说库长比店长要大,店长只是一个门面摆设,库长才是实力所在——家底、货物都在仓库里头。谢库长是店老板的姨妹子。店老板本人没在店里露过面,我们对他也没兴趣。我们伫喜欢拿谢库长紧绷绷的翘腚取乐,老马的结论是,谢库长的后臀重量是前胸的两倍半多一点,这就是她为啥这样跐起脚走路的身体原因。

谢库长说话有点像放洗澡水:"黄师傅怎么还没来?马上得给菩萨装箱,你们谁打电话给他?"

走道里传来一阵手机铃声,旋律是容中尔甲唱红的《神奇的九寨》。四郎来了,他中等个儿,结实,走路飞快,穿件落色牛仔夹克,随穿堂风敞开。

谢库长派下任务:"你们去给紫檀菩萨打包、装车。"

"谢库长，你小声点说啰。菩萨不能叫个，要称尊。请动菩萨也不能说打包，要说请宝盖。菩萨出行，百鬼遁形……"

老马帮腔道："四郎此言极是，谢库长，咱们东岳大帝你拜过没？东岳大帝又称'天齐大王'，不是孙猴头自封的那'齐天大圣'。东岳大帝法力大，脾气也大，有一年，敬香客香烛没烧好，他一腚就把南天门坐崩了。"

谢库长从明式座椅上蹦起，将我们轰出她的地盘："你们跑龙套跑多了，真以为自己是皇宫里的戏子呀，你们要演戏，到秦王宫、到八王府去演，少嘻嘻哈哈，别在我面前起花腔。"

我们笑着走进仓库。悬空吊灯照出无数木制品，有木雕、屏风、玄关、桌椅、案几、箱笼、博古架、明式书柜，再进去就是数十尊木雕佛像。我总是把菩萨们搞混，四郎大都认得，谁是释迦佛、燃灯佛、药师佛、卢舍那佛、大日如来佛、阿弥陀佛，谁是弥勒菩萨、文殊菩萨、普贤菩萨……

这回，我们要搬运一尊背部雕出熊熊烈火、面容愤怒到极点的金刚，九尺有余。四郎认得，是怖畏金刚，也称大威德金刚，最多的有九首。四郎说他全身都是象征，指着金刚左手中的木弯刀说，这刀法力大，可"夺爱欲魔之命"。金刚右手托着个头骨形状的钵，四郎说，里面装有"四魔之血"。

我踮脚朝钵里一望，空空如也。钵底紫砂色，盛些光影。

四郎笑道："可不是你们中土菩萨，是密宗护法神，肯定是那边寺院请的啰。"

"四郎，这金刚也是你和你老婆的护法神吧？"

"小马哥，你还真说对了啰。"四郎笑时，总让我无端想起寺庙里好听的诵经声，尽管听不懂念的是什么。老马也笑，他笑起来却像个讲笑话的金刚。

老马从不提及自己的家人和经历。四郎遇到的变故，他一五一十说给了我和老马听。四郎大名黄自喜，他酒后说祖上出川做过官，至于什么官他忘了。熟悉快书的老马临时封他为侍郎。他说普通话不卷舌，四、侍不分，喊顺口就喊成了四郎，也就我们几个工友喊喊。大家萍水相逢，干体力活，要乐子得自己酿造。四郎说自己是九寨沟山下人氏，开货车压死了两个人，货车变成了人家的，房子也是人家的，只剩老婆还是自家的，两口子都信藏传佛教。他老婆是个梦婆子，梦见了她信奉的本尊如意轮观音，有六条手臂，四郎将观音六臂的象征含义说得清清白白，可我记不得那些堂奥之词。他们来横店也是如意轮观音托梦所开示，他老婆梦里听见的神谕是："你丈夫压死两人，孽债比雪山难消，你们得去远地积善，就是本尊手中念珠化形之地，去吧……"他老婆醒来后给家里供的菩萨长跪，献贡品，念经文。一早，上寺里打听，得知寺里的观音雕像来自东阳，他们就不远千里来到横店。横店各式各样的木雕菩萨、金刚、财神确实多啊，他顺着如意轮观音的托梦神指，便来到这宋煌家具店。四郎说，他再也不摸方向盘了，他这辈子是为那两个升天的人准备的，他天天给他们供"五明灯"，念祈祷文《穆则玛》。

我们动手给怖畏金刚包海绵加泡沫塑料。怖畏金刚的披挂向两边伸展，雕得繁复，看着目眩。四郎爬上人字梯，从金刚怒气冲天的木头包起。我走了一会儿神，金刚不见了，眼前出现一个巨大的白色卷席筒。金刚隐去了真身。我开始胡思乱想，它是不是变成了一个忍者？记得书中记载了这样一位忍者。从前日本的护良亲王，被敌兵围困在奈良般若寺里，他东躲西藏，无处可藏，抬头看见两个藏经柜，随即取出一个柜中的佛经，自己藏身其内，又取佛经放在外边，遮住身体。敌兵入寺搜查，该亲王在佛经柜中结手印，进入无念无想境界。敌兵搜查得彻底，就差掘地三尺，可就是没发现他们眼皮底下的护良亲王。该亲王依靠的隐身法术就叫"观音隐"。我那写不下去的《忍者神印》是不是也要请动这位金刚呢？这位金刚大驾一到，我会不会像一条紧了发条的玩具狗一样击鼓不停呀？

我开来一辆威玛牌叉车。六轮物流货车停在仓库外。怖畏金刚在叉车上打战。老马和四郎一左一右紧紧护住它，慢慢前移。

"四郎，这菩萨挺沉，是紫檀吗？"

"马头，金刚是金刚，菩萨是菩萨，怖畏金刚还不是菩萨……"

"你咋这么多废话？难怪菩萨罚你来当搬运工！"

"马头，菩萨是给我指路，不会错。"

"四郎，那俺跑到横店来，也是菩萨指的路吗？"

"你的菩萨。"

"俺没菩萨。"

"谁都有自己的菩萨，是你没找到他，就看不到他。"

我喜欢听四郎和马头斗嘴，平添了一些乐趣。此时，木器到了我们手中，也就不那么垂沉，不那么榔槺。

叉车到了谢库长面前。体胖的她在包得严严实实的怖畏金刚面前，相当于一个芭比娃娃。

老马笑道："谢库长，四郎说，你们店里的菩萨是用假紫檀雕的。他从九寨沟来，晓得藏区教规，卖假菩萨，死后肯定进地狱，变成饿鬼，瘦成一根灯芯，还要当油灯点啰……"老马将"啰"音拖得麻绳一样长，模仿四郎的口音。

四郎回道："我说马头，菩萨他不说一句话还是菩萨，你马头说一千道一万还是马头。"

马头和四郎一唱一和，像在演不化装的戏。谢库长僵在小窗口前，她有点悬挂，不像演员，也不像观众，她一点也不想配合他们演下去。我忍不住扑哧一笑，手脚抖动，叉车往前一冲，怖畏金刚瞬间抖歪了——老马和四郎虽在另一出戏里，却也眼明手快，肩手并用，扶住了金刚。

谢库长找到了骂口："看你五心不定，要是摔坏了货，剐了你，卖了你，也赔不起！你们一个个油嘴滑舌，到园子里去当演员啊，我们店里的活，不是没有人干。"

老马的武松脸变了色，他唱个吆喝道："起驾，送菩萨上车。"

起吊机卡住了。怖畏金刚难上难下。老马和四郎亦动弹不得。

"马冲，快去喊人来帮忙。"

我跳下叉车，七弯八拐，从后门闪进前店。七八个客人在阔大的展厅看货，闻其声，正是洒家酒店吃饭喝酒的那一班清都客。那瓷实汉子一嘴酒腔，一口清都土话，正在给同伴介绍：他与这家的杜老板很熟，多年合作伙伴；杜老板前几天去加拿大探亲去了，要不然会亲自出面接待；杜老板委托了许总和他接待大家考察红木家具店，下午还要考察杜老板的投资公司，顺路去看"清明上河图"；杜老板他是一个很大的老板，做实业，搞投资，开发房地产，老是在天上飞，是个财神爷，钱就跟着他在他身下面形成龙卷风；杜老板正在杭州开发一个房产大项目，有钱大家赚，我们都有幸成为杜老板投资公司的股东；过两天我们去杭州，许总安排吃住都在西湖边上……

我背对他们，在一面木雕屏风前看上面的浅浮雕。雕的是"雄师过江"：无数士兵从木帆船上跳入江边水中，持枪冲锋。一个女兵的背影在扯风帆。江面上，樯帆如八部天龙展翅，似有雷霆千军奔来。一个仰头吹号的号兵，侧脸对着江面上踊跃的身影。他吹号太投入，眉头拧着，眼睛紧闭，似在枪林弹雨中而无怖畏。

这扇屏风浮雕，我看过多次，觉得雕得入神，抓住了我心中的什么，却说不出来。此时，脑后，唧哝哇哝的清都话在旋转、会合、散开，随后飘出牌楼般的店门，咣当一声，全被关进一辆咖啡色面包车。尾气喷出，汇入满街的众声。消失的清都话留给我的，犹如喝了几杯老白干后出现的云飘。

我拢回神，叫上四个后生，来到仓库前的货车旁。

四郎涨红了一张脸，"小马哥，你南天门请神去了啊，再不叫人来，我可要随大金刚去西天啰。"

老马高声起个吆喝："八大金刚齐备好，抬起来，哎——"

无数吆喝，一支烟久，看不见真身的怖畏金刚上了车，四郎给它和其他一些木雕铺了一层厚海绵。后盖拴紧。雨布蒙上。

谢库长用本地话交代了司机几句，听着像一只翠鸟叫。我走神想起老婆说话的腔调，像一只乌鸫——又名百舌鸟……

今天，我老是走神。

货车启动，过了推拉式铁艺门，拐弯就不见了。

众人散去，剩下我们仨，抽烟歇气。老马脸色有点疲倦和落寞，他突然冒出一句："四郎，这车菩萨会去哪里？"

四郎脱口而出："回家。"

老马望着天际出神。横店的天空在午后阳光里显出一种颜色，像高炉里熔化的铝水在慢慢冷却。他朝我喷出一串随即飘散的烟圈："走，马冲，俺兄弟上京城赚烟钱去。"

4

我跟着老马朝那座城龄十余年、赫赫有名的仿古城走去。已过未时，入城的人少，出城的人多。城门口，大串红灯笼在秋风中摇摆不定，刻意做旧的城墙和城楼横亘眼前，城门上方，横书五字，也是刻意的古意："清明上河图。"右侧，挂出一巨幅海报，一对宝蓝色的俊男靓女，着古装，特写了四只大眼珠子，不比谢库长的前胸小多少。竖写的繁体字夸张变体，从这对男女身上穿过："汴梁一梦"。不少游客在此照相，他们脸上的笑容很刻意。我加快脚步。行人都不想装饰别人的镜框，我的心思在取景框之外。

老马朝检票员亮出一个东西，领我进了入口。我进来过好多次，多是老马领进来的。老马和本地一个专为拍摄组提供群众演员的星爷混熟了，星爷不时关照老马来演贩夫走卒、披甲之士、官府家人。老马还演过御前侍卫。那回，他离皇帝和妃子约一粘竿远，粘竿处的太监们赶不走鸣蝉，被他溜着腔儿训了一通，那是他在电视剧里唯一说上三段话的台词。我在该剧中演了一个在城门口迎接回朝王爷的京官，我的脸混杂在一片红顶子下。托老马的福，他把我介绍给星爷，我才当了一回见帽不见脸的京官。以前，我演的不是店小二便是过往的行人。星爷说，我这身材和灵巧是专为店小二生的。

走进此城，总有一种奇怪的感觉偷袭我，或是在暗示我：你和那些游客可不同，你和自己被囚禁的肉身暂时道别了。你穿越了，进了汴京，跨进了大宋朝，参差的楼宇铺陈开来，仿宋的雕梁画栋、飞檐青瓦支付给了秋阳，脚下的铺砖、头顶的青天都已获得神秘的授命，可以把时空搞错乱，既逼真又失真。大家都一起来吧，参加这盛大的化装舞会……我怎么如此喜欢这感觉呢？哪怕是演一个只见屁股不见脸的店小二。

老马走在我前面，孔武有力，目不斜视，嘴不开声，仿佛是微服私访归来的大宋提刑官。

我看到了大宋坊前的路禁，两员警察剪手而立，背对阳光，似在眺望相隔于汴河、垂柳掩不住的画楼。我不由自主跟着走神，张择端的《清明上河图》，长轴的影印卷，我看过多次。一时，我觉得这两员警察如同电影倒带中的人影，快速闪退，闪到了绢黄的画中，变成了头裹布巾、融入繁华的小纸人……怎么会冒出这么个念想？我打了一个激灵。

老马在喊我："咱们先到棚子里换衣化妆。"

我这才注意到大宋坊牌楼左侧,临时搭起了一个红顶黑围幔的棚子,棚口有几个穿防水外套的年轻男女,或蹲或立,说着话。一个将头缩在针织纱帽里的女孩在翻看剧本一类的纸卷,只看见她罩在外套和纱帽里的侧影。一些披发长衫装扮的陌生男女在棚口进进出出。

老马闪进棚里,我也跟了进去。里面乱哄哄,像是《渡江侦察记》里国军的指挥所,脱衣声、摔鞋声夹杂着呼这叫那、打情骂俏,电灯光、镜子反光和光膀子肉光交错成片,散发着热烘烘的牲圈气。又仿佛进了一个北方大澡堂,水汽弥漫处,灯影人影如幻。群众演员和一些次要配角均在这里换装。

见到了星爷,瘦个儿,灰白脸,戴顶瓜皮帽,穿的也是戏装。他给自己肯定留了角色。副导演一脸憔悴,他手打"迷踪拳",说话"一挂鞭",给老马派了一个掌柜角色。老马被人领去变掌柜之后,轮到了我。关于我的角色分配,星爷和副导演起了点小分歧,星爷说我演店小二有经验,店小二是为我量身定做的。副导演要我念一段台词,我照念了:"这位客官,本店绸缎是苏绸,您摸摸,这手感,您瞧瞧,这颜色。"副导演的脸像谁欠了他三天三夜瞌睡一般,他对星爷说:"口音太重,说不好舌尖软音,咱们这剧演的是江南游,让他演个客官。叫下一个。"

我走出黑幔围着的棚子,已变成某朝子民。我没有名字,有一个身份,客官。我摸出小圆镜,看见自己头戴绿纶巾,眼中布了血丝,眼神空空然,像是与自己毫不相干的一个人。罩箍的假发直扎后颈,痒得我狠抓了几把。我身着绫罗衣,手一摸放出静电,哆嗦的条件反射传到脚板上,足底的粉靴踩着麻石板,有些找不准重心,连脚好像也不是自己的。

我瞥见棚口还在埋头看剧本的女孩,觉得有点眼熟,一时又想不起在哪儿见过。换上绫罗衣后,背心凉飕飕,我忍不住咳嗽了几声。那女孩没抬头,几个剧组勤杂都没看我,他们看多了明星。

身后不断冒出的某朝子民推着我往前走,我见到了老马,险些没认出:老马身穿掌柜装,头戴掌柜帽,气度比掌柜更像掌柜,江南华都一家布店的掌柜。

掌柜瞅着我嘿嘿笑道:"你成了一个不伦不类的高衙内。"

"马掌柜,我们到底要演哪一出呀?"

"星爷告诉了本掌柜，《风清扬传奇》。"

"哪个风清扬？"

"《笑傲江湖》你看过吧？"

"哦！风老前辈，那该在华山思过崖演啊，风老前辈跑到'清明上河图'来干吗？"

"你《笑傲江湖》读得不熟，话说当年——"老马在我跟前说起书来，"华山气宗、剑宗两派在山顶斗得血雨纷飞、你死我活，风清扬正在江南娶亲。原来，江南娶亲是一场早就谋划好了的大阴谋，风清扬他岳父被气宗买通，花钱买了个美貌妓女冒充千金小姐，将他羁留在江南温柔乡里，天天陪着妓女新娘游山玩水、逛街听戏。咱们要演的，应该是这一段……"我们这一对古装打扮、武侠片中的跑龙套，站在片场外围，一个眉飞色舞说着，一个张口瞪眼听着，该是另一番滑稽景象。

眼前的大宋坊，钱庄、药店、饭馆、当铺、糕点店、绸缎铺均装点成旧时模样。还有一间瓦肆，群众演员已入场，说书人有四郎那样的肉实身材、灿烂模样，他摆出了开讲的架势——这场戏会从这里开拍，导演、副导演、拍摄师、灯光师、场记、助理等均已各就各位。街旁，衣着时尚的剧组人员、少量游客在观望，古装打扮的各式演员在街旁各段候场，五花八门的电子设备正对着光与影即将展现的穿越魔术。此时，我觉得自己在一种微妙的共时态中。老马也看痴了。

星爷在我俩屁股上各赏了一巴掌，笑道："二马，马上该你们了，快到布店去预习预习。"

"星爷，你演啥？咱们二马给你捧场。"

"我马上得死在乱刀之下，你们还捧不捧场？！"

我们各笑各的。笑完，我跟着老马进了布店，走得匆匆，匾额没看清，似是"青雲布店"，又像是"青霓布店"，店顶现出那种螺蛳纹，青幽色。店小二比我们先到，长着一双斗鸡眼，让人忍不住要多看他几眼。剧组有人来说戏，掌柜和店小二有台词，我没台词，我出场是陪衬，只需在一旁瞅瞅。

剧组一个红头发向我摆摆手，要我退到街边指定地点。

街上突然热闹起来，涌来一些逛街的某朝人，各自走出怪怪的姿势。

一帮妇人出现了，或挎个食盒，或提包糕点，或捏条手帕，或两手空空。她们都没笑没闹，因为知道摄影机在眼前身后对着她们而有些忸怩作态，走得不像自己，应该也不像某朝人。男人女人目光一律直直的，空空洞洞，仿佛被施了法，抽了魂，荡到太阳和灯照底下来梦游。这样的身形和眼神，我见识得多，在拍摄现场见过，在很多电影电视中见过。我老觉得，导演安排他们出场游荡，是让他们来热场，也是当活动的道具，想把那穿越魔术演逼真。可他们根本找不到逼真感，只会穿着古人衣裳演皮影戏，让这些古装戏一看就漏洞百出。令我困惑不解的是，导演们一点也不在意这些穿帮露馅，或许他们早就知晓了这些穿帮露馅，却不加剪辑，他们是不是借此来掩饰更大的穿帮露馅呢？我正要走神想起一点什么，身后一位蓬蓬头助理推了我一把，我往布店走去，双手不由自主轮摆着，厚底靴自动前移，偏西的阳光照来，我客官的影子如折叠伞一般。我现身在光影里和众目睽睽下，真切感受到一种与我有关的消失，一种消失的晕眩……

摄影机并没对准我，在拍锦簇的布店，马掌柜低头坐在柜台里算账，店小二站在一捆一捆整齐摆放的布匹前，助光灯打在上面，长块长块的颜色。店小二身后，五彩布匹堆成背景，像画出的布景那样。

我走进了画布中，店小二迎上来。按照说戏的要求，我只需装模作样看看，无须对话，亦不必点头。我被允许摸一摸摆在木架上、被密密匝匝捆紧的布匹。我摸了，绸缎滑溜溜的手感消失了，细细碎碎的摩擦声在手尖上冒出来，刹那间，这种声音好像通过指尖流进了体内，血液在看不见的皮质层下沙沙作响，仿佛钻进一位工匠在里面打砂纸，恰似给那些木雕菩萨打砂纸。

我双手捏住了一匹布，这匹布有着地球仪上几大洋那般凸出的深蓝色。我太熟悉这颜色。无须用力，整匹蓝布脱离了木架（它尾端露出没抛光上漆的杂木白纹）。布匹看上去如此整齐厚实却又如此轻盈，眨眼间获得浮力一般，悬浮在我两手之间，我仿佛轻轻举起一个纸糊的地球仪，不，是我一段辉煌的往事……

我来不及将往事回味，几乎同时，溺水般的感觉穿过灯光和布彩，淹没了我。

"放下！暂停。"副导演一脸倦色，脸部扭曲。

我打了一个激灵。

"谁叫你动布匹？你好好看着，不要乱动，等演员进来。"

麻石街上，传来一阵马蹄声，两位女子骑着两匹马驰来，两团喷雾一般，她们停在布店门口。打头的女子穿一身小龙女一般的白，手抓一支纹饰剑鞘，将缰绳一扔，闪进布店。我瞟了一眼身后，店外，一位紫衣女子牵着一白一黑两匹乖头乖尾的马，手按一柄斜挎腰际的弯月刀，给我一个紫黑背影和一头披肩长发。店小二迎上去，说了那句我说不顺溜的台词，他的斗鸡眼和软滑腔一闪而过。白衣女子扭头，朝马掌柜说："掌柜，你店里的布匹，我全包了。"言毕，取出三锭金元宝往柜台上一拍。她跨出布店，翻身上马，冷俏的明星脸如同一张挂在高跷上的化妆面具，逆光移动。紫衣女子跟着上马，侧脸有点柠檬黄，眼睛半眯着，头落在白衣黑马的留影里。我认出是在棚口看剧本的那个女孩，她当时穿着演员上场前常穿的长外套，头戴针织纱帽，将做过造型的假发罩住，可我还能认出来，似乎不是她的相貌，只是她给出的一个轮廓留在我记忆的迷宫。在布店里，我无法集中念想。

她们骑马到了下一个拍摄点，一间棺材店。

没我的事了，我这位某朝的客官被抛回大宋坊的街边，混在剧组杂务和看拍戏的游客当中。马掌柜还有戏。

蓦然，我感觉到有人在看我。街旁的游客当中，一双牛眼珠子放出异样的光来，和我眼光一碰，随即滑开——是他！今天见过两次的瓷实汉子，还有他的投资考察团队。我全身浸入一种感觉，如一位被捞上岸的溺水者，黑晕、耳鸣、腹胀、脚麻一齐来袭。天空变成了一个大影棚，逼真，又失真。我只想撒一泡尿。

难道他们认出了我？我怎么觉得他们面生又面熟呢？还有那个紫衣女子，她又是谁，在哪儿见过？我突然恼怒起来，想挺着这身客官服，昂头走出客官步，朝他们走过去，揪住他们一个个问：能认出我是谁吗？我在这身打扮里，谅你们也认不出我是谁。马冲，认识吗？令狐冲，认识吗？

我转身去寻厕所，对还没上场的风清扬和他的妓女新娘，顿时失去了兴趣。

走出花树间的厕所，这身客官打扮荡漾在秋风里，几乎轻如刚才在布店拿起的那匹蓝布。晃荡的裤管下摆现出几块铜钱大的湿印。我走出大宋坊，回到红顶黑围幔的布棚里。一群扮演街妇、女佣的娘儿们挤在几块镜子前，照完前身看后装，看完整体照局部，越嗅越浓的脂粉气呛鼻冲脑——这到底是某朝的气味还是今朝的气味？我站在她们身后发呆，无数往事涌来，将脑壳变成了一台超负荷的变压器，几乎要熔断……

老马进来了，我俩互相看了看，他笑道："不识本掌柜吗？"

"风清扬呢，他和妓女新娘进你布店来看布没有？"

"星爷说了，他还在从华山过来的路上。"

"那个一身白的娘儿们是干吗的？"

"应该是魔教中人。本掌柜听星爷讲，她们还要买下这条街上的糕点铺、药铺、酒楼，还有棺材铺里的所有货物，鬼才晓得她们全包下这些干啥，说不定都是冲着风清扬来的，这些传奇剧，不来些神神鬼鬼，根本拍不下去。"老马打出一串哈哈，换下掌柜装，取下假发，我们变回了两个装卸工，走出布棚。

"马掌柜，你摸没摸那几锭金子？"

"摸不摸都是假的，你还真把自己当角儿，没安排你动布匹，你举起来干吗？"

"我，我，像拿块海绵一样轻。"

"本掌柜当然知道，都是假奶子，泡沫道具，上面涂些颜色，画成蓝布红布。"

"搬完菩萨，再拿布匹，我有点摸不着头脑了，风清扬到底是在哪朝哪代呀？马掌柜。"

"马冲，你没烧脑子吧，想这些干啥？咱们出了这大宋城，就是装卸工。"

我和老马并肩扯淡。每次当完群众演员，老马会在出演的角色里残留一会儿，说话的腔调会有一些变化，他自己不一定能感觉到。我和他一样，要回到装卸工的职业中来还得有个过程。我们是从这过程里挤出来的残余。横店的秋天在头顶上现出铝合金熔在高炉里的颜色，来来往往的游客，在西斜的太阳底下影子交错，谁也没在意它们和石板的瞬间关系，印上去又抹干净。

"马冲,这个是真的。"老马从裤兜里摸出一张绿钞,递过来,"你就是当烟抽了,它也会熏你肺,给你留下钱味儿。"

我接过我的演出费,塞进上衣口袋里的钱包。这个鳄鱼牌真牛皮钱包跟了我近十年,好几处磨秃了,生出几乎看不见的细毛。钱包沾了胸口的暖气,柔软温热如阿斯敏的小奶包。我的手在睡梦中老停在那里。

"水泊梁山"出现在眼前。老马开骂了,每次路过这处人造景观,他都要骂一通。这回,他以《水浒传》里酒家的口气骂道:"这帮鬼精鬼精横店人,他们要建影视城,就是东岳大帝对他们也'没遮拦',可他们不能糟蹋酒家的水泊梁山。你看,一口水塘子,谢库长的腔比它小不了多少,连人工湖都算不上,怎敢称水泊!你看看,一块破石头,黄不黄,红不红,酒家都比它高一头,连块店前石、村头石都不如,刻上'水泊梁山'四字,真把水泊梁山的名头折损完啦!提起林子里的水浒精英雕塑,酒家恨不得手持'黑旋风'那双板斧,把它们一排排全砍啰!你看他们雕的'武松打虎',哪是武松哟,身板还不如刚才演店小二的'斗鸡眼'。哪是吊睛白额大老虎,分明像只波斯猫!走,咱们找一处酒楼喝酒去。"

"马大哥,昨晚没睡好,搬菩萨金刚又累得我够呛,想回屋睡觉。"我魂不守舍看着过往的游客。

"你呀,'白日鼠'不像'白日鼠',晚上不睡白天睡,一副六神无主相,酒家不管你,老地方转转。"老马还在戏里,他反剪双手,大踏步上了水泥台阶,过了水泥门楼,与低头下来的几位花俏游客擦肩而过,朝"水泊梁山"走去。老马若穿上古装,提条哨棒,还真有几分夜上景阳冈的武松派头。

5

我是饿醒的还是被梦惊醒的?"还阳"那一瞬,只感觉腹部绞痛,扯着肠胃往下坠,痛得无底,却非空痛,刚醒的肉身特别不愿承受这种痛,痛得发慌。此刻,我没心思去计较那半个梦、一个梦,或一串梦。

开灯下床,电热壶烧水,洗漱一把。五谷道场泡了两桶,拌入老干妈辣椒酱,吃出了一身冷汗。

眄了一眼手机:0:13。灯光下的0点13分和中午12点13分,在蓝布厚窗帘遮隔的出租屋里看不出多少差别。我很少拉开窗帘看外面。横店是一座幻影城，在夜晚就是一个梦世界。别人来此，孜孜以求走上"星光大道"；我来"横漂"，好比是潜泳，得把头扎进水花中。"梦幻太极"我也没去看，得花好几百呀。有梦幻便有投影，我熟悉我周围的影子，这一片"横漂"们租住的居民楼，式样大抵如此，阳台上的悬挂也相似，似是一片身体招展出来的旗帜：牛仔裤、套裙、皮裙、短袄、内衣、胸罩。近来，阳光很好，旗帜鲜艳，阳光也不会遗忘我的蓝布窗帘，将阳台上几件衣衫变形的影子投印其上，影状有如一片泡水后展开的海带，还有的如一副大墨镜，那是阿斯敏的水红秋衫和垫入海绵的胸罩，晒在阳台上已近二十天。此刻，深夜收藏了无数影子，我在窗前发呆，我不知道自己在想些什么，或者，该想的都已想过，无数次狼奔豕突，到头来无路可逃……

0:33。我想起了他，螺狮。打开电脑，他的头像在休眠，如一粒蚕卵。

我忍不住给他写了一条留言："螺狮，你还在昨日之岛吗？和田螺姑娘约会是不是要遁入另一个时空？"

我突然想起了什么，手指顺从残梦的流出，给他发了一封QQ邮件：

  螺狮，陌生的Q友，我想你是知梦的。我刚才做了一个梦，梦见了风清扬，《笑傲江湖》中隐身的风老前辈。他在路上，从华山来江南娶亲的路上。他华山派的师伯师叔给他准备了一条街，将整条街上的东西，酒楼的所有酒菜、布店的所有布匹、糕点铺的所有糕点、药店的全部药材、棺材铺的全部棺材都买了下来，还有妓院的全部妓女，东西和女人都齐在一起。看上去，那条街像正月十五闹元宵，在等着风清扬到来。我夹在东西和女人当中，很着急，得给风清扬递一个信。东西和女人都是冲他来的，他的剑术再高超，也对付不了比十面埋伏还要厉害的这些。街上太拥挤了，我陷落其中，挤不出一条缝来，迷失了方向。前面来了一支五彩缤纷的蚌壳队伍，是妓女们扮演的。我看呆痴了，她们双手张开的蚌壳足有铁扇公主的芭蕉扇那样大，壳里绘有彩图，好像是"三言二拍"里的故事。随着她们一开一合，那些彩图像演电影一样动起来。我一不留神，或是说身不由己，闪进了蚌壳。一个妓女抱住我，娇声娇气说，郎君，我已等候你多时！我大声说，你搞错了，我不是风清扬！她将我抱得更紧，在我耳边撒娇：你就是风郎，我苦苦等待的风郎，我提前在梦里见到过郎君。我想挣脱，蚌壳已合拢。我想大喊大叫，她用舌尖堵紧我……

螺狮，我敢和你打赌，不管你做怎样的梦，你永远也不可能梦见我。而我却梦见了你。我那个梦并没有被舌尖堵死。就在那条街上，你现身了，我陌生的Q友，你在药店里坐堂，手持螺壳磨出的尖锋，在给一个胖子开膛，肝花心肺全露了出来，你翻卷它们，不晓得是在给他找病灶，还是给自己找什么，你埋头寻找的样子是物我两忘。我站在你身旁，盯着那个死胖子，嘻嘻念着诗句：在鬼唱歌的地方/怎能不引吭高歌/父母给了我去远方的名字/怎么还不浪迹天涯……

发完这些梦语，我如释重负。梦语也是暗语。为了试探对方，我不惜修改了我的梦，确切地说，是梦的后半部，与风清扬有关的梦，大体如此；关于螺狮的梦，是我刻意添加的，是为他量身定制的，我想验证自己的直觉，他是不是我推想的那位？那些人和事，我强迫自己要忘记，可就在昨夜和昨天，在横店，那些人和事突然串连起来了——要不是那首《螺狮》的短诗，要不是白天几次听到的清都方言，我不会做出如此联想。一个合格的忍者必须摒弃妄念，控制自己的意念，我不能，也就不是。忍者们可以在剧本里被我瞎编，我自己的往事却像一网被捕捞的鱼。

也许，一切要从那几句我刻意嘻嘻念出的诗开始。20世纪90年代初，我毕业于师范学院，学的是地理教育专业。我不喜欢这专业，便随校园时尚，读些时髦书，加入了文学社，在校刊上发了几首自鸣得意的诗。毕业后，我被分到清都一个乡村中学，那学校有一个挺诗意的名字，南风坡中学，比我先去的老师和调皮的学生却笑称自己在"鬼唱歌"中学教书或读书。学校落在山坳里，听说是开荒推坟建出来的。校园围墙后，多见一些凸起的土包，隐藏在灌木草丛中。刚来这里，不知晓这些暗门子，觉得此处风景不错，丘岗披翠，稻田披金，橘园在侧，水库眺望可见，游泳和谈女朋友，都是一个好地方。

与我同来报到的有学中文的胥承望，想起他那张脸，我就猫爪抓心。我和他的关系以及由此产生的账簿，太厚了，先锁在铁皮柜子里，慢慢清算,也许要用一辈子来清算。且说教初三英语的骆老师是个"半边户",老婆在农村,家有水田五亩七分,两女一子,老婆落下了结扎后遗症,干不了重活,下不了水田。骆老师修炼出来了"讲台功夫"和"田间功夫",既可以在课堂上将英语教得绘声绘色,也可以下田开犁,翻出的泥坯比调皮学生的作业本还整齐。我们这样称赞骆老师:他懂三国语言,分别是中国语、英国语、牛国语。有人说,三国语言低估了骆老师的语言能力,还应该包括猪国语。骆老师家喂了十几头猪,它们也听骆老师调教,不吵不闹不发病,多吃多睡多长膘。骆老师不懂三四国语言不行啊,"半边户"老师负担重,大女儿、二女儿在读大学,小儿子骆远在县一中读高一,都在用钱的当口上。骆远放假来南风坡,与我和胥承望混得熟。胥承望发神经,要成立"南风诗社",首先发展了我和两位女老师,后来他将其中的谢老师发展成了女朋友,继而发展成老婆。我对另一位岳老师有些想法,便想借诗和岳老师亲近。而骆远,胥承望判定,这小子有天赋,是璞中的骆一禾,他扯着骆远谈诗,并将他扯进了南风社。"在鬼唱歌的地方/怎能不引吭高歌/父母给了我去远方的名字/怎么还不浪迹天涯"这四句,是骆远流传在南风坡的俳句。此外,他还写过什么,我不可能记得了。

　　胥承望的南风诗社大约存在了一年半,他的兴趣转向了席卷大江南北的下海潮,可又不敢辞职下海,便干起了半是先生半是商人的勾当,把我也拉下了水。后来,我们无心教书,相继离开了"鬼唱歌",各自弄了个小公司过老板瘾,我生产、经销教学用具和学生用品,他搞装修,专攻机关的楼堂馆所。我们的生意本来不可能有交集,可南风坡是个"鬼唱歌"的地方啊,鬼一唱歌,便会让人迷了心窍;鬼一唱歌,离奇的事便接二连三。我说过,我和他胥承望的厚账簿先锁在铁皮柜子里,慢慢再清算。那些复杂的往事齐涌过来,我乱麻缠身了。我先得理理骆远这条线,他没有按照诗的方向行进,而是遵照骆老师的意愿,考进了医学院,毕业后,他被分回了清都人民医院,做外科医生。他本可以留在大城市,只因爸妈身体多病,两个姐姐嫁得远,他回清都好尽孝照顾二老。骆远是个孝子,熟悉他的都晓得。至于他拿手术刀的手还写不写诗,我不得而知。我顺时而动,赚钱捞钱,不亦乐乎。要不是骆老师的事,骆远不会再被我关注。当然,要不是"鬼唱歌",他也不会给清都贡献出一个多种意味的故事。

骆老师退休了，还是闲不住，发挥特长，在家养猪。饲料猪已不走俏，土杂猪正行时，骆老师家的土杂猪保持了不吵不闹不发病、多吃多睡多长膘的好传统，它们出栏时，便成了抢手货。这日，来了上门收猪的贩子，一精壮后生带俩帮手，开来一辆东风牌猪车，他们看中了骆老师家一栏好猪，威武雄壮，相当于八大金刚。精壮后生的肉包子手在猪栏里画了一个圈，全要了。于是开栏，过秤，装车，算账。后生报出的价，是饲料猪的价，骆老师说："你搞错了，我养的是土杂猪，大行大市，比饲料猪每斤贵五毛五。"后生笑道："老先生，莫看我书冇读几年，可我收猪收了八九年，饲料猪、土杂猪我落眼就认得。"身边叉手挺立的帮手帮腔道："未必你家猪身上写了字呀！我们老板一次就给你清栏，算批发价，还要打九折。"骆老师一看情形，晓得碰到了杀黑的猪贩子，他脸色肯定黑了，我熟悉他课堂上不怒自威的样子，再调皮的学生也畏他。"我不卖了，你们给我赶回栏里，我留猪过年。"我能想象得到，骆老师说这几句话时他的黑脸是怎样一个黑，黑如烟砖。左边叉手的帮手道："上了我老板的车，就是我老板的货，好比卖身，钱到认命。"右边叉手的帮手道："反悔退货，相当于撕毁合同，罚双倍货款。"精壮后生从皮包里掏出一沓票子，蘸着口水一张一张点数，点了百元点五十，点完，将票子拍在饭桌上，笑道："老先生，莫生气，到手是财。我点了，四千八百五十块，你亲手点一遍。账要算清，钱要当面。"他转身要走。骆老师从教四十余年，调皮学生的气没少受，可加起来也可能没这回受的气多，那一刻，他的黑脸肯定比杀虎的黑李逵还要难看，他一把抱住了那后生，使出了他配合劁猪兽医的手段。后生一时动弹不得。他左侧的帮手伸手来扯，没扯开。右侧的帮手变戏法般抽出一把杀猪刀来，在骆老师眼前摇晃，喊叫。骆老师老花眼紧闭，视若无物。耍花刀的帮手吼道，老猪嬲的，你是要钱还是要命？！杀猪刀从他头顶高高举起，夸张划过，砰——哧——插在饭桌上，将那沓红绿票子钉住。

　　骆远突然出现在饭堂屋里。我想，他一定被眼前所见骇住了。他的神情我无法想象，就像黑李逵杀虎时的神色我也难以想象一样。后来听说，他头天晚上夜班，被几个急诊病人折腾了一夜，第二天回老家休息，顺便给他妈带回止痛药。他妈痛弯了腰，下不了床。那么说，也有这样一种可能，骆远被惊醒后，他当时的神情多半似梦如狂，他是不是刚从白日的噩梦中醒来，出现了短暂的认知障碍，以为自己跌入了另一个噩梦之中？——我不得而知。后面所发生的，已有绘声绘色的民间话本，我只需笔录即可：

骆远看见他老父亲身子一歪，仆倒在地，手还勾着仓宝（他这个富有清都特色的外号将无数次出现在民间话本里，包括我的故事中）一条小腿。仓宝两个跟班见灶湾里杀出了"黑旋风"，转身往外飙跑。骆远从饭桌上拔起杀猪刀，那刀尖扎着红红绿绿的纸币，直奔仓宝的前胸。仓宝"哎哟"了半声，胸前中了杀猪刀，霎时，红红绿绿的纸币变成了大红大紫的纸币。仓宝往后一仰，和骆老师脚抵脚倒在地上，如一头被放倒的年猪。骆远站在两具疑似尸体跟前，他比那把杀猪刀更直挺。外面是一声比一声高的尖叫："杀人了呀，杀人了啊！……"骆远他妈从病床上爬过来了，她伏在地上，抱起老伴的脑壳，掐他人中。骆老师哼了哼，"还阳"了。她爬到儿子脚跟前，连哭带叫："你快跑，快跑，跑得越远越好！你聋了啊！！"骆远好像中了定身法，一动不动。他妈捶他的腿帮子，连捶带骂："你还不快跑，我就死给你看！"他妈拔出了仓宝胸前的杀猪刀——血将刀尖上的纸币喷得翻卷，像猪血浸过的黄草纸。骆远看了爹妈一眼，拔腿飙出家门，仿佛林教头乘雪而去、贾宝玉踏雪飘踪……

事后观察，骆远插向仓宝胸口的这一刀有失一个外科医生的准头，离仓宝的心脏一粒米远。从另一种意义上说，他又拿捏得太精准了。俗话说，一米度三关——一粒米关乎生死啊。仓宝捡回了一条命。从此，在道上，仓宝脸上多了一张贴金，他有了吹嘘和打拼的资本："老子杀猪刀都捅不死，谁有种就来试我一刀！"就凭这一句，仓宝击败对手无数，成为清都黑道上一位老大。骆老师夫妇没他命大，一件占理的事变成了一场输不起的官司，那一栏猪自然打了水漂，一辈子积蓄花空，两个女儿凑钱，赔了仓宝四十万。半年后，经此折腾的骆老师夫妇在十天内先后归西，儿子都不能回来送终。仓宝放出话来："骆远回来一次捅他一次，不捅十刀不解恨。"根据后面的发展态势，我不得不认为，骆远的这一刀到头来造就了仓宝。由此可知，命运之轮的运转完全超乎人的推演，变得整体上不可知。仓宝扛着"捅不死"的旗号，由猪贩子做到清都海鲜总批发，继而进军房地产，开发了几个楼盘，又与人合伙开投资公司，并以讨债公司作为投资公司的护法，相当于一位让人怖畏的金刚。清都人遇见他要礼让，要退避；钱财却反其道而行之，跟着他跑。据说，他排进了清都本地富豪榜的前十位。有了亿万家财，他才有底气豪气戾气放出如下狠话："那姓骆的，我二十万买他一条腿，三十万买他一只手，一百万买他的猪脑壳。我的追杀令永不作废，坚决兑现。"

仓宝是谁？若谁有胆量扯下白天我见过三次的瓷实汉子的景泰蓝花色领带，剥开里衣，会在挨近心脏处见到一块疤痕——一处隆起乎？一记仇怨乎？一方徽章乎？一段历史乎？我已经没有心思深究了。在大宋坊的片场，当我以某朝客官的身份出现在布店时，我被他在场外看到了，以他眼光之毒，应该识破了我的客串演戏，虽然当时我打扮成了某朝客官，可我的虚拟角色瞒不过他。我知晓仓宝的厉害，在清都，我和他在酒桌上碰过面，还和他在胥承望家玩过"三打哈"，虽不太熟，但我在他眼里已经穿帮，危机马上会逼近——尽管我和仓宝并无过节，也没欠仓宝的钱，但我欠了好多人的钱，我债主们中的大主子，肯定已将捉拿我、逼我还钱的业务交给了仓宝的讨债公司。业务关系就是套索，一环套一环，我也就相当于欠了仓宝的钱。欠仓宝的阎王债是什么后果？在我的噩梦中，已有曲折的投影。找到我、拘禁我、逼我拿钱，这就是他们拿手的"三部曲"。

我一直在网上关注清都，特别是我所涉及的案子。案子还悬在那里，大量遗留问题让县政府焦头烂额，专案组和遗留问题处置组有上百号人，他们一直在忙活，大多数情况下是瞎忙活，因为我们都跑路了。嗨，"反者道之动也"，仓宝倒成了遗留问题处置的最大受益者，那么多债需要他来讨，那么多难等着他来了，每一笔、每一桩他都有收益。仓宝当上了新一届县人大代表，记者对他有采访报道。我在网上看到，他人模人样大谈优化金融生态环境，严厉打击金融诈骗和非法集资。我，理所当然成了他的打击对象，或是一单生意，有人出钱要我的手，有人出钱要我的脚，还有人出钱要我的脚筋，我相当于一头壮年猪——抢手货。

我抽完了四根新安江。螺狮还没回信。出租屋内，犹如一个僵尸片中的鬼屋。我并不会忍者的五行遁术，只会给自己造一个雾罩子，陷在里面，一筹莫展。

螺狮难道会是我的救星吗？在QQ海洋里遇见的螺狮，他会是骆远吗？

如果是，他现在会是什么样子，又在哪里呢？回想当年的骆远，印象中是一个模糊的瘦子，眼神有点特别，看你时好像在看你的身后，就是在横店对面相遇，我也很可能认不出他了。不像仓宝，虽见面次数屈指可数，可一眼就能识别。骆远会在持续的挤压过程中变成螺蛳吗？我拿不准。即使我的直觉没错，他会从我发给他的梦语中识别出我是谁吗，会不会把我当成胥承望？那也是我希望的效果，我就是想把一池水搞浑。我还想发一条留言告诉他，仓宝带一个清都投资考察团到了横店，转念，我觉得自己露得太多了，这可是潜伏者的大忌。即使螺蛳就是骆远，他又能帮我什么呢？他绝不可能像电影中的一个忍者突然冒出，躲在暗处，从吹矢中吹出毒针，神不知鬼不觉干掉仓宝。

起风了，蓝布窗帘上印出的影子在交错晃动，我的心莫名收紧，大腿根以上也在收紧。一抹背影，轮廓如在大宋坊布棚口看见的那位披发紫衣演员，影子的轮廓悬在窗外，飘飘荡荡……我屏住呼吸，抬起头再看，原来是阿斯敏的秋衫。脑壳里某根断线的神经元刹那间接通了——紫衣演员的侧脸轮廓，原来像她，"鬼唱歌"的岳老师。嗨，要不是她，我也许还是一位乡村中学的地理老师，此刻正搂着老婆呼呼睡大觉。

岳老师教数学，也教生物。女老师在乡村中学是稀缺货，何况岳老师在"鬼唱歌"有婴宁的外号，她知道怎样让自己更迷人。在天气晴朗的黄昏，她有时携一册书到校园旁边的橘园里，坐在一棵橘树下静读。这个时候，我就变成了蒲松龄笔下的王子服，开始胡思乱想。我给她写了一封长信，末尾是一首诗，不少于七十行，这些既暧昧又狂热的诗句写了些什么，我回忆不起来了。信与诗送出的结果比它们本身更引发了我的内心风暴，岳老师打发她的数学课代表归还了借我的四册《笑傲江湖》，第三册"围寺"一章中夹了一封重新封口的信，我手指哆嗦着拆开，是我的信与诗，此外别无一字。我将信封和书册翻检了数遍，只见令狐冲对师妹岳灵珊无数的牵肠挂肚，不见岳老师给我的只言片语。我不是令狐冲，怎会有他的大爱无怨、深爱无私？我那刻的心情只好高攀风清扬了——当他得知同门师叔伯、师兄弟合伙用一个妓女来哄骗他做新郎时，他是怎样的愤懑与绝望！我手中无剑，有刀，剪刀，我将我的信与诗剪成一团碎面条状，到底意难平，便在铁簸箕里烧了它们。约半月后，岳老师笑盈盈带来了她的男朋友，清都工商银行一副行长，姓米，见女老师笑出大白牙，见男老师忙递芙蓉王，一副沉浸在甜蜜爱情中的得意扬扬相。望着米副行长骑一辆进口本田摩托驮着岳老师飙出校门、绝尘而去、没入黄昏时，我随即修正了自己的人生目标：改行经商，让米副行长将来给我数钱。

米副行长骑本田带女朋友飙出校门那一幕，对"鬼唱歌"的未婚男老师打击太大，"软组织"受伤的也包括胥承望，谢老师在与他闹分手。那段日子，他眼光闪烁，如林平之得了辟邪剑谱，之后他肯定使了什么手段才将谢老师重新搞定。那段日子，我俩弃诗不谈，只谈如何离开"鬼唱歌"，如何下海，如何捞钱，好男儿绝对不能被时代抛弃，被女人抛弃。言到亢奋处，我俩目标高度契合，换一种说法就是臭味相投。

时光永远是命运的合谋，它们联手要给你做一个怎样的局，我又是怎么一步步跨进这个局的？这个持续挤压的过程不可逆转，当事人根本跳不出来，除非你像风清扬一样将自己隔绝于思过崖，重新安排自己的独身生活，并将"独孤九剑"作为毕生唯一追求。但，风清扬只是一个传奇，他们正在横店拍的《风清扬传奇》肯定会将他拍成一个风流倜傥的公子、一个背负血海深仇的故事玩偶，而不是一位忍者，忍者中的绝顶高手——他们才配得上"独孤"二字。现在，我的认同者是忍者，也只可能是忍者，他们幻影般的存在，是我横店生活的精神支撑。我明白，我离忍者的距离不比自己离家乡清都的距离近，我甚至不是一个合格的潜伏者。我真后悔跟着老马去当群众演员，赚的几个钱还不够和阿斯敏"对食"。虽说每次去片场我都化了装，但我只在古装戏里跑龙套，不在现代戏里出场——那样可以消失得更远，完全变成另一个人，那个人要么早变成了泥，要么根本不存在。我多半扮店小二，一个影子人，穿越到了唐宋元明清，隐身在胡编乱造的故事片中。可我的脸属于画影图形之列，我的行踪被清都众多讨债人所追踪。我怎么这么猪脑壳啊，早知如此，何必当初？！

一房烟雾里，无数张脸朝我涌来，他们被置于我脑海中的放映机里，快进或快退，回闪或定格，独影或重影：老婆的脸、铃子的脸、老母老父的脸、仓宝的脸、骆远的脸、胥承望的脸、岳老师的脸、米副行长的脸、骆老师夫妇入棺的脸……他们是脸的海啸，瞬间将我淹没。

6

刚从清都跑路出来,我特别想铃子、老婆、父母,冒险用一次性手机卡打电话回去问情况。后来,捉拿我等的风声愈来愈紧,我和家人的手机、电话都被监听,我不断变换藏身地,玩起了老鼠躲猫的把戏。我隐身观察清都,四个年头了,官方和民间资讯平台发出的信息,我都潜心研究过。这些年来,清都发生了哪些大事,我悉知;清都有哪些热议,我悉知;清都新开了什么吃喝玩乐店,我悉知;清都人怎么骂我们这些跑路的,我悉知。好像我们比那些被抓起来的有权有钱者更招人恨。清都人在骂人上富有创新力,清都话也骂词丰富、咒语发达,不少骂词咒语只有清都人能懂其意,并能领会其妙和毒,却很难用书面语表达出来,比如,"作酱"和"作肉酱"也是骂人话,谁来骂,骂谁,放在什么语境中来骂,可称得上"言有尽而意无穷也"。举例来说,我老师不当,偏要亡命天涯,就是"作肉酱";我要是被抓回去,也会被做成"肉酱"。

我害怕被做成"肉酱"。我不敢与家人再有任何联系,我,惶惶如丧家之犬,却特别害怕想起家人、提及家人。深夜,此刻,望着电脑屏上螺狮那如蚕卵般的头像,当脸的海啸将我淹没时,我手指哆嗦,犹如帕金森症的"搓丸"震颤,我的"五爪将军"已不受控制,伸向了手机:

阳寒波,你还记得打电话回,你还在世上?你,你有死,我会死,债主不逼死我,口水不淹死我,你会气死我。我前世年造了么哩孽,摊上你个活鬼,你个冤枉鬼,你个索魂鬼,你这几年到底在外搞么哩鬼?

臭肉逗蛆,你是不是勾上了细妹子?阳寒波,你躲在何咯地方快活?你,你还是四年前打过电话,说接我和铃铃出来、一家人团圆的阳寒波吗?一晃四年,你鬼影子冇一个,音信冇一条,让我守活寡又是四年,到底我前世年欠了你好多债!你要害我,我认命,你收债也不能收到自己亲骨肉身上来,铃铃她总冇亏欠你!你,你还是人不,还是男人不,还是当爸的不?

你要我莫高声,我偏要高声。阳寒波,你还好意思提铃铃,世上还有像你这样的爸吗?！四五年不露面,不闻不问不给钱,你晓不晓得铃铃在学校受了好多欺,同学都喊她野鸡婆,给她编了顺口溜:阳鸡婆,野鸡婆,阳家有只野鸡婆,一天到晚不生蛋,哇啦哇啦下兔崽……她才九岁,不晓得野鸡婆就是婊子,可她晓得是句骂人话,比天疱疮还要毒!她上课下课不作声,闷成了一个哑巴,同学骂她不哭脸,她回家动不动就哭脸,我重话都说不得一句,她哭起来不哭哑喉咙不收场。前两年,她还给我回嘴,说等爸爸回来告妈妈的状,要爸爸替她打妈妈;这两年,她再不提爸爸,看见电视里演爸爸,她换台,看见书上有爸爸,她打叉,把一本漫画书上的爸爸都抠成了洞,每本都有一串洞,冇头冇脸,这些冇脑壳鬼就是你!你还好意思哭,你女儿恨死了你,她爸是个通缉犯,和电视上的坏蛋是一路货。她8月间差点死掉了,头上长了个大疮,无名肿毒,吃药打针都冇好。她,她自己拿把水果刀。我至今冇搞清,她是有意还是无意,是切西瓜不小心,还是自己开刀,她把疮割破了,血流了一脑壳,流了一身子,痛得她一嘴血一嘴叫,送到医院,休克了,一住半个月,额头上明显一道疤。你女儿这辈子是破了相,你以为还是那个洋娃娃,漂漂亮亮的阳铃铃,她跑到你面前来,你都不会认得是你自己女儿!

你怪我?你敢怪我!你不出事,铃铃怎会咯号样子,我怎会咯号样子?我守在铃铃病床前,好多事想穿了,把你看透了。阳寒波,你两脚开溜,一倒冇影,钱带跑了,让我给你擦屁股,你几年不打一个电话,你还是男人不?你自己一条命就看得咯样重,一家人死活都不顾!你一冇杀人,二冇抢劫,三冇贩毒,你这缩头乌龟还要做好久?

你就是缩头乌龟!缩头乌龟!!缩头乌龟!!!老子我就是要骂出来。一口恶气憋了好几年,老子我给你守活寡,鬼晓得你在外头搞么哩鬼,和谁在鬼混?!几百万块钱,够你吃喝嫖赌,够你找女人另安家,你带去的钱还剩好多?存在何处?你要敢胡乱花钱,敢另找女人,我,我总有一天要和你算总账。你晓得我性格,惹发了老子我,和你拼命都来成!这些钱,不是瞎子打鬼冇数,又不归你阳寒波一个人,我和铃铃都有份。你说你也落难遭罪,哄鬼!你在外头几多快活,多的是钱花,花钱如流水,钱,钱,钱,就是钱让你猪油蒙心,让你六亲不认。你，你眼花，黑心，冇半点人性。

　　你隐得跟鬼一样，我信你个鬼！你只要莫给我搞出一身病，莫搞出二奶加小三，莫搞出一串金刚葫芦娃，我就给观音菩萨烧高香。我身上有病，你不是不晓得，旧病冇断根，又出来新病，都是你逼的。不呷安眠药，我困不着觉；呷了安眠药，头重脚轻老做噩梦。昨夜里，我梦见你，你莫以为梦见你有么哩好事，昨晚上我梦见你带一个翘屁股在前面跑，我在后面追，你和她跑到一个地球仪上，地球仪有一摩天轮大，两层楼高，你贴在印度洋上，她贴在青藏高原上，你们嘴咬嘴，野狗交尾一样。我使劲摇地球仪铜柱支架，我，我摇你们不下来，我想骂，胸口闷，骂不出声，你们还嘴咬嘴不放嘴。我放声喊铃铃，铃铃出来了，铃铃手里拿把芭蕉扇，铁扇公主手里的芭蕉扇，铃铃一扇，地球仪飞转，刮起大风来，你和翘屁股都落进了印度洋，落秤砣一样不见了。我抬头再看，一股海水真从地球仪上跑出来，挂壁水库垮堤一样，淋了我一脑壳。我惊醒了，手一摸脸，满手都是湿的。你以为我会为你落眼泪？我眼泪早就流干了，观音菩萨望见我，都会为我落眼泪。我和你假离婚，给你阳家带后人，讨不到半句安慰，几年你电话都冇一个，就是死人也会托个把梦！路上碰见熟人，我总觉得人家在戳我后背，你一身屎都臭到了我身上。我告诉你，阳寒波，有几个债主又在煽风点火，说你和我是假离婚真逃债，他们上门来缠，单位来吵，到处坏我名声，还扬言要绑架铃铃，逼你出来，逼你还债，你欠的是阎王债，我过的还是人过的日子吗？阳寒波，你这挨千刀的！你咯样跑下去、躲起来总不得长久，你总有一天会撞枪口，你得给我们娘女指一条活路，你总不能拉我娘女给你陪葬！

　　这回我把话全倒出来，摊开牌和你打。我老爹老娘给我放了狠话，你过年再不现面，再不送钱回，再冇一个态度，就不是假离婚，真离，铃铃送到你阳家去。亲朋好友都为我操心，要给我介绍男人，我又不是冇人要，至少可以找一个过稳当日子。我是一肚子苦水冇一个人可讲，老爹老娘骂我当初瞎了眼，猪油蒙心，找了你个冇心冇肺鬼！债主把我当犯人审，说我和你在演戏，越演越假，他们要给我和铃铃上手段，要是铃铃有个三长两短，我看你还有脸皮活在世上不？我，我娘家人逼我，债主们逼我，你咯不晓得好歹的野猪也逼我，再逼，老子我洗屁股嫁人，和你一刀两断。阳寒波，我说得出做得到，你晓得我性格。

我想清白了，不图你发财，只求你干身子上岸。要是能还清欠人家的本，你就回来，从头再起炉灶，你还算是个角色！硬要是窟窿大了填不满，你就投案自首，硬起脑壳判几年徒刑。我反正是苦八字，和你阳寒波前世冤家，就再等你个七年八载，总比你现在孤魂野鬼一样在外打漂要好，总比我夜夜守空床、做噩梦要好，你好歹给我娘女一个交代，给我娘家一个态度。我给你最后期限，到老历年前。

清都跑路的又不止你一个，梁县长还跑出了国。那个该千刀万剐的林老妖跑后，她屁股后跟着跑了一大串，胥眼镜跑得最快，就是他害了你！我舅妈的表老弟祝老板，他神通大，跑出去后，听说又发了大财，准备回来搞物流园。还有石楠街贩花圈的春老板，你认得，他一张嘴巴，死人能说活。他说死人钱好赚，他赚到了死人钱。地下钱更好赚，他要到云南去开铜矿，采矿权都批了，投资大，他本钱不够，到处问亲朋好友入股。股本回报，第一年百分之二十，第二年百分之三十，第三年对半开。他一个开花圈店的，也集资到手八百万，钱到手后，去年过年前他跑了路，他还算有良心，带婆娘细伢子一路跑。我真佩服你们咯些跑路的，找也找不到，抓也抓不到。可人家跑路，家眷都安顿好了，在国外照样当老板，跑出了水平！谁像你？阳寒波，你回过头想想，你跑出去时还不如一条丧家狗，狗不嫌家穷，狗不怕祸来，你一跑就五六年冇一个影子，你连婆娘细伢子都不要！你良心喂了野猪婆呀！阳寒波，你个缩头乌龟到底在何处？半个字都不肯说，连我也保密，你！

还告诉你一件事，你爹5月间中了风，住了三个月院，医院也冇办法治好，冇钱交就停药出院，他如今开不得声，茶饭都要喂，屎尿都屙在床上，你妈被磨得怨死。我冇你心狠，去看过几次，他还认得我，老泪直流，抹都抹不干净，嘴里嘀啰嘀啰，你妈说是喊你小名，螺头，螺头。阳寒波，你爹你妈看我的眼神，我懂，我也想去服侍他几天，可碍于眼前身份，还怕债主怀疑。我想带铃铃去，又怕她看见爷爷受刺激。我每去看一次，都要陪你妈哭一回，还只能偷偷哭，不敢哭出声。阳寒波，你个缩头乌龟！——啊呀，铃铃她在做噩梦，她哭醒了，铃铃，你莫怕，妈妈在身边……

电量消耗殆尽，通话戛然而止。我瘫在床上，没给手机充电。深夜给老婆的这个电话，带来的直接后果是，我变得与一具僵尸无异。三星手机黑在桌面上，联想电脑也黑屏了，它们对我这具僵尸都保持静默。

我还得自己"还阳"——忍者"九字真言"中的第五字"皆"，解字意是对危机的感应，练就可解开一切困扰，手印为外缚印，咒语是金刚萨埵普贤法身咒。我依样画葫芦，结手印，念咒语，折腾到凌晨4点，仍旧是身如一口煮白肉的铁锅，头痛若裂，像是闯进来了刀锯地狱的全部恶鬼。

7

我喝多了。喝多了有一个好处，我可以不管自己是谁。

马冲也好，阳寒波也罢，店小二算吗？某朝客官算吗？数来算去，我是谁呀？我把自己给蒙糊涂了。我，我像一个忍者吗？忍者无名，忍者必须灭掉他存在的一切证据，忍者总有法门全身而退，我能吗？我，我连给忍者提鞋都不配。我的话语、我的腥臭、我可疑的形迹，散落在横店。

下午，星爷给老马派来角色，在提刑司演捕快都头。老马给我争取了一个捕快，打电话给我："这两天咋没显人影？俺在提刑司等你。"我回话："头痛，睡了两天，马都头，我不能来点卯了。"老马笑道："你小子装病，我要派捕快来拿你。"他挂了手机。

傍晚，老马叫四郎打我手机，喊我出来喝酒。我想借头痛躲过这顿酒，四郎在手机里头说："马冲，马都头说了，他请喝的是水泊梁山的剜心酒，你不来，他就不认你做兄弟。地方就是洒家酒店，有机会给你见女朋友。"

话说到这分上，我不能不出窝，加之我连吃了三餐五谷道场，吃出了鸟毛味，也想吃顿饭。我评估了一下，晚上出窝，被仓宝他们撞见的可能性极小，更大的可能是，按照投资考察团的行程，他们正在西湖边喝快活酒。

赶到洒家酒店，只见老马一脸凝肃，活脱脱是一位为某个无头命案煞费苦心的大宋提刑官。

桌上有羊肉火锅、卤牛肉、爆炒鱿鱼丝、蓝花瓶一斤半装的67度衡水老白干。四郎咋舌道:"马都头,今天片酬翻倍吧,演都头到底是都头的价。"

"请你们喝个酒,与狗日的片酬没一毛钱关系。"老马语气、神态却像个烧窑师傅,闷藏着我一时猜不到的东西。

"反正我们当喜酒喝。"

"随便。"

我也找句话来说:"我没在片场也想得到,你演马都头、武都头都活像的。"

"那演杨节级呢?"老马眼光照着我,如闪光灯。

"哪个杨节级?"我一头雾水。

"你《水浒传》没读熟,算了,来,喝酒。"老马给三个酒盅满上,举杯,一饮而尽。

四郎和我也一口净。火锅冒着热气,有股混合味。起先,我们吃得有些闷。我摸不透老马的心思,自己也一肚子心思。主要是四郎在说。四郎一喝酒说得更来神,是些川藏交界处的奇闻逸事,有头人、土司、兵匪,有菩萨、雪山、神兽,还有一些不可理喻的女人,如他老婆,她相信自己的前世是只竹鼠,看到竹器就牙齿发酸,她梦中磨牙时,样子最满足……

老马打断了四郎:"今晚,谁也不准提老婆,谁提,罚酒三杯。"

四郎笑道:"老说谢库长的腌也不好下酒,来划拳,小马哥你来不来?"

我摇头,不吭声,埋头吃火锅。

老马和四郎划起了"一条龙"。老马这位划拳高手有些失常,他灌了自己很多杯,又干完一盅,将酒杯扣在手心,目光咄咄逼人,喷出的话不着边际:"你俩谁看过电影《杨雄与石秀》?"

四郎和我均摇头。

"告诉你们,俺看过,看过几十遍,买了碟,晚上一个人看……"

"谁演潘巧云呀?"我总觉得那俏妇人死得可惜。

"温碧霞,你考俺是不?"老马的酒味离我很近。

"她演蛮适合,骚味十足。她来横店拍过片,你马都头今天有幸见到是不?"

"你,你别给我插嘴捣乱,洒家,洒家就是'病关索'杨雄!"老马的眼亮得吓人,脸红得发紫,络腮胡须黑褡裢一样。

我印象中,杨雄是淡黄面皮,有几根细细髭髯。

四郎按住了老马倒酒的手:"老马,你别自顾喝啰,你请客也匀些酒我俩喝。"

老马推开了四郎的手,给三只酒盅满上,手在摇晃,酒洒洒落落:"洒家没醉,这杯,你们陪洒家干。酒,有你们喝,这瓶干完,再上一瓶。"

老马和我们碰得酒盅嚓嚓响。

"二位,俺在横店人生地不熟,就拿二位当朋友。洒家没醉,没说酒话,洒家演'病关索',是抬举自己!俺,俺,俺根本没使出杨雄的招数。"老马的醉脸变得很难看,他出手,使了一招"迎风斩",一个趔趄,差点摔倒。

"杨雄怎么啦?"四郎如坠云里雾中。

"'病关索'大闹翠屏山,你没看过啊?"老马立在桌边。

"少不读'水浒',老不看'三国'嘛。"四郎低头笑了笑。

"屁话。你听着,杨雄杀潘巧云多痛快。他一边骂道,你这婆娘心肝五脏怎的生着?我且看一看!话没说完,一刀从心窝直割到小肚子下,取出心肝五脏,挂在松树上;又将这妇人七事件分开,将钗钏首饰拴进包裹……"老马直起身子,满嘴酒气扑来,已不是说书的腔调,而是很诡异的醉腔醉调。

大厅又进了些客,店内外灯光通明,声音嘈杂。店外,路灯之外,影影绰绰的是仿造的宫殿群,连着横店的不夜天。

四郎面有戚色道:"老马,你演戏太入戏啰,星爷真给你派了演'病关索'呀?"

"俺,洒家这回,自己演给自己看。"老马坐回椅子上,他的脸缭绕在火锅热气中,说的话真真切切飘来,"下午俺在提刑司演完都头,得了两百块钱,从片场往回赶。每次去'清明上河图',你们都看到了,俺,洒家都会绕道去'水泊梁山'瞧瞧。其实,洒家不是去瞧横店人怎么糟蹋'水泊梁山',是瞧俺自己有多糟粕!洒家走到栅栏口,抬头,看见一对狗男女有说有笑从坡上下来，天可怜见，真是说书所说：'踏破铁鞋无觅处，得来全不费工夫。'那男的是俺多年生意伙伴，那女的就是俺老婆。四年前，他们勾搭成奸，趁俺外出跑业务，将俺一店钢材卖了，将俺存款货款席卷，一溜烟双双跑了。俺，老子得知后，气炸了肺！他们何时在俺眼皮底下勾搭成奸，老子都不清楚。"

四郎和我听呆了。老马不像在说快书，他眼睛直勾勾盯着酒盅，盅里早空了。老马似醉非醉的话有如梦幻泡影："俺发誓要找到这对狗男女，不做了他们，俺马正平不算男人！这几年俺跑寻了好多地方，吃苦受难不比唐僧少，可茫茫人海，苍茫大地，到哪里去找这对狗男女！俺花光积蓄，只得打工，在横店暂住。俺担心，一月一年拖下去，俺血性会耗尽。俺，洒家不时要到打虎的武二郎像前站一站，'病关索'杨雄也在山冈上，洒家在他们面前，不敢忘了自己是谁，要干掉谁！下午撞见这对狗男女，真是冥冥之中自有定数。洒家当时两眼晕眩，一时不知是在梦里还是戏里。洒家总算定住了神，尾随他们，见他们走出'清明上河图'，住进一家旅馆，房间也摸到了。老子晓得，他们今晚会去梦幻谷，看'梦幻太极'，9、10点钟会回来，洒家就可以……"老马又使了一招"迎风斩"，有些夸张，力道颇足。

"马头，你不要干蠢事啊！"

"马大哥，你喝多了，在说山东快书吧？"

"说你个球！洒家就晓得你俩不是石秀，连时迁也不敢做。洒家没打算拉你俩下水，让你俩当时迁、石秀。洒家这几年心里太憋屈，想找人喝酒，一吐心中鸟气。洒家了结这对狗男女后，就投案自首，你俩给洒家做个见证。"

火锅在咕咕叫，快煮干了，锅底味和大蒜味扑将出来。

"马头，你的故事到翠屏山就完了吧？容我也说一个吧。"

"你要说就说，关俺鸟事。"

"那我还是要说我老婆。她是一个梦婆，老做梦，做过的梦记得好清楚，好像在梦里才是真的，醒来不过是幻身。她说，昨夜，她见到了怖畏金刚，在横店梦幻谷的大门口。怖畏金刚有三层楼高，九个脑袋，三十六条手臂，十六只脚，站在四色莲台上，脚踏飞禽走兽。怖畏金刚好威风，谁都望而生畏呀！他整个身形和莲台立在梦幻谷大门口，后背喷火，让大门口的彩灯看上去如同鬼火。游客四散，乱喊乱叫，跟怖畏金刚比起来，他们就是一群小矮人啰。他们怕怖畏金刚，躲得好远好远。我老婆不怕，她敬大威德。你们可能不知晓，怖畏金刚是俗名，他教中尊号是大威德，能够见到他的真身，是福报呀！我老婆给大威德行跪拜大礼。大威德太高了，我老婆抬头时，只能望见莲台上、大威德脚下的物象。她望见了我，我被踩在大威德脚下。我，牦牛身子，人脸。我的脸，我老婆当然认得，她看我的样子人不人，兽不兽，便给大威德磕长头，念敬辞：大威德，您是我信奉的本尊，我求您高抬贵足，放我丈夫变回人形。他开车压死两个人，是他无意犯下的罪孽，要不是我电话里催他回家，他就不会车开得快。有罪孽的是我啊，有苦有难，我替他受。让我到您脚下来吧，我求您了，大威德！我老婆跪拜上前，拜到莲台跟前。她想爬上去，莲台又高又光滑，她老爬不上去。她急哭了，呼喊大威德，哀求大威德：要受罪我两个一起受罪，让我们双修吧，大威德！大威德一声不发。梦幻谷大门口只剩下我老婆一个人。她抬起头，望不见我了，只望见大威德右手在动。他手里有个头骨做成的大碗，足有一口铁锅大。我们信教的都晓得，里面装的是'四魔之血'。大碗在歪斜，里面流出东西来，淋到我老婆头上、嘴里。她闻到了，喝到了，是牛奶，刚挤出来，奶香奶味，还有盐味，是我老婆自己的眼泪味，从天而降的牛奶和我老婆的眼泪流在一起。她哭醒了，把我也吵醒啰。我老婆给我解梦说，我下辈子应该不会下地狱，会变成一头牦牛，是大威德护佑我，拯救我。"

四郎说完他老婆的怪梦，我和老马都不知该如何应答，他们所信的教、所做的梦，离我们太远了，搭不上话。我和老马，一个欠债跑路，陷家人于险境，孝慈、恩爱、信义尽失；一个喝完酒后要去杀老婆和她的情人。我俩还有救吗？谁来救呀？我脑壳仿佛就是地狱的入口。

酒精已烧完，火锅气息奄奄。四郎发烟，我们抽出了一团聚散无常的烟雾。

老马开腔了："马冲，开酒。"

"马头，不能再喝了，老白干伤头伤身呀。"

"得喝，为你老婆的梦故事，得喝。"

"她一个梦婆子，经常神神道道，我习惯了。"

"你，你四郎有一个梦婆子是福气，俺得喝酒。马冲，开……"

我开了一瓶低度洋河，倒了三杯。

"马冲，你给俺喝，喝——米淯水呀，俺要喝，喝——老白干。你老婆呢？"老马酒后的眼光幻出酒精燃烧的亮光，我似乎还听到了一声"嘭——"。

老马突然一问，让我结结巴巴："我，我没，没老婆。"

"俺是从没听你说起过老婆，你有娃吗？"

"有娃，女娃。"我握酒杯的手在哆嗦。

"你老婆甩了你吗？"

"差不多吧。"

"什么差不多？马冲，你吞吞吐吐，不老实！"老马盯着我看，像一个酒精炉在烤我，又像大宋提刑官在堂上审我。

"马头，人家小马哥不愿说的事，就不要逼啰。"

"俺逼他个球！他不痛快，咱哥俩来喝一个。"

"马头，咱们明天喝吧。"

"洒家，洒家没有明天。"

"嗨，那就一口干。"

老马在摇摇晃晃，我眼前出现无数个老马——放大的老马、举杯的老马、想站起来的老马、终于仆倒在饭桌上的老马……四郎那杯酒，他没喝下去。我看见他转身，去加茶水。

突然传来一阵嘈杂声，进来一群客，叽叽哝哝，清都口音，听上去似幻却真。我耳鸣目眩，全身绷紧，双手捂脸，做醉酒状，比几天前在这里碰见仓宝他们更紧张，横店怎么一下子涌来这么多清都人？他们是冲我来的吗？是不是仓宝的讨债公司来人了？刹那间，好像几只高脚玻璃杯打碎在我眼前身后，里面装满冰块，亮片嚓嚓飘出，钻进我后颈窝，冰出一片鸡皮疙瘩。

我摇摇晃晃躲进厕所。蹲在便池上，无数往事涌出，散发着一股厕所味。这个时候，厕所便是我的庇护所。时间变得像下水道，有点像《肖申克的救赎》里从监狱通往田野的那条下水道……

我蹲得脚酸痛，撑不住了，才东张西望出了厕所。

那些清都人大约进了包间。老马还伏在饭桌上。四郎的凹眼在看我，我无端想起八卦炉中炼过的孙猴头的眼，红闪红闪，无可比拟的液态在其间流转，给我催眠般的感觉。

四郎给老马喂了两杯温茶。我们仨以手相扶，歪着走出了洒家酒店。跌跌撞撞的老马变得木雕一般沉重。路灯之外，田野之中，辨不清东南西北的地方，宫殿影子重重叠叠，一笼笼堆积，空旷而缥缈。月亮还没出来，或者不会有月亮。

我们仨消失在灯影物影交错的街巷中。一盘影子曲在地上，跟着我，像一个摔烂了的地球仪。

8

我在哪里？

我的梦流到了哪里？

我和我的梦分开或会合在哪里？

眼前一团黑，我也是黑的一部分。我敲打脑门，当那里是键盘，可处在死机状态，黑了屏，什么也看不见。眼睛慢慢适应了黑，枕边有块影影绰绰的微光，床左还是床右？我失去了方向感，再敲打脑门，空格键出现了，越来越多空格键涌来……

我坐起身，乱摸墙壁，开关找到了，光亮乍现，还好，是在出租屋里。被窝的形状由横变竖。

住熟了的窝变得眼生，书桌下半身露出阴影。桌上，充电器缠成一盘，猪腰形剃须刀搁在线圈中，薄荷活络膏旁靠了一盒吗丁啉、一盒斯达舒，联想笔记本的瓦蓝色和蓝布窗帘相混搭——这些常见常用的东西是我的吗？仿线装本《万川集海》《忍术及气合术》，还有《忍者神龟》立体书，胡乱堆在电脑旁，它们仿佛来自一个虚构的时空。

床头柜上躺只塑料袋，里面睡了两只梨，皮色麻黄麻黄，像两张挨在一起的小脸。它们是从哪里来的呢？我没买过梨啊，还有人给我送梨吗？袋子边，卷边的《霍华德·休斯传》，是我的枕边书，我无法想象霍华德·休斯那些隐居岁月是怎么过的，他的谜团坠入了时间的深渊。我在我的深渊，还不见底。

我满床找夹克，它在地板上。我乱摸口袋，取出小圆镜。

镜面像个玻璃杯，杯口现出一张脸：头发乱如鸡窝，双眼充血，鼻尖上有来历不明的红，牙齿栗色，炭灰中取出来一样，嘴巴蜕出一层蛇鳞皮——这几样玩意儿组装出来的是我的脸吗？其色灰蜡，有股灰蜡味，像糨糊变馊了。我很熟悉这股味，是我生活经历的味道。镜中的我，他在看着我，那眼神让我不想再看他一眼。我得承认，我有巴甫洛夫条件反射，常用小圆镜照脸，我做梦都想我的脸要达到一种境界——忍术"九字真言"中第四字"者"所具有的法力——能自由支配自己的躯体和别人的躯体，当然包括自己的脸。能随心所欲变脸，只有修炼到家的忍者才能做到，可，我连给忍者修脚趾都不配。凡忍者拒绝的食物，我都喜好；凡忍者不为的事项，我跃跃欲试；凡忍者修习的"五道"，我一件也做不到。我有什么资格说忍者呢？忍者，只是我虚构的一个壳，我给自己施了障眼法。我本无当演员的资质，可喜欢演影子般的店小二，我在他们那一张张庸常的皮下，体验自己的出窍，觉得自己很安全。我借的那个壳，还在吗？我在冒虚汗。

窗外，阿斯敏的秋裤和胸罩飘忽如画皮。此刻，我特别想抓住一点属于我的实有，比如身体在酒后的反应，那需要阿斯敏来呼应，可窝里早已没有她的气息。我欢喜在酒后的黑暗中搂住她，贴在她耳边说话。平日，我们说得少，做得多。酒后，在床上，我忍不住饶舌，还给她讲故事，讲田螺姑娘的故事。我刚开口，阿斯敏咕哝出两个字："老套。"把我出汗的手从她腹部移开。我还不死心，接着说："这可是寂寞男女最销魂的故事。"阿斯敏的声音飘在黑夜包围的床上："你说你自己可以，别把我往故事上扯。"我叹口气说："我叫你田螺姑娘总可以吧？""土气。"阿斯敏用后肘顶开我，摊开四肢。她喜欢裸睡，趴着睡。我陷入了黑夜的沉默。我没告诉她，我小时候在家的小名叫螺头。我妈生我的时候很想吃螺头肉，我爸就顺口叫我螺头，一直叫到我考上师院。我叫她田螺姑娘不成，就改口叫她阿斯敏，她挺乐意。阿斯敏其实是一种非规范音译的西药的名字，这种药对支气管哮喘和喘息性支气管炎有疗效。我需要她，好像就是需要这种喘息性。我在电脑上查证了阿斯敏的规范译名是阿斯美，可我没把阿斯敏叫成阿斯美。另外，Aspha-min，也是一种细颗粒状可流动的用于生产温拌沥青混合剂的掺剂。在阿斯敏身上，我只能找到这些。有一晚，我和她消夜，她喝得半醉，回到出租屋，我们兴奋之后睡不着，我差点要告诉她，我的小名叫螺头，我是一个有故事的人，听我的故事，你需要把下半身放稳……我，还是忍住了。我在卫生间拉完一泡尿后，闭住了嘴。我勉强做到了忍者"九字真言"的第一个字"临"——临事不动言。我在谁面前都没说出过自己的故事，也就是自己犯下的那些罪。

"你改悔吧！"

——没有人给我念《新约》，也没有人给我写信，可在深渊里，老是有一个声音冒出来："你不改悔，那我们就只能在深渊下面见，你知道那里的。"好吧，那我就回首自己的黑暗吧：

五六年了，我犯的罪麻木了我的神经，我受的罪也有同样的效应。我晓得，两者不可相抵。我欠了清都一百九十七个人的债，其中不乏亲戚、同学、朋友、熟人，亲戚的亲戚、同学的同学、朋友的朋友、熟人的熟人。我本意，不，我的本意是个深渊。至少，当初我没打算骗他们，我想借鸡生蛋。我的心思和很多人一样，都放在借鸡上，没心思琢磨生出的蛋怎么都是金蛋，要是寡鸡蛋怎么办？我老家将不能孵出鸡崽的鸡蛋叫作寡鸡蛋。我被一种想发财的心思抓住了，有如鬼扯腿。照我老家的说法，一个人一旦被鬼扯腿，他不死也要脱身皮。那不是岳老师的错，岳老师从来没有自比婴宁，而婴宁只是那个落魄老头蒲松龄的一个梦，他的《聊斋》都是他的梦，岳老师她活在梦之外；是我自己鬼迷心窍啊，觉得在"鬼唱歌"学校再待下去，迟早会变成半截烟砖——推坟建校时它们被翻出来后，砌进了校园后的围墙，永无出头之日。我分到的宿舍便靠着后围墙。深夜，我生出过幻听，那些烟砖在窃窃私语，它们在暗处观察我，谈论我，等待我……这样的夜晚是可怕的，我必须逃离。我给自己找了无数种理由要离开"鬼唱歌"，好像只有离开了"鬼唱歌"，我就能抓住这个发财时代的漫天金雨。我设法调进县一中，不是教书，是来承包校办工厂，生产地球仪、黑板刷、粉笔、算盘、温度计、化学仪器、人体石膏骨架，诸如此类。我赚了些钱，又嫌老师学生们的生意都是小单买卖，生钱太慢，便和胥承望入股投资公司，以图借鸡生金蛋。我们是些小股东，背后的大股东，他们的庐山真面目一直是团迷雾。我知晓的操盘者与"鬼唱歌"有关联，是早年下海、后嫁到香港的陈林太。她在"鬼唱歌"教过英语，由一个乡村英语教师到香港富婆再到荣归清都投资的大老板，这是发财时代创作的传奇，并非她一个人的作品，我没有能力完整复述出来。因这传奇太长，我就跳过去。话说陈林太荣归清都，她先做了一些慈善，给"鬼唱歌"就捐了一百万。她上电视那样子，真不像一个人，颇像下凡的女财神。"鬼唱歌"给她立了一块麻石碑，立在校门口左侧，给她献上了德范千秋的赞誉。后来，陈林太自然就成了林董事长，她设在香港的金塑投资公司要在清都运作房地产项目，新成立了一家仙人居房地产开发公司。当时，在我和胥承望看来，那就是一个聚宝盆。因为"鬼唱歌"的共同出身，主要是胥承望背后的人脉起了关键作用，她让我们入股成为公司董事。林董事长的项目在下照河边，原来是一个水泥厂，改制后，空出了一大块地，商居价值一目了然。看中地块的有好几家公司，各有背景，各有手段，志在必得，还有人搅局，串标围标的水很深。在水泥厂地块竞买会上，林董事长让我们见识了她女财神的大气，该地块250余亩，竞买底价150万元一亩，标的底价在4亿以上。林财神指定我代表公司举牌，她在场外指挥。我戴着耳麦随时向她报告现场情况。场上气氛犹如一场职业拳击赛，红色塑料牌好比拳击手套，举一次相当于给对手来一击。竞拍师话音刚落，有人就举牌报价4.5亿元。从5亿元跳到6亿元，撕拼了十余个回合，我还没举一次牌。天枢公司举到6.5亿时，没人跟了，竞拍师开始报价。林财神指示我，来一记冷拳，直接举6.8亿。天枢公司马上来一记上勾拳，报价6.9亿。我打出直勾拳，报价7.2亿。竞拍师在装腔作势营造高潮：7.2亿，一次；7.2亿，两次；7.2亿，三次。天枢公司举牌的壮汉倒在我的直勾拳下。竞买会现场，掌声雷鸣，淹没了竞拍师多余的总结。举起7.2亿报价牌那感觉太奇妙了，我的体验无法言说。当我在大宋坊的片场布店，在《风清扬传奇》的拍摄现场，不由自主举起那块泡沫布道具时，我想起的便是我在水泥厂地块竞买会上那次举牌……至于林财神之所以要安排我举牌，胥承望后来透底：我不显山露水，关键时刻能埋伏取胜。林财神将水泥厂地块策划建成河畔仙人居，该项目分三期，计划修建五千套以上仙人居，首期为仙府一号。平地起高楼，呼隆隆将我弹到了抛物线的顶点，我仿佛看到了漫天金雨。

林财神召集我们开会。大项目资金为王，融资渠道要多样化。银行由她亲自对接，为融资主渠道；社会融资交由我和胥承望等负责，为补充辅道。林财神笑着给了我们一句真言："人脉即金脉。"有了仙人居这河边房产项目，我们放手吸金，我吸纳了三千四百多万，胥承望吸收的不比我少，我们还有算不清的往来账。我留了一手，留下五百万，圆自己服务林财神的梦，新开一家建材公司，取名"清都仙建材"。我花去一百多万架构、装修新公司，并打点疏通。半年后，仙人居楼盘举行隆重奠基仪式，清都头面人物黑压压来了一满台，交购房订金的挤破脑壳。那时候，我也成了大年三十晚上的猪婆肉——俏货。

一个月之后，林财神不见了，她玩起了人间蒸发。她去了财神该去的地方吧，到底在哪里，只有天知道。她仙人指轻轻一点，四五个亿就随她而去了，这才是呼唤金雨的仙家手段啊。我这才醒悟，经济学法则和生物学法则、社会学法则有时候是惊人的相通：要么用金蛋垒出大厦形状的东西，财源滚滚而来；要么鸡蛋臭了，变成了一屋寡鸡蛋，那就躲瘟神去吧。林财神玩的法术还没完，她把我们都变成养鸡场的一只只孵化盘，水袖一挥，全都塌方，寡鸡蛋满坑，让我们臭死在一块儿。

《聪明累》再次唱起："忽喇喇似大厦倾，昏惨惨似灯将尽。呀！一场欢喜忽悲辛……"我该怎么办？有一百九十七双眼睛在盯着我，有三百九十四只拳头在等着我，我手里只剩四百万，三千多万被林老妖的水袖卷走了，或是被我亏空了。区区四百万，如果我想退，都不知退给谁，如果……只是一个闪念，深渊里，另一个我跳出来，像一个快输光的赌徒，摸到最后一手牌，他会赌最后一把。我来不及处理两个公司，便和老婆办了协议离婚，给了她五十万元。我在她面前发誓，翻了本就接她和铃铃出来，一家人在另一个好地方过好日子。老婆不知道我到底欠了多少人的多少钱，我都没算过这利滚利的数字，算不清，此生也不会算。我安慰她，那是金塑公司和那该杀千刀的林老妖欠的，我也是受害者，马上就会立案，由国际刑警满世界找她。那个晚上，老婆咬住了我肩膀，她牙齿在我肉里待的时间比我在她体内待的时间还久。她松开牙齿，也放开了我，我将融资剩余加公司现金四百二十万，存入一张安全卡。我交出数千万学费，跟林老妖学会的唯一招数是，化作一股轻烟，飞离清都。胥承望他不比我怪器，也不比我呆滞，他也如烟消失，比我还早跑路一天。此后，我们两股轻烟各散五湖四海，有待黄泉相见，到那时，我们扯不清的账目自有铁面判官来清算。

我花钱买了一张假身份证，阳寒波从此消失，马冲借壳登场。我的小名螺头给了我此生的隐藏，我不知道自己拥有的变身术可否与田螺姑娘一比，在无数孤绝的夜晚，我想起了那个家乡的传说，那个在烂泥塘里并不存在的姑娘……阿斯敏还太嫩，在床上，她既听不出我身陷其中的孤绝，也看不出我沉醉其中的变幻。作为下一代，她们只会玩手机和电游，或者像宠物一样在床上拱屁股。

化作一颗泥中的螺头还不行，我得像老家溪流中的游梭子一样敏捷，善在水草、石缝、深水湾中藏身。我到过新疆、成都、厦门、黄山、鹰潭、深圳、佛山、清远、花都，我省吃俭用，没置房产，也没养女人，相对固定的床伴，阿斯敏是第三个，花钱不多，还可以"对食"。我给自己打气，我还有一线生机，我不是一条咸鱼，是条身价至少四百万的游梭子。我满脑壳再生金蛋之梦。夜深处，瘫在床上，从烟砖想到轻烟，一旦思绪如烟，会飘到所有路的尽头，什么都会飘出来：亲戚们、同学们、朋友们、熟人们，我是经手了你们的钱，可不等于都是我欠的，冤有头债有主，你们看看你们的入股协议和收条吧，盖的是仙人居房地产开发公司的财务章。我给你们做证，我和你们一样，也是受害者，我是截留了部分钱，也是不得已而为之。我向你们保证，我不是老赖，更不是骗子。我不跑不行啊，我在找机会翻本，一旦翻本，我就会把本钱退给你们。若是发了大财，我还会给你们付高息。我要让你们一个个在我面前数钱数得发眩晕症。谁都不可能像我这样！胥承望还有米行长，他们私吞的融资款肯定比我多，他们才是帮凶，是骗子，我也要找他们算账。还有梁副县长、林老妖，他们是连环骗局的罪魁祸首……瘫在床上，思绪乱飘，我似乎减轻了自己的罪责。

大概，这就是我的悔改——在污水池里给自己洗身子。

此刻，出租屋内，灯光灼痛了眼，我关了灯，黑夜让我获得了想要的保护色。我仿佛看到了时间倒流，像一根水银柱插入冰水中急遽退格，刻度退到了2011，坐标点是佛山。

在一个店里喝早茶时，我突然撞见了老祝，我没有惊慌而走。老祝一身白对襟衫、白皮鞋，灰白头发一丝不乱。他身上有股邪气，天塌下来了

——他好像是多了顶斗笠。我和老祝是牌友、酒友，拐弯抹角他还是我老婆的远房亲戚，她能从砂轮厂调进商业总公司，还是老祝找分管金融、流通、招商的梁副县长签字同意。老祝在工业园有一家铜材厂，加工做得少，生意却做得大，听说是做开增值发票的买卖，还做铜生意，现货、期货、套期保值都做，资金大进大出，赚亏如过山车。那年，来自太平洋彼岸的次货危机产生了亚马孙丛林中的蝴蝶效应，清都工业园的老板"死"了一批，跑了好几个。老祝欠了银行七千万，同业拆借四千万，他到底亏了多少，只有他自己清楚，他只得跑路。清都一班跑路者，他不算先锋，也是领班。照他在早茶桌上对我讲，他只是暂时躲债，他很快就会捞回来，带一张让那些讨账鬼猜不到数字的长城卡回清都，他老祝是万里长城永不倒。他对我说话，用一个大佬的口气："你的情况，我清楚，清都有风吹草动，我都清楚。"

我从老祝嘴里得知，梁副县长作为林老妖项目的引进人、协调人和融资批准人，与林老妖的利益关系结得深。仙人居项目的水太深，梁副县长跑出国门就是明证，涉案的主犯都跑路了，此案就成了疑案。"你们算什么，几个讨吃剩饭剩菜的过路贩子，你们跑得及时，还算身手敏捷，要不然，你们就是替罪羊。"

此案的情况是这样。大鱼都跑得快，工行米行长（他由副转正，也是梁副县长的人脉起了关键作用）给林老妖违规放贷了1.5亿元，还负责给她管理资金通道，他也跑了，将老婆离了。岳老师，不，她已不是老师了，通过梁副县长，调到了金融办管档案。她可能做梦也没想到，她的前老公会列在清都多起金融诈骗案和非法集资案引发的跑路人员名单之中，排在第三位。这份名单多达五六十人，从政府官员到花圈店老板，各路神仙都有，相当于一部清都金融界和房地产行业的犯罪归档，也是防范金融诈骗和非法集资的案例教材。我很想知道岳莲（她的芳名）整理这些案卷时是怎样一种心情！我不可能联系上她，只能想想而已。我总算明白了，林老妖做的那个局，其大其深，已远远超乎我的想象。胥承望、米行长肯定比我要清楚内幕，他们不是做局的帮凶是什么？如此想来，我却是货真价实的受害者，我内心得到了微妙的安慰。我对老祝亦生出他乡遇故人、患难见真情之感。

老祝这号玩期货的欠债大户，银行和债主都不会逼得太急，只求菩萨保佑他身体安康，等他时来铁似金；只求菩萨保佑他不要玩人间蒸发，不要做外国公民。最招恨的，是我等这些欠债不多不少的恶鬼，吞噬了小户散户和亲朋好友的血汗钱、养老钱、送读钱、救命钱，我等干的是杀熟的勾当。有人在网上放话要挑断我的脚筋，看我还跑路不？！有人扬言要绑架铃子，贴出告示，兔子急了咬人，老子急了要绑人。有段时间，我老是梦见一座古城，我卡在城门口，双手托着一个千斤闸，护城河水在我身边回灌，一下漫过我肩膀，将我老婆咬出的那个肉疤淹没了，水里有一群不明之物在咬我的下身……

　　我接受了老祝对我的援手，跟着他学炒铜期货。他分析了政府四万亿刺激的放大效应和全球市场对有色金属的需求反弹，跟踪了数月以来铜期货的走势，从沪交所到纽约贵重金属交易所。他反复研判后得出三个字：该出手。电视里正在重播《水浒传》，刘欢也在卖力给我们鼓劲："该出手时就出手啊……"老祝投入四千万交易保证金，分批次买了一千三百手阴极铜合约。他指导我拿出三百七十万买了一百二十手。老祝预测合约到期后，乐观估计我可赚八百万，保守也可赚六百万。如果行情好，再加仓搏一把，一千万完全可以翻成五千万。如果——意味的就是，我可以结束游梭子生活，昂首阔步回到清都街上，一手牵老婆，一手拉铃子，让那一百九十七个债主在我面前集体发眩晕症，那该是一种怎样的反转场景……

　　我们碰到了9月行情，现货铜价从六万八千五百八十元一直跌到五万三千一百五十元，还没等跌穿六万，那根铜价走势抛物线就如吊颈的绳套，将我那三百七十万，或者说别人借给我的三百七十万全部取空，我被强行平仓。老祝坚持得比我多几天。9月下旬的那个下午，窗外，阳光在捣鼓金灿灿的烤炉，出租屋内，空调阴风习习，老祝仍然是一身白对襟衫、白皮鞋，灰白头发一丝不乱，他强作镇定的脸，在我看来，像是《捉放曹》里的曹操。我像是被虚拟经济给掏空了，魔住了——从五脏六腑到意识思维。我真没法相信，那四千三百七十万现票子，我、老婆和铃子加起来都没它们重，可它们从卡里流到账户上，流进看不见、摸不着的期货仓里，说没就没了，我连一根铜条铜丝都没看到，也没摸到，这些票子和我，已如阴阳两隔。我想起那些放钱给我和胥承望的债权人，他们把一扎扎红票子交到我们手上，或从一张张银行卡上打钱给我们，相当于身家性命相托。他们的眼神我懂，他们握我们的那一双双手湿重而饱含价值追求。他们收回去的那一张张薄薄收据，在他们眼里，分明是一只只会生金蛋的金乌啊！现在，一切倒好，好了好了，大家都妙手空空，空空如也。我大笑，笑出了眼泪。出租屋里，空调嗡嗡轰响。

窗外，佛山流光溢彩，照得夜空如昼。老祝领我出去，我们饱餐了一顿海鲜，喝了一大瓶洋酒。零点过后，我跟着老祝回到他的出租屋。他租了套两室两厅，微波炉、按摩椅、跑步机一应俱全，还有女人上门来伺候。

我一身汗馊，躺在另一间卧室，酒力钱塘潮一般涌来。我梦见，也可能是看见，门口现出一个飘浮的影子，披烫发，脸半隐半现，像当年的岳老师，穿得很少，黑短裙像"鬼唱歌"学校旁竹林里一皮笋壳，悬在攒劲往上冒的嫩笋腰间，露出阴影交织里的青光，有些发白。她拽我起来冲洗，我脑海里一片怒潮，只想对她海啸，可力不从心，很快我掉进了烟砖砌的黑坑里……

我醒来已是下午。太阳照常火辣，它在不知疲倦地捣鼓金灿灿的烤炉，我们都是它烧烤的食物。我得由食物变回自己，由噩梦返回现实，可我已不是我自己，像是"鬼唱歌"山坡里一个梦鬼借了我的躯壳，它在烟砖底下念念有词。

老祝给我留了张字条："阳老弟，不要怨我，我不怨命。要是今生我主动联系你，我会给你补偿。要是见不到，我们就各走各路。所有祝福都是空东西，我就不说了。"

他名字也没留。

我看完，当作点烟纸烧了。白烟飘在空调屋里，犹如鬼画符。

9

梦在篡改我的时空。往事由此变得弯弯曲曲。

深夜，我的狂想曲没法终结，我只得吃两片安定，要去那梦也找不到我的地方。

安定片让一段时间和我成功消失在梦之外，我不知道是什么裂缝或深渊接纳了我，连同那段时间。

我被手机打醒，醒时是16:49，四郎给我打了一串电话。

"小马哥，你真会睡啰。老马跟丢了，手机关机，你快起来和我一起找找。我骑摩托找遍了大小酒店，没找到，我可不想他干蠢事！"

"你报案没有？"我心口一阵收紧。

"报么子案啰，我相信老马酒醒后不会乱来。"

"他也许在睡大觉，你晓得他住哪里不？"

"没问过，我也不晓得你住哪里呀。"

"四郎，我也喝醉了，你不打电话，我不得醒。"

"老马他一直睡到上午10点半，我一直守着他。我在沙发上打了一个盹，我老婆出门买菜，准备给他做一个川味火锅。等我睁开眼，床上没有了老马。"

"你别大惊小怪，说不定星爷又给他派了角色，他在演哪个捕快节级。"

"那我们去片场找找看。我胸口乱跳呀。当年，我开车压死人之前，一早醒来，胸口就是这么乱跳。"

"横店拍片的有那么多场子，上哪里找呀？"

"你有星爷电话没有？问问他啰。"

"我还不够资格联系星爷，平时都是老马他单线联系。"

"前几天你们不是在拍一个电视连续剧吗，叫什么来着？"

"《风清扬传奇》。"

"你带路，我们去那里找。"

"那剧在好几个场子拍，找也瞎找。"

"你在哪里呀，我来找你，我们一起去，非得找到老马。"

"我，我女朋友今天回来了，不方便。"

"小马哥，你重色轻友啰，那我先去'清明上河图'找找。"四郎在手机那头笑，我能想象他那像唐卡画上的眯笑。

对不起，四郎，我不能出门，我得重新修习忍者之道，我当务之急要练的是"九字真言"里的第六字"阵"——透视、洞察敌人心理的"供养会"。仓宝一定窥破了我潜伏在横店的行踪，下一步，他必然有所行动。横店为何突然涌来这么多清都人呢？他的讨债公司很专业，手段很是毒辣，我绝不能落在他们手上。四郎，我知道你和你老婆都是难得的行善好人，你们的所信挡住了"贪嗔痴""求不得"等这些外魔的侵扰，我甚至认为，你们拥有忍者的高境界，也就是"九字真言"里的第七字"列"——怀有救济他人的慈悲心，能分裂一切阻碍自己的障碍，做到"细微会"。你们不练忍术，是怎么能够做到的呢？

我渐渐恢复了对昨夜酒后的记忆：

四郎和我扶着老马出了酒家酒店，老马已说不清租住屋到底在哪里，他一路走，一路鼾声加梦话，好像在梦里追杀谁。四郎将他扶回了自己租住的房子。

我们仨进了一扇铝合金门，过道没开灯，有只鞋柜，出来一个面色黄润、五官模糊、穿睡衣的女人，帮忙将老马扶上了床。见床，我也开始摇晃，头重脚轻倒也。

我和老马在四郎家的床上沉沉睡去。老马吐了一地。蒙眬中，看见四郎和他老婆在忙碌，拖地板，换新被。我蒙头盖脸，他们窝里有好闻的檀香味。四郎老婆点燃了檀香，房间里渺渺茫茫，我已云里雾里。

发干收紧的喉头让我醒来，我喝干了床头柜上一瓶备好的娃哈哈矿泉水。睡眠灯亮着，光线朦胧，放出一房重影，沙发上，四郎和他老婆相互靠着，脸挨着脸，在光影里麻麻黄黄，给我似真似幻之感，仿佛吃完安定后似睡没睡时的那种感觉。

我找到厕所，吐出一股化燥酸臭的秽物。出厕所，我眼冒金花，一片縈然中，四郎递给我一只削好的梨。墙上挂着菩萨的宝相，我不认得他们，可能是四郎常挂在嘴边的密宗六观音，却不像中土常见的观音像。衣架、衣服、神龛均为静物，影影绰绰的静物。对面立着个柜，蒙着白布，放出一笼白影，我无端想起前几天我们仨一起搬运过的那尊木雕金刚，大威德到家了吧？我吃着甜梨，有些喘不过气来。

"四郎，给你们添麻烦了，真不好意思。"

"莫见外啰，都是一起打工的兄弟。"

"我酒醒了，得回去。"

"你就在这里和老马一起睡呀，都弄干净了。"

"我，我在外睡不着。"

"我送你回去啰。"

"我自己回，我没事，老马还在睡，还得麻烦你们照顾。"

"他喝得比你多，我不想他醒来干蠢事。"

"他说出来，吐出来，会好一点。"

"但愿，但愿！"

"那我先回去了。"

"我送你下楼。"

"自喜，给他带几只梨回去醒酒。"四郎老婆在光暗中说话，普通话带四川口音，轻柔中听。

我想说句谢谢，可喉头不听使唤，我似在哽咽。那一刻，我特别想我老婆。我拉开门，鞋柜下，模糊一团黑物，默默看着我，琥珀色的眼睛像点着的酥油灯。是四郎家的猫咪。

我从四郎手里接过塑料袋，握紧他粗糙的手，没吭声，回头，走进横店的夜晚，走得像一道抽空的影子。在路上，我连皮吃了四只梨，剩下两只带回了窝。

看着床头柜上两只梨，麻黄麻黄的，像一幅静物写生。我胡乱洗漱完毕，开始吃梨和五谷道场。先吃了一只梨，很甜，后吃一桶五谷道场，用最后一只梨结束我的早中餐，一嘴甜味。我"还阳"过来了。

手机响了："小马哥，快到家具店来。"

"老马找到了？"

"没呀，我到了你说的那个剧组，没看到老马。"

"要我来干吗？"

"今天都乱到一块儿来了，家具店被人封了，这里好多人，警察也来了。"

"出了么子幺蛾子啰？"我忍不住模仿四郎说话的口气。

"听说，杜老板投资的大项目资金链其实早就断了。他先使障眼法，让他的公司和项目看上去红红火火，吸引人来投钱；他再使三十六计走为上，先把老婆孩子送走，自己也跑到加拿大去了。他老底被人揭穿啰，来了一帮人要封店，是帮外地人，他们闹得好凶，说是前两天还给杜老板的投资公司打了三千万，他们来要那三千万。谢库长在和他们交涉，她又哭又骂，可那帮外地人比她声腔还要高。"

"四郎,那有大戏看啰!"我眼前闪过仓宝那张发财后变了形的脸。

"我们要失业呀,你幸么子灾,乐么子祸?"

"横店不是车马店,还怕没得我们打工的店?找到老马,我们再喝一顿,然后,重新找工作。"

"小马哥,你快来啰,店里出了事,我们打工的躲一边不好,看热闹也不好。"

"四郎大哥,我真来不了,我要陪女朋友,我早不想在这店里干了。"

"你打算去哪里啰?"

"暂时没想好。哦,我想起来了,你们送我的梨,我吃了一天一晚,吃完你们的梨,我酒全醒了。替我谢谢你夫人,四郎大嫂!"

"梨吃多了凉胃。等找到老马,请你们来家里吃火锅,我老婆会做。"

"老马不会干蠢事的,我,我——"

"那你带着你女朋友一起去找老马呀,多一个人,多一双眼睛。我来应付这里,他们要封门。"四郎挂断了手机。我听出他周边的吵闹声越来越大。

四郎,真对不起,我不能和你满街找老马。清都人一批又一批涌来,肯定没什么好事,他们肯定是陷进了项目融资这个无底洞,要是坑起人来,这洞和地陷、泥石流一样,来得突然,躲无可躲,我算是领教过了。仓宝窥破了我行踪,我又冒险和老婆深夜通话,再次暴露了行藏。清都距离横店虽有千里之遥,可高铁通了,也就半天可到,如果清都警察或者仓宝手下要对我动手,他们已经在来的路上,说不定到了横店。我惊出一身冷汗。

手机响了,一个陌生号码,我紧张得想拉尿。手机再响,接,还是不接?我念诵大日如来心咒,搬出了"九字真言"中的第八字诀"在",忙乱慌张中,我忘了结"日轮印"。我得赌一把,这串数字应该不是我的催命符,我按下了通话键——

"你怎么不接我电话?"

"你是谁呀?"

"连我也听不出来了?这么快就有了新欢啊!"

"阿斯敏啊,你是不是连手机带男朋友一起换了呀?"

"讨厌，我来横店路上，和我表妹一起，我有急事找你。"

"我，我，我在外面。"

"你在哪里？你怎么吞吞吐吐？"

"我，我在拍电影。"

"这回什么角色呀？又是店小二吧，嘿嘿……"

"我这回在一部武侠片中演一个捕快。"

"你答应替我给星爷说的，你说没说呀？我晚上8点到，直接来你那里吧。"

"要得，我给你留门。"我挂了手机。

我关掉手机，取出卡，奔出窝，骑上钱江，一溜烟飙到新开工的圆明园仿建工程附近，将卡丢进渣土堆里。我四下张望，没有可疑的人迹。

我骑摩托绕过宋煌家具。老远，我看到那崔巍的店门楼，门楼下，黑压压一片人。我没回头，脑壳里闪过那些菩萨金刚，还有那块"雄师过江"的浮雕……

我走进一家当铺，八百块钱，处理了钱江。我用座机叫了一辆私家出租车，约了时间和地方来接我。

回到出租屋，我定定神，开始收拾东西。随身可带走的东西不多，往日时光从我手心缓缓流过，轻如片场布店的布匹。阿斯敏的秋衫和胸罩，我抖了抖灰尘，用塑料袋包好，放在床单上。我叠齐了被子，第一次将被子叠成了方块。

我选在黄昏后上路。房东的钱，我不欠，我还预付了两个月的房租，没住满。我把钥匙留在桌上，将门虚掩，拖着行李箱，提着行李袋，走出我借住藏身的螺壳，像一条精于此道的章鱼。下楼后，我变成了一个没有一把钥匙的人。

横店在半明半暗的光影里，让我想起哈利·波特在魔法学校借到的那件隐身罩袍。我愚蠢地设想，我要拥有那件隐身罩袍，就可以回家去，夜里爬上老婆的床，看她和铃子，让老婆打得我鼻青脸肿好了，我是活该。我要紧紧搂着铃子，哪怕她将我脑壳戳出窟窿来……

横店，好像就是魔法本身，我看它不透，也描述不了它。它是仿造的，流动的，梦幻的，也是一个巨大的真实存在。横店田野间有秦王宫，有

"清明上河图",有明清宫苑,有香港街,有梦幻谷,有太极两仪四象相生,还有在日夜施工的圆明园,它们模糊了历史、片场、戏台和生活,也试图颠覆时间,并把时光留在屏幕上,留在木头上。这里适宜演戏、造星、发财、恋爱、做梦,也包括潜伏。那位出了名的老吉,他从哈尔滨犯了事,溜冰而出,潜逃十三年,潜伏到了热播剧《潜伏》之中,扮演保密局档案股长盛乡。有关他的所有网上报道我都看过并研究过,我知道他的最大遗憾,新戏只演了一半,剧组分派给他的角色没法演完,他对着一排长短镜头说,对不起剧组,对不起很多人,包括他结伙抢劫致瘫的那位东北警察和他妻子!老吉内心有戏,他有本事模糊生活和表演,他的忏悔不会是一场表演吧?老吉的案子已进入司法程序,我会在网上继续关注他。我潜伏在他潜伏过的地方,我也是一个失败的潜伏者,我比老吉幸运还是更不幸呢?

我坐进了私家出租车后排。是台七成新的奇瑞,这类出租车被称作"黑脑壳"。司机听口音是个"横漂",长得像个群众演员,一张让我放心的脸。我要他朝乌镇方向开。

我望着车窗外,默默道别:四郎,老马,今生只怕再不能与你们相见喝酒了。四郎,你们夫妇用一辈子来还债,我还做不到。老马,你的苦楚,我心里清楚,你老婆的心跑了,身子就是一个虚壳,你要那个壳子有什么意思?大可不必将自己赔进去,杨雄的翠屏山是一条死路,做个忍者,便还有一条生路。我跑出清都这五年,在十几个地方东躲西藏,一个地方从没超过三个月。也没一个朋友。在横店,我待了一年零四个月,我有你们,还有阿斯敏。阿斯敏,我不能和你"对食"了,有些孤独无法消解,有些罪责只能自己硬扛。你找我能有什么急事呢?是不是又编一个说法找我要钱?我忘不了你们,也忘不了横店。我得奔向自己的结局……

10

打开手提"联想",连上无线网,看到螺狮在QQ里回我文字了。呵,不是一段,而是一篇。

  云杉鹅:没有及时回应你的梦,或是因为自己一直在半梦半醒之间。我把你的梦看成是对我的试探。我不管你是谁。在梦里,你对着妓女辩解"我不是风清扬……"你的梦话启发了我,那我们就试着梦里对谈吧。你不是有窥探嗜好吗?我满足你,把我写的一个故事新编发给你,你自己去侦探吧。

世间再无风清扬

话说风清扬从江南娶亲返回华山途中,夜宿青羊镇,住太华客栈,一人,一骑,一剑,一行箧,另有一腔心思。人生岂止如戏?!还如华山险道,步步惊心,一步走空,便万劫不复。数月之前,他奔走千里,为之心旌摇荡——那洞房花烛夜,原来是场骗局。风清扬一怒之下,提白影剑奔往岳父府。人家早有预谋,将他步步算计到了,已逃之夭夭矣。那位妓女新娘,亦不知去向。风清扬想杀人,眼前却无人可杀,想杀人而无人可杀,此种心情可想而知。罢了,江南不可留,还是回华山,唯老巢可疗心伤。

这日黄昏后,他到了太华客栈。

风清扬由店小二侍奉,安顿住下。是一清静客舍,暂只见他一人住店。有鸟飞越小镇,其踪不可见,其声秋意寂。风清扬走下木楼,来到厅堂,叫店小二温酒上菜。一碟卤牛肉,一盘花炊鹌子,两样时鲜素菜。酒是杏花村,闻香,有些年份,风清扬用竹筷蘸一点,舌尖舔舔。行走江湖,江湖中人,自有讲究,更要洞察细微。可以放心吃喝了,风清扬独酌着,闷酒入肚,怎能消解心中块垒?一壶已见底。

店小二前来添酒,风清扬道:"小二,酒不错,也无客,你陪我喝两杯。"

"客——客官,我——我陪不——不好。"他是个结巴,细瘦身骨,脸如黑枣,黑里透红,涨红的。一双细眼,回看掌柜。

"客官看得起你,你就好好伺候啊。"掌柜一张大笑脸,浮在清油灯影里。

"小二,你只管喝酒吃菜,无须和我说话。"风清扬故意一笑,意在轻松一下对饮气氛。

店小二一直眯笑,小口抿酒,小心夹菜,不时敬酒。风清扬感觉他懂得分寸，笑有些嫌多，却不讨厌，整个人看上去还算顺眼，和他多喝了几杯无话的酒。

和这样的饮者喝酒，又怎能喝出兴致来？

店外，二更响起，咚——咚——风清扬摸出一小块碎银，赏给小二，结束了晚饮。小二将风清扬恭送进房，又送来汤水，风清扬泡完脚后，上床就寝。

是夜，风清扬睡了一个好觉。多夜来，不请自来、好不烦人的噩梦没来侵扰他。

清晨，风清扬醒来，第一感觉是，自己又做梦了，他看见自己穿着贴身褂子，近乎裸睡在一张陌生的客铺上。昨夜，他并没喝醉，是和衣拥被而睡的。他暗自运功，察觉有些异样，四肢软绵绵，肯定是被人下了药。

等到风清扬恢复功力，跃身而起，环视客舍，他的白影剑不见了，那可是祖传宝物。行箧也不见了，里面除装有行走江湖必备之物外，还多金锭银两。要把一江南大户人家美貌之女娶回家，没一大笔钱万万不行。加之此行江湖豪杰多有馈赠。这些，统统消失不见。

风清扬飞出客舍，此栈空无一人。他的坐骑青影亦无踪影。偌大一座空房，只剩他穿件贴身锦褂，光脚站在青砖上。

刹那间，风清扬明白了是怎么回事，自己着道了。风清扬不明白的是，自己是怎么着道的。笑脸的掌柜和口吃的店小二联手给他做的这个局，他怎么一点端倪也没看出来呢？此局，是不是预谋给他那一连串阴谋中的又一个呢？在回华山的道上，还有什么局在等着他？要是此事传到江湖上去，他风清扬还有何脸面见人！

要是白影在手，此刻，风清扬会挥剑自刎。他赤手空拳，总不能解下腰带，像妇人一般悬梁自尽？

在青羊镇的窄巷里，风清扬被无为军当作流民逮住。他没跑，也没杀人，他涂黑一张脸，装作一个哑巴。

无为军驱使被抓流民前往华山伐薪烧炭。此去，同路，还不操心住宿吃饭。

一近华山，风清扬就不见了。从此，世间再无风清扬。

后世好事者考证，风老前辈在华山思过崖对令狐冲说出如下一番话来，是大有曲折隐情的。他说："世上最厉害的招数，不在武功之中，而是阴谋诡计、机关陷阱。倘若落入了别人巧妙安排的陷阱，凭你多高明的武功招数，那也全然用不着了……"

　　接下来，金庸写下寥寥数语的白描：（他）说着抬起了头，眼光茫然，显是想起了无数旧事。

　　螺狮发来的"故事新编"，我好像明白，又好像不太明白。他借风清扬在给我打哑谜，说暗语，讲梦话。我还不能确定，他就是离家遁走十五年的骆远。我将迂回曲折接近他，也是接近一种游离于否定和肯定之间的真实，一个自己的参照物。我往后的生活将靠梦与非梦来支撑。

　　等我漂流到某地安顿后，会有无数个夜晚要独自熬过。我也可以写个故事，以自己为主人公，将螺狮作为我的第一读者。倘若他就是骆远，我所写的清都往事，定会引起他的回应。螺狮，或是骆远，他俩会是一个人吗？我还不能肯定。我知道自己糟蹋了忍者。我多少有些明白，唯有突破自己的多重障碍才可能练成忍者，而每一重障碍都是一座华山。当我把自己看成一头骆驼时，我的障碍会是针眼，我得从针眼里穿过去，方可得救。现在，我眼前，既有针眼，也有华山，我不过是一条丧家之犬，还没有勇气回清都投案自首。但，对一个真忍者来说，没有什么是不可克服的，也没有什么不可以做到。而忍者很容易被瞎编。我打开一个文档，删了《忍者神印》。

　　稗史记载，日本战国时期，出现了一个特别厉害的异能忍者，叫飞鸢加藤；江户后期，有一个架空人物，"真田十勇士"之一，号猿飞佐助，他善"狐走步法"，无人可逮住。他们的名字和事迹给了我一点灵光。再加上风清扬，他的江南之行，他独在华山思过崖的数十年，他练就的"独孤九剑"，也包括螺狮为他写的"故事新编"，便是一个忍者的范式。那我就借他们的虚壳，给自己取一个"飞飐"的化名，写一个关于自己的话本《忍者飞飐》。

　　"黑脑壳"已将横店抛在身后，我正带着自己的故事上路。

（原载《芙蓉》2022年第4期）

评鉴与感悟

小说该是什么样子？——当文学穿过剧烈转折的20世纪与21世纪初，媒介、时局、技术、市场、文化参数一变再变，小说的模样几乎就要"众口众词"了。《忍者飞飚》却让人们看到小说最原初的样子，看到它还是"小说说小""蚕丛小语"时的样子。终于没有国家命运和世风道德的历史使命要背负，小说不再作古正经地一股知识分子味，一股端着的精英味小资味，开始往"言诞旨远"的方向走。《忍者飞飚》里那么多叙述者的叽歪方言、鬼扯胡话、迷梦呓语，呼啦啦将贴皮带肉的、上不了台面甚至是突破不了法律的生活糅进小说里，连着在古代就属于道统化外的"忍术"、武侠想象，创造了一个新的小说语言世界——当然也就是精神世界。

用泼剌剌的语言收留某些人眼里的"下里巴人"的生活，在舒文治的"老师"韩少功那里就有。而且有意思的是，这两位常年待在汨罗、深受楚文化影响的作家，都时常让主人公同时身处两套象征系统里挣扎。《归去来》的马眼镜就不知自己到底是马眼镜还是黄治先，《忍者飞飚》里，阳寒波也需要马冲的身份才能继续活在世间。汨罗，这个楚文化的渊薮之地，其实也如同一枚文化的泉眼，源源不断地向当代抛出另一套悠远的文化传统，诱惑着这里的人、这里的作家，永远生活在多重的象征世界。

有好热闹的批评家提出"新南方写作"，甚至"新寻根写作"也要呼之欲出了。其实，某些文化地理结构永远在那里，只是随着世运推移，文化的泉眼有时暗淡，有时又总要爆发出噗噗的清泉。

（刘启民）

鹦鹉大仙

/曹畅洲

其实庄鹏的妻子当时只是随口一问。一百个妻子里，有九十九个在那种情况下都会这么问的。那是个十分无辜的问题，一点儿也没有逼迫的意思。她承认在丈夫又一次收到了球友们的邀请后，脸上确实出现了些不满的神色，可她也很肯定自己问出那句话的时候语气是非常平稳的。

"都是一样的比赛，在家里和酒吧里看有什么区别？"

庄鹏原本有无数种方式进行申辩，然而那个时候，他略一思索，竟发现妻子的话不无道理，真的一个人坐到沙发上去了。这个过于顺利的说服过程并没有引起妻子的疑心。庄鹏这个人就是这样，大水冲了龙王庙，也能找到理由笑出来。家里的经济情况他不是不清楚，去了酒吧就得喝酒，喝了酒又要打车，这次看球下次吃饭，都是些没什么权势的狐朋狗友，这钱花出去算什么名堂？

将桌上的剩菜包好膜后，妻子转过身子打开了冰箱门。冰箱里只有两罐啤酒和三只苹果，可几碟小菜一塞，顿时就显得拥挤不堪。关上冰箱门，客厅也没宽阔多少，庄妻去水池边洗碗时，还得侧着身子通过橱柜和墙壁之间的狭道。只有蹲伏在地上用抹布擦地时，她才能体会到这间小屋子唯一的好处：她只需要用别人一半的时间和精力，就可以获得一间同样清洁的客厅。

是要到下一个周末的比赛日，庄妻才发现丈夫看球时的不同寻常。只见他盘着双腿，不抽烟也不喝酒，不吵嚷也不喝彩，打坐似的盘踞在卧室的沙发上，抻了脖子一动不动，一双眼皮耷拉着。她起初以为他是看睡着了，凑过去一瞧，两只眼睛火亮着呢。你这是看的什么球？庄鹏笑而不答，只扬了一下手，示意不要打扰。那一天阿森纳队落了个惨败，庄鹏依然气定神闲。他微微颔首，一种受到祝福般的笑容在脸上浮现出来。真是奇怪，妻子凑到他眼前问，输球了你笑什么？你不懂。庄鹏这才开口了，此中有真意。

庄鹏把球给看深刻了。足球场上二十二个人，每个人都有自己的跑动，每个跑动都充满个性又不失纪律，而皮球只有一个，这一个皮球串起了浓缩的世界。此中真意，又怎向他人诉说，只能是欲"辩"已忘言。对于丈夫忽然养成的古怪习惯，妻子显然无法接受。一天晚上，当丈夫再次提前打开电视，两只腿盘到沙发上时，妻子立刻走到茶几前，伸手取过遥控器就关了电视。

"你还是和朋友们去酒吧看吧。"她说，"你赢了。"

庄鹏看了她一会儿，神情里有一种很隐秘的悲悯。接着他挠了下头发，从沙发上站起身来。他走出卧室，侧转身子蹭过橱柜和墙壁之间的狭道，从洗手台上抓下一块抹布，对着龙头冲洗起来。

"我不看了，"他平静地说，"我帮你擦地。"

妻子设想过无数种丈夫的反应，唯独没有料到他竟会帮忙料理起家务来。庄鹏这意想不到的体贴无论是否带有赌气的成分，这一刻实实在在地让妻子心软了。早在他们恋爱的时候，她就切身体会过他对足球的热爱。那时候他身边的每一个人都知道，炼化部的庄鹏是一个不折不扣的球迷。这个不折不扣的球迷现在却被自己逼得关了电视，帮忙擦起什么地来……他洗抹布的姿势看上去笨手笨脚的，仿佛抹布不听使唤。妻子走到丈夫身边，夺过抹布，徒劳地做出一副依然在气头上的样子说：

"今天我已经擦过了……"

庄鹏的独特看球持续了几个月，其中曼妙刚刚准备深入骨髓，却迎来了为期三个月的英超休赛期。面对着一个又一个"草色遥看近似无"的周末，他忽然感到自己的生活正在被掠夺一空。并且这种空虚之感比往年更加难熬。妻子有一天就看见庄鹏坐定在沙发上，眼前的电视机却开也没开。没过一会儿，他忽然拍了一下大腿，嘴里飞出一句脏话，就猛地站起来，焦急不安地在房间里来回踱步。妻子已经习惯了丈夫安详而庄严的看球方式，差点都忘了他这个人也是会常常自己跟自己生气的。于是她提议重看一些经典的比赛，此中有真意嘛，真意总是经得起反复琢磨。庄鹏听了妻子的话，停住了脚步，却没有回答，几秒钟后又迈出了步子。他走进厕所，开始蹲起了马桶。无所事事的日子里，他唯一可以活跃的只剩下了肠胃。

庄鹏的妻子怎么也想不到，丈夫为了缓解无球可看的痛苦，竟选择了这样一个匪夷所思的对策：那天从商场下班回家，她看见阳台的晾衣架上挂了一只不锈钢鸟笼。丈夫就站在旁边，一手提着粮铲，一手扶着笼头，对笼里的虎皮鹦鹉喊道：

"好球！"

那只金头绿肚的鸟儿歪了脑袋，站在一条细横木上沉默不语。庄鹏扬起手就朝笼头上狠拍一下，吓得鹦鹉头毛一哆嗦，斑斓的羽翅也微微张开。庄鹏又重复了一遍：

"快说，'好球！'"

这回去拍打的人是妻子。她拍打的不是鸟笼，而是庄鹏的后脑勺。细碎的鸟粮从庄鹏手中的粮铲边扑簌簌掉了一片。她从庄鹏扭过来的脸上看见那惊愕一下子成了谄媚的痴笑，就知道他没有明白问题的严重性。

问题其实倒不严重。过问了鹦鹉、鸟笼和鸟粮的价格以后，妻子渐渐平静下来。饲养一只鹦鹉确实花不了什么大钱，但无球可看的丈夫竟会想到要培养一只鹦鹉来做伴，这件事无论怎么看都透露着一股病态的气息。

"你要是真想去酒吧，你就去好了。"她说，"养个鹦鹉陪你看球，说出去好像我在欺负你似的。"

"你想到哪儿去了。"庄鹏笑着说，"我就打发打发时间，谁说要跟它一起看球了。"

妻子看看丈夫，又瞧了瞧鹦鹉，不禁发出一声苦笑。是啊，不就是养只鹦鹉，她怎么会那么想呢？不知怎么的，她总觉得这只鹦鹉在家里的出现，带给她一种不速之客的感觉。

饲养鹦鹉的全部工作当然是由庄鹏负责。所谓负责不过就是清理下鸟屎，添加鸟粮和清水。剩下的时间，庄鹏全都用来对它进行足球知识教学。鹦鹉带来的效果是显著的，那段时间里，庄鹏的球瘾果然好转许多。一个月以后，这只虎皮鹦鹉居然真的会说"好球"了。那天妻子回家，庄鹏立刻向她展现了自己的教学成果。"好球！好球！好球！"随着鹦鹉尖脆的学舌声，庄鹏乐不可支地用粮铲为鸟笼里添粮，那些谷物在粮盆里堆出了一个金黄的尖顶。妻子也是第一次亲见鹦鹉学舌，虽然这并没什么好意外的，但她还是感到从一只动物口中发出人类的语言，这异象从生理上使她有些晕眩。这种晕眩新奇而美妙，使她惊叹于大自然的神奇造化。自己虽然身处这毋庸置疑的地球，却好像从来都过着和地球完全无关的生活。

等到英超的新赛季再度打响，这只名为"叫叫"的虎皮鹦鹉已经学会了"好球""射门""下课"和"他妈的"四个短语。其中第四个尤其重要，因为这意味着它已具备了说出三个音节的能力，长此以往，报出阿森纳全队球员的名字也未必是痴心妄想。想到这一点，庄鹏就感到心中形成了一股厚重的成就感和使命感。他郑重其事地用食指穿过鸟笼抚捋它的头羽，语重心长地教育道：

"叫叫，一个人要像一支队伍。"

庄鹏夫妇谁都没有打算让叫叫一起看球，但事情还是这样发生了。阳台就在卧室的边上，这么小的房间，即便是晾衣竿，对于鹦鹉来说也称得上是个优质的看台座位。每当庄鹏看球时，叫叫也就在这个专属座位上，看着屏幕里的一片绿荫，跟随解说员牙牙学舌起来。它的学舌主要是"好球"和"射门"，因为解说员很少提到"下课"，"他妈的"则更是不可能了。

庄鹏依旧在沙发上枯坐凝眸，鹦鹉的擅自加入没有影响他的习惯。他依旧在足球带来的幻境中化孤独为艺术，变激情为智慧。不要说鹦鹉，就是他的妻子、他的工作、他在人间历经的一切烦恼，都在那九十分钟里幻灭成烟了。而妻子呢，起初还觉得鹦鹉的学舌总算为看球这种活动带来了正常的热闹之感。几场比赛的新鲜劲儿褪去以后，她现在只觉得这是一只十分吵闹的鸟。

那是一个稀松平常的比赛日，也是一场稀松平常的比赛。妻子在浴室中清理地漏上乱麻般缠绕的发丝，水管里漫出的臭气像手掌那样捂得她无法透气。而卧室里的电视屏幕上，却出现了一脚极具穿透力的直塞球，作为阿森纳前锋的奥巴梅扬向后虚闪一下，立刻迎着来球冲刺而去。这个飘忽的跑动使对方后卫落后了整整一个身位，于是庄鹏就听见阳台上传来了一声尖利的——

"好球！"

直到解说员跟随着也发出了同样的惊叹，庄鹏才恍然意识到了什么。他心下一惊，顿时从那虚空之境抽身回来，跳下沙发时拖鞋也顾不上穿，三两步跨到鸟笼旁边。

"你刚才说啥？叫叫？"

叫叫两只眼睛一动不动地盯着电视方向，缄默半晌之后，忽然又冒出一句：

"他妈的！他妈的！"

庄鹏赶忙转过身子，镜头正对着身穿红白球衣的扎卡，捕捉着他那懊恼万分的神态。画面接着进入回放，庄鹏看得清清白白，这个如此漂亮的进攻配合，最终被扎卡愚蠢的高射炮给生生暴殄了。

"见鬼啦！"庄鹏张开双手大喊，"鹦鹉会看球啦！"

庄鹏和妻子要说自由恋爱却也不那么自由，两人相亲时见到对方的第一眼都有点失望。之所以最后结合在一起，完全是庄鹏无心的一句打趣所造成的。庄鹏那时候大概是说，他是石化厂的，而她又销售化妆品，化妆品可不就是石油提取而出的吗，这就说明有缘分。命中注定我生产，你享用；我提炼，你升华。庄鹏这个人在开玩笑方面很容易失去分寸，后来他在看球时静坐的内容也包括对自己这一个缺点的反思。无论怎样，这句活跃气氛的玩笑话最终把他俩都搭进去了。结婚前一天，庄鹏想起来还是觉得很蹊跷，怎么就到了这一步呢？转念他又对自己说，可能真有冥冥天意在推着他走吧。

降临到庄鹏夫妇身上的冥冥天意，之后再没有出现，直到那只有着翠绿肚皮的虎皮鹦鹉喊出了那句"他妈的"。经过无数次验证，现在他们都已经确信这不是一个巧合了。叫叫是一只懂得看球的鹦鹉。对于这桩怪事，妻子表现得十分担惊，她坚持要把它给"处理"掉。庄鹏一听，赶紧堵住她的嘴，警觉地将她拉离客厅，走到卧室关上门，轻声却又严肃地告诫妻子：

"非但不能处理，还得供着它！"

庄鹏的想法很简单，请神容易送神难。这鹦鹉显然不是凡物了，你要是赶走它，它必然要报复你不可，你要是好好伺候呢，兴许还能起到保佑作用。妻子不信什么怪力乱神，但荒谬的事实放在这里，她也不敢以身犯险。于是点点头，将信将疑答应了。

叫叫住进一只更为宽敞的鸟笼，有一高一矮两条细梁木供它休憩玩耍。每隔几个小时，不是庄鹏就是妻子，会来鸟笼旁查看一番，好使笼底的鸟屎永远得不到散发臭气的机会，粮盆永远是一副快要溢出来的样子。不仅如此，在每个有球赛的夜晚，叫叫还被作为"特邀嘉宾"坐在茶几正中间，那只鸟笼成了最尊贵的观赛包厢。为了不影响自己的视线，庄鹏就只好偏坐到沙发一端，脸上却呈现出天真的悦色。他开始就着比赛进程和叫叫聊起球来，好像说相声一般，一逗一捧，一唱一和，乍看之下居然真的构成了和谐的沟通场景。这一幕在妻子眼里显得有些毛骨悚然，她恍惚觉得不是鹦鹉成了仙，而是丈夫失了疯。然而再观察下去，她总会发现叫叫的附和并不是普通的学舌，这时她又疑心出问题的人可能是她自己。她对鹦鹉的敬畏是在这种不断怀疑的过程中渐渐养成了。

鹦鹉叫叫并没有给庄鹏夫妇带来护佑，恰恰相反，妻子在不久以后被公司开除了。她在公司挪取小样的事持续了两年都没有出现纰漏，偏偏在这一回被领导逮个正着。照理说，最近风声渐紧，以往有同样动作的同事们都已经警惕地暂住了手，可庄妻这时忽然想到了家中的神鹦，说不上是一种什么心态，她决定铤而走险。走险失败，庄妻先是感到了一种不出所料的胜利感，接着悲伤才弥漫上来，使她更彻底地扎进现实的无望里。她一路上丧魂落魄，回到家时，脑中所想的事情已经完全和鹦鹉无关了。

然而她一进门却听见阳台上的鹦鹉放声大叫：

"下课！下课！"

鹦鹉准时的奚落使庄妻顿时变了脸色，整个人重新泛出充沛的活气。

她撂下包，鞋也不换就气冲冲地踩到晾衣架边，一路走，一路斥骂开来：

"你还叫！你还叫！我供你喝，供你吃，毛也给你梳，玩也陪你玩，你就这么对我？不过就是会说几句人话，会看几个破球，说到底不还是一个烂……"

"畜牲"两字在嘴边悬着，庄妻到底还是把车刹住了。虎皮鹦鹉身子一阵长一阵圆，脖颈处的几颗黑斑也随之鼓胀变形。它豆大的弯喙微微开启却悄然无声，随着庄妻的谩骂在铁笼里上下扑腾，等到那句"畜牲"即将出口时，似有了预感一般径直扑向庄妻，若不是被笼柱挡住，庄妻这张喋喋不休的怨嘴怕早已被它啄歪了。庄妻吓得往后急闪一步，脸色立时煞白。余悸和鸟笼一样嗡嗡地回荡了好久，她才确认了自身的安全无恙。这记下马威让她再也骂不出什么了。她在晾衣架边手足无措地呆站着，眼睛开始了熟视无睹，只有可怜、可笑、可耻、可悲的思绪带着她在自己的过去和未来里无情地漫游了一遍。她忽然感到双腿乏力，鼻根也泛了酸，于是脱了鞋子，蹲坐在地呜呜哭起来。

庄妻的眼泪就像是夏天的暴雨，来得快去得也快。激烈的情绪从她的眼眶一泻而尽，只留下一片人去楼空。庄妻这栋单薄的小楼颤颤巍巍，心里还隐隐回荡着凄凉的回音。但她已经疲惫得无法听清那些回音了，便只好什么也不再去想。她用袖口拭干泪水，摘下鞋子拿手拎着，赤着脚来到房门口。她在门口放下工鞋，正准备更换拖鞋，忽然停住了。她盯着地上的工鞋怔立片刻，心一横，两脚一跨，又重新穿上。她蹬了蹬脚，感到脚底和脚面被包裹得十分妥帖，便转过身朝阳台那边说：

"你走不了，我走！"

庄鹏给妻子打电话的时候，她正在一辆动车的靠窗位上。这列动车穿过城市里拥挤的高楼与灯光，像河流入海一样汇入田野与山峰的景色之中。她记得小时候是跟随父母坐长途汽车来这座城市的，每一次她都会把脸贴到窗上，出神地望着那些布满丰厚植被的山丘如何绵延流动。而现在，它们在夜色下只是一些陌生的轮廓。

妻子只说了她失业的事，对于鹦鹉却不提。庄鹏似乎没有为她的离去感到沮丧，甚至连她打算何时回来都没问，草草安慰一番后放下了电话。

他现在的心思全在他的好兄弟鹦鹉身上了。挂了电话，庄鹏走到阳台边上，为叫叫添粮换水。他看见鹦鹉绕着鸟笼扑飞不止，便知道它是想要散心了。庄鹏提着鸟笼去小区里闲逛一阵，一路上思考的只是如何在上班间隙溜回家里照料鹦鹉。回到家时，见鹦鹉似乎还不尽兴，他就说：

"这是闹什么脾气了，散了步还不开心呢？要不，你想飞哪儿，我带你去呀。"

这么着，他端起鸟笼，站到椅子上、床上，甚至餐桌上。庄鹏端住鸟笼在空中缓缓移动，让鹦鹉在笼里的振羽尽可能接近真实的飞行。经过一段短小的环屋空中旅行之后，叫叫总算安定下来。鲜红的爪子在细木梁上稳稳钩牢，鲜艳的羽毛层层参开。它嘎嘎欢叫两声，十分响亮、尖脆，甚至有些刺耳，但庄鹏知道，它高兴起来就是这么叫的。

    由于工作关系，即便是过年，庄妻也未能回娘家久住，最多一次待了三天，有两年甚至都没有回去。现在她躺在那张熟悉的床上，第一个念头就是要睡上很久很久，直到把所有烦恼都像自身的疲惫那样一扫而空。她意外发现这张床变得宽阔了许多，就连被子上散发出来的气味也洋溢着温馨明丽的芳香。这幢老房子历经数十年风吹雨打，此刻仿佛丝毫也不显苍老，倒是自己的父母，那天她吃惊地发现他们居然有了如此多的白发。于是她才知道，由于她回来得那样突然，他们没有来得及像往年一样事先将头发焗黑。她一下子联想到自己在工作上动的手脚，惭愧之情便像潮水一样在胸口鼓荡了。

    第二天，庄妻从超市买来染发剂，亲自动手为父母染头发，全都染成了黑色，然而，那种阴影却始终挥之不去。她悲凉地看着他们的笑颜，脑海里全是一些可怕的设想。她感到这都是她的错。一个人的苍老并不和时间有关，而是和他的生活有关，和他所爱的人的生活有关。而自己的生活是什么样呢？自己的生活——她为此感到愕然——此刻竟完全经不起细看。这是她的错，她想，这个错误为她带来了后果，那就是让她目睹了她的父母如何为她而苍老，尽管他们看上去为自己的归来如此欢欣。

    接下去的一段日子，庄妻为父母安装了更加方便好用的网络电视，添置了新的衣物。在没有下雨的傍晚，她总是会和他们一起在小区附近转上几圈，聊聊这里那里的变化、这个菜场那个菜场的不同。有一天，话题有意无意来到她的婚姻情况和生育计划上，她含糊地敷衍了几句，父母就像见好就收似的又聊到别的地方去了。这使她几个月来第一次认真地想起丈夫。

在自己出走那个晚上之后，她与丈夫一次电话也没有打过，只是偶尔用微信联系。联系的内容也十分寡淡，没有一个人提出重归于好，也没有一个人给出任何要消极处理的暗示。日子不明不白地敷衍过去，首先没有沉住气的人是庄妻自己。她迫切需要重新寻找一份工作，一份自己会完全珍惜的工作。庄妻无数次构想怎么为自己回到丈夫身边铺设台阶，怎么制造适合提出这个决定的氛围，每次都是无疾而终。她很难不去猜想丈夫已经不爱自己了，然而他们之间说到底，也根本就没有什么不可开交的分歧。后来，在丈夫无数次的装聋作哑中，庄妻几乎能够肯定：庄鹏非但已经对自己失去了爱意，而且这东西在他们的生活里从来就没有过。

当9月里一个周六的晚上，她看见手机响起了丈夫的来电后，她还是不免有些感动。随即，她恢复了理智，这个反常的电话更可能是某种灾难的预告。

在接起电话前的几秒钟时间里，她好像已经走遍了许多个结局，并对每一个结局都从心底里彻底接受了。

然而电话那头的丈夫却让她大吃一惊。结婚四年，他还从没用这么激动的语气说过话：

"你快回来！"他说，"我们要发大财了！"

庄妻是第二天晚上回到家里的，带了一些母亲包的蛋饺和路上买的香梨。还没走到冰箱跟前就发现不对劲了。她慌乱地转过头去问丈夫：

"你怎么把冰箱换了？"

庄鹏从妻子手中接过食物，殷勤地将它们放进那只崭新的双开门冰箱，说：

"说了嘛，我们发大财了。"

妻子没有答话，匆匆走了几圈。房间里，不只是冰箱，电视也换了75英寸的，厨具焕然一新，一只乌亮的锅里还盛着刚炒好的花生米。鸟笼仿佛不是鸟笼，而是一只兽笼，像手推车那样停在阳台地面上。她扑通一声在沙发上坐下来，好像一下子坐进了大海里：沙发也新换了真皮的，大小虽然没变，可一看一摸一坐，她就立刻知道这是坐在了一笔沉甸甸的钞票上。她从沙发上跳起来，语无伦次地问丈夫这到底是怎么回事。

庄鹏将妻子拉回沙发上，接着从阳台上隆重地推过鸟笼，挡在茶几和电视中间。然后走到客厅，从锅里舀出一些花生来，全部倒进挂在鸟笼上的第二只粮盆里，转身又立刻去冰箱里拿出两罐啤酒，恭恭敬敬地往水盆中倒满。忙乎了半天，他才开了自己的那罐，坐到妻子身边，翘起二郎腿。"别那么紧张，来，往后靠，这沙发靠背可软了！"他一边对妻子说，一边打开电视，拿起手机。只有透过笼柱的缝隙，才能勉强看清屏幕上的绿茵场。"现在将就一下，"他说，"等以后换了大房子，搞一张五米长的沙发，我们和鹦鹉就都能看清楚了。"

他把手拉得很宽，好像想拼命比画出他想象中那只沙发的壮观。

妻子还是挺着腰身，没敢往后靠。她透过鸟笼看着双方队员在球场上严阵以待的时候，分不清这铁笼关的是球员还是自己。她忽然听见眼前的鹦鹉发出两声自己从没听过的短语。那两声很含糊，她没有听清，是丈夫的重复让她明白了一切。

"二比零，二比零。你听，它刚才是不是说的二比零？"

不等妻子回答，丈夫自己就在手机上找到投注的网站，开始下注。这时他才意识到客场作战的阿森纳又输了。他愤愤地抱怨了一句，脸上却还是笑呵呵的。

妻子看到丈夫下注的惊人金额已经晚了，他付款的手脚比她挪用小样时还迅速。她猛地拍掉他的手机：

"你疯了？！"

丈夫笑着弯下腰把手机捡起来，另一只手揽住她的肩膀，意味深长地抚拍着。意思很明确：疯没疯，看下去就知道了。

没有十足的把握，丈夫是不会这么急迫地要妻子回来的，更不会将那么多家具都更新换代。刚开始的时候，他当然也是难以置信，然而几周下来，事实却让他如沐天恩。前几次靠此下注时双手都还颤抖着，但现在，他已经十分坦然地享用这个幸福的现实了。他觉得一定是他对鹦鹉心诚意至的照顾得到了回报。那天上班的路上，他一反常态，摆起右腿，朝虚空猛踢一脚，做出一个十分漂亮的射门姿势。在他的眼前，一颗虚拟的皮球像一道金光那样在空中划出笔直的弹道，直挂同样虚拟的球门的右上死角。他听不见欢呼，也无法在路上大张旗鼓地庆祝，只好撒开腿欢快地奔跑起来。当他气喘吁吁地走进办公室时，所有人都看见了他热汗淋漓的脸上掩抑不住的飞扬神采。

终场哨吹响时，庄妻看着眼前这个不可思议却又好像顺理成章的结果，呆得半天没有说出一句话。丈夫很理解她的反应，他当初经历了同样的心理争斗，于是他搂住妻子肩膀的手就激动地将她朝自己靠拢。庄鹏深情地向她强调，他们的好日子来了，而他的第一反应就是要让她回来一同共享天伦。

庄鹏很明显感到妻子的身子正在不断颤抖。理解眼前的现实对她来说太困难了，但他错误地以为这是妻子对突发好运的惊喜。他怎么也不会想到，当妻子环视这个幡然变化的屋子时，她感到的只是阵阵涌上胸口的怪异与不适。在这间狭小的屋子里，那些崭新家具的加入显得那样格格不入。它们水火不容，互相仇视，仿佛随时都会产生一场暴动。而之所以暴动没有发生，完全是来自一种来历不明的诅咒般的力量。当她在丈夫的美妙幻想中构建出一副家财万贯的景象时，那画面竟使她充满恐惧。这种恐惧在她的目光来到那只笼中的享受帝王待遇的鹦鹉时到达了巅峰，她一下子挣脱了丈夫，站起来说：

"不对劲，"她说，"这太不对劲了！"

庄鹏脸上的笑容依旧没有消失，他也随着妻子站了起来，冲着她摇摇手机，提醒她在刚才的九十分钟里，他们的财富又获得了多么惊人的增长。

"而这一切都不是梦。"他笑着说。

他没有注意到妻子的脸色已经苍白如纸。她不知道该如何解释心中的恐惧，甚至连它为什么会产生都不明白。她走到鸟笼旁，蹲下身来不得要领地伸手摸索着什么。等到庄鹏明白她是打算将鹦鹉放生后，他大惊失色，一步跨过去牢牢将妻子的双手捏紧在自己的手掌中。

"你这是做什么？"

妻子没有反抗，她的喘息声在解说员的赛后解说声中也依然显得粗重而清晰。

庄鹏用力将妻子拉起来。妻子低着头，不敢看他。她不知该怎么回答。只听见丈夫在一旁拍着鸟笼，安抚鹦鹉。见叫叫在粮盆前重新啄起了花生米，庄鹏长舒一口气。他转过头望向妻子，感到她像一个发热病人，虚弱而忧伤地站在那儿。庄鹏一时有些惊讶，他从未觉得妻子像此刻这么美丽。于是伸手抚摸她的头发，接着慢慢把她搂进怀里。

"我理解你，"他说，"我理解的。"

他们很久没有像这样紧密地抱过了。庄妻把额头伏到丈夫的肩膀上，很久以后才把手也绕到了他背后。她的手有气无力，仿佛不敢相信可以拥抱丈夫。她模模糊糊地意识到，自己已经无路可退了。

"可是我曾经骂过它。"她在丈夫的胸前很艰难地说。

于是，庄鹏就知道了妻子离家出走那天所发生的事。他以为这就是妻子刚才发作的全部原因，所以彻底放下心了。只经过片刻的思索，他就为她提供了一个谁都无法拒绝的解决办法：

"你向它忏悔吧，隆重一些。"他说，"这世上就没有不接受忏悔的神仙。"

算过了日子，第二天就是吉日。庄鹏上班去了，妻子出门置办了自己印象中祭祀所要用到的一切物品。在丈夫的要求下，她昨晚巨细靡遗地将自己的身子清洗了一遍又一遍，然而等他们入睡时，丈夫却没有忍住向她提出房事的请求。事实上，当叫叫刚学会看球时，她就总觉得这么一只鹦鹉挂在家中使她很不自在。它的眼睛显然已经不是鸟的眼睛，而是一双别的什么东西，更有灵性却也更神鬼莫测的可怕的东西的眼睛。被这双眼睛日日夜夜盯着，任谁都会别扭的。从那时起，她就中止了和丈夫的房事，而丈夫似乎不以为意。只有昨晚，丈夫的兴致格外高涨，几乎到了不顾一切的程度。然而考虑到这么做非但有失清严，而且后果严重。庄鹏硬是忍着，竟在床上干躺了一夜。早上起床时眼干体乏，关节酸胀，他穿好衣服走到阳台上，对着鹦鹉双手合十，拜了几拜，低声倾诉自己昨晚的隐忍。走出家门的时候，他感到那些痛苦好像一下子都消失了。

这个晚上没有睡好的不止庄鹏一人。他那持久的躁动和煎熬的喘息，庄妻都明明白白看在眼里。她在黑暗里瞪大了眼睛，努力说服自己像丈夫那样诚心投靠这只古怪的鹦鹉。她的办法是在心中挑选自己梦寐以求的首饰和房子，然而她一想到自己的富有，就仿佛犯下了触目惊心的罪恶。于是，她试着转换思路，开始回味丈夫晚上的那个拥抱，回忆和展望一种真正充满爱的生活。显然，这种展望也缺乏足够的说服力。最后真正使她放弃抵抗的，是她自身的疲惫。那时晨光已经渗过窗帘，并溢出了窗帘边缘，她听见窗外有一些鸟在欢唱，她听着那些叫声，懵懵懂懂地睡过去了。两三个小时以后，她乍然醒来，丈夫已经出门上班，窗外活动着人间的烟火声。窗帘的形同虚设使屋内那些昂贵家具又变得清晰起来。窗帘背后是巨大鸟笼和鹦鹉的黑色剪影。庄妻翻了个身，头埋进枕头，对自己说："就这样吧。"

　　庄妻关紧阳台的窗户，把晾衣竿和杂物全都收走了，阳台上只剩下一只庄严的鸟笼。她置了一张低矮的边桌以作香案，上面正中央摆好了香炉，铺好了密实的香灰。香炉后边，整整齐齐排列着三道小菜：油爆花生米、清炒玉米粒，以及一碟切成细丁的苹果和香梨。庄妻从香袋中抽出三支线香，点燃以后拈在手上，面朝鹦鹉，摆正坐垫，犹犹疑疑跪了下去。一跪下来，反而安心了许多。她将线香举到胸前，合上眼睛，喃喃自语，历数自己过往对它的不敬，并表示深刻的悔过，然后深深地弯下了腰，只剩一双手悬在空中，保持了数十秒才又挺起来。她准备插香时，看见鹦鹉正歪着脑袋注视她，好像对她潦草的仪式不够满意似的。于是庄妻重新闭上眼，将适才心中的话转移到了嘴上，并且进行了拓展，她这一回还为自己在公司的所为，以及其他她所能想得起来的罪孽表示痛心疾首。这一拜结束以后，她感到心中还有郁块没有了结，就在袅袅檀香中继续向鹦鹉诉说起来。她从父母这一辈的艰辛说起，继而引出她自己这半辈子走来的不易。她回顾自己的过往，尽管不无疵咎，但总体来说还自认是个善良而勤劳的老实人。说到这里时，她情绪已经有些激动，嘴里的话音带着明显的颤抖。这一段内容她说得极其详细，也极其漫长，仿佛她在诉说中又重新艰苦地活了一遍。接着她顿了顿，做出承诺，既有如何对待鹦鹉大仙的，也有自身如何好好做人的。最后才发出祈求，愿鹦鹉大仙施善惠福，济贫扶伤，保佑这对苦命夫妻。三拜之后，庄妻仿佛劫后余生，慢慢睁开眼，将三支香火插入香灰。檀香弥漫开来，环绕在庄妻四周。她注意到那三支线香已经短了大半，便又从袋里取过三支点上，复作三拜，拜毕良久，她闭目沉吟，朝地上重重磕了三个响头，这才郑重地把眼皮从黑暗中揭起来。她抬起头，将目光望向午后的鸟笼和鹦鹉。磅礴的光辉从鹦鹉背后射来，使它的身影变成一个宁静的黑团，如同日全食那样金边四射。于是，阳光便似不是来自天上，而是来自鹦鹉，来自这庄严的身躯。庄妻为眼前的景象倍受震惊，她的眼泪在一种超然的满足与充盈中缓缓流淌。她感到浑身遍布着一股温柔而有力的热量，那热量正在将她托举而起，使她像深陷那只沙发一样深陷于一个壮大而澄澈的怀抱。

庄妻忏悔完毕，心底顿生一股冲动，想要为鹦鹉做些什么，奉献些什么。她倒并不是认为忏悔仪式不够周全，她这么做完全是来自那股将她托举而起的幸福力量。她凝望着鸟笼，凝望着鸟笼中的每一寸吉光片羽。说来也怪，在庄妻忏悔的过程里，鹦鹉居然真的也就不闹腾了。它定立在木梁上，正对庄妻。自它进门以来，庄妻这是第一次如此细致地端详它。于是她看清了它身体的色彩，看清了它肥润的前额，也看清了那两只精圆的眼睛。鹦鹉的眼睛小得异常，眼神也缺乏亮泽，但在那一刻，庄妻却仿佛听见那两只眼睛在对她说话。庄妻完全是在一种几近催眠的情况下蹲下身子，把鸟笼上的锁扣轻轻地拨开了。

摧毁了庄妻幻梦的不是别人，正是鹦鹉大仙这个始作俑者。它还未等笼门打开，就猛然弹离了梁木，一头撞开笼门，朝外飞去。它擦过庄妻的耳朵飞到卧室上空，翅膀或者翅膀扇动的风将吊灯上的玻璃坠饰刮得叮当作响，灯体也摇摇晃晃，似乎随时就要落下来。庄妻往后一跳，脸色如死一般苍白。她感到那分明是一只蝙蝠从巨大的铁笼里蹿了出来。直到那鹦鹉在天花板下方不断盘旋时，她才笃定那确实只是一只鹦鹉，然而还是忍不住尖叫起来。鹦鹉冲向客厅，流弹似的横冲直撞，在一片狼藉的碰撞声之后，它完成了环屋旅行，又回到卧室，激烈地拍打翅膀。

明明在户外时，所有的鸟看上去都温柔无害，可一旦来到这间狭小的屋子，竟能显得如此势不可挡。庄妻紧贴墙壁，呼唤着鹦鹉大仙的名字。它丝毫不领情，用那对金黄的翅膀不断拍打出恐怖的声响。卧室中央仿佛卷起一场风暴。庄妻听到天花板上传来它干燥的嘎叫。三声之后，它就像一道金光那样朝阳台这边俯冲过来。庄妻又是一声惊呼，闭上眼睛。再睁眼时，鹦鹉又回到高处盘旋。庄妻缓缓沿着墙面蹲下来，双手捂住嘴。她看见鹦鹉又朝阳台窗户飞来，这时她没有闭上眼，她看清了，就在鹦鹉快抵达阳台窗户时，鸟头忽然朝上，在空中画了个圈之后，回到了卧室中央。

"你想出去是吗，想去外面吗？去吧，去吧……鹦鹉大仙，去吧，求你了，放过我……"

庄妻已经泣不成声，她努力使自己站起来，预备到阳台边上打开窗户。只听身后又是一阵扑响，那金头鹦鹉哗啦啦朝这边袭来，庄妻好不容易走的两步白走了，她踉跄着后退，还没把身子站稳，就听得一记闷响，鹦鹉一头撞到了阳台窗玻璃上。

这记闷响不仅事关玻璃和鹦鹉，更事关庄妻。她感觉受到当头一棒的不是鹦鹉，而是自己。她立时大叫：

"鹦鹉大仙，别这样，我来开窗，我来开……"

话音未落，又是咚的一声，鹦鹉撞了第二下。这时候庄妻已经完全无法动弹了，她瞪大眼睛，目击鹦鹉大仙颤颤巍巍却又十分决绝地朝窗户撞了第三下以后，像一只沙袋那样很轻松地落到地上去了。窗户上留下一圈浅红色的血迹和几条曲折的碎纹。

撞了三下窗户的虎皮鹦鹉并没有马上死去，庄妻还能清楚地看见它两条纤细的腿在有节奏地抽搐，翅膀也随着呼吸微张微合。它的眼睛瞪得很大很有神，庄妻这回反而不知道那眼神是什么意思了。她只感到自己口干舌燥、呼吸困难，像被扼住了喉咙。她很明白自己现在应该救它，可是一想到要用双手捧起这只虎皮鹦鹉，不知怎么竟开始犯难了。她扑通一下坐到地上，眼睁睁看着鹦鹉腿的抽搐归于平静，看着翅膀摊放在地上不再翕张，看着鲜血在鸟头下面的地板上漫成小小的一注。而大片阳光像一块薄毯披到它的身上。六支线香长短不一地竖着，烟气却荡然无存。在刚才的变故中，不知是哪一时刻，那些火头被全部熄灭了。

庄鹏下班回到家里的时候，妻子已经坐到了沙发上。她是蜷坐着的，双手绕过膝头捆缚住自己。现场没有经过丝毫的处理，鹦鹉在地上余威未泯地躺着，香案上的食物还在原处，切成丁的水果氧化发黄，地上的那摊血经过一下午的日晒凝结得一动不动。庄鹏站在边桌前，看着这幅景象，嗫嚅良久，却也同样没敢上前。好不容易，他的嘴里才发出干枯腐朽的声音。他问一句，妻子答一句，答得言简意赅，声如死灰。问完答完，两个人统统不说话了。尽管妻子比他更早几个小时面对到这个现实，她还是有太多的事情要思考，要担心，要痛苦。在这个下午，她不明白的事太多了，也许一生也不会明白。几分钟以后，她说出了她唯一能得出的结论：

"我们离婚吧。"

庄鹏飞起一脚，抡向身边的垃圾桶，将它踹到阳台墙壁，又弹滚回脚边。

"谁都别想逃！"

他咆哮道。他人生中第一次发出这么响的音量。庄妻的两只膝盖又箍紧了些，她已经看腻了这个悲惨的现场，于是将目光移到了被丈夫踢翻的那只垃圾桶上。桶口撒下几团废纸巾、两罐啤酒罐、某些小家具的瓦楞纸包装、透明的鸟粮包装、一包吃了一半、已经过期的膨化食品，还有半只吃剩的西瓜皮。西瓜和啤酒罐里流下的残液经过动荡，在地上变得斑斓而酸臭。一两只苍蝇在桶口和香案上飞旋，垃圾撒了个一败涂地。

接着她的目光才来到丈夫身上。她没有去看他的脸，而是从他那只刚刚踢完垃圾桶的右脚趾看起。她想那一定非常疼痛。然后她的目光不断上滑，看见他的腰身朝自己扭转过来，看见硕大的皮带扣闪闪发亮，看到一个不断发抖着的身躯，最后，她注意到他的右手。那只右手紧紧地捏成了一只拳头，这只拳头正在朝自己走来。庄鹏的妻子，这个名叫吴悠的女人，在心底为这只拳头感到莫名的欣慰。她瘪了一下嘴，做了个深呼吸，眼睛安详地合上了。

（原载《山西文学》2022年第9期）

评鉴与感悟

如果将"现代"社会理解为破除"神"的一元统治后的世俗化进程，那么摆在现代人面前的残酷现实是不得不去接受一个"神之隐退"后的过分庸常与孤独的世界？逃避庸常与孤独的方法，最直接的莫过于《鹦鹉大仙》中主人公庄鹏所寄情的兴趣活动（比如做一个"球迷"），以及他所发明的"化孤独为艺术，变激情为智慧"的"情感诗学"。然而这样的逃避方式并不总是奏效，人们仍然时时受到来自现实世界的挤压（最突出的莫过于经济方面的困窘），因而一个更为直接的打败庸常的方式，便是在当下重新发明一个"神性替代物"，以寻求意念对客观世界的彻底改造与超越。在此意义上，我愿意将《鹦鹉大仙》理解为一篇展示人之现代境遇的微观寓言。与其说小说中的鹦鹉是一只预知未来的神鸟，不如说，正是由于鹦鹉的存在切中了庄鹏突破现实境遇的强烈欲念，它才被赋予了神的幻影。穿透幻影，我们看到的是现代人生存的诸多困境。比如，庄鹏妻子先前只通过笼子来认识鹦鹉的本质，而当它飞出笼子盘旋于她的头顶时，她感到的是难以名状的陌生与恐惧，人的存在与置身其中的自然丧失了内在的、有机的、具体的连接，这是否是现代人的宿命？再如鹦鹉的出现促使庄鹏原本自由的足球爱好转变为满足商品拜物的赌球行为，足球对于庄鹏来说，"只有透过笼柱的缝隙，才能勉强看清屏幕上的绿茵场"，也终而悲剧性地成为陌生而神秘莫测的存在。（张慧）

天真的老妇人

/盛可以

1

7月初,阳光已经长熟,正午更是透出几分辛辣。我在约定的路口等待,同时打量周围环境,判断治安状况。马路对面,一个年轻女孩向我招手,无疑是房东May——网站上注册的名字。这里且称她为梅。

梅身着布量极少的黑色吊带连衣裙,梳着短矮马尾,抱着一条棕色小贵宾犬,优雅中透着少女的甜美。横过马路走近她,才发现这纤瘦秀丽的姑娘,是个上了年纪的妇人。脸上松弛,有零星老年斑。眼睛湿浊。头发麻灰稀少,但仍设法弄出一绺来,用小卡子别住,遮盖过于光秃的前额,制造一缕少女幽魂。

不知道梅是哪国人。她那张没有轮廓的圆脸像是来自韩国——抱歉,忘了说明,这是纽约长岛的黄金海岸,传说中的富人区——简短交谈之后,知道都是中国人,于是改用汉语。梅的声音柔和,不紧不慢,传递养尊处优、家境良好的生活背景,其从容与安逸映衬我风尘仆仆的粗糙。

梅的后背几乎裸到腰际,两瓣纤细的蝴蝶骨被一层长着老年斑的薄皮覆裹,随着身体运动,它们既显得轻灵,也透着枯槁。她的脊椎仍异乎寻常的笔直,随时准备翩翩起舞。这个高贵的背影并不觉得美丽和气韵已逝,那憔悴的骨子里仍然传递出上流阶层的傲慢——梅说话时并不看我,仿佛紧随其后的只是个刚来报到的下人。

2

通过房前的车辆、杂草丛生的草地，可以看出这是一个蓝领社区，勉强算得上整洁——原来长岛并不都是传说中的豪宅。梅住的是一栋联排别墅，两梯两层四户，实质属于公寓类型。外墙贴了红砖，大门是中国乡下正流行的不锈钢玻璃门。整栋楼无遮无挡，暴露在正午的辣太阳下，几棵小树远远地站着，也帮不上什么忙。前庭屋侧没有绿化，许是为了省钱省事，周围铺成了水泥地面，给人一种莫名的焦躁。

梅开门时，钥匙找不准匙孔。她的手不太灵活，像所有上了年纪的人一样。梅住在二楼，进门就是狭窄的楼梯，借着门外的光，能看见脚下颜色混沌的地毯。依据曾有的养狗经验，我从屋里那股浓郁的怪味中分辨出狗尿及腥臭味。

楼上另一种衰败与霉腐的气息。

梅向我介绍各区功能，以及注意事项，那腔调与表情，仿佛她住的不是一套三室两厅的小居室，而是一座辉煌复杂的宫殿。

客厅那张已经变形且颜色暗污的布沙发，经过时间的摩擦，结满了绒球。沙发架构有点倾斜，已经失去了负重与休憩的功能，只有狗才敢跳上去。

一只中国风味的斗柜，红花绿叶的漆画，明清风格的黄铜耳朵拉手，是梅过去从海南淘来的。窗边那条古朴的单人高脚凳，凳面两端上翘，二手家具网站上标价是八百美金。两张灰漆剥落、造型不错、布垫脏旧破腐的木椅，我忘了梅说它们是法国风格还是来自法国，同样只具观赏功能，即便梅允许，也不会有屁股愿意落下去。

两椅间的小几上摆着一摞书，包括日本作家的畅销作品、不入流的中国小说、时装杂志、巴黎游记。这一摞东西整整齐齐，却脏旧蒙尘，仿佛已经存在了几个世纪。

客人通常只能在自己的房间活动，梅绝不允许别人使用她的餐桌。这个褐色圆桌四边可以折下去，变成小方桌。腿瘸了的餐椅背靠墙，勉强立住。这张旧餐桌看上去就仿佛听到其吱呀作响，但它也是法国的，或法国风格的，梅依然珍爱，允许它盘踞在自己的生活中。

我站在厨房里，感受一个家庭最重要的地方。窗台上的玻璃瓶里，插着鲜艳欲滴的月季。绿萝伸出一根长藤探向洗菜盆。乳白纱帘上布满污斑。梅始终抱着那只贵宾犬。我仍像是她新来的下人。她不喜欢油烟味，客人通常都叫外卖，但最终同意我限次使用那个满是锈垢和油污的白色炉灶，要我注意卫生，保持干净。

厨具丑陋不洁。我确信这里有一个不喜欢烹饪的主人。

厨柜手柄掉了，一扇柜门关不拢。一瓶香槟和一尊小雕塑组合，摆在灶台一角，突显艺术气质。日常使用的苹果醋、橄榄油、小盐瓶装在托盘里。我很快就会看到，梅用这只托盘将煮好的咖啡和半只苹果端进房间。至于正餐，多半是豆芽、豆腐、蘑菇、卷心菜，郑重地端进房间享用。三个房间都在过道尽头，像一柄圆勺，狭窄的勺柄过道累积了尘灰和狗毛。

不管她吃的什么，令我印象深刻的是，她端着托盘走向房间的体态，仿佛她手中的东西以及她拥有的生活无比珍贵，是别人永远不能企及的。

梅怀里的贵宾犬淡漠地看着我，吐着舌头，喉咙里发出哮喘似的杂音。

我这才感觉到屋里非常热。梅也像正在桑拿一样，肤色通红，满脸是汗，连额头上那缕少女幽魂也错乱了。我环顾四周，梅立刻淡淡地说，她不喜欢用空调。我理解老年人受不了空调的寒气，便附和吹空调不好的观点。"但热天还是得靠空调度过。"我这话还没说出口，贵宾犬忽然朝我吠叫，充满爆发力的破金属嗓音聒噪刺耳。

3

房间陈设和网上的照片一样，只是地板上有一团发黑的黏状物，那张小型可爱的布艺沙发有几处破裂，露出白色填充品。床单上的陈年污迹让人恶心，被子和枕头一股刺鼻的人臭味。我没什么心情计较，收起床头柜上庸俗的工艺品，用自己的毛巾擦干净地板——梅没有任何清洁工具——所有床上用品塞进衣柜，去平价商场买回新的替换。

我的窗户朝西。窗帘一拉，连杆脱落，墙灰洒了一地。清理洗手间的时候，差点呕吐。浴缸周围深度积垢。玻璃门缝里尽是毛发。洗手液是用光了之后兑进的水，厕所清洁剂也是一样。墙上的东西一碰就掉：装卷纸的铁盒掉下来，毛巾架铁管落到地板上，浴缸里的水龙头哐当一声差点砸中脚趾头。

一个什么样的女人，会让自己的家这么破败？

梅肯定听到了这接二连三的声响，但她并没有过来问询，看看我是否需要帮助。她对我的态度不屑，说话不看我的眼睛，连脸都不会朝我这边。要是我过于青春亮眼，她避免从我这里看到自己的衰萎也就罢了——我感觉她排斥中国人，尤其是住便宜旅馆的。

第二天，我坐帆船出海，在日暮余辉中回到住处。一进门，那只贵宾犬对着我狂吠，还是那种破金属的声音。

梅照样不看我，只是抱起狗，安抚它，在它耳边轻嘘。

我眼角余光瞥见，她身着宽松的白色吊带背心，依旧是前后暴露，牛仔裤短到只裹住了屁股，双腿笔直修长。我也没理她，径直回自己的房间，在勺柄过道上碰到一个年轻多肉的白人姑娘，她是来看房子的，潜在的下一任租客。她朝我友好一笑，侧身让我通过。

我很快听到厨房传来交谈声。梅的笑带着旋律，大约四五个音符长，音符有高有低，长短不一，笑声中带出一丝隐藏的风骚，让人觉得她过去对付男人应该是有两下子的。我听见年轻多肉的白人姑娘介绍自己：因为一个新结识的男孩，她从佛罗里达州过来，找到了一份消防员的工作，有时需要上晚班。梅说那很酷，她曾经多次去佛州度假，住有名的酒店，仅迈阿密的海滩就耗去了她很多词语。紧接着她的笑声像水草般摇曳起来，幻化出一个身着比基尼，迎着海风秀发飘扬的年轻女子，双腿笔直修长。

4

我第一次做饭，调至小火，焖炖牛肉，然后回了房间，半小时后出来，发现炉火被关，梅抱着狗在灶台前忙碌。

饥肠辘辘，牛肉却节外生枝，我心中不悦，重新打开炉火。

"要炖那么久吗？我以为是你忘了关火。"梅说。

"牛肉至少要炖半个小时。"

居然做这种小手脚，我想我遇上了一个古怪刁钻的房东。为避免与她接触，我试着调整做饭时间。但是梅的生活毫无规律，要么很早起来煮咖啡弄早餐，要么10点钟才出来直接做午饭，不幸很快狭路相逢。

出乎意料的是，梅主动和我攀谈，依旧不看我的脸。她问了些中国的事情，说她来美国多年，回去极少，对那边已经完全不熟悉了。当我给她一些信息，她总像无知少女般讶异地说：

"真的吗？"

我认真对待她的疑问，会更详尽地解释一番，但我很快发现，这不过是她的口头禅。她的手不时摸一摸被夹子别住的那缕少女幽魂，以确保它在妥帖的位置。

她的脸近在咫尺，我因此看清更多细节。她说话时嘴角肌肉往右侧提升挤压，右脸明显比左脸小，眼睛也是，似乎曾经中过风；耳鬓光秃秃的，像扣了个假发套；头发干枯无光，不太洁净，缺乏滋养和护理——我估摸她很久没用过洗发水了。

事实上，梅是专挑我在厨房时过来的。她独自居家，尽管总是和贵宾犬交谈，毕竟无法形成互动。贵宾犬的智商据说在犬类中排名第二，梅的狗使人怀疑这一结论，它只是瞪圆双眼，没什么表情，通常在梅的臂弯中像猫一样安静。

梅的厨具少得可怜，只有两把刀。一把长半尺，宽不过两厘米的带锯牙的刀，应该是切面包的；另一把只有寸许长，可能是切黄油的——毫无疑问，这两把刀肩负了所有烹饪必需的切割任务。

鉴于梅对生活的高贵讲究，我谨慎地问她，哪把刀专切肉，哪把切水果。

"这个……倒没有区分。"她用了一个"倒"字，可见她对我的提问是敏感的。这个"倒"字，说明了刀不做区分，是个例外。其他很多事情，她是挺讲究的。

我没提到抽屉里的斑斑污迹，只是认真清洗了刀具。我不想说出她家肮脏的事实，更不会真的像个下人一样，什么都替她收拾。她说的擦碗布，搭在烤箱拉手上，比抹布还脏，我很想取下来洗干净，但我没去碰它，我知道她不愿与客人共用任何东西，就像下人不能和主人同桌吃饭一样。

在我看来，这是一次夹杂抵触与试探的交谈。

梅就这样一只手抱狗，一只手煮咖啡，漫不经心地说话。她以前到处旅行，遍尝世界美食，说到"还有邂逅"时，她脸色亮了一下——仿佛在男女之事的灰烬中，闪现一星隐秘的阴燃之火。

我有点讨厌她，只是简单敷衍，保持基本的善意。

她问我明年会不会去巴黎看世界杯，现在就要着手预订机票和酒店了，不然就没地方住。我说我不是球迷，巴黎什么时候都可以去，不一定非要赶在全世界的人都往那儿跑的时候去扎堆。梅认为世界杯八年一遇，专程去巴黎看世界杯，和平时旅行不太一样。

我后来才理解梅的意思，早早预订航班和酒店去巴黎，重点不是看世界杯，而是去看世界杯这回事。这里头有身份品位和生活等级的象征，与穷游巴黎是两码事，即便同样是坐在街边喝咖啡，专程来看世界杯的人，下巴都要昂得高一点，二郎腿也翘得更悠闲。

梅说她正在着手这一切，包括选择哪家酒店，哪个有名的咖啡馆——普可罗布、双叟、花神，是她必去的，她讲了点萨特和波伏娃的故事——酒店嘛，得带种满鲜花的阳台，早上起床推开窗，花香扑鼻，抬眼便看得见埃菲尔铁塔和塞纳河。

她一面将一件未来之事描绘得浪漫美妙，一面端起咖啡锅，欲将咖啡倒入杯中。不料咖啡锅早已松动的手柄忽然断裂，锅砸中杯子，锅、杯同时落地，在破铜烂铁和玻璃脆裂的交响乐中，咖啡溅画出满地曲谱。

我想，梅只需稍微降低一点巴黎酒店的规格，就可以买全套精致好看、实用坚固的厨具，修理好家中所有破败之处，同时给贵宾犬买一副合适的颈圈和狗绳——现有的颈圈太大，靠一枚别针收缩；颈圈和狗绳脏污油腻，从来没有清洗过——她还可以清洁地毯，护理她自己干枯的头发，清除根部的油腻。

当然，我不能说这些，这冒犯别人的生活方式。

梅清理现场时，为掩饰我已经窥见了她的窘迫，我开始说话，并表现得兴致勃勃。我说巴黎那几家咖啡馆我都去过，我坐在红皮椅上接受了法国一个杂志编辑的采访。接着我补充了萨特和波伏娃的故事。也说到海明威当年在巴黎，如何在饥肠辘辘中为避免闻到咖啡馆诱人的香气而绕道去博物馆，在饥饿中更深刻地理解了塞尚的作品，这直接影响了他的文学创作。

或许是蹲地劳动的缘故,梅站起身时满脸通红。她询问我的职业,我隐瞒了真实身份,谎称自己是个服装设计师。

5

狗名叫Luck,梅与它母女相称。梅说世界上有太多流浪狗,但她的"小公主"永远不会被抛弃,她会全力保护它,不让它受到任何伤害。夜里头,她在房间里和"小公主"聊天,一人分饰两角色,不时大笑,笑声带着哭泣的尾音。我想到希区柯克的《惊魂记》,从山坡下的小旅馆望向坡上楼房,可看见老太太和儿子的身影在窗前交替出现,听见她和儿子的大声争论。事实上,老太太已经死去多年,她患有精神分裂症的儿子同时在扮演她。想起这一幕,我有点不寒而栗。

受龙卷风天气影响,我两天没有出门。夹在我和梅之间的那个房间,门一直关着,没看到租客进出,也许被预订了,因为梅没有把它直接租给白人姑娘,而是让她等着入住我的房间。梅的卧室也始终紧闭,她进出房间时,仅小心地推开一道缝隙侧身通过,仿佛门后堆了什么东西。通过梅端着托盘,以雍容华贵的姿态步入卧室用膳的情景,我推测她所有的讲究都集中在卧室里头。

梅养狗如同养猫,人和狗都关在屋子里,有时与狗谈笑风生,有时异常安静。晚上六七点钟,经过漫长的等待,那只狗会得到一天中唯一的食物——鸡肉青豆拌甜醋。饿狗吃食,通常是一扫而光,但梅的狗不同,它表现很节制,像小孩子舍不得把好吃的东西吃完,沿着碗边一圈圈慢慢地舔,一丝不苟,最终把不锈钢碗舔得跟镜子一样明亮。

梅聊起狗的事情,会变得精神起来,说她如何定期带狗看兽医、做体检,狗和人一样容易生病,肥胖症、糖尿病……病了很可怜,所以她尤其注重狗的健康饮食,不会乱给它食物,尤其是无聊的狗粮。她每周买一大袋鸡肉回来,一次炖熟,用塑料小杯分装,每一只杯盖贴上便签,上面用英文标注狗的名字和用餐时间,从周一到周日,共七份,码在冰箱里。

我喂了狗一块牛肉,狗表现出饿狗的吃相,肉入嘴直接滑下肚,像青蛙舔吃蚊虫,疾如闪电。

我向梅描述这一情形。

"真的吗？"梅说，"我从来没有买过牛肉。"

她笑容讪讪，依旧有股苦味。五美金鸡肉，狗可以吃七天，而同等价钱的牛肉，狗只能吃一两餐。梅肯定算过这笔账。

也许是替梅掩饰她的窘迫，我主动聊起了一条叫"芥末"的狗，它如何活过，又是怎么死的，我亲手为它钉制了一个小木盒，它如今躺在湖边一处风景优美的杨树林中。

我没有提及儿子。

梅抱紧了她的狗。她说到狗带来的快乐，它的聪明和脾气。我发现她实际上是一个不懂狗的人。她将狗的兴奋激动理解为害怕与恐惧，将所有的狗吠视为攻击，看到两只狗打架嬉戏就担心会出狗命。

我没有说梅不懂狗性，不会冒犯她八年与狗的相依为命的日子。

我曾经委婉地说，德国人将遛狗写进了法律，规定每天至少遛半小时。

"噢，真的吗？"梅漫不经心，一边侍弄厨房的花草。新换的绣球花替下了枯萎的玫瑰，厨房重新焕发生机。这些花曾经开在别人的花园里，她只需随身带把剪刀，晚上遛狗时顺手牵羊。夜幕遮掩下也不用捡狗屎。尽管她源源不断地从超市带回"免费的"塑料袋——那本是专为顾客装蔬菜水果的。

有一回，我看到狗在楼梯口急绕圈，知道它又要在那儿大便。我叫梅过来看——我只是想暗示她，至少应该带狗出去大小便。梅来时，狗已经弓腰撑腿撅屁股，梅惊讶地大喊大叫，仿佛第一次发现狗在家里大便。我说别吓坏它了，人也有三急呢。梅就转身去拿厕纸，为了防止客人使用，她把厕纸藏在卧室里。她很熟练地处理了现场。但狗屁股上沾着稀屎。梅抱起狗径直去了厨房，将狗放在洗菜盆里。

这一次轮到我大叫，那可是做饭的地方。

我忽然感觉，梅脊椎笔挺的不是华贵，而是生存碾压中挣扎的力。

6

每天有一段极庄重的时刻，梅坐在她的法国餐桌前，管理出租预订，回复评论，有时打电话给网络平台，让他们介入协助解决问题。那姿态仿佛坐拥巨大的财务集团。处理与租客几十块钱的纠纷时，好像洽谈一桩上亿的买卖。

大约是有客户评价梅的家里脏,还有只乱叫的狗。梅抚摸着趴在大腿上的狗,对着电脑屏幕说道:

"你觉得我家里脏吗?简直是胡说八道……我家宝贝什么时候乱叫了?它可是最乖的girl。"

我不确定梅是否在跟我讲话。

"遇到这种不讲理的评论,真是没办法……还好大多数客人都是公正的,要不然我的房源也不会这么抢手。"

我正准备进浴室洗澡,在门口停顿了一下,还是没有搭理她。

洗澡失败。浴缸下水道早就堵了,积水要几个小时才能涸干。现在蓬头又出了故障,只有水珠滴答。此类故障在厨房和洗手间交替发生。洗漱盆也曾坏过一阵,下水缓慢,只能使用最细的水流,勉强洗漱清洁;洗菜盆也发生同样的事,都不至于完全堵死,洗碗水好不容易流干,留下满池油污。

我向梅反馈,她像是对某件事情不感兴趣一样,淡漠地"嗯"了一声,后来说联络了维修,过几天会有人来。

有点缓兵之计的意味。我猜是梅在搞鬼,她想节约水流。她就是这样靠节省每一滴水生活的。她自己不怎么使用淋浴,很少听到她房间里传出用水声。这就是为什么她的头发总是脏的,身上带着一层不洁。她也从不给狗洗澡。

梅不喜欢我这样的客人,做饭用水烧燃气,这些都会增加她的账单付款。她并不想看到洗菜盆周围的黑霉被我用流水哗哗地冲走。她一天只做一次正餐,就是那种豆芽、包菜、豆腐等东西一锅烫,不放油,佐料是老干妈。甚至用腐烂的蔬菜做沙拉,连烂叶子都不拣出来。狗食同样简易,从冰箱里拿出煮熟的鸡肉撕碎,拌上青豆和调味醋——还说这个牌子的醋,带甜酸味,她的狗最爱吃。我很想说"你没有给狗别的选择",但这过于残忍,我不会这么做。相反,我一直在配合她,比如我会称赞狗聪明,说她的饮食健康,低糖低碳。

澡没洗成,人很不舒坦,就想吃一顿麻辣的。此前炒菜,梅总是闻声而出,以手当扇,细喘娇咳,将抽油烟机开足马力,推开所有窗户,一点也不掩饰内心的嫌恶。

无论如何,我得敞开胃口吃一顿。从亚洲超市带回麻辣火锅底料,虾、鱼、螃蟹、青口、北极贝,在橱柜里找出一口脏汤锅,用铁刷子里外刷干净,煮上清水,一边炒锅爆料,麻辣香味毫不客气地蹿进了梅的房间。

梅抱着狗走进厨房,娇咳几下,居然饶有兴致地攀谈,问我做什么菜。她不认识北极贝,也不知道青口——当然,高贵的主人只品尝美味,接触食物原材料,分得清五谷杂粮的都是农民和下人——我说我做的是四川麻辣海鲜火锅。梅于是说起了她的父亲,一个地道的四川人,常在家里做火锅,她最爱吃父亲做的菜,过去重口味,不过现在吃得清淡了。

我心想,说"寡淡"也许更贴切。

梅感叹再也吃不到父亲做的饭菜了,他前几年去世,她都没来得及送终。唯一感到慰藉的是,她母亲在天堂不孤单了。

麻辣火锅勾起了梅的伤感,她带着想倾诉却又不愿表露心迹的矛盾——仿佛在下人面前,保持着一个主人应有的尊贵。

有一瞬间,我感觉梅的内心伸手可触,且一碰即碎。我拿出全部的诚意打算聆听更多的故事,但她却抱着狗去了客厅,留下一个双肩平端的背影。她默默望了一会儿窗外的远方,然后安静地返身回了自己的房间。

我给梅盛了一大碗海鲜,放在她每日必用的托盘中,然后发送了一条手机短信:"我做的麻辣火锅,也许没你父亲做的好吃,你且尝尝看。"

幸好梅没在厨房继续讲她的亲人,否则我很可能要忍不住说出心中的悲伤:五岁的儿子死了。我没有明确的旅行路线和时间,不过是在这个世界上来回晃荡。在旅行中我从没向人说起这些,但我也许会向梅描述儿子的样子,不久前的意外事故如何无情地摧毁了我的生活。

7

一楼住的是三口之家,一对五六十岁的印度夫妻和他们已经成年的儿子。这家人经常在后院侍弄花草,也种有瓜果蔬菜,丝瓜像扁担一样长,番茄红红绿绿。我下楼扔垃圾时,总会顺便看看这一园子长势喜人的东西。

这天黄昏,梅收齐了所有的脏衣物去洗衣店,拎着挎着背着,她的手臂竟然很有力,不小心暴露出吃苦耐劳的习性,使劲时青筋突起。相比之下，她的双腿显得较弱，甚至可以说不太利索，下楼梯时有点如履薄冰。我帮了她一把。我从客厅窗口看着梅被袋子淹没的纤瘦身体，像蚂蚁顶着巨物前行，忽然想起了独居的母亲。

蚂蚁消失在道路尽头，我转身收拾厨房，照例将垃圾扔进楼下垃圾桶，盖好桶盖。印度夫妻正好在园子里，他们面貌友善，但也严峻，眉间不太舒展。

印度先生走过来，明显不悦。他对我说，你用我家的垃圾桶，我没有意见，但是纸盒要叠好，放在可回收的桶里。我颇为尴尬，说很抱歉发生这种事情，我以为这是梅家的垃圾桶，那么……她的垃圾扔哪里去了呢？印度先生扬手说，扔到很远的鬼知道是什么的地方。

明知道我将垃圾放进楼下的垃圾桶，却不告诉我垃圾桶是别人的，故意让我犯错误，不知道梅是什么心态。也许她不愿低下高贵的头颅，承认她正在节省每个月的垃圾管理费，不暴露她品位生活中的瑕疵。同时我也明白，梅为什么要在厨房放两个垃圾袋，各自处理。她不想她的垃圾被我扔进楼下垃圾桶，这意味着她不占印度人的便宜；她也不愿帮我处理垃圾，那东西扔到外面挺麻烦，而且有道德风险，因为公共垃圾桶都有黄字提示：请勿投放家庭和办公室垃圾。

"我们打算把房子收回来，不租给她了。"印度先生说道，"我们……真受不了她。"

"房子是你们的？她是租客？"我先前的疑虑被证实了：没有人会让自己的家这么破败。

"是啊，这是我们的房子，她没告诉你吗？"印度太太抢着回答，"租房子的时候，她说是和儿子一起住。三年了，我们从来没有见过她的儿子。她把房子放到网上短租，客人进进出出，这个是她亲戚，那个是她朋友……全是撒谎。唉，关键是不爱惜房子，什么都往下水道倒，地毯也从不清洁……我们的房子，要被她毁坏了。"

"原来是这样……怪不得……"我说，"浴室和厨房的下水道都堵了，积水要等半天才下得去。"

"前不久，我们花了两百美金疏通过。"印度先生眉头皱得更厉害了。

"……天气这么热，她应该打开空调，这是客人应该享有的。"印度太太提醒我维护自己的权益。

"她家没有空调。"

"有。一个墙式空调，在客厅右侧的窗帘后面。"印度太太说道。

怪不得梅从不拉开那一扇窗帘。

"她只是想省电吧。"我说。

"她出门可是背LV包的……"印度太太说。

"无论如何，她不太诚实，也不好相处。"印度先生摇摇头，"这么热不开空调……她收你多少钱一个晚上？"

"三十美金。"我说。

"她要得多了点儿。"印度太太撇了一下嘴，"你到我家来看看，干净，有冷气，卧室又大又漂亮，我们只收你二十五美金一个晚上。"

我说我很快就要去伦敦了。

"我们也不是抢她的客户，只是看你是个不错的人，应该住得更舒服一些。"印度太太接着说。

我感谢他们的善意，赞美了他们的花园。第二天我买了一只大西瓜送过去，应门的是一个姑娘般腼腆的小伙子。

8

梅开始正脸对我说话，态度友善，甚至有成为朋友的趋势。我没把和印度人聊天的事情告诉她，心里隐隐不安，觉得自己好像在出卖她，而且还假装不知道她的秘密。

也许是出于这个原因，我陪她的狗玩了一阵，捉迷藏，抛掷纸球。这只狗聪明机灵，精力充沛，而它过去的八年时光，竟然是伏在梅的膝盖或者臂弯中文静度过的，这有违它活泼好动的性情。

我没有征求梅的同意，擅自带狗出去溜达。

狗一路欢奔，东嗅西闻，不停地撒尿。

陌生的风从陌生的街道跑过。陌生的树叶跳起陌生的舞蹈。

街道两边的房子长得一样，幸好狗认得回家的路。

梅正在将洗过的被单衣物搬往客厅晾晒，搭在沙发和椅子上——她精明的省下了两美金的烘干费。

狗一进门就奔向梅，她抱起狗连亲几口，好像失而复得一般，还问了我一连串的问题，比如是不是紧紧地拉住绳子，看到别的狗有没有赶紧躲开。她非常担心狗受到伤害。

"它交了两只狗朋友，一起玩得很开心。"

"真的吗？"梅脸色都变了，是那种惊喜与恐惧混杂的表情，"这太危险了，要是被rape（狂暴）了怎么办？"

"如果它顺从，证明它想要。它要是不乐意，会反抗吠咬的。"梅对某个词语忌讳时，也会用英语替代。

"我也想过给它找个伴……"梅捧着狗的脸，"可是，宝贝呀，妈咪还没有做好当奶奶的准备呀。"

我说它很会玩游戏，要是有一个球，狗会获得更多乐趣。

"真的吗？"梅像一个发现孩子具有某种天才的母亲，又一次抱紧了狗，"哎呀，宝贝，妈咪对不起你呀，妈咪一定要给你买一个球。"

我意识到我的话正在渗入梅的生活，必须立刻闭嘴，因此我没理会她的抒情，本能地转身去洗手间，搓洗油腻得作呕的狗绳和颈圈。

水哗哗地流淌……

儿子是为了救掉进水里的"芥末"淹死的……

那是一条棕色小柴犬，我送给他的四岁生日礼物……

儿子和狗的玩具依旧堆在他的房间里……

我依旧被一个问题折磨：为什么不送他一只猫……

屋里已经没有晾狗绳和颈圈的地方，梅的那些洗完后仍然色泽暧昧的东西到处都是。最后我将它们挂在橱柜的手柄上。

夜已经罩住世界，气温比白天略低。因为狗的话题，我们留在客厅，站着说了一会儿话。梅坐在她的法式餐桌边使用笔记本电脑，写写画画，我在厨房隔着半截墙栏回应她的问题。

她从不会邀请我坐上某张法式椅子。她就是那样一副架势。

"时装设计师最懂服装潮流了，我有几件旧衣服，你看看有没有过时？"梅回房间拿出一件黑色圆领针织衫、一条碎花长裙，"这是三十年前的衣服，我现在还是很喜欢。"

我摸了摸衣服质地，点点头，说好看。

获得认同，梅的声音高了起来："这针织衫是英国的，老牌帝国的衣服，质量多好，看，还像新的一样，当年就花了两百英镑……我跟你说，买衣服一定要买品牌的，买最爱的，几十年都不过时，而且照样喜欢。"梅将衣服贴在身上，下巴抵着衣架看着我，仿佛我是一面镜子。

我依旧点头称是。

"这么说吧，衣服就跟男人一样。有的买回去就不喜欢了；有的勉强能穿几次；有的呢，不怎么穿，也不愿处理掉，偶尔看到，又忍不住要试穿一番……我想，每个女人的柜子里，应该都会有一件穿了几十年，甚至哪儿破了都舍不得扔的最爱……是不是？"此时的梅语态有点活泼。

"是的。"梅这番话让我深有同感，不觉有了些交谈的兴致，"我有一件在伦敦买的风衣，十五年了，里衬都穿烂了，还是像当初一样喜爱……去年换了新里衬……怎么形容那种衣服的感觉呢……就像……"

"就像你的皮肤一样，让你舒适自在……任何时候都是。"梅再次说到我的心坎上。

"是的，通常不同的衣服适宜不同的心情，但就那件衣服不是……"

"绝大部分衣服是错买的，因为女人对自己存在误解……"

"但柜子里又少不了其他的陪衬。"

"我现在绝对不会轻易买东买西了。"梅几乎是松了一口气，"这碎花裙是法国的，版型很不错吧？等秋天一到，配上高跟鞋，还是很时髦的。"

梅就怀着期待秋天到来的表情，飘向那条通往寝宫的幽暗过道，且很快从那边再度飘来，这回手里拿的是灰色冬衣。

"这也是很多年以前的。现在不流行貂皮大衣了，我的设计师朋友给我改成两件短的。"梅举起貂皮短装和马甲，"我早已经不追求这些东西了，再说还得小心动物保护主义者——怎么样，这个设计师挺厉害的吧，一件变两件。"

很明显一件大衣被糟塌了——也许数量上取胜，不过，我不忍破坏梅的兴致。

"还有，这个LV包，是不是依然很漂亮？现在我也不想用了，放到二手商店，应该还能卖个两三千美金。"梅挎着包扭走了几步。

梅的脸看得越清楚，越不忍描写。不太洁净的肌肤中，隐现着一种窘迫与苦涩。眼睛是黄浊的，夹杂些许红丝。得益于她所谓"低碳饮食"修来的身材，因为太瘦，皮肤显得格外松弛，尤其是极端裸露的平坦的胸脯，就像被风吹往一个方向的水面，泛起不规则的波纹。

廉价洗衣液浸染了客厅晾晒物的每一根织线——梅就在这股廉价洗衣液的气味中，继续展示她的陈年旧物。她一直致力于向她的客人呈现，并将客人带入她过去的富有生活。她曾试图将一双名牌尖高跟旧靴卖给那个年轻多肉的白人姑娘，自然，她失败了。穿着自由散漫，具有平民风格的白人姑娘，对淑女贵妇装扮毫无兴趣。昨天下午，她很认真地给这双靴子上油，叫我看它焕然一新的样子，问我穿多大鞋码。

遛狗时渗出的汗水，此时已变成一层凝膏紧蒙在皮肤上，汗臭味隐约可闻。我惦记着浴缸里的积水什么时候流干，还有洗菜盆内无法清理的油污。

"你戴的是卡迪亚吧，我也很喜欢这款表。"梅一发不可收拾，又拿来了一只旧手表，"我这只也有好些年了，多漂亮。不过已经停止不走了，花两三千美金应该可以修好？"

"花那么多钱维修，不如买一只新的。"我说。那只表看起来不值钱，也算不上好看。

"一直没找到合适的零配件……还好，我原本就不放心，谁知道那些维修师傅会做什么手脚。"

我有点倦怠，叫了一声狗的名字，希望它能带来一点乐趣。狗兴奋地跑过来，围着我的腿弹跳。腥臭味扑鼻。

我问梅是否同意我给狗洗澡。

"怎么，它有味道了？"梅很惊讶。

"我反正闲着。"

梅慢悠悠地收拾好她的压箱旧货，准备一条破了大洞的浴巾、小瓶装已经见底的洗浴液——来自某酒店的免费品——说她的宝贝对洗澡抵触。她嘱咐狗听话，吻别它之后，将它交到我的手中。

狗在盥洗盆里颤抖。湿水后它比一只老鼠大不了多少。我用我自己的洗发水给它搓洗，一边哼着没词的曲调安慰它。我很快意识到，那正是我给儿子洗澡时唱的一首儿歌。

梅开始做红豆冰沙，破壁机充满痛苦的惊人噪音，像地狱里传来千万个鬼魂受刑时的齐声惨叫。

9

我在长岛最东端的蒙托克灯塔小镇消耗了一整天。爬那一百三十七级通往塔尖的台阶，有一瞬间我希望这是一条远离尘世的路，一直升到天国，在那里与所有已逝的亲人团聚，开始新的生活。

我从未见过这么辽阔的景象，整个大西洋仿佛人生一般渺茫，让人不知所措。那是一种挑动食欲的蓝色，像小时候舔过的冰棍。天空是海面的镜像。鸟如枯叶翻飞。它们也在途中，不知道是往是返。

我查过去伦敦的航班。距离上次在那里所做的一个月停留，我已经六年不曾踏足。算起来，他也不年轻了。不消说，他肤质细腻、脖颈细长的妻子，依旧挽着他的手臂漫步海德公园。他们就住在皇家公园附近。无疑，他的三个儿子都已成年，每一个都接受了良好的大学教育。他们过着传统的英式生活。他浑然不知自己是一桩大事的主角，曾经拥有第四个儿子，也失去了第四个儿子。

与其说是不忍心去搅乱这样的家庭，毋宁说那是一种自知之明，当你情感独立，经济自由，就更不会去打扰他们。没有充分的理由——为了让他认下这个孩子？要他脱离家庭，奔到你身边来？这些都不是我所想的，这只会破坏固有的情谊和彼此的生活。

我没有告诉他，这是我个人的事。儿子在新年夜诞生了。我只需解决某类现实问题：如何做一个单身母亲。

"我本来做得不错，"在返回的车中我这么想，"如果我送给儿子一只猫，而不是一条狗。"

他是儿子的一部分。他是儿子的遗迹。他是儿子的附体。如今，我只能像造访历史古墓般去他那里考察挖掘，重温属于儿子的细节特征——这样做对我更好还是更坏，我不确定。

梅似乎在等我。她的笑容比此前扩展了许多。从我踏进客厅开始，她就一直抱着狗跟我说话。她说起一则突发新闻。一对情侣开车全国旅行，在网上发表旅途见闻与照片，吸引了很多读者。旅行半个月后，他们的网站停止更新，男青年独自一人回了家。十天后警察在俄州的森林里找到女青年的尸体，同时发现作为犯罪嫌疑人的男青年早已失踪。梅发表了一通男人负面的言论，说在两性关系中，总是女性吃亏受伤害，几千年来都是这样。

"一个潜在的杀人犯，未必平时看不出端倪。"梅仿佛四平八稳坐在太师椅上，注重遣词用句，"男人真是最可怕的动物……你不觉得吗？"

她的狗吐着舌头，喉咙里又发出哮喘声。

我无法回应她关于男人的观点，笑着说，"真的吗？"

"绝对的！"梅并没有意识到我在学她的语气，她用的是一个英语单词，似乎这样才能确保她的笃定，"而这些可怕的动物当中，律师算是最坏的。"梅几乎是瞬间收网，"我认识不下一打律师，他们只认钱，而且想方设法替有罪者辩护，为杀人者开脱。律师就是干这个的，越是有名的律师，干的坏事就越大。"

"儿子的遗迹"也是一个律师，但他是心怀公平和正义。我不想跟梅说这些，也从来没有跟她辩论的兴致。她有一种近乎俗气的天真，也有与她的瘦弱形体极不相称的固执。说"绝对"时，她还腾出一只手来挥砍了一下空气，狗差点掉下地去。

我在厨房弄餐，把耳朵留给她倒也无妨。

梅跟随我在厨房移动，而且追着我的脸说话，我洗菜的时候，她的头几乎探进了洗菜盆，似乎只有这样才能把她的想法传达给我。

我不忍冷落她，心不在焉："你为什么认识这么多律师？"

我的回应正是梅所期待的，她拥挤在嘴边的话得以顺势而出："我一直在打一场官司……"说出更多的秘密之前，梅脸上浮现得意与窘迫相混的表情。不知道为什么，她的每一宗笑容，都有股抹不掉的苦涩。我怀疑她接下来所言，是一个真假交错的编织物。

"我换了好些个律师……等我打赢这场官司，非把其中几个告到律师协会去不可。"梅不说她在打什么官司，也许是为了扩充事件背景，她第一次说到儿子：耶鲁大学毕业，学金融的，住在布鲁克林，谈了一个女朋友。

"差不多结婚了吧……拜托，我可不会帮他们带孩子……God，想想我那些当了奶奶的中国朋友，一辈子都在带孩子……"

"没准等你看到孙子,他们不给你带,你倒会要生气。"我说。

"绝对不会。"梅用了两个英语单词,为笃定加码,"我有自己的生活。我那么喜欢旅行,向来是想走就走的。"

但是,来纽约几十年,梅竟然没去过灯塔小镇,这让我感到意外。梅说她对海没感觉,她喜欢游泳池,尤其是高档酒店的游泳池。游几圈,回躺椅上脑子放空,闭目养神。侍者将酒水和食物推到身边——她说的是"侍者",而不是服务员,梅通过这个书面用语,将自己推向上流阶层。更意外的是,她邀请我一起去,在布鲁克林就有一个这样的地方:

"七百美金一晚哦。"

我此时正用梅那把可怜的锯齿刀切牛肉,最后一缕牛肉已经变成丝,但怎么也切不断,而她却跟我说住七百美元一晚的酒店,仅仅是为了那口游泳池。暂不说厨房生活和游泳池享受哪一样更为重要,对于热爱厨房与烹饪美食的我来说,眼下我迫切需要一把锋利的切肉刀。毕竟日常生活占据大部分时间,没有人是在游泳池边老去的。

我有一点恼火,也许是为这把切不断肉的锯齿刀,也许是为梅不切实际的生活态度:

"我不会住七百美金一晚的酒店,除非我的年薪超过五十万美金。"

10

梅煮好鸡丝拌青豆,分装在三个塑料杯里,贴上便签,上面写着狗的名字和用餐日期。这个"向来是想走就走的"女人,决定周末去酒店享受游泳池与侍者服务。我答应照顾好她的狗,遛狗时抓紧绳子,保证它不被rape。

整个上午梅都在准备行头,房间里传来翻箱倒柜的声音。那个年迈的妇人,似乎在落满尘灰的历史中翻找光鲜的过去。

下午三四点,梅长时间捯饬的结果呈现在我的面前:

头戴一顶圆草帽,像是要去收割地里的黄豆;豹斑墨镜透着塑胶的廉价味,还瘸了一条腿,缠着绷带;袒胸露背的黑色吊带印花镂空裙偏大,像上过米浆,使她的身体和骨头更显枯硬;黑色布面拉杆箱拖出了毛边,几近脏破,装得鼓鼓囊囊的;身上斜挎的小黑包,拉链坏了,张着嘴,露出里面的杂碎；手臂上吊着一个超市蛇皮购物袋，里面也塞满了物品——公园的长椅上常躺着这类装扮的人，那是些无家可归的流浪者。而梅不同，她是去超五星酒店，享受游泳池与侍者服务。

临出门，梅再次将狗托付给我，说周一晚上一起去吃希腊餐。这意外的慷慨让我略感讶异。不忍看梅在十几级阶梯上颤颤巍巍，我主动帮她将行李箱拎到大路边，祝她玩得愉快。我留下内门敞开，以便新鲜空气从楼道涌入，冲淡屋里的气味。

透过客厅窗口，我看见被行李拖挂的梅，疲惫而缓慢地穿过马路，像一个逃荒者。她终于立定在公交车站牌下，腾出手来擦汗——她又变成了一个打扮入时、身材纤瘦的姑娘——一辆公交车驶过，梅像个污点般被涂掉了。

我原本想去大都会博物馆看达·芬奇的绘画手稿，不知道为什么会答应梅，为了她面无表情的狗放弃出门。我又查了一次去伦敦的机票，鼠标停留在确认键上，然后起身去了厨房。灶台边、马桶上，是两个宜于思考、灵感迸现的地方，事情卡壳时，我总是这么解决的。

梅一出门，那条狗就和我寸步不离，那股依恋与信任让人心中柔软。它紧跟我到了厨房，跳上那把没人敢坐的脏竹椅，下巴枕着前爪，两眼紧瞅着我。

这一条自尊心很强的狗，有着梅的不肯低头的倔强，即便是巴望我弄点什么给它吃，也不会摇尾讨好，表情不卑不亢。

梅说她的狗很有个性，的确如此。

我到处翻找零食，或者任何可以给它打打牙祭的东西。柜子里只有一些没用的瓶瓶罐罐，大量印有咖啡馆标记的纸杯和纸巾，证明梅在各种地方干顺手牵羊的事。

"你妈真抠门。"我对狗说，"连零食都不给你买。"

这只吃了八年鸡肉拌青豆的狗听到我说它妈的坏话，立刻双耳后撇，翻出了眼白。我摸摸它的脑袋，表示道歉，从冰箱拿出牛肉，切成小方块，用清水煮熟，当作诱饵来教它坐下或卧倒——我以前就是这么训练"芥末"的。这只狗证明了它的智商，可惜梅从没给过它展示的机会。

抵触、躲避、怜悯……现在，我能够面对一条狗——尽管我的心还是不时感到刺痛。

夕阳落下去,兴风作浪的热气被收进魔瓶。我从未见过那样的天空,半边天着了火,薄云随风赋形,巨幅天穹是抽象画,仿佛上帝之手的杰作。屋顶上有一种黄雾般的氤氲飘浮,周遭呈现不真实的色调,连人间杂声都变得柔和起来。

飞机从附近的拉瓜地亚机场起飞,缓缓游入高空,抬头看见飞机的白肚皮,像一条大鲨鱼——我很快会坐在它的腹中游向伦敦。

那对印度夫妻赤着脚,坐在大门口的石阶上喝茶,碟子里放着饼干和坚果,手机里正在播放印度音乐。

我还没离开,还在持续将垃圾扔进他们的垃圾桶,这让我感到过意不去,仿佛自己说了谎。穿过他们的"静好岁月"时,那只狗居然对着他们吠叫。

"我正在订购去伦敦的机票。"就像他们问了我什么似的,我率先说道,"估计下周三左右。"

"你要是想住得凉快一点,我们家里随时欢迎。"印度先生说,"后院有独立的大门进出,我们不会打扰你。"

"谢谢你们。住不了几天了,搬来搬去挺麻烦的。"我说。

"请抓好绳子。"印度太太怕狗。她递给我茶碟,要我吃坚果,"这狗今天挺干净的。"

"我给它洗澡了。"我摆手称谢。

"她付钱给你吗?"印度太太问。

我说这么做只是因为我喜欢狗。

"她带那么多行李,去哪里了呢?"印度太太问。

"她说要去度几天假。"

"度假?"印度先生很惊讶,"下水道通了吗?"

"临走前她买了瓶什么东西倒进去,很快就通了。"

"那是化学腐蚀品,瞧她在对我们的房子干什么呀。"印度太太心疼得叫了起来,"我们真的要跟她谈谈,越快搬走越好。"

我有点后悔说出这个细节,又一次觉得自己在出卖梅。但是鬼使神差的，我接下来顺着他们的情绪，表达了对梅的不满，似乎在这片刻友好交谈中结成同盟，一起把梅孤立起来。

"自己出去玩，把狗扔给你管，她理当付你工钱。"印度先生说，"人不应该白白使用别人的时间。"

西边的绚丽悄然熄灭。夜色由远而近，最终落在印度夫妻身上，他们深肤色的脸变得更加暗黑。出于安全顾虑，我没去遛狗，索性和他们一起并排坐在台阶上，像忙完庄稼的农夫那样正式闲聊起来。

繁星满天。园子里虫子鸣叫。偶尔一辆车划破寂静。

许是夜色撩拨，回首往事，更易推心置腹。这晚上，我知道了发生在这个印度家庭的一桩不幸。八年前，他们学习优秀的次子在一次校园枪击案中丧命。两兄弟本来都住在二楼，出事后大儿子搬下来与父母同住。房子空置五年后，他们才决定租出去。自称与儿子同住的梅搬了进来，却当起了二手房东。印度夫妻曾经几次警告梅，不希望她做转手短租，不然要请她另找地方。但是他们从未真正采取行动，没催促她，更没有强迫她搬走。

"她的儿子暂时不能来，可能还没有结束手头的工作，也许是在监狱服刑……"印度先生大胆猜测之后，叹口气，"家家有本难念的经。"

"她看起来也没有朋友，去年中过一次风……我丈夫老是说，让她这个样子找房子、搬家，于心不忍。"印度太太的声音柔和低缓，末了重复丈夫的话，"是啊……家家有本难念的经。"

他们深棕色脸上的表情隐匿在夜色中，只看见眼里闪烁的星光清晰明亮。他们就那样等着梅的儿子出现，也像是等待自己的次子回家。

也许是感到了孤独，梅的狗爬到我的腿上蜷伏。

11

梅在第二天下午给我打电话，问我和狗相处如何。我说狗已经吃了牛肉和猪排，一切都很好。

"你在宠坏它，我都感觉有点抱不动它了。""宠坏"一词，梅用的是英语。听到牛肉和猪排，她明明是喜悦的，却偏要假装顾虑，好像那都是不良食物。

狗长了肉，这是真的，而且它已经挑剔梅的鸡肉青豆拌甜醋，每到我吃饭的时间点，就抓挠梅的房间门。梅通常会温柔地制止。我把肉给它留着，梅一开门，它就会从我预留的门缝里钻进来吃个精光。我离开之后，也许短时间内它不太适应，但很快会忘记牛肉和猪排的味道，重回鸡肉拌青豆的日子，我委实不用替一条名叫Luck的狗担心。

狗的话题只是寒暄，重点是酒店的豪华高档、游泳池的淡蓝梦幻，以及在那里感受的舒适惬意，梅甚至发出"这才是生活""人就应该这样款待自己"的人生感悟，还说我没有去真是太遗憾了。

挂了电话，她发来一张图片，那是个巨大的带分隔线的长方形泳池，水中池岸空无一人，连梅自己也不在其中。

我本想说这酒店生意过于清淡，可惜了漂亮的泳池，但为了不让梅察觉我在怀疑她——不知道为什么，我始终不相信她的豪华假日——我只说请她尽情享受美丽的泳池和比基尼，因为夏天一晃而过。

"我忘了带泳衣。"梅说，"这里也没有看到合适的。"

我没有回复。我猜测她发这条信息时的表情和心理。然后我想象一个上了年纪的老妇人，兴致勃勃，专程去高级酒店享受游泳池，却忘了带泳衣，于是穿戴整齐地躺在游泳池边的躺椅上，接受侍者服务……这情形多少有点滑稽——莫非她单纯那样痴痴地注视游泳池，就能获得愉悦与满足，达到款待自己的效果？莫非这不过是她对旧事的缅怀形式？

星期天晚上，梅发信息提醒我关于周一的希腊餐。她用一大段夸张的文字描述了那间餐馆的特点，地中海式的蓝白装饰风格，雕梁画栋，鲜花缠绕，浪漫的环境加上美味的食物，多汁的羊排，尤其是芝士和无花果冰激凌……最后以"人生得意莫过于此"画上句号。

梅在描摹享乐之事时，总是运用她全部的文学才能，倾尽脑子里所有的华丽辞藻，且表现出罕见的热情活泼，把眼下的生活甩到九霄云外。

我答应周一去希腊餐馆，并暗自决定不让梅买单。我会告诉她，我已经订了周三的机票去伦敦。我不会提到，那是因为我忽然十分急切地想见到"儿子的遗迹"。我构思了我们会面的细节、谈话的内容，想象他的言谈举止和宽厚的笑意。是否将儿子的照片展示给他，我一直没考虑清楚，场景卡在这儿动弹不了，我带狗出去溜了一圈，还是没有突破。我同样不确定,在周一的希腊晚餐中,我是否会向梅说出我内心的犹豫,这个六十岁的老妇人,是否能带来一点启发。

周一中午,熟透了的太阳以一种强硬的姿态压迫空气。我将狗放在客厅窗台上,这样梅回来,它就能一眼看到她。我们盯着蓝得虚无的天空、静止的树叶,以及来往的行人和车辆。

公交车吐出梅的身影时,狗吠了起来。它不是认出了她,而是梅全身挂满行李的样子十分奇怪。她比去的时候显得更加潦倒,依旧戴着草帽和墨镜,几乎是步履蹒跚地穿过马路。狗紧张地注视着她,有一瞬间它屏住了呼吸,直到她来到楼底下,才兴奋地摇起尾巴吠叫起来,那情绪里包含着对梅的嗔怨、委屈,以及看到她回来时全身心的欣喜。

我打开门,狗扑向梅,梅扔下手中的东西,双手搂住了狗。我主动帮梅将行李拖上楼——像一个真正的下人那样——又下来拎剩下的东西。梅只顾着母女俩亲热,没有向我道谢。

梅重新坐在她的法国餐桌边,看上去异常憔悴,脸色发暗。她继续跟狗说着亲热话,像一个真正的母亲和孩子久别重逢。

狗吐着舌头,喉咙里发出哮喘的声音。

下午5点钟,梅从她的房里出来,似乎略微恢复了一点气色。她换了一条并不合身的蓝白细格吊带长裙,说穿这件去地中海风情的希腊餐馆最好不过。

餐馆在中央公园附近。我们由公交车转乘地铁。车厢里没有空座。梅削尖屁股果断地落在一对拉丁裔母女的空隙中,被隔开的母女面面相觑。在美国生活几十年的梅,居然还保有这种中国式的生存本领。此时,站在孩子旁边的父亲面色不悦,指责梅没有礼貌:"在你挤进这个座位时,至少应该说一声'Excuse me'"。

梅朝空中翻了一个白眼,没好声气地说,"Excuse me",然后做闭目养神状。

我眼前这个固执的老妇人,浑身带刺,充满敌意。两天的游泳池享受也没让她的头发变得顺滑,瘪着嘴,一张脸像没洗干净,收拾打扮后的样子仍然显得不洁与寒碜。我没法帮她说话,也不想替她向别人道歉,尴尬中悔不该跟她一起出门。

梅一直没睁眼，我也保持沉默。地铁到站，她昂着下巴穿过车厢，我像个仆人般紧随其后——人生地不熟，我也怕走散了。来到地面，阳光已经略带绵软，地上还是热烘烘的。穿过一条街，突见辉煌落日夹在高楼间，金光倾泻。整条街上的车都停了下来。人群拥堵在街上，拍照或痴望。

"你运气真好，正巧碰到了辉煌的曼哈顿悬日奇景。"梅背对着夕阳，她的身影被斜阳拉长，在墙上折了一道。

我听说过曼哈顿悬日。两百多年前，建筑师将曼哈顿设计成工整的南北和东西走向的网格结构，随着地球沿轴线转动，太阳沿地平线微移，在一年中的某一个时刻，朝阳或夕阳将正好与东西走向的街道对齐。因此每年会有四次、每次十五分钟的悬日美景。

悬日爆炸光芒，仿佛神迹显现。

恍惚中，我看到了儿子和"芥末"。

梅有意避开，在背光处随便坐在地上等我。

悬日渐渐沉落，绚烂归于黯淡。我们继续前往希腊餐馆。但此时梅忽然失忆，在街上兜了几个圈，辨不清方向，像无头苍蝇乱飞乱撞之后凝滞在某个十字路口。或许是在回忆搜索，或许是对现实不知所措，脸上呈现迷茫和委屈，还有苦涩的憔悴。

人潮如水，从她身边匆匆淌过。

地铁车厢里那个固执而充满敌意的老妇人，变成了一只迷途的小羔羊。

我只好打开手机流量，使用国际漫游导航。

到达希腊餐馆，梅松了一口气，她好像刚刚遭遇了什么，有点被击垮的样子。

蓝白餐馆大门边竖着一块小黑板，是关于养老理财讲座的介绍。梅像贵宾大驾，虽疲惫不堪，在本子上签名时，手中的笔仍然龙飞凤舞。服务员问我们要不要留下来用餐，得到梅的肯定之后，在我们的名字后面打了勾。

我们是专程来吃饭的，什么叫要不要留下来用餐呢？餐厅的异域风情扑面而来，人声嘈杂。我还没弄清楚怎么回事，梅就将我拉到最后的空椅上坐稳，同桌的都是陌生人。

餐桌中间摆着鲜花。

服务员斟满了酒水杯。

每位餐碟上放着设计精致的菜谱卡片。梅拿起她面前的那张，以端庄的姿态研读起来。

一个西装革履的职业人士拿着麦克风走到台前，用一番风趣幽默的自我介绍将在座逗乐之后，开始进入他的讲座正题。

"忍上十分钟，马上就可以大吃特吃了。"梅低声对我说，"你看晚餐有多丰富，我最爱多汁的羊腿肉，对了，要配茴香酒……还有这个……鹰嘴豆泥，噢呀，芝士，还有……必不可少的冰激凌……"

"为什么非要听这个？"我早已饥肠辘辘，"我英语水平不行，听不懂。"

"晚餐是讲座主办方提供的……没关系，咱们就装模作样听一听……主要是吃。"梅已经磨刀霍霍了。

我现在才明白，晚餐是免费的。忽然想到国内专门在各种酒席上蹭饭的人，不觉羞愧袭上心头，脸上也火辣辣的。暗自观察其他食客，这些肤色各异的人，无不衣着整洁得体，面色从容，仿佛都是受邀请的贵宾，分不出谁是真心听讲座，谁是习惯性蹭饭的。

服务员给每个人发了一些印刷资料和一张空白表格。梅驾轻就熟地填好了。

我进退两难，很不自在。菜一上来，只是埋头吃，缓慢地咀嚼，以免眼前杯碟空了，失去掩护的道具。

食物不太合我的胃口，我也不习惯茴香酒的味道。但梅吃得津津有味。我第一次发现她的饭量惊人，近乎饕餮。她吃空了所有的碗碟，同时也消灭了我无福消受的大部分食物，灌下不少酒水饮料，最后吃甜点时，她伸了伸腰，轻轻打了一个嗝，继续将甜点小勺送进嘴里。

"我当年的婚纱照，就是在悬日背景下拍的。"为讲座的结束鼓过掌之后，梅忽然说起了她的婚姻，"噢，对了，也是在今天，7月12日。"

屋里有一阵小小的骚动。餐桌上刚认识的人握手道别，酒足饭饱后陆续离开餐厅。

"还有一件更重要的事情，也是发生在今天。"梅头也不抬，根本不在乎宴席终结，人们正在纷纷离场，"关于那个游泳池……"

"我们边走边聊吧，不然回去太晚了。"我冷冷地打断她。我讨厌她让我成为一个蹭饭的人。

梅耐心吃完最后一口甜点，艰难地站起来。去地铁站的那一段路，她走得格外缓慢凝重，仿佛刚下肚的食物使她不堪重负。她穿的是有半寸鞋跟的硬底拖鞋，鞋子不太跟脚，与衣裙也不搭配。她斜背着拉链坏了的小黑包，姿态像幼稚园的小朋友。

这恐怕是入夏以来最热的一天。经烈日炙烤的街道散发出来的热气被高楼围困，千万台空调运转，往来不绝的汽车尾气，空气在一个大熔炉中，被加工锻造得混沌浑浊，万物都蒙着一身汗腻。

城市的繁华夜景已经粉墨登场，梅却落寞了。

我无心说话。梅也没有继续说她的婚姻，紧闭细薄的嘴唇，上车就闭眼打盹。

我看到她的脸垮掉了，嘴角、眼角统统朝下，整个人沉陷在座位上，像一件破旧物品。

"必须尽早和这个人脱离瓜葛。"我暗自思想，"简直是太糟糕了。"

隧道内部的照明灯不时闪现，微弱的白光有节奏地敲击着车窗。

驶过一段长久的黑暗之后，梅开始说话。

"等我打赢官司，拿到钱，我要在中央公园旁边买一个带阳台的公寓。"她头靠着车厢，微睁双眼看着我，"那是一笔不小的数目。"

"祝你好运。"我不想打听更多。

"我是离婚以后发现的，他曾经捐了一笔钱出去，这笔钱没有经过我的同意。"梅稍微正了正身体，以便聊天更舒适些，"找对律师，对打赢官司来说太重要了……我现在的律师很优秀，他说我胜算的可能性很大。"

"他确实不应该瞒着你支配你们共同的财产。"她的话我并不当真，这时候说出来更像是恍惚中的梦呓。

"我们是大学同学，毕业后一起来美国读研，然后留下来。他有头脑，懂技术，开了一间公司，赚钱，他做得很成功。"梅脸上的苦涩也苏醒了，"儿子十二岁那年，他想回国创业。他说祖国越来越富强了，全世界的人都去中国做生意，他也打算搬回中国——他还说，他在美国从来就没有归属感。"

"理解。的确很多人选择回归,这里有身份认同问题。"

"我不想回中国。"梅疲惫地摆了一下手表示否定,"在这里,我才有归属感……自在,我是我自己,或者……我谁不也是……无论如何,我只愿待在这里。"

"回去,或者在此终老,听从内心,都无可厚非。"我提起精神,"那他最终还是回国去了吗?"

"回国创业,报效祖国,都是谎言,骗子……"梅重新闭上眼睛,"他在北京已经有了一个女人和孩子。要不是我们共同的朋友——安妮,她在我离婚后才告诉我这个事实,我可能到现在都蒙在鼓里。"

"这种事,朋友夹在中间,也很为难。"我不想评价她前夫的行为,相对于伦敦那个家庭,我也属于那样的"一个女人和孩子"。

"我不知道,他老早就开始转移财产。他跟我谈,如果我同意他把儿子带回国,他会给我一千万美金,否则一分钱都没有。"

无疑,梅选择了儿子。我心里顿时涌起对梅的无比崇敬,她那副潦倒疲态,刹那间显得格外伟大而悲壮。

"儿子是无价之宝。"我说,忽然间就敞开了心扉,"我也是一个母亲……曾经是……仅仅五年……"

"为什么?"梅睁开眼,眼眶是湿的,泪水似乎倒流到心里去了,"五年?什么意思?"

地铁在隧道中拐弯,摩擦出尖锐的噪音,像梅的破壁机那样发出千万个鬼魂从地狱中发出的凄厉惨叫。我捧着嘴巴,像呕吐般弯下腰来,我听见我嗓子里发出的声音盖过了地铁的尖锐噪声,又或者我嗓子里没发出任何声音。我不知道。也许那声音原本就不是地铁摩擦轨道发出来的,那是我憋屈已久的号叫。持续了多久?几秒钟?几分钟?我不知道。直到我感觉有只手搭在我的背上,轻轻摩挲。我看到梅的脚趾头从那双不跟脚的拖鞋前头冒出来,大脚趾上的粉红色指甲油已经残缺,脚指甲里头也不洁净。我用手掌擦脸时,梅递给我一片纸巾。

黑暗将窗玻璃涂成了镜子。空荡荡的车厢。惨白的灯光,像太平间。我看见自己,也看见了梅,两个颓丧的幽灵在地铁的行进中明明灭灭。

出了地面,准备转公交车时,梅拦住一辆的士,她说 Luck 一个人在家时间太长，会很焦虑——它原本就是一条流浪狗，特别害怕被再度抛弃。

12

梅回家就进了房间，没听到她和狗交谈，也没有传出洗漱声，房间里异常安静，只看见门缝里透出微弱的灯光——她怕黑，这灯光通宵都不会熄灭。

地铁车厢里爆发的情绪还没有平复，我睡不着，在屋子里漫游，从卧室到客厅，往返狭窄幽暗的过道。我第一次注意到，有微光从另一个房间的门底下透出来——也许里头有了租客。

厨房和客厅的夜灯总是亮着，是柔和的银白，仿佛月色满屋，等待夜归者。

有点不知身在何处。我索性开始收拾行李，想象与"儿子的遗迹"再次见面的情景，想着我是否会止不住痛哭失声。我随身并没带多少东西，行李箱一半是空的，其中还有儿子每晚抱着睡觉的柴犬玩偶。收拾完行李，我又没事可干了，夜晚重新变得漫长。下半夜昏昏沉沉，勉强睡了一阵，窗口终于显出灰白。

黎明透着黄昏的气息。我出去跑步，顺着那个长了大叶睡莲的湖转圈。一对沉睡的鸳鸯泊在湖中。蝉已经开始鸣叫。我心绪不宁，没跑多久便打道回府。习惯早起的印度夫妻坐在前门台阶上，赤着脚，享受清早的幽凉。我跟他们打了招呼，一坐下来，就告诉他们我明天去伦敦。他们替我高兴，同时也很遗憾，他们觉得我好相处，和梅不一样。

"你走了，马上会有新的人住进来。"印度太太说道。

"另外一个房间里晚上有亮灯，好像是有新的客人。"我说。

"她从没出租过另一个房间，那是给她儿子留着的。"印度先生摆摆手，"也许她儿子的确不时回来过，我们没遇到而已。"

"她怎么样？看起来好像是生了病的样子。"印度太太略显担忧，"脸色很不好看。"

梅度假回来，的确更显憔悴，但昨天的晚餐食量，说明她没毛病。

"上一次中风，要不是我太太及时发现，后果不堪设想。"印度先生说，"后来我们每天都要跟她发信息，联络一两次……她身边要是有个人还好一点，我们也不用这么焦虑。"

　　印度夫妻像饱经风霜的农民，担忧恶劣天气摧毁庄稼。太阳爬出来了，他们脸上的单纯和真诚镀上了金光。

　　我喜欢和他们聊天，但没遮没挡的台阶裸露在阳光中，有点燥热，我起身离开。

　　我把冰箱里的菜全部拿出来，做了好几样，准备等梅一起吃。过了12点，梅的房间里仍然没有动静。门底空隙里有一团阴影，我知道狗伏在门口，它已经闻到香味，等着出来分享我的午餐。

　　我饥饿难耐，正打算敲梅的门，忽然收到她的短信：

　　"门没有锁。麻烦你，给我倒杯水喝好吗？我实在起不来了。"

　　我第一次走进梅的房间。空气浊热，一股霉味和狗腥臭。

　　狗兴奋地蹦跳。

　　梅直挺挺地躺在那张复古法式床上。我吓了一跳。幸好她抬了一下手臂，证明她是活的。

　　她根本动不了，整个人硬邦邦的，只有左手可以小范围活动。我扶她坐起来，她摆着手痛苦呻吟："慢……慢点儿……痛……"

　　我从没照顾过病人，她那又薄又脆的肩胛骨，仿佛随时可能折断。好不容易扶她达到一个可以喝水的角度，累得满头是汗。

　　她喝光了杯中水。头发湿漉漉的，枕头上也留着汗水印。

　　"你这是怎么了？"我担心她又中风了。

　　"大概是在大酒店被空调冻着了。"她声音相当虚弱，"以前出现过这种状况，骨头痛，穿衣都费劲，但不至于像这样，连起都起不来了……"

　　母亲也有这毛病，随便受点凉就全身疼痛，几近瘫痪。她生了五个孩子，从没坐过月子，照旧下地干活，冷水热水没条件讲究。

　　"需要去医院吗？"严峻的情形下，我只能想到医生。

　　"去医院……还不是一样躺着？"梅似乎也不信任医生，"没什么大碍，休息两三天就好了。"

　　我无法反驳梅的经验之谈，而且我明天要走了，这辈子不可能再有机会见面，也无联络的需要。

"我给你弄点吃的过来。"我在她背后垫上枕头,让她斜靠着,便于用餐,"我做了炖牛肉,相当好吃。"

"真的吗?"——这是我脑海里的回音。梅的这个口头禅不知从哪天开始消失了。她并没有说话,全力对付被挪动时产生的阵痛。她的表情是绝望的,也像悲伤,是太深的苦涩使它产生一种绵延不绝的脆弱,似乎只要她放弃,只要她不挺直后背,她就会像根羽毛被命运卷上云霄。

梅的深棕色托盘,有一层肉眼看不出的油腻,粘着食屑,我"擅自"将它清洗干净,盛了饭菜端进梅的房间。第一次见梅,感觉自己像个下人,紧跟着她高贵笔直的后背,踏进她的皇宫,戏剧性的是,我真的在行使下人的角色,伺候起她来了。不但饭菜端进房间,而且还要喂食——她那只小范围活动的手,就像溺水的人,只能用来呼救。我搬把椅子坐在床边,打算好人做到底。

梅的吃相和昨晚判若两人,像是被逼迫进食,缓慢且痛苦地咀嚼着。我避免直视她那张焦枯落魄的脸和手背上静脉曲张的血管。此时打量她的寝宫不算冒犯:法式床底下乱堆着鞋盒和鞋子;衣柜门胀裂开来,缝隙中夹着衣服拖到地板上;窗帘杆上晾挂着衣裙和短裤;窗前的小茶几夹在两把变形的藤椅中间,上面有些脏乱杂物;小书桌摆在角落里,一个老干妈空瓶子里插着已经蔫萎的红玫瑰;狗窝摆在她视线能及的地方;吸顶灯裸露灯泡、电线和蛛丝,外壳已经不知去向。再过一会儿,我将会看到洗手间的乱象:白瓷盆里的渍垢,模糊不清的镜子,似乎很久没使用过的浴室,长着黑霉的砖隙……当梅说要上厕所时,我才意识到还要面对这种尴尬时刻。我这辈子只给儿子把过屎尿。我尝试带她去洗手间,但一碰她就痛得直呻吟,那只小范围活动的手拼命摇摆,好像一离床她就会散架。除了那只拌沙拉的大木碗,她家里没有可以充当便器的东西。我有点束手无策。

狗很懂事,待在它的狗窝里安静地注视着我们,眼睛里弥漫着深深的忧愁——第一次发现它有这么丰富的表情,我着实吃了一惊,不免为先前对它的蔑视感到惭愧。

安顿好梅,喂饱了狗,迫不及待地带它出来遛弯。我比它更需要新鲜空气。只要能离开梅的房间,太阳可怕的炙烤,以及皮肤紫外线过敏都不算什么。

狗今天表现奇怪，情绪低落，三步一停，老想要回家。

"你怎么啦？"我摸了摸狗的脑袋，"不想到公园见别的小朋友吗？"

狗看着我的眼睛，吐着舌头，然后望着回家的路。

也许它惦记着梅，她的异常使它缺乏安全感。

我忽然也感到莫名焦躁。我还没跟梅说明天飞伦敦，提前了一周离开，我认为她有足够的时间处理房间，迎接下一位客人。不管怎样，我只是一个临时租客，明天将继续我的行程。但眼下她病倒在床，我在她不能动弹的时候走掉，至少要去和印度夫妇谈谈她的情况，兴许能想办法联络到什么人来照顾她，比如她儿子，以及她偶尔提到的所谓朋友。

太阳下我已经感到脸上过敏发痒，也无心继续往前，于是调头返回，狗立刻拽着我奔跑起来。

我按响了印度人的门铃。他们腼腆的儿子告诉我，父母要到晚饭后回来。这无疑延长了我的焦虑。狗飞奔上楼，甩下我去了梅的房间。我肚子咕噜咕噜响，才意识到自己忙得忘了吃饭，于是随便热了一下饭菜，站在灶台边吃完，洗碗，收拾厨房，连炉灶上的陈年污渍也擦得干干净净。

"你能做一次红豆冰沙吗？"梅给我发信息，"我太想吃了。"

红豆冰沙是梅每天必不可少的"鸦片"。当我将那台粗笨的机器弄出地狱群鬼般的惨叫时，机身痛苦地震颤，毫无出路的冰块在透明封闭的容器中奔逃，刺向耳膜的是撕裂与破碎、哀伤与悲恸、尖锐与深入……这声音让我获得难以言喻的释放与快慰。我用手机将声音录制下来，以备在某些可以预见的难挨夜晚播放聆听。

"破冰声的美，胜过所有的音乐。"这是梅要讲故事的前奏，"我做冰沙，并不是有多爱吃冰沙，我只是对破壁机工作的声音上瘾。它像发自你的肺腑，你不觉得吗？"

我没去承认梅这番话正中我的心坎，只是像以往一样配合她："嗯，刀片与冰块的较量，一次次输得粉身碎骨。"

"最开始，我恨我前夫，不是恨他的不忠和私养孩子，而是恨他在自己拥有那么多之后，还要夺走我生命中仅有的东西。钱一分不剩，连儿子也要拿走。"梅这次说话并没有多少铺垫，几乎是单刀直入。

"他最终还是带走了儿子?"我有点难过,"这真是过分了。谁也没有资格和一个母亲争夺孩子,谁也不应该试图从一个母亲身边抢走孩子——如果他算得上仁慈。"

"我也恨了一段时间的命运……可是命运这东西毕竟太虚无,而且它多半是无辜的。"梅似乎想幽默一下,缓解我表情的严肃,"最后我恨自己……一直恨自己,没再改变。"

"惩罚自己,是不用背负任何道德罪咎的。人都善于这么做。"我这么四处游荡,只有我自己深知,这不是旅行,这是放逐。

"我要是和前夫一起回去,我们的家庭是不会破碎的,这一点我还是很清楚。"梅闭上眼睛,似乎极为困倦,"我已经是这片土壤里生长的植物……我太固执……如果可以预知未来的话,我会和他一起回国。"

我想向梅提问,但忍住了,相信疑问会随着她的讲述自动呈现答案。"事情都过去那么久了,不去执着对错了吧。"把道理递给别人,总是显得容易。

"时间就是水滴石穿。你会发现,事情不会随着时间流逝而模糊不清,恰恰相反——除非那不是一件让你悔恨终生的事。"

梅的话让我对未来产生了恐惧,我真害怕到了她这样的年纪,懊悔和痛苦会比现在来得更加严重。

"儿子发出过警告,但是我们都忽略了。"梅垂闭的眼皮涌起血色,我知道那里面正在生产眼泪与痛苦,"他很难在父母之间选择任何一方。"

"这是一道世界上最难的选择题。"

"其实……我去带游泳池的酒店,不是享受,而是惩罚。"梅说。

这句话又塞给我一团疑云。

13

晚上8点钟,我再访印度夫妇,将一直随身携带的龙井茶送给他们,算作礼貌告别。印度太太破例请我进屋,我正好要和她谈梅的事情,因此没做推辞。

屋里清凉。一尘不染。电视机里正在播放印度语新闻。客厅摆设略多,但拥挤中显出温馨。印度先生从地下车库上来,将一盆开得正艳的淡紫色兰花放在边几上。印度太太要让我尝尝她做的草莓冰沙。厨房是开放式的，她一边忙活，一边和我说话。她说这个夏天恐怕是近些年最热的，她佩服我能吃苦头，居然能扛上这么些天，要是长痱子的话，她家里有印度带来的药。

"你得小心，别被这个破壁机的怪叫声吓着了。"印度先生对我说，"我用隔音棉降低噪音，她倒说裹起来闷声闷气的，听着别扭。"

"可不是吗，就好像一个人正在尖叫，却被人捂住了嘴……"印度太太笑着打了一个比方。她有一双大杏眼，眼角的鱼尾纹很是动人。

我也笑起来，"应该没有比梅的破壁机更大噪音的了。我第一次听到时确实吓了一跳。不过细听之下，那声音还是很独特：纯粹，极致，一针见血。"

印度先生重新回到地下车库修理什么东西。

印度太太说，男人总有自己的排遣方法，儿子刚出事那阵，丈夫一天到晚闷在车库里捣鼓。"我呢，也不能老是哭吧？我就是那时候迷上了做冰沙。每天做冰沙，冬天也不例外。"印度太太搬出一台乳白底座的破壁机，"前面已经报废五台了。每一个人有自己的嗓音，每一台机器的声音也各不相同。你说得很对，这种声音太迷人了，纯粹，极致，撕心裂肺。"

冰块被倒进破壁机。大块的坚冰，透明，冷峻，像钻石。薄薄的刀片寒光闪烁。

万物沉静。

"有去现代博物馆看油画吗？"印度太太问道。

"去了。第一次看到那么多世界名画同聚，很震撼。"

"我特别喜欢这台机器的声音。"印度太太像介绍传家宝似的，"你注意到爱德华·蒙克的那幅油画了吧？一个骷髅人，双手放在耳朵边呐喊……"

"是的。"

"你仔细听……"

我屏住呼吸。

"这就是那个骷髅人发出的尖叫……"印度太太按下破壁机按钮。

天地崩裂……

痛苦/呐喊/尖叫/诉泣/呜咽/疯狂/绝望/哀求

……

冰屑飞溅，如飞蛾扑火。

眨眼间粉身碎骨。

一切戛然而止。

我们有一阵没说话。

直到印度太太将冰碴分入玻璃小碗，尖细清脆的碰撞声击破了某种沉寂。

"梅的那台机器带着干渴沙哑……"我努力将眼里的泪水逼回去，"这个听起来声音更飘逸，就像……"

"就像脱离尘埃，穿越洁白的云层……飞向天国……"印度太太展示她好看的鱼尾纹，眼睛里有一股澄明与安详的光。

"正是这样的感觉。它使人安宁……超脱……"

"我就知道我们能聊到一块儿……你要是能多待一阵就好了，我请你到家里吃印度菜。"

"下次来，一定住在你们家。"我做了一个深呼吸，感谢印度太太的友善，"你知道吗，梅昨晚病倒在床，起不来了，说是外出度假受了寒……"

"希望不是中风。"草莓酱使冰沙变成粉红色。印度太太最后倒进牛奶椰汁，撒上磨碎了的坚果，"这次一定要通知她儿子。"

14

印度太太和我一起去见梅——尽管吃冰沙的时候，她再次对梅表达各种不满：一个女人最基本的职责，就是将家里收拾洁净，而不是弄得臭烘烘的——她非常担忧梅的状况，上一次中风，她曾亲耳听到医生的警告。

狗对印度太太吠叫，可见梅和楼下是不往来的。她那只溺水者的手活动范围更小了，几乎是象征性地动弹了一下。更糟糕的是，她说不出话来，嗫嚅着嘴巴，在吸顶灯昏暗的光线下，生产不出表情的脸色显得焦黄，所有的表达都集中在眼睛里，那里面一下子拥堵了很多东西。

印度太太一看事态严重，言行也急促起来："你听着，我们必须送你去医院，我马上拨打911。"她转头对我说，"请你找一下她的证件，医疗卡……看看通讯录，联系她的家人或朋友，总之得有人过来……越快越好。"

印度太太疾步下楼，覆盖屁股的衣摆随之舞动。

我还不太相信，喝一杯冰沙的工夫，梅就这样了。我把手机递给她，说，"给你儿子打个电话吧，让他回来照顾你一阵。"

梅两眼望着天花板，眉头紧锁，肌肉已经妥协，眼眶四周变红，泪水溢出了眼角。

她好像正在死去。我有些慌神，这才开始查找印度太太提到的东西。那只张着鳄鱼嘴的小黑包，里面全是些乱七八糟的垃圾，几张光芒闪烁的信用卡早就过期，单独放在安全的小隔层里，获得额外的小心保护。我脑子里想着证件和医疗卡，已经顾不上斯文，像个窃贼一样翻箱倒柜，打开每一个抽屉，只不过发现了更多没用的废品。其中有张字迹漂亮的新年贺卡，我虽无意偷窥，但仅瞥一眼就读到了那几行字：

May:
　　请原谅，我没有尽早告诉你实情。我不确定，说出真相，是在帮助你还是会伤害你，尤其是你们的婚姻看上去那么美好。
　　我知道，作为一个母亲，这半年你过得多么艰难。我也是有孩子的人，这痛苦如同发生在我自己身上。
　　到西雅图来过春节吧，我们全家在这里等你。

Anni
2008年1月1日

我继续寻找。打开衣柜，霉味扑鼻。衣服凌乱堆积，鞋子和背包横七竖八，像批发仓库。我迅速摸遍所有的衣服口袋，翻查每一个背包，但一无所获。空气闷热，心里着急，感觉到汗水在全身流淌。绝望之时，我看见了衣物中隐现的行李箱，是梅拖去享受游泳池时的那只，依旧鼓鼓囊囊的，四周浮起毛边，有些地方几乎快要磨透。

这是梅家里最后一处没被打开的地方，我猜想所有的重要物品应该都藏在这里。

我将行李箱拖到房子中间，狗知道这代表出门旅行，高兴地跑过来东嗅西嗅。我嫌它碍手碍脚，凶了一嗓子，它沮丧地躲开了。

我首先拉开外层的拉链，摸到了一些陈年机票、车票、酒店收据以及地图和旅行手册之类的东西。主箱拉链掉了手扣，里头塞得太满，只能用手指尖慢慢推动拉链。箱子像真空包装似的，随着空气的进入而蓬松，鼓胀得更加厉害。

出乎意料，里面尽是属于小男孩的衣物：西装、领带、T恤、运动鞋、棒球帽、沙滩鞋、跳子棋、太阳镜，以及五颜六色的泳裤……衣物大小不同，应该属于五至十二岁左右的男孩。为避免证件夹裹在相册中，我不得不逐页翻查。相册从男孩子出生那天开始建立，下面写着出生日期。后面的照片也是按时间顺序整齐排列，清晰地看见孩子的成长轨迹。

年轻时的梅小家碧玉，肤色白得耀眼。她和男孩的合影很多。她并没有剪掉她的前夫，照片中他依然在构造幸福的三口之家。游泳池几乎是照片的主题。男孩站在同一个游泳池边上，摆出同样的姿势，照片中他的身体渐渐长高。一张独占一页的照片格外醒目。在蓝白相间的太阳伞下，梅戴着大框墨镜，身穿天蓝色比基尼，和儿子下跳子棋。旁边是红衣侍者，一只手托着酒水饮料盘，一只手背后，朝梅和男孩微微弓腰。背景是酒店的花园风景。

街上传来救护车的尖叫。印度太太疾步踩响木质楼梯。我手指头抽搐般一通乱扒。终于在箱子最底层找到一个布质软包，里面有梅的护照等所有证件。印度太太一跨进房门，我就将整个布包递给了她。

"你不用给我。"印度太太说道，"带去给医生做登记。"

"啊？"这我可是毫无思想准备，"我的英语恐怕不够应付。"

"那你联系到她儿子了没有？"印度太太问，"有没有人可以替代你？"

"你是她的房东，和她更熟更近一些……而且，我明天就要……"

"你是她的租客，你和她住在一起，也最了解她的情况。"印度太太很严肃，"要不是你在这里，她出这种事，我都不知道会有多少麻烦。"

"我们一起去吧。"我稍做妥协，"毕竟我是个外国游客。"

15

梅的情况不乐观。我本来担心得整夜坐在病房里照顾梅，幸好医院不需要陪护，除了联系她的家人，眼下没什么需要操心的，什么都不用管。

我和印度太太在深夜两点回到家。她在家门口再次嘱咐我，务必联络梅的家人或朋友，似乎唯有那样，我才能摆脱照顾梅的职责。

我打开门，狗坐在楼梯上端，它安静而客气地摆了摆尾巴，然后待在原地，继续盯着大门。

"你妈生病了，恐怕这几天都不会回来。"我将剩下的牛肉倒进狗碗，叫它吃饭。它礼节性地过来嗅了一下，又重新坐在楼梯口。

我既累且困，很想倒头就睡，但印度太太托付的任务压在心头，顾不上安抚狗，更无心睡觉。我穿过幽暗狭长的过道，打算去梅的卧室，查一查她的笔记本电脑和手机。这时候我又看见另外一个房间里透出了黄色微光。

我忽觉后背凉飕飕的。

夜里头我是一个胆小鬼，我就是那种洗澡时停电会大声尖叫的人，尽管我看过的恐怖片和灵异故事屈指可数：风靡全球的《午夜凶铃》开始十分钟，就果断关掉了电视；张国荣主演的《异度空间》，大部分时间我都捂住了眼睛；看斯蒂芬·金的《闪灵》，我努力使自己注重心理学部分。

此时神秘房间里透出来的灯光，让我毛骨悚然。翻找梅的证件时所产生的疑虑重新浮现：梅为什么要拖着装满儿子幼年衣物的行李箱去酒店？为什么后面的相册页是空的，不再有儿子成长的轨迹，连梅引以为豪的耶鲁大学的毕业照都没有一张？

夜静得出奇，仿佛万物屏息，无数双隐蔽的眼睛盯着我。我在房门口停顿两秒，迅速返回客厅，打开了屋子里所有的灯，然后抱起坐在楼梯口的狗。

"有人在吗？"我敲响房门，大声问道。

狗吠了几声，仿佛给我壮胆。

我凝神倾听，希望有脚步声过来。

又试了两遍，依旧没有任何动静。

"我们进去看看好吗？"我对狗说，"如果有客人居住，好歹得让人知道，你妈妈住院了。"

狗听到"妈妈"一词，耳朵后撇，圆睁双眼盯着我，仿佛在说："真的吗？"

"我希望你妈不会怪我擅闯私人房间……毕竟她也给我添了不少麻烦。"我手上使了点劲，将狗抱得更紧，一只手轻轻转动房门把手。我暗自期待门是锁着的，但它竟然梦幻般地开了，昏黄的微光裹挟奇怪的气味辐射过来，仿佛进入梦魇世界。

狗似乎感觉到什么，挣扎着想逃离我的臂弯。

"别怕。"我对狗说。同时双手将它抱得更紧，自己因为恐惧脑子里已经嗡嗡作响。

我按下了墙上的开关。吸顶灯亮了，虽没有增加多少光明，但眼前已清晰可见。屋子里摆设简洁，井井有条，干净得像信徒家中的藏经室，让身在其中的人觉得自身的不洁。单人床靠墙，上面铺着蓝白细格子被单，经过细心的拉抻抚平，没有一丝褶皱。枕边放着一只毛茸茸的棕色贵宾犬玩偶。床头柜上有台灯和一个红色闹钟。一支算得上新鲜的玫瑰插在玻璃瓶中。床沿下摆着一双儿童球鞋，鞋后帮被踩出了几道皱褶。

使整个房间充满艺术气质的是那个棕色案几。两盏法式烛台。一个复古式陶瓷台灯，扇页形布面灯罩。一个尺来高的相框，照片是一个男孩跳进游泳池的瞬间，他像鹰一样飞了起来——这个游泳池，和梅度假时发给我的照片一模一样。案几正中间是一只古色古香的黑色雕花木盒，像女人的小首饰箱。我中了魔似的，被钉在原地。

我知道那是什么。不久前，我亲手将儿子装进了这样的盒子里。

我一点也不害怕，之前的恐惧也忽然消失，心落下了地。

梅没有撒谎。她的确与儿子住在这里。

我沉坐床沿，很久没有挪动。

我想象梅布置这间房子的情景。

渐渐地，梅变成了我……

不知道什么时候睡过去的，醒来时发现自己倒在单人床上。狗趴在过道里，守着梅的门。窗外亮色已经盖过屋内的灯光。

极度疲惫之后，得到充分休息，我有一种轻松感。

"为什么不送给儿子一只猫……"——这只盘旋在我脑海里的黑鸟，已经变成了一只洁白的鸽子。

世界明显产生了某种变化，不知道从梦境回到了现实，还是从现实来到了梦幻，有片刻连我自己的存在都变得可疑。

我回到自己的房间，登陆航空公司网站，取消了前往伦敦的机票，给"儿子的遗迹"写了一封长信，也讲到了梅的故事。他一定对我的隐晦修辞感到迷惑，但永远不会意识到其间隐藏的秘密。

狗两次进房间，每次看着我，停留片刻就走了。它有些焦虑。

我打算带着它去医院看梅。

16

梅的手机屏幕壁纸，是那个男孩在泳池边跳跃的照片，像一只鹰。

我在房里来回走动，猜想梅会选择哪组特殊的数字作为登录密码，希望自己像电影里的侦探那样，皱着眉头踱几个来回，就能恍然大悟。生日？结婚日？离婚日？大学毕业日？首次获得签证日？直觉告诉我，梅会使用生命中重要的信息：最爱的人、刻骨铭心的记忆、难以磨灭的深情……凭着五年为人之母的经验，我确信孩子是一个母亲的最爱，是母亲一生幸福的密匙，梅的密码也必然与儿子有关。

我重新翻开梅的相册，找到婴儿照片底下的出生日期：1995年7月12日。我试着输入950712。提示密码错误。我缓慢地再次尝试，同样失败。梅也没有使用自己的生日作为密码。剩下的可能，无异于大海捞针，我完全失去了方向。

梅没有日记本，也没有保存什么书信，唯一能读到的东西，就是西雅图安妮写来的卡片，那上面也没有特别数字，只有一个落款：2008年1月1日。这个数字没有任何意义。我并不抱希望，但还是反复阅读这张卡片，仔细推敲安妮的留言。我在其间发现时间的痕迹。她提到梅那半年的艰难时光，从卡片书写日期往前推算，那件事情应该发生在2007年7月；安妮说，"我也是一个有孩子的人"，证明发生的事情与孩子有关，安妮所指的痛苦，并不是梅的丈夫出轨或离婚。

我忽然想起曼哈顿悬日那天，梅谈到她的婚纱照，并说出那一天是7月12日。紧接着在希腊餐馆，她进一步提到了这个日子。还有一件更重要的事情与游泳池有关。但我急于逃离餐馆，打断了她的谈话。

我确定，安妮在卡片里的留言，以及梅在希腊餐馆提到的"更重要的事情"，都与梅的儿子有关。

这件事应该发生在2007年7月12日。

"070712。"我用一根食指尖点击手机键盘。

没错。儿子的忌日，是梅的开机密码。

我没有透露太多信息给印度太太，也没有提到骨灰盒。我只是把梅的手机交给她，告诉她通讯录里面最重要的人，是梅在西雅图的多年好友，名叫安妮，她应该会过来帮忙。

"你们都是中国人，沟通起来更方便。"印度太太让我联络安妮，她忽然也表现出对我的强烈依赖，"而且，你也是一个见证人，不然我这个房东会有麻烦的。"

碍于那杯草莓冰沙的友谊，我不好推拒，当即用梅的手机拨通了安妮的电话。一个温和的女中音在电话里头叫出了梅的名字。我解释了一番，并将电话交给了梅的房东。印度太太又讲了很久，从梅租房到现在，这期间发生的种种事情，当然也免不了埋怨作为二手房东的梅，以及她从不出现的儿子。

"谢天谢地，她还有您这样的好朋友。"印度太太最后说道，"您要是联系不上她的儿子，请务必过来一趟。"

安妮沉默半晌，说见面详谈。

晚上9点钟，安妮风尘仆仆出现在梅的家里。她的年纪与梅相仿，一头蓬松的短发，显得精神干练。她跟我说了很多，关于她们的友谊，关于梅的婚姻，关于梅的固执。她证实了一件事：梅的儿子只活了十二年。

"他就是跳进这个游泳池自杀的。"安妮指着那张鹰一样张开翅膀飞翔的照片，"梅一度精神崩溃。说实话，我也不太理解她，这些年，她不断地去这个地方，去看这个扎人的游泳池。"

我心里打了一个冷战，手脚冰凉。

"孩子的父亲，后来也无心做生意，垮掉了。"安妮说道，"发生这种事，生活很难回到正常的轨道。"

"梅说她还在和前夫打官司，要回一笔她并不知情的捐赠。"

"她太固执。"安妮摇摇头,"她需要钱,去那昂贵的酒店游泳池继续惩罚自己,难免会异想天开。"

我默不作声。

安妮还说了些别的,对我来说已经无关紧要。

我太疲惫,在梅的那张法式餐椅上坐下。狗跳到我的腿上蜷伏,我默默地像梅那样揉摸着它。

(原载《收获》2022年第5期)

评鉴与感悟

初看《天真的老妇人》,颇有哥特小说意味:一位丧子的母亲,住入了霉烂脏旧的公寓二楼;房东太太与狗相依,落魄却固守着神秘的上流生活;房东太太的儿子从无人影。此外,二楼始终有间房屋,不见人出入,仅门缝泄漏出些诡异的光亮……

氛围如此,不得不联想死亡,可死亡不在眼下,不在这间怪屋中——作者按下前因,在过去挖了数个空白,埋藏几名女子生命中最深切的创伤。"我"抽丝剥茧,走近了梅,才发觉二人的空白何其相似:两人的母爱一度阴差阳错将儿子溺死,又徘徊于过往遗迹,制造死者犹生的幻梦以过活。可破除伤痛的难度在于,伤痛中仍有时间存在,而非定在发生的那一刻,移藏式的纾解方式,反使伤痛不老不死了。幸在作者有"破壁机尖叫"的妙想,用破壁机对冰块的绞杀,带出母亲心底的声音,或挣扎,或释然,三位母亲的声音相交,拉出一个锥体的心理空间,彼此为彼此的投射:"我"面对梅,犹如面对"我","我"直视"我",由此将创伤从"黑鸟"放为"白鸽"。这一象征,美丽得叫人满心作痛。(应悦)

即兴戏剧

4月尽头的一个早晨,我从床上跳起来。手机还在响,像一阵雷雨,或一只没喂饱因而充满攻击性的动物。我按下接通,传来小万急躁的声音,到哪儿了?我说,还有五分钟。我挂了电话,刷牙,洗脸,穿背心,外面套一件红白格子衬衫,像蛇蜕皮逆向播放似的提上运动裤。天气略凉,晚上会更冷,但太阳掌权的时间内,高温仍将猖狂。我在学校门口打上车,匆匆钻进后座。摘下口罩,迫不及待地大口呼吸,木乃伊除味剂般的香薰混淆着淡淡烟味,从鼻腔滑入喉咙。我交叉双手,对着街景沉思,可它们变得太快了,我只好把目光移向云。

一个小时后,我到达约定的车公庄地铁站。小万、陈舸、三明正等在那里,气息奄奄,一地烟蒂。小万上来兴师问罪,你这人怎么这样?我说,对不起大哥,天有不测风云,车有撞摔碰堵。小万说,"五分钟"的意思是"最多还得半小时",你看看我们都等多久了。我虚心求教,那大概一个小时应该怎么表达?小万说,就说"快到了"。我说,学习了,下次我就这么说。小万不屑地瞥我一眼说,你还想有下次?

我们又一次叫来车,往京西郊野驶去,日光和万物的影子交替流过我们的肢体。他们聒噪不断,使我无法再看云,只好把注意力收回到车里。这是一个极为乏味的组合:四个文学从业者,乌合之众——我和陈舸就读于一所高校的写作专业,小万常年为书店配货。三明比我们稍大几岁,中学毕业就不曾工作过。他凭最小成本插附在北京城的缝隙里,以一种对小说的狂热代替了物质需求。尽管如此,你不能说他是个"苦行僧",他的生活只是遭到一种超现实力量的稀释,以致在迭起的低谷面前,他始终保持着非凡的钝感。

这个周末,我们拣了一条野外徒步路线。起点位于门头沟的王平村,沿京西古道一路南下,预计下午稍晚能抵达潭柘寺。汽车停在一道拱桥前,对岸立着一座文化馆,老人们露天下棋,俨然听见花生壳徐徐落往泥土的声音。我们所在的一岸则异常清静,山榆、垂柳皆不喜惹是生非,任由嫩绿在它们体态中自由分布。树种间杂,尽情向远处延伸,似一种空寂的阵法。桥下的池水总体清澈,但为荫蔽一些绿藻,折射间已失去通透。我们打开百度地图,把自己的位置不断放大,可知周围一切尽属王平村境内——五百米内有一条公路,沿它前行则可见瓜草地景区。

我们依照地图走,烈日开道,由不得人滞留。小万有过徒步经验,次数不多,但足够编成历险奇遇。没走多远,他就已经讲了好几遍,以至于只要他开个头,"当年我爬箭扣长城的时候……",我们便能越过细枝末节,直接报出结论,"差点摔死!"小万愤愤扭过头,把好逸恶劳的我们甩在身后。果然,我们没有让小万失望。接连爬过几段十五度的斜坡,我们累得气喘吁吁,还不如路边散养的公鸡精神抖擞。

陈舸面色苍白,虚汗浸湿他撞款无数人的优衣库衬衫。陈舸问,我们是不是走五公里了?小万一惊,你做梦呢,这才二十分钟。三明说,要不……我们还是打车吧。小万朝我一指,啐他们说,你们体力还不如一个女孩子。我连忙表态,其实,我也想打车。小万连骂几句,整个人逐渐松弛下来,叹气说,别这样嘛,来都来了,我们聊点有意思的事。于是,我们一边走,一边从如何快速发家致富聊到疫情后的世界格局。话题转来转去,如同赶羊,很快掉入新一轮的疲倦。

为了填补沉默,我对他们讲了近来遇见的一件难事。为此事,我坐卧不安,大脑某处像绷了一根铁丝,但又说不准它究竟在哪里,所以每一刻都吊着一种警惕。大半年来,事态持续恶化,弄不好我还有性命之虞……

我有个校友叫吴猛，连云港人，身高一米九，虎背熊腰，相比之下头有点小。有时他把头发剃光，扬短避长，这就使头显得更小。吴猛比我小三届，就读于国学院，具体专业不明，只知道国学院很有钱，建了全校唯一一栋带下沉式庭院的楼，我经常去楼里办公区偷用微波炉。

认识吴猛，源于一场即兴戏剧。这种戏剧形式可追溯到15世纪的意大利，鼎盛时期，热度能与黑死病一决高下。到现代，被包装成具有"解压、唤醒灵感"的功能，流通起来愈发理直气壮。每年逢心理健康月，学校都会组织几次，我和吴猛参加的是同一场。

在即兴戏剧的第五个环节，主持人将每四人分为一组。根据观众提议，演员获得各自角色，四人方阵的每条棱边轮流表演。吴猛扮演的是"死神"，与他左右搭戏的分别是"白娘子"与"Siri"。死神和白娘子演了一段职场戏，大致是见白娘子堂堂一介名妖，被埋没在雷峰塔下，就想挖她去西方当天使。戏里的死神巧舌如簧，一则台词极富逻辑，向白娘子陈清利弊，指出她的能力、职业操守以及被职场PUA的现状；二则声情并茂，法海听了都动容，绛珠草听了哭到淹死。然而，死神的戏力似乎在下一场里耗干了。当他面对Siri时，竟久久吐不出词。Siri本就是个需要对方推动的角色，见此情境，亦不知所措。双双发愣片刻，死神忽然走到舞台中央，念起一段莫名其妙的独白：

> 这两三年里，我经常梦见一列火车。绿皮的，很长，有些窗户开着。火车停在一条铁轨上，旁边是麦田，好像还有一些枯掉的花，天太黑了看不清楚。火车一直停着，没乘客来，也没发动过。但昨天晚上，火车居然向前动了。非常缓慢，是蚂蚁都能逃开的速度。它像在思考着什么……

台下的观众都看呆了。这没什么问题，假如对艺术存点敬畏之心，看呆就是一种狂喜状态。但死神似乎有点不适，他期待着台下的回应。于是，他补充说，我说的都是真的，这不是戏剧。台下掌声热烈起来。在戏剧中高呼"这不是戏剧"，他简直像贝克特剧作里的人物。一个以为自己将死的人，一个没料到自己会在荒诞中永生的人。

我以为活动就此结束，正准备走出阶梯教室，吴猛忽然追了出来。他眉毛拧成一团，满头汗涔涔。很明显，随着观众离席，颁发给他的死神身份已经失效了。吴猛说，师姐你好，我也很喜欢写小说，可以加个好友吗？我说，你好，我并不喜欢写小说，但我确实在写。我扫你吧，别人扫我的话，我经常点开的是付款码。吴猛随我走上林荫道，一路不说话。为了不重蹈Siri的覆辙，我只好主动引导话题。我问他，你写什么类型？他说，什么都写，包罗万象，宇宙洪荒。我问，喜欢哪些作家？他说，没有，我觉得都不如我。我又问，一天写多少？他说，精力好的时候，一天写过十二万，但不是每天都写。我倒吸一口凉气，牛逼，你是天才，中国版芭芭拉·卡特兰。他说，不认识这人。我笔名叫吴猴儿，用来平衡我的真名，人不能太猛，这是中庸之道。我说，真厉害。我宿舍就在前面，再见。

当天夜晚，吴猛给我发了一篇280万字的小说《1999》。我往下划几章，手机屏幕频繁卡顿。我故意拖延许久，半夜待他入梦，才斟字酌句给他留言。我说，小吴，光阴似箭，这样的篇幅恐怕会射死读者。能否先给我看一些中短篇？此前你提到投稿，以我的经验，从短篇开始发表更容易。如有合适的，我也会推荐给编辑。第二天，吴猛又发来一组由《聊斋志异》改编的小说。我读完《叶生》，困意汹涌，睡醒又打开《小棺》，读不到几行室友回来了。室友说，今晚6点寝室楼停电，你有备用手电筒吗？我说，我找找看。我一边在书桌上摸索，一边琢磨吴猛小说的问题。第一，他改编的幅度太小，像个拿一把指甲剪去修园艺的失败园丁，说他纯粹做了古文翻译也不冤枉。第二，他语言很糟糕，用词粗糙不谈，他最致命的毛病是缺乏和语言的固定距离。他仿佛一台输入许多烂句子的电脑，凭惯性将文字凑在一起，不时出现"她哭得上气不接下气""把匕首送入胸口"之类的摘取式语句。第三……室友问，你找到了吗？我反问，找什么？室友加快语速说，可以照明的器具啊，蜡烛也行。我说，我有个前男友总送我香薰蜡烛，各个味道都集齐了，无花果最好闻，像白垩纪时代被割开的树皮流下的奶油味。室友说，后来怎么分手的？我思考了五分钟，通往回忆的街道正因早高峰而堵车，于是我只好承认忘了。我说，不过我记得分手闹得很难看，他砸了一个热水瓶，内胆银片碎了遍地。我捡起最大的一片，形状如海豚，映出我哭泣过量引起的黑眼圈。室友说，好可惜。我点头，把吴猛和他的小说忘得一干二净。

口袋里的手机震动起来,一边伴随着鞭炮响——我设置的铃声。我瞥一眼号码,示意小万他们别说话,才接了起来。电话里传出一个很熟悉的男声,很好听,普通话也标准,一个不沙哑版本的张学友。他劈头盖脸地问我,你在哪里?我说,在教室自习,你有什么事?他一停顿说,不对,你在外面,到处都是风的声音。不管你在哪儿,我要来找你。我说,我们不是已经说清楚了吗?他说,不是一回事。你最近命犯小人,重则有血光之灾,我不放心。我说,你还懂这一手,我什么命来着?他说,说了你也不懂:是剑斧凶器,也是霜天明月。我说,听起来好冷,难怪我从小怕冷,穿多少都不够。沉寂突然降临,在五到十秒之间,很快又被同一种声音打破。他似乎端正了腔调,像一个陷在沙发里的人猛地站直。他说,再给我一次机会,以后我照顾你。你不信也没关系,我很爱你,我把最珍贵的东西都给你了。我脑筋一转,你是说那三颗智齿吗?他说,这是其中之一。我说,我在一个群里看到有人卖这玩意儿,三百块可以买五颗,你这点也就一百八。他嘴里发出轻微响动,大约多少有些生气。他说,你什么都不信。为什么你永远、永远这么平静?

我刚要回话,电话已被挂断,四面焦头烂额的浓绿围拢过来。我从前很喜欢一句诗,无头无尾:山是山的影子,狗懒得进化。后一句讲,夏天,人的酶很固执。不过现在夏天尚未到来,只露了一两丝烫意,试探人们是否还记得它。他们都笑起来,好像空气里藏着一种逗人发痒的絮状物。陈舸问,你男朋友啊?我说,早分手了。他继续问,怎么分的?我想了想说,有意思,人们都想知道造成结局的原因——不是真实的原因,而是那个被提炼出来的替罪羊。真实的原因是一串连贯、不可叙述的过程,你只能凝视它,感受它如何无奈又决绝地指向某个尽头。

鹰嘴峰到了,遥远的象形曲线延展着,天光从岩石与新叶的裂缝间落下来。我们说不出话来。三明手机的摄像头摔坏许久,让我拍几张山峰的照片发给他。在相册里,山被无限放大,模糊的像素毫不费力地把它解构了。

一开始只是为寻刺激,小万带我们离开公路,抄丛林中的近道。遍地杂枝之中，我们捡起一些适合当拐杖的，挂着爬坡。陈舸很快迷上野路，领头往低矮的灌木坡里钻。折腾几回，发现虽缩短了步行距离，但攀爬所费的精力远高于走一条平平淡淡的柏油路。我们饥肠辘辘，从包里拿出薯片、小熊饼干、甜筒状巧克力，还有花高价在景区入口买的玉米和茶叶蛋。一顿狼吞虎咽之后，身边只剩下水。缓缓喝一口，液体通过喉道，唯觉一片空荡荡的阴凉。

不知走了多远，我们全然受制于荒郊野岭，丢水漂似的推远了那些城市图景。到岔路时，突然看见一捆草扎的帐篷。对面坐一个男人，穿黑色制服，浑身各处绣着"保安"的拼音。此人眉目浓密，黑脸短下巴，凶悍相随中年降临，愈发得到发挥，像个流落现代的尉迟敬德。小万从口袋里掏出一盒"华子"，故作镇定地套近乎，老师，请问这条路到潭柘寺吗？保安一犹豫，接过烟叹气，远着呢，今天下午还有阵雨。见他有放行之意，我壮胆走上去。保安脚踩一双大红的运动鞋，旁边摆着后跟踏烂的黑皮鞋。他生活的碎片明晃晃地摊开在水泥地上：一只染黑的手套，蓝皮文件夹，牙膏、塑料杯、铜盆，一个崭新鲜亮的 Gucci 钱包——真假不用说。

我们正打算从横栏底下钻过去，保安喝止说，手机来登记一下。小万蹲地上填表，保安饶有兴致地和我们攀谈，你们还是学生吧？我一口应承，没错，活到老学到老。保安问，在哪儿上学？陈舸突然来了胡扯的兴致，接着说，北京法制大学，读的新丝绸之路海外贸易法。保安险些竖起拇指，一副敬仰的模样。他说，好学校啊，我以前在那附近当过保安。我问，为什么不干了？他摇头说，工资太低，养的两条狗整天饿得犯浑，后来全放走了。不过这里工资也低，我做完这个月就回去了。小万已经完成手续，甚至顺便重新系好鞋带。他站起来，回归我们这支即将移动的队伍。我最后环扫一圈四周的远景，深浅不一的植物驻扎在视野里，如此茂密，仿佛光区分它们就能花掉一辈子时间。我们不再与保安交谈，但他意犹未尽，冲着我们正游离的后脑勺说，我来这里已经十七天了，人影都瞧不见，很是寂寥。他用以收尾的言辞过于漂亮，听上去不太真实。我本欲再回头看他一眼，但我想不出这一眼可能衍发的任何意义，因此很快打消了念头。

吴猛确实有些做间谍的技巧，不出几日，把我的课表摸得一清二楚。

我采用"间谍"而非"侦探",说明我对这件事大体上并不认可——尤其当我上完"法国美学与文论",脑载一堆消化无能的名词时,看见他正等在教室门口。他满脸迫切,目光越过人群攥向我。

我走到他面前,就像走往一堵墙。吴猛比我高许多,说话时微微佝偻背脊,词语像水穗淋到我身上。吴猛开门见山,师姐,小说看完了吗?你准备投给哪家杂志?这些年来,我见过不少自恃怀才不遇的作者,功利已不足以激引我任何情绪。我慢条斯理地说,小吴,小说我大概看了,总体比较稚嫩;但没关系,写作者都要经历一个"抽屉文学"的阶段,坚持下去,就会有人来把你拉开。吴猛一愣,双唇无声嗫嚅,嘴上死皮像细小的绒毛随之飘动。他问,什么意思?下课已是5点半,我们又在门口站了十五分钟,我饿得不耐烦,就随便敷衍说,你得知道自己创作的意图,写什么,如何写,以及为什么写。你回去想一想,为什么要改编《聊斋志异》,依我看,这是个很平常的题材。我正要走,吴猛一皱眉说,我小时候,我妈一直给我讲里面的故事,至今印象很深。我说,写作源于生活,你这些二手材料……他打断我,既像反驳,又像还停留在上一个问题的尾音。他说,那时我大约五六岁。夏天夜晚,我经常看见不同的鬼在房间里走动,满身白色的火焰。我连夜大哭,吵醒了我妈,她就给我讲聊斋故事。说来奇怪,听了鬼故事,我反而心安,再也不怕了。我问,那你爸呢?他摇头说,我出生不久,他就死了,留下一屁股赌债。我忽然明白过来,不顾失态地拍吴猛肩膀。我说,小吴,我懂了,你应该从你和你妈的生活写起。

往后的一周里,我和吴猛在图书馆见过两次。当你在校园里记熟一张脸,你会发现它不时出现。吴猛和我远远相望,并没上前打招呼。我以为事情就此过去,谁知有一日,他又给我发了消息。他说,我写不出来,我不会写小说了。我立刻回他道,太好了,你现在弃暗投明,搞好专业课,毕业后还来得及当国家栋梁。他说,那不可能。你伤害了我的写作能力,但别想我放弃。我顿时语塞,假如我是个稻草人,此刻恐怕已自燃起来。"伤害"——像一种咒语,试图撕裂边界,将人死死捆绑在一段关系之中。它说明了一种缺失被恒久地标注,而你所需要付的代价始终悬而未决。

学校的咖啡馆叫"水穿石",因人对时间幻想而溅起的一种立场。我约吴猛在此见面,我先到一会儿,在镜子里看见红绒面沙发椅垒出我体形的轮廓。当时我已不再生气，但我必须对他解释清楚两点：一来我的建议无可指摘，无论如何，我比他更懂得文学；二来，我对他毫无企图，根本谈不上"伤害"（包括嫉妒、欺骗、打压），就像我对任何人一样。我从未预想到，那天竟成了我们古怪联结的起点。

吴猛来时，带了他勉强写成的一篇小说《小翠》。小说不长，第一人称叙事，由两个片段搭成。上篇写他童年时，母亲忙于工作，他寄居于外祖父家。当时有一个钟点工叫小翠，从农村来，爱逞强，自诩乐于助人；外祖母利用这一点，凭夸奖让小翠下不了台，不得不多干大量活。小翠自身没文化，但儿子高考考上了清华大学。下篇写母亲某一次重症住院，每日由他陪伴挂水。医院走廊一长条，摆满床铺，多是些短期无法出院的患者。有个老头，年过七十，整天在一张床铺前喊"小翠"。小翠是他妻子，成天昏迷不醒。老头不断重复小翠的往事，母亲也是流水听众之一。小翠年轻时任乡村教师，后来进城依旧教小学语文。老头说，小翠以前逢农忙，夜夜劳作，一天只得两个小时空闲，如今总算把睡眠全补回来了。临结尾，他问母亲，是否记得从前外祖父家有个钟点工，也叫小翠。母亲既不信，又不屑，说你外祖父这么节俭的人，怎么可能请过钟点工呢？

我当场浏览起小说来。吴猛在旁反复强调，小说内容皆属真实，如有虚假天打雷劈。我读完许久无言，与此前所写的相比，这篇无疑更趋近小说的核心。只是他走向的是一团雾，并不真正明白那背后是什么。我想了想说，小吴，根据我的经验，真实可以分为两种（"二"是个好数字，象征无尽开叉的树枝）。一种是普鲁斯特的真实，通过个体无限延伸乃至霸权式的感受，使诸多往事拓片构成一个清晰的空间。其中，人是经验的载体，同时也是反哺机制的构建者。另一种真实则更宏阔，来源于历史、现代、人类进化相关的一切综合知识。它永远无法以精确的形式呈现，只能表现为流动的趋势，但"流动"本身是可靠的。这两种真实没有优劣之分，可是全然相悖，一个人不可能鱼和熊掌兼得。现在我们刺破文本的壁垒，直接就真实而非其存在范畴进行探讨。你想写的，是哪一种真实呢？吴猛有些发愣，至此，我意识到此行的第一个目的已然达成，但仍需加固。我说，小吴，如果你不能立刻回答这个问题，那么你已经选了第一种。

吴猛显得更为恍惚，像要睡着似的，勉强开口道，你直说吧，我现在要干吗？我盯着他看了一会儿问，你最近为什么焦虑？你想一想再回答。吴猛说，我突然对小说产生了怀疑，这从没发生过。窗外下起雨来，水粒攀在玻璃上，粘连出无数散点透视的新角度。几栋教学楼巍巍立在远处，仿佛被银杏树与水幕隔离在另一维度。北方少雨，见水倒是一件令人轻松的事。我等吴猛回过神，缓慢地问，你还记得吗？在即兴戏剧里，你说起过一些关于火车的梦。某一日起，火车开始徐徐发动。在潜意识层面，这说明某种被冻结之物松动、苏醒了，一旦开动，火车便更容易造成故事。假设你小说依照现实而写，你母亲是近期才生病的吗？吴猛说，就上个暑假，我当时在家，但这和小说有什么关系？于是我告诉他，有关系，我在帮你找小说里缺失的东西。

山路深处藏一片杉树林，当我们路过被细木环抱的三亿年沉积岩时，电话铃又一次响起。铃声像刚摩擦过磷面的火柴，四周寂静刹那间遭到化合。我正在辨认岩石中风化的碎屑，猛地一惊。拿起手机，正是那个熟悉的号码。我按下接听键，他稍一停顿，大约惊讶也通过电话信号传染到他那边。接着，他自顾自地说，有一件事，我很生气，恋爱时你老以为我在骗你。我说，想不到你这么小肚鸡肠，我都忘了，我们向前看行吗？他笑笑说，你听起来像个交警。我说，你现在应该多和朋友出去玩，看看展览，买点当季的衣服。剩下的钱存到基金里，三年后再去看，所有烦恼都会消失。他说，你真有意思，让我更爱你了。我差点起鸡皮疙瘩，我说，哎，你能不能别老提"爱"，我不太适应。他说，怎么了，爱是最伟大的力量，一部电影里说的。我说，对，但不是你这种爱。你根本不了解我，你把那些爱的动力叫作"激情"，可我觉得称为"幻觉"更贴切。他急躁起来，不由分说地打断我，你总想那么多干吗？你想要什么样的生活，我就为此努力，如果有任何方面拖累你，我自己会放弃的。我说，在柏拉图看来，你此刻的决绝相当危险，你将永远服役于当前的爱，并可以为这份爱背叛任何过去的承诺。他笑起来，像对一个真正的笑话那样。当他再开口时，却莫名间杂了一种严肃。他说，你不要以为只有柏拉图才懂爱，普通人也有普通人的爱。你说的可能对，但它太纯粹了。你知道普通人是什么样的吗？因为无知，总是过着浑浑噩噩、矛盾重重的生活，没有标准能衡量我们。

我放下手机，一个更切身的世界笼罩下来：白日移至中庭，植物的密度消退，为瓦砾与土房腾让空间——可惜房屋已废弃许久，半座屋顶不翼而飞。我走进去，小万捡了一根树枝，正捅向房梁。三人一同仰头，背脊微微后缩，就像在观望他们协力发送的一颗卫星。听见动静，三明招呼我说，你快看，以前这里是矿场的办公室。我丝毫没收集到与矿相关的线索，但既然他如此说，必是率先找到了凭据。往里另有一室，保护得更周到一些，除了脏别无破损。划成九格的窗置在南墙，日光毫不矜持地斜跨入地。其中一面墙糊着报纸，纸面颜色已焦黑，但勉强还可以阅读。右侧写了一行黑体大字"蔬菜生产步入完善成熟新时期"，左侧有一首诗引起小万的注意，他念了几句：院里翠竹青青，篱笆上开满了鲜花。几只山羊悠闲地吃草，葡萄架下卧着一群白鸭……诗题为《土家族人》，作者贾永龄。我有些游移，好像在日常坐标轴里，这间房子是诸多虚数之一。我打开手机浏览器，网络不稳定，只能断断续续搜索信息。我试着从同名者里认出这位"贾永龄"，但信息很少。可以确认的只有一篇友人的悼词，写在大约十年前。报纸的中缝窄窄一条，在文艺版面与民生版面之间架起一座怪诞的桥。有一行写着："北京电视台 20:20 23集连续剧：第二条战线（16）。"当时有线电视普及了吗？北京有多少台电视机？有多少人在看《第二条战线》？一个寻常的夜晚，紧接着又一个，人们瘫散在每一个20:20里，就像牌面上的一粒黑桃、草花，随着扑克被循环地打出去。在这过程中，一种重复却又难以把控的元素隐藏起来，而那正是当下相对匮乏的——时间。负载我们的这一刻被多重时空穿透，悻悻向感官的边界逃逸而去。

出于恶作剧，陈舸把我的名字写在墙上。我捡起一块石片，毫不留情地在下方补了陈舸的手机号码。小万用树枝敲着门槛说，少磨蹭，日落前得到潭柘寺。潭柘寺你们听说过吧，千年古寺，武则天时期是幽州第一华严宗寺庙。据说里面有块砖，印着忽必烈女儿跪拜的两个脚印。陈舸不满地说，这种瞎话太多了，还有说马克思在大英图书馆留脚印的呢。小万说，那就对了，人类文明史不都是一步一个脚印走出来的吗？赶紧，到那里我再带你们长见识。

我们也不是非要长见识，但仔细想来，见多识广总没什么坏处。于是，在无邪地映承着日影的山石间，我们变换着位置，向遥远的潭柘寺缓缓出发。

　　有一阵，我和吴猛成了水穿石的常客。位子固定在一个半封闭的隔间里，天越来越热，吴猛来时总是一身汗。他打印出来的小说稿上布满水迹，翻得皱烂。我们不断谈论他的小说，吴猛虽对小说一知半解，但他通晓自己，所以对话多少能进行下去。

　　比起此前写的聊斋题材，吴猛的语言已柔顺许多。矫正语言并非捉虱子，而是唤醒一种与小说相契合的表达方式。因此，我们试图往小说世界的更深处跋涉。有一次，我们说到"小翠"还算不得贯穿上下篇的暗扣。我说，至少我读来不是。上下篇里对照暗藏的，是一种对母亲缺席、消失的恐惧。尤其在下篇里，小翠变成了一个趋近死亡的角色，她丈夫的陈述就像一场梦境——而母亲躲在这些情节背后，观看一切。吴猛说，其实她也没想很多，只是行动艰难，夜夜失眠。我说，对，但你总是搞混。我说的是小说世界，现实不过作为一种参照物。在这里，所有真实都由你分配。所以你来看，母亲此时的感受是什么。吴猛看起来还有些热，两腮渗出微弱的汗。他说话很慢，好像一边在回忆。他说，她躺在那里，对周围失去了掌控。她的话越来越少，一旦开口又容易喋喋不休，通常是说一些非常琐碎的事，比如小翠的丈夫如何拿手表压泡面。吴猛的叙述似有所流露，我连忙指出说，她的外界可能正在破碎，而她失去了整合的能力。"沉默"像是一种概化外界的技巧，她会越来越安静，直到彻底从外界脱落。吴猛的面部肌肉变得僵硬，某种思虑拖着他下陷。不多时，他猛地抬起眼，仿佛那个答案令他震惊似的。他说，我知道了……她的感受是，她被抛弃了。我说，这样来看，一是小翠和丈夫让她看见自己失去的东西，二是死亡。小翠较之她离死亡更近，对小翠的观看，也足以让母亲受到死亡的威胁——在这两个层面上，她都被抛弃了。吴猛点头。我说，现在，我们来解决"小翠"这个符号过于缥缈的问题。根据我的经验，你应该再加一章，虚构一段父亲为一个"小翠"而背叛母亲的情节，把握好"抛弃"的尺度。"小翠"、你、母亲构成一个等腰三角形，作为底边，你和母亲各行其是，但相互通感。记住这一点。

　　不久后的雨夜，吴猛翻过女生宿舍的栅栏，飞溅的泥点像一身虱子。

趁宿管换班，我把他领到一楼的自习室。当时我已睡下，忽然收到吴猛消息，被迫起来为这不请自来善后。我拿积灰的纸杯给他倒了水，不耐烦地说，小吴，大半夜进来有什么事？你的身手倒是比你的小说好多了。吴猛不理会我，拉开防水外套的拉链，从里面翻出一沓手稿。我一摸，A4纸透着热气，层层交错，像一块酥油烧饼。吴猛满面兴奋说，你快看看。我勉力克制怒意，但它还是从字句中渗出来。我说，小吴，首先你得明白，地球是围绕太阳转的，不是围绕你转的。其次，我也没收过你钱，你也没救过我命，无论从哪个层面看都是你欠我多一点，我没有义务听你差遣。现在，我要去睡了。吴猛连忙站起来，把稿子往我手边递。吴猛说，师姐，我人生最后一点意义都在这里了，请你务必看一下。

在最新修改的小说里，吴猛将章节重新分为上、中、下三篇。下篇新增一则父母轶事，母亲听到父亲与一个叫"小翠"的女人打电话，言辞暧昧，费许多泼辣劲终于与父亲离婚——他甚至尝试去刻画母亲因此遭受的痛苦。我放下稿子，雨早就停了，夜色中展露一种不知名的清空。我有些沮丧，对吴猛说，小吴，且不论你写得怎样，这一章里，小说的感觉完全错了。在我读小说时，吴猛因沉浸于期待之中而焦虑难耐。听闻此言，顿时阴沉下来，好像身上有一道光的屏障随之破裂。或许我那天情绪稍重了一些，对牛弹琴而无所得，总是烦闷。我说，小吴，你根本不适合写小说，年轻人都想延伸自己，获得认可，但小说不是你的正确之路。吴猛沉寂片刻，把双手从桌上收了回来，师姐，你弄错了。我是单纯喜欢小说，控制不住地想写，在这过程里我像一个逐渐得到复明的瞎子。即使你没明白，我也能感受到自己的才华。不知为何，吴猛当下表现出的专注令我毛骨悚然。我们没有再说下去，我不忍心告诉他，我们反复摸索寻找的只是让小说更完整的一些碎片，假如非要指出吴猛小说真正缺乏的东西，那恰恰是才华——在我看来，才华应当是一种能持久启发他人的能力。

下一个版本遵照了我的建议，吴猛重新设置了最后一章的视角：母亲常年在郊外工作，有一日"我"放学回来，无意听见父亲与一个叫"小翠"的女人打电话。父亲言辞隐晦，却浑身散发着一种经道德秩序折射过的、怪诞的喜悦。"我"躲在暗处偷听，直到父亲以"希望你今晚做一个和某人在一起的梦"结束对话。电话终了的瞬间，浓烈的现实扑面而来，索求一种超越"我"能力的解决方法。在失序的现实之中,"我"仿佛失去了一切,与此同时,"我"也感受到母亲失去了一切,而"我"和母亲在这段突然被揭露的不稳定关系中互相失去。

那段时间,吴猛迅速消瘦下去,像一块被含在嘴里的冰。他的情绪不迭,起着波浪,大幅涨落之际,把他拉扯得神志恍惚。我把《小翠》投给了三四家杂志社,均无佳音。出于某种毫无必要的责任,我私下替他润色一番,转而又投递出去。长久的等待如锯,吴猛时常坐立不安。有一次闲谈时,他忽然脸色一变,问我稿子的进展。我说,小吴,你问过很多遍了,我要说的还是那一句:不要着急。吴猛冷笑说,我知道你根本没把稿子拿出去,你骗不了我。尽管他对现实的恍惚感在近期愈发加重,但我大体上摸索出了与他相处之道。我平静地说,小吴,我可以向你证明,但我不想这么做。他站起来,手掌不自觉地攥紧发抖,腕上青筋微微突起。吴猛说,你拿我当消遣,看我的笑话,枉我跟你讲了许多事。他从前的健硕已然化尽,呆立着宛如一根毫无生气的硬木。我望着他,语气如常。小吴,你知道我不是看你笑话,但你的自尊心太强了。你把我预设为一个恶毒的人,好像你先看明白了这一点,即便我真的来伤害你,也在你的掌控之中,不会伤及你自尊。我有时在想,我们的联系过于密切了,难免有很多歪曲的地方。

小万打断我时,我们已从山岭的清寂之间脱身,直切入京西古道的中段。路上遍布坑洞,据称是古代行军留下的马蹄窝。气象预报中的雨并未如约而至,但坑里却积着灰色的悬浊液。小万把视线转向我,说,你这故事不对劲。我听到现在,完全没听出你开头说的"性命之虞",反倒像个作者成长的励志鸡汤……手机铃声又响起来,我按下静音键,任屏幕闪烁不止。一边回敬小万道,这不正说到关键部分吗?我后来才意识到,有时我自以为说服了吴猛,引导他坦诚,但他实际上从未真的信任我。他向我隐瞒了一些重要的事。小万问,比如呢?我说,接下去的寒假,吴猛没回家——这就很古怪,他没什么论文要赶,母亲还生着病,而他过年却滞留学校。有一天,一个令人惊恐的念头蓦地浮上来:他的母亲已经死了。

三明与陈舸走在我们身后,途经村落,鸡、狗,动物形形色色,使郊野溢流生机。他们讲了一个去海拉尔的笑话，又讲了一个关于耶稣和抹大拉的玛丽亚的笑话，而死亡的话题将他们从泥泞的窃笑中拉出来。陈舸装模作样地阻止我说，哎，你怎么咒别人。我说，你们不知道，吴猛是一个保护机制极其复杂的人。陈舸说，哦，那得好好保护。我推了他一把，你别捣乱。防卫意识过剩，结果就是放大、扭曲外界的攻击细节。吴猛并不具备对真实的辨别能力，在他看来，真实之间彼此嵌套，一层叠加一层。一个人可以穿梭其中，像选择立场一样选择对自己有利的真实。三明哈哈一笑，这不是精神分裂吗？挺好，适合写小说。

到某个关口，古道收束成一条狭细的上升之路。我们列成纵队，相互间保持一两米的距离，慢慢抬腿往上蹬。杂枝从两侧填伸而来，稍不留意就擦到身体，如同横向洒来使人发痒的密雨。在无尽灌木之中，野花是一种色谱的调味剂。三明擅长识花，但我们相距太远，他的声音传到我耳中已然模糊。我从相熟的寥寥花种中采了一枝溲疏，白花纤细，被孕中的暑气蒸得瓣片卷曲。我捏着它走了一段，不时用食指轻轻蹭拭叶片边缘的锯齿，但美与累赘往往界限暧昧，便在心境转变时将它丢回野路。

再次回到开阔的路上，我们终于放松下来，均衡的力量驭制了我们的呼吸。小万开玩笑说，一会儿到潭柘寺，你多拜菩萨，求个金钟罩，叫那个吴猛怎么都砍不死你。陈舸笑出来，你能不能别说得那么有画面感？小万说，才华横溢，没办法。陈舸问，你有什么想求的？小万一咧嘴，那可太多了，先暴富吧。不是我吹，要是兄弟真发了财，这会儿咱们都躺迪拜帆船酒店了，哪能还在门头沟累死累活。陈舸说，多叫几个女明星。小万说，你的愿望呢？陈舸露出讲"去海拉尔"笑话时的神情，他说，差不多，男人活到老，不就这点事儿。他突然想起什么似的，转头问我，为什么你觉得吴猛想杀你，他看上你了？我说，看上不是该求我吗，杀我算什么事。陈舸说，不一定，难保有些人癖好古怪。我说，肤浅，跟你们说不清。

为了把注意力从酸胀的腿部移开，我们拆开最后一包薯片。超大份西班牙火腿味，很咸，舌头有轻微的烧伤感。即便如此，我又抓了一大把。想起很多年前，我穿着七厘米高跟的拖鞋，和当时的一些朋友登顶汉拿山。路上嵌满火山岩，每一步踩落都被迫扭着脚踝。勉强忍痛下山，到平地几乎无法站立。山脚有一家部队锅，门面简陋，供应一种畅吃的美味萝卜。

我们在店里歇坐许久，夜里还跋涉去看了海。而此时此刻，没有热食充饥，与海也相去甚远，更有一些无形的时间蒸汽将我烫得走样。与过去相比，我更迷惑，在双腿的疼痛之外别无所感。晕眩之际，我听从了一个模糊的指引：只要到了潭柘寺，什么都会好的。

大约早春时，我向吴猛指出他嗜睡日益严重的问题。当时我与吴猛的交往抵达一种新的状态，但总体上仍旧紧绷着。他不是过度依赖我，就是充满了攻击性，而他自身也在极致的清醒与混沌间不断跳跃。我们进行如下对话之际，他恰好是清醒的。对于我注意到这一点，吴猛有些吃惊。他最早以为嗜睡症状与季节有关，北京的春天很干燥，杨絮、灰尘当空弥漫，过敏也不足为奇。然而，他逐渐察觉，当他昏昏欲睡时，他会为此生气。他停下来，似乎在搜索更精准的用语来表达。他说，不顾一切地想睡觉，那种感受非常不好，好像我已经彻底枯竭了，倒在一片空白之中。我问，你能描述大概什么样的时刻让你犯困吗？他抿嘴想了一会儿，很多，比如我听不懂你说什么的时候，比如我完全无法按照你的意见改小说的时候……不等他罗列完，我插话问，都和我有关吗？吴猛说，绝大多数吧。因为你总在劈开我的生活，否定我，逼我另找出路。我连忙说，我没否定你，只是提供一些更好的可能性。你这么一说，好像我从你这里夺走了什么，而睡意则为了应付恨、恐惧，以及回避已被遗弃的无能的自己。吴猛缓慢地说，不是的。长久以来我都很迷糊，但今天好像豁然开朗了：我期待被人支配，唯有如此，我才能脱离原本的道路，避开惩罚，避开应由我忍受的局面——我拦腰截断他，接着说，这正是我们需要保持距离的原因。我根本没想过支配你，既无精力，也无意愿。我们以后别见面了，小说有消息我会通知你。

我们在主干道上延伸着脚步，与即兴戏剧结束的那晚一样。只不过时节已然变尽，如今银杏一身新绿，月季顺着深漆过的铁栅栏咬上去。我们沿着花墙走一段路，半响，吴猛说，我不明白。为便于他理解，我不得不从头说起。小吴，我们最早联系是为交流小说，我通过种种方式告诉你，你要先学会观察、辨认、搭建真实，才能在小说领域入门，这几乎是一条近乎真理的规律。在这个过程中，我过度卷入了你的判断，你的自我同我产生一种难以描述的、非线性逻辑的碰撞。你依赖我的存在，但你所汲取的力量，只是短暂的幻觉。唯有我撤离你的生活，你才能明白这一点。我想告诉你的是，你不要以为断联就意味着无处可去，无人依靠，即便我们保持现状，对你改善和世界的关系也无益处。此刻你仿佛正躲宿于一间昏暗的小屋中，和被你摧毁的我的那部分在一起，对自己的内在充满焦虑。

我本想与吴猛谈谈他的母亲，但他忽然变得寡言少语。待我回到寝室，天空因积雨云而暗淡，湿意在空气中涨溢起来。我在写字台前稍立，感到心跳如擂鼓，怦怦不止。好像我刚背过重物，此刻虽已卸下，但尚需一段漫长的恢复期方能还原。

自此以后，有好几回，我似在学校里遥遥望见吴猛，一定睛又由他消失。他仿佛已成为鬼魅的一员，不留空隙地注视我，却从不采取任何行动——在某个令人窒息的时刻真正来临之前，这种注视无异于漫长的审判过程。

我们将潭王路走到穷尽之处，潭柘寺如卵石从流溪中浮出。最后三公里坡路密集，从下到上，自上而下，覆灰的广角镜隐隐勾出我们疲沓的身影。我实在不能再走，略迈几步，便似牵动了小腿内部的蒺藜丛。我们嬉笑着相互埋怨，靠口头宣泄来消减肢体的疼痛，但效果并不明显。小万骂了一句，说回城要好好吃一顿火锅。另外两人说不出话，不时去望那座从万叶间竖起的塔尖——它越来越近，由单个变为一组，然后又集体失形，隐退为诸多庙塔的一部分。

5点过半，我们终于将潭柘寺移至眼前。然而，即使按夏季开放时间（比冬季晚一个小时），潭柘寺也已关门。我们凝视着晚寺，如此切近，却不可进入。便茫然失措，久久无言。

于是，我们只好悻悻绕寺外的塔林走，一条小径将其划为两岸。路边尚有零星的摊贩，一边收摊，一边抱着侥幸心理兜售货品。夕阳从后方平扫而来，当日天气阴沉居多，光线黯淡乏力。塔林以红墙护围，金朝以来，此处陆续收纳了历代高僧的死亡。三十余座墓塔，到黄昏，拓满外物的线影。

小万突然伸出手，腾空圈出一座覆钵式塔。他说，这塔与众不同，据说里面葬着一只老虎。过去老虎下山伤人，后来跟了潭柘寺的师傅，总算改邪归正。有一天它师傅圆寂了，老虎痛哭五天，泣血而亡。三明听了，不甚明白。就问，佛教看淡生死无常，老虎为什么要殉葬？陈舸不屑，哪有跟景区逸闻较真的。三明问，那这么多法师的墓塔也是假的吗？三明往后一指，乌压压一片，灵塔在晚日衬饰下更显诡怪。陈舸说，有真有假吧。真会变假，假会变真，谁知道。

我摸出手机，想把这象征性的终点拍下来。只见屏幕一亮，十几个未接来电显示在中央，都是同一个号码。再往下是一些短信，让我看到回电，另一些则不知所云。最近的一条短信是："今天不要回校，向西北多山之地去。如果看见一个戴黑帽子的人，问他要那顶帽子。三天以后，早晨9点到11点间回来，可保无事。"短信在凌晨4点左右发送，此后再无音信。我点开摄像功能，将群塔置入取景框。潭柘寺的正殿亦在远处，门庭深锁；沿廊高悬着红灯笼，流苏随风势幽幽晃动。天空垫在万物身后，蓝得失神，早些时候的云也不知所踪。我不由得一愣。

他们三人仍在争论，有关历史、真实、虚构，以及顿悟如何让口舌短暂地浸淫于沉默。我们打了一辆黑车，坐到最近的市集，再换车赶往市中心。夜色霰弹似的四散，路灯依次亮起来。汽车一路颠簸，三人竟也纷纷入睡。他们的呼吸轻盈，好像很小心地置换着体内的某些东西。我没睡着，反复想着三明刚讲的《五灯会元》里一则公案，关于文喜和尚与文殊菩萨之间的一段旧事。这段公案出过一句偈语，千古难辨其意，但我想的与此无关。我想的是，文喜反问文殊，你们如何修行？文殊答：龙蛇混杂，凡圣同居——不知为何，我被此中蕴含的气象深深打动。当我想到，它正何其真实地描绘着眼前的人间，便在这嘈杂幽暗的夜晚，险些落下眼泪。

诀窍在于长久的凝视
——小说《即兴戏剧》创作谈
吴猴儿

感谢《春风》杂志编辑部，感谢我的责编周杨老师一年多以来的指导和修改。

《即兴戏剧》是我正式刊发的第一篇小说。在此之前，我虽尝试写过很多作品，但投稿无门，踽踽独行。师姐确实给了我很大帮助。写这篇小说的初衷，也是为了纪念去世的师姐。两年前的春天，她去北京郊区徒步，不慎从山上坠落而亡。同行有她的三位好友，但没人看见她如何失足，实在是一件咄咄怪事。据说那三人当天在公安局做完笔录，已是深夜，饥饿难耐，就一起吃了顿潮汕火锅。

　　调查取证的过程中，公安机关也找过我，因为师姐生前曾频繁向她的朋友们提到我。她究竟说了什么，谁都不告诉我。她说的是真是假，也无人能证实。当然，警察们全然不能将我和师姐的死关联起来，不久便将我释放，震惊与悲伤却是更长久的刑罚。

　　在此，我想再次感谢周杨老师提出的许多意见，尽管有些地方我仍然不能处理得很好。例如，周老师指出，这篇小说是女性第一人称叙述的作品，但我对描写女性思维无甚经验，这是我一时也无法改正的。再如，小说中有一些虚实交杂的地方，因为我还没能完全在小说中面对、处理自己的生活经验，多少有逃避之处。

　　最后，我想再多说几句闲言。周杨老师读罢初稿，曾问我这篇小说的主题是什么。我并不知道何谓"主题"，思索半天，只是说我想写的是真实。我不相信世上有绝对的真实，但选择兼容一些真假并不分明的"真实"并对其做出选择，并非一种放弃的状态，而是为了更进一步去观看它们。陀思妥耶夫斯基在《卡拉马佐夫兄弟》里讲到忏悔，他解答了一个我困惑多年的疑问：忏悔就可以抵消罪恶吗？陀氏的答案是：是的，只要悔过之意在一个人的心中不淡泊下去，上帝一切都能宽恕——忏悔是要持续的，一个与罪恶相关的砝码始终将压在罪人的灵魂上。换个角度来看，如果一个人内心存在着罪恶的想法，那么仅仅注意到这一点，一定程度上已然开始了净化。这就是凝视和真实之间的关系，而我所做的正是凝视。

　　阅读过程中，如有什么问题，欢迎各位读者随时与我联系。
　　我的邮箱是：octopus.garden@163.com

（原载《十月》2022年第5期）

评鉴与感悟

《即兴戏剧》有一种奇异的解释世界、解释一切词与物的欲望。关于"二",关于"时间",关于"分手",关于"伤害",关于"才华",关于"水穿石",关于小说是什么,小说中的女叙事者"我"(师姐),都尝试在终极的词源学层面做出解释。这些解说舌灿莲花。比如"水穿石"是"人对时间幻想而溅起的一种立场",以至于让人相信,通过语言可以理解世间的全部,理解所有的分手与伤害。

然而游戏的笔法,又让所有的言之凿凿转瞬化作空谷足音。或者说,理性和语言交织而成的话语,不过是旋生旋灭的金色泡沫。在小说的意义上,《即兴戏剧》以人民大学和潭柘寺为场景,惊人地混合了最极端的"实"和最极端的"虚"。实处清澈见底,人物、地点、对话历历可触,令人不免对号入座的冲动;虚处直冲云霄,来路去处,一片茫茫,如同我们永远无法抵及的"真实"。

小说内外皆是一样。最有戏剧性的戏剧,从来都是即兴的。话语是一切,但话语又什么都不是。我们最终都将被架出自己所在的话语场,无论它是第一次出现的悲剧,还是第二次出现的闹剧。语言可以解释分手与伤害,但是爱与死——文学终极的主题——的解释,需要肉身和鲜血。这是小说之中的戏剧,也是小说之外的戏剧。(赵天成)

声 明

本套"2022·北岳·中国文学主题年选"收录了本年度众多优秀文学作品。在编选过程中,我们及各选本主编已尽力与大多数作者取得了联系,但仍有个别作者因故未能取得联系。见此声明,烦请来电,以便奉送样书。

联系人:高海霞

电　话:0351—5628691